¿SABES
QUIÉN
ES?

KARIN SLAUGHTER

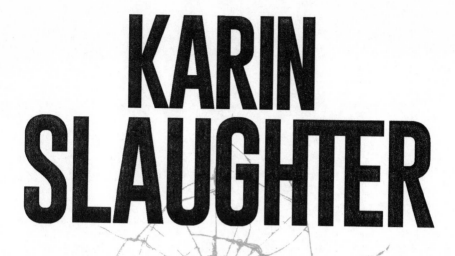

¿SABES QUIÉN ES?

HarperCollins *Español*

Título en inglés: Pieces of Her
© 2018 por Karin Slaughter
Publicado por HarperCollins Publishers Ltd, Londres, Reino Unido

Editora-en-Jefe: Graciela Lelli
© De la traducción del inglés, Victoria Horrillo Ledesma

Diseño de cubierta: CalderonStudio
Imágenes de cubierta: Shutterstock

ISBN: 978-0-71807-501-9

Impreso en Estados Unidos de América
18 19 20 21 LSC 6 5 4 3 2 1

Para mis amigos del GPP

¡Soy Nadie! ¿Tú quién eres?
¿Eres Nadie tú también?
¡Somos dos, entonces!
¡No lo cuentes!
Lo pregonarían,
¡ya los conoces!

¡Qué pesado, ser Alguien!
¡Qué indiscreto!
¡Pasarte junio entero
como una rana
cantando tu nombre
ante una Ciénaga fascinada!

Emily Dickinson

PRÓLOGO

Durante años, incluso cuando le quería, una parte de ella también le odiaba de esa manera pueril con que se odia aquello que no se puede controlar. Era terco, idiota y guapo, y de eso se servía para escurrir el bulto cada vez que cometía un error, y eran muchos los que cometía: siempre los mismos, uno tras otro, porque ¿para qué cometer errores nuevos si de los viejos siempre sacaba partido?

Era, además, un encanto. Ese era el problema: que la hechizaba. La hacía enfurecer y luego volvía a hechizarla, de modo que ella nunca sabía si él era la serpiente o si la serpiente era ella y él el encantador.

Y así él seguía a lo suyo, apoyándose en su encanto y en su furia, y hacía daño a los demás, y descubría cosas nuevas, más interesantes, y dejaba las viejas rotas a su paso.

Luego, de un día para otro, su encanto dejó de funcionar. Un tranvía descarrilado. Un tren sin maquinista. Sus errores ya no podían perdonarse y, al final, cuando cometió la misma equivocación dos veces, ella ya no pudo pasarlo por alto. A la tercera, las consecuencias fueron fatales: una vida segada, una sentencia a muerte y, por último, otra vida (casi) truncada: la de ella.

¿Cómo podía seguir queriendo a una persona que había intentado destruirla?

Cuando estaba con él (y permaneció resueltamente a su lado durante su larga caída en desgracia), se enfurecían contra el

sistema. Los pisos tutelados. Los servicios de emergencias. El loquero. El hospital psiquiátrico. La sordidez. El personal que desatendía a los pacientes. Los celadores que apretaban con saña las camisas de
fuerza. Las enfermeras que hacían la vista gorda. Los doctores que
repartían las pastillas. El suelo manchado de orina. Las paredes pringadas de heces. Los reclusos, los otros presos, que se burlaban, que deseaban con avidez, que golpeaban, que lanzaban dentelladas.

Lo que más le excitaba no era la injusticia, sino la primera chispa
de rabia. La novedad de una causa recién adoptada. La posibilidad de
aniquilar. El juego peligroso. La amenaza de violencia. La promesa
de la fama. Sus nombres en luces de neón. Sus hazañas justicieras
en boca de escolares que aprendían el cambio como una retahíla:

«Un centavo, cinco centavos, diez centavos, un cuarto de dólar, un dólar…».

Lo que mantenía oculto, el único pecado que nunca podría
confesar, era que fue ella quien encendió aquella primera chispa.

Ella, que había creído siempre, fervientemente y con convicción
inmensa, que el único modo de cambiar el mundo era destruirlo.

20 DE AGOSTO DE 2018

1

—Andrea —dijo su madre. Y luego, cediendo a lo que le había pedido como mil veces, añadió—: Andy.

—Mamá…

—Déjame hablar, cariño. —Laura hizo una pausa—. Por favor.

Andy asintió, preparándose para el sermón que llevaba tiempo esperando. Ese día cumplía oficialmente treinta y un años. Su vida estaba estancada. Tenía que empezar a tomar decisiones en vez de dejar que la vida las tomara por ella.

—Esto es culpa mía —dijo Laura.

Andy sintió que sus labios agrietados se entreabrían por la sorpresa.

—¿Qué es culpa tuya?

—Que estés aquí. Atrapada aquí.

Andy estiró los brazos señalando el restaurante.

—¿En el Rise-n-Dine?

Los ojos de su madre recorrieron la distancia entre su coronilla y sus manos, que volvió a posar con un aleteo nervioso sobre la mesa. El pelo castaño y sucio recogido en una coleta chapucera. Ojeras, ojos cansados. Las uñas mordidas hasta la raíz. Los huesos de sus muñecas, como el promontorio de una ensenada. Su piel, de por sí muy blanca, tenía la palidez del agua de cocer salchichas.

El catálogo de sus defectos ni siquiera incluía su ropa de trabajo. El uniforme azul marino le colgaba del cuerpo como una bolsa de papel. La etiqueta plateada, cosida al bolsillo de la pechera, era muy tiesa: el símbolo de la palmera de Belle Isle rodeado por las palabras: *DIVISIÓN POLICIAL DE ATENCIÓN CIUDADANA*. Como una agente de policía, pero sin llegar a serlo. Como si fuera una adulta, pero menos. Cinco noches por semana, tomaba asiento en una sala oscura y húmeda junto a otras cuatro mujeres para responder a las llamadas al 911, buscar en el sistema informático números de matrícula y permisos de conducir y asignar número a los expedientes. Luego, a eso de las seis de la mañana, volvía derrengada a casa de su madre y pasaba durmiendo gran parte de las que deberían haber sido sus horas de vigilia.

—No debí permitir que volvieras aquí —añadió Laura.

Andy apretó los labios. Miró los trocitos amarillos de huevo que quedaban en su plato.

—Mi dulce niña. —Laura cogió su mano, esperó a que levantara la vista—. Te aparté de tu vida. Estaba asustada y fui una egoísta. —Su madre tenía los ojos llorosos—. No debería haberte necesitado tanto. No debería haberte pedido tanto.

Andy sacudió la cabeza. Miró su plato.

—Amor mío…

Siguió sacudiendo la cabeza porque la alternativa era hablar y, si hablaba, tendría que decir la verdad.

Que su madre no le había pedido que hiciera nada.

Tres años antes, Andy iba caminando a su piso, un cochambroso cuarto sin ascensor en el Lower East Side, temiendo la perspectiva de pasar otra noche en el cuchitril de una sola habitación que compartía con otras tres chicas, ninguna de las cuales le caía bien (todas ellas eran más jóvenes, más guapas y más desenvueltas que ella), cuando la llamó Laura.

—Cáncer de mama —le dijo directamente, sin bajar la voz ni andarse con rodeos, con su calma de siempre—. En fase tres. Van a extirparme el tumor y, de paso, me harán una biopsia de los nódulos linfáticos para valorar si…

Dijo más cosas, le explicó detalladamente lo que iba a pasar, con una minuciosidad científica, desapasionada, que Andy, cuya capacidad de comprensión se había evaporado momentáneamente, no pudo captar. Prestó más atención a la palabra «mama» que a «cáncer» y enseguida le vino a la mente el generoso pecho de su madre. Enfundado en su discreto bañador, en la playa. Asomando por el escote de su vestido estilo Regencia, cuando Andy cumplió los dieciséis y para celebrarlo hicieron una fiesta con temática de Netherfield Park. Constreñido bajo las copas acolchadas y los alambres de sus sujetadores Lady Comfort cuando se sentaba en el sofá de su despacho a tratar a sus pacientes con problemas de habla.

Laura Oliver no era despampanante, pero siempre había sido eso que los hombres llamaban una mujer muy bien plantada. O quizá fueran las mujeres las que usaban esa expresión, seguramente en el siglo pasado. No era amiga de maquillarse en exceso ni de enjoyarse, pero nunca salía de casa sin el cabello corto y canoso peinado con esmero, los pantalones de lino perfectamente planchados y las bragas limpias, nunca dadas de sí.

A Andy, en cambio, la mayoría de los días le costaba horrores salir de su apartamento. Siempre tenía que volver a por algo que había olvidado: cuando no era el teléfono era la chapa de identificación del trabajo. Una vez hasta tuvo que volver a buscar sus deportivas porque salió del edificio en zapatillas de andar por casa.

En Nueva York, cada vez que alguien le preguntaba cómo era su madre, se acordaba siempre de una cosa que le dijo Laura sobre su propia madre: «Siempre sabía dónde tenía las tapas de los táperes».

Andy ni siquiera se acordaba de cerrar las bolsas con autocierre.

Por teléfono, a mil trescientos kilómetros de distancia, la inhalación entrecortada de Laura fue el único indicio de que estaba angustiada.

—¿Andrea?

Los oídos de Andy, en los que zumbaban los sonidos de Nueva York, volvieron a concentrarse en la voz de su madre.

Cáncer.

Intentó resoplar, pero no le salió el sonido. Era la impresión. El miedo, un terror desatado porque el mundo hubiera dejado de girar repentinamente y todo (los fracasos, las desilusiones, la fealdad de su vida en Nueva York esos últimos seis años) hubiera remitido como el reflujo de un tsunami. Cosas que no deberían haberse destapado quedaron expuestas de repente.

Su madre tenía cáncer.

Podía estar muriéndose.

Podía morir.

—Bueno, está la quimio, que al parecer será muy dura —prosiguió Laura, acostumbrada a rellenar los largos silencios de Andy: sabía desde hacía tiempo que si se los reprochaba solían acabar peleándose, en vez de retomar una conversación civilizada—. Luego tendré que tomar una pastilla diaria y ya está. La tasa de supervivencia para un plazo de cinco años es superior al setenta por ciento, de modo que no hay por qué preocuparse en exceso. Lo más difícil es sobrellevarlo.

Hizo una pausa para tomar aliento, o quizá con la esperanza de que Andy se sintiera con ánimos para hablar.

—El tratamiento suele funcionar, mi amor. No quiero que te preocupes. Tú quédate ahí. No puedes hacer nada.

Sonó el claxon de un coche. Andy levantó la vista. Estaba parada como una estatua en medio de un paso de peatones. Hizo un esfuerzo por moverse. El teléfono le quemaba la oreja. Era más de medianoche. El sudor le corría por la espalda y se filtraba por sus axilas como mantequilla derretida. Oía las risas enlatadas de una telecomedia, un tintineo de botellas y un grito anónimo, penetrante, pidiendo auxilio, uno de esos gritos que había aprendido a desoír el primer mes que vivió en la ciudad.

Demasiado silencio en su lado de la línea. Por fin, su madre dijo:

—¿Andrea?

Abrió la boca sin pararse a pensar qué saldría de ella.

—¿Cariño? —dijo su madre pacientemente, con esa amabilidad generosa con que se dirigía a todo el mundo—. Oigo el ruido de la calle. Si no, pensaría que se ha cortado la llamada. —Otra pausa—. Andrea, necesito que me digas si has entendido lo que te he dicho. Es importante.

Seguía con la boca abierta. El olor a cloaca, que era endémico de su barrio, se le había adherido a los conductos nasales como un trozo de espagueti reblandecido pegado en la puerta de un armario. Pitó otro coche. Otra mujer gritó pidiendo socorro. Otra gota de sudor rodó por su espalda y se detuvo en la cinturilla de sus bragas (tenían el elástico roto por la parte en que enganchaba el pulgar para bajárselas).

Ignoraba cómo logró sustraerse a su estupor, pero recordaba, en cambio, lo que le dijo por fin a su madre:

—Me vuelvo a casa.

Sus seis años en Nueva York arrojaban un saldo exiguo. Se despidió por mensaje de texto de sus tres trabajos a tiempo parcial. El abono del metro se lo regaló a una indigente, que le dio las gracias y acto seguido se puso a chillar llamándola puta. Solo metió en la maleta lo imprescindible: sus camisetas preferidas, sus vaqueros rotos y varios libros que habían sobrevivido no solo al viaje desde Belle Isle, sino a otras cinco mudanzas, cada una de ellas a un piso más cutre que el anterior. En casa no necesitaría los guantes, ni el plumas de invierno. No se molestó en lavar las sábanas, ni en quitarlas siquiera del viejo sofá Chesterfield en el que dormía. Partió para LaGuardia al alba, menos de seis horas después de que su madre la llamara. Su vida en Nueva York acabó en un abrir y cerrar de ojos. Sus tres compañeras de piso (aquella chicas más jóvenes y desenvueltas) solo se acordarían de ella por la hamburguesa de pescado a medio comer que dejó en la nevera y por su parte del alquiler del mes siguiente.

De eso hacía ya tres años, casi la mitad de los que había vivido en Nueva York. Aunque se resistía a hacerlo, cuando estaba deprimida echaba un vistazo a las páginas de Facebook de sus antiguas compañeras de piso. Eran su vara de medir. Su garrote. Una era directiva media de un blog de moda. La otra había fundado una empresa de diseño de deportivas personalizadas. La otra había muerto de una sobredosis de cocaína en el yate de un ricachón. Y aun así, algunas noches, cuando estaba atendiendo llamadas y la persona del otro lado de la línea era un crío de doce años que llamaba a emergencias fingiendo que estaban abusando de él, no podía evitar pensar que, de las cuatro, era ella la que había salido peor parada.

Un yate, por Dios.

Un *yate*.

—¿Cariño? —Su madre tamborileó en la mesa para llamar su atención. El restaurante se había ido vaciando. Un hombre sentado cerca de la puerta la miró con enfado por encima del periódico—. ¿Dónde estás?

Andy volvió a estirar los brazos abarcando el restaurante, pero su gesto pareció forzado. Sabía perfectamente dónde estaba: a menos de ocho kilómetros de su punto de partida.

Se había marchado a Nueva York creyendo que allí encontraría la manera de brillar y había acabado emitiendo una cantidad de luz equivalente a la de una vieja linterna olvidada en un cajón de la cocina. No quería ser actriz, ni modelo, ni ninguno de los tópicos habituales. Nunca había soñado con el estrellato. Anhelaba, en cambio, hallarse en sus inmediaciones: ser la asistente personal, la que iba a por el café, la encargada de utilería, la que pintaba los decorados, la administradora de las redes sociales, el personal de apoyo que hacía más fácil la vida de la estrella. Quería disfrutar de su resplandor. Estar en el meollo de las cosas. Conocer gente. Tener contactos.

Su profesor en la Escuela de Arte y Diseño de Savannah parecía un buen contacto. Ella le había deslumbrado con su pasión por el arte; por lo menos eso decía él. El hecho de que en ese momento estuvieran en la cama solo le había parecido significativo después. Cuando ella le dejó, él se tomó como una amenaza sus excusas acerca de que quería centrarse en su carrera. Y antes de que Andy se diera cuenta de lo que sucedía, antes de que pudiera explicarle que no pretendía servirse de su vergonzoso desliz para impulsar su carrera profesional, él movió algunos hilos y le consiguió trabajo como ayudante del ayudante de escenografía de una función de teatro alternativo en Nueva York.

¡En Nueva York!

¡A un paso de Broadway!

Le faltaban dos semestres para graduarse en artes escénicas. Hizo las maletas y se dirigió al aeropuerto sin apenas molestarse en saludar por encima del hombro.

Dos meses después la obra había sido cancelada, aplastada por las malas críticas que recibió.

Los demás miembros del equipo encontraron rápidamente trabajo, se unieron a otras funciones. Pero Andy no. Andy adoptó de lleno el modo de vida neoyorquino: fue camarera, paseadora de perros, rotuladora, teleoperadora especializada en cobro a morosos, repartidora, supervisora de un fax, pinche de cocina, asistente de impresión en una copistería (sin afiliación sindical) y, por último, la pringada que dejó una hamburguesa de pescado a medio comer en el frigorífico y un mes de alquiler en la encimera y se largó a las Chimbambas, Georgia, o al culo del mundo de donde procedía.

Lo único que se llevó a casa fue un minúsculo jirón de dignidad que ahora iba a perder delante de su madre.

Levantó la vista de los huevos.

—Mamá… —dijo, y tuvo que aclararse la voz antes de hacer su confesión—. Te quiero mucho por decir eso, pero no es culpa tuya. Es verdad que quería venir a casa para verte. Pero si me quedé fue por otros motivos.

Laura arrugó el ceño.

—¿Por qué motivos? Te encantaba Nueva York.

Odiaba Nueva York.

—Te iba muy bien allí.

Se estaba ahogando.

—Y ese chico con el que salías estaba loco por ti.

Y por todas las demás vaginas de su edificio.

—Tenías un montón de amigos.

No había vuelto a saber de ellos desde su marcha.

—En fin —suspiró Laura.

Su voluntarioso listado de logros había sido breve, pero no inquisitivo. Como de costumbre, su madre había leído en ella como en un libro abierto.

—Cielo, tú siempre has querido ser distinta. Especial. Me refiero a alguien con un don, con un talento poco corriente. Y para papá y para mí eres especial, por supuesto.

Andy sintió el impulso de poner los ojos en blanco.

—Gracias.

—Tienes talento. Eres inteligente. Más que inteligente. Eres lista.

Se frotó la cara con las manos como si quisiera borrarse de aquella conversación. Sabía que tenía talento y que era inteligente. El problema era que en Nueva York todo el mundo lo era. Hasta el chico que atendía el bazar era más divertido, más ingenioso y más listo que ella.

Laura insistió:

—Ser normal no tiene nada de malo. Hay gente normal que tiene una vida muy gratificante. Yo, por ejemplo. Disfrutar de la vida no es traicionar tus expectativas.

—Tengo treinta y un años —repuso Andy—, hace tres años que no salgo con un chico, debo sesenta y tres mil dólares por un préstamo universitario para estudiar una carrera que no terminé y vivo en un apartamento de una sola habitación encima del garaje de mi madre. —Trató de respirar, pero el aire atravesaba con dificultad sus conductos nasales. Verbalizar aquella larga lista le había ceñido alrededor del pecho una faja que la oprimía—. La cuestión no es qué más puedo hacer. Es qué más puedo echar a perder.

—No has echado a perder nada.

—Mamá…

—Te has acostumbrado a sentirte deprimida. Uno puede acostumbrarse a todo, especialmente a las cosas malas. Pero ahora ya solo puedes ir hacia arriba. Del suelo no puedes caerte.

—¿Has oído hablar de los sótanos?

—Los sótanos también tienen suelo.

—Eso ya es la tierra.

—Pero «la tierra» es otra forma de decir «el suelo».

—O una fosa de dos metros de profundidad.

—¿Por qué siempre tienes que ser tan morbosa?

Andy sintió que una súbita irritación afilaba su lengua como una navaja. Se tragó aquella rabia. Ya no podía ponerse a discutir con su madre sobre la hora de volver a casa, o el maquillaje, o los vaqueros ceñidos. Ahora, estos eran sus temas de discusión: el suelo de los sótanos; la posición correcta en la que había que poner el rollo de papel higiénico para tirar de él; si los tenedores se metían en el lavavajillas con las puntas hacia abajo o hacia arriba; si los carros del supermercado se llamaban carros o carritos; y si Laura pronunciaba mal cuando llamaba al gato Míster Perkins, cuando su verdadero nombre era Míster Purrkins.

—El otro día estaba con un paciente y me pasó una cosa rarísima —dijo Laura.

El cambio de tema con suspense incluido era una forma de alcanzar una tregua; un camino trillado por el que solían transitar.

—Rarísima —repitió Laura con énfasis, a modo de cebo.

Andy vaciló. Luego le indicó con un gesto que continuara.

—Vino con una afasia de Broca. Una parálisis del lado derecho.

Laura era logopeda titulada y trabajaba en una urbanización para personas mayores situada en la costa. La mayor parte de sus pacientes había sufrido algún tipo de ictus.

—Había sido informático antes de jubilarse, pero supongo que eso no importa.

—¿Qué fue eso tan raro que pasó? —preguntó Andy cumpliendo con su papel.

Su madre sonrió.

—Me estaba hablando de la boda de su nieto y yo no entendía lo que intentaba decirme, pero me sonaba a «zapatos de ante azul». Y de pronto me vino una imagen a la cabeza, una especie de recuerdo de la época en que murió Elvis.

—¿Elvis Presley?

Laura asintió.

—Fue en 1977, así que yo debía de tener catorce años, era más fan de Rod Stewart que de Elvis. Pero el caso es que en nuestra parroquia había unas señoras muy carcas, con el pelo todo cardado, y resulta que cuando murió Elvis se pusieron a llorar como magdalenas.

Andy sonrió como se sonríe cuando uno sabe que se ha perdido algo.

Laura le devolvió una sonrisa idéntica. Secuelas neurológicas de la quimioterapia, a pesar de que hacía mucho tiempo que había terminado el tratamiento. Había olvidado por qué le contaba aquello.

—Es solo una tontería de la que me he acordado.

—Imagino que esas señoras con el pelo cardado eran bastante hipócritas —dijo Andy tratando de estimular su memoria—. Lo digo porque Elvis era muy sexi, ¿no?

—Da igual. —Laura le dio unas palmaditas en la mano—. Te estoy muy agradecida. El apoyo que me diste cuando estuve enferma. El que todavía estemos tan unidas. Para mí es un tesoro. Un regalo. —Empezó a temblarle la voz—. Pero ya estoy mejor. Y quiero que vivas tu vida. Quiero que seas feliz o por lo menos que estés en paz contigo misma. Y no creo que puedas hacerlo aquí, mi amor. Me encantaría poder facilitarte las cosas, pero sé que no serviría de nada. Tienes que hacerlo tú sola.

Andy miró al techo. Paseó la mirada por el centro comercial vacío. Por fin volvió a mirar a su madre.

Laura tenía los ojos empañados. Sacudió la cabeza, como maravillada.

—Eres fantástica. ¿Lo sabías?

Andy soltó una risa forzada.

—Eres fantástica porque no hay nadie como tú, eres única. —Su madre se llevó la mano al corazón—. Tienes talento y eres preciosa, y vas a encontrar tu camino, mi amor, y será el camino correcto, pase lo que pase, porque será el que tú te habrás marcado.

Andy sintió un nudo en la garganta. Empezaron a lagrimearle los ojos. A su alrededor se había hecho el silencio. Oía el sonido de su propia sangre circulando por sus venas.

—Bueno… —Laura se rio, otra táctica trillada para quitar hierro a un momento emotivo—. Gordon opina que debería ponerte un plazo para que te vayas de casa.

Gordon. Su padre. Abogado especialista en herencias y fondos fiduciarios. Su vida entera se componía de plazos y fechas límite.

—Pero no pienso ponerte un plazo, ni darte un ultimátum.

A Gordon también le chiflaban los ultimátums.

—Lo que digo es que si esta es tu vida —añadió su madre señalando su uniforme seudopolicial, seudoadulto—, entonces, abrázala. Acéptala. Y si quieres hacer otra cosa —dijo, y apretó su mano—, hazla. Todavía eres joven. No tienes hipoteca, ni siquiera tienes que pagar un coche. Tienes salud. Eres inteligente. Eres libre de hacer lo que quieras.

—No, tengo que pagar el préstamo de los estudios.

—Andrea —dijo Laura—, no quiero ser agorera, pero si sigues dejándote llevar por esa apatía, dentro de nada tendrás cuarenta años y te darás cuenta de que estás muy cansada de vivir dentro de una noria.

—Cuarenta —repitió Andy, una edad que le parecía menos provecta a medida que se acercaba a ella.

—Tu padre te diría…

—Que me ponga las pilas de una vez.

Gordon siempre le estaba diciendo que se moviera, que hiciera algo con su vida, lo que fuera. Durante mucho tiempo, ella le había culpado de su letargo. Cuando tus padres son personas enérgicas, trabajadoras y seguras de sí mismas, la indolencia es una forma de rebeldía, ¿no? Optar tercamente por el camino fácil, porque lo contrario se hace tan duro, tan cuesta arriba…

—¿Doctora Oliver? —dijo una señora que no pareció percatarse de que estaba interrumpiendo un momento de intimidad madre-hija—. Soy Betsy Barnard. Atendió usted a mi padre el año pasado. Solo quería darle las gracias. Obra usted milagros.

Laura se levantó para estrecharle la mano.

—Es muy amable por decir eso, pero todo el mérito es de su padre.

Poniéndose en Modo Curativo Doctora Oliver (así lo llamaba Andy para sus adentros), comenzó a hacerle una serie de preguntas ambiguas acerca de su padre. Saltaba a la vista que no se acordaba de él, pero sus esfuerzos para que no se le notara fueron tan efectivos que la mujer no se percató de ello.

—Esta es mi hija, Andrea —dijo señalando a Andy.

Betsy inclinó la cabeza con interés pasajero. La atención que le prestaba Laura la hacía resplandecer de satisfacción. Todo el mundo adoraba a su madre, daba igual el papel que adoptara: terapeuta, amiga, empresaria, enferma de cáncer, madre. Poseía una especie de acendrada bondad que, gracias a un ingenio rápido y en ocasiones mordaz, jamás caía en lo empalagoso.

De vez en cuando —normalmente después de haberse tomado unas cuantas copas—, Andy era capaz de exhibir esas mismas cualidades ante los desconocidos, pero en cuanto empezaban a conocerla mejor rara vez se quedaban a su lado. Tal vez ese fuera el secreto de Laura. Su madre tenía decenas, incluso centenares de amigos, pero nadie conocía todas sus facetas, todos los fragmentos que la componían.

—¡Ah! —exclamó de pronto Betsy, casi gritando—. Yo también quiero presentarle a mi hija. Seguro que Frank le habló de ella.

—Claro que sí.

Andy observó un destello de alivio en el rostro de su madre: efectivamente, había olvidado cómo se llamaba aquel hombre. Le guiñó un ojo a Andy, volviendo al Modo Mamá momentáneamente.

—¡Shelly! —Betsy hizo señas frenéticas a su hija—. Ven a conocer a la mujer que le salvó la vida al abuelo.

Una chica rubia, muy guapa, se acercó de mala gana. Se tiraba de las largas mangas de su camiseta de la Universidad de Georgia, avergonzada. El bulldog blanco de la pechera también lucía camiseta roja. Su bochorno era palpable: estaba todavía en esa época de la vida en la que una no quiere saber nada de su madre, a no ser que necesite dinero o compasión. Andy se acordaba bien de esa sensación de tira y afloja. La mayoría de los días, no le parecía tan lejana como querría. Era de todos sabido que una madre es la única persona del mundo que puede decir: «Qué bonito tienes el pelo» y que tú entiendas: «Siempre lo tienes horrible, menos en este instante fugaz».

—Shelly, esta es la doctora Oliver. —Betsy Barnard la agarró del brazo con ademán posesivo—. Shelly empieza la universidad este otoño. ¿Verdad que sí, tesoro?

—Yo también fui a la Universidad de Georgia —comentó Laura—. Claro que en aquella época todavía usábamos tablillas de piedra para tomar apuntes.

El sonrojo de Shelley subió unas décimas cuando aquella broma trasnochada hizo reír a su madre con más estridencia de la necesaria. Laura trató de aliviar la tensión preguntándole educadamente por sus estudios, sus sueños y sus aspiraciones, el tipo de preguntas que cuando una es joven se toma como una afrenta personal pero, al hacerte mayor, comprendes que son las únicas que son capaces de formular los adultos.

Andy miró su taza de café medio llena. Sentía un cansancio abrumador. El turno de noche. Era incapaz de acostumbrarse a él. Solo conseguía sobrellevarlo enlazando siestas, por lo que siempre acababa robando papel higiénico y mantequilla de cacahuete de la despensa de su madre porque nunca encontraba tiempo para ir a comprar. Seguramente por eso había insistido Laura en que celebraran su cumpleaños con una comida y no con un desayuno que le habría permitido regresar a su covacha de encima del garaje y quedarse dormida delante del televisor.

Apuró su café, tan frío que le raspó la garganta como hielo picado. Buscó a la camarera con la mirada. La chica estaba mascando chicle, con la espalda encorvada y la nariz pegada al teléfono.

Andy reprimió una oleada de indignación al levantarse de la mesa. Cuanto mayor se hacía, más le costaba resistirse al impulso de convertirse en su madre. Aunque, pensándolo bien, Laura le había dado buenos consejos a menudo: estírate o te dolerá la espalda cuando cumplas la treintena; ojo con los zapatos que usas, cuida tus hábitos o lo pagarás cuando tengas treinta años.

Ya tenía treinta y uno. Y estaba pagando por tantas cosas que prácticamente se encontraba en la ruina.

—¿Eres policía? —La camarera había despegado por fin los ojos del teléfono.

—Licenciada en Escenografía.

La chica arrugó la nariz.

—No sé qué es eso.

—Ya somos dos.

Se sirvió más café. La camarera seguía mirándola de reojo. Tal vez fuera por el uniforme seudopolicial. Tenía pinta de llevar un poco de éxtasis, o por lo menos una bolsita de maría, en el bolso. Andy también recelaba del uniforme. El trabajo se lo había conseguido Gordon, seguramente con la esperanza de que en algún momento ingresara en el cuerpo. Al principio le había repelido la idea porque tenía la convicción de que los policías eran mala gente. Luego había conocido a varios y se había dado cuenta de que eran, en general, personas decentes que se esforzaban por llevar a cabo un trabajo asqueroso. Más tarde, cuando llevaba un año atendiendo el teléfono, había empezado a odiar a todo el mundo porque dos tercios de las llamadas eran de idiotas que no entendían lo que era una emergencia.

Laura seguía hablando con Betsy y Shelly Barnard. Andy había visto desarrollarse esa misma escena muchas otras veces. Ellas no sabían cómo hacer mutis por el foro con elegancia y Laura era demasiado educada para deshacerse de ellas sin miramientos. En lugar de volver a la mesa, Andy se acercó a la luna del restaurante, situado en un lugar privilegiado dentro del centro comercial de Belle Isle, un chaflán de la planta baja. Más allá del paseo marítimo se agitaba el océano Atlántico, removido por una tormenta inminente. La gente paseaba a sus perros o montaba en bici por la franja de arena dura y lisa.

Belle Isle no era ni bella ni propiamente una isla. Era, esencialmente, una península artificial creada cuando el Cuerpo de Ingenieros del Ejército dragó el puerto de Savannah en los años ochenta. Estaba previsto que la nueva masa de tierra quedara deshabitada, que fuera una barrera natural contra los huracanes, pero las promotoras inmobiliarias vieron la posibilidad de hacer su agosto y, al cabo de cinco años, más de la mitad de su superficie estaba cubierta de cemento: chalés en primera línea de playa, casas, edificios de viviendas, centros comerciales… El resto eran canchas de tenis y campos de golf. Numerosos jubilados procedentes del norte del país se pasaban el día jugando al sol, bebían martinis al atardecer y llamaban a emergencias cada vez que sus vecinos dejaban los cubos de basura en la calle más tiempo del debido.

—Santo Dios —susurró alguien en tono bajo y mezquino, pero con un ápice de sorpresa.

El ambiente había cambiado. Era la única forma de describirlo. Andy sintió que se le erizaba el vello de la nuca. Un escalofrío le recorrió la espalda. Las ventanas de su nariz se agrandaron. Se le quedó la boca seca y le lagrimearon los ojos.

Se oyó un ruido parecido al de un frasco al abrirse de golpe.

Andy se giró.

El asa de la taza de café se le escurrió de los dedos. Siguió con los ojos su caída. Esquirlas de cerámica blanca rebotaron en las blancas baldosas.

Un segundo antes se había hecho un silencio sobrecogedor; ahora, de pronto, se desató el caos. Gritos. Llantos. Gente que corría, que se agachaba, que se tapaba la cabeza con las manos.

Balas.

Pop, pop.

Shelly Barnard estaba tendida en el suelo. De espaldas. Con los brazos en cruz. Las piernas torcidas. Los ojos abiertos de par en par.

Su camisa roja parecía mojada, se le pegaba al pecho. Le sangraba la nariz. Andy vio cómo un hilillo rojo resbalaba por su mejilla y se introducía en su oreja.

Llevaba minúsculos pendientes en forma de bulldog.

—¡No! —gritó Betsy Barnard—. ¡N...!

Pop.

Andy vio salir de su nuca un borbotón de sangre.

Pop.

El cráneo de Betsy estalló de pronto como una bolsa de plástico. Cayó de lado. Sobre su hija. Sobre su hija muerta.

Muerta.

—Mamá —susurró Andy, pero Laura ya estaba allí.

Corría hacia ella con los brazos extendidos y las rodillas flexionadas. Tenía la boca abierta. Los ojos dilatados por el miedo. La cara salpicada de manchas como pecas rojas.

Andy se golpeó la parte de atrás de la cabeza contra la luna cuando su madre se abalanzó sobre ella y la tiró al suelo. Sintió el chorro de aire que expelía Laura al quedarse sin respiración. Se le nubló la vista. Oyó un crujido. Miró hacia arriba. El cristal había empezado a resquebrajarse.

—¡Por favor! —gritó Laura. Se había dado la vuelta, estaba de rodillas; luego se levantó—. ¡Por favor, pare!

Andy pestañeó. Se frotó los ojos con los puños. Una especie de arenilla se le clavó en los párpados. ¿Era tierra? ¿Cristal? ¿Sangre?

—¡Por favor! —gritó Laura.

Andy volvió a pestañear, una vez.

Y luego otra.

Un hombre apuntaba con una pistola al pecho de su madre. No era un arma policial, sino una de esas con cilindro como las del antiguo Oeste. Vestía a juego con el arma: vaqueros negros, camisa negra con botones de nácar, chaleco de cuero negro y sombrero negro de *cowboy*. Pistolera a la altura de las caderas: una funda para el arma, una larga vaina de piel para el machete.

Guapo.

Tenía la cara tersa, joven. Era de la edad de Shelly, quizá un poco mayor.

Pero Shelly estaba muerta. Ya no iría a la universidad. Su madre no volvería a abochornarla, porque también ella había muerto.

Y ahora el sujeto que las había matado a ambas apuntaba al pecho de Laura.

Andy se incorporó.

Laura solo tenía un pecho sobre el corazón, el izquierdo. El cirujano le había extirpado el derecho y ella no había querido reconstruírselo porque no soportaba la idea de volver a ir al médico, de pasar por otra operación, y ahora el hombre que tenía enfrente, ese asesino, iba a atravesarlo de un balazo.

—Mm… —A Andy se le atascó la palabra en la garganta.

Solo alcanzó a pensarla:

«Mamá».

—Tranquilo. —La voz de Laura sonó serena, mesurada. Había extendido las manos ante sí como si con ella pudiera detener las balas—. Ya puedes irte —le dijo al desconocido.

—Que te jodan. —Él clavó los ojos en Andy—. Tú, cerda de mierda, ¿dónde está tu arma?

Andy sintió que todo su cuerpo se crispaba, se encogía hasta formar una bola.

—No tiene arma —contestó Laura con voz todavía firme—. Es administrativa en la comisaría. No es policía.

—¡Levántate! —le gritó a Andy—. ¡Estoy viendo tu placa, cerda! ¡Haz tu trabajo!

—No es una placa —dijo Laura—. Es un emblema. No pierdas la calma. —Movió las manos como cuando, de pequeña, la arropaba por las noches en la cama—. Andy, escúchame.

—¡Escuchadme a mí, putas! —Escupía saliva al hablar. Blandió la pistola en el aire—. Levántate, cerda. Tú vas a ser la siguiente.

—No. —Laura se puso en medio—. La siguiente soy yo.

El chico volvió a fijar la vista en ella.

—Dispárame —ordenó Laura con incuestionable firmeza—. Quiero que me dispares.

El desconcierto rompió la máscara de furia de su rostro. Aquello no entraba en sus planes. Se suponía que la gente tenía que estar aterrorizada, no ofrecerse voluntaria.

—Dispárame —repitió Laura.

Él miró a Andy por encima del hombro de su madre; luego desvió la mirada.

—Hazlo —insistió Laura—. Solo te queda una bala. Lo sabes. Esa pistola solo tiene seis balas. —Levantó las manos mostrando cuatro dedos de la mano izquierda y uno de la derecha—. Por eso aún no has apretado el gatillo. Porque solo te queda una bala.

—Tú qué sabes...

—Solo una. —Laura movió el pulgar indicando la sexta bala—. Cuando me dispares, mi hija saldrá corriendo de aquí. ¿Verdad, Andy?

«¿Qué?».

—Andy —repitió su madre—, quiero que corras, cariño.

«¿Qué?».

—No le dará tiempo a volver a cargar, no podrá hacerte daño.

—¡Que te jodan! —gritó el chico intentando reavivar su furia—. ¡Callaos! ¡Callaos las dos!

—Andy. —Laura dio un paso hacia el pistolero. Cojeaba. De un desgarrón de sus pantalones de lino chorreaba sangre. Sobresalía algo blanco, como un hueso—. Escúchame, cielo.

—¡He dicho que no te muevas!

—Vete por la puerta de la cocina —continuó Laura con voz firme—. Hay una salida por detrás.

«¿Qué?».

—Quieta ahí, zorra. Las dos.

—Tienes que confiar en mí —dijo Laura—. No podrá cargar a tiempo.

«Mamá».

—Levántate. —Laura dio otro paso adelante—. He dicho que te levantes.

32

«No, mamá».

—Andrea Eloise —insistió con su voz de Madre, no con su voz de Mamá—, levántate. Ahora mismo.

El cuerpo de Andy se puso en marcha automáticamente. Apoyó el pie izquierdo, levantó el talón derecho, tocó el suelo con los dedos: una atleta en la línea de salida.

—¡Quieta!

El chico la apuntó con el arma, pero Laura se desplazó siguiendo su trayectoria. Él movió de nuevo la pistola y Laura la siguió, escudando a Andy con su cuerpo. Protegiéndola de la última bala de la pistola.

—Dispárame —ordenó—. Adelante.

—¡A la mierda!

Andy oyó un chasquido.

¿El gatillo al desplazarse hacia atrás? ¿El percutor al golpear la bala?

Cerró los ojos con fuerza, levantó las manos para taparse la cabeza.

Pero no sintió nada.

Ni un disparo. Ni un grito de dolor.

Ni el ruido de su madre al desplomarse, muerta.

«Suelo. Tierra. Dos metros de profundidad».

Se encogió al tiempo que miraba hacia arriba.

El chico había abierto la vaina de su machete.

Lo estaba sacando muy despacio.

Hoja de quince centímetros. Aserrada por un lado. Afilada por el otro.

Se enfundó la pistola y empuñó el cuchillo con la mano dominante. No lo sujetaba con la punta hacia arriba como un cuchillo de mesa, sino hacia abajo como si se dispusiera a apuñalar a alguien.

—¿Qué vas a hacer con eso? —preguntó Laura.

No contestó. Se lo demostró.

Dio dos pasos adelante.

Levantó el machete describiendo un arco y lo bajó bruscamente, apuntando al corazón de su madre.

Andy se quedó paralizada: tenía tanto miedo, estaba tan conmocionada que no podía reaccionar; no podía hacer nada, salvo ver morir a su madre.

Laura levantó la mano como si pudiera detener el avance del cuchillo. La hoja se hundió en el centro de su palma. Pero en lugar de desplomarse o gritar, Laura cerró los dedos en torno a la empuñadura.

No hubo forcejeo. El asesino estaba demasiado sorprendido.

Laura le arrancó el cuchillo mientras la larga hoja atravesaba aún su mano.

El chico retrocedió tambaleándose.

Miró el machete que sobresalía de la mano de Laura.

Un segundo.

Dos segundos.

Tres.

Pareció acordarse de la pistola que llevaba al cinto. Bajó la mano derecha. Cerró los dedos sobre la empuñadura. El cañón relumbró, plateado. Movió la mano izquierda para empuñar el arma con las dos manos y se dispuso a disparar la última bala, derecha al corazón de su madre.

Sin hacer ningún ruido, Laura movió el brazo clavándole la hoja del machete a un lado del cuello.

Crunch, como un carnicero cortando una pieza de carne.

El sonido rebotó como un eco por los rincones de la sala.

El hombre emitió un grito ahogado. Boqueó como un pez. Abrió los ojos de par en par.

El dorso de la mano de Laura seguía pegada a su cuello, atrapada entre la hoja y el mango del cuchillo.

Andy vio que sus dedos se movían.

Se oyó un tintineo. La pistola tembló cuando el chico intentó levantarla.

Laura dijo algo, un gruñido inarticulado.

Él siguió subiendo la pistola. Trató de apuntar.

Laura le cruzó la garganta con el cuchillo de lado a lado.

Sangre, tendón, cartílago.

No hubo chorro ni salpicadura, como antes. La sangre brotó de golpe de su garganta como de un dique roto.

Su camisa negra se volvió aún más negra. Los botones de nácar adquirieron distintas tonalidades de rosa.

La pistola cayó primero.

Luego sus rodillas golpearon el suelo. A continuación, el pecho. Y por último la cabeza.

Andy vio sus ojos mientras se desplomaba.

Murió antes de tocar el suelo.

2

Cuando estaba en noveno curso, Andy se enamoró de un chico llamado Cletus Laraby al que apodaban Cleet. Tenía el pelo castaño y lacio, sabía tocar la guitarra y era el más listo de la clase de Química. Por eso Andy trató de aprender a tocar la guitarra y fingió que también le interesaba la Química.

Fue así como acabó participando en la feria de ciencias del colegio: como Cleet se había apuntado, ella también se apuntó.

No había cruzado ni una palabra con él en toda su vida.

Nadie se planteó si era prudente que una chica del club de teatro que a duras penas aprobaba en ciencias tuviera acceso a nitrato de amonio e interruptores de ignición, pero, viéndolo en retrospectiva, seguramente la doctora Finney se alegró tanto de que Andy se interesara por algo que no fueran las artes escénicas que decidió pasar ese detalle por alto.

A su padre también le entusiasmó la noticia. Llevó a Andy a la biblioteca, donde sacaron libros sobre ingeniería y diseño aeroespacial. Rellenó un impreso para hacerla socia de la tienda de modelismo de su localidad y, a la hora de la cena, le leía folletos de la Asociación Americana de Ingeniería Espacial.

Siempre que Andy dormía en su casa, Gordon trabajaba en el garaje con su lijadora, dando forma a las aletas y a la ojiva del cohete mientras ella, sentada en el banco de trabajo, diseñaba el fuselaje.

Sabía que a Cleet le gustaban los Goo Goo Dolls porque lleva-ba una pegatina del grupo en su mochila, y al principio se le ocu-rrió darle al cohete la forma del telescopio *steampunk* que salía en el vídeo de *Iris*; luego, pensó en añadirle alas porque *Iris* era un tema de la película *City of Angels*; más tarde decidió poner la cara de Ni-colas Cage a un lado del fuselaje, de perfil, porque era el ángel de la película, y finalmente optó por dibujar a Meg Ryan porque a fin de cuentas estaba haciendo todo aquello por Cleet, y era probable que a él le interesara más Meg Ryan que Nicolas Cage.

Una semana antes de la feria tuvo que entregarle todos sus apuntes y fotografías a la doctora Finney para demostrarle que ha-bía hecho el trabajo ella sola. Estaba dejando las dudosas pruebas sobre la mesa de la profesora cuando entró Cleet Laraby. Tuvo que juntar las manos para que no le temblaran cuando Cleet se detuvo a echar un vistazo a las fotos.

—Meg Ryan —dijo—. Mola. Vas a hacerla saltar por los aires, ¿eh?

Andy sintió que una ráfaga de aire frío le abría los labios de un tajo.

—A mi novia le encanta esa película tan tonta. La de los án-geles. —Cleet le enseñó la pegatina de su mochila—. Escribieron esa mierda de canción para la banda sonora, colega. Por eso llevo esto aquí, para acordarme de no vender nunca mi arte como esos ma-ricones.

Andy no se movió. No podía hablar.

Novia. Tonta. Mierda. Colega. Maricones.

Salió del aula de la doctora Finney sin sus notas y sus libros; ni siquiera se llevó su bolso. Cruzó la cafetería y salió por la puerta de emergencia que siempre estaba entornada para que las señoras que atendían el comedor salieran a fumarse un cigarro detrás de los cu-bos de basura.

Gordon vivía a algo más de tres kilómetros del colegio. Era ju-nio. En Georgia. En la costa. Cuando llegó a casa de su padre, Andy tenía la piel quemada por el sol y estaba empapada en lágrimas y sudor. Cogió el cohete de Meg Ryan y los dos prototipos de Nicolas Cage y los tiró al cubo de la basura de fuera. Luego los roció con líquido inflamable. Y echó una cerilla al cubo. Cuando volvió en sí, estaba tumbada boca arriba en el camino de entrada y un vecino la regaba con una manguera.

La llamarada le chamuscó las cejas, las pestañas, el flequillo y los pelos de la nariz. El estruendo de la explosión fue tan fuerte que le sangraban los oídos. El vecino se puso a gritarle a la cara. Su mujer, que era enfermera, se acercó y trató de decirle algo, pero ella solo oía un sonido agudo, como cuando su profesora de coro hacía sonar una sola nota en el diapasón.

Iiiiiiiiiiii…

Estuvo cuatro días enteros oyendo el Sonido y nada más que el Sonido.

Cuando se despertaba. Cuando intentaba dormir. Cuando se bañaba. Cuando iba a la cocina. Cuando se sentaba delante del televisor. Cuando leía las notas que sus padres garabateaban furiosamente en una pizarra blanca.

No sabemos qué pasa.

Seguramente es temporal.

No llores.

Iiiiiiiiiiii…

De eso hacía casi veinte años. Andy apenas se había acordado de la explosión desde entonces, hasta ahora, y solo porque el Sonido había vuelto. Cuando volvió, o cuando ella cobró conciencia de que había vuelto, estaba de pie en el restaurante junto a su madre, que se había sentado en una silla. Había tres personas muertas en el suelo. En la tierra. El asesino, con su camisa negra aún más negra. Shelly Barnard, con su camiseta roja aún más roja. Y Betsy Barnard, con la mitad inferior de la cara colgándole de flecos de músculos y tendones.

Andy apartó la mirada de los cadáveres. Había gente parada fuera del restaurante. Compradores con bolsas de Abercrombie y Juicy, con cafés y batidos de Starbucks. Algunos habían llorado. Otros estaban haciendo fotografías.

Andy sintió que le apretaban el brazo. Laura luchaba por apartar la silla de la mirada de los curiosos. Tenía la sensación de que cada movimiento estaba entrecortado, como si estuviera viendo una película de *stopmotion*. A Laura le temblaron las manos cuando trató de envolverse la pierna herida con un mantel. Aquella cosa blanca que sobresalía no era un hueso, sino un trozo de porcelana. Laura era diestra, pero el cuchillo que tenía clavado en la mano izquierda le imposibilitaba vendarse la pierna. Le estaba hablando a ella, a Andy, seguramente le pedía ayuda, pero Andy solo oía el Sonido.

—Andy —había dicho Laura.

Iiiiiiiiiiiiiiiii...

—Andrea.

Miró la boca de su madre preguntándose si la había oído en realidad o si había leído su nombre en los labios de Laura y le resultaba tan familiar que su cerebro lo había procesado como un sonido y no como una imagen.

—Andy —repitió Laura—. Ayúdame.

Aquello sí lo oyó: una súplica sorda, como si su madre le estuviera hablando a través de un tubo muy largo.

—Andy.

Laura le cogió las manos. Se había inclinado en la silla, saltaba a la vista que estaba sufriendo. Andy se arrodilló. Empezó a atar el mantel.

«Átalo fuerte».

Es lo que le habría dicho si alguien hubiera llamado, angustiado, a la línea de emergencia: «No te preocupes por si le haces daño. Ata el trapo todo lo fuerte que puedas para cortar la hemorragia».

Las cosas cambiaban cuando eran tus manos las que tenían que atar el trapo. Cuando el dolor que veías era el que reflejaba la cara de tu madre.

—Andy. —Laura esperó a que alzara la vista.

Le costaba centrar la mirada. Quería prestar atención. Tenía que hacerlo.

Su madre la agarró por la barbilla y le dio una fuerte sacudida para sacarla de su estupor.

—No hables con la policía —dijo—. No firmes ninguna declaración. Diles que no te acuerdas de nada.

«¿Qué?».

—Prométemelo —insistió Laura—. No hables con la policía.

Cuatro horas más tarde, Andy aún no había hablado con la policía, sobre todo porque la policía no había hablado con ella. Ni en el restaurante ni en la ambulancia, ni ahora.

Estaba esperando frente a las puertas cerradas del quirófano mientras los médicos operaban a Laura. Se había dejado caer en una dura silla de plástico. Se había negado a tumbarse, había rechazado la cama que le ofreció la enfermera, porque a ella no le pasaba nada. Era a Laura a quien tenían que socorrer. Y a Shelly. Y a la madre de Shelly, de cuyo nombre no se acordaba.

¿Quién era la señora Barnard, en realidad, sino la madre de su hija?

Se recostó en la silla. Tuvo que girarse de determinada manera para que la contusión que tenía en la cabeza no le doliera. La luna de cristal que daba al paseo marítimo. Recordaba cómo se había abalanzado su madre sobre ella para tirarla al suelo. El golpe en la parte de atrás del cráneo cuando su cabeza chocó contra el cristal. La luna resquebrajada. La velocidad con que Laura se había incorporado gateando para levantarse. Su actitud, la firmeza de su voz.

Su forma de levantar los dedos (cuatro de la mano izquierda, uno de la derecha) al explicarle al asesino que solo le quedaba una bala de las seis con que había empezado el tiroteo.

Se frotó la cara con las manos. No miró el reloj de pared porque, si cedía a la tentación de mirarlo cada vez que sentía ese impulso, las horas se le harían eternas. Se pasó la lengua por las muelas empastadas. Hacía tiempo que le habían cambiado los empastes metálicos por otros de resina blanca, pero todavía se acordaba de cómo los hacía vibrar el Sonido dentro de sus molares. Dentro de su mandíbula. Hasta el interior del cráneo. Un ruido atenazador que le hacía sentir que su cerebro estaba a punto de estallar.

Iiiiiiiiiiiii...

Cerró los ojos con fuerza. Inmediatamente, las imágenes empezaron a sucederse unas a otras como las presentaciones en diapositivas que su padre montaba con las fotos de las vacaciones.

Laura levantando la mano.

La larga hoja del cuchillo hundiéndose en su palma.

Su madre arrancándole el cuchillo de la mano al asesino.

Clavándoselo en el cuello del revés.

La sangre.

Un montón de sangre.

Jonah Helsinger. Así se llamaba el asesino. Andy lo sabía, aunque no estaba segura de por qué. ¿Lo había oído en la radio mientras iba en la ambulancia con su madre? ¿Lo habían dicho en las noticias de la tele mientras estaba en la sala de espera de urgencias? ¿Lo había oído de labios de la enfermera que la había acompañado a la zona de quirófanos?

«Jonah Helsinger», había cuchicheado alguien, como se cuchichea que alguien tiene cáncer. «El asesino se llamaba Jonah Helsinger».

—¿Señora?

Delante de ella había una agente de la policía de Savannah.

—Yo no... —Intentó recordar lo que le había dicho su madre que dijera—. No me acuerdo.

—Señora —repitió la agente, y a Andy le extrañó que la llamara así porque era mayor ella—. Siento molestarla, pero hay aquí un señor. Dice que es su padre, pero...

Andy miró por el pasillo.

Gordon aguardaba junto a los ascensores.

Sin pensar en lo que hacía, se levantó y echó a correr hacia él. Gordon salió a su encuentro y la estrechó entre sus brazos apretándola tan fuerte que Andy sintió cómo le latía el corazón en el pecho. Apretó la cara contra su tiesa camisa blanca. Venía de trabajar, vestido, como de costumbre, con un traje de tres piezas.

Llevaba aún las gafas de leer apoyadas sobre la cabeza y la pluma Montblanc metida en el bolsillo de la camisa. Andy sintió su frío metal en el pliegue de la oreja.

Desde el comienzo del tiroteo sus nervios se habían ido descomponiendo poco a poco, pero en brazos de su padre, sintiéndose por fin a salvo, perdió por completo el poco aplomo que le quedaba. Empezó a llorar tan violentamente que no pudo sostenerse en pie. Gordon la condujo medio en volandas, medio a rastras, hasta unas sillas arrimadas a la pared. La apretaba tan fuerte que Andy tenía que tomar cortas bocanadas de aire para respirar.

—Estoy aquí —le decía su padre una y otra vez—. Estoy aquí, cariño. Estoy aquí.

—Papá —repuso ella con un sollozo.

—Tranquila. —Gordon le acarició el pelo retirándoselo de la cara—. Ya estás a salvo. Todo el mundo está a salvo.

Andy siguió llorando. Lloró tanto que empezó a sentirse avergonzada, como si se estuviera excediendo. Laura estaba viva. Había pasado algo horrible, pero Laura se pondría bien. Y ella también. *Tenía* que ponerse bien.

—Tranquila —murmuró su padre—. Desahógate.

Andy sorbió por la nariz intentando contener las lágrimas. Trató de recuperar la compostura. Y volvió a intentarlo. Pero cada vez que creía que iba a conseguirlo se acordaba de otro detalle (el ruido del primer disparo, como un tarro al abrirse, el golpe seco al clavar su madre el cuchillo en la carne y el hueso) y se echaba a llorar otra vez.

—Tranquila —repitió Gordon mientras le acariciaba la cabeza pacientemente—. Ya pasó, cariño.

Andy se limpió la nariz. Respiró hondo entrecortadamente. Su padre se enderezó un poco sin dejar de abrazarla y sacó su pañuelo.

Andy se enjugó las lágrimas, se sonó la nariz.

—Lo siento.

—No tienes por qué disculparte. —Gordon le apartó el pelo de los ojos—. ¿Tienes alguna herida?

Ella negó con la cabeza. Volvió a sonarse hasta que se le destaponaron los oídos.

El Sonido había cesado.

Cerró los ojos, embargada por el alivio.

—¿Mejor? —preguntó Gordon. Andy sentía la calidez de su mano sobre la espalda; volvía a tener un asidero—. ¿Estás bien?

Abrió los ojos. Seguía teniendo los nervios a flor de piel, pero debía contarle a su padre lo ocurrido.

—Mamá… tenía el cuchillo, y ese tipo, ella lo ma…

—Chist —susurró él tapándole los labios con los dedos—. Mamá está bien. Todo va bien.

—Pero…

Su padre volvió a ponerle un dedo sobre los labios para que guardara silencio.

—He hablado con el médico. Mamá está en reanimación. Le han salvado la mano. Y la pierna. Va todo bien. —Levantó una ceja y ladeó ligeramente la cabeza hacia la derecha, señalando a la agente de la policía.

Estaba hablando por teléfono, pero saltaba a la vista que los estaba escuchando.

—¿Seguro que estás bien? —le preguntó su padre—. ¿Te ha visto un médico?

Andy hizo un gesto afirmativo.

—Estás cansada, cielo. Has pasado toda la noche trabajando. Y luego has presenciado algo espantoso. Tu vida ha estado en peligro. Y la de tu madre también. Es lógico que estés conmocionada. Tienes que descansar, darle tiempo a tu memoria para que se recomponga —dijo Gordon en tono comedido. Andy comprendió que estaba dándole indicaciones—. ¿De acuerdo?

Ella asintió porque él asentía. ¿Por qué le decía su padre lo que tenía que decir? ¿Había hablado con Laura? ¿Estaba su madre en apuros?

Había matado a un hombre. Claro que estaba en apuros.

—Señora —dijo la agente de policía—, ¿podría darme sus datos? Nombre completo, dirección, fecha de nacimiento, esas cosas.

—Se los daré yo, agente. —Gordon aguardó a que la mujer sacara su bolígrafo y su libreta; luego, procedió a darle la información que había pedido.

Andy se acurrucó bajo su brazo protector. Le costaba tanto tragar saliva que le sonaba la garganta cada vez que lo intentaba.

Después, se obligó a contemplar la situación como un ser humano inmerso en el mundo y no como una espectadora aterrorizada.

No se trataba de un ajuste de cuentas entre dos narcotraficantes en plena calle, ni de un marido maltratador que hubiera sobrepasado todos los límites. Un chico blanco había matado a tiros a dos mujeres blancas y había muerto a manos de otra mujer blanca en uno de los centros comerciales más lujosos del estado.

Seguramente vendrían unidades móviles de Atlanta y Charleston a cubrir la noticia. Intervendrían abogados en nombre de las familias, las víctimas, la gerencia del centro comercial, el Ayuntamiento, el condado, y quizá incluso las autoridades federales. Acudirían en tropel los distintos cuerpos policiales: el de Belle Isle, el de Savannah, el del condado de Chatham y la Oficina de Investigación de Georgia. Declaraciones de los testigos. Inspección ocular. Toma de fotografías. Autopsias. Recogida de pruebas.

El trabajo de Andy consistía en parte en asignar un número de expediente a delitos mucho menos graves que aquel, y a menudo seguía el avance del sumario a lo largo de los meses –o años, incluso– que tardaba en llegar a juicio. Ella mejor que nadie debía saber que los actos de su madre serían examinados meticulosamente por todas las instancias del sistema de justicia criminal.

Se oyó de pronto, como a propósito, el timbre del ascensor. La agente de policía se enderezó la pistolera de cuero que llevaba a la cadera produciendo un suave chirrido. Se abrieron las puertas. Un hombre y una mujer salieron al pasillo. Vestían trajes arrugados. Tenían cara de cansancio. Él era calvo, hinchado, y tenía la nariz quemada por el sol y pelada a trozos. Ella era más o menos de la altura de Andy, pero diez años mayor, como mínimo; tenía la piel olivácea y el cabello oscuro.

Andy hizo ademán de levantarse, pero Gordon se lo impidió.

—Señorita Oliver. —La mujer sacó su placa y se la enseñó a Andy—. Soy la sargento detective Lisa Palazzolo. Este es el detective Brant Wilkes. Pertenecemos al Departamento de Policía de Savannah. Estamos ayudando a la policía local de Belle Isle en la investigación. —Volvió a guardarse la identificación en el bolsillo de la chaqueta—. Tenemos que hablar con usted sobre lo ocurrido esta mañana.

Andy abrió la boca, pero de nuevo había olvidado lo que le había dicho su madre que dijera, o lo que le había insinuado Gordon hacía un momento, de modo que optó automáticamente por cerrar la boca y mirar con expresión vacua a la persona que la interrogaba.

—Este no es buen momento, detectives —intervino Gordon—. Mi hija está en estado de *shock*. Todavía no está preparada para declarar.

Wilkes resopló contrariado.

—¿Es usted su padre?

Andy siempre olvidaba que Gordon era negro y ella era blanca, hasta que alguien se lo recordaba.

—Sí, detective. Soy su padre —repuso Gordon con impaciencia. Estaba acostumbrado a aquello. Durante años había tenido que tranquilizar a profesores desconfiados, dependientes recelosos y guardias de seguridad abiertamente racistas—. Soy Gordon Oliver, el exmarido de Laura. Y padre adoptivo de Andrea.

Wilkes torció la boca mientras sopesaba la respuesta de Gordon.

—Lamentamos mucho lo ocurrido, señor Oliver —dijo Palazzolo—, pero necesitamos hacerle unas preguntas a Andrea.

—Como les decía —replicó Gordon—, en estos momentos no está en situación de hablar de los hechos. —Cruzó las piernas tranquilamente, como si todo aquello fuera una simple formalidad—. Andrea trabaja en atención telefónica de la policía, como sin duda habrán deducido por su uniforme. Ayer tuvo turno de noche. Está agotada. Ha presenciado una tragedia espantosa. No está en condiciones de hacer una declaración.

—Ha sido una tragedia espantosa, sí —convino Palazzolo—. Han muerto tres personas.

—Y mi hija podría haber sido la cuarta. —Gordon mantuvo el brazo sobre los hombros de Andy con gesto protector—. Mañana nos pasaremos encantados por la comisaría.

—Estamos investigando un asesinato.

—Pero el sospechoso ha muerto —le recordó Gordon a la detective—. No hay prisa, detective. Un día más no cambiará nada.

Wilkes resopló de nuevo.

—¿Cuántos años tiene?

Andy comprendió que se dirigía a ella.

—Treinta y uno —contestó Gordon—. Hoy es su cumpleaños.

Andy se acordó de repente del mensaje de voz que le había dejado su padre esa mañana, una versión desafinada del *Cumpleaños feliz* en su profunda voz de barítono.

—Es un poco mayor para que su papi hable por ella —comentó Wilkes.

Palazzolo puso los ojos en blanco, pero dijo:

—Señorita Oliver, para nosotros sería importante que nos ayudara a aclarar la secuencia de los acontecimientos. Es usted la única testigo que no ha declarado aún.

Andy sabía que eso no era cierto, porque Laura aún estaba bajo los efectos de la anestesia.

—Detectives —dijo Gordon—, si...

—Joder, ¿usted qué es, su papá o su abogado? —preguntó Wilkes con aspereza—. Porque podemos apartarle de...

Gordon se levantó. Era al menos treinta centímetros más alto que Wilkes.

—Da la casualidad de que soy abogado, señor Wilkes, y puedo instruirle acerca del derecho constitucional de mi hija a negarse a ser interrogada, o bien presentar una queja formal ante sus superiores.

Andy observó que los ojos del detective se movían de un lado a otro. Parecía morirse de ganas de poner a Gordon en su sitio.

—Brant, vete a dar un paseo —dijo Palazzolo.

Wilkes no se movió.

—Vamos, Brant. Nos vemos en la cafetería. Ve a comer algo.

El detective miró a Gordon como un pitbull sin castrar. Luego se alejó hecho una furia.

—Señor Oliver —dijo Palazzolo—, sé que su hija lo ha pasado muy mal hoy, pero aunque Savannah no es precisamente una balsa de aceite, tampoco estamos acostumbrados a que haya triples homicidios. Necesitamos que su hija preste declaración. Tenemos que saber qué pasó.

—Doble homicidio —puntualizó Gordon.

—Ya. —Palazzolo dudó un momento antes de continuar—: ¿Les importa si nos sentamos? —Dedicó a Andy una sonrisa tranquilizadora—. Yo también hago el turno de noche. Llevo dieciocho horas levantada y de momento no hay visos de que vaya a poder acostarme. —Acercó una silla antes de que Gordon pudiera oponerse—. Miren, voy a decirles lo que sé y luego, si Andrea se siente con fuerzas, puede contarme lo que ella sabe. O no. En todo caso, así sabrá nuestra versión. —Indicó las otras sillas—. Es un buen trato, señor Oliver. Confío en que lo acepte.

Andy miró a su padre. ¿Triple homicidio? ¿Dos personas heridas? ¿Por qué tenía la sensación de que la detective no contaba a Laura entre los heridos?

—¿Señor Oliver? —Palazzolo dio unas palmaditas en el respaldo de su silla, pero no se sentó—. ¿Qué me dice?

Gordon miró a Andy.

Ella había visto aquella mirada muchas otras veces: «Recuerda lo que te he dicho».

Andy asintió en silencio. Si algo se le daba bien era mantener la boca cerrada.

—Estupendo. —Palazzolo se sentó exhalando un suspiro.

Gordon ocupó el asiento situado frente a la detective.

—Está bien. —Palazzolo sacó su cuaderno, pero no su bolígrafo. Pasó unas páginas—. El tirador se llamaba Jonah Lee Helsinger. Dieciocho años. Estaba en último curso de bachillerato. Preinscrito en la Universidad del Estado de Florida. La chica era Shelly Anne Barnard. Estaba en el restaurante con su madre, Elizabeth Leona Barnard, Betsy. Jonah Lee Helsinger es, o era, el exnovio de Shelly. Su padre afirma que Shelly rompió con él hace dos semanas. Quería dejarle antes de empezar la universidad el mes que viene. Helsinger no se lo tomó bien.

Gordon carraspeó.

—Y tanto.

La detective asintió, haciendo caso omiso del sarcasmo.

—Lamentablemente, las fuerzas policiales han tenido que investigar muchos casos parecidos a lo largo de los años. Sabemos que las matanzas indiscriminadas no suelen ser producto de un arrebato momentáneo. Son operaciones bien planeadas y ejecutadas que normalmente van gestándose poco a poco en la mente del asesino hasta que algo, un hecho concreto como una ruptura sentimental o un cambio de circunstancias vitales, como ir a la universidad, los pone en marcha. La primera víctima es por lo general una mujer o una chica de su entorno más inmediato, de ahí que haya sido un alivio descubrir que la madre de Helsinger estaba fuera de la ciudad esta mañana. Un viaje de trabajo a Charleston. Pero por la indumentaria que llevaba Helsinger, un sombrero negro, un chaleco y una pistolera que compró en Amazon hace seis meses, sabemos que llevaba tiempo maquinando el asunto. El detonante se produjo cuando Shelly le dejó, pero la idea, el plan, llevaba meses gestándose en su cabeza.

«Matanzas indiscriminadas».

Aquellas dos palabras rebotaban dentro de la mente de Andy.

—¿Todas las víctimas son mujeres? —preguntó Gordon.

—Había un hombre sentado en el restaurante. Resultó herido en el ojo por una esquirla. Aún no sabemos si va a perderlo. El ojo, digo. —Palazzolo retomó el tema de Jonah Helsinger—. Otra cosa que sabemos acerca de los asesinos que cometen matanzas indiscriminadas es que tienden a colocar artefactos explosivos en sus domicilios para incrementar el número de víctimas. Por eso hemos enviado a la brigada de artificieros a registrar la habitación de

Helsinger antes de entrar. Tenía una bomba casera conectada al pomo de la puerta. El detonador estaba defectuoso. Seguramente lo sacó de Internet. Por suerte, no ha habido ninguna explosión.

Andy abrió la boca para poder respirar. Se había encontrado cara a cara con aquel chico. Había estado a punto de matar a Laura. Y a ella. Había asesinado a otras personas. Había intentado hacerlas saltar por los aires.

Seguramente iba al instituto de Belle Isle, el mismo donde había estudiado ella.

—Helsinger —dijo Gordon—. Ese apellido me suena.

—Sí, la familia es muy conocida en el condado de Bibb. El caso es...

—Muy conocida —repitió Gordon en un tono que Andy no alcanzó a descifrar.

Palazzolo, en cambio, pareció entender lo que quería decir su padre. Le sostuvo la mirada un momento y luego añadió:

—El caso es que Jonah Helsinger dejó algunos cuadernos escolares encima de su cama. La mayoría llenos de dibujos. Imágenes macabras, perturbadoras. Tenía cuatro pistolas más, un AR-15 y una escopeta, de modo que si optó por usar el revólver y el cuchillo no fue por casualidad. Creemos conocer el motivo. Hemos encontrado en su ordenador portátil una carpeta titulada *Plan Muerte* que contenía dos archivos de texto y un PDF.

Andy sintió que un escalofrío le corría por el cuerpo. La noche anterior, mientras ella se preparaba para su jornada de trabajo, Jonah Helsinger estaba probablemente tumbado en la cama, concienciándose para cometer una matanza.

—El PDF era un croquis del restaurante —prosiguió la detective—, como el que podría dibujar un arquitecto. Uno de los documentos era un horario, una lista: me levanto a tal hora, me ducho a tal otra, ahora limpio la pistola, ahora echo gasolina al coche. El otro archivo era una especie de entrada de diario en la que Helsinger comentaba cómo y por qué iba a actuar. —Palazzolo echó una ojeada a su libreta—. Sus objetivos principales iban a ser

Shelly y su madre. Por lo visto iban al Rise-n-Dine una vez por semana. Shelly lo comentaba en Facebook, colgaba fotos en Snapchat y esas cosas. El señor Barnard nos ha dicho que comen juntas todos los lunes. Al parecer habían quedado en hacerlo todo el verano, hasta que empezara el curso.

—Comían —masculló Gordon. Ahora, todo en la vida de aquellas mujeres era tiempo pasado.

—Comían, sí —dijo Palazzolo—. Helsinger pensaba matarlas a ambas. Culpaba a la madre de la ruptura. En su diario afirma que fue culpa de Betsy, que siempre estaba presionando a Shelly y blablablá. Disparates varios. Pero, en fin, da igual, porque todos sabemos que es culpa de Jonah Helsinger, ¿no?

—En efecto —repuso Gordon con firmeza.

Palazzolo volvió a sostenerle la mirada enfáticamente antes de volver a sus notas.

—Su plan era este: después de matar a Betsy y Shelly, tomaría como rehenes a las personas que hubiera en el restaurante. Tenía una hora anotada: la una y dieciséis. No es la hora concreta a la que se produjeron los hechos, sino una indicación aproximada. —Miró a Andy y luego a Gordon—. Verán, creemos que hizo un ensayo. La semana pasada, más o menos a la misma hora del tiroteo, alguien tiró una piedra a la cristalera del restaurante que da al paseo marítimo y la rompió. Estamos esperando el informe del servicio de seguridad. El incidente se clasificó como un caso de vandalismo. El primer guardia del centro comercial tardó aproximadamente un minuto y dieciséis segundos en llegar al restaurante.

Aquellos guardias no eran los típicos vigilantes jurados. Eran exagentes de policía contratados por el centro comercial para proteger las tiendas de lujo. Andy había visto a menudo las pistolas que llevaban, pero no se había detenido a pensar en ello.

—Según el plan que se había marcado Helsinger —continuó Palazzolo—, tenía previsto matar al menos a un testigo para que la policía supiera que iba en serio. Luego se dejaría abatir. Debió de pensar que sus previsiones se habían adelantado al ver su uniforme y dar por sentado que pertenecía usted a la policía —añadió la detective dirigiéndose a Andy—. Creemos, conforme a las declaraciones de otros testigos presenciales, que quería que usted le disparase. Pretendía suicidarse utilizando a la policía.

Solo que Andy no era policía.

«¡Levántate! ¡Haz tu trabajo!».

Eso le había gritado Helsinger.

Luego, su madre había dicho: «Dispárame».

—Es un mal tipo. Era un mal tipo, el tal Helsinger. —Palazzolo seguía mirándola fijamente—. Está todo en sus notas. Lo había planeado todo minuciosamente. Sabía que iba a matar a gente. Y esperaba que el número de sus víctimas aumentase cuando alguien abriera la puerta de su habitación. Llenó al artefacto casero con tornillos y clavos. Si el cable no hubiera estado conectado al picaporte, habría volado la casa entera, junto con quien estuviera dentro. Habríamos encontrado clavos incrustados en Dios sabe qué o quién a dos manzanas de distancia.

Andy quiso asentir, pero se sentía paralizada. Clavos y tornillos volando por el aire. ¿Qué podía llevar a alguien a fabricar una bomba casera y llenarla de proyectiles con la esperanza de matar o mutilar a otras personas?

—Ha tenido usted suerte —le dijo Palazzolo—. Si no hubiera estado allí su madre, la habría matado. Era un mal tipo.

Andy notó que la detective la estaba observando, pero mantuvo los ojos fijos en el suelo.

«Un mal tipo».

Palazzolo seguía repitiendo aquella expresión como si le pareciera bien que Helsinger hubiera muerto. Como si se lo tuviera merecido. Como si lo que había hecho Laura estuviera totalmente justificado porque Jonah Lee Helsinger era «un mal tipo».

Andy trabajaba en una comisaría. La mayoría de las personas que morían asesinadas podían entrar dentro de esa categoría, y sin embargo nunca había oído a ningún detective insistir machaconamente en que la víctima era un mal tipo.

Palazzolo se había vuelto hacia Gordon.

—Señor Oliver —dijo—, ¿su esposa ha recibido entrenamiento militar de alguna clase?

Gordon no respondió.

—Sus antecedentes son muy normales —prosiguió Palazzolo, y volvió a hojear su libreta—. Nacida en Providence, Rhode Island. Estudió en la Universidad de Rhode Island y se doctoró en la de Georgia, donde también hizo varios cursos de posgrado. Vive en Belle Isle desde hace veintiocho años. Tiene la casa pagada, por lo que la felicito. Podría venderla por un buen pellizco, pero dónde estaría mejor que aquí, supongo. Un solo matrimonio y un divorcio. Ninguna deuda importante. Siempre paga sus facturas a tiempo. Nunca ha salido del país. Hace tres años le pusieron una multa que pagó por Internet. Debió de ser una de las primeras personas que compró una casa aquí. —La detective miró a Andy—. Usted se crio en Belle Isle, ¿verdad?

Andy se quedó mirándola. Tenía un lunar cerca de la oreja, justo debajo de la mandíbula.

—¿Fue al colegio aquí y luego estudió en la Escuela de Arte y Diseño de Savannah?

En realidad, había pasado sus dos primeros años de vida en Athens mientras Laura acababa el doctorado, pero lo único que recordaba de la Universidad de Georgia era que le daba miedo el periquito de los vecinos.

—Señorita Oliver —repitió Palazzolo en tono crispado. Evidentemente, estaba acostumbrada a que se respondiera a sus preguntas—. ¿Su madre ha ido alguna vez a clases de defensa personal?

Andy observó el lunar. Salían de él unos pelitos cortos.

—¿Yoga? ¿Pilates? ¿Taichí? —Palazzolo esperó. Y siguió esperando.

Luego cerró su libreta. Se la guardó en el bolsillo. Hurgó en el otro bolsillo y sacó su teléfono. Tocó la pantalla.

—Voy a enseñarles esto porque ya ha salido en las noticias. —Pasó un dedo por la pantalla—. Uno de los clientes del restaurante pensó que era más importante grabar lo que estaba ocurriendo que llamar a emergencias o salir huyendo.

Dio la vuelta al teléfono. La imagen estaba detenida. Jonah Helsinger aparecía de pie frente a la entrada del restaurante. Un cubo de basura tapaba la parte inferior de su cuerpo. Detrás de él, el centro comercial parecía desierto. Andy comprendió por el encuadre que no era la camarera del fondo quien había grabado el vídeo. Se preguntó si habría sido el hombre del periódico. El teléfono estaba inclinado justo por encima del salero y el pimentero, como si su dueño hubiera intentado ocultar que estaba grabando a aquel chico tan raro, vestido como el malo de una película de John Wayne.

El sombrero era ridículo, eso era indiscutible. Le quedaba grande, era muy rígido por arriba y la curvatura de su ala le daba un aspecto casi cómico.

Quizá ella también le hubiera grabado.

—Son imágenes muy duras —comentó Palazzolo—. En las noticias las están difuminando. ¿Le parece bien verlo? —le preguntó a Gordon, porque obviamente Andy ya lo había visto.

Gordon se acarició el bigote con el índice y el pulgar mientras se lo pensaba. Andy sabía que podía soportarlo. Lo que se estaba preguntando era si de verdad quería verlo.

Finalmente tomó una decisión.

—Sí.

Palazzolo pasó el dedo por el borde del teléfono y tocó la pantalla.

Andy se preguntó al principio si la imagen se había quedado congelada porque Jonah Helsinger no se movía. Durante unos segundos se quedaba allí parado, detrás del cubo de basura, mirando inexpresivamente el interior del restaurante, con su sombrero de vaquero encasquetado sobre la frente sudorosa.

Dos señoras, clientas del centro comercial, pasaron por detrás de él. Una de ella se fijó en el atuendo del chico, le dio un codazo a su acompañante y ambas se rieron.

Sonaba de fondo el hilo musical. El *Dress you up* de Madonna.

Alguien tosió. Aquel leve sonido pareció encontrar un eco en los oídos de Andy, y se preguntó si había oído alguno de esos ruidos en el restaurante, mientras le decía a la camarera que había estudiado escenografía o miraba a través de la cristalera las olas que espumeaban a los lejos.

En el vídeo, Helsinger movía la cabeza hacia la derecha y luego hacia la izquierda como si recorriera el local con la mirada. Andy sabía que no había mucho que ver. El restaurante estaba medio vacío. Solo quedaban unos pocos clientes que tomaban un último café o un té antes de irse a hacer recados, a jugar al golf o, en su caso, a dormir.

Helsinger se apartaba del cubo de basura.

«Santo Dios», decía una voz de hombre.

Andy recordaba aquella voz, su tono bajo y malicioso, su atisbo de sorpresa.

Helsinger levantaba la pistola. Un penacho de humo salía del cañón. Un estruendo.

Shelly recibía un disparo en la parte de atrás de la cabeza. Caía al suelo como una muñeca de papel.

Betsy Barnard empezaba a gritar.

La segunda bala no impactaba en ella, pero un fuerte grito anunciaba que había dado a otra persona.

La tercera bala seguía casi de inmediato a la segunda.

Una taza estallaba en mil pedazos sobre la mesa. Sus fragmentos volaban por el aire.

Laura estaba de espaldas al pistolero cuando uno de aquellos fragmentos se incrustaba en su pierna. El semblante de su madre no acusaba el impacto. Echaba a correr, pero no para huir. Estaba más cerca de la entrada del restaurante que del fondo. Podría haberse escondido bajo una mesa. Podría haber escapado.

Y sin embargo corría hacia Andy.

Andy se vio de pie, de espaldas a la cristalera. Se le caía de la mano la taza de café. La cerámica se hacía añicos. Al fondo, Betsy Barnard estaba siendo asesinada. La cuarta bala se incrustaba en su boca. La quinta, en su cráneo. Caía encima de su hija.

En ese instante, Laura se abalanzaba sobre Andy y la tira al suelo.

Un instante de quietud. Luego, Laura se levantaba de un salto.

Movía las manos hacia abajo, dando palmaditas como cuando Andy era pequeña y la arropaba en la cama. El hombre de negro, Jonah Lee Helsinger, le apuntaba al pecho. Andy se veía a sí misma a lo lejos. Acurrucada, hecha un ovillo. Detrás de ella, la luna se iba resquebrajando. Caían trozos de cristal.

Sentada en la silla, junto a Gordon, se llevó la mano a la cabeza. Sacó un trozo de cristal enredado en su pelo.

Cuando volvió a mirar el teléfono de la detective Palazzolo, el encuadre había cambiado. La imagen, grabada desde detrás del pistolero, temblaba. La persona que había hecho la grabación estaba tendida en el suelo, detrás de una mesa volcada. Desde ese ángulo, Andy tenía una perspectiva completamente distinta. En lugar de hallarse de frente al tirador, ahora estaba tras él. En lugar de verle la espalda a su madre, le veía la cara. Levantaba seis dedos de las manos para indicar el número total de balas. Movía el pulgar para demostrarle a Helsinger que solo quedaba un proyectil en la recámara.

«Dispárame».

Eso le había dicho Laura a aquel chico que ya había matado a dos personas: «Dispárame». Lo había dicho varias veces. Aquella palabra resonaba en la cabeza de Andy como un eco cada vez que su madre la decía en el vídeo.

«Dispárame, quiero que me dispares, dispárame, cuando me dispares, mi hija saldrá corriendo…».

Al empezar el tiroteo, todos los presentes se habían puesto a gritar, habían intentado ponerse a cubierto o habían huido, o las tres cosas a la vez.

Laura, en cambio, había empezado a contar las balas.

—¿Qué pasa? —masculló Gordon—. ¿Qué hace?

Clac.

En la pantalla, Helsinger abría la funda que colgaba de su cinto.

—Es un cuchillo —dijo Gordon—. Creía que había usado una pistola.

Helsinger se enfundaba la pistola. Empuñaba el machete con la hoja hacia abajo para hacer todo el daño posible.

Andy sintió el impulso de cerrar los ojos, pero la tentación de volver a verlo todo era igual de fuerte. Quería ver la cara de su madre en ese instante, en el momento en que Helsinger blandía el machete. Laura tenía una expresión casi plácida, como si dentro de ella se hubiera pulsado un interruptor y algo se hubiera desconectado.

El cuchillo se alzaba en el aire.

Gordon contuvo la respiración.

El cuchillo descendía.

Laura levantaba la mano izquierda. La hoja se hundía en el centro de su palma. Sus dedos se cerraban en torno a la empuñadura. Arrancaba el cuchillo de la garra de Helsinger y, con él todavía clavado en la mano, asestaba un revés y le hundía la hoja a un lado del cuello.

Un golpe sordo.

Helsinger abría los ojos de par en par.

La mano izquierda de Laura quedaba pegada al lado izquierdo de su cuello como una nota clavada en un tablón de corcho.

Había un breve paréntesis, poco más que una fracción de segundo.

La boca de Laura se movía. Una palabra o dos, sin apenas despegar los labios.

Luego pasaba el brazo derecho bajo el izquierdo, todavía atrapado.

Apoyaba la parte inferior de la mano derecha bajo el hombro derecho de Helsinger.

Empujaba su hombro.

Con la mano izquierda, de un tirón, sacaba la hoja del cuchillo de su garganta.

Sangre.

Por todas partes.

Gordon estaba boquiabierto.

Andy sintió que su lengua se volvía de algodón.

Empujar con la mano derecha, tirar con la izquierda.

A juzgar por las imágenes, Laura parecía haber extraído premeditadamente el cuchillo de la garganta de Helsinger.

No solo le había matado.

Le había asesinado.

—Es… —Gordon también se había dado cuenta—. Es…

Se llevó la mano a la boca.

En el vídeo, Helsinger se desplomaba. Primero, sus rodillas tocaban el suelo. Luego su pecho. Por último, su cara.

Andy se vio al fondo. El blanco de sus ojos formaba casi un círculo perfecto.

En primer plano, el semblante de Laura conservaba una expresión plácida. Miraba el cuchillo que atravesaba su mano de lado a lado y giraba la mano para examinarla —primero la palma, después el dorso— como si se hubiera clavado una astilla.

Palazzolo decidió detener el vídeo ahí.

Esperó un instante. Luego preguntó:

—¿Quieren verlo otra vez?

A Gordon le costó tanto tragar saliva que Andy vio cómo se movía su nuez.

—¿Señor Oliver?

Él negó con la cabeza, miró hacia el fondo del pasillo.

Palazzolo bloqueó la pantalla. Se guardó el teléfono en el bolsillo. Sin que Andy lo advirtiera, había acercado su silla a ella, retirándose de Gordon. Se inclinó hacia delante y apoyó las manos en las piernas. Entre sus rodillas y las de Andy solo mediaban unos centímetros.

—Es realmente espantoso —dijo—. Tiene que ser muy duro volver a verlo.

Gordon sacudió la cabeza, pensando que seguía hablándole a él.

—Tómese todo el tiempo que necesite, señorita Oliver —añadió Palazzolo—. Sé qué es complicado. ¿Verdad? —Volvía a dirigirse a ella, acercándosele tanto que Andy empezó a sentirse incómoda.

Empujar con una mano, tirar con la otra.

Empujar el hombro de Helsinger. Atravesarle el cuello con el machete.

La expresión serena de su madre.

«Voy a decirles lo que sé y luego, si Andrea se siente con fuerzas, puede contarme lo que ella sabe».

Probablemente la detective no les había dicho ni enseñado nada que no estuviera ya en las noticias. Y estaba acosando a Andy sin que pareciera que la acosaba, invadiendo su espacio personal. Andy sabía que era una técnica de interrogatorio porque había leído algunos manuales de formación policial en el trabajo, a ratos perdidos. Como, por ejemplo, las *Notas en torno al interrogatorio policial: declaraciones de testigos, interrogatorio de testigos hostiles y confesiones*, de Horton.

Había que incomodar al sujeto sin que este se percatara de por qué se sentía incómodo.

Y si Palazzolo intentaba que se sintiera incómoda era porque no le estaba tomando declaración: estaba interrogándola.

—Tuvo suerte de que estuviera allí su madre para salvarla —comentó la detective—. Algunos lo considerarían una acción heroica. *Algunos.*

—¿Qué le dijo su madre a Jonah antes de que muriera? —preguntó Palazzolo.

Andy vio estrecharse la distancia que las separaba. Los cinco centímetros del principio se convirtieron en dos.

—¿Señorita Oliver?

Laura parecía tan calmada… Ese era el problema. Que se había mostrado excesivamente serena y metódica en todo momento, sobre todo al levantar la mano derecha y apoyarla junto al hombro derecho de Jonah.

Para empujar con una mano y tirar con la otra.

Sin temer por su vida.

Deliberadamente.

—Señorita Oliver, ¿qué dijo su madre? —insistió Palazzolo.

La pregunta implícita de la detective llenó el pequeño e incómodo espacio que las separaba: si Laura estaba tan tranquila, si había sido tan metódica, ¿por qué no había utilizado la mano libre para quitarle la pistola a Helsinger?

—¿Andrea? —Palazzolo apoyó los codos en las rodillas. Andy percibió el olor a café de su aliento—. Sé que este es un momento difícil, pero podemos aclararlo todo rápidamente si me dice qué dijo su madre antes de que muriera Helsinger. —Esperó un instante—. El teléfono no lo captó. Supongo que podríamos mandar el vídeo al laboratorio, pero sería más sencillo que me lo dijera…

—El padre —la interrumpió Gordon—. Deberíamos rezar por el padre.

Palazzolo no le miró, pero Andy sí. Gordon no era muy dado a rezar.

—No puedo ni imaginarme… —dijo, y se interrumpió—. No puedo ni imaginarme lo que es perder a tu familia así. —Chasqueó los dedos al decir esto, pero muy cerca de su cara, como si intentara despertar del trance en el que le había sumido el vídeo—. Me alegro tanto de que tu madre estuviera allí para protegerte, Andrea… A ti y a sí misma.

Andy asintió en silencio. Por una vez, iba unos pasos por delante de su padre.

Palazzolo se echó al fin hacia atrás.

—Miren —dijo—, sé que creen que no estoy de su parte, pero les aseguro que aquí no hay bandos. Jonah Helsinger era un mal tipo. Tenía un plan. Quería matar gente, y eso es exactamente lo que ha hecho. Tiene usted razón, señor Oliver. Su mujer y su hija podrían haber sido la tercera y la cuarta víctimas. Pero yo soy policía y es mi deber averiguar qué sucedió esta tarde en ese restaurante. Solo busco la verdad.

—Detective Palazzolo —repuso Gordon, que por fin parecía haber recuperado el dominio de sí mismo—, los dos llevamos en esto el tiempo suficiente para saber que la verdad está sujeta a interpretación.

—En efecto, señor Oliver. Tiene usted toda la razón. —Miró a Andy—. ¿Sabe?, acabo de darme cuenta de que no ha dicho ni una sola palabra en todo este tiempo. —Posó la mano en la rodilla de Andy en un gesto de afecto casi fraternal—. No pasa nada, cielo. No tengas miedo. Conmigo puedes hablar.

Andy mantuvo la mirada fija en el lunar de la detective. Le costaba demasiado mirarla a los ojos. No tenía miedo. Estaba confusa.

¿De verdad representaba Jonah Helsinger una amenaza en el momento en que Laura le había matado? Porque se podía matar a alguien sin incurrir en delito si esa persona representaba un peligro para tu vida, pero si no era así, si no era una amenaza y la matabas, ya no podías alegar que había sido en defensa propia.

Era sencillamente un homicidio.

Intentó recordar lo ocurrido esa mañana, rellenar las lagunas dejadas por el vídeo. ¿Podría haber dejado Laura el machete clavado en el cuello de Jonah Helsinger, haberle quitado la pistola y luego…? ¿Luego qué?

Habría llegado la policía. El servicio de emergencias habría enviado una ambulancia y no un juez de instrucción, porque lo cierto era que, incluso cuando el cuchillo le sobresalía a un lado del cuello como si fuera una especie de Herman Munster, Jonah Helsinger aún seguía vivo. No había escupido sangre, ni la había expulsado por la nariz. Todavía podía mover los brazos y las piernas, lo que significaba que probablemente tenía intactas la carótida y la yugular. O sea, que había tenido posibilidades de sobrevivir hasta el instante mismo en que Laura acabó con su vida.

Así pues, ¿qué habría pasado después?

El personal de la ambulancia le habría estabilizado para trasladarle al hospital y los cirujanos podrían haberle extraído el cuchillo del cuello con garantías. En cambio, nada de eso había ocurrido porque Laura había apoyado la mano derecha junto a su hombro derecho y le había rematado.

—Señorita Oliver —dijo Palazzolo—, su silencio me está pareciendo muy preocupante. Si no le ocurre nada, ¿por qué no me habla?

Andy se obligó a mirarla a los ojos. Tenía que decir algo. Asegurarle que su madre no había tenido elección. «Mi madre actuó en defensa propia. Usted no estaba allí, yo sí, y estoy dispuesta a jurar encima de un montón de biblias y delante de un jurado que mi madre no tuvo más remedio que matar a Jonah Helsinger».

—Laura... —dijo Gordon.

Andy le miró, sustrayéndose por fin al torbellino creado por Palazzolo. Estaba convencida de que, cuando volviera a ver a su madre, Laura estaría postrada de nuevo en una cama de hospital. Y sin embargo allí estaba, sentada en una silla de ruedas.

—Estoy bien —dijo a pesar de que tenía la cara crispada por el dolor.

Vestía una bata blanca y llevaba un brazo en cabestrillo, pegado a la cintura mediante un inmovilizador con velcro. Una especie de guante de motorista con las puntas cortadas mantenía sus dedos derechos.

—Tengo que cambiarme. Luego quiero irme a casa.

Gordon abrió la boca para contestar, pero Laura le atajó:

—Por favor —dijo—. Ya le he dicho a la doctora que voy a firmar el alta voluntaria. Está ocupándose del papeleo. ¿Puedes acercar el coche? —Pareció irritada, sobre todo al ver que Gordon no reaccionaba de inmediato—. Gordon, por favor, ¿puedes acercar el coche?

—Doctora Oliver —dijo Palazzolo—, su cirujana me ha dicho que iba a quedarse ingresada esta noche, como mínimo.

Laura no le preguntó quién era ni por qué había hablado con la cirujana.

—Gordon, quiero irme a casa.

—Señora —insistió Palazzolo—, soy la detective Lisa Palazzolo, del Departamento de...

—No quiero hablar con usted. —Miró a Gordon—. Quiero irme a casa.

—Señora...

—¿Es dura de oído? —replicó Laura—. Este hombre es abogado. Puede explicarle cuáles son mis derechos si no los conoce.

Palazzolo arrugó el ceño.

—Sí, ya hemos tenido ese pequeño tira y afloja, pero permítame aclarar una cosa para que conste en acta. ¿Se niega usted a ser interrogada?

—Por ahora —terció Gordon, porque nada podía ponerle más rotundamente del lado de Laura que ver cómo la hostigaba una desconocida—. La llamarán de mi despacho para concertar una cita.

—Podría detenerla como testigo presencial.

—Podría, en efecto —reconoció Gordon—, pero ella también podría quedarse ingresada por orden facultativa y usted no podría interrogarla de todos modos.

—Acabo de despertarme de la anestesia —explicó Laura en tono más conciliador—, no estoy en condiciones de…

—Está empeorando las cosas, se da cuenta, ¿verdad? —Palazzolo había abandonado su pose servicial, la pretensión de que estaban todos en el mismo equipo. Estaba visiblemente cabreada—. Los únicos que se callan son los que tienen algo que ocultar.

—Mi despacho se pondrá en contacto con ustedes cuando la doctora Oliver esté en situación de hablar —remachó Gordon.

La detective apretó los dientes y la articulación de su mandíbula sobresalió como un tornillo a un lado de su cara. Inclinó la cabeza escuetamente y se alejó hacia los ascensores haciendo ondear los faldones de su chaqueta.

—Deberías quedarte en el hospital —le dijo Gordon a Laura—. Aquí no te molestará. Pediré una orden de alejamiento si…

—A casa —insistió Laura—. O en tu coche o llamo a un taxi.

Gordon lanzó una mirada suplicante al celador encargado de empujar la silla de ruedas.

El celador se encogió de hombros.

—La señora tiene razón, hermano. En cuanto firme esos papeles, no podemos retenerla aquí si ella no quiere.

Gordon se arrodilló delante de la silla.

—Cariño, no creo que…

—Andrea. —Laura le apretó la mano tan fuerte que le desplazó los huesos—. No quiero quedarme aquí. No quiero pasar la noche en el hospital. Tú lo entiendes, ¿verdad?

Andy asintió, porque eso al menos lo entendía. Laura se había pasado casi un año entrando y saliendo del hospital debido a las complicaciones de la operación: dos accesos de neumonía y una infección de *Clostridium difficile* tan persistente que había estado a punto de provocarle un fallo renal.

—Papá, quiere irse a casa —dijo.

Gordon masculló algo en voz baja. Se levantó. Se metió la mano en el bolsillo. Sus llaves tintinearon.

—¿Estás segura? —Meneó la cabeza porque Laura no era muy proclive a hacer afirmaciones de las que no estaba segura—. Ve a cambiarte. Firma los documentos. Yo os espero fuera.

Al verle alejarse, Andy se sintió embargada por una oleada de mala conciencia. Aquella sensación le resultaba familiar: otra vez había cedido a las exigencias de su madre frente a los deseos de su padre.

—Gracias. —Laura le soltó la mano y le dijo al celador—: ¿Podría darme una camiseta o algo que pueda ponerme?

El hombre asintió haciendo una pequeña reverencia y se marchó.

—Andrea —dijo Laura en voz baja—, ¿le has dicho algo a esa detective?

Andy hizo un gesto negativo con la cabeza.

—Te he visto hablar con ella cuando venía por el pasillo.

El tono áspero de su madre la sorprendió.

—Yo no le he… Me ha hecho preguntas, pero no le he dicho nada. No he abierto la boca —añadió.

—Muy bien. —Su madre trató de cambiar de postura pero hizo una mueca de dolor. Al parecer, le dolía demasiado la pierna para intentarlo—. Eso de lo que estuvimos hablando antes, en el restaurante. Quiero que te marches. Esta misma noche. Tienes que irte.

«¿Qué?».

—Ya sé que te dije que no iba a darte ningún ultimátum, pero lo estoy haciendo, y tiene que ser ya. —Laura intentó de nuevo cambiar de postura—. Eres una mujer adulta, Andrea. Tienes que empezar a actuar como tal. Quiero que te busques un piso y que te vayas de casa. Hoy mismo.

A Andy le dio un vuelco el estómago.

—Tu padre está de acuerdo conmigo —continuó Laura como si ese fuera el argumento decisivo—. Quiero que te vayas de casa. Del garaje. Márchate, ¿de acuerdo? No puedes dormir allí esta noche.

—Mamá…

Laura siseó entre dientes mientras intentaba de nuevo encontrar una postura más cómoda.

—Andrea, por favor, no discutas. Esta noche necesito estar sola. Y mañana y… Tienes que irte. He cuidado de ti durante treinta y un años. Me he ganado el derecho a estar sola.

—Pero… —repuso Andy sin saber cuál era el «pero».

Pero ha muerto gente.

Pero podrías haber muerto.

Pero has matado a alguien cuando no tenías por qué hacerlo.

«¿Verdad?».

—Ya está decidido —insistió Laura—. Ve abajo y asegúrate de que tu padre sabe a qué entrada tiene que acercar el coche.

No era la primera vez que Gordon las recogía en el hospital.

—Mamá…

—¡Andrea! ¿No puedes hacer lo que te digo por una vez en tu vida?

Andy sintió el impulso de taparse los oídos. Su madre nunca se había mostrado tan fría. De pronto se había abierto entre ellas un abismo gélido y gigantesco.

Laura tenía los dientes apretados.

—Vete.

Andy giró sobre sus talones y se alejó de su madre. Le corrían lágrimas por la cara. Había percibido ese mismo filo cortante en la voz de su madre dos veces ese día, y en ambas ocasiones su cuerpo había reaccionado antes de que su mente pudiera bloquearse.

No vio a Gordon, pero Palazzolo estaba esperando el ascensor.

La detective abrió la boca para decir algo. Andy pasó de largo y bajó por las escaleras tropezándose en los peldaños. Se sentía abotargada. Le daba vueltas la cabeza. Las lágrimas fluían como gotas de lluvia.

¿Marcharse de casa? ¿Esa misma noche?

¿Ya mismo? ¿Y definitivamente?

Se mordió el labio para dejar de llorar. Tenía que dominarse al menos hasta que viera a su padre. Gordon arreglaría aquello. Sabría qué hacer. Tendría un plan. Podría explicarle qué demonios le había pasado a su madre, aquella mujer cariñosa y amable.

Apretó el paso y se lanzó a todo correr escalera abajo. El yunque que oprimía su pecho pareció levantarse ligeramente. Tenía que haber un motivo para que Laura actuara así. El estrés. La anestesia. La pena. El miedo. El dolor. Cualquiera de esas cosas podía hacer salir lo peor de una persona. Todas juntas podían causar la locura.

Eso era.

Laura solo necesitaba tiempo.

Sintió que empezaba a respirar con más calma. Dobló la esquina del siguiente rellano. Su mano sudorosa resbaló sobre la barandilla. Pisó de lado un escalón, perdió pie y se encontró sentada de culo en el suelo.

«Joder».

Apoyó la cabeza entre las manos. Algo húmedo, demasiado espeso para ser sudor, le corría por el dorso de los dedos.

«¡Joder!».

Le sangraba un nudillo. Se lo chupó. Sintió temblar sus manos. El cerebro le daba vueltas dentro de la cabeza. Algo raro le pasaba a su ritmo cardíaco.

Allá arriba se abrió una puerta y volvió a cerrarse. Luego se oyeron pasos amortiguados en la escalera.

Probó a mover el tobillo. Curiosamente, estaba bien. Se había torcido la rodilla, pero no tenía ningún esguince ni ningún hueso roto. Se levantó, dispuesta a seguir bajando, pero sintió una arcada.

Por encima de ella, los pasos seguían acercándose.

Vomitar en un sitio público ya era bastante embarazoso.

Hacerlo delante de testigos era el colmo. Tenía que encontrar un cuarto de baño. Al llegar al siguiente descansillo abrió la puerta de un empujón y corrió por el pasillo hasta que encontró los aseos.

Tuvo que apresurarse para llegar a tiempo al váter. Abrió la boca y esperó a que le viniera el vómito, pero ahora que estaba allí, agachada frente a la taza del váter, solo le salió bilis.

Echó todo lo que pudo antes de tirar de la cadena. Luego bajó la tapa y se sentó. Con el envés de la mano se limpió la boca. Le corría el sudor por el cuello. Respiraba como si hubiera corrido un maratón.

—¿Andrea?

«Joder».

Sus piernas se replegaron como una persiana y enganchó los talones al pie de la taza como si acurrucándose pudiera hacerse invisible.

—¿Andrea?

Los gruesos zapatos policiales de Palazzolo resonaron en las baldosas. La detective se detuvo frente al retrete cerrado.

Andy clavó la mirada en la puerta. Un grifo goteaba. Contó seis gotas hasta que…

—Andrea, sé que estás ahí dentro.

Lo ridículo de la situación le hizo poner los ojos en blanco.

—Deduzco que no te gusta hablar —continuó Palazzolo—. Así que tal vez puedas escucharme.

Andy esperó.

—Tu madre podría tener muchos problemas. —La detective esperó un instante—. O no.

El corazón le dio un vuelco cuando oyó la palabra «no».

—Lo que ha hecho… Yo lo entiendo. Estaba protegiendo a su hija. Yo también tengo un hijo. Y haría cualquier cosa por él. Es mi niño.

Andy se mordió el labio.

—Yo puedo ayudaros. Ayudaros a solucionar este embrollo.

Andy esperó de nuevo.

—Voy a dejar mi tarjeta aquí, en el lavabo.

Siguió esperando.

—Puedes llamarme cuando quieras, de día o de noche, y juntas podemos decidir lo que tienes que decir para resolver este problema. —Hizo una pausa—. Me estoy ofreciendo a ayudar a tu madre, Andrea. Es lo único que quiero: ayudar.

Andy puso otra vez los ojos en blanco. Sabía desde hacía mucho tiempo que una de las desventajas del silencio prolongado era que la gente te tomaba por una simplona, o directamente por imbécil.

—Verás, si de verdad quieres ayudar a tu madre —prosiguió la detective—, lo primero que tienes que hacer es decirme la verdad. Sobre lo que pasó.

Andy casi se echó a reír.

—Ese tiene que ser el punto de partida. ¿De acuerdo? —Otra pausa elocuente—. ¿De acuerdo?

«De acuerdo».

—La tarjeta está en el lavabo, cariño. De día o de noche.

Escuchó el gotear del grifo.

«Una gota… Dos gotas… Tres… Cuatro… Cinco… Seis…».

—¿Puedes hacer algún gesto para que sepa que me has oído? ¿Tirar de la cadena, por ejemplo?

Andy le enseñó el dedo corazón a la puerta cerrada del retrete.

—Muy bien —añadió Palazzolo—. En fin, voy a dar por sentado que me has oído. Pero, insisto, cuanto antes mejor, ¿de acuerdo? No queremos tener que llevar a tu madre a comisaría por la fuerza, interrogarla oficialmente y todas esas cosas. Sobre todo teniendo en cuenta que está herida. ¿De acuerdo?

De pronto, como en un fogonazo, se vio a sí misma levantándose del váter, abriendo la puerta del retrete de una patada y diciéndole a la detective que se fuera a la mierda.

Pero se dio cuenta de que la puerta se abría hacia dentro, no hacia fuera, de modo que no podía abrirla de una patada. Así pues, esperó a que la detective se marchara, sentada en el váter con la cabeza entre las rodillas y las piernas abrazadas.

3

Tuvo que esperar tanto que le crujieron las rodillas cuando por fin se enderezó y pudo levantarse. Los tendones de sus corvas tintinearon como cuerdas de ukelele. Abrió la puerta. Se acercó al lavabo. Mientras se lavaba la cara con agua fría, hizo caso omiso de la tarjeta de la detective, con su escudo dorado y reluciente. El nudillo volvió a sangrarle. Se envolvió el dedo con una toallita de papel y abrió con cautela la puerta del aseo.

Echó un vistazo al pasillo. No había rastro de Palazzolo. Se dispuso a salir, pero en el último momento cogió la tarjeta que la detective había dejado en el lavabo. Podía dársela a su padre. Le contaría lo que había pasado. Se suponía que los policías no debían interrogarte si tenías un abogado. Cualquiera que viera *Ley y orden* lo sabía.

Había mucha gente esperando el ascensor. Aunque no vio a la detective Palazzolo, optó de nuevo por las escaleras. Esta vez bajó con cuidado de no tropezar. El nudillo había dejado de sangrarle. Tiró la toallita de papel a un cubo de basura al salir de la escalera. En la sala de espera general, el aire olía a productos químicos y vómito. Confió en que no fuera ella quien olía a vómito. Se miró la camisa para comprobarlo.

—Santo Dios —masculló alguien—. Santo Dios del cielo.

La tele.

Andy comprendió de pronto, y fue como si recibiera un puñetazo en plena cara.

Todos los presentes en la sala de espera —veinte personas, como mínimo— estaban viendo el vídeo del restaurante en la CNN.

—Madre mía —comentó otra persona.

En la tele, Laura enseñaba cinco dedos y un pulgar, indicando seis balas.

Helsinger estaba frente a ella. Sombrero vaquero. Chaleco de piel. El arma todavía desenfundada.

En la parte de debajo de la pantalla apareció un letrero advirtiendo a los espectadores de que las imágenes que estaban a punto de ver podían herir su sensibilidad.

—¿Qué hace el chico? —preguntó una mujer.

Helsinger estaba sacando el cuchillo de la vaina sujeta al cinto.

—¿Qué…?

—¡Joder!

Todos enmudecieron al ver lo que sucedía a continuación.

Se oyeron exclamaciones de sorpresa, un grito ahogado, como si estuvieran en el cine y no en la sala de espera de un hospital.

Andy estaba tan pasmada como todos ellos. Cuanto más veía aquellas imágenes, más fácil le resultaba ver lo sucedido con distancia. ¿Quién era la mujer que aparecía en pantalla? ¿En qué se había convertido Laura mientras ella, Andy, permanecía acurrucada junto a una cristalera rota?

—Es como una abuelita *ninja* —bromeó alguien.

—O como Rambo, pero en abuela.

Se oyeron risas incómodas.

Andy no podía seguir oyendo aquello. No podía seguir allí, en aquella sala, en aquel hospital, en medio de aquel tumulto de emociones, sabiendo que el hilo que siempre la había unido a su madre se había roto.

Al darse la vuelta, chocó de bruces con un hombre que estaba pegado a ella.

—Perdone —dijo él llevándose la mano a la gorra de béisbol decorada con el emblema de Alabama.

Andy no estaba de humor para formalidades. Se apartó hacia la izquierda al tiempo que él se desplazaba hacia la derecha. Ella dio un paso a la derecha y volvió a pasar lo mismo.

Él se echó a reír.

Ella le miró con enfado.

—Le pido disculpas. —Alabama se quitó la gorra y le hizo una reverencia indicándole que podía pasar.

Andy avanzó tan deprisa que las puertas correderas no tuvieron tiempo de abrirse por completo. Enfadada, dio una palmada al marco.

—¿Un mal día? —Alabama la había seguido fuera. Se mantenía a distancia prudencial, pero aun así Andy se sintió agobiada—. ¿Se encuentra bien?

Volvió a mirarle con dureza. ¿Es que no había visto lo que acababan de emitir por televisión? ¿No se daba cuenta de que ella era la inepta cuya madre se había enfrentado a un asesino despiadado, convirtiéndose a su vez en una asesina?

—¿Ocurre algo, agente? —Alabama seguía sonriéndole.

Andy miró su uniforme seudopolicial. Llevaba cosido un absurdo emblema plateado, como una insignia de las *girl scouts*, solo que menos significativo porque al menos las *scouts* tenían que hacer algo para ganarse aquellos parches. Ella lo único que hacía era contestar al teléfono y dar instrucciones a personas aterrorizadas para que hicieran el boca a boca o apagaran el motor del coche después de un accidente.

Jonah Lee Helsinger también había creído que era policía.

Había pensado que iba a matarle. A asesinarle a sangre fría.

Se miró las manos. No dejaban de temblarle. Iba a echarse a llorar otra vez. ¿Por qué no paraba de llorar?

—Tenga. —Alabama le ofreció un pañuelo de tela.

Ella miró el pañuelo blanco y doblado. Creía que Gordon era el único hombre que seguía usando pañuelos de tela.

—Solo intento socorrer a una dama —añadió él con una sonrisa, ofreciéndole todavía el pañuelo.

Andy no lo aceptó. Se fijó por fin en él. Era alto y atlético, y debía de rondar los cuarenta años. Vestía vaqueros y deportivas. Llevaba desabrochado el cuello de la camisa blanca y las mangas cuidadosamente enrolladas. Parecía haber olvidado afeitarse esa mañana. O quizá no fuera un descuido.

De pronto se le ocurrió una idea tan sorprendente que balbució:

—¿Es usted periodista?

Él se rio y sacudió la cabeza.

—No, yo me gano la vida honradamente.

—¿Es policía? —preguntó—. ¿Detective? —Como él no respondió de inmediato, añadió—: Por favor, déjeme en paz.

Él levantó las manos en señal de rendición.

—Vaya, menudo puercoespín. Solo pretendía charlar un rato.

Pero Andy no quería charlar. Buscó con la mirada el BMW blanco de Gordon.

¿Dónde estaba su padre?

Sacó su móvil. La pantalla de inicio la avisaba de que había recibido numerosos mensajes de texto y llamadas perdidas. Mindy Logan. Sarah Ives. Alice Blaedel. Danny Kwon. En las últimas horas, los escasos amigos que había tenido en el instituto —compañeros de música, coro y teatro— se habían acordado repentinamente de su número de teléfono.

Ignoró los avisos, buscó a su padre en su lista de contactos y le escribió: *date prisa*.

Alabama parecía haber comprendido por fin que no le apetecía hablar. Volvió a guardarse su pañuelo en el bolsillo del pantalón, se acercó a un banco y se sentó. Sacó su móvil y sus pulgares comenzaron a moverse sobre la pantalla.

Andy miró hacia atrás, extrañada de que Laura tardara tanto. Luego recorrió la zona de aparcamiento con la mirada buscando de nuevo a Gordon. Seguramente su padre estaría sacando el coche del aparcamiento, en lo que invertiría como mínimo veinte minutos, porque la señora que atendía la ventanilla se creía en la obligación de hablar con todas y cada una de las personas que le entregaban un tique.

Solo le quedaba sentarse a esperar en un banco algo apartado del que ocupaba Alabama. Notaba todos los músculos del cuerpo como gomas dadas de sí. Le dolía la cabeza. Tenía ardor de estómago. Echó una ojeada al teléfono para ver si Gordon había contestado, pero su padre jamás miraba el teléfono mientras conducía porque era peligroso.

Se abrieron las puertas correderas. Andy sintió alivio, seguido de un intenso nerviosismo, al ver a su madre. El celador empujó la silla de ruedas hasta el bordillo de la acera. Laura llevaba puesta una camiseta rosa del Centro Médico Belle Isle que le quedaba muy grande. Saltaba a la vista que algo le dolía. Tenía la cara del color del papel de cuaderno. Con la mano sana se agarraba con fuerza al brazo de la silla.

—¿No te han dado nada? —preguntó Andy.

Laura no contestó.

—Se le está pasando el efecto de la medicación que le han puesto en el quirófano —dijo el celador—. La doctora se ha ofrecido a hacerle una receta, pero ella no ha querido.

—Mamá… —Andy no supo qué decir. Laura ni siquiera la miraba—. Madre.

—Estoy bien —insistió Laura a pesar de que rechinaba los dientes—. ¿Tiene un cigarrillo? —le preguntó al celador.

—Tú no fumas —dijo Andy mientras su madre cogía un Marlboro del paquete que el celador se había sacado del bolsillo de la camisa.

El hombre hizo pantalla con la mano al darle fuego.

Andy se apartó del humo.

Laura no pareció notarlo. Aspiró profundamente y empezó a toser, exhalando un humo blanquecino. Sostenía el cigarrillo con torpeza, sujetándolo entre el pulgar y él índice como una yonqui.

—Estoy bien —repitió en voz baja y rasposa—. Solo necesito que me dejen tranquila un rato.

73

Andy le hizo caso. Se apartó para alejarse de su madre. Miró hacia el aparcamiento, deseando que Gordon se diera prisa. Lloró de nuevo, pero esta vez en silencio. No sabía qué hacer. Todo aquello le parecía absurdo.

—En casa de tu padre hay cajas —comentó Laura.

A Andy le temblaron los labios. Quiso guardar silencio, pero no pudo. Necesitaba respuestas.

—¿Qué he hecho mal?

—Nada. —Laura siguió fumando—. Pero no puedo seguir protegiéndote. Tienes que aprender a defenderte sola.

—¿Yéndome a vivir con mi padre? —Necesitaba dar sentido a todo aquello. Su madre siempre actuaba de manera lógica—. Mamá, por favor…

Laura dio una última calada al cigarrillo y se lo pasó al celador para que lo apagara. Le dijo a Andy:

—Recoge lo que necesites para esta noche. Tu padre no va a permitir que te quedes en su casa indefinidamente. Tienes que hacerte un presupuesto. Ver qué puedes permitirte pagar. Podrías irte a Atlanta, o incluso volver a Nueva York. —Levantó la vista hacia Andy—. Tienes que irte, Andrea. Ahora mismo quiero estar sola. Me he ganado ese derecho.

—Yo no he… —Las palabras se le enredaron en la boca—. Nunca he…

—Basta ya —dijo Laura. Nunca le había hablado así. Como si la odiara—. Para de una vez.

«¿Por qué?».

—Por fin —masculló su madre cuando el BMW de Gordon se detuvo suavemente delante de la rampa.

—Ayúdeme a levantarme. —Laura le tendió la mano al celador, pero el tipo con la gorra de Alabama apareció de pronto a su lado.

—Encantado de ayudarla, señora —dijo.

De no haber estado tan atenta, Andy no habría advertido la expresión que crispó un instante el rostro de su madre. ¿Pánico? ¿Miedo? ¿Repulsión?

—Arriba —dijo él.

—Gracias. —Laura permitió que la ayudara a incorporarse. Gordon rodeó el coche y abrió la puerta.

—Ya me encargo yo —le dijo a Alabama.

—No pasa nada, grandullón —respondió el otro sin soltar a Laura. La condujo hasta el asiento delantero y con mucho cuidado la ayudó a subir las piernas cuando ella se giró para mirar hacia delante—. Cuídese —dijo.

—Gracias —respondió Gordon.

—Ha sido un placer. —Alabama le tendió la mano—. Lamento que su mujer y su hija se hayan visto envueltas en esta situación.

—Eh… sí. —Gordon era demasiado educado para explicarle que Laura y él estaban divorciados, o para negarse a estrecharle la mano—. Gracias.

Andy subió a la parte de atrás del coche y el desconocido la saludó llevándose de nuevo la mano a la visera. Luego cerró la puerta antes de que Andy pudiera darle con ella en las narices.

Gordon se sentó tras el volante. Olfateó con evidente desagrado.

—¿Has fumado?

—Gordon, limítate a conducir.

Él esperó en vano a que le mirara. Arrancó. Se alejó de la entrada del hospital, dejó atrás el aparcamiento y un momento después se apartó al arcén y detuvo el coche. Se volvió hacia Laura. Abrió la boca. Pero no dijo nada.

—No —dijo ella—. Aquí no. Este no es momento.

Gordon meneó la cabeza lentamente.

—Andy no necesita oír esto.

A él no pareció importarle.

—El padre del chico era Bobby Helsinger. ¿Lo sabías?

Laura frunció los labios. Andy comprendió que, en efecto, lo sabía.

—Era el *sheriff* del condado de Bibb —explicó Gordon—, hasta que un atracador de bancos le voló la cabeza con una escopeta.

Eso fue hace seis meses, más o menos en la misma época en que, según dice la detective, Jonah empezó a coleccionar armas.

«El chaleco y el cinto de pistolero».

Palazzolo les había dicho que Jonah los había comprado en Amazon seis meses atrás.

—He buscado la necrológica en el móvil —prosiguió su padre—. Jonah tiene tres tíos que son policías, y dos primos en el ejército. Su madre trabajaba en la oficina del fiscal del distrito de Beaufort hasta que montó su propio despacho. Esa familia es prácticamente de la realeza policial. —Esperó a que Laura dijera algo—. ¿Me has oído? ¿Entiendes lo que te estoy diciendo?

Laura respiró hondo antes de responder.

—El estatus de su familia no invalida el hecho de que haya asesinado a dos personas.

—No es solo que las haya asesinado. Lo tenía planeado. Sabía perfectamente lo que hacía. Tenía planos y... —Gordon sacudió la cabeza como si le costara creer lo idiota que era Laura—. ¿Crees que la familia va a reconocer que su niñito era un sádico y un asesino, o que van a alegar que tenía problemas mentales porque a su papá, que era su héroe, lo mató un atracador y que todo esto no ha sido más que una llamada de auxilio?

—Pueden decir lo que quieran.

—Joder, es la primera cosa sensata que te he oído decir en todo este tiempo —replicó Gordon—. *Exactamente*, los Helsinger van a decir lo que quieran. Que el pobre chaval estaba roto de dolor por la muerte de su padre y que se merecía ir a la cárcel por lo que ha hecho, pero no que le asesinaran con saña.

—Eso no es...

—Van a cargar más contra ti que contra él, Laura. Le has hecho un favor a ese chico. Lo que se va a dirimir ahora es lo que has hecho tú, no lo que hizo él.

Laura guardó silencio.

Andy dejó de respirar.

—¿Sabes que hay un vídeo? —preguntó Gordon.

Laura no contestó, aunque tenía que haber visto la tele al cruzar la sala de espera.

—Nos lo ha enseñado esa detective. —Gordon tuvo que hacer una pausa para tragar saliva—. La expresión de tu cara al matarle, Laura. Esa calma. Esa serenidad. ¿Cómo crees que va a interpretarse comparada con la imagen de un adolescente huérfano de padre y perturbado?

Laura volvió la cabeza y miró por la ventanilla.

—¿Sabes qué preguntaba la detective una y otra vez?

—Esos cerdos siempre hacen un montón de preguntas.

—Joder, Laura, déjate de tonterías. ¿Qué dijiste antes de matarle? —Gordon esperó, pero ella no dijo nada—. ¿Qué le dijiste a Helsinger?

Laura siguió mirando por la ventanilla del coche.

—Sea lo que sea lo que dijeras, ese es el quid de la cuestión. La diferencia entre un posible homicidio justificado y la pena de muerte.

Andy sintió que se le paraba el corazón.

—¿Laura? —Gordon dio una palmada en el volante—. ¡Maldita sea, contéstame! Contéstame o…

—No soy tonta, Gordon —replicó ella en un tono tan frío que quemaba—. ¿Por qué crees que me he negado a declarar? ¿Por qué crees que le dije a Andrea que no abriera la boca?

—¿Quieres que tu hija le mienta a una detective de la policía? ¿Que cometa perjurio ante un tribunal?

—Quiero que haga lo que hace siempre y que mantenga la boca cerrada —respondió con voz pausada pero con una ira tan palpable que a Andy le pareció que el aire vibraba.

¿Por qué no le decía su madre a Gordon que se equivocaba? Que no había tenido elección. Que lo había hecho para salvarla a ella. Que había sido en defensa propia. Que le horrorizaba lo que había hecho. Que le había entrado el pánico, o que había reaccionado impulsivamente, o que estaba aterrorizada y lo sentía, que sentía de todo corazón haber matado a aquel chaval enloquecido.

Se metió la mano en el bolsillo. La tarjeta de la detective todavía conservaba la humedad del lavabo del baño.

«Palazzolo ha vuelto a hablar conmigo. Quería que te incriminara. Me dio su tarjeta».

—Laura, esto es muy serio, mortalmente serio —dijo Gordon.

Su madre soltó una risa forzada.

—Qué interesante que lo expreses así.

—Los policías se cubren las espaldas unos a otros. Lo sabes, ¿verdad? Hacen piña, pase lo que pase. Ese rollo de la hermandad policial no es un leyenda urbana de las que se oyen en la tele. —Gordon estaba tan enfadado que le temblaba la voz—. El apellido de ese chico va a convertir este asunto en una cruzada.

Laura respiró hondo y exhaló lentamente.

—Solo… solo necesito un momento, Gordon, ¿de acuerdo? Necesito estar sola un rato para reflexionar.

—Lo que necesitas es un abogado criminalista que piense por ti.

—¡Deja de decirme lo que tengo que hacer! —chilló enfurecida, y se tapó los ojos con la mano—. ¿Presionarme ha servido alguna vez de algo? Dilo. —Pero no esperó respuesta. Se volvió hacia Gordon y gritó—: ¡Por eso te dejé! Tuve que alejarme de ti, sacarte de mi vida porque no tienes ni idea de quién soy. Nunca la has tenido y nunca la tendrás.

Cada palabra fue como una bofetada.

—Dios mío. —Laura se agarró al asa que había sobre la puerta e intentó cambiar de postura para aliviar su pierna herida—. ¿Puedes arrancar de una puta vez?

Andy creyó que su padre iba a decirle que por él podía volver a casa andando, pero Gordon no hizo tal cosa. Clavó la mirada al frente, metió la marcha y miró un momento hacia atrás antes de pisar el acelerador.

El coche arrancó con una sacudida y salió a la carretera.

Sin saber por qué, Andy se descubrió mirando por la luna trasera.

Alabama seguía de pie en el pórtico de la entrada del hospital. Se tocó la gorra de nuevo.

La expresión de la cara de su madre. ¿Pánico? ¿Miedo? ¿Repulsión?

«¿Ocurre algo, agente?».

Alabama no se movió cuando Gordon torció a la izquierda para salir del hospital. Permanecía todavía allí, siguiendo su avance con la mirada, cuando enfilaron la calle.

Andy estuvo observándole hasta que no fue más que una figura borrosa a lo lejos.

«Lamento que su mujer y su hija se hayan visto envueltas en esta situación».

¿Cómo sabía que Gordon era su padre?

Andy se quedó bajo la ducha hasta que se agotó el agua caliente. Dentro de su cabeza revoloteaban ideas desquiciadas, como un enjambre de mosquitos. No podía pestañear sin acordarse de un pequeño detalle del restaurante, del vídeo, del interrogatorio de la detective, del coche.

Todo aquello era absurdo. Su madre era una logopeda de cincuenta y cinco años. Jugaba al *bridge*, por el amor de Dios, no mataba gente, ni fumaba, ni llamaba cerdos a los policías.

Mientras se secaba el pelo, evitó mirarse al espejo. Notaba la piel áspera como papel de lija. Tenía minúsculos fragmentos de cristal clavados en el cuero cabelludo. Sus labios cuarteados habían empezado a sangrar por las comisuras. Aún tenía los nervios de punta. O eso pensaba al menos, que eran los nervios. Tal vez fuera la falta de sueño lo que la ponía tan nerviosa, o la ausencia de adrenalina, o la desesperación que sentía cada vez que recordaba las últimas palabras que le había dirigido su madre antes de entrar en casa.

«No voy a cambiar de opinión. Tienes que irte esta misma noche».

Tenía el corazón tan dolorido que el roce de una pluma podría haberlo abierto en canal.

Hurgó en el montón de ropa limpia y encontró unos pantalones cortos de correr un poco arrugados y una camisa azul marino del trabajo. Se vistió deprisa, acercándose a la ventana mientras se abrochaba la camisa. El garaje estaba algo apartado de la casa. Aquel apartamento era su caverna. Paredes grises. Moqueta gris. Persianas opacas. El techo se inclinaba siguiendo el declive del tejado, pero dos pequeñas mansardas lo hacían habitable.

Se situó junto a la estrecha ventana y contempló la casa de su madre. Aunque desde allí no oía discutir a sus padres, sabía lo que estaba pasando con la misma certeza visceral con que uno sabe que ha cogido una intoxicación alimentaria. Tenía esa misma sensación sofocante y nauseabunda, esa intuición de que algo no marchaba bien.

La pena de muerte.

¿Dónde había aprendido su madre a empuñar así un machete? Laura no había estado en el ejército. Que ella supiera, ni siquiera había recibido clases de defensa personal.

Su madre había pasado la mayor parte de los tres años anteriores intentando no morirse de cáncer, o soportando las horribles penalidades, a menudo humillantes, que conllevaba el tratamiento. No había tenido mucho tiempo para aprender a combatir cuerpo a cuerpo. Todavía le sorprendía que hubiera podido alzar el brazo tan rápidamente. Normalmente le costaba levantar una bolsa de la compra, hasta con la mano buena. El cáncer de mama se había extendido por la pared torácica. El cirujano había tenido que extirparle parte del músculo pectoral.

Adrenalina.

Tal vez esa fuera la respuesta. Corrían toda clase de historias acerca de madres que eran capaces de levantar un coche para liberar a su bebé atrapado o llevar a cabo otras hazañas igual de asombrosas a fin de proteger a su prole. Sin duda no era algo cotidiano, pero entraba dentro de lo posible.

Sin embargo, eso no explicaba la mirada de Laura al hundir el cuchillo. Una mirada inexpresiva. Casi indiferente. En absoluto angustiada o temerosa. Como si estuviera sentada ante su escritorio revisando el historial de un paciente.

Andy se estremeció.

Un trueno restalló a lo lejos. El sol aún tardaría una hora en ponerse, pero los densos y negros nubarrones auguraban lluvia. Oía el fragor de las olas al precipitarse sobre la playa. Las gaviotas debatían sus planes para la cena. Observó el pulcro bungaló de su madre. Casi todas las luces estaban encendidas. Gordon se paseaba de un lado a otro más allá de la ventana de la cocina. Su madre estaba sentada a la mesa, pero Andy solo distinguía su mano, la que no tenía sujeta a la cintura por el cabestrillo, apoyada sobre un salvamanteles. De vez en cuando tamborileaba con los dedos, pero por lo demás permanecía inmóvil.

Andy vio que Gordon hacía un brusco ademán con las manos y se dirigía a la puerta de la cocina.

Retrocedió hacia las sombras de la habitación. Oyó un portazo. Se arriesgó a mirar de nuevo por la ventana.

Gordon bajó los escalones del porche. El sensor de movimiento encendió las luces. Las miró haciéndose parasol con la mano. Pero en lugar de encaminarse a su apartamento, se detuvo en el peldaño de abajo y se sentó. Apoyó la frente en las manos.

Andy pensó al principio que estaba llorando, pero luego se dio cuenta de que seguramente intentaba recobrar la compostura para que no le viera aún más preocupado que antes.

Le había visto llorar una sola vez antes, solo una. Fue al principio de su divorcio. No se desahogó y se echó a llorar, ni nada por el estilo. Hizo algo mucho peor. Las lágrimas le corrían por las mejillas una tras otra en largos regueros, como la condensación en un vaso. Sorbía por la nariz, se limpiaba los ojos con el dorso de la mano. Una mañana se había ido a trabajar creyendo que, después de catorce años de casados, su matrimonio era sólido y antes de la hora de comer le habían servido los papeles del divorcio.

«No lo entiendo», le decía a Andy entre sollozos. «Es que no lo entiendo».

Andy no se acordaba de su verdadero padre, y hasta pensar en él en estos términos, como su «verdadero padre», le parecía una traición hacia Gordon. «Donante de esperma» le parecía excesivamente feminista. Y no porque ella no lo fuera, sino porque no quería contarse entre ese tipo de feministas que a los hombres les dan tanta grima.

Su «padre biológico» —una expresión que le sonaba extraña pero cuyo uso, en su caso, le parecía lógico, dado que los hijos adoptivos decían «madre biológica»— era un optometrista al que Laura conoció en un resort de la cadena Sandals. Lo cual también era raro, porque su madre detestaba viajar. Andy tenía la impresión de que se conocieron en las Bahamas, pero hacía tanto tiempo que le habían contado aquella historia que no recordaba los detalles con claridad.

Sabía, en todo caso, que sus padres biológicos no se habían casado. Que ella nació durante su primer año de relación. Y que su padre biológico, Jerry Randall, había muerto en un accidente de coche mientras volvía a su casa, en Chicago, cuando ella tenía dieciocho meses.

Sus abuelos paternos, Laverne y Phil Randall, vivían aún. Los padres de Laura, en cambio, murieron antes de que naciera ella. Tenía en alguna parte una vieja fotografía en la que aparecía con unos dos años de edad, sentada en equilibrio entre las rodillas de ambos. Detrás de ellos, en la pared revestida de madera, se veía un cuadro con un paisaje costero. El sofá estaba visiblemente raído. Parecían buenas personas y quizá lo fueran, pero se habían desentendido por completo de su madre y de ella desde el instante en que Gordon entró en sus vidas.

Gordon, precisamente. Un miembro de la hermandad estudiantil Phi Beta Sigma que se había licenciado en Derecho en Georgetown mientras trabajaba como coordinador de voluntariado en Habitat for Humanity. Un hombre que jugaba al golf, que amaba la música clásica, que era el presidente de la asociación local de cata de vinos y había escogido como vocación una de las ramas más tediosas del derecho: ayudar a los ricos a administrar su dinero después de muertos.

El hecho de que sus abuelos biológicos se hubieran negado a tener cualquier trato con el hombre más bondadoso y formal que cupiera imaginar, por el mero hecho de que era negro, bastaba para que se alegrara de no tener ningún contacto con ellos.

Se abrió la puerta de la cocina. Andy vio levantarse a Gordon. Su movimiento volvió a encender las luces. Laura le dio un plato de comida. Él dijo algo que Andy no pudo oír. Laura respondió cerrando de un portazo.

Por la ventana de la cocina, vio a su madre regresar a la mesa agarrándose a la encimera, al marco de la puerta y al respaldo de la silla, a cualquier cosa que tuviera a mano para descargar la presión sobre su pierna herida.

Ella podría haberla ayudado. Podría haber estado allí preparándole una infusión o ayudándola a asearse para quitarse de encima el olor a hospital, como había hecho tantas veces.

«Me he ganado el derecho a estar sola».

De pronto se fijó en la tele que había junto a la cama. Era un aparato pequeño que antes había ocupado un rincón de la encimera de la cocina de su madre. Lo había encendido por costumbre al entrar por la puerta. Tenía el volumen quitado. La CNN estaba emitiendo otra vez el vídeo del restaurante.

Cerró los ojos, sabedora de lo que mostraba.

Respiró hondo.

Exhaló.

El aire acondicionado le zumbaba en los oídos. El ventilador del techo balbuceaba por encima de su cabeza. Sintió que el aire frío le caracoleaba alrededor del cuello y la cara. Estaba tan cansada… Su cerebro estaba lleno de canicas que rodaban muy lentamente. Quería dormir, pero sabía que no podía hacerlo allí. Esa noche tendría que quedarse en casa de Gordon y luego, a primer hora de la mañana, su padre le pediría que trazara algún plan de actuación. Gordon siempre necesitaba un plan.

Se abrió y se cerró la puerta de un coche. Comprendió que era el de su padre porque todas las mansiones de la calle de su madre, tan inmensas que tapaban literalmente el sol, quedaban desiertas durante la canícula veraniega.

Oyó un crujido de pasos en el camino de entrada y a continuación los pesados andares de Gordon en la escalera metálica del apartamento.

Sacó una bolsa de basura del cajón. Se suponía que estaba recogiendo sus cosas. Abrió el cajón de arriba de la cómoda y metió atropelladamente su ropa interior en la bolsa.

—¿Andrea? —Gordon llamó a la puerta y la abrió.

Paseó la mirada por la habitación. Era difícil saber si alguien había entrado a robar o si la había atravesado un tornado. El suelo estaba cubierto de ropa sucia. Los zapatos se amontonaban sobre una caja plana que contenía dos zapateros de Ikea sin montar. La puerta del cuarto de baño estaba abierta y descuadrada, y las bragas que usaba cuando tenía la regla colgaban del toallero, tiesas, desde hacía una semana.

—Ten. —Gordon le ofreció el plato que le había dado Laura. Sándwich de mantequilla de cacahuete, patatas fritas de bolsa y un pepinillo—. Tu madre ha dicho que me asegure de que comas algo.

«¿Y qué más ha dicho?».

—Le he pedido una botella de vino, pero me ha dado esto. —Se metió la mano en el bolsillo de la americana y sacó una botella de cuarto de Knob Creek—. ¿Sabías que tu madre tenía *bourbon* en casa?

Andy sabía lo de la reserva secreta de su madre desde los catorce años.

—En fin, he pensado que esto podía ayudarnos a calmar un poco los nervios. Animarnos un poco. —Rompió el sello de la botella—. ¿Qué posibilidades hay de que tengas algún vaso limpio en medio de este desorden?

Andy dejó el plato en el suelo. Buscó a tientas bajo el sofá y encontró un paquete de vasos de plástico sin abrir.

Gordon arrugó el ceño.

—Mejor eso que pasarse la botella como un par de indigentes, supongo.

«¿Qué te ha dicho mamá?».

Él sirvió dos dedos de *bourbon* en un vaso.

—Come algo antes de echar un trago. Tienes el estómago vacío y estás cansada.

Andy, la de Belle Isle, no había probado el alcohol desde su regreso a casa. No sabía si quería romper esa racha. Aun así, cogió el vaso y se sentó con las piernas cruzadas en el suelo para que su padre ocupara la silla.

Gordon olfateó la silla.

—¿Ahora tienes perro?

Andy sorbió un trago de *bourbon*. El licor de cuarenta grados hizo que le lagrimearan los ojos.

—Deberíamos brindar por tu cumpleaños —dijo su padre.

Ella apretó los labios.

Él levantó su vaso.

—Por mi preciosa hija.

Andy también levantó el vaso. Bebió otro sorbo.

Gordon no probó el *bourbon*. Hurgó de nuevo en el bolsillo de su chaqueta y sacó un sobre blanco.

—Te he traído esto. Siento no haber tenido tiempo de envolvértelas en un papel bonito.

Andy cogió el sobre. Ya sabía lo que contenía. Gordon siempre le compraba tarjetas regalo porque sabía qué tiendas le gustaban pero ignoraba qué le gustaba comprar en ellas. Vació el sobre en el suelo. Dos tarjetas de la gasolinera que había en aquella misma calle, por valor de veinticinco dólares cada una. Dos tarjetas de iTunes de otros veinticinco dólares. Dos tarjetas Target por otro tanto. Y una de cincuenta dólares para comprar material artístico en Dick Blick. Cogió la hojita de papel que las acompañaba. Su padre había impreso un cupón de Subway: un bocadillo gratis al comprar otro del mismo precio o inferior.

—Sé que te gustan los bocadillos —dijo—. He pensado que podíamos ir juntos. A no ser que quieras ir con otra persona.

—Es estupendo, papá, gracias.

Gordon meció el vaso del *bourbon* pero siguió sin beber.

—Deberías comer.

Andy le dio un bocado a su sándwich. Miró a su padre. Se estaba atusando otra vez el bigote, se lo acariciaba como solía acariciarle el lomo a Míster Purrkins.

—No tengo ni idea de qué le ronda a tu madre por la cabeza —comentó.

La mandíbula de Andy chascó ruidosamente al masticar. Podría haber estado comiendo cartón con pegamento.

—Me ha pedido que te diga que va a liquidar tus préstamos de estudios —añadió su padre. Ella se atragantó—. Eso mismo he contestado yo.

Sus préstamos universitarios eran un punto de fricción con Gordon. Se había ofrecido a refinanciar la deuda para librarla de la cuota de ochocientos dólares que pagaba al mes, pero por razones que solo ella conocía Andy dejó pasar el plazo que le dio su padre para reunir la documentación.

—Tu madre quiere que vuelvas a Nueva York —continuó él—. Para que cumplas tus aspiraciones. Ha dicho que te ayudaría con la mudanza. Económicamente, quiero decir. De pronto se ha vuelto muy desprendida con el dinero.

Sirviéndose de la lengua, Andy se quitó la mantequilla de cacahuete que se le había quedado pegada al paladar.

—Esta noche puedes dormir en mi casa. Mañana pensaremos algo. Un plan. Yo… no quiero que vuelvas a Nueva York, mi amor. Nunca me pareció que fueras feliz allí. Tenía la sensación de que una parte de ti se quedó allí. De que te robó un pedazo.

Andy tragó audiblemente.

—Cuando volviste, cuidaste muy bien de mamá. La cuidaste estupendamente. Pero quizá fue pedirte demasiado. Quizá yo debería haber ayudado más o… No sé. Asumiste una carga muy grande. Mucha presión. Mucho estrés. —Su voz sonaba espesa, compungida, como si fuera culpa suya que Laura hubiera tenido cáncer—. Mamá tiene razón: tienes que retomar tu vida. Labrarte una carrera y quizá, no sé, tener familia algún día. —Levantó la mano para impedir que le interrumpiera—. De acuerdo, ya sé que me estoy adelantando demasiado, pero al margen de cuál sea el problema, no creo que volver a Nueva York vaya a solucionar nada.

Volvió la cabeza hacia la televisión. Se había fijado en algo.

—Es del... del instituto. ¿Qué está...?

«Hijos de puta».

La CNN calificaba a Alice Blaedel, una compañera de Andy del instituto, como una «amiga íntima de la familia».

Andy buscó el mando a distancia y dio al volumen.

—... era una madre muy guay —le estaba diciendo Alice al periodista, pese a que hacía más de una década que no hablaba con Andy—. Podías contarle tus problemas, ¿vale?, y nunca, no sé, era como que nunca te juzgaba, ¿sabes? —Encogía los hombros cada dos palabras, como si estuviera recibiendo descargas eléctricas—. No sé, es muy raro verla en el vídeo porque piensas: «Ostras, si es la señora Oliver», pero en realidad es como en *Kill Bill*, que la madre es supernormal delante de su hija y luego es una máquina de matar.

Andy tenía todavía la boca pastosa por la mantequilla de cacahuete, pero haciendo un esfuerzo consiguió decir:

—¿Una máquina de matar?

Gordon le quitó el mando de las manos. Apagó el volumen y se quedó mirando a Alice Blaedel, que seguía moviendo la boca pese a no saber absolutamente nada.

Andy se echó más *bourbon* en el vaso vacío. Alice no había querido ir a ver *Kill Bill* porque decía que era una estupidez, y ahora lo utilizaba como referente cultural.

—Estoy segura de que va a arrepentirse de haber dicho eso —comentó Gordon voluntariosamente.

«Como se arrepintió de acostarse con Adam Humphrey porque le pegó las verrugas genitales».

Su padre lo intentó otra vez:

—No sabía que habías retomado tu relación con ella.

—No lo he hecho. Es una zorra que solo piensa en sí misma.

Se bebió el *bourbon* de un trago. Tosió al sentir su súbita quemazón en la garganta, pero se sirvió más.

—Quizá deberías...

—Levantan coches —dijo Andy, aunque no era eso exactamente lo que quería decir—. Las madres, digo. Por la adrenalina, cuando ven a sus hijos atrapados. —Alzando las manos, imitó el gesto de levantar un coche volcado.

Gordon se acarició el bigote.

—Estaba tan tranquila... —añadió ella—. En el restaurante.

Su padre se recostó en la silla.

—La gente gritaba —prosiguió Andy—. Era horrible. Yo no le vi disparar. No vi el primero. El segundo, ese sí lo vi. —Se frotó la mandíbula con la mano—. ¿Sabes eso que dice la gente en las películas: «Voy a volarte la tapa de los sesos»? Pues es así, tal cual. Literalmente.

Gordon cruzó los brazos.

—Mamá vino corriendo hacia mí. —Vio cómo sucedía todo de nuevo dentro de su cabeza. Los puntitos rojos de sangre en la cara de Laura. Sus brazos que se extendían hacia ella para derribarla—. Parecía asustada, papá. Pasaron muchas cosas, pero solo la vi asustada en ese momento.

Él aguardó.

—Tú has visto el vídeo. Has visto lo que hice. Lo que no hice. Estaba aterrorizada. Paralizada. ¿Es por eso...? —Tuvo que esforzarse para dar voz a su miedo—. ¿Por eso está enfadada conmigo mamá? ¿Porque fui una cobarde?

—Por supuesto que no. —Gordon sacudió la cabeza con vehemencia—. En una situación como esa no hay cobardes.

Andy se preguntó si tenía razón y, sobre todo, si su madre estaría de acuerdo con él.

—Andrea...

—Mamá le mató —afirmó, y al decirlo sintió en el estómago un ascua de carbón incandescente—. Podría haberle quitado el arma de la mano. Tuvo tiempo de hacerlo, de bajar el brazo, pero no lo hizo, al contrario, lo levantó y…

Gordon la dejó hablar.

—Quiero decir que… ¿Tuvo tiempo de verdad? ¿Hay que dar por sentado que era capaz de tomar decisiones racionales? —preguntó retóricamente, sin esperar respuesta—. En el vídeo parece muy calmada. Muy serena, tú mismo lo dijiste. O puede que nos estemos equivocando los dos, porque en realidad no tenía ninguna expresión. Nada, ¿no? Tú has visto su cara. Esa naturalidad.

Él asintió con un gesto, pero la dejó continuar.

—Cuando sucedió, no lo vi de frente. Quiero decir que estaba detrás de ella, ¿entiendes? En el momento en que sucedió. Y luego he visto el vídeo grabado desde delante y… parecía muy distinto.

Intentó que su cerebro embotado no perdiera el hilo y se comió un par de patatas fritas, confiando en que el almidón absorbiera el alcohol.

—Recuerdo haber visto el cuchillo clavado en el cuello de Jonah —dijo— y que él levantó la pistola. Recuerdo muy claramente que podría haber disparado. Podría haberme disparado a mí. No hace falta mucha fuerza para apretar un gatillo, ¿no?

Gordon asintió en silencio.

—Pero desde delante… Ves la cara de mamá y te preguntas si hizo lo correcto. Si llegó a pensar que podía quitarle la pistola y decidió que no iba a hacerlo. Que iba a matar a ese tipo. Y no por miedo o por instinto de supervivencia, sino… premeditadamente. Como una máquina de matar. —Le costó creer que hubiera empleado para describir a su madre aquella expresión odiosa, la misma que había usado Alice Blaedel—. No lo entiendo, papá. ¿Por qué no quería mamá hablar con la policía? ¿Por qué no les ha dicho que fue en defensa propia?

«¿Por qué está dejando que todo el mundo crea que ha cometido un asesinato premeditadamente?».

89

—No lo entiendo —repitió—. Es que no lo entiendo.

Gordon volvió a atusarse el bigote. Se estaba convirtiendo en un tic nervioso. Al principio no contestó. Estaba acostumbrado a sopesar sus palabras cuidadosamente. En ese momento todo parecía peligroso. Ninguno de los dos quería decir algo irreparable.

«Tu madre es una asesina. Sí, pudo decidir. Y decidió matar a ese chico».

Por fin dijo:

—No tengo ni idea de cómo pudo hacer tu madre lo que hizo. Qué es lo que se le pasó por la cabeza. Las decisiones que tomó. Por qué se ha comportado así con la policía. —Se encogió de hombros levantando las manos—. Podríamos aventurar que su negativa a hablar de ello, su ira, se deben al estrés postraumático, o puede que lo sucedido haya sacado a flote algo que le sucedió de pequeña y de lo que no sabemos nada. Nunca le ha gustado hablar del pasado.

Se detuvo de nuevo para ordenar sus pensamientos.

—Lo que dijo en el coche… es verdad. No la conozco. No puedo comprender sus motivos. Sé que te defendió instintivamente, claro. Y me alegro mucho de que lo hiciera. Le estoy muy agradecido. Pero la forma en que lo hizo…

Dejó que su mirada se desviara de nuevo hacia la tele. Más bustos parlantes. Alguien que señalaba un plano del Centro Comercial de Belle Isle mientras explicaba la ruta que había seguido Jonah Helsinger para llegar al restaurante.

—No sé, Andrea —añadió—. No sé.

Andy había apurado su *bourbon*. Se sirvió otro bajo la mirada vigilante de su padre.

—Es mucho alcohol teniendo el estómago vacío —comentó él.

Andy se metió el resto del sándwich en la boca y, mientras masticaba por un solo lado de la boca, preguntó:

—¿Conocías a ese tío del hospital?

—¿Qué tío?

—El de la gorra de Alabama, el que ayudó a mamá a subir al coche.

Gordon hizo un gesto negativo.

—¿Por qué?

—Me dio la impresión de que mamá sí le conocía. O le tenía miedo, quizá. O… —Se interrumpió para tragar—. Él sabía que tú eras mi padre, y a la mayoría de la gente ni siquiera se le ocurre pensarlo.

Gordon se acarició las puntas del bigote mientras se esforzaba visiblemente por recordar la conversación.

—Tu madre conoce a mucha gente en esta zona. Tiene muchos amigos. Que van a ayudarla, espero.

—¿Legalmente, quieres decir?

Él no respondió.

—He llamado a un abogado criminalista con el que ya he trabajado otras veces. Es muy agresivo, pero eso es justamente lo que le conviene a tu madre en estos momentos.

Andy bebió un sorbo de *bourbon*. Gordon tenía razón: se estaba relajando. Notó que sus párpados ansiaban cerrarse.

—Cuando conocí a tu madre —prosiguió él—, pensé que era un rompecabezas. Un puzle fascinante, complejo y bellísimo. Luego me di cuenta de que daba igual lo cerca que estuviera de ella o la combinación que probara: nunca se abriría de verdad a mí. —Bebió por fin un poco de *bourbon*, pero en vez de engullirlo de un trago como había hecho ella dejó que se deslizara suavemente por su garganta—. He hablado demasiado —dijo—. Lo siento, cariño. Ha sido un día angustioso y no he hecho gran cosa para aliviar la situación. —Señaló una caja llena de material artístico—. Imagino que quieres llevarte eso esta noche.

—Vendré a buscarlo mañana.

Gordon la miró extrañado. De niña, se ponía como loca si no tenía a mano sus materiales de dibujo.

—Estoy tan cansada que solo quiero dormir —repuso Andy, pero prefirió no decirle que no empuñaba un lápiz ni usaba un bloc de dibujo desde su primer año en Nueva York—. Papá, ¿crees que debería hablar con ella? No me refiero a preguntarle si puedo quedarme, sino a preguntarle por qué.

—No me siento capacitado para darte consejo.

Lo que seguramente significaba que no debía hablar con Laura.

Gordon pareció percibir su melancolía. Se inclinó hacia delante y le puso las manos sobre los hombros.

—Cariño —dijo—, todo se va a arreglar. Hablaremos de tu futuro a finales de mes, ¿de acuerdo? Así tendrás once días para formular un plan.

Andy se mordisqueó el labio. Su padre formularía un plan. Ella, en cambio, haría como que tenía mucho tiempo para pensarlo y luego, al cumplirse el decimoquinto día, le entraría el pánico.

—Para esta noche vamos a llevarnos tu cepillo de dientes, tu peine y lo que sea imprescindible —agregó él—, y mañana vendremos a embalar todo lo demás. Y también iremos a recoger tu coche. Porque imagino que sigue en el centro comercial, ¿no?

Ella asintió en silencio. Se había olvidado por completo del coche. El Honda de su madre también estaba allí. Seguramente se los habría llevado la grúa, o tendrían un cepo en las ruedas.

Gordon se levantó. Cerró la caja del material de dibujo y la puso en el suelo, donde no estorbara.

—Creo que tu madre solo necesita pasar un tiempo sola. Antes solía irse por ahí de excursión con el coche, ¿te acuerdas?

Andy se acordaba.

Los fines de semana, Gordon y ella hacían algún proyecto juntos, o Gordon hacía el proyecto y Andy se quedaba por allí cerca leyendo un libro, y Laura aparecía de pronto con las llaves en la mano y anunciaba que iba a pasarse el día fuera.

A menudo, cuando volvía, traía chocolate para Andy o una buena botella de vino para Gordon. Una vez trajo una esfera de cristal del Museo Tubman de Macon, que estaba a dos horas y media de camino. Siempre que le preguntaban dónde había ido y por qué, respondía: «Bueno, ya sabéis, necesitaba estar en otro sitio, no aquí».

Andy recorrió con la mirada la habitación abarrotada y en desorden. De pronto no le parecía una cueva, sino una pocilga.

Antes de que su padre se le adelantara, dijo:

—Deberíamos irnos.

—Sí. Voy a dejar esto en el porche. —Se guardó en el bolsillo la botella de *bourbon*. Luego titubeó y añadió—: Ya sabes que conmigo siempre puedes hablar, cielo. Pero ojalá no tuvieras que ponerte un poco piripi para hacerlo.

—Piripi. —Aquella palabra tan tonta la hizo reír, porque la alternativa era llorar, y estaba harta de llorar—. Papá, creo que… creo que yo también quiero estar sola.

—Vaaale —respondió él alargando la palabra.

—No me refiero a que quiera estar siempre sola. Pero me parece que me sentaría bien dar un paseo hasta tu casa. —Después tendría que darse otra ducha, pero la idea de sentirse envuelta por aquella oscuridad húmeda y sofocante tenía algo de atrayente—. ¿Te importa?

—Claro que no. Le diré a Míster Purrkins que te vaya calentando la cama. —Gordon la besó en la coronilla y cogió la bolsa de basura que ella había llenado de ropa interior—. No tardes mucho. Según la aplicación de mi móvil, dentro de media hora se pondrá a llover.

—No me entretendré —prometió ella.

Él abrió la puerta pero no se marchó.

—El año que viene mejorarán las cosas, Andrea. El tiempo lo pone todo en perspectiva. Superaremos lo que ha pasado hoy. Mamá volverá a ser la de siempre. Y tú volverás a defenderte sola. Tu vida recuperará su curso.

Andy levantó los dedos cruzados.

—Todo se arreglará —insistió él—. Te doy mi palabra.

Salió cerrando la puerta a su espalda y Andy oyó sus pasos pesados en la escalera metálica.

No le creía.

4

Cambió de postura en la cama. Se apartó algo de la cara. Se dijo, medio dormida, que era Míster Purrkins, pero su cerebro consciente la advirtió de que aquella cosa era demasiado maleable para ser el rollizo gato tricolor de Gordon. Y que no podía estar en casa de su padre porque no recordaba haber llegado allí.

Se incorporó bruscamente y volvió a caer hacia atrás, mareada.

Un gruñido involuntario salió de su boca. Se apretó los ojos con los dedos. No sabía si todavía estaba amodorrada por el *bourbon* o si aquello podía considerarse una verdadera resaca, pero desde el tiroteo le dolía tanto la cabeza que era como si un oso le estuviera royendo el cráneo.

El tiroteo…

Ahora tenía un nombre, un *después* que separaba drásticamente su vida de todo lo anterior.

Dejó caer la mano. Parpadeó, intentando que sus ojos se habituaran a la oscuridad. La luz tenue de un televisor con el volumen apagado. El balbuceo de un ventilador de techo. Estaba todavía en su apartamento, echada sobre el montón de ropa limpia que siempre tenía en el sofá. Lo último que recordaba era que estaba buscando un par de calcetines limpios.

La lluvia apedreaba el tejado. Fuera, más allá de las pequeñas ventanas abuhardilladas, zigzagueó un relámpago.

«Mierda».

Se había entretenido después de prometerle a su padre que no lo haría y ahora solo podía hacer una de dos: o suplicarle que fuera a buscarla o ir andando bajo el chaparrón.

Volvió a incorporarse con mucho cuidado. La tele atrajo su atención. La CNN estaba mostrando una fotografía de Laura, de hacía dos años. La cabeza calva cubierta por un fular rosa. Una sonrisa cansada. La marcha de concienciación contra el cáncer de mama, en Charleston. A ella la habían recortado de la fotografía, pero su mano era aún visible sobre el hombro de Laura. Alguien —un amigo, quizá, o puede que un extraño— había cogido aquel recuerdo íntimo e inofensivo para sacarle partido, para que se mencionara su nombre en el pie de foto.

A un lado de la pantalla aparecían algunos datos básicos sobre Laura, una especie de currículum abreviado:

55 años. Divorciada.

Una hija adulta.

Logopeda de profesión.

Sin formación militar reglada.

Cambió la imagen. Empezaron a emitir de nuevo el vídeo del restaurante con su sempiterno letrero advirtiendo de que las imágenes podían dañar la sensibilidad del espectador.

«Van a cargar más contra ti que contra él, Laura. Lo que se va a dirimir es lo que has hecho tú, no lo que hizo él».

No soportaba volver a verlo, ni lo necesitaba en realidad, porque cada vez que pestañeaba volvía a verlo todo dentro de su cabeza, en vivo. Se levantó tambaleándose. Encontró su móvil en el cuarto de baño. La una y dieciocho de la madrugada. Había dormido más de seis horas. Gordon no le había escrito, lo cual era un milagro. Seguramente estaba tan frito como ella. O quizá pensara que se había reconciliado con su madre.

Qué más quisiera ella.

Tocó el icono del mensaje de texto y eligió *PAPÁ*. Se le empañaron los ojos. La luz de la pantalla era como una navaja de afeitar. Su cerebro aún oscilaba dentro del cráneo. Envió rápidamente una disculpa por si acaso su padre se despertaba, veía su cama vacía y se asustaba: *Me he quedado dormida, llego enseguida, no te preocupes, tengo paraguas.*

Lo del paraguas era mentira. Y también que fuera a llegar enseguida. Y que no tuviera que preocuparse: muy bien podía fulminarla un rayo.

De hecho, teniendo en cuenta cómo había transcurrido el día, la probabilidad de que acabara electrocutada le parecía muy alta.

Miró por la ventana. La casa de su madre estaba a oscuras, salvo por la luz del despacho. Era muy improbable que Laura estuviera trabajando. En el transcurso de su enfermedad, aquejada por diversas dolencias, había dormido a menudo en el sillón reclinable del cuarto de estar. Tal vez se hubiera dejado la luz encendida sin querer y no se sentía con ánimos de cruzar el vestíbulo renqueando para apagarla.

Andy se apartó de la ventana. La televisión volvió a atraerla como un imán. Laura clavando el cuchillo en el cuello de Jonah Helsinger con un revés certero.

Zas.

Tenía que salir de allí.

Había una lámpara de pie junto al sillón, pero la bombilla llevaba varias semanas fundida. La luz del techo brillaría como un faro en medio de la noche. Usó la linterna del móvil para buscar unas deportivas viejas que no le importaba estropear con la lluvia y un poncho impermeable que había comprado en un supermercado porque le parecía algo muy adulto que tener en caso de emergencia.

Por eso precisamente lo había dejado en la guantera del coche, porque ¿para qué iba a salir en plena lluvia, a no ser que la sorprendiera un aguacero sin paraguas en el coche?

Un relámpago iluminó todos los rincones de la habitación.

«Mierda».

Sacó una bolsa de basura de la caja. No tenía tijeras, por supuesto. Usando los dientes, la rasgó hasta abrir un agujero del tamaño aproximado de su cabeza. Levantó el teléfono para echar un vistazo a su obra.

La pantalla parpadeó y se apagó.

Lo último que vio fueron las palabras *BATE BAJ*.

Encontró el cargador conectado a un enchufe. El cable lo tenía en el coche. Y su coche estaba a tres kilómetros de allí, aparcado delante de la tienda de Zegna.

A no ser, claro, que se lo hubiera llevado la grúa.

—¡Joder! —exclamó con vehemencia.

Metió la cabeza por el agujero de la bolsa de plástico y salió. La lluvia empezó a chorrearle por la espalda. A los pocos segundos tenía la ropa empapada y el impermeable improvisado se le había pegado al cuerpo como *film* de cocina.

Siguió caminando.

La lluvia había intensificado el calor de la víspera. Sintió que sus agujas calientes se le clavaban en la cara al salir a la carretera. En aquella parte de la ciudad no había farolas. La gente compraba casas en Belle Isle porque ansiaba experimentar la vida en un auténtico pueblecito de la costa sureña, anticuado y pasado de moda. Al menos, todo lo anticuado y pasado de moda que cabía esperar teniendo en cuenta que la mansión más barata de la zona de la playa costaba más de dos millones de dólares.

Hacía casi treinta años, Laura había pagado ciento dieciocho mil dólares por su bungaló en primera línea de playa. La tienda más cercana era el Piggly Wiggly de las afueras de Savannah. En la gasolinera se vendía cebo vivo y manitas de cerdo encurtidas en grandes tarros de cristal, junto a la caja registradora. Ahora, el de Laura era uno de los seis bungalós originales que quedaban en Belle Isle. El terreno valía literalmente veinte veces más que la casa.

Un rayo bajó restallando del cielo. Andy levantó los brazos como si pudiera detenerlo. La lluvia arreciaba. No se veía más allá de un metro y medio. Se detuvo en medio de la carretera. El fogonazo de otro relámpago entrecortó momentáneamente la lluvia. No sabía si dar media vuelta y esperar a que amainara la tormenta o seguir avanzando hacia la casa de su padre.

En todo caso, quedarse en la calle como un pasmarote era lo peor que podía hacer.

Se subió a la acera saltando el bordillo. Oyó con satisfacción el chapoteo de sus deportivas. Chapoteó otra vez. Echó a andar alargando el paso. Al poco rato echó a correr suavemente. Luego apretó el paso. Más aprisa, cada vez más aprisa.

Correr era lo único que sentía que hacía bien. Era duro echar constantemente un pie detrás del otro. Sudar. Tener el corazón acelerado. Sentir el fragor de la sangre en los oídos. Mucha gente no podía ni quería hacerlo, y menos aún en plena canícula, cuando las autoridades sanitarias avisaban de que la gente procurara no salir a la calle porque podía morirse de calor, literalmente.

Oía el golpeteo rítmico de sus deportivas por encima de la lluvia atronadora. Se desvió de la carretera que llevaba a casa de Gordon: aún no quería parar. El paseo marítimo estaba a treinta metros de distancia. La playa, un poco más allá. Comenzaron a picarle los ojos por el salitre que impregnaba el aire. No oía las olas, pero de algún modo asumió su velocidad, la tenacidad implacable con que se arrojaban hacia delante, siempre hacia delante, pese a la fuerza con que la gravedad tiraba de ellas en sentido contrario.

Dobló a la izquierda para tomar el paseo marítimo y, tras una desmañada batalla entre el viento y la bolsa de basura, consiguió arrancarse el plástico y tirarlo al cubo de reciclaje más próximo. Sus zapatos retumbaban en las planchas de madera del suelo. La lluvia caliente le abría los poros de la piel, los horadaba. No llevaba calcetines. El zapato le rozaba y tenía una ampolla en el talón. Llevaba los pantalones cortos subidos y arrebujados. La camiseta pegada al cuerpo. Su pelo era como resina. Aspiró una gran bocanada de aire húmedo y empezó a toser.

El chorro de sangre saliendo de la boca de Betsy Barnard.

Shelly muerta ya en el suelo.

Laura con el cuchillo en la mano.

Zas.

La cara de su madre.

Su cara.

Sacudió la cabeza salpicando agua como un perro al salir del mar. Las uñas se le clavaban en las palmas. Relajó las manos, abrió los puños que apretaba con fuerza. Se apartó el pelo de los ojos. Se imaginó que sus pensamientos retrocedían como la marea baja. Se llenó de aire los pulmones. Corrió más aprisa. Sus piernas se movían rítmicamente, sus músculos y sus tendones trabajaban al unísono para mantenerla erguida durante aquella carrera que no era, en realidad, más que una serie de caídas controladas.

Dentro de su cabeza algo hizo *clic*. Nunca había alcanzado el «colocón del corredor», ni siquiera en el pasado, cuando procuraba marcarse un horario para correr y cumplirlo. Llegaba un punto en que el cuerpo ya no le dolía tanto como para querer detenerse, pero su cerebro estaba siempre tan concentrado en ese dolor que mantenía sus pensamientos flotando sobre la superficie en lugar de sumirse en la oscuridad.

Pie izquierdo. Pie derecho.

Inspira. Exhala.

Izquierda. Derecha. Izquierda.

«Inspira».

La tensión fue abandonando paulatinamente sus hombros. Se le relajó la mandíbula. El dolor de cabeza de dientes de oso pasó de ser un roer constante a convertirse en un mordisqueo más llevadero. Sus pensamientos comenzaron a deshilvanarse. Escuchaba la lluvia, veía caer las gotas delante de su cara. ¿Qué sentiría al abrir su caja de material de dibujo? ¿Al sacar su lápiz y su bloc para dibujar, por ejemplo, las salpicaduras que levantaban sus zapatillas destrozadas al pisar un charco? Visualizó líneas, luces y sombras, el impacto de la zapatilla dentro del charco, la tensión del cordón plasmado en medio de un paso.

Laura había estado al borde de la muerte durante el tratamiento para el cáncer, y no solo por la mezcla tóxica de fármacos, sino por otros problemas asociados al tratamiento. Infecciones. *C. difficile*. Neumonía. Neumonía doble. Infecciones estafilocócicas. Neumotórax.

Ahora podían añadir a la lista a Jonah Helsinger. A la detective Palazzolo. A Gordon, al que quería expulsar de su vida. Y a su única hija, de la que necesitaba distanciarse.

Iban a sobrevivir a la frialdad de Laura del mismo modo que habían sobrevivido a su cáncer.

Gordon tenía razón: el tiempo lo ponía todo en perspectiva. Andy se había acostumbrado a esperar: a esperar a que saliera el cirujano, a que examinaran las radiografías, a que cultivaran las muestras de las biopsias, a la quimio y a los antibióticos y a los calmantes y a los antieméticos y a las sábanas limpias y a que cambiaran las almohadas y, por último, afortunadamente, a la sonrisa cautelosa de la doctora cuando les dijo que el escáner había dado negativo.

Ahora, lo único que tenía que hacer era esperar a que su madre volviera a ser la de siempre. Laura lucharía con uñas y dientes para salir del lugar oscuro en el que se había metido, hasta que pasado un tiempo, al fin, dentro de un mes o de seis, o para el próximo cumpleaños de Andy, pudiera mirar atrás y ver lo ocurrido el día anterior como a través de un telescopio y no de un cristal de aumento.

La pasarela del paseo marítimo se acabó antes de lo que esperaba. De un salto, volvió a la carretera de un solo sentido que bordeaba las mansiones de primera línea de playa. El asfalto le pareció sólido, compacto bajo los pies. Detrás de las casas gigantescas el rugido del mar se disipaba. En aquella franja de playa, la costa se curvaba siguiendo la punta de la isla. El bungaló de su madre quedaba a casi un kilómetro de distancia. Pero Andy no tenía intención de volver. Hizo amago de dar media vuelta y entonces se acordó de algo.

Su bicicleta.

Veía la bici colgada del techo cada vez que entraba en el garaje. Llegaría mucho antes a casa de Gordon montada sobre dos ruedas. Y teniendo en cuenta la tormenta, parecía buena idea interponer un par de neumáticos entre ella y el asfalto.

Aminoró la marcha hasta dejar de correr, pero siguió avanzando a paso vivo. La lluvia comenzó a amainar. Gruesos goterones se estrellaban sobre su cabeza, le acribillaban la piel. Aflojó el paso al ver el tenue resplandor del despacho de Laura. La casa distaba aún unos cincuenta metros, pero en aquella época del año las casonas del vecindario permanecían desiertas. Belle Isle era, ante todo, una rada de invierno, un puerto de abrigo para gentes del norte durante los crudos meses invernales. Los demás vecinos también huían, ahuyentados por el calor de agosto.

Mientras iba por el camino de entrada, echó un vistazo a la ventana del despacho de su madre. Parecía vacío. Entró al garaje por la puerta lateral. El cristal de la puerta traqueteó al cerrarla. El espacio diáfano del garaje amplificó el fragor de la lluvia. Echó mano del mando que abría la puerta cochera para encender la luz, pero se detuvo en el último instante: la luz solo se encendía cuando subía la puerta, y el estruendo que armaba podía despertar a un muerto. Por suerte, el resplandor del despacho se colaba por el cristal de la puerta lateral. Tenía la luz justa para moverse si forzaba un poco la vista.

Avanzó hacia el fondo, dejando a su paso un rastro de charquitos de lluvia semejante a la estela que dejaba Pigpen, el de Snoopy y Carlitos. La bici colgaba del revés de dos ganchos que Gordon había atornillado al techo. Se le acalambraron los hombros cuando trató de desenganchar las ruedas de la Schwinn. Lo intentó una, dos veces. Luego, la bici descendió y ella estuvo a punto de caer de espaldas al intentar darle la vuelta antes de que se estrellara contra el suelo.

«Por eso precisamente yo no quería colgar la puta bici del techo», habría querido decirle a su padre, aunque jamás lo haría.

Uno de los pedales le hizo una rozadura en la espinilla. No le preocupó que la herida sangrara un poco. Inspeccionó las cubiertas temiendo que la goma se hubiera resecado hasta pudrirse, pero eran tan nuevas que todavía conservaban los pequeños alveolos que sobresalían de los lados. Adivinó en ello la mano de su padre. Durante el verano, Gordon había insistido varias veces en que retomaran sus excursiones de fin de semana en bicicleta. Era muy propio de él cerciorarse de que todo estuviera listo, por si acaso Andy decía que sí.

Empezó a levantar la pierna, pero se detuvo. Oyó por encima de ella una especie de tintineo. Ladeó la cabeza como un retriever. Solo distinguió el ruido blanco de la lluvia. Estaba intentando acordarse de algún chiste macabro cuando volvió a oír aquel tintineo. Aguzó el oído, pero solo se oía el susurro constante de la lluvia al caer.

Estupendo. Era una cobarde redomada. No sabía literalmente ni cuándo guarecerse de la lluvia y encima, por lo visto, estaba paranoica.

Sacudió la cabeza. Tenía que ponerse en marcha otra vez. Se sentó sobre el sillín y se agarró al manillar.

El corazón le dio un vuelco.

Un hombre.

Estaba parado al otro lado de la puerta. Era blanco. De ojos pequeños y brillantes. La oscura capucha de su sudadera se le pegaba a la cara.

Andy se quedó paralizada.

El hombre apoyó las manos en el cristal.

Debía gritar. Debía quedarse callada. Debía buscar un arma. Debía retroceder, dar marcha atrás con la bicicleta. Esconderse entre las sombras.

El hombre se inclinó hacia delante, escudriñando el interior del garaje. Miró a izquierda y a derecha y luego de frente.

Andy dio un respingo, contrajo los hombros como si pudiera encogerse hasta desaparecer.

El hombre la miraba fijamente.

Contuvo la respiración. Esperó, temblando. Podía verla, estaba segura de que la veía.

Muy lentamente, el hombre giró la cabeza y volvió a mirar a derecha e izquierda. Lanzó una última mirada hacia Andy y luego desapareció.

Ella abrió la boca. Aspiró una pizca de aire. Se inclinó sobre el manillar de la bici y procuró no vomitar.

El hombre del hospital, el de la gorra de Alabama. ¿Las había seguido hasta allí? ¿Había estado acechando hasta que se había convencido de que no había moros en la costa?

No. Alabama era alto y delgado. El encapuchado, el hombre de la puerta del garaje, era recio y musculoso, más o menos de la estatura de Andy pero tres veces más ancho.

Aquel tintineo era el ruido que había hecho al bajar por la escalera metálica.

Había subido a comprobar que el apartamento estaba vacío.

Después se había asomado al garaje para cerciorarse de que allí tampoco había nadie.

Y ahora seguramente se proponía entrar en la casa de su madre.

Andy se palpó frenéticamente los bolsillos, pero en ese mismo instante se acordó de que su teléfono estaba arriba, donde lo había dejado sin batería. Laura había dado de baja la línea fija el año anterior. Y probablemente las mansiones de ambos lados de la calle tampoco tenían teléfono. Tardaría diez minutos como mínimo en llegar a casa de Gordon en bicicleta, y para entonces su madre podía estar…

Le dio otro vuelco el corazón.

Necesitaba aliviar la vejiga. Tenía el estómago lleno de chinchetas. Se bajó con mucho cuidado de la bici. La apoyó contra la pared. El sonido de la lluvia era ahora un tamborileo constante. Lo único que oía por encima de su *ratatá* era el castañeteo de sus propios dientes.

Se obligó a acercarse a la puerta. Extendió el brazo, asió el picaporte. Tenía los dedos fríos. ¿Estaría esperando el encapuchado al otro lado, pegado a la pared del garaje, enarbolando un bate o una pistola, o solo aquellas manos gigantescas, capaces de estrangularla por sí solas?

Notó un regusto a vómito en la boca. El agua parecía haberse helado sobre su piel. Se dijo que el hombre habría querido llegar a la playa tomando un atajo, pero nadie atajaba por allí. Y menos aún con lluvia. Y truenos.

Abrió la puerta. Se agachó y echó un vistazo al camino de entrada. La luz del despacho de Laura seguía encendida. No vio a nadie: ni sombras, ni luces encendidas por culpa de un traspié, ni un hombre con sudadera y capucha esperando con un cuchillo junto al garaje o mirando por las ventanas de la casa.

Su madre sabía defenderse. Se había defendido bien. Pero había usado las dos manos. Ahora tenía un brazo en cabestrillo y una pierna herida, y casi era incapaz de cruzar la cocina sin tener que agarrarse a la encimera.

Cerró la puerta del garaje sin hacer ruido. Apoyó las manos en el cristal, ahuecándolas, como había hecho el encapuchado. Escudriñó la oscuridad. De nuevo no vio nada: ni su bici, ni los estantes llenos de agua y comida para casos de emergencia.

Solo sintió un ligero alivio, porque el encapuchado no había seguido bajando por el camino de entrada al apartarse del garaje. Se había dirigido hacia la casa.

Andy se pasó los dedos por la frente. Bajo toda aquella lluvia, estaba sudando. Tal vez aquel tipo no había entrado en el bungaló. ¿Por qué iba a elegir un ladrón precisamente el chalé más pequeño de la calle, uno de los más pequeños de todo el pueblo? Las casonas de los alrededores estaban repletas de aparatos electrónicos de última generación. Cada viernes por la noche, el número de atención telefónica de la policía recibía al menos una llamada de un vecino que había llegado de Atlanta con la idea de pasar un fin de semana tranquilo y había descubierto que le habían robado todos los televisores de la casa.

El encapuchado había subido a su apartamento. Se había asomado al garaje.

No se había llevado nada. Estaba buscando algo.

O a alguien.

Andy avanzó por un lateral de la casa. El sensor de movimiento no funcionaba. Las luces tendrían que haberse encendido. Notó un crujido de cristales bajo la suela de la zapatilla. ¿Bombillas hechas añicos? ¿El sensor de movimiento roto? Poniéndose de puntillas, miró por la ventana de la cocina. A la derecha, la puerta del despacho estaba ligeramente entornada. La estrecha rendija proyectaba un triángulo de luz blanca sobre el suelo de la cocina.

Aguardó, esperando ver algún movimiento, alguna sombra. Retrocedió. Los escalones del porche quedaban a su izquierda. Podía entrar en la cocina. Encender la luz. Sorprender al encapuchado, hacer que se girara y le disparara o la apuñalara como había intentado hacer Jonah Helsinger.

Tenía que haber alguna relación entre ambos hechos. Era lo único que tenía sentido. Aquello era Belle Isle, no Atlantic City. Allí era raro que un tipo con capucha entrara a robar en un bungaló en medio de un aguacero.

Se dirigió a la parte de atrás de la casa. La recia brisa del mar la hizo estremecerse. Abrió cuidadosamente la puerta del porche acristalado. El chirrido de los goznes quedó ahogado por la lluvia. Encontró la llave en el platillo, debajo de la maceta de pensamientos.

Las dos puertas cristaleras daban al dormitorio de su madre. Andy acercó de nuevo las manos al cristal, haciéndose pantalla con ellas. A diferencia de lo que le había ocurrido en el garaje, distinguió con claridad todos los rincones de la habitación. La lucecita nocturna del baño estaba encendida. La cama de Laura estaba hecha. Había un libro sobre la mesilla de noche. La habitación estaba vacía.

Pegó la oreja al cristal. Cerrando los ojos, trató de concentrar todos sus sentidos en captar cualquier ruido procedente de la casa: el crujido de unos pasos, la voz de su madre pidiendo socorro, cristales rotos, un forcejeo.

Pero solo oyó el ruido que hacían las mecedoras al balancearse empujadas por el viento.

Durante el fin de semana, se había sentado con su madre en el porche para contemplar el amanecer.

—Andrea Eloise... —Su madre había sonreído mientras bebía una taza de té—. ¿Sabías que cuando naciste yo quería ponerte Heloise, pero la enfermera me entendió mal y escribió *Eloise*, y a tu padre le pareció tan bonito que no tuve valor para decirle que lo había escrito mal?

Sí, Andy lo sabía. Había oído aquella misma historia muchas veces. Todos los años, más o menos en torno a la fecha de su cumpleaños, su madre aprovechaba cualquier excusa para contarle cómo había perdido la hache su nombre.

Aguzó el oído unos segundos más con la oreja pegada al cristal. Después, se obligó a moverse. Sus dedos estaban tan agarrotados que le costó meter la llave en la cerradura. Tenía los ojos llenos de lágrimas. Estaba muy asustada. Nunca había sentido un terror como aquel, ni siquiera en el restaurante, porque durante el tiroteo no había tenido tiempo para pensar. Había reaccionado sin detenerse a considerar sus actos. Ahora, en cambio, tenía tiempo de sobra para sopesarlos, y todos los escenarios que daban vueltas por su cabeza como un torbellino eran aterradores.

El encapuchado podía herir a su madre… otra vez. Podía estar dentro de la casa, esperándola a ella. Podía estar asesinando a Laura en ese mismo instante. Podía violarla a ella. Podía matarla delante de su madre. Podría violarlas a ambas y obligarlas a mirar, o matarlas y luego violarlas o…

Casi le fallaron las piernas cuando entró en el dormitorio. Cerró la puerta, haciendo una mueca al oír el chasquido de la cerradura. El agua de lluvia formó un charco sobre la moqueta. Se quitó las zapatillas. Se echó hacia atrás el pelo empapado.

Prestó atención.

Se oía un sonido, una especie de murmullo, al otro lado de la casa.

Una conversación. Ni gritos, ni amenazas, ni llamadas de socorro. Le recordó a las voces de sus padres cuando era pequeña y los oía hablar desde la cama.

«El próximo fin de semana actúa Diana Krall en la Fox».

«Uf, Gordon, ya sabes que el *jazz* me ataca los nervios».

Sintió que parpadeaba compulsivamente, como si fuera a desmayarse. Todo parecía temblar. El latido del corazón le retumbaba en la cabeza como el ruido de cientos de pelotas de baloncesto rebotando en un estadio cubierto. Tuvo que apoyar la mano en la parte de atrás del muslo y ejercer presión para obligarse a avanzar.

La casa era a grandes rasgos un cuadrado con un pasillo en forma de herradura. El despacho de Laura ocupaba el lugar del antiguo comedor, enfrente de la cocina. Andy avanzó por el pasillo. Dejó atrás su antiguo dormitorio, convertido en cuarto de invitados, sin prestar atención a las fotos familiares y los dibujos escolares que colgaban de las paredes.

—… hacer nada —oyó decir a su madre con voz firme y clara.

Se detuvo en el cuarto de estar. Solo el vestíbulo la separaba del despacho de Laura. Las puertas correderas estaban abiertas de par en par. Andy conocía aquel cuarto tan bien como su apartamento; sabía dónde estaba cada cosa: el sofá, el sillón, la mesa baja de cristal con un cuenco de flores secas, el escritorio, la silla del escritorio, la librería, el armario archivador, la lámina de *El nacimiento de Venus* colgada en la pared junto a dos páginas enmarcadas tomadas de un libro de texto titulado *Anatomofisiología de las patologías del habla…*

Una foto suya, en un marco, sobre el escritorio. Un vade de piel de color verde claro. Un solo bolígrafo. Un ordenador portátil.

—¿Y bien? —preguntó Laura.

Su madre estaba sentada en el sofá. Andy solo veía parte de su barbilla, la punta de su nariz, sus piernas descruzadas y sus manos: una apoyada sobre el muslo; otra, sujeta a la cintura por el cabestrillo. Tenía la cara ligeramente vuelta hacia arriba mientras miraba a la persona que ocupaba el sillón de cuero.

El encapuchado.

Tenía los vaqueros empapados. Un charco se extendía a sus pies, sobre la alfombra.

—Veamos qué alternativas tenemos —dijo con una voz tan profunda que Andy sintió que sus palabras le retumbaban dentro del pecho—. Podría hablar con Paula Koontz.

Laura se quedó callada. Luego contestó:

—Tengo entendido que está en Seattle.

—En Austin. —Él aguardó un momento—. Pero buen intento.

Se hizo un largo silencio.

—Haciéndome daño a mí no conseguirás lo que buscas —dijo luego Laura.

—No voy a hacerte daño. Solo voy a hacer que te cagues de miedo.

La forma en que lo dijo —con convicción, casi con alegría— provocó en ella otro parpadeo compulsivo.

—No me digas —replicó su madre con una risa forzada—. ¿Crees que a mí se me puede asustar?

—Eso depende de cuánto quieras a tu hija.

De pronto, Andy se encontró en medio de su antiguo cuarto. Le castañeteaban los dientes. Le lloraban los ojos. No recordaba cómo había llegado allí. El aire se le escapaba de los pulmones con un jadeo. El corazón había dejado de latirle, o quizá le latía tan deprisa que ya no lo sentía.

El móvil de su madre estaría en la cocina. Siempre lo dejaba cargándose por la noche.

«Sal de la casa. Corre a pedir ayuda. No te pongas en peligro».

Le temblaban las piernas cuando echó a andar por el pasillo hacia el fondo de la casa. Alargó involuntariamente la mano para agarrarse al cerco de la puerta del dormitorio de su madre, pero se obligó a seguir avanzando hacia la cocina.

El teléfono de Laura estaba en el extremo de la encimera, en la parte que quedaba más próxima al despacho: allí donde la puerta entornada proyectaba un triángulo de luz.

Habían dejado de hablar. ¿Por qué se habían callado?

«Depende de cuánto quieras a tu hija».

Se volvió, temiendo ver al hombre de la capucha, pero solo vio la puerta abierta del dormitorio de Laura.

Podía huir, escudándose en que su madre querría que se marchara, que se pusiera a salvo, que se alejara de allí. Era lo que le había pedido en el restaurante. Lo que querría ahora.

Regresó hacia la cocina. Se sentía dentro y fuera de su cuerpo al mismo tiempo. Se vio caminando hacia el teléfono, al final de la encimera. Las plantas de los pies se le pegaban a las baldosas frías. Había agua en el suelo, seguramente del encapuchado, junto a la entrada lateral. Andy fijó la mirada en el móvil de su madre. Apretó los dientes para impedir que le castañetearan. Si el encapuchado seguía sentado en el sillón, lo único que lo separaba de ella era una fina puerta de madera y noventa centímetros de distancia. Alargó el brazo hacia el teléfono. Extrajo con mucho cuidado el cable del cargador. Retrocedió lentamente hacia las sombras.

La voz del encapuchado resonó en la cocina.

—Dime una cosa —dijo—. ¿Alguna vez has soñado que estás enterrada viva? —Esperó—. ¿Que te estás asfixiando?

Andy notaba la boca reseca. La neumonía. El neumotórax. Aquellos horribles pitos en el pecho. Los intentos desesperados por respirar. A su madre le daba terror asfixiarse. El miedo a morir asfixiada por el líquido de sus pulmones la obsesionaba hasta tal punto que los médicos le daban Valium para hacerla dormir.

—Voy a hacer lo siguiente —dijo el encapuchado—, voy a meterte la cabeza en esta bolsa veinte segundos. Sentirás que te mueres, pero no morirás. Todavía —añadió.

Le temblaban los dedos cuando pulsó el botón de inicio del teléfono de su madre. El móvil tenía grabadas las huellas dactilares de ambas. Se suponía que la pantalla debía desbloquearse al tocar el botón, pero no sucedió nada.

—Es como la tortura del submarino, pero en seco —dijo el encapuchado—. Muy eficaz.

—Por favor… —repuso Laura con voz ahogada—. Esto no es necesario.

Andy frotó el dedo contra la pared, intentando secárselo.

—¡Basta! —gritó su madre tan fuerte que casi se le cayó el teléfono—. Escúchame. Solo un momento. Escúchame.

Volvió a pulsar el botón de inicio.

—Te escucho —dijo el encapuchado.

La pantalla se desbloqueó.

—Esto no es necesario. Podemos encontrar una solución. Tengo dinero.

—Lo que quiero de ti no es dinero.

—Nunca me lo sacarás. Eso que buscas. Nunca te lo...

—Ya veremos.

Andy tocó el icono de mensaje. Desde hacía seis meses, podía avisarse al servicio de atención ciudadana de la policía de Belle Isle mediante un mensaje de texto. La alerta aparecía parpadeando en la parte de arriba de sus monitores.

—Veinte segundos —dijo el hombre—. ¿Quieres que vaya contándolos?

Los dedos de Andy volaron frenéticamente sobre el teclado: *419 Seaborne Avenue hombre armado peligro inminente pf dense prisa.*

—La calle está desierta —añadió el encapuchado—. Puedes gritar tanto como quieras.

Andy tocó la tecla que mandaba el mensaje.

—Basta. —Laura alzó la voz, aterrorizada—. Por favor. —Había empezado a llorar. Sus sollozos sonaban ahogados, como si tuviera la boca tapada con algo—. Por favor —suplicó—. Por favor, Dios mí...

Silencio.

Andy aguzó el oído.

Nada.

Ni un grito, ni un gemido, ni siquiera una súplica.

El silencio era ensordecedor.

—Uno —dijo el encapuchado—. Dos. —Hizo una pausa—. Tres.

Clanc. La gruesa lámina de cristal de la mesa baja. Su madre estaba pataleando. El ruido sordo de algo golpeando contra la moqueta. Su madre solo tenía una mano libre. Apenas podía levantar una bolsa de la compra.

—Cuatro —continuó el encapuchado—. Intenta no orinarte.

Andy abrió la boca de par en par, como si pudiera respirar por su madre.

—Cinco. —Evidentemente, el encapuchado estaba disfrutando—. Seis. Ya casi estamos a la mitad.

Andy oyó un silbido agudo, desesperado, el mismo ruido que emitía su madre en el hospital cuando la neumonía le produjo el colapso de un pulmón.

Agarró el primer objeto pesado que encontró. La sartén de hierro fundido chirrió cuando la levantó de la cocina. Ya no había posibilidad de sorprender al encapuchado, no había vuelta atrás. Abrió la puerta de una patada. El hombre estaba de pie, irguiéndose sobre Laura. La sujetaba por el cuello. La estaba asfixiando. Cerraba con los dedos la bolsa de plástico transparente que envolvía la cabeza de su madre.

El encapuchado se volvió, sobresaltado.

Andy blandió la sartén como un bate.

En los dibujos animados, el culo de la sartén golpeaba la cabeza del coyote como el badajo de una campana, dejándolo aturdido.

En la vida real, Andy giró la sartén y el hierro hendió el cráneo del hombre con un crujido estruendoso y nauseabundo.

No como el tañido de una campana, sino como el ruido de la rama de un árbol al desprenderse del tronco.

Su reverberación fue tan fuerte que Andy no pudo seguir sujetando el mango.

La sartén cayó al suelo con estrépito.

Al principio, el encapuchado no reaccionó. No se cayó. No montó en cólera. No devolvió el golpe. Se limitó a mirarla, visiblemente desconcertado.

Ella también le miró.

La sangre inundó lentamente la esclerótica de su ojo izquierdo, difundiéndose como humo por los capilares y describiendo volutas alrededor de la córnea. Movió los labios sin emitir sonido. No le temblaba la mano cuando se la llevó a la cabeza. La sien hundida formaba un ángulo agudo, el encaje perfecto para el filo de la sartén. Se miró los dedos.

No tenía sangre.

Andy se llevó la mano a la garganta. Tenía la sensación de haber tragado cristal.

¿Estaba bien el encapuchado? ¿No estaba herido? ¿Podía hacerle daño? ¿Asfixiar a su madre? ¿Violarlas? ¿Matarlas a ambas?

Una especie de gorgoteo salió de su garganta. Abrió la boca de par en par. Sus ojos empezaron a girarse hacia dentro. Dobló las rodillas y buscó a tientas la silla, intentando sentarse, pero falló y cayó al suelo.

Andy retrocedió de un salto como si temiera escaldarse.

El hombre había caído de costado. Tenía las piernas torcidas y se agarraba la tripa con las manos.

Ella no podía quitarle los ojos de encima. Aguardó, temblando, aterrorizada.

—Andrea… —dijo Laura.

Su corazón se estremecía como una vela. Tenía los músculos petrificados. Estaba clavada en el sitio, quieta como una estatua.

—¡Andrea! —gritó Laura.

Salió de su estupor con un sobresalto. Parpadeó. Miró a su madre.

Laura estaba intentando incorporarse en el sofá. Tenía el blanco de los ojos salpicado de venillas rotas, los labios azules, las mejillas surcadas por capilares rotos. La bolsa de plástico seguía atada alrededor de su cuello. Profundos hematomas rodeaban su piel. Había agujereado la bolsa con los dedos, del mismo modo que Andy había roto otra para hacerse un poncho.

—¡Deprisa! —la apremió Laura con voz ronca—. A ver si respira.

Andy se esforzó por enfocar la vista. Se sentía mareada. Oyó un pitido al intentar llenarse de aire los pulmones. Estaba empezando a hiperventilar.

—Andrea —repitió su madre—, tiene mi pistola en la cinturilla del pantalón. Dámela. Antes de que vuelva en sí.

«¿Qué?».

113

—¡Andrea, despierta! —Laura se deslizó del sofá, dejándose caer al suelo. La pierna le sangraba otra vez. Apoyándose en el brazo bueno, se arrastró por la moqueta—. Tenemos que quitarle la pistola. Antes de que vuelva en sí.

El encapuchado movió las manos.

—¡Mamá! —Andy cayó hacia atrás y chocó con la pared—. ¡Mamá!

—Tranquila —dijo Laura—, está…

El hombre se sacudió violentamente, volcando el sillón de cuero. Empezó a mover las manos en círculos. Luego, los círculos se convirtieron en temblores que se extendieron por sus hombros y su cabeza. Por su torso y sus piernas. Segundos después todo su cuerpo se convulsionaba, sacudido por un ataque en toda regla.

Andy oyó salir un gemido de su boca. Estaba agonizando. Iba a morir.

—Andrea —dijo Laura con voz serena, comedida—, vete a la cocina.

—¡Mamá! —sollozó ella.

La espalda del hombre se arqueó hasta formar un semicírculo. Sus pies se agitaron en el aire.

¿Qué había hecho? ¿Qué había hecho?

—Andrea, vete a la cocina —repitió su madre.

El encapuchado comenzó a respirar con roncos estertores. Andy se tapó los oídos, pero nada podía tapar aquel sonido. Vio horrorizada cómo se crispaban sus dedos. Cómo espumeaba su boca. Cómo giraban sus ojos, enloquecidos.

—Entra en la…

—¡Se está muriendo! —sollozó Andy.

Los estertores se incrementaron. Sus ojos estaban tan vueltos hacia dentro que parecía tener las cuencas rellenas de algodón. Una mancha de orina iba extendiéndose desde la bragueta de sus pantalones. Uno de sus zapatos salió disparado. Sus manos arañaban el aire.

—¡Haz algo! —gritó Andy—. ¡Mamá!

Laura agarró la sartén. La levantó por encima de la cabeza del hombre.

—¡No!

Andy cruzó la habitación de un salto y le arrancó la sartén de las manos. Laura se agarró a su cintura con el brazo antes de que pudiera apartarse. La atrajo hacia sí, acercó la boca a su oído.

—No mires, cariño. No mires.

—¿Qué he hecho? —gimió Andy—. ¿Qué he hecho?

—Me has salvado —respondió—. Me has salvado.

—He… he… —tartamudeó—. Mamá, está… No pue… no pue…

—No mires. —Laura intentó taparle los ojos, pero Andy le apartó la mano.

Se hizo un silencio absoluto.

Hasta la lluvia dejó de apedrear la ventana.

El encapuchado estaba inmóvil. Los músculos de su cara se habían relajado. Uno de sus ojos miraba fijamente el techo. El otro apuntaba hacia la ventana. Sus pupilas eran como monedas negras, opacas.

Andy sintió que el corazón le latía en la garganta.

La sudadera del hombre se había arrugado y por encima de la goma blanca de sus calzoncillos quedaba a la vista un tatuaje: un delfín sonriente surgiendo de las olas. Debajo, escrito con arabescos, se leía un nombre: *María.*

—¿Está…? —Andy se interrumpió—. Mamá, ¿está…?

Laura no vaciló.

—Está muerto, sí.

—Le he… le he.. le he… —balbució—. Le he ma… ma…

—Andy —dijo Laura en un tono distinto—, ¿eso que se oye son sirenas? —Se volvió a mirar por la ventana—. ¿Has llamado a la policía?

Andy tenía la mirada fija en el tatuaje. ¿Era María su novia? ¿Su esposa? ¿Había matado al padre de alguien?

—¿Andy? —Laura se arrastró por la moqueta y metió la mano bajo el sofá. Estaba buscando algo—. Deprisa, amor mío. Sácale la cartera de los pantalones.

Andy miró a su madre.

—Coge su cartera, vamos.

No se movió.

—Entonces mira debajo del sofá. Ven aquí. ¡Vamos! —Laura chasqueó los dedos—. Andy, ven aquí. Haz lo que te digo.

Andy gateó hacia el sofá sin saber qué debía hacer.

—El rincón del fondo —le dijo Laura—. Dentro del forro, encima del muelle. Mete la mano. Hay un neceser.

Andy se apoyó en el codo para hurgar en las entrañas del sofá. Encontró un neceser de vinilo negro con cremallera dorada. Estaba lleno, pesaba.

«¿Cómo ha llegado esto aquí?».

—Escúchame. —Laura tenía en la mano la cartera del hombre. Sacó el dinero—. Coge esto. Todo. En el oeste de Georgia hay un pueblo llamado Carrollton. Está en la linde del estado. ¿Me estás escuchando?

Andy había abierto el neceser. Dentro había un teléfono móvil plegable con un cable de cargador, un grueso fajo de billetes de veinte dólares y una tarjeta-llave blanca, sin distintivos, como las que se usan en los hoteles.

—Andy. —Laura echó mano de la fotografía enmarcada que había sobre el escritorio—. Tienes que ir a los trasteros Get-Em-Go. ¿Te acordarás? G-e-t-e-m-g-o.

«¿Qué?».

—Coge su cartera. Tírala al mar.

Andy miró la cartera de piel que su madre había dejado en el suelo. El permiso de conducir se veía a través de la funda de plástico. Tenía los ojos tan hinchados de llorar que no distinguió lo que ponía.

—No uses las tarjetas, ¿de acuerdo? —prosiguió Laura—. Usa solo el dinero. Cierra los ojos.

Rompió el marco de la foto estrellándolo contra el costado del escritorio. Se rajó el cristal. Sacó la fotografía. Dentro había una llavecita, parecida a la llave de un candado–. Te hará falta esto, ¿de acuerdo? Andy, ¿me estás escuchando? Coge esto. Cógelo.

Andy cogió la llave. La dejó caer en el neceser abierto.

—Y esto también. —Laura metió la cartera en el neceser junto con el dinero—. Trastero veintiuno. Es lo que tienes que recordar: veintiuno. Get-Em-Go, en Carrollton. —Registró los bolsillo del muerto, encontró las llaves de su coche—. Son de un Ford. Seguramente habrá aparcado en el callejón, al final de Beachview. Cógelas.

Andy cogió las llaves sin saber lo que hacía.

—Trastero veintiuno. Dentro hay un coche. Cógelo y deja el Ford. Desconecta los cables de la batería. Es muy importante, Andy. Tienes que dejar el GPS sin electricidad. ¿Te acordarás, cariño? Desconecta los cables de la batería. Papá te enseñó cómo es la batería. ¿Te acuerdas?

Asintió lentamente. Se acordaba de Gordon enseñándole las partes de un coche.

—El número del trastero es el de la fecha de tu cumpleaños. Veinte del uno. Dilo.

—Veinte del uno —repitió Andy haciendo un esfuerzo.

—Las sirenas se están acercando. Tienes que irte —dijo Laura—. Necesito que te vayas. Ahora mismo.

Andy estaba paralizada. Todo aquello era demasiado para ella. La abrumaba.

—Mi amor —dijo su madre agarrándola de la barbilla—, escúchame. Necesito que te vayas. Enseguida. Sal por detrás. Busca el Ford de ese hombre. Si no lo encuentras, coge el coche de papá. Yo se lo explicaré después. Necesito que vayas al noroeste. ¿De acuerdo? —Luchó por levantarse agarrándose a su hombro—. Andy, por favor, ¿me estás escuchando?

—Noroeste —musitó ella.

—Intenta llegar primero a Macon, luego compra un mapa, un mapa de verdad, de papel, y busca Carrollton. Los trasteros están cerca de Walmart. —Laura tiró de su brazo para que se incorporara—. Tienes que dejar aquí tu teléfono. No te lleves nada. —La zarandeó de nuevo—. Escúchame. No llames a papá. No le obligues a mentir por ti.

—¿A mentir por…?

—Van a detenerme por esto. —Le puso un dedo en los labios para hacerla callar cuando Andy intentó protestar—. Tranquila, cielo. No va a pasarme nada. Pero tú tienes que irte. No le digas a papá dónde estás, ¿entendido? Si contactas con él, se enterarán. Rastrearán la llamada y te encontrarán. Llamadas telefónicas, correos electrónicos, todo. No te pongas en contacto con él. Ni tampoco conmigo. No llames a tus amigos ni a nadie con quien hayas tenido relación anteriormente, ¿de acuerdo? ¿Me has entendido? ¿Oyes lo que te digo?

Andy asintió porque era lo que Laura quería.

—Después de pasar por Carrollton, sigue hacia el noroeste. —Laura la condujo por la cocina enlazándola con fuerza por la cintura—. Vete lejos, a Idaho, por ejemplo. Cuando haya pasado el peligro, te llamaré al teléfono que hay en la bolsa.

«¿El peligro?».

—Eres muy fuerte, Andrea. Más fuerte de lo que crees. —Laura respiraba trabajosamente. Era evidente que se esforzaba por no llorar—. Te llamaré a ese teléfono. No vuelvas a casa hasta que tengas noticias mías, ¿de acuerdo? Responde solo a mi voz, a mi voz de verdad, cuando te diga estas palabras exactas: «Ya puedes volver a casa». ¿Entendido? ¿Andy?

Las sirenas se acercaban. Ahora Andy también podía oírlas. Tres coches patrulla, como mínimo. Había un muerto en la casa. Ella lo había matado. Había asesinado a un hombre y la policía estaba a punto de llegar.

—¿Andrea?

—De acuerdo —contestó con un hilo de voz—. De acuerdo.

—Get-Em-Go, veintiuno, ¿entendido?

Andy asintió en silencio.

—Sal por detrás. Date prisa. —Laura intentó empujarla hacia la puerta.

—Mamá, ¿eres… eres una espía? —No podía marcharse sin saberlo.

—¿Una qué? —Laura pareció asombrada.

—¿O una asesina a sueldo, o una agente del gobierno, o…?

—No, Andy, no —contestó su madre como si estuviera a punto de echarse a reír—. Soy tu madre. Tu madre, es lo único que soy. —Acarició su cara—. Estoy muy orgullosa de ti, ángel mío. Estos últimos treinta y un años han sido un regalo. Si estoy viva es por ti. Sin ti no habría salido adelante. ¿Me entiendes? Eres mi corazón. Cada gota de sangre de mi cuerpo.

Las sirenas estaban cada vez más cerca. A dos calles de allí, tal vez.

—Lo siento muchísimo. —Su madre no pudo seguir conteniendo las lágrimas. El día anterior había matado a un hombre. La habían apuñalado y golpeado, habían estado a punto de asfixiarla. Había alejado de sí a su familia y no había derramado una sola lágrima hasta ese instante—. Ángel mío. Perdóname, por favor. Todo lo que he hecho lo he hecho por ti, mi Andrea Heloise. Todo.

Las sirenas habían llegado, estaban frente a la casa. Las ruedas chirriaron sobre el pavimento.

—Corre —le suplicó Laura—. Andy, por favor, cariño mío, por favor… ¡corre!

5

La arena mojada se le metía dentro de las zapatillas mientras corría por la playa. Llevaba el neceser apretado contra el pecho y sujetaba el cierre con los dedos porque no se había atrevido a entretenerse cerrando la cremallera. No había luna, ni luz procedente de las casas vecinas, nada excepto la neblina que se le pegaba a la cara y el ruido de las sirenas a su espalda.

Miró hacia atrás. El resplandor de los focos rebotaba en las paredes de la casa de su madre. Los gritos llegaban hasta la playa.

—¡Despejado a la izquierda!

—¡Despejado atrás!

A veces, cuando atendía una llamada de emergencias y seguía al teléfono un rato, oía a los policías de fondo gritando esas mismas palabras.

«Ya puede colgar», le decía a la persona que había efectuado la llamada. «La policía se hará cargo de usted».

Laura no le diría nada a la policía. Seguramente estaría sentada a la mesa de la cocina, con la boca firmemente cerrada, cuando la encontraran. Después de aquello, la detective Palazzolo no querría llegar a ningún acuerdo. Laura sería detenida. Iría a la cárcel. Comparecería ante el juez y el jurado. Sería condenada a prisión.

Andy apretó el paso como si de ese modo pudiera alejarse de aquella idea, de la imagen de su madre entre rejas. Se mordió el labio hasta notar el sabor metálico de la sangre. La arena húmeda se había convertido en cemento dentro de sus zapatos. Había, sin embargo, algo de retribución kármica en aquel malestar.

El encapuchado estaba muerto. Ella le había matado. Había asesinado a un hombre. Era una asesina.

Sacudió la cabeza con tanta fuerza que le sonó el cuello. Intentó orientarse. La avenida Seaborne continuaba por espacio de unos quinientos metros, hasta desembocar en Beachview. Si se pasaba el desvío, se encontraría en una zona más poblada de la isla, donde cualquiera podía mirar por la ventana y llamar a la policía.

Trató de contar sus pasos. Recorrió doscientos metros, luego trescientos y por fin dobló a la izquierda alejándose del océano. Todas las casonas tenían vallas para impedir el paso a los extraños que podían colarse en ellas por error, procedentes de la playa. El reglamento municipal prohibía levantar verjas permanentes delante de las dunas, y la gente había erigido cercas endebles, hechas con paneles de madera y rematadas con alambre de espino, a modo de medida disuasoria. Aunque solo algunas tenían alarma, todas iban acompañadas de un letrero avisando de que saltaría la alarma si se abría la puerta.

Andy se detuvo delante de la primera cerca que se encontró. Pasó la mano por sus laterales. Rozó con los dedos un cajetín de plástico del que salía un cable.

Alarma.

Corrió hasta la siguiente cerca e hizo lo mismo.

Alarma.

Maldijo en voz baja, consciente de que el modo más rápido de llegar a la calle era trepar por las dunas. Empujó el panel de madera con el pie, cuidadosamente. El cable cedió. Algún amarre invisible se soltó de la arena y la valla bajó lo justo para que pudiera pasar por encima. Levantó la pierna con cuidado de no engancharse los pantalones cortos con el alambre de espino. Atravesó el empinado talud pisoteando hierbajos. Le avergonzaba estar causando tantos desperfectos. Cuando llegó a un camino de piedra, iba cojeando.

Apoyó la mano en la pared y se detuvo a tomar aliento. Tenía la garganta tan seca que le dio un ataque de tos. Se tapó la boca, esperando a que acabara. Le lagrimeaban los ojos. Le dolían los pulmones. Cuando por fin se le pasó la tos, bajó la mano. Dio un paso y le pareció que pisaba cristales. La tierra de sus zapatillas parecía arena de gato apelmazada. Se las quitó y probó a sacudirlas. El tejido sintético se había convertido en un rallador de queso. Aun así, intentó calzarse de nuevo. Pero dolía demasiado. Habían empezado a sangrarle los pies.

Subió descalza por el sendero. Pensó en todas las pistas que encontraría la detective Palazzolo cuando llegara al bungaló: la cara de Laura, sobre todo sus ojos inyectados en sangre, evidenciando todavía síntomas de asfixia; la bolsa de plástico alrededor de su cuello, con las huellas dactilares del muerto; el cadáver tendido en el despacho, junto a la mesa volcada; el cráneo hundido por un lado; los pantalones manchados de orina; la espuma secándosele en los labios; los ojos señalando en dos direcciones; la sangre de la pierna de Laura manchando la moqueta; sus propias huellas en el mango de la sartén.

Y en el camino de entrada a la casa, los cristales rotos de los focos del jardín. La cerradura de la puerta de la cocina, seguramente forzada. Los charcos de las baldosas de la cocina, mostrando el camino que había seguido el encapuchado. Y el agua que mostraba la ruta que había seguido ella del dormitorio al pasillo y de allí al cuarto de invitados, a la sala de estar y vuelta otra vez.

En la playa, sus huellas impresas en la arena mojada. Los destrozos de su avance por las dunas. Su sangre, su ADN, en el caminito de piedra donde se hallaba.

Apretó los dientes y gimió mirando al cielo. Tenía el cuello agarrotado por el esfuerzo. Se inclinó hacia delante y apoyó los codos en las rodillas, vencida por el horror de sus propios actos. Todo aquello estaba mal. Nada tenía sentido.

¿Qué debía hacer?

¿Qué *podía* hacer?

Necesitaba hablar con su padre.

Echó a andar hacia la carretera. Iría a casa de Gordon. Le preguntaría qué hacer. Él la ayudaría a decidir qué era lo mejor.

Se detuvo.

Sabía perfectamente lo que haría su padre. Dejaría que Laura cargara con todas las culpas. No permitiría que ella se entregara. No se arriesgaría a que la enviaran a la cárcel para el resto de su vida.

Además, Palazzolo descubriría sus huellas mojadas en casa de Laura, sus pisadas en la arena, su ADN entre las casonas de la playa, y denunciaría a Gordon por mentir a un agente de policía y prestar ayuda a una homicida.

Su padre podía ir a prisión. Podía perder su licencia para ejercer la abogacía.

«No le obligues a mentir por ti».

Se acordó de los ojos llorosos de su madre, de su insistencia en que todo lo que había hecho lo había hecho por ella. Tenía que confiar en que Laura le estaba pidiendo que hiciera lo correcto. Siguió avanzando. Laura había deducido que el Ford de aquel hombre estaría aparcado en el callejón de Beachview Road. También había insistido en que se diera prisa, y Andy echó a correr de nuevo, con las zapatillas en una mano y el neceser en la otra.

Estaba doblando la esquina cuando una luz intensa le dio en la cara. Agachándose, retrocedió hacia el camino de piedra. Pensó al principio que un coche patrulla la había apuntado con su reflector. Luego se arriesgó a echar un vistazo y comprendió que había accionado sin querer el sensor de movimiento de los focos del jardín.

Avanzó corriendo por el camino. Al llegar a la calle, procuró mantenerse en el centro, lejos de los sensores de movimiento de las casas. No miró a atrás, pero distinguió de reojo el parpadeo giratorio de las luces rojas y azules. Al parecer, todos los coches de la policía de Belle Isle habían acudido al aviso. Seguramente solo disponía de unos minutos, de unos segundos quizá, antes de que la persona al mando les ordenara desplegarse y registrar la zona.

Llegó al extremo de la calle de un solo sentido. Beachview Drive iba a dar a Seaborne Avenue. Al otro lado de la calle había un pequeño pasadizo que servía de acceso a la playa para vehículos de emergencias. Laura creía que el coche del muerto estaría allí.

Pero no había ningún Ford a la vista.

«Mierda».

Unos faros se acercaban desde Beachview. Frenética, corrió a la izquierda y luego a la derecha, volvió atrás y se escondió detrás de una palmera instantes antes de que pasara un Suburban negro. Dedujo por la antena gigantesca que llevaba en el parachoques que era un coche de la policía.

Observó Beachview Drive. Había un camino sin asfaltar más o menos a mitad de la calle. La entrada estaba cubierta de arbustos y malas hierbas. Uno de los seis bungalós originales que quedaban en Belle Isle era propiedad de los Hazelton, una pareja de Pennsylvania que llevaba dos años sin pasarse por allí.

Podía esconderse en su casa, intentar decidir qué hacer a continuación.

Se asomó a Seaborne Avenue para asegurarse de que no venía ningún coche. Escudriñó Beachview por si veía alguna luz. Luego corrió calle arriba, golpeando el asfalto con los pies descalzos, hasta que llegó al largo camino de tierra que daba acceso a la casa de los Hazelton.

Había algo extraño.

La maleza estaba aplastada.

Un coche había entrado por el camino hacía poco.

Rodeó los arbustos y, en lugar de avanzar por el camino, entró en el jardín. Le sangraban tanto los pies que la arena formaba una segunda piel adherida a sus plantas. Siguió adelante, agachada para hacerse menos visible. Dentro de la casa no había luz. De pronto se dio cuenta de que, hasta cierto punto, veía en la oscuridad. Era más tarde —o más temprano— de lo que creía. No era exactamente que estuviera amaneciendo, pero recordaba que había una explicación científica acerca de cómo rebotaban los rayos de luz en la superficie del océano, alumbrando la playa antes de que se viera el sol.

Aquel fenómeno físico le permitió distinguir la camioneta Ford aparcada en el camino. Las ruedas eran más grandes de lo normal. Parachoques negros. Ventanillas tintadas. Matrícula de Florida.

Había otra camioneta estacionada a su lado, más pequeña, una Chevy blanca, anodina y de unos diez años de antigüedad. Tenía matrícula de Carolina del Sur, lo que no era raro estando tan cerca de Charleston. Pero, que ella supiera, los Hazelton seguían viviendo en Pennsylvania.

Se acercó con cautela a la Chevy y se encorvó para asomarse a su interior. Las ventanillas estaban bajadas. Vio la llave en el contacto. Del llavero colgaba una gran pata de conejo, un amuleto de la suerte. El retrovisor estaba adornado con un par de dados de felpilla. Ignoraba si la camioneta pertenecía a los Hazelton, pero no le extrañó que hubieran dejado las llaves dentro. Y los dados y el llavero con la pata de conejo podían ser de su nieto.

Consideró sus alternativas.

La Chevy no tenía GPS. Nadie denunciaría su robo. ¿Debía llevársela? ¿Dejar allí la camioneta del muerto?

Dejó que su madre pensara por ella. Laura le había dicho que se llevara la camioneta del muerto, y eso haría.

Se acercó a la Ford precavidamente. Las ventanillas tintadas estaban subidas por completo. Las puertas estaban cerradas con llave. Buscó las llaves del encapuchado en el neceser. En el llavero había solo un abrebotellas y la llave de la Ford. No había llaves de una casa, pero quizá estuvieran dentro de la camioneta.

En lugar de pulsar el mando a distancia, usó la llave para abrir la puerta. Dentro olía a perfume almizcleño mezclado con cuero. Lanzó el neceser al asiento del copiloto y, agarrándose a los lados de la cabina, tomó impulso y se sentó tras el volante.

Cerró la puerta, produciendo un ruido seco y sordo.

Metió la llave en el contacto. La giró lentamente, como si la camioneta fuera a estallar o a autodestruirse si cometía un error. El motor se puso en marcha con un profundo ronroneo. Apoyó la mano en la palanca de cambios y entonces se detuvo. Algo iba mal.

126

El salpicadero debería haberse iluminado, pero no se iluminó. Palpó el tablero de mandos. La pantalla estaba tapada con cartulina o algo así. Miró hacia arriba. La luz del techo tampoco se había encendido.

Se imaginó al encapuchado sentado en la camioneta, cubriendo todas las luces y aparcándola luego en la casa de los Hazelton.

Y entonces se acordó de la luz del despacho de su madre, la única luz que Laura había dejado encendida. Había dado por sentado que su madre había olvidado apagarla, pero tal vez Laura no se hubiera quedado dormida en el sillón reclinable. Tal vez estaba sentada en el sofá de su despacho, aguardando a que apareciera alguien como el encapuchado.

«Tiene mi pistola en la cinturilla del pantalón».

No «una pistola», sino «mi pistola».

Sintió que se le secaba la boca.

¿Desde cuándo tenía su madre una pistola?

Detrás de ella se oyó una sirena. Se agachó, pero el coche patrulla no se desvió al llegar al camino. Pasó de largo. Andy comenzó a accionar en círculo la palanca de cambios, apartó lentamente el pie del freno y fue probando cada posición hasta dar con la marcha atrás.

Retrocedió por el camino a ciegas; las ventanillas tintadas le impedían ver. Las ramas de los árboles y los matorrales espinosos arañaron la camioneta. Salió a Beachview Drive y las ruedas rebotaron en el duro bordillo de la acera.

Volvió a accionar la palanca de cambios hasta que metió primera. Los faros delanteros estaban apagados. En la penumbra anterior al alba, no tenía forma de encontrar el mando que los encendía. Agarró el volante fuertemente, con las dos manos. Tenía los hombros encogidos, pegados a las orejas. Tenía la impresión de estar a punto de lanzarse por un precipicio.

Dejó atrás la calle de Gordon. Al fondo de la calle se veían las luces parpadeantes de un coche de la policía. Aceleró antes de que pudieran verla. Y entonces se dio cuenta de que no podían verla porque llevaba todas las luces apagadas, no solo las interiores y los faros delanteros. Miró por el retrovisor al tiempo que pisaba el freno. Las luces traseras tampoco se encendían.

Aquello no le gustaba.

Era lógico camuflarse, tapar todas las luces cuando ibas a cometer un delito, pero cuando dejabas atrás el lugar de los hechos y la carretera estaba llena de policías, conducir sin luces equivalía a una confesión de culpabilidad.

Había un solo puente para entrar y salir de Belle Isle. La policía de Savannah estaría entrando por un lado del puente mientras, por el otro lado de la calzada, iluminada por el sol que se reflejaba en el agua, ella estaría intentando salir a hurtadillas.

Paró en el primer aparcamiento que encontró; casualmente, el del Centro Comercial de Belle Isle. Se apeó de un salto y rodeó la camioneta por la parte de atrás. Una gruesa cinta adhesiva negra cubría las luces traseras. Al agarrar una esquina, descubrió que no era cinta, sino una lámina imantada. El otro faro estaba tapado de la misma manera.

Las esquinas estaban redondeadas. Las dos láminas eran del tamaño justo para tapar tanto las luces de frenado como las traseras.

Su mente carecía de la capacidad necesaria para deducir por qué aquello tenía importancia. Tiró los imanes a la trasera abierta de la camioneta y volvió a sentarse tras el volante. Quitó la cartulina que cubría el tablero de mandos. Al igual que los imanes, estaba cortada milimétricamente. Los mandos de la radio y los botones luminosos del salpicadero también estaban tapados con cartulina negra.

Encontró el mando que accionaba los faros delanteros. Se alejó del centro comercial. Al acercarse al puente, notaba a un lado del cuello el martilleo de su corazón. Contuvo el aliento. Cruzó el puente. No había más coches en la carretera, ni en el desvío.

Mientras aceleraba camino de la autopista, vislumbró tres coches de la policía de Savannah que se dirigían hacia el puente con las sirenas encendidas.

Respiró por fin.

En la carretera había un letrero: *MACON, 273*; *ATLANTA, 399*.

Echó un vistazo al indicador de la gasolina. El depósito estaba lleno. Intentaría hacer el viaje de más de cuatro horas a Atlanta sin detenerse y luego compraría un plano en la primera gasolinera que encontrara. Ignoraba a qué distancia quedaba Carrollton de allí, ni cómo encontraría los trasteros Get-Em-Go, cerca de Walmart.

«El número del trastero es el de tu fecha de cumpleaños. Veinte del uno. Dilo».

—Veinte del uno —dijo en voz alta, desconcertada de repente.

Su cumpleaños había sido el día anterior, veinte de agosto.

¿Por qué decía Laura que había nacido en enero?

6

Condujo arriba y abajo por la que parecía ser la vía principal de Carrollton. No le había costado encontrar la tienda Walmart pero, a diferencia de esta, los trasteros Get-Em-Go no tenían un enorme letrero luminoso visible desde la carretera interestatal.

El desvío hasta Atlanta había sido tedioso y, lo que era peor aún, innecesario. Había estado tentada de usar el sistema de navegación de la camioneta, pero finalmente había optado por seguir las instrucciones de Laura. Al entrar en Atlanta, había comprado un mapa plegable de Georgia. El trayecto entre Belle Isle y Carrollton tendría que haber durado cuatro horas y media, pero, como había cruzado Atlanta en plena hora punta, cuando por fin llegó al Walmart de Carrollton habían transcurrido seis horas. Le pesaban tanto los párpados que había tenido que echarse una siesta de dos horas en el aparcamiento.

¿Cómo encontraba la gente los sitios antes de que hubiera Internet?

Las páginas blancas eran la solución más obvia, pero no había ninguna cabina telefónica a la vista. Ya había pedido indicaciones a un guardia de seguridad de Walmart, y le parecía demasiado arriesgado volver a preguntar. Alguien podía sospechar de ella. O llamar a la policía. No llevaba encima el permiso de conducir ni los papeles del seguro. El cabello empapado por la lluvia se le había secado formando una maraña de rizos. Conducía una camioneta robada con matrícula de Florida y vestía como una adolescente que se hubiera levantado en la cama equivocada durante las vacaciones de primavera.

Tenía tanta prisa por llegar a Carrollton que no se había parado a preguntarse por qué la había mandado allí su madre. ¿Qué había dentro del trastero? ¿Por qué guardaba Laura en secreto la llave, un teléfono móvil y dinero en efectivo, y qué iba a encontrarse cuando por fin diera con el Get-Em-Go?

Después de hora y media de búsqueda, aquellas preguntas parecían ociosas. Carrollton no era un villorrio, pero tampoco una bulliciosa metrópoli. Se había dicho que lo mejor sería dar vueltas por el pueblo hasta que encontrara su destino, pero ahora le preocupaba no dar con él.

La biblioteca.

La idea la golpeó como un mazazo. Había pasado por delante del edificio cinco veces como mínimo y solo ahora había caído en la cuenta. En las bibliotecas había ordenadores y, sobre todo, acceso libre a Internet. Al menos podría localizar el Get-Em-Go.

Dio media vuelta bruscamente y se metió en el carril de entrada a la biblioteca. Las grandes ruedas temblaron cuando cruzó la acera. Había sitio de sobra para aparcar y optó por dirigirse al fondo. Solo había otros dos coches aparcados, dos viejas cafeteras. Dedujo que eran del personal de la biblioteca. Era un edificio pequeño, del tamaño aproximado del bungaló de Laura. La placa que había junto a la puerta informaba de que abría a las nueve.

Faltaban ocho minutos.

Observó el edificio achatado, los bordes nítidos del ladrillo rojo, los poros granulosos del cemento. Tenía la vista extrañamente aguzada. Seguía notando la boca seca, pero habían dejado de temblarle las manos y ya no tenía la sensación de que iba a estallarle el corazón. El estrés y el cansancio de los días anteriores habían llegado a su cúspide más o menos cuando se hallaba a la altura de Macon. Ahora se sentía embotada, como si nada pudiera hacerle mella.

No sentía remordimientos.

Ni siquiera cuando pensaba en los últimos y espantosos segundos de vida del encapuchado conseguía sentir un ápice de compasión por el sujeto que había torturado a su madre.

Aquella falta de remordimientos, sin embargo, la hacía sentirse culpable.

Se acordó de que, años antes, una de sus amigas de la universidad había afirmado que cualquiera era capaz de cometer un asesinato. En aquel momento le había molestado esa generalización porque, si todo el mundo era capaz de matar a un semejante, no existiría la violación, por ejemplo. Era el tipo de elucubración absurda que surgía en las fiestas de la facultad: ¿y si tuvieras que defenderte? ¿Podrías matar a alguien? ¿Serías capaz de hacerlo? Los tíos siempre contestaban que sí porque estaban programados para decir que sí a todo. Las chicas contestaban con menos rotundidad, quizá porque estadísticamente era mucho más probable que sufrieran una agresión sexual. Cuando le llegaba el turno de contestar a ella —lo que sucedía invariablemente— siempre respondía en broma que haría justo lo que había hecho en el restaurante: hacerse un ovillo y esperar la muerte.

En la cocina de su madre, sin embargo, no se había acobardado. Tal vez la cosa cambiaba cuando quien corría peligro era alguien a quien amabas. O quizá fuera genético.

El suicidio era cosa de familia. ¿Pasaría lo mismo con la capacidad de matar a un semejante?

Lo que de verdad quería saber era qué cara había puesto. En ese instante, al abrir de una patada la puerta del despacho y blandir la sartén, no había pensado en nada: ni una sola idea había cruzado por su cabeza. Una especie de ruido blanco saturaba su cerebro. Entre su cabeza y su cuerpo había una completa desconexión. No se había detenido a pensar en su propia seguridad. Ni tampoco en la de su madre. Se había limitado a actuar.

«Una máquina de matar».

El encapuchado tenía nombre. Andy había mirado su permiso de conducir antes de tirar la cartera al mar.

Samuel Godfrey Beckett, nacido el 10 de octubre de 1981, con domicilio en Neptune Beach, Florida.

El hecho de que se llamara Samuel Beckett la había desconcertado, porque gracias a ese nombre la existencia del encapuchado había cobrado forma más allá del despacho de Laura. Aquel individuo había tenido una madre o un padre aficionados a la poesía vanguardista irlandesa. Por algún motivo, era eso, más que el tatuaje de *María*, lo que le hacía representarse su existencia con mayor viveza. Se imaginaba a la madre sentada en el porche, contemplando el amanecer y preguntándole a su hijo: «¿Sabes por quién te puse así?», igual que Laura le contaba a ella la historia de cómo había perdido la hache su segundo nombre.

Apartó de sí esa imagen.

Tenía que recordar que Samuel Godfrey Beckett era, en palabras de la detective Palazzolo, «un mal tipo». Seguramente aquel Samuel —o Sam, o Sammy— había hecho muchas maldades a lo largo de su vida. Uno no tapaba todas las luces de su coche por simple capricho. Esas cosas se hacían con un propósito, con alevosía y premeditación.

Y seguramente había alguien dispuesto a pagarle por sus servicios.

Las nueve en punto. Una bibliotecaria abrió la puerta y, saludándola con la mano, le indicó que podía entrar.

Andy le devolvió el saludo y esperó a que entrara para sacar el neceser negro de debajo del asiento. Abrió la cremallera dorada. Echó una ojeada al teléfono plegable para asegurarse de que la batería estaba cargada. No tenía llamadas perdidas. Cerró el teléfono y lo guardó en el neceser junto con la tarjeta de plástico, la llave del candado y el grueso fajo de billetes de veinte dólares.

Había contado el dinero al llegar a Atlanta. Solo contaba con mil sesenta y un dólares para ir tirando hasta que sonara el teléfono y su madre le dijera que podía volver a casa.

Le asustó la idea de tener que marcarse un presupuesto. Un presupuesto al estilo de Gordon, no del suyo, que consistía en rezar para que el dinero llegara como surgido de la nada. No tenía forma de ganar más dinero. No podía buscar empleo sin utilizar su número de la Seguridad Social, y de todos modos no sabía cuánto tiempo le haría falta trabajar. Y, además, no sabía qué clase de trabajo podía encontrar en un sitio como Idaho.

«Después de pasar por Carrollton, sigue hacia el noroeste… Vete lejos, a Idaho, por ejemplo».

¿De dónde demonios se había sacado su madre esa idea? Ella solo había estado en Georgia, Nueva York, Florida y las Carolinas. No sabía nada de Idaho, más allá de que seguramente había mucha nieve y una inmensa cantidad de patatas.

Mil sesenta y un dólares.

Combustible, comida, habitaciones de hotel.

Cerró el neceser. Salió de la camioneta y se tiró hacia abajo de la camiseta, pero era tan corta que se sentía ridícula con ella. El aire salado le había dejado tiesos los pantalones cortos. Le dolían tanto los pies que cojeaba. Tenía en la pantorrilla izquierda un corte que no recordaba haberse hecho. Necesitaba una ducha. Necesitaba tiritas, otros zapatos, pantalones largos, camisetas, ropa interior… Aquellos mil dólares no le durarían más que un par de días, seguramente.

Trató de hacer cuentas de cabeza mientras caminaba hacia la biblioteca. Sabía por una de sus excompañeras de piso que entre Nueva York y Los Ángeles había casi cinco mil kilómetros. Idaho estaba en la parte izquierda de Estados Unidos, arriba (la geografía nunca había sido su fuerte). Al noroeste, de eso no tenía duda.

Calculó que se tardaría más o menos lo mismo en llegar en coche de Georgia a Idaho que de Nueva York a California. Entre Belle Isle y Macon había cerca de trescientos kilómetros que había tardado en recorrer unas dos horas y media, de modo que tenía por delante unos doce días de conducción. Once noches en moteles de mala muerte, a lo que había que sumar tres comidas al día, combustible para llegar hasta allí y las provisiones necesarias para el trayecto.

Meneó la cabeza. ¿De verdad podía tardar doce días en llegar a Idaho?

Las matemáticas tampoco eran su fuerte.

—Buenos días —dijo la bibliotecaria—. Hay café recién hecho en aquel rincón.

—Gracias —masculló, y se sintió culpable porque a fin de cuentas no era vecina del pueblo, no tributaba allí y, técnicamente, no tenía derecho a usar todas aquellas cosas gratis.

Aun así, se sirvió una taza de café y se sentó delante de un ordenador.

El resplandor de la pantalla surtió sobre ella un curioso efecto tranquilizador. Había pasado toda la noche sin su móvil ni su iPad. No se había percatado de cuánto tiempo perdía escuchando Spotify o mirando Instagram y Snapchat, leyendo blogs y jugando a adivinar qué casa sería la suya si fuera a Hogwarts, hasta que le habían faltado los medios para hacerlo.

Fijó la mirada en el monitor. Dio un sorbo al café. Pensó en escribir un correo a su padre. O en llamarle. O en mandarle una carta.

«Si contactas con él, se enterarán. Rastrearán la llamada y te encontrarán».

Dejó la taza sobre la mesa. Escribió en el buscador *Get-Em-Go Carrollton GA* y pinchó en el mapa.

Estuvo a punto de soltar una carcajada.

Los trasteros estaban detrás de la biblioteca, a poco más de cien metros. Lo sabía porque entre ambos edificios solo se interponía el campo de fútbol del instituto. Podría haber ido andando. Consultó el horario de apertura en la página web. El cartel de la parte de arriba informaba de que podía accederse a los trasteros a cualquier hora del día o de la noche, pero que la oficina solo abría de diez de la mañana a seis de la tarde.

Miró el reloj. Disponía de cincuenta minutos.

Abrió MapQuest y buscó las indicaciones para llegar en coche desde Georgia a Idaho. Tres mil setecientos kilómetros. Treinta horas de trayecto, no doce días. Por eso había repetido álgebra. Dio a

IMPRIMIR antes de que su cerebro le advirtiera de que no lo hiciera. Pulsó CANCELAR. La biblioteca cobraba diez centavos por página, pero el problema no era el dinero. Tendría que acercarse al mostrador y pedir las hojas impresas, y la bibliotecaria vería que se dirigía a Idaho.

Lo que significaba que si otra persona —un sujeto como el encapuchado, por ejemplo, con láminas imantadas en las luces traseras y cartulina en el salpicadero del coche— le preguntaba a la bibliotecaria adónde se dirigía, la bibliotecaria lo sabría.

«Rastrearán la llamada y te encontrarán. Llamadas telefónicas, correos electrónicos, todo».

Sopesó en silencio la advertencia de su madre. Evidentemente, Laura se refería a las personas que habían contratado a Samuel Godfrey Beckett, alias el encapuchado. Pero ¿para qué le habían contratado exactamente? Beckett le había dicho a su madre que no iba a matarla. Por lo menos enseguida. Había dicho que iba a hacer que se cagara de miedo asfixiándola con la bolsa de plástico. Los conocimientos sobre la tortura que tenía Andy procedían en su mayoría de Netflix: si no eras un torturador sádico al estilo de *Saw*, eras un torturador del tipo Jack Reacher, es decir, que buscabas información.

Pero ¿qué información podía tener una logopeda divorciada de cincuenta y cinco años para que mereciera la pena pagar a un matón para torturarla?

Y, sobre todo, ¿en qué período de su vida había adquirido Laura esa información tan codiciada?

Todo lo que la detective Palazzolo había dicho respecto al pasado de su madre —que había nacido en Rhode Island, que había estudiado en la Universidad de Georgia y que posteriormente había comprado la casa de Belle Isle— coincidía con lo que ella sabía. No había ninguna laguna inexplicable en el pasado de Laura. Nunca había viajado al extranjero. Y tampoco iba nunca de vacaciones, porque a fin de cuentas ya vivía en la playa.

Así pues, ¿qué sabía Laura para que estuvieran dispuestos a torturarla para averiguarlo?

¿Y qué era tan importante para que su madre estuviera dispuesta a soportar la tortura antes que revelarlo?

Resopló suavemente. Podía pasarse el resto de su vida dando vueltas por aquella conejera sin llegar a ninguna conclusión.

Encontró lápices y notas en blanco junto al ordenador. Cogió varias hojas y comenzó a copiar las indicaciones para llegar a Idaho: *75S a 84E, luego 80E, NE2E, 1–29–S, I70E…*

Miró el revoltijo de números y letras. Tendría que comprar otro mapa. Haría un alto para descansar en el límite entre Georgia y Alabama. Primero iría al trastero, cambiaría la camioneta por el coche que, según le había dicho Laura, había dentro y pondría rumbo al noroeste.

Volvió a resoplar.

Estaba dando muchas cosas por sentadas, confiando en exceso en la palabra de su madre. Claro que, de haber seguido su propio instinto, ahora estaría en el tanatorio llorando sobre el hombro de Gordon mientras su padre se encargaba de los preparativos del entierro de Laura Oliver.

Volvió a posar los dedos en el teclado. Miró hacia atrás. Las bibliotecarias habían desaparecido. Seguramente habrían ido a colocar libros devueltos o a practicar cómo mandar callar a la gente.

Pulsó PREFERENCIAS, bajo la pestaña de Google. Puso el buscador en modo incógnito para ocultar su historial de búsqueda. Probablemente debería haberlo hecho desde el principio. O quizá estuviera exagerando. O tal vez debería dejar de fustigarse por comportarse como una paranoica y aceptar sin más que tenía excelentes motivos para estarlo.

La primera página que abrió fue la de la *Belle Isle Review*.

La portada estaba dedicada a Laura Oliver, logopeda y máquina de matar local. No la llamaban «máquina de matar» expresamente, pero citaban a Alice Blaedel en la entradilla, lo que venía a ser lo mismo.

Ojeó el artículo. No se mencionaba a ningún hombre vestido con sudadera al que se hubiera hallado muerto con indicios de haber sido golpeado en la cabeza con una sartén. Ni siquiera se citaba el robo de la camioneta negra. Pasó a los demás artículos y los leyó por encima.

Nada.

Se recostó en la silla, perpleja.

Detrás de ella se abrió la puerta. Un anciano entró arrastrando los pies y se fue derecho a la cafetera al tiempo que lanzaba una diatriba política.

Andy ignoraba a quién iba dirigida, pero hizo oídos sordos y abrió la página de la CNN. La cita sobre la *Máquina de matar* encabezaba la portada. Gordon tenía razón en muchas cosas, pero Andy sabía que no le haría ninguna gracia haber acertado en cuanto al cariz que tomarían las noticias sobre el caso. El patetismo de la vida de Jonah Lee Helsinger aparecía recalcado en el segundo párrafo:

> *Hace seis meses, el padre de Helsinger,* sheriff, *veterano de guerra y héroe local, murió trágicamente en un enfrentamiento con un delincuente armado. Los investigadores creen que fue más o menos en esa época cuando Helsinger comenzó a abrigar intenciones homicidas.*

Echó un vistazo a FoxNews.com, al *Savannah Reporter* y al *Atlanta Journal-Constitution*.

Todas las informaciones se centraban en Laura Oliver y en lo que había hecho en el Rise-n-Dine. No se mencionaba a Samuel Godfrey Beckett, ni a ningún desconocido vestido con sudadera que hubiera muerto asesinado.

¿Había conseguido Laura trasladar el cuerpo? Parecía imposible. Supuso que su madre podía haberse negado a abrir la puerta, pero el mensaje de texto que había mandado al 911 desde el móvil de su madre constituía probablemente motivo suficiente para que la policía irrumpiera en la casa. Y aunque Laura hubiera logrado librarse de la policía de Belle Isle, el ocupante de aquel Suburban negro sin distintivos no habría aceptado un no por respuesta.

Tamborileó con el dedo sobre el ratón mientras intentaba aclarar sus ideas.

Alguien con muchos contactos estaba echando tierra sobre el asunto.

Pero ¿quién o quiénes eran esas personas?

¿Las mismas que habían enviado al encapuchado? ¿Las mismas que Laura temía que siguieran la pista a su hija?

Sintió que el corazón le daba un vuelco violento. La mitad del cuerpo policial de Belle Isle habría acudido al bungaló de Laura. Seguramente Palazzolo, y quizá incluso la Oficina de Investigación de Georgia. Lo que significaba que esas personas ejercían algún tipo de influencia sobre el gobernador, quizá incluso sobre las autoridades federales.

Miró hacia atrás.

El anciano estaba acodado en el mostrador, tratando de entablar una discusión política con la bibliotecaria.

Miró de nuevo la hora en el monitor, vio cómo los segundos se convertían en minutos.

«El número del trastero es el de la fecha de tu cumpleaños. Veinte del uno».

Dejó la taza de café sobre la mesa. Tecleó *20 de enero de 1987.*

20 de enero de 1987, martes. Los nacidos ese día son acuario. Ronald Reagan era presidente de Estados Unidos. En la radio sonaba Walk like an egyptian, *de The Bangles. La película* Estado crítico, *protagonizada por Richard Pryor, triunfaba en los cines. La novela* Tormenta roja, *de Tom Clancy, se situaba en el número uno de la lista de* bestsellers *del* New York Times.

Contó nueve meses hacia atrás y escribió en la barra de búsqueda *abril 1986.* En lugar de un eje cronológico con los acontecimientos más destacados de ese mes, encontró un panorama general del año.

EE UU bombardea Libia. Escándalo Irán-Contra. Desastre nuclear de Chernóbil. Perestroika. Cometa Halley. Explosión del Challenger. Asesinato del primer ministro sueco. Asesinato en la G-FAB de Oslo. Secuestro del vuelo 73 de Pan-Am. Explosión de un avión de TWA cuando sobrevolaba Grecia. Embargos comerciales. Tiroteo mortal en Miami entre agentes del FBI y atracadores de un banco. Comienza El Show de Oprah Winfrey. *38 401 casos de sida en el mundo.*

Miró fijamente aquellas líneas, de las que solo algunas palabras le resultaban familiares. Podía pasarse el día entero siguiendo el rastro de los acontecimientos, pero a decir verdad no sabía qué estaba buscando, de modo que era imposible que lo encontrara.

Paula Koontz.

Ese nombre llevaba varias horas rondándole por la cabeza. Nunca había oído a su madre mencionar a una tal Paula. Y, que ella supiera, todas sus amigas vivían en Belle Isle. Laura nunca hablaba con otras amigas por teléfono. Ni siquiera estaba en Facebook porque, según decía, no había nadie en Rhode Island con quien quisiera mantenerse en contacto.

«Podría hablar con Paula Koontz. Tengo entendido que está en Seattle».

«En Austin. Pero buen intento».

Su madre había tratado de engañar al encapuchado. O quizá le estaba poniendo a prueba. Pero ¿con qué fin?

Buscó *Paula Koontz Austin Texas.*

No encontró ninguna información sobre ella en Austin, pero al parecer Paula Koontz era un nombre bastante común en el noreste, al menos en el sector inmobiliario.

—Koontz —susurró, pero el apellido no le sonó bien. Había pensando en Dean Koontz al oírselo pronunciar al encapuchado alargando la última sílaba: *koontza.*

Probó a buscar *koontze, koontzee, khoontzah…*

«¿Quieres decir *koontah*?», le preguntó Google.

Pulsó en las sugerencias de búsqueda. Nada, pero Google le ofreció *khoontey* como alternativa. Siguió haciendo clic en las búsquedas sugeridas. Tras varios intentos infructuosos, llegó a un directorio de la Universidad de Texas en Austin.

Paula Kunde impartía la asignatura «Introducción a la poesía femenina y el pensamiento feminista irlandés» los lunes, miércoles y viernes. Era la jefa del Departamento de Estudios sobre las Mujeres. Su libro *De madonna a Madonna: las vírgenes desde tiempos de Jesucristo a Ronald Reagan* estaba disponible en edición de bolsillo en IndieBound.

Agrandó la fotografía, tomada de perfil, en un ángulo poco favorecedor. Era, además, en blanco y negro. Resultaba imposible calcular qué edad tenía Paula porque, evidentemente, se había expuesto demasiado al sol. Tenía la cara ajada y marchita. Era, como mínimo, de la edad de Laura, pero no se parecía a las amigas de su madre, que nunca salían de casa sin su ropa de Eileen Fisher y su protector solar.

Paula Kunde era básicamente una *hippie* trasnochada. Tenía el cabello entre rubio y gris, con un mechón oscuro en el flequillo que parecía teñido. Su camisa, o vestido, o lo que llevara puesto, tenía un estampado típicamente indio americano.

Sus mejillas hundidas le recordaron a su madre durante la quimioterapia.

Echó un vistazo a su currículum. Publicaciones en *Feminist Theory and Exposition* y varias ponencias destacadas en simposios feministas. Había estudiado en la Universidad de Berkeley y cursado un máster en Stanford; de ahí su talante *hippie*. Posteriormente se había doctorado en una universidad pública del oeste de Connecticut, lo que resultaba chocante teniendo en cuenta que Bryn Mawr o Vassar se adaptaban mejor a su campo de estudio, sobre todo después de haber pasado por Stanford, cuyos cursos de posgrado eran a los estudios inacabados de Andy lo que los diamantes a la caca de perro.

142

Pero, sobre todo, no había nada en el currículum de Paula Kunde que indicara que en algún momento su trayectoria pudiera haberse cruzado con la de Laura. No había, hasta donde ella sabía, ningún punto de coincidencia entre la teoría feminista y la logopedia. Y su madre tenía más tendencia a burlarse de una vieja *hippie* que a hacerse amiga suya. Así que ¿por qué había reconocido de inmediato el nombre de aquella mujer cuando la estaban torturando?

—Hola, cielo. —La bibliotecaria le sonrió—. Perdona, pero tengo que pedirte que no tomes café cuando estés con los ordenadores. —Señaló con la cabeza al anciano, que la miraba con enfado por encima de un vasito de café humeante—. Las normas tienen que aplicarse por igual.

—Perdón —repuso Laura, que tenía tendencia a disculparse por todo—. De todos modos ya me iba.

—No hace falta que… —respondió la bibliotecaria, pero Andy ya se había levantado.

—Perdón —repitió.

Se guardó en el bolsillo las notas que había tomado sobre cómo llegar a Idaho e intentó sonreír al anciano al salir, pero él no correspondió a su gesto.

Fuera, la intensa luz del sol hizo que le lagrimearan los ojos. Tenía que buscarse unas gafas de sol o se quedaría ciega. Supuso que lo mejor sería ir a Walmart. Además, también tenía que comprar algunas cosas básicas como ropa interior, unos vaqueros y otra camiseta, y quizá algo de abrigo por si hacía frío en Idaho en esa época del año.

De pronto se detuvo. Le temblaron las piernas.

Había alguien mirando el interior de la camioneta. No echándole un vistazo al pasar, sino con las manos apoyadas en el cristal como había hecho el encapuchado al mirar por la puerta del garaje unas horas antes. Era un hombre con gorra azul, vaqueros y camiseta blanca. La visera de la gorra dejaba su cara en sombras.

Sintió que un grito se le atascaba en la garganta. El corazón le martilleaba en las costillas cuando comenzó a retroceder, lo que era una estupidez porque aquel tipo podía darse la vuelta en cualquier momento y verla. Pero no lo hizo: no se giró ni siquiera cuando Andy dobló rápidamente la esquina del edificio con la garganta oprimida por un grito que no podía soltar.

Huyó a ciegas, tratando frenéticamente de recordar la imagen de Google Earth: el instituto detrás de la biblioteca y el edificio chato de los trasteros con sus filas de naves metálicas. El alivio que experimentó al ver la valla que rodeaba el campo de fútbol solo se vio mitigado por el temor a que la estuvieran siguiendo. Con cada paso que daba trataba de sustraerse a la paranoia. El tipo de la gorra no la había visto. O tal vez no importaba que la hubiera visto, porque la camioneta negra era muy bonita: tal vez solo le estaba echando un vistazo porque quería comprarse una. O robarla, quizá. O quizá la estuviera buscando a ella, a Andy.

«¿Crees que a mí se me puede asustar?».

«Depende de cuánto quieras a tu hija».

La oficina de los trasteros estaba a oscuras. El letrero de la puerta decía *CERRADO*. Una valla de alambre aún más alta que la del instituto rodeaba las naves de almacenamiento. Eran estructuras bajas, de una sola altura, con cierres metálicos enrollables, como salidas de una película de *Mad Max*. Una verja cruzaba el acceso para vehículos. A la altura de la ventanilla de un coche había una especie de panel sin números, con un cuadrángulo de plástico negro y una luz roja.

Abrió la cremallera del neceser. Encontró la tarjeta blanca sin ningún distintivo. La acercó al cuadrángulo negro. La luz roja se volvió verde. La verja chirrió al desplazarse sobre sus llantas de goma.

Andy cerró los ojos. Procuró calmarse. Tenía derecho a estar allí. Tenía una tarjeta. Un número de trastero. Una llave.

Con todo, le temblaban las piernas cuando se adentró en el recinto. Dentro del trastero encontraría respuestas. Descubriría algo acerca de su madre. Algo que quizá no quería saber. Y que Laura tampoco había querido que supiera hasta ahora, hasta el instante en que habían ido a por ella.

Se secó el sudor de la nuca. Miró hacia atrás para cerciorarse de que no la seguían. No había forma de saber si estaba o no a salvo. El recinto era enorme. Contó al menos diez edificios, todos ellos de unos quince metros de largo, con los cierres echados como dientes sucios. Fue leyendo los indicadores hasta encontrar la nave número cien. Recorrió el pasillo y se detuvo ante el trastero número veintiuno.

Su fecha de cumpleaños.

No la que había conocido siempre, sino la que según Laura era la auténtica.

—Dios mío —susurró.

Ya no sabía qué era real y qué no.

El candado parecía nuevo, o al menos no estaba oxidado, como los otros. Hurgó en el neceser y sacó la minúscula llave. No pudo controlar el temblor de sus manos cuando abrió el candado.

Lo primero que advirtió fue el olor: limpio, casi aséptico. Daba la impresión de que el cemento del suelo había sido echado la semana anterior. No había telarañas en los rincones. Ni rozaduras, ni huellas de manos en las paredes. El fondo del trastero estaba cubierto de estantes de aglomerado vacíos. Arrumbado en el rincón había un pequeño escritorio metálico con un flexo. Y, aparcado en medio del trastero, un coche ranchera de color azul oscuro.

Buscó el interruptor de la luz. Bajó el cierre metálico a su espalda. El calor empezó a hacerse sofocante de inmediato, pero pensó en el hombre que estaba asomado a la camioneta —no a su camioneta, sino a la del muerto— y se dijo que no tenía alternativa.

Lo primero que inspeccionó fue el coche. Era tan cuadrado que parecía el vehículo de Pedro Picapiedra. La pintura estaba impecable. Los neumáticos parecían a estrenar. En el parabrisas, una pegatina informaba de que habían cambiado el aceite hacía cuatro meses. Como en el resto del trastero, no había polvo ni suciedad alguna. El coche podría haber estado expuesto en un concesionario.

Miró por la ventanilla del conductor, que estaba bajada. Había cosas giratorias, manivelas que había que accionar para subir y bajar las ventanillas. Los asientos eran de vinilo azul oscuro, corridos, sin consola central. La radio tenía gruesos botones blancos. Había grandes ruedas plateadas y mandos deslizantes. La palanca de cambios estaba en el volante. El salpicadero tenía pegatinas en las partes planas que simulaban madera. El cuentakilómetros marcaba 35 701 kilómetros.

Andy no reconoció el logotipo del volante, un pentágono con una estrella dentro, pero en la parte de fuera del coche había unas letras metálicas en relieve que decían *Reliant K Front Wheel Drive*.

Rodeó el coche y metió el brazo por la ventanilla para abrir la guantera. Se retiró, sobresaltada. De la guantera había caído una pistola, un revólver muy parecido al que había usado Jonah Helsinger para apuntar al pecho de Laura. Tenía a un lado marcas de arañazos: el número de serie había sido raspado. Andy miró con recelo el arma de aspecto amenazador que descansaba en el suelo del coche, aguardando, como si de pronto pudiera moverse.

Pero no se movió.

Andy encontró el manual del conductor.

Un Plymouth Reliant SE Wagon de 1989.

Fue pasando páginas. El diseño gráfico era antiguo. Saltaba a la vista que las ilustraciones habían sido colocadas a mano. Un coche de veintinueve años de antigüedad sin apenas kilometraje. Dos años más joven que ella. Guardado en un lugar del que no sabía nada, en un pueblo del que no había oído hablar hasta que su madre le mandó que fuera allí.

Tenía tantas preguntas…

Hizo amago de acercarse a la parte de atrás del coche pero se detuvo. Dio media vuelta y se situó junto al cierre del trastero. Aguzó el oído para asegurarse de que no se había acercado ningún coche ni había ningún hombre apostado al otro lado. Cediendo a su paranoia, se tumbó boca abajo y miró por la rendija del cierre.

Nada.

Se levantó y se limpió las manos en los pantalones cortos. Siguió rodeando la ranchera para echar un vistazo a la matrícula.

Canadá. El diseño de la placa era tan cuadrado como el del propio coche. Azul sobre blanco, con una corona entre las letras y los dígitos y la leyenda *Tuyo por descubrir* en la parte de abajo. La pegatina de emisiones indicaba *18 DIC*, lo que significaba que la matrícula estaba en vigor.

Sabía por su trabajo que el NCIC, el Centro Nacional de Información contra el Crimen, cooperaba activamente con las autoridades canadienses. Pero lo importante era que el sistema solo servía para detectar vehículos robados. Si la policía paraba aquel coche, solo podría comprobar que el nombre del propietario que figuraba en el registro coincidía con la identidad del conductor.

Es decir, que su madre había mantenido un coche en secreto, oculto a ojos del mundo e ilocalizable, durante veintinueve años.

Y que se lo había ocultado también a ella.

Abrió el portón trasero. Los muelles no emitieron ningún ruido. Retiró la lámina de vinilo enrollable que tapaba el maletero. Un saco de dormir azul marino, un cojín, una nevera portátil vacía, una caja de longanizas secas, un paquete de botellas de agua mineral, una bolsa de playa blanca llena con libros de bolsillo, pilas, una linterna y un botiquín.

Debajo había una maleta Samsonite azul cara. De piel sintética, con cremalleras doradas. Tamaño equipaje de mano. No de las de ruedas, sino con asa. Tenía dos compartimentos, uno arriba y otro abajo. Abrió primero el de arriba. Encontró vaqueros, braguitas de seda blancas, sujetadores a juego, calcetines, camisas blancas con caballitos de polo bordados en la pechera, todo ello por partida triple, además de una chaqueta marrón de Members Only.

Ninguna de aquellas prendas le pareció propia de su madre. Pero tal vez ese fuera su propósito. Se quitó los pantalones cortos y se puso unas bragas. Las prefería de algodón, pero cualquier cosa le parecía preferible a aquellos pantalones. Los vaqueros le quedaban anchos de cintura, pero tendría que conformarse. Sacó los billetes del neceser y se los guardó en el bolsillo de atrás. Se quitó la camiseta pero no el sujetador, porque Laura los usaba dos tallas más grandes. Al menos, antes.

De lo que se deducía que su madre había hecho aquella maleta antes de que le diagnosticaran el cáncer hacía tres años.

Dio la vuelta a la maleta. Abrió la cremallera del otro lado.

«¡Ostras!».

Fajos de billetes. De billetes de veinte dólares, cada fajo rodeado por una tira de papel lila en la que se leía *2000 $*. El diseño de los billetes parecía antiguo, de antes de que se añadieran los elementos de seguridad nuevos. Contó los fajos. Diez a lo largo, tres a lo ancho, cuatro de profundidad.

Doscientos cuarenta mil dólares.

Cerró la cremallera, corrió de nuevo la lámina de vinilo que tapaba el maletero y cerró este.

Se apoyó en el coche un momento, aturdida. ¿Valía la pena preguntarse de dónde había sacado su madre todo aquel dinero? Sería más provechoso preguntarse cuántos unicornios quedaban en el bosque.

Las estanterías de detrás del coche estaban vacías, salvo por dos garrafas de lejía, un cepillo de raíz y un montón de bayetas blancas bien dobladas. En el rincón había un cepillo y una fregona con el mocho hacia arriba. Pasó la mano por los estantes de aglomerado. No había polvo. Su madre, que no era una maniática de la limpieza, había limpiado aquel lugar de arriba abajo.

¿Por qué?

Se sentó frente al escritorio del rincón. Encendió el flexo. Inspeccionó los cajones. Una caja de bolígrafos. Dos lapiceros. Una libreta de papel rayado. Un portafolios de piel. Las llaves del Plymouth. El cajón archivador estaba lleno de carpetas colgantes vacías. Las apartó, hurgó al fondo y encontró una pequeña caja de zapatos con la tapa pegada con cinta adhesiva.

La puso sobre el escritorio.

Abrió el portafolios. Tenía dos bolsillos. Uno contenía el permiso de circulación de un Plymouth Reliant azul de 1989 registrado en la provincia canadiense de Ontario. Estaba a nombre de Daniela Barbara Cooper. La fecha de registro era la de su

148

cumpleaños, o eso había creído ella hasta hacía muy poco: el 20 de agosto, solo que de 1989, dos años después de su nacimiento. Los recibos de renovación anual de la matrícula estaban sujetos con un clip a la esquina. La fecha que figuraba en el último era el 12 de mayo de 2017.

El año anterior.

No tenía ningún calendario a mano para confirmarlo, pero esa fecha tenía que coincidir aproximadamente con el Día de la Madre. Trató de recordar. ¿Había ido a recoger a su madre al aeropuerto antes de llevarla a comer? ¿O eso había sido el año anterior? Laura no solía salir de Belle Isle, pero al menos una vez al año asistía a algún congreso de logopedia. Había sido así desde que ella era niña y nunca se había molestado en informarse sobre esos congresos, porque ¿para qué iba a hacerlo?

Sabía, no obstante, que aquella peregrinación anual era muy importante para su madre. Incluso encontrándose mal por las secuelas de la quimioterapia le había pedido a Andy que la llevara al aeropuerto de Savannah para poder asistir a un simposio en Houston.

¿De verdad había ido a Houston? ¿O se había escapado a Austin para hacerle una visita a su vieja amiga la profesora Paula Kunde?

Andy ignoraba dónde había ido su madre después de que la dejara en el aeropuerto.

Registró el otro bolsillo del portafolios. Dos tarjetas plastificadas. La primera, de color azul claro, era un permiso de conducir ampliado extendido en Ontario, Canadá.

Lo de «ampliado» quería decir que podía utilizarse para cruzar la frontera estadounidense por tierra y mar. O sea, que su titular no podía coger sin más un avión para volar a Canadá, pero en cambio podía cruzar la frontera en coche.

La fotografía mostraba a Laura antes de que el cáncer erosionara en parte la redondez de sus mejillas. El carné expiraba en 2024. Su madre figuraba con el mismo nombre que en la documentación del Reliant: Daniela Barbara Cooper, nacida el 15 de diciembre de 1964, lo cual era inexacto, porque Laura había nacido el 9 de abril de 1963. Pero ¿qué importaba eso? A fin de cuentas, que ella supiera tampoco residía en el apartamento 20 del número 2 de Adelaide Street West, Toronto, Ontario.

D. B. Cooper.

Andy se preguntó si aquel nombre sería una broma, pero, teniendo en cuenta dónde se hallaba, tal vez no fuera tan disparatado preguntarse si Laura sería el famoso secuestrador que saltó de un avión cargado con cientos de miles de dólares y del que nunca más se supo.

Pero no: Cooper era un hombre, y en los años setenta Laura todavía era una adolescente.

«Fue en 1977, así que yo debía de tener catorce años, era más fan de Rod Stewart que de Elvis».

Sacó el otro carné. También estaba expedido en Ontario, a nombre de Daniela Cooper y con la misma fecha de nacimiento, pero en este decía *SANTÉ*. En el instituto había estudiado español, así que no tenía ni idea de qué significaba *santé*, pero se preguntó por qué demonios no había recurrido su madre a la sanidad pública canadiense en lugar de gastarse la mayor parte de sus ahorros en pagar su tratamiento contra el cáncer en Estados Unidos.

Lo que la hizo pensar en la caja de zapatos. Sellada con cinta adhesiva y escondida en el cajón de un escritorio, dentro de un trastero secreto cerrado a cal y canto. El logotipo de fuera era el de Thom McAn. Era demasiado pequeña para contener zapatos de adulto. Cuando ella era pequeña, su madre la llevaba siempre al centro comercial de Charleston a comprar zapatos antes de que empezara el colegio.

Lo que contenía, fuera lo que fuese, pesaba poco, pero Andy tenía la sensación de que se trataba de una bomba. O quizá fuera una caja de Pandora que guardaba dentro de sí todos los males del mundo de Laura. Conocía el resto del mito: sabía que, una vez desatado el mal, lo único que quedaba era la esperanza, pero dudaba muy seriamente de que el contenido de aquella caja pudiera brindarle alguna esperanza.

Tiró de la cinta adhesiva. El pegamento se había pulverizado casi por completo. No le costó levantar la tapa.

Fotografías. No muchas, algunas en blanco y negro, otras en color.

Unas cuantas *polaroids* sujetas con una goma vieja. Escogió esas primero porque nunca había visto a su madre tan joven.

La goma se le deshizo en las manos.

Laura debía de tener poco más de veinte años cuando se tomaron aquellas fotografías. Los años ochenta estaban en su apogeo, a juzgar por la sombra de ojos azul, el carmín rosa y el colorete que se extendía por sus mejillas como dos alas de pájaro. Su cabello, castaño oscuro de natural, era de un rubio llamativo, muy permanentado. Unas hombreras gigantescas cuadraban su jersey blanco de manga corta. Parecía a punto de proclamar a los cuatro vientos quién disparó a J R Ewing.

Si Andy no llegó a sonreír fue porque la fotografía dejaba claro que alguien había asestado repetidos puñetazos a su madre en la cara.

Laura tenía la nariz torcida y el ojo izquierdo tan hinchado que apenas podía abrirlo. Se veían profundos hematomas alrededor de su cuello. Miraba a la cámara con fijeza, inexpresivamente. Parecía estar en otra parte, muy lejos de allí, mientras se documentaban sus heridas.

Andy conocía esa mirada.

Pasó a la siguiente *polaroid*. El jersey blanco, levantado, dejaba ver los hematomas del abdomen de Laura. La siguiente imagen mostraba una cuchillada en la cara interna del muslo.

Había visto aquella cicatriz espantosa una vez, estando su madre en el hospital. Medía unos ocho centímetros de largo y era rosa y fruncida, pese al tiempo transcurrido. Andy había ahogado un gemido de sorpresa al verla.

«Patinaje sobre hielo», le dijo su madre torciendo los ojos como si esas tres palabras lo explicaran todo.

Andy cogió el siguiente fajo de fotografías, estremecedoras también, pero por lo distintas que eran a las anteriores. No se trataba de *polaroids*, sino de fotografías normales en las que se veía a una niña de corta edad vestida con ropa de invierno de color rosa. La fecha estampada al dorso rezaba *4 de enero de 1989*. Las instantáneas mostraban a la niña retozando en la nieve, lanzando bolas, haciendo ángeles y un muñeco que luego destruía en otra fotografía. A veces se vislumbraba a un adulto en la foto: una mano que asomaba, o una pierna que sobresalía bajo un grueso abrigo de lana.

Andy reconoció a la niña: era ella. Sus ojos siempre habían tenido esa forma almendrada, un rasgo que había heredado de su madre.

Según la fecha del dorso, tenía casi dos años cuando se tomaron aquellas fotografías. Más o menos en la misma época en que su madre y ella vivían en el campus de la Universidad de Georgia, mientras Laura acababa el doctorado.

Pero en Athens no nevaba de esa forma, y en Belle Isle aún menos. No recordaba haber hecho nunca un viaje al norte de niña, y su madre no le había hablado de ninguno. De hecho, cuando le contó a Laura que quería irse a vivir a Nueva York, lo primero que le dijo su madre fue: «Ay, cariño, nunca has estado tan lejos de casa».

Las últimas dos fotografías que había en la caja estaban unidas con un clip.

Phil y Laverne Randall, sus abuelos biológicos por parte de padre, aparecían sentados en un sofá. Detrás de ellos, en la pared forrada de madera, colgaba un cuadro de una playa. Había algo en la expresión de sus caras, en su postura, incluso en la lámpara de pie que asomaba por detrás del sofá, que le resultaba muy familiar.

Quitó el clip para ver la siguiente fotografía.

Las mismas personas, las mismas caras, las mismas poses, las mismas sombras, solo que esta vez ella aparecía sentada sobre el regazo de los Randall, apoyada en equilibrio entre las rodillas de ambos. Tenía unos seis meses de edad.

Trazó con el dedo su rechoncha silueta de bebé.

En el colegio había aprendido a usar Photoshop, entre otras cosas para superponer imágenes. Había olvidado que, antes de que existieran los ordenadores, la gente tenía que alterar las fotografías a mano. Se cogía una navaja de precisión, se recortaba cuidadosamente una figura fotografiada, se aplicaba pegamento al dorso y se pegaba el recorte encima de otra imagen.

Una vez conforme con el resultado, se fotografiaban las imágenes superpuestas. Pero el resultado no siempre era bueno. Las sombras no coincidían. Las posturas eran poco naturales. Y el procedimiento requería un cuidado extremo.

De ahí que la destreza de su madre resultara aún más impresionante.

Durante sus años de adolescencia, había mirado a menudo con añoranza aquella foto de sus abuelos paternos. Normalmente cuando estaba enfadada con Laura o, peor aún, con Gordon. A veces escudriñaba el semblante de los Randall tratando de descubrir por qué sus prejuicios y su intolerancia les importaban más que mantener el contacto con la única hija de su hijo fallecido.

Nunca se había fijado atentamente en la parte de la foto en la que aparecía ella. Y era una pena porque, de haberlo hecho, se habría dado cuenta de que en realidad no estaba sentada sobre las rodillas de los Randall.

Más bien estaba levitando.

Nunca hablaba de los Randall —aquellos racistas— con su madre porque era un tema difícil, como tampoco hablaba con ella de sus abuelos maternos, Anne y Bob Mitchell, fallecidos antes de que ella naciera. Tampoco le preguntaba nunca por Jerry Randall, su padre, que se había matado en un accidente de tráfico mucho antes de que pudiera conservar ningún recuerdo suyo. Nunca habían visitado su tumba en Chicago. Ni la suya, ni la de nadie.

«Deberíamos quedar en Providence», le dijo a Laura el primer año que pasó en Nueva York. «Así podrás enseñarme dónde te criaste».

«Uf, cariño», suspiró ella. «Ir a Rhode Island no le apetece a nadie. Además, ha pasado tanto tiempo que no sé si me acordaría».

En casa tenían toda clase de fotografías. Fotografías en abundancia. Excursiones al campo, vacaciones en Disney World, meriendas en la playa, primeros días de colegio... Su madre aparecía sola en muy pocas de ellas, porque detestaba que la fotografiaran. De hecho, no tenía ninguna anterior al nacimiento de Andy. Y de Jerry Randall solo conservaba una fotografía, la misma que Andy había encontrado en el archivo de necrológicas del *Chicago Sun Times*, buscando en Internet.

Jerome Phillip Randall, de 28 años. Optometrista y apasionado seguidor de los Bears. Le sobreviven su hija Andrea y sus padres, Phillip y Laverne.

Había visto, además, otros documentos: la partida de nacimiento de su padre y su certificado de fallecimiento, expedidos ambos en el condado de Cook, Illinois. Los diversos diplomas de Laura, su partida de nacimiento de Rhode Island, su tarjeta de la Seguridad Social, su permiso de conducir. La anotación del nacimiento de Andrea Eloise Mitchell en el registro civil con fecha 20 de agosto de 1987. Las escrituras de la casa de Belle Isle. Cartillas de vacunación. Certificado de matrimonio. Sentencia de divorcio. Papeles del coche. Pólizas de seguros. Extractos bancarios. Recibos de tarjetas de crédito.

El permiso de conducir de Daniela Barbara Cooper. La documentación del coche registrado en Ontario. La tarjeta sanitaria. El Plymouth con una pistola en la guantera y provisiones y dinero en el portaequipajes, guardado en un trastero de una localidad anónima.

El neceser escondido dentro del sofá del despacho de Laura. La llave del candado pegada detrás de su fotografía enmarcada.

«Todo lo que he hecho lo he hecho por ti, mi Andrea Heloise. Todo».

Desplegó las *polaroids* de su madre sobre el escritorio. La cuchillada en la pierna. El ojo morado. El cuello amoratado. Las contusiones del abdomen. La nariz rota.

Fragmentos de una mujer que no había conocido nunca.

154

26 DE JULIO DE 1986

Trataron de enterrarnos.
Ignoraban que éramos semillas.

Proverbio mexicano

7

Los hijos de Martin Queller eran los típicos niños mimados nortea-
mericanos. Demasiado dinero. Demasiada formación. Demasiados
viajes. Demasiado de todo, hasta el punto de que la abundancia de
cosas los había dejado vacíos.

A Laura Juneau le resultaba especialmente penoso observar a la
chica. La mirada furtiva con que recorría la habitación. Su manera
nerviosa de mover los dedos, como si flotaran sobre teclas invisi-
bles. Sus ansias de contacto, que le recordaban a un pulpo extendiendo a ciegas sus tentáculos en busca de alimento.

En cuanto al chico... En fin, tenía encanto, y a un hombre encantador se le perdonaban muchas cosas.

—Perdone, señora. —El *politi* era alto y delgado. El fusil que
llevaba colgado al cuello le recordó al juguete preferido de su hijo
menor—. ¿Ha extraviado su tarjeta de identificación?

Laura le dedicó una mirada compungida al apoyarse en su bastón.

—Tenía pensado pasar por la mesa de registro antes de la hora
de mi mesa redonda.

—¿Quiere que la acompañe?

No tuvo más remedio que seguirle. Las medidas de seguridad
extraordinarias no eran inesperadas, ni gratuitas. Había piquetes de
manifestantes frente al palacio de congresos de Oslo: la mezcla habitual de anarquistas, antifascistas, cabezas rapadas y alborotadores,
además de unos cuantos inmigrantes paquistaníes enfadados por la

política de inmigración adoptada recientemente por el gobierno noruego. La agitación se había abierto paso dentro del país, donde el juicio celebrado el año anterior contra Arne Treholt seguía levantando ampollas. El expolítico del Partido Laborista había sido condenado a veintiún años de cárcel por alta traición. Había quienes creían que los rusos tenían otros espías instalados dentro de la administración noruega, pero eran aún más numerosos los que temían que el KGB se estuviera extendiendo como una hidra por el resto de Escandinavia.

El *politi* miró hacia atrás para asegurarse de que Laura le seguía. El bastón era un estorbo, pero Laura tenía cuarenta y tres años, no noventa y tres. Aun así, el policía abrió un canal para dejarla pasar entre el gentío de hombres maduros y aburridos, vestidos con trajes de corte cuadrado. Todos ellos lucían tarjetas que los identificaban por nombre, nacionalidad y área de trabajo. Estaban, por un lado, los vástagos de las grandes universidades ——MIT, Harvard, Princeton, Cal Tech, Stanford—, además de los sospechosos habituales: Exxon, Tenneco, Eastman Kodak, Raytheon, DuPont y, en deferencia a Lee Iaccoca, el orador encargado del discurso de apertura, una nutrida representación de ejecutivos de la Chrysler Motor Company.

La mesa de registro se hallaba debajo de una gran pancarta en la que se leía *BIENVENIDOS AL CONGRESO G-FAB*. El mensaje de bienvenida, como todo lo relativo al Global Finance and Business Consortium, estaba escrito en inglés, francés, alemán y, por respeto al país anfitrión, en noruego.

—Gracias —le dijo Laura al agente, pero el hombre no se alejó. Laura sonrió a la mujer sentada detrás de la mesa y pronunció la mentira que tan bien tenía ensayada—: Soy la doctora Alex Maplecroft, de la Universidad de California-Berkeley.

La mujer hojeó un catálogo de tarjetas y sacó las credenciales necesarias. Laura experimentó un alivio momentáneo al creer que iba a limitarse a entregarle la tarjeta de identificación, pero la mujer dijo:

—Su documentación, por favor, señora.

Apoyó el bastón en la mesa. Abrió la cremallera de su bolso. Buscó su cartera intentando que no le temblaran los dedos.

También había ensayado aquello, no formalmente, pero sí con la imaginación: se había visto recorriendo el camino hasta la mesa de registro, sacando su cartera y mostrando la documentación falsa que la identificaba como Alexandra Maplecroft, catedrática de Economía.

«Discúlpeme, pero ¿podría darse prisa? Mi mesa redonda empieza dentro de unos minutos».

—Señora. —La mujer de detrás de la mesa no la miró a lo ojos; miró su pelo—. ¿Tendría la bondad de sacar el carné de la cartera?

Otra medida de seguridad que no había previsto. Notó de nuevo que le temblaban las manos mientras trataba de sacar el carné de la funda de plástico. Según el falsificador de Toronto, el carné era perfecto. Claro que aquel hombre tenía vocación de embaucador. ¿Y si la chica que atendía la mesa encontraba un defecto? ¿Y si tenía una fotografía de la verdadera Alex Maplecroft? ¿Se la llevaría la policía esposada? ¿Se irían al traste seis meses de minuciosa planificación por culpa de una simple tarjeta de plástico?

—¡Doctora Maplecroft!

Se volvieron todos al unísono para ver quién daba aquellas voces.

—¡Andrew, ven a conocer a la doctora Maplecroft!

Laura siempre había sabido que Nicholas Harp era tan guapo que quitaba el aliento. De hecho, la mujer sentada detrás de la mesa contuvo bruscamente la respiración al verle acercarse.

—¡Doctora Maplecroft, qué maravilla volver a verla! —Nick tomó la mano de Laura entre las suyas y se la estrechó. El guiño que le dedicó tenía por objeto tranquilizarla, pero Laura no hallaría sosiego de allí en adelante—. Fui a uno de sus seminarios en Berkeley. «Desigualdades raciales y de género en las economías occidentales». No puedo creer que todavía me acuerde del título.

—Sí. —A Laura siempre le sorprendía la desenvoltura con que mentía Nick—. Me alegro mucho de volver a verle, señor…

—Harp. Nicholas Harp. ¡Andrew!

Hizo señas a otro joven, guapo también aunque menos, vestido con pantalones chinos y polo azul claro. Futuros timoneles de la industria. El cabello ligeramente descolorido por el sol. La piel saludablemente bronceada. El cuello del polo subido. Sin calcetines bajo los mocasines acharolados.

—Date prisa, Andy —dijo Nick—. La doctora Maplecroft no tiene todo el día.

Andrew Queller parecía azorado. A Laura no le sorprendió. El plan era no llamar la atención, mantenerse alejados unos de otros. Andrew echó un vistazo a la chica de detrás de la mesa y pareció comprender por qué Nick se había arriesgado a poner en peligro su tapadera.

—Doctora Maplecroft, si no me equivoco participa usted en la mesa redonda de mi padre, a las dos. «Consecuencias sociopolíticas de la corrección Queller».

—Sí, así es. —Laura trató de insuflar naturalidad a su voz—. ¿Eres Andrew, el hijo mediano de Martin?

—Ese soy yo. —Sonrió a la chica—. ¿Hay algún problema, señorita?

La seguridad en sí mismo que irradiaba era contagiosa. La chica hizo entrega de la tarjeta de identificación de la doctora Alex Maplecroft y así, sin más, Laura quedó legitimada.

—Gracias —le dijo Nick a la chica, que le dedicó una sonrisa radiante.

—Sí, gracias. —Con manos mucho más firmes, Laura se prendió la tarjeta en la pechera de su chaqueta azul marino.

—Señora —dijo el *politi* al despedirse.

Laura cogió su bastón. Quería alejarse de la mesa.

—No tan deprisa, doctora Maplecroft. —Nick, siempre tan teatrero, dio unas palmadas—. ¿Podemos invitarla a una copa?

—Es muy temprano —repuso ella, aunque de hecho le hubiera ido bien tomar algo para calmar los nervios—. No estoy segura de qué hora es.

—Casi la una —les informó Andrew mientras se limpiaba la nariz, ya enrojecida, con un pañuelo de tela—. Perdón, me he resfriado en el avión.

Ella sonrió, procurando borrar la tristeza de su sonrisa. Desde el principio había deseado tratarle como una madre.

—Deberías tomar un poco de caldo.

—Sí, debería. —Volvió a guardarse el pañuelo en el bolsillo—. Entonces, ¿nos vemos dentro de una hora? La mesa redonda es en el salón Raufoss. A mi padre le han dicho que llegue con diez minutos de antelación.

—Quizá quiera acicalarse un poco antes. —Nick indicó con la cabeza hacia el aseo de señoras. El engaño producía en él una especie de embriaguez—. Me sorprende que se hayan molestado en abrirlo, doctora Maplecroft. Todas las señoras se han ido de excursión al centro comercial de Storo. Por lo visto, es usted la única conferenciante femenina del congreso.

—Nick —le advirtió Andrew—, entre el ingenio y la idiotez hay una línea muy fina.

—Uf, chico, cuando empiezas con las citas de *Spinal Tap* me doy cuenta de que es hora de marcharse. —Nick dedicó otro guiño a Laura y dejó que Andrew se lo llevara de allí.

El torrente de señores trajeados se agitó cuando aquellos dos potros jóvenes, rebosantes de vida y posibilidades, se sumaron a su curso.

Laura frunció los labios y tomó aire suavemente. Fingió que se afanaba en encontrar algo dentro de su bolso mientras trataba de recuperar el aplomo.

Como le sucedía con frecuencia cuando estaba en compañía de Nick y Andrew, se acordó de su hijo mayor. David Juneau contaba dieciséis años el día que fue asesinado. La pelusilla de su mandíbula empezaba a asemejarse a una barba, y su padre le había enseñado frente al espejo del baño cuánta espuma debía usar para afeitarse y cómo pasarse la cuchilla por las mejillas y el cuello. Laura recordaba aún aquella fría mañana de otoño, su última mañana, cómo acariciaba el sol con sus dedos el vello de la barbilla de David mientras ella le servía zumo de naranja en un vaso.

—¿Doctora Maplecroft? —preguntó una voz vacilante, redondeando las vocales a la manera escandinava—. ¿La doctora Alex Maplecroft?

Laura buscó furtivamente a Nick con la mirada, ansiosa porque la salvara de nuevo.

—¿Es usted la doctora Maplecroft? —El escandinavo estaba persuadido de haber dado con la persona correcta. No había nada más convincente que una tarjeta plastificada en un congreso—. Soy el profesor Jacob Brundstad, Norges Handelshøyskole. Estaba deseando hablar con usted de…

—Encantada de conocerle, profesor Brundstad. —Laura le estrechó firmemente la mano—. ¿Le importa que hablemos después de la mesa redonda? Falta menos de una hora y quería ordenar mis notas. Espero que lo entienda.

El profesor Brundstad era demasiado educado para contrariarla.

—Naturalmente.

—Será un placer.

Clavó el bastón en el suelo al dar media vuelta y se mezcló con la muchedumbre de hombres de cabello canoso que sostenían pipas, cigarrillos, maletines y papeles enrollados. No había duda de que la miraban con curiosidad. Se impulsó hacia delante con la cabeza bien alta. Había estudiado a la doctora Alex Maplecroft lo suficiente para saber que la arrogancia de aquella mujer era legendaria. La había visto desde el fondo de aulas abarrotadas humillar en público a alumnos titubeantes; la había oído zaherir a sus colegas por no ir al grano con la rapidez que ella juzgaba conveniente.

O quizá no fuera arrogancia, sino un muro que Maplecroft había construido a su alrededor para defenderse de las miradas de hombres airados. Nick estaba en lo cierto al decir que la afamada catedrática de Economía era la única mujer invitada a participar en el congreso como conferenciante. Las miradas de censura («¿Qué hace esa camarera sin uniforme? ¿Por qué no nos vacía los ceniceros?») estaban garantizadas por partida doble.

Laura vaciló. Iba derecha hacia la nada: una pared blanca con un cartel publicitario de los vuelos especiales de Eastern Airlines. Sometida a aquel escrutinio devastador, no se sintió con ánimos para volver sobre sus pasos. Torció bruscamente a la derecha y se topó con la puerta de cristal del bar.

Por suerte la encontró abierta.

Un velo de humo rancio macerado con *bourbon* de la mejor calidad envolvía el bar. Había una pista de baile con suelo de madera y una bola de discoteca apagada. Los asientos eran tan bajos que estaban casi a ras de suelo. Espejos ahumados colgaban del techo. Su reloj tenía aún hora de Toronto, pero dedujo por lo desierta que estaba la sala que aún era temprano para tomar alcohol.

Pasado ese día, la reputación de la doctora Maplecroft sería la menor de sus preocupaciones.

Oyó el tintineo de notas del piano al tomar asiento al final de la barra. Apoyó el bastón en la pared. Apenas le temblaba la mano cuando sacó el paquete de Marlboro del bolso. Había una caja de cerillas dentro del cenicero de cristal. El fogonazo de la nicotina al prenderse calmó sus nervios.

El barman cruzó la puerta batiente. Era un hombre bajo y achaparrado, con un tieso delantal blanco enrollado alrededor de la cintura.

—¿Señora?

—Un *gin-tonic* —dijo en voz baja, porque las notas discordantes del piano se habían convertido en una melodía que le resultaba familiar. No era Rossini; ni siquiera, teniendo en cuenta dónde estaban, Edvard Grieg, sino una tonada lenta que fue cobrando ímpetu hasta hacerse reconocible.

Sonrió al exhalar un penacho de humo. Había oído aquella canción en la radio. A-ha, el grupo noruego de aquel vídeo tan gracioso de dibujos animados. *Take on me* o *Take me on*, o alguna variante de esas mismas palabras, repetida *ad nauseam* sobre los gorgoritos incansables de un teclado eléctrico.

Cuando su hija Lila vivía aún, de su tocadiscos y su *walkman* —y hasta de su boca cuando estaba en la ducha— salía continuamente, a todo volumen, aquel mismo pop electrónico y dulzón. Cada trayecto en coche, por corto que fuese, comenzaba con su hija girando el dial de la radio para sintonizar su emisora preferida. Laura no se mordió la lengua al explicarle por qué aquellas tontas cancioncillas le atacaban los nervios. Los Beatles. Los Stones. James Brown. Stevie Wonder. Esos sí que eran artistas.

Nunca se había sentido tan vieja como cuando Lila le hizo ver un vídeo de Madonna en la MTV. El único comentario semipositivo que logró hacer fue: «Qué atrevimiento, llevar por fuera la ropa interior».

Sacó un paquete de pañuelos de papel del bolso y se secó los ojos.

—Señora —dijo el barman en tono de disculpa mientras depositaba suavemente su copa sobre una servilleta de cóctel.

—¿Te importa si te acompaño?

Laura se quedó atónita cuando Jane Queller apareció de pronto a su lado. La hermana de Andrew era una perfecta desconocida y debía seguir siéndolo. Se esforzó por disimular que la había reconocido. Solo la había visto en fotografías o desde muy lejos. De cerca, aparentaba menos de los veintitrés años que tenía. Su voz también era más grave de lo que imaginaba Laura.

—Por favor, perdona que te haya interrumpido —añadió Jane. La había visto llorar—. Estaba allí sentada, preguntándome si era demasiado temprano para tomar una copa a solas.

Laura se repuso rápidamente.

—Creo que, en efecto, lo es. ¿Por qué no me acompañas?

Jane vaciló.

—¿Estás segura?

—Insisto.

La joven se sentó e indicó con un gesto al barman que le sirviera lo mismo.

—Soy Jane Queller. Me ha parecido verte hablar con mi hermano Andrew.

—Alex Maplecroft —repuso Laura, y por primera vez desde que había empezado aquel asunto lamentó tener que mentir—. Participo en una mesa redonda con tu padre dentro de... —Echó un vistazo al reloj de la pared—. Cuarenta y cinco minutos.

Jane se esforzó torpemente por disimular su sorpresa. Sus ojos, como sucedía tan a menudo, se dirigieron a las raíces del pelo de Laura.

—Tu fotografía no estaba en el programa del congreso.

—No soy muy partidaria de las fotografías.

Había oído decir esas mismas palabras a Alex Maplecroft en una conferencia en San Francisco. La eminente economista estaba persuadida de que, para que su trabajo fuera tomado en serio, solo podía hacer dos cosas: abreviar su nombre de pila y ocultar el hecho de que era mujer.

—¿Mi padre te conoce en persona? —preguntó Jane.

A Laura le extrañó su forma de expresarse: no había preguntado si conocía personalmente a Martin Queller, sino si Martin Queller la conocía a ella.

—No, no que yo recuerde.

—Entonces creo que por una vez voy a disfrutar asistiendo a una mesa redonda del viejo. —Jane cogió su vaso en cuanto el barman lo depositó sobre la barra—. Seguro que conoces su reputación.

—La conozco, sí. —Levantó su vaso en un brindis—. ¿Algún consejo?

La joven arrugó la nariz pensativamente.

—No escuches las primeras cinco palabras que te diga, porque ninguna de ellas te hará sentir bien.

—¿Es una norma general?

—Está grabado en el escudo de armas de la familia.

—¿Antes o después del *Arbeit macht frei*?

Jane se atragantó al reír, salpicando *gin-tonic* sobre la barra. Utilizó la servilleta de cóctel para limpiar lo que había vertido. Sus dedos largos y elegantes parecían poco idóneos para aquella tarea.

—¿Puedo gorronearte uno?

165

Se refería a los cigarrillos. Laura le pasó el paquete pero le advirtió:

—Te matarán.

—Sí, eso dice el doctor Koop. —Jane sostuvo el cigarrillo entre los labios y abrió la caja de cerillas, pero acabó desparramándolas por la barra—. Dios. Cuánto lo siento. —Recogió las cerillas como una niña avergonzada—. Jinx la Patosa ataca de nuevo —dijo con un deje que sonaba recurrente.

A Laura no le cabía duda de que Martin Queller había encontrado formas únicas y certeras de recordarles a sus hijos que nunca serían perfectos.

—Señora… —El barman se acercó a darle fuego.

—Gracias.

En lugar de hacer pantalla con las manos, Jane se inclinó hacia la llama de la cerilla. Dio una calada profunda, cerrando los ojos como un gato al sol. Al descubrir que Laura la estaba observando, soltó el humo en una carcajada.

—Perdona, llevo tres meses en Europa y sienta de maravilla fumar tabaco americano.

—Creía que a todos los jóvenes expatriados les gustaba fumar Gauloises y discutir sobre Camus y la tragedia de la condición humana.

—Ojalá. —Jane expulsó tosiendo otra nube de humo oscuro.

Una súbita emoción maternal embargó a Laura. Le dieron ganas de quitarle el cigarrillo, pero sabía que sería un gesto inútil. Cuando ella tenía la edad de Jane, estaba ansiosa porque los años pasaran a toda prisa, por adentrarse con paso decidido en la edad adulta, por establecerse, por ser alguien. No abrigaba aún el deseo de apartar el tiempo como quien aparta un lienzo de muselina húmeda de su cara. Ignoraba aún que algún día le dolería la espalda al subir las escaleras; que se le quedaría la tripa flácida tras dar a luz; que un tumor canceroso deformaría su columna vertebral.

—Llévale la contraria. —Jane sostenía el cigarrillo entre el pulgar y el índice, igual que su hermano—. Es el consejo que puedo darte sobre mi padre. No soporta que le contradigan.

—Así es como he cimentado mi reputación: llevándole la contraria.

—Pues espero que estés lista para la batalla. —Señaló el bullicioso gentío reunido más allá de la puerta del bar—. ¿Quién fue el que estuvo en el foso de los leones, Jonás o Daniel?

—Jonás estuvo en el vientre de una ballena. El de los leones es Daniel.

—Sí, claro. Dios mandó un ángel para que les cerrara las fauces.

—¿Tan temible es tu padre?

Laura comprendió demasiado tarde que era una pregunta absurda. Los tres hijos de Martin Queller habían encontrado la manera de vivir a la sombra de su padre, cada uno a su estilo.

—No me cabe duda de que podrás hacer frente al Todopoderoso Martin. Si te han invitado al congreso no es por casualidad. Pero recuerda que, cuando se obceca con algo, no hay quien le haga cambiar de idea. Todo o nada, ese es el lema de los Queller.

No parecía esperar respuesta. Sus ojos se dirigían continuamente hacia el espejo de detrás de la barra, escudriñando la sala vacía. Era como un animalillo al acecho, siempre a la busca de algo —lo que fuese— que la hiciera sentirse completa.

—¿Eres la hija pequeña de Martin? —preguntó Laura.

—Sí, luego va Andrew y después nuestro hermano mayor, Jasper. Estaba en la Fuerza Aérea, pero ha renunciado a la gloria para unirse al negocio familiar.

—¿La asesoría financiera?

—Santo cielo, no. La parte lucrativa del negocio. Estamos orgullosísimos de él.

Laura no hizo caso de su sarcasmo. Conocía en detalle la trayectoria de Jasper Queller.

—¿Qué estabas tocando al piano hace un momento?

Jane levantó los ojos en una mueca de fastidio dirigida contra sí misma.

—Grieg me parecía demasiado aforístico.

—Te vi tocar una vez.

Aquel arrebato de sinceridad le trajo una imagen a la cabeza: Jinx Queller sentada al piano, dejando volar sus manos sobre el teclado ante un público extasiado. Tratar de cuadrar la imagen de aquella intérprete notablemente segura de sí misma con la de la muchacha nerviosa sentada a su lado —las uñas comidas hasta la raíz, las miradas furtivas al espejo— era una tarea casi imposible.

—¿Ya no te llaman Jinx? —preguntó.

Otra mueca de fastidio.

—Es una cruz que arrastro desde que era niña.

Laura sabía por Andrew que Jane detestaba aquel mote cariñoso. Se sentía culpable por saber tantas cosas acerca de aquella joven que lo ignoraba todo sobre ella, pero así era el juego.

—Jane te va mejor, creo yo.

—Yo también lo creo.

Sacudió en silencio la ceniza del cigarrillo. Estaba claro que le molestaba que Laura la hubiera visto actuar. De haber sido un dibujo, su cuerpo habría estado rodeado de rayas indicadoras de nerviosismo.

—¿Dónde me viste tocar? —preguntó por fin.

—En el Hollywood Bowl.

—¿El año pasado?

—En 1984 —contestó Laura tratando de despojar su tono de melancolía.

El concierto había sido una sorpresa de última hora de su marido. Cenaron en su restaurante italiano preferido. Ella bebió demasiado *chianti*. Recordaba cómo se había recostado en su marido mientras iban hacia el aparcamiento. La sensación de su mano sobre la cintura. El olor de su colonia.

—Eso fue parte del festival de *jazz*, antes de los Juegos Olímpicos —dijo Jane—. Toqué con la Richie Reedie Oschestra. Hicimos un homenaje a Harry James y… —Entornó los ojos al recordar—. Perdí el compás mientras tocábamos *Two o'clock jump*. Menos mal que las trompas entraron antes.

Laura no había notado ningún error; recordaba, en cambio, que el público estaba en pie al acabar aquel tema.

—¿Solo recuerdas tus actuaciones por los errores?

Jane negó con la cabeza, pero su historia no acababa ahí. Jane Queller había sido una pianista de primera fila. Había sacrificado su juventud en el altar de la música. Había abandonado la clásica por el *jazz* y posteriormente este por la música de estudio y, entre tanto, había actuado en algunos de los teatros y auditorios más afamados del mundo.

Después, de repente, lo había dejado todo.

—Leí tu artículo sobre la fiscalidad punitiva. —Hizo una seña con la barbilla al barman, pidiéndole en silencio otra copa—. Por si tenías alguna duda, mi padre espera que nos mantengamos informados de su vida profesional.

—Qué edificante.

—Alarmante, más que edificante, diría yo. Mete los recortes de prensa en las cartas de mi madre para ahorrar en sellos. «Querida hija, este fin de semana estuvimos cenando con los Flannigan: Por favor, prepárate para contestar a diversas preguntas relacionadas con el artículo adjunto en torno a las variables macroeconómicas en Nicaragua».

Jane observó cómo caía la ginebra de la botella. El barman fue más pródigo con ella que con Laura, pero así sucedía siempre con las mujeres jóvenes y guapas.

—Tu pasaje sobre el uso de la política financiera como un arma contra las minorías me hizo pensar en el gobierno de un modo completamente distinto. Aunque, según mi padre, con ese tipo de ingeniería social el mundo se iría a pique.

—Solo en el caso de hombres como él.

—Cuidado —repuso Jane, muy seria—. A mi padre no le gusta nada que le contradigan. Y menos aún las mujeres. —La miró a los ojos—. Sobre todo, las mujeres con un aspecto como el tuyo.

Laura se acordó de algo que le había dicho su madre hacía mucho tiempo. «Los hombres nunca tienen que sentirse incómodos cuando están rodeados de mujeres. Las mujeres tienen que sentirse constantemente incómodas cuando están con hombres».

Jane se rio con desgana al apagar el cigarrillo en el cenicero.

Laura pidió con una seña otro *gin-tonic*, a pesar de que el primero le había dado ardor de estómago. Necesitaba que dejaran de temblarle las manos, que su corazón dejara de agitarse como un conejo asustado.

Según el reloj, solo tenía treinta minutos para prepararse.

Nunca le había gustado hablar en público, ni siquiera en las mejores circunstancias. Era una espectadora nata, prefería mezclarse con la multitud. Después del discurso de apertura de Iacocca, se esperaba que la mesa redonda presidida por Queller fuera el evento más concurrido del congreso. Las entradas se habían agotado al día siguiente de ponerse a la venta. Queller y ella iban a estar acompañados por otros dos expertos, un analista alemán de la Rand Corporation y un ejecutivo belga de la Royal Dutch Shell, pero el foco de atención de los ochocientos espectadores serían sin duda los dos americanos.

Hasta ella tenía que admitir que la trayectoria profesional de Martin Queller era capaz por sí sola de atraer a una multitud: expresidente de Servicios Sanitarios Queller, catedrático emérito de la Escuela Queller de Economía de Long Beach, exconsejero del gobernador de California, actual miembro del Consejo sobre Desarrollo Económico de la Casa Blanca, candidato predilecto para sustituir a James Baker como Secretario del Tesoro y, por encima de todo, principal artífice de la llamada «corrección Queller».

Era la corrección la que los había congregado allí. Aunque Alex Maplecroft se había distinguido primero en Harvard y más tarde en Stanford y Berkeley, seguramente habría seguido siendo una oscura profesora universitaria de no ser porque con sus escritos y publicaciones había conseguido algo a lo que ningún hombre se había atrevido hasta entonces: cuestionar con vehemencia no solo los principios éticos de la Enmienda Queller, sino los del propio Martin Queller.

Lo que, teniendo en cuenta el estatus de Martin entre la élite económica y empresarial, equivalía a clavar las «Noventa y cinco tesis» en las puertas de la iglesia.

Laura se contaba entre las conversas más entusiastas de Maplecroft.

Explicada en pocas palabras, la corrección Queller postulaba que la expansión económica se había visto apuntalada históricamente por minorías indeseables o por una clase trabajadora inmigrante que era mantenida a raya gracias a la intervención de factores de índole ultranacionalista y xenófoba.

El progreso de muchos recayendo sobre las espaldas del otro.

Los inmigrantes irlandeses erigiendo puentes y rascacielos en Nueva York. Los peones chinos construyendo el ferrocarril transcontinental. Los trabajadores italianos manteniendo en marcha la industria textil. Y, como contrapunto xenófobo, las Leyes de Extranjería. Prohibido el paso a irlandeses, a negros, a perros. La Ley de Cuota de Inmigración de Emergencia. La Ley de Alfabetización. El caso Dred Scott contra Sandford. La Ley de Exclusión de Inmigrantes Chinos. Las *leyes de Jim Crow*. El caso Plessy contra Ferguson. El Programa Bracero. El sufragio sometido a gravámenes segregacionistas. La Operación Espalda Mojada, etcétera.

La teoría de Martin estaba bien documentada. Incluso podía considerarse una recapitulación de datos, más que una verdadera teoría. El problema —al menos según Alex Maplecroft— era que la corrección Queller se estaba utilizando no como herramienta de análisis para describir un fenómeno histórico, sino como justificación para adoptar determinadas medidas socioeconómicas. Como decir «la historia se repite», pero sin la ironía con la que solía emplearse esa expresión.

Entre los ejemplos más recientes de este uso de la corrección Queller se contaban el recorte de fondos en la lucha contra el sida a fin de reducir la población de homosexuales, el endurecimiento de las sentencias contra drogodependientes afroamericanos, así como de las medidas punitivas contra personas con antecedentes delictivos, la obligatoriedad de la cadena perpetua para delincuentes reincidentes y la privatización con fines lucrativos tanto de prisiones como de centros de salud mental.

En un artículo de opinión publicado en *Los Angeles Times*, Alex Maplecroft se había burlado de los fundamentos ideológicos de la corrección Queller con esta frase incendiaria: *Uno se pregunta si Hermann Göring llegó a tragarse de veras la famosa cápsula de cianuro.*

—Doctora —dijo Jane sacándola de su ensimismamiento—, ¿le importa si…?

La chica quería otro cigarrillo. Laura sacó dos del paquete.

Esta vez, el barman dio fuego a ambas.

Laura contuvo el humo mientras observaba a Jane a través del espejo.

—¿Por qué dejaste de actuar? —preguntó.

Al principio, la joven no contestó. Debían de haberle hecho esa pregunta decenas de veces. Tal vez se estuviera preparando para darle la misma respuesta ensayada, pero en el último momento, al volverse hacia ella, algo cambió en su expresión.

—¿Sabes cuántas pianistas famosas hay?

Laura no era ninguna melómana (el aficionado a la música era su marido), pero creía recordar algo.

—Hay una brasileña, Maria Arruda o…

—Martha Argerich. Es argentina, pero vale. —Jane sonrió desganadamente—. Dime otra.

Laura se encogió de hombros. Técnicamente, no había nombrado ninguna.

—Estaba entre bastidores, en el Carnegie —prosiguió Jane—, y al mirar a mi alrededor me di cuenta de que yo era la única mujer que había allí. No era la primera vez que ocurría, claro, había pasado ya muchas veces, pero fue la primera vez que me fijé. Y que esa gente se fijó en mí. —Sacudió la ceniza de su cigarrillo haciéndolo girar por el borde del cenicero—. Y, además, más o menos por entonces me dejó mi maestro. —La súbita aparición de las lágrimas en las comisuras de sus ojos indicaba que aún le dolía aquella pérdida—. Había estudiado con Pechenikov desde los ocho años, y de pronto me dijo que ya no podía enseñarme nada más, que me había llevado hasta donde podía llegar.

Laura sintió la necesidad de preguntarle:

—¿No puedes buscar otro maestro?

—Nadie me acepta. —Exhaló el humo del cigarrillo—. Pechenikov era el mejor, así que recurrí al siguiente de la lista. Y luego al siguiente. Seguí bajando y, cuando llegué al nivel de los directores de bandas de instituto, me di cuenta de que todos empleaban el mismo lenguaje, como un código. —Sostuvo la mirada de Laura con expresión elocuente—. Cuando decían «No tengo tiempo para aceptar más alumnos» lo que querían decir en realidad era «No voy a malgastar mi talento y mi esfuerzo con una tontita que lo dejará todo colgado en cuanto se enamore».

—Ah —dijo Laura, a falta de una respuesta mejor.

—Supongo que en cierto modo así es más fácil. Antes dedicaba tres o cuatro horas al día a ensayar, todos los días. La música clásica es tan exacta… Tienes que tocar cada nota tal y como está escrita. La dinámica importa casi más que el toque. En el *jazz* puedes aportar expresión melódica a la pieza. Y en el *rock*… ¿Conoces a los Doors?

Laura tuvo que hacer un esfuerzo por no perder el hilo de la conversación.

—¿Jim Morrison?

Jane empezó a tamborilear con los dedos sobre la barra. Al principio, Laura solo oyó un golpeteo frenético. Luego, sin embargo…

—*Love me two times* —dijo riendo, divertida por el elegante truco de Jane.

—Manzarek tocaba las dos cosas al mismo tiempo, el teclado y la parte del bajo —explicó Jane—. Es alucinante cómo lo hacía, como si cada mano fuera completamente a su aire. Una personalidad escindida, casi, pero la gente no se fija en esos aspectos técnicos. Simplemente les encanta cómo suena. —Siguió tocando la canción con los dedos mientras hablaba—. Si no puedo tocar música que la gente valore, al menos quiero tocar música que le guste a la gente.

—Eso está muy bien. —Laura dejó que el tamborileo siguiera sonando un momento en medio del silencio antes de preguntar—: ¿Has dicho que llevas tres meses en Europa?

—En Berlín. —Jane dejó las manos en reposo por fin—. He estado sustituyendo a una pianista en el Hansa Tonstudio.

Laura sacudió la cabeza. Nunca había oído hablar de ese lugar.

—Es un estudio de grabación que hay junto al Muro. Hay una sala, la Meistersaal, con una acústica bellísima para todo tipo de música: clásica, de cámara, pop, *rock*… Bowie grabó allí. Iggy Pop, Depeche Mode…

—Parece que has conocido a mucha gente famosa.

—No, qué va. Yo ya he hecho mi parte cuando llegan ellos para grabar. Eso es lo mejor de todo. Que solo estamos yo y mi música, aislados. Nadie sabe quién está detrás del teclado. A nadie le importa si eres un hombre o una mujer, o un caniche. Solo quieren sentir la música, y eso es lo que a mí se me da bien: sentir dónde va la nota. —Un fulgor de emoción realzó su belleza natural—. Si te encanta la música, si de verdad te apasiona, la tocas tú misma.

Laura se descubrió asintiendo. Carecía de referencias musicales, pero entendía que la pasión pura por algo no solo podía darte fuerzas, sino impulsarte a seguir adelante.

—Estás renunciando a muchas cosas —dijo, aun así.

—¿Sí? —preguntó Jane con curiosidad aparentemente sincera—. ¿Cómo puedo renunciar a algo que en realidad nunca se me ha ofrecido debido a lo que tengo entre las piernas? —Soltó una risa amarga—. O, mejor dicho, no a lo que tengo entre las piernas, sino a lo que podría salir de ahí en algún momento futuro.

—Los hombres siempre pueden reinventarse —comentó Laura—. Las mujeres, en cambio, cuando somos madres, lo somos para siempre.

—Eso no es muy feminista por su parte, doctora Maplecroft.

—No, pero tú lo entiendes porque eres un camaleón, como yo. Si no puedes tocar la música que valora la gente, tocas la música que les encanta.

Laura confiaba en que eso cambiase algún día. Claro que también confiaba cada mañana, al despertar, en oír la horrible música de Lila en la radio, en ver a Peter recorriendo el cuarto de estar en busca de sus zapatos, o en encontrar a David cuchicheando por teléfono porque no quería que su madre supiera que salía con una chica.

—Deberías irte. —Jane señaló el reloj.

Los cuarenta y cinco minutos casi habían tocado a su fin.

Laura deseaba seguir hablando, pero sabía que no tenía elección. Buscó su cartera en el bolso.

—Yo invito —se ofreció Jane.

—No puedo…

—Descuida, paga la familia Queller.

—Está bien —accedió Laura.

Se levantó del taburete haciendo una mueca de dolor al apoyar la pierna en el suelo. Su bastón estaba donde lo había dejado. Agarró la empuñadura de plata, miró a Jane y se preguntó si sería la última persona con la que iba a tener una conversación normal. Si finalmente era así, se alegraba de que hubiera sido ella.

—Ha sido un placer hablar contigo —dijo.

—Lo mismo digo. Estaré en la primera fila, si necesitas ver una cara amiga —añadió la joven.

Laura sintió una enorme tristeza al oírla. Alargó el brazo y, cosa rara en ella, cubrió la mano de Jane con la suya. Al sentir la frescura de su piel, se preguntó cuánto tiempo hacía que no buscaba consuelo en el contacto con otro ser humano.

—Eres una persona maravillosa —balbució.

—Qué va —dijo Jane sonrojándose.

—No lo digo porque tengas talento o porque seas preciosa, aunque seas las dos cosas, claro. Lo digo porque eres única, porque no hay nadie como tú. —Eran las palabras que hubiera querido poder decirle a su hija—. Todo en ti es maravilloso.

Jane se puso aún más colorada mientras buscaba una respuesta sardónica. Pero Laura no le permitió arruinar aquel instante recurriendo al sarcasmo.

—No —dijo—. Encontrarás tu camino, Jane, y será el camino correcto, pase lo que pase, porque es el que te habrás marcado tú misma. —Apretó una última vez su mano—. Ese es mi consejo.

Sintió que Jane la seguía con la mirada mientras cruzaba lentamente el bar. Había pasado demasiado tiempo sentada. Tenía el pie entumecido. La bala alojada en su espalda parecía respirar como un ser vivo. Maldijo la esquirla de metal no más grande que la uña de su dedo meñique incrustada peligrosamente cerca de su médula espinal.

Solo por esta vez, por esta última vez, ansió moverse deprisa, recuperar parte de su agilidad perdida y llevar a cabo su cometido antes de que Jane pudiera sentarse en la primera fila.

Los potentados habían abandonado el vestíbulo, pero el humo de sus cigarrillos y sus pipas seguía allí. Laura empujó la puerta del aseo de señoras.

Vacío, tal y como había predicho Nick.

Se dirigió al último cubículo. Abrió la puerta y la cerró. Forcejeó con el cerrojo. El pestillo no encajaba. Lo golpeó dos veces haciéndolo chirriar y por fin consiguió que se mantuviera cerrado.

Un mareo súbito se apoderó de ella. Apoyó las manos en las paredes. Aguardó unos segundos para recuperar el equilibrio. Había sido una equivocación tomarse dos copas —a lo que había que sumar el *jet lag*—, pero ese día, más que cualquier otro, podía perdonársele que cometiera un error nefasto.

El váter era antiguo y la cisterna estaba adosada a la pared, muy arriba. Estiró el brazo para palpar detrás de ella. Se le aceleró el corazón mientras buscaba a tientas. Primero sintió la cinta aislante. Su angustia remitió ligeramente al deslizar los dedos hacia arriba, hasta tocar la bolsa de papel.

Se abrió la puerta.

—*Hej-hej!* —dijo un hombre.

Laura se quedó paralizada, su corazón dejó de latir.

—¿Hola? —El hombre parecía arrastrar algo muy pesado por el suelo—. ¡Servicio de limpieza! ¿Hay alguien? ¿Hola?

—Un momento —respondió Laura con voz ahogada.

—¡Servicio de limpieza! —repitió el hombre.

—*Nej* —repuso ella alzando la voz—. ¡Ocupado!

El hombre dejó escapar un suspiro de fastidio.

Laura esperó.

Otro suspiro.

Un segundo más.

Por fin, el hombre volvió a sacar del aseo lo que había arrastrado a su interior y cerró con tanta fuerza que el endeble pestillo del cubículo de Laura se desencajó y su puerta se abrió con un chirrido.

Laura sintió que el pestillo se le clavaba en los riñones como un dedo.

Una carcajada le hizo cosquillas en la garganta, extrañamente. Podía imaginarse el aspecto que tenía allí de pie, con la falda subida, una pierna a cada lado de la taza del váter y la mano metida detrás de la cisterna.

Lo único que faltaba era el ruido de un tren al pasar y Michael Corleone.

Sacó la bolsa de papel. Se la guardó en el bolso. Se acercó al lavabo. Echó un vistazo a su pelo y su carmín en el espejo. Observó su imagen mientras se lavaba las manos temblorosas.

La sombra de ojos resultaba chocante en ella. En su vida normal nunca se maquillaba. Claro que en su vida normal solía llevar el pelo recogido y vestirse con vaqueros y una camisa de su marido, y calzar un par de zapatillas que —normalmente— su hijo dejaba junto a la puerta.

Normalmente, solía llevar una cámara colgada del cuello.

Normalmente, andaba siempre corriendo de acá para allá, tratando de conseguir sesiones de fotos, o haciéndolas, o planeando recitales y ensayos y clases y entrenamientos y comidas, e intentando encontrar tiempo para cocinar, tiempo para leer, tiempo para amar.

Pero lo normal había dejado de serlo.

Se secó las manos con una toalla de papel. Se retocó el carmín. Le enseñó sus dientes blancos al espejo.

El encargado de la limpieza estaba esperando frente al aseo. Fumaba apoyado contra un enorme cubo de basura rodeado de botes de espray.

Laura reprimió el impulso de disculparse. Echó un vistazo a la bolsa de papel que llevaba dentro del bolso. Cerró la cremallera. El mareo volvió a acometerla, pero logró controlarlo. Seguía teniendo el estómago revuelto, pero respecto a eso no había nada que hacer. Su corazón era un metrónomo encajado en su garganta. Sentía cómo palpitaba la sangre en sus venas. Su vista se aguzó hasta volverse fina como un alfiler.

—¿Doctora Maplecroft? —Una joven nerviosa, vestida con un vestido de flores, apareció de repente a su lado—. Acompáñeme, por favor. Su mesa redonda está a punto de empezar.

Trató de seguir el paso enérgico, casi atribulado, de la chica. Estaban a mitad del pasillo cuando se dio cuenta de que empezaba a faltarle el aire. Aflojó el paso y dejó que su mano descansara más tiempo sobre el bastón. Tenía que conservar la calma. Lo que estaba a punto de hacer no podía hacerse con precipitación.

—Señora —le dijo la chica en tono suplicante, indicándole que se apresurase.

—No van a empezar sin mí —repuso ella a pesar de no estar del todo segura de que Martin Queller fuera a esperarla, teniendo en cuenta su reputación.

Sacó el paquete de pañuelos de su bolso. Se enjugó el sudor de la frente.

Una puerta se abrió de golpe.

—Señorita —dijo Martin Queller chasqueando los dedos como si llamara a un perro—, ¿dónde está Maplecroft? —Miró a Laura—. Café, dos azucarillos.

—Doctor… —dijo la chica.

—Café —repitió Martin, visiblemente molesto—. ¿Es que está sorda?

—Yo soy la doctora Maplecroft.

Queller la miró sorprendido. Dos veces.

—¿Alex Maplecroft?

—Alexandra. —Le tendió la mano—. Me alegra conocerle en persona.

Un grupo de colegas se había congregado tras él. Martin no tuvo más remedio que estrecharle la mano. Sus ojos, como solía ocurrir, se dirigieron de inmediato al pelo de Laura. Era lo que la delataba. Su tono de piel era claro, casi tan blanco como el de su madre, pero tenía el cabello ensortijado característico de los negros; en eso había salido a su padre.

—Ahora lo entiendo —comentó él—. Ha dejado que sus experiencias personales tiñan sus investigaciones.

Laura miró la blanquísima mano que estaba estrechando.

—El color es siempre un tema interesante, Martin.

—Doctor Queller —puntualizó él.

—Sí, oí hablar de usted cuando estaba en Harvard. —Laura se volvió hacia el hombre situado a la derecha de Martin; el alemán, a juzgar por su severo traje gris y su fina chaqueta azul marino—. ¿El doctor Richter?

—Friedrich, por favor. Es un placer —repuso Richter sin apenas molestarse en disimular una sonrisa, e hizo acercarse a otro hombre, de cabello cano pero vestido con una moderna chaqueta de color verde azulado—. Permítame presentarle a nuestro compañero de mesa redonda, *herr* doctor Maes.

—Encantada. —Laura estrechó la mano del belga y, haciendo caso omiso del evidente desprecio de Martin, se volvió hacia la joven—. ¿Ya podemos empezar?

—Desde luego, señora.

La chica los condujo hasta la entrada del escenario del salón de actos.

Habían empezado las presentaciones. Las luces laterales estaban apagadas. La chica utilizó una linterna para mostrarles el camino. Laura oyó un murmullo de voces masculinas procedente del público. Otro hombre, el presentador, estaba hablando por el micrófono. Hablaba en francés, demasiado rápido para que Laura le entendiera. Se alegró cuando pasó al inglés.

—Y ahora, se acabaron mis parloteos. Sin más preámbulos, demos la bienvenida a nuestros cuatro ponentes.

El aplauso hizo temblar el suelo bajo sus pies. Notó un cosquilleo en el estómago. Ochocientas personas. Se habían encendido las luces de la sala. Más allá del telón alcanzaba a ver el lado derecho del patio de butacas. El público, compuesto en su mayoría por hombres, se había puesto en pie y aplaudía, esperando a que empezara el espectáculo.

—¿Doctora? —murmuró Friedrich Richter.

Sus colegas estaban aguardando para dejarla pasar. Incluso Martin Queller era lo bastante educado para no adelantarse a una mujer. Aquel era el momento que estaba esperando Laura. Lo que la había impelido a salir de su cama de hospital, lo que la había empujado a someterse a tratamiento intensivo, lo que la había llevado a coger cuatro aviones para llegar hasta allí.

Y sin embargo se quedó paralizada, momentáneamente absorta en lo que estaba a punto de hacer.

—Por amor de Dios. —Martin se impacientó de inmediato y salió al escenario.

El público rugió al verlo aparecer. Dio zapatazos. Saludó con la mano. Levantó los puños.

Friedrich y Maes ejecutaron una pantomima al estilo de Laurel y Hardy, disputándose el honor de dejar pasar a Laura.

Tenía que salir al escenario. Tenía que hacerlo.

Ya.

El aire se volvió opresivo, agobiante, cuando salió al escenario. A pesar de la salva de vítores y aplausos, oyó claramente el golpeteo de su bastón sobre la tarima del suelo. Sintió que encogía los hombros. Que bajaba la cabeza. El impulso de encogerse, de hacerse pequeña, era arrollador.

Miró hacia arriba.

Más focos. Un jirón de humo de tabaco colgando entre las vigas.

Se volvió hacia el público, no para ver al gentío sino para buscar a Jane. Estaba en la primera fila, como había prometido. Andrew estaba sentado a su izquierda y Nick a su derecha, pero fue en ella en quien se fijó Laura. Cruzaron una sonrisa cómplice antes de que se volviera hacia el escenario.

Para poder terminar aquello, tenía que empezarlo.

Los micrófonos apuntaban como fusiles a las cuatro sillas separadas por mesitas supletorias. Laura, que no había tomado parte en ningún debate relativo al lugar que debía ocupar cada uno, se detuvo en la primera silla. El labio superior había empezado a sudarle. Las ásperas luces de los focos se le antojaban rayos láser. Se dio cuenta demasiado tarde de que era precisamente aquello lo que debería haber ensayado. La silla era un típico producto del diseño escandinavo: bonita, pero demasiado baja y con poco respaldo. Y lo que era peor aún, parecía giratoria.

—¿Doctora?

Maes agarró el respaldo de la silla contigua ofreciéndole asiento. Así pues, ella iba en el medio. Al dejarse caer en la silla baja, sintió que los músculos de su espalda y sus piernas se encogían dolorosamente.

—¿Le parece bien? —Maes se ofreció a apoyar su bastón en el suelo.

—Sí. —Laura agarró con fuerza su bolso sobre el regazo—. Gracias.

El belga ocupó la silla de su izquierda. Friedrich avanzó hasta el extremo de la fila, dejando vacía la silla situada junto a Laura.

Ella miró más allá de los afilados micrófonos, hacia la multitud. Los aplausos se iban apagando. El público empezaba a ocupar sus asientos.

Pero Martin Queller no estaba dispuesto a permitir que se acomodara todavía. Permanecía de pie, saludando con la mano en el aire. Una mala elección teniendo en cuenta la cita de Maplecroft sobre Göring. Al igual que la pequeña reverencia que hizo antes de ocupar su sitio en el centro del escenario.

El público comenzó a calmarse. Se extinguieron los últimos aplausos. Se apagaron las luces del patio de butacas y se encendieron los focos del escenario.

Laura pestañeó, deslumbrada por un instante. Esperó lo inevitable: que Martin Queller ajustara el micrófono a su gusto y diera comienzo a su discurso.

—En nombre de mis colegas de esta noche —dijo—, quisiera darles las gracias por su asistencia. Confío fervientemente en que mantengamos un debate enérgico pero civilizado y, sobre todo, en que dicho debate cumpla sus expectativas. —Miró a izquierda y derecha mientras se sacaba del bolsillo de la pechera un fajo de pequeñas tarjetas—. Empezaremos por lo que el camarada secretario general Gorbachov ha denominado la «Era del estancamiento».

Se oyeron risas entre el público.

—Doctor Maes, adelante, esta va para usted.

Martin Queller era —forzoso es reconocerlo— un hombre capaz de subyugar a un auditorio. Su actitud era a todas luces afectada; saltaba a la vista que estaba yéndose por las ramas, bordeando, a medias en broma, el tema de debate que había congregado allí a todos los presentes. Posiblemente durante su juventud se le había considerado atractivo, al estilo de esos hombres anodinos a los que el dinero dota de pronto de interés. Los años le habían tratado bien. Laura sabía que tenía sesenta y tres, pese a lo cual su cabello oscuro apenas estaba salpicado de gris. Su nariz aguileña resaltaba menos que en las fotografías oficiales, probablemente elegidas por su capacidad para infundir respeto, más que admiración física. La gente confunde a menudo la personalidad con el carácter.

—¿Y qué hay de Chernenko, *herr* Richter? —Su voz retumbó en la sala sin ayuda del micrófono—. ¿Le parece probable que complete las, digamos, modestas reformas de Andropov?

—Bien —comenzó Friedrich—, como quizá nos dijeran los rusos, «Cuando el dinero habla, la verdad calla».

Se oyeron de nuevo risas aisladas.

Laura se removió en la silla tratando de aliviar el dolor que iba extendiéndose por su pierna. Su nervio ciático vibraba como las cuerdas de un arpa. En lugar de escuchar la densa y documentada respuesta de Friedrich, fijó la mirada a un lado del patio de butacas.

Había un poste de metal con varios focos adosados, y un hombre de pie sobre una plataforma elevada, con una cámara de vídeo al hombro. Estaba girando el objetivo. Posiblemente la luz había trastocado el autofoco.

Laura se miró la mano. Había pasado tantos años ajustando el objetivo de su Hasselblad que aún tenía callos en el pulgar y en otros dos dedos.

Un mes antes de morir, Lila, su hija, le dijo que quería aprender fotografía, pero que no quería que fuera ella quien le enseñara. Aquello le dolió. A fin de cuentas, era fotógrafa profesional. Luego, sin embargo, una amiga le recordó que las adolescentes no querían volver a aprender nada de sus madres hasta el momento en que tenían hijos, y Laura decidió tener paciencia y dejar pasar el tiempo.

Y entonces el tiempo se le agotó.

Todo por culpa de Martin Queller.

—… la yuxtaposición de políticas sociales y económicas —estaba diciendo Martin—. Así pues, doctora Maplecroft, aunque tal vez le desagrade lo que usted denomina «el tufillo atávico» de la corrección Queller, mi intención era únicamente poner nombre a un fenómeno respaldado por la estadística.

Laura vio cómo se hinchaba su pecho cuando tomó aire para continuar y aprovechó ese momento para intervenir.

—Me pregunto, doctor Queller, si es usted consciente de que sus principios políticos tienen repercusiones concretas en el mundo real.

—No son principios políticos, querida señora. Son teorías relativas a lo que usted misma ha descrito como «moralidad tribal».

—Pero doctor…

—Si mis conclusiones le parecen crueles, le diré que la estadística es, en efecto, una amante cruel —prosiguió Queller, visiblemente satisfecho del giro que había dado a su frase; un giro que, por otra parte, aparecía con frecuencia en sus ensayos y sus columnas de opinión—. Interpretar los datos echando mano de las emociones o de la histeria es caer de lleno en el ridículo. Sería, para el caso, como pedirle a un conserje que explique cómo influirá la erupción del volcán Beerenberg en la climatología de la isla de Guam —concluyó, muy ufano.

Laura ansió poder borrar de su cara aquella sonrisa engreída.

—Afirma usted que sus teorías no son principios políticos, pero, de hecho, sus teorías económicas han influido decisivamente en la toma de decisiones políticas.

—Me halaga usted —repuso él en un tono que daba a entender que los halagos se daban por supuestos.

—Su trabajo influyó en la Ley Lanterman-Petris-Short de 1967.

Martin arrugó el ceño, extrañado por el comentario, pero fijó la mirada en el público y explicó:

—En deferencia al público europeo, habría que explicar que la Ley de Derechos del Paciente marcó un antes y un después en la legislación del estado de California. Entre otras cosas, contribuyó a poner fin a una práctica habitual que consistía en recluir a la gente en instituciones psiquiátricas contra su voluntad.

—¿No es cierto que esa ley se tradujo también en un recorte drástico de la financiación pública de los hospitales para enfermos mentales?

La sonrisita que esbozó Martin Queller proclamaba que sabía adónde conducía todo aquello.

—Los recortes fueron temporales. El entonces gobernador Reagan restableció la financiación pública de esos centros al año siguiente.

—¿En el mismo grado que antes?

—Se ha pasado usted la vida delante de una pizarra, Maplecroft. En el mundo real, las cosas son distintas. El viraje de las políticas institucionales es como el rumbo de un buque de guerra. Se necesita mucho espacio para corregirlo.

—Hay quien llamaría a eso errores, no correcciones. —Laura levantó la mano para atajar la réplica de Queller—. Otra de esas presuntas «correcciones» se produjo al año siguiente, cuando se multiplicó por dos el número de personas aquejadas de enfermedades mentales que pasaron a disposición del sistema judicial y que a partir de entonces quedaron atrapadas en su mecanismo.

—Bueno...

—En California, la superpoblación de los centros penitenciarios ha dado lugar al surgimiento de bandas violentas, lo que a su vez se ha traducido en el reingreso en prisión de miles de expresidiarios y ha contribuido al desarrollo de una auténtica epidemia de VIH. —Laura se volvió hacia el público—. Churchill afirmó que «Quienes no aprenden de su pasado están abocados a repetirlo». Mi colega, por el contrario, parece afirmar: «Reincidir en nuestro pasado es el único modo de mantenernos en el poder».

—¡Pacientes! —exclamó Queller con tal ímpetu que su voz retumbó en la pared del fondo.

Siguió un silencio.

—¿Sí? —preguntó Laura.

Martin Queller se alisó la corbata.

—Doctora —dijo haciendo un esfuerzo evidente por dominarse—, esa ley de la que habla se denominó, muy acertadamente, Ley de Derechos del Paciente. Quienes salieron de los centros psiquiátricos estatales fueron o bien trasladados a casas tuteladas, o bien pasaron a recibir tratamiento ambulatorio a fin de que pudieran convertirse en miembros útiles de nuestra sociedad.

—¿Estaban en situación de ser útiles?

—Por supuesto que sí. Ese es el problema de los socialistas: que creen que la labor del estado consiste en llevar en palmitas a los individuos desde que nacen hasta que mueren. Son precisamente ese tipo de argumentos engañosos los que han convertido a medias a Estados Unidos en un estado del bienestar. —Se inclinó hacia delante para dirigirse a la audiencia—. Yo, como la mayoría de los americanos, creo que cada individuo merece tener la oportunidad de caminar por su propio pie. Es lo que se llama el sueño americano, un sueño al que tiene acceso todo aquel que esté dispuesto a esforzarse y trabajar.

Laura señaló su bastón.

—¿Y si uno no puede «caminar por su propio pie»?

—Por amor de Dios, señora. Es una forma de hablar. —Se volvió de nuevo hacia el público—. El sistema de casas tuteladas permite…

—¿Qué casas tuteladas? ¿Las que gestiona Servicios Sanitarios Queller?

Aquello pareció descolocarle, aunque solo momentáneamente.

—La empresa es de titularidad privada, pero está constituida como fideicomiso ciego. Yo no puedo influir en las decisiones que se tomen.

—¿Ignora usted que más de un treinta por ciento de los beneficios anuales de Servicios Sanitarios Queller procede de la gestión de casas tuteladas para enfermos mentales? —Laura levantó las manos y se encogió de hombros—. ¡Qué extraordinaria coincidencia que su posición como asesor económico del estado le haya permitido abogar para que los fondos públicos se desvíen hacia el sector de la sanidad privada, del que procede gran parte de su fortuna familiar!

Martin suspiró y sacudió teatralmente la cabeza.

—Su empresa está a punto de salir a bolsa, ¿no es cierto? Han dado entrada a inversores de muy alto nivel para asegurarse de que sus cifras se mantuvieran elevadas en el momento de salir a la palestra pública. —Ese era el meollo de la cuestión, la razón por la que no había vuelta atrás—. Su fortuna familiar aumentará considerablemente cuando el modelo Queller se extienda al resto de Estados Unidos. ¿Me equivoco?

Martin suspiró otra vez, volvió a sacudir la cabeza. Miró a la multitud como si pretendiera que se pusiera de su lado.

—Tengo la sensación de que ha secuestrado usted esta mesa redonda para servir a sus propios fines, doctora Maplecroft. Lo que yo diga le importa un pimiento. Usted ya tiene un juicio formado. Soy un hombre diabólico. El capitalismo es un sistema perverso. Estaríamos todos mucho mejor recogiendo flores y haciéndonos con ellas guirnaldas para el pelo.

Laura pronunció en ese instante las palabras por las que había mentido, por las que había robado, secuestrado y, por último, recorrido casi diez mil kilómetros para enfrentarse a Martin Queller.

—Robert David Juneau —le espetó.

Él, sorprendido de nuevo, se rehízo al instante y volvió a dirigirse a la audiencia.

—Para quienes no lean la prensa del norte de California, Robert David Juneau era un obrero de la construcción negro que...

—Ingeniero —puntualizó Laura.

Queller la miró, atónito porque se hubiera atrevido a corregirle.

—Juneau era ingeniero —añadió ella—. Estudió en Cal Tech. No era albañil, aunque sí negro, si eso es lo que quiere poner de manifiesto.

Él comenzó a mover el dedo apuntándola.

—Permítame recordar que es usted quien se empeña en sacar constantemente a colación el tema de la raza.

—Robert Juneau —prosiguió Laura— resultó herido cuando estaba visitando una obra en el centro de San Francisco. —Miró al público y procuró que no le temblara la voz al añadir—: Uno de los albañiles cometió un error. Son cosas que pasan. Pero Juneau estaba en el lugar equivocado en el momento equivocado. Una vigueta de hierro le golpeó en la cabeza, aquí. —Se señaló el cráneo y, por un momento, le pareció sentir en los dedos el tacto rugoso de la cicatriz de Robert—. Su cerebro comenzó a inflamarse y, durante la operación a la que fue sometido para aliviar el edema cerebral, sufrió una serie de ictus. Los médicos no estaban seguros de que fuera a recuperarse, pero logró caminar de nuevo, hablar y reconocer a sus hijos y a su mujer.

—Sí —dijo Martin—. No es necesario cargar las tintas en esta historia. Sufrió daños graves en el lóbulo frontal. Su personalidad quedó irreversiblemente alterada por el accidente. Hay quien lo denomina «síndrome de Jekyll y Hyde». Juneau era un padre de familia competente antes del accidente. Después, se volvió violento.

El tono displicente de sus palabras repugnó a Laura.

—Le gusta a usted dibujar líneas rectas sobre un mundo torcido, ¿verdad que sí? —preguntó, y por fin dejó que su mirada se posara en Jane, en la primera fila. Le habló a ella porque quería que supiera la verdad—. Robert Juneau era un buen hombre antes de la lesión cerebral. Luchó por su país en Vietnam. Se graduó en la universidad tras abandonar el ejército. Pagaba sus impuestos. Ahorró, se compró una casa, pagaba sus facturas, cuidaba de su familia, puso todo su empeño en conseguir el Sueño Americano y… —Al llegar aquí tuvo que hacer una pausa para tragar salivar—. Y cuando no pudo valerse por sí solo, cuando llegó el momento de que su país cuidara de él —dijo volviéndose hacia Martin—, hombres como usted le dijeron que no.

Queller dejó escapar un suspiro de fastidio.

—Es una historia trágica, Maplecroft, pero ¿quién va a pagar atención médica constante, veinticuatro horas al día? Para eso son necesarios tres médicos en turnos rotativos, al menos cinco enfermeras y auxiliares, instalaciones, infraestructuras, seguros sociales, administrativos, conserjes, personal de cafetería, lavandería y limpieza, y todo eso multiplicado por los muchos enfermos mentales graves que hay en Estados Unidos. ¿Quiere usted pagar el ochenta por ciento de sus ingresos en impuestos como hace la gente aquí, en nuestro país anfitrión? Si la respuesta es sí, no tiene usted más que mudarse. Si es no, entonces, dígame, ¿de dónde sacamos el dinero?

—Somos el país más rico del…

—Porque no despilfarramos.

—¡De usted! —gritó ella.

El silencio absoluto que cayó sobre el público se extendió también al escenario.

—¿Qué tal si sacamos el dinero de usted? —añadió Laura.

Martin Queller contestó con un resoplido desdeñoso.

—Robert Juneau fue expulsado de seis casas tuteladas gestionadas por Servicios Sanitarios Queller. Cada vez que volvía, inventaban una nueva excusa para librarse de él.

—Yo no tengo nada que ver con…

—¿Sabe usted cuánto cuesta enterrar a tres hijos?

Aún veía a sus niños aquel áspero día de otoño. David cuchicheando con una chica por teléfono. Lila en la planta de arriba, escuchando la radio mientras se vestía para ir a clase. Y Peter correteando por el cuarto de estar en busca de sus zapatos.

Bang.

Un solo disparo en la cabeza acabó con la vida de su hijo menor.

Bang, bang.

Dos balas desgarraron el pecho de David.

Bang, bang.

Lila resbaló cuando corría escalera abajo. Las dos balas le atravesaron la coronilla. Una de ellas le salió por el pie después de atravesarle el cuerpo.

Una esquirla de la otra aún se hallaba alojada en la columna vertebral de Laura.

Se dio un golpe en la cabeza con la chimenea al caer al suelo. El revólver tenía seis balas. Robert lo había traído de la guerra de Vietnam, donde cumplió servicio excavando túneles.

Lo último que vio Laura aquel día fue a su marido poniéndose el cañón del arma bajo la barbilla y apretando el gatillo.

—¿Cuánto cree que cuestan esos entierros? —le preguntó a Martin Queller—. Los ataúdes, la ropa, los zapatos… Porque hay que ponerles zapatos. Hay que pagar los pañuelos de papel, las parcelas del cementerio, las lápidas, el alquiler de los coches fúnebres, a los encargados de portar el ataúd y a un sacerdote para que bendiga a un chico de dieciséis años, a una jovencita de catorce y a un niño de cinco, todos ellos muertos.

Sabía que era la única persona capaz de contestar a esa pregunta en toda la sala, porque ella misma había extendido el cheque.

—¿Cuánto valían sus vidas, Martin? ¿Eran más rentables para la sociedad que el coste de mantener a un hombre enfermo hospitalizado? ¿La muerte de esos tres niños no fue más que una repugnante *corrección*?

Martin parecía haberse quedado sin palabras.

—¿Y bien? —preguntó Laura, y esperó su respuesta.

Todo el mundo la esperaba.

—Ese hombre sirvió en el ejército —dijo Martin—. El Hospital de Veteranos…

—Al Hospital de Veteranos le sobraban pacientes y le faltaba presupuesto —replicó ella—. Robert estuvo un año en lista de espera. No había ningún hospital psiquiátrico estatal al que recurrir porque la financiación pública se había agotado. En el hospital normal tenía prohibida la entrada. Ya había agredido a una enfermera y herido a un celador. Sabían que era violento, pero aun así le trasladaron a una casa tutelada porque no había plaza para él en ningún otro sitio. A una casa gestionada por Servicios Sanitarios Queller —concluyó.

—Usted —dijo Martin, el célebre pensador, al darse cuenta por fin de quién era—. Usted no es Alex Maplecroft.

—No. —Metió la mano en su bolso. Tocó la bolsa de papel.

Bombas de tinta.

Eso era lo que se suponía que había dentro de la bolsa.

En California, habían acordado unánimemente usar aquellas bombas de tinta roja, cuyo envoltorio, muy plano y fino, abultaba menos que un buscapersonas. Los bancos solían esconderlas dentro de las sacas de billetes; de ese modo, los atracadores quedaban marcados con tinta indeleble cuando se disponían a contar su botín.

El plan consistía en humillar a Martin Queller a ojos del mundo entero, en mancharlo con la sangre proverbial de sus víctimas.

Pero Laura no creía en proverbios desde que sus hijos murieron a manos de su progenitor.

Respiró hondo. Buscó de nuevo con la mirada a Jane.

La chica estaba llorando. Meneó la cabeza y articuló en silencio, moviendo los labios, las palabras que jamás diría su padre: «Lo siento».

Laura sonrió. Confiaba en que Jane recordaría lo que le había dicho en el bar. Era estupenda. Encontraría su propio camino.

Lo demás sucedió muy deprisa, quizá porque había visto desarrollarse aquella escena infinidad de veces en su imaginación. Es decir, cuando no estaba intentando evocar recuerdos de sus hijos: el olor de los piececitos de David cuando era un bebé, el silbido suave que Peter dejaba escapar entre los labios cuando pintaba con sus ceras, el ceño fruncido de Lila cuando pensaba cómo encuadrar una fotografía. Incluso Robert poblaba a veces sus pensamientos. El hombre que había bailado al son del piano de Jinx Queller en el Hollywood Bowl, antes del accidente. El paciente que deseaba con toda su alma ponerse bien. El interno agresivo del hospital. El alborotador expulsado de tantas casas tuteladas. El indigente detenido una y otra vez por hurto, por agresión, por ebriedad, por mendicidad agresiva, por escándalo público, por vagabundeo, por tendencias suicidas, por proferir amenazas terroristas, por amenazar con causar daños físicos a otras personas.

«En cierto sentido, tuvo usted suerte», le dijo a Laura su oncólogo después del tiroteo. «Si la bala le hubiera entrado por la espalda tres centímetros más abajo, el escáner no habría detectado el tumor».

Metió la mano en la bolsa de papel.

Había comprendido, nada más sacar la bolsa de detrás de la cisterna del aseo, que lo que sostenía no era un paquete de bombas de tinta, sino algo mejor.

Un revólver de seis balas, igual al que había usado su marido.

Primero, disparó a Martin Queller en la cabeza.

Después, apoyó el cañón de la pistola bajo su barbilla y se mató.

21 DE AGOSTO DE 2018

8

Andy se sentía presa de estupor mientras cruzaba Alabama al volante de un Reliant K que su madre había guardado en secreto, cargado con dinero de procedencia desconocida, hacia un destino que Laura parecía haberse sacado de la manga. O quizá no. Quizá su madre sabía perfectamente lo que se hacía. A fin de cuentas, nadie guardaba en un almacén todo lo necesario para empezar una nueva vida si no tenía muchas cosas que ocultar.

La documentación falsa. El revólver con el número de serie borrado. Las fotos de ella en la nieve que no recordaba haber visto, dándole la mano a una persona de la que no se acordaba.

Las *polaroids*.

Las había metido en la bolsa de playa del maletero. Podría haberse pasado el día mirándolas, tratando de deducir qué horrores había sufrido la joven de las fotografías. Golpes. Puñetazos. Mordiscos. Porque eso parecía el desgarrón que tenía en la pierna, un mordisco, como si un animal le hubiera arrancado de un bocado un trozo de carne.

Esa joven era su madre.

¿Quién le había hecho esas cosas horribles a Laura? ¿Y si eran las mismas personas que habían enviado al encapuchado? ¿Y si eran las mismas que le iban siguiendo la pista a ella?

No estaba esforzándose mucho por despistarlos. Ya había llegado a Birmingham cuando cayó en la cuenta de que no había desconectado los cables de la batería de la camioneta. Laura había insistido en que se asegurase de que el GPS no funcionaba. ¿Funcionaba sin estar el motor en marcha? Conectarse a un satélite parecía una función propia del ordenador de a bordo, para lo cual el ordenador tenía que estar encendido, y por tanto el coche también.

¿Verdad?

El sistema de detección LoJack tenía su propia batería. Andy lo sabía por los atestados de robos de vehículos que pasaban por sus manos en el trabajo. Sabía también que los Ford tenían un sistema Sync, pero para utilizar el servicio de localización instantánea había que registrarse y no creía que un tipo que se tomaba la molestia de tapar todas las luces de su coche estuviera dispuesto a renunciar al anonimato solo para poder usar los comandos de voz a fin de localizar el restaurante mexicano que le quedaba más cerca.

¿Verdad?

¿Qué pasaría si localizaban la camioneta? Intentó imaginar cómo se desarrollaría la investigación, igual que había hecho mientras huía de casa de su madre.

Primero la policía tendría que identificar al encapuchado, es decir, a Samuel Godfrey Beckett. Teniendo en cuenta su talante, era más que probable que tuviera antecedentes delictivos, de modo que bastaría con una huella dactilar para conseguir su nombre. Una vez que supieran quién era, buscarían la documentación de la camioneta y emitirían una orden de búsqueda, lo que crearía una alerta que aparecería en las pantallas de todos los coches patrulla de la zona triestatal.

Eso dando por sentado, claro, que las cosas sucedieran como estaba previsto. Porque había cientos de órdenes de búsqueda en activo, y hasta las más urgentes pasaban desapercibidas para muchos agentes de policía que tenían un millón de cosas que hacer durante sus turnos de trabajo, como por ejemplo intentar que no les pegaran un tiro. Pararse a leer una alerta no era a menudo una de sus prioridades.

Lo cual no significaba necesariamente que pudiera despreocuparse. Si la policía no localizaba la camioneta, los bibliotecarios, o más probablemente aquel anciano gruñón que despotricaba sobre política, denunciaría la presencia de un vehículo abandonado. Acudiría la policía, un agente comprobaría la matrícula y el número de bastidor, vería que había una orden de búsqueda, avisaría a Savannah y, finalmente, los agentes de la policía científica encontrarían sus zapatos y su camisa del trabajo, así como sus huellas dactilares y su ADN en el interior del vehículo.

Sintió que se le encogía el estómago.

La presencia de sus huellas en la sartén podía explicarse fácilmente —era frecuente que se preparara unos huevos en casa de su madre—, pero robar la camioneta del muerto y cruzar la frontera de varios estados la situaba directamente en el terreno de los agravantes criminales, lo que significaba que, si Palazzolo la acusaba de homicidio, el fiscal pediría la pena capital.

La pena capital.

Abrió la boca para respirar cuando una oleada de aturdimiento se apoderó de ella. Otra vez le temblaban las manos. Gruesos lagrimones le corrían por la cara. Los árboles se emborronaron más allá de las ventanillas del coche. Tenía que entregarse. No debía huir. Había dejado a su madre en la estacada. Daba igual que ella misma le hubiera dicho que se marchara. Debería haberse quedado. Por lo menos así no habría estado tan sola.

Se le escapó un sollozo.

—Contrólate —se ordenó—. Basta ya.

Agarró con fuerza el volante. Parpadeó para disipar las lágrimas. Laura le había dicho que se fuera a Idaho. Tenía que ir allí. Una vez que estuviera en Idaho, en cuanto cruzara la frontera, podría derrumbarse y pasarse días y días llorando hasta que sonara el teléfono y Laura le dijera que podía volver a casa. Seguir las órdenes de su madre era el único modo de salir de aquel atolladero.

Laura también le había dicho que desconectara la batería de la camioneta.

—Joder —masculló y a continuación, como un eco de la voz de Gordon, se oyó decir—: Lo hecho, hecho está.

La inevitabilidad de esa afirmación alivió la congoja que sentía en el pecho. Y además era cierto: que la policía encontrara o no la camioneta Ford, y lo que hiciera posteriormente con ella, eran cosas que escapaban por completo a su control.

Lo que de verdad tenía que preocuparle era en qué momento exactamente había activado el modo incógnito de Google durante su búsqueda en la biblioteca. Porque en cuanto la policía localizara la camioneta hablaría con los bibliotecarios y estos le dirían que había usado el ordenador. Y aunque estaba segura de que los bibliotecarios se resistirían (eran, en general, defensores acérrimos de la Primera Enmienda), la policía tardaría más o menos una hora en conseguir una orden judicial para inspeccionar el ordenador, y a un informático le llevaría aproximadamente cinco segundos encontrar su historial de búsqueda.

Estaba segura de que había activado el modo incógnito antes de buscar a Paula Kunde, de Austin, Texas, pero ¿estaba ya activado cuando buscó cómo llegar a Idaho?

No se acordaba.

Segunda cosa preocupante: ¿y si no era la policía quien interrogaba a los bibliotecarios? ¿Y si esas personas aparentemente omniscientes a las que temía su madre enviaban a alguien a buscar la camioneta del encapuchado, y esa persona o personas hablaban con los bibliotecarios y eran ellos quienes registraban el ordenador?

Se limpió la nariz con la manga y redujo la velocidad porque, si pasaba de los noventa por hora, el Reliant empezaba a traquetear como un paquete de golosinas para gatos.

¿Había puesto en peligro de muerte a otras personas al abandonar la camioneta? ¿Se había puesto en peligro a sí misma al buscar la mejor ruta para llegar a Idaho? Hizo otro intento de repasar mentalmente lo sucedido esa mañana. Había entrado en la biblioteca. Se había servido el café. Se había sentado delante del ordenador.

Había mirado en primer lugar el periódico de Belle Isle. ¿No? Y luego había activado la navegación privada.

Estaba fiándose demasiado del modo incógnito de Google. Parecía muy improbable que algo tan corriente pudiera engañar a un agente de la policía científica especializado en informática. Seguramente debería haber limpiado la *caché* y el historial y haber eliminado todas las *cookies* como aprendió a hacer después de que, una vez, su padre viera por casualidad el bucle de escenas eróticas de *Outlander* al que había accedido desde su portátil.

Volvió a limpiarse la nariz. Tenía las mejillas ardiendo. Vio un indicador.

Florence, 8 km.

Calculó que iba en la dirección correcta, o sea, hacia la esquina superior izquierda de Alabama. No había parado a comprar otro mapa para buscar la ruta hasta Idaho. Al salir de los trasteros, su único objetivo era alejarse todo lo posible de Carrollton. Tenía las notas que había tomado en la biblioteca, pero se estaba guiando principalmente por el reverso del mapa de Georgia, en el que aparecían anuncios de otros mapas. Había una pequeña muestra de uno titulado *Estados Unidos de América Continental*, disponible por 5,99 dólares más gastos de envío. Se había criado consultando mapas parecidos, razón por la cual tenía ya más de veinte años cuando por fin comprendió cómo era posible que Canadá y el estado de Nueva York tuvieran en común las cataratas del Niágara.

Su plan era el siguiente: pasada Alabama, cruzaría una esquina de Tennessee, otra de Arkansas, otra de Misuri y un trocito de Kansas, torcería a la izquierda al llegar a Nebraska, atravesaría Wyoming y luego, si no conseguía llegar a Idaho de una puta vez, se pegaría un tiro.

Se inclinó hacia delante y apoyó la barbilla en el volante tembloroso. Sus vértebras lumbares se habían convertido en higos chumbos. Los árboles volvieron a emborronarse. Ya no lloraba, pero estaba exhausta. Empezaban a cerrársele los párpados. Se sentía lastrada como un fardo.

Se obligó a incorporarse. Pulsó los gruesos botones blancos de la radio. Giró el mando a un lado y a otro. Solo encontró sermones, noticiarios agrícolas y música *country*, aunque no de la buena, sino de esa que te daba ganas de clavarte un lápiz en el oído.

Abrió la boca y gritó con todas sus fuerzas.

Le sentó bien, pero no podía pasarse el resto de la vida gritando.

En algún momento tendría que dormir. El viaje de cinco horas y media desde Belle Isle ya había sido bastante agotador, a lo que había que sumar las cuatro horas y media que llevaba conduciendo desde Carrollton debido a los embotellamientos de tráfico, con los que parecía toparse indefectiblemente tomara la ruta que tomase. Eran casi las tres de la tarde. Salvo el par de horas que se había quedado traspuesta en su apartamento y la cabezada que había echado en el aparcamiento de Walmart, podía decirse que no había dormido desde que se levantó para ir a trabajar dos días antes. Durante ese tiempo, había sobrevivido a un tiroteo, había visto cómo herían a su madre, había pasado una espera angustiosa a las puertas del quirófano, había sido interrogada por la policía y había matado a un hombre, de modo que a nadie podía extrañarle que, dadas las circunstancias, tuviera ganas de vomitar, de gritar y de llorar, todo al mismo tiempo.

Eso por no hablar de que su vejiga era como una botella de agua caliente que llevara dentro del cuerpo. Solo se había parado una vez desde que había salido del trastero, en la cuneta de la carretera. Había abierto las dos puertas de un lado del coche y, escondida entre ellas, había esperado a que el tráfico se despejara. Después, se había agachado para hacer pis en la hierba porque le aterrorizaba la idea de alejarse del Reliant.

Doscientos cuarenta mil dólares.

No podía dejar ese dineral en el coche mientras entraba corriendo en un Burger King, y llevarse la maleta dentro sería como llevar un letrero de neón que dijera *róbame*. ¿Qué demonios hacía Laura con tanto dinero? ¿Cuánto tiempo había tardado en ahorrarlo?

¿Se dedicaba a atracar bancos?

No era una pregunta tan descabellada. Eso explicaría la existencia del dinero, y lo del carné canadiense a nombre de D. B. Cooper, y quizá incluso lo de la pistola de la guantera.

Sintió un pinchazo en el corazón al pensar en la pistola.

El problema era que los atracadores de bancos rara vez se salían con la suya. Atracar un banco era un riesgo enorme y sus compensaciones eran, en cambio, muy bajas, porque el FBI se encargaba de todas las investigaciones relacionadas con fondos respaldados por las autoridades federales. Creía recordar que el origen de esa ley tenía algo que ver con Bonnie y Clyde o con John Dillinger, o quizá fuera sencillamente que el gobierno federal tenía que asegurarse de que la gente supiera que su dinero estaba a salvo.

Además, no se imaginaba a su madre poniéndose un pasamontañas y atracando un banco.

Claro que, antes del tiroteo en el restaurante, tampoco se la imaginaba apuñalando a un chico en el cuello.

De hecho, no se imaginaba a su madre, siempre tan sensata y prudente, haciendo muchas de las locuras que había visto hacer a Laura en esas últimas treinta y seis horas. El neceser escondido, la llave oculta detrás de la fotografía, el trastero, la caja de zapatos de Thom McAn.

Lo que la hizo pensar de nuevo en su foto de pequeña en la nieve.

He ahí la pregunta crucial: ¿la había secuestrado Laura siendo un bebé? ¿La vio sola en un carrito de la compra o en un parque infantil y decidió llevársela a casa?

Echó un vistazo al retrovisor y al ver la forma de sus ojos, tan parecida a la de los ojos de Laura, no le cupo duda de que era su madre.

Las *polaroids* mostraban a Laura magullada y con el labio partido. Cabía la posibilidad de que Jerry Randall hubiera sido un canalla. Tal vez en 1989 maltrataba a Laura y ella, desesperada, había huido llevándose a su hija pequeña. Tal vez las estaba buscando desde entonces.

Lo cual parecía una película de Julia Roberts. O de Jennifer Lopez. O de Kathy Bates. O de Ashley Judd, Keri Russell, Ellen Page…

Andy resopló.

Había un montón de películas acerca de mujeres que se hartaban de que los hombres las molieran a golpes.

Pero las *polaroids* demostraban que a su madre la habían molido a golpes de verdad, así que su suposición quizá no fuera tan descaminada.

Se descubrió meneando la cabeza.

Laura no había dicho que *él* pudiera encontrarla. Había hablado en plural: *ellos*.

En el cine, ese *ellos* solía referirse a empresas malvadas, presidentes corruptos o multimillonarios sedientos de poder con un capital ilimitado a su disposición. Trató de imaginar cada uno de esos escenarios situando a su madre en el centro de una vasta conspiración. Y enseguida llegó a la conclusión de que debía dejar de usar Netflix como referente en materia criminal.

Estaba a punto de llegar a la salida de Florence. No podía volver a hacer pis en la cuneta. No había almorzado porque no soportaba la idea de comerse otra vez una hamburguesa dentro del coche. La parte de su cerebro que todavía era capaz de pensar le decía que no podía hacer el viaje hasta Idaho de un tirón, treinta horas seguidas sin dormir. En algún momento tendría que parar en un hotel.

Y, de paso, decidir qué hacer con el dinero.

Sin apenas darse cuenta de lo que hacía, puso el intermitente y tomó la salida de Florence. Llevaba tantas horas funcionando a golpe de adrenalina que ya casi no le quedaban fuerzas para moverse. Pasada la salida vio carteles que indicaban seis hoteles. Torció a la derecha en el semáforo porque era lo más sencillo. Paró en el primer motel porque era el primero que se encontró. Preocuparse por la higiene y la seguridad de un establecimiento como aquel eran lujos del pasado.

Aun así, se le aceleró el corazón cuando salió del Reliant. El motel, un chato edificio de cemento de dos pisos, con una larga galería cuya barandilla ornamentada recorría por completo la planta de arriba, era típico de los años setenta. Había aparcado marcha atrás,

202

dejando el coche atravesado para no perder de vista su parte trasera. Agarró con fuerza el neceser cuando entró en el vestíbulo. Echó un vistazo al teléfono móvil. Laura no había llamado. De tanto mirar la pantalla, había gastado ya la mitad de la batería.

La recepcionista era una señora mayor de pelo rizado y voluminoso. Sonrió a Andy. Ella miró hacia atrás para echar un vistazo al coche. El vestíbulo estaba rodeado de grandes ventanales. El Reliant seguía en su sitio, intacto. No sabía si parecía sospechosa mirando de un lado a otro, pero tampoco le importaba: en ese momento, solo quería acostarse.

—Hola —dijo la recepcionista—. Tenemos habitaciones en la planta de arriba si quiere una.

Andy sintió que sus últimos vestigios de lucidez comenzaban a disiparse. Oyó lo que dijo la mujer, pero no fue capaz de entenderlo.

—A no ser que prefiera la planta baja —añadió la recepcionista, indecisa.

Andy se sentía incapaz de tomar una decisión.

—Eh… —Tenía la garganta tan seca que apenas podía hablar—. De acuerdo.

La mujer descolgó una llave de un gancho de la pared.

—Cuarenta pavos por dos horas —dijo—. Sesenta por toda la noche.

Andy hurgó en el neceser. Sacó varios billetes de veinte.

—Toda la noche, entonces. —La recepcionista le devolvió un billete y le acercó el libro de registro—. Nombre y apellidos, número de matrícula, marca y modelo del coche. —Miró el coche por encima del hombro de Andy—. Madre mía, hacía siglos que no veía uno de esos. En Canadá siguen fabricándolos, ¿no? Ese parece nuevecito.

Andy anotó los datos del coche. Tuvo que mirar tres veces la matrícula para anotarla en el orden correcto.

—¿Se encuentra bien, cielo?

Notó un olor a patatas fritas y le rugió el estómago. Había un restaurante pegado al hotel. Bancos de vinilo rojo y superficies cromadas en abundancia. Otra vez le sonaron las tripas.

¿Qué era más importante, comer o dormir?

—¿Cielo?

Andy se volvió hacia ella. Estaba claro que tenía que decir algo.

La recepcionista se inclinó sobre el mostrador.

—¿Todo bien, corazón?

Hizo un esfuerzo por tragar saliva. No podía actuar de manera extraña en un momento así. Convenía que no llamara la atención.

—Gracias —balbució—. Estoy cansada, nada más. Vengo de... —Trató de pensar en un lugar que estuviera lejos de Belle Isle, y finalmente añadió—: Llevo todo el día conduciendo. Voy a visitar a mis padres. A I... Iowa.

La mujer se echó a reír.

—Uy, pues creo que se ha pasado de largo novecientos kilómetros, por lo menos.

«Mierda».

Lo intentó otra vez.

—El coche es de mi abuela. —Se estrujó el cerebro en busca de una mentira irresistible—. Quiero decir que estaba en la playa. En Alabama. En la costa del golfo. En un pueblo llamado Mystic Falls.

Santo cielo, estaba hablando sin ton ni son. Mystic Falls salía en *Crónicas vampíricas*.

—Mi abuela es un culo de mal asiento —añadió—. Ya sabe, una de esas personas que...

—Sé lo que es un culo de mal asiento. —Echó un vistazo al nombre que Andy había escrito en el libro de registro—. Daniela Cooper. Qué bonito.

Andy la miró sin pestañear. ¿Por qué había escrito ese nombre?

—Cielo, quizá debería usted descansar un poco. —Empujó la llave sobre el mostrador—. Planta primera, en la esquina. Creo que ahí estará más a gusto.

—Gracias —logró balbucir Andy.

Estaba otra vez al borde del llanto cuando volvió a sentarse al volante del Reliant. El restaurante estaba tan cerca... Debería comprar algo de comer. Le dolía tanto el estómago que ya no sabía si tenía hambre o se estaba poniendo enferma.

Volvió a apearse. Sujetando el neceser con las dos manos, recorrió los veinte pasos que la separaban del restaurante. El sol le daba de lleno en la coronilla. El calor la hacía sudar a chorros. Se detuvo en la puerta. Lanzó una mirada al coche. ¿Debía sacar la maleta? ¿Parecería raro que la sacara? Podía llevarla primero a su habitación, pero ¿cómo iba a dejarla allí cuando…?

El restaurante estaba vacío cuando entró. Solo estaba la camarera, leyendo un periódico en la barra. Andy entró primero en el aseo de señoras: su vejiga no le dejó elección. Tenía tanta prisa que no se lavó las manos. El coche seguía allí cuando salió del aseo. No había ningún hombre con gorra azul y vaqueros mirando por las ventanillas. Nadie se marchaba corriendo con una maleta Samsonite de 1989 en la mano.

Ocupó un asiento junto a la cristalera que daba al aparcamiento y se colocó el neceser entre las piernas. La carta era enorme y tenía de todo, desde tacos a pollo frito. Veía las palabras, pero estaba demasiado cansada para entenderlas. Imposible tomar una decisión. Podía pedir al tuntún, pero solo conseguiría llamar más aún la atención. Seguramente tendría que marcharse, dejar atrás varias salidas y buscar otro motel donde no se comportara como una idiota. O podía sencillamente apoyar la cabeza en las manos y quedarse allí unos minutos, disfrutando del aire acondicionado, mientras trataba de despejarse.

—¿Cielo?

Andy levantó la cabeza de la mesa, desorientada.

—Está usted agotada, ¿eh? —dijo la recepcionista del motel—. Pobrecilla. Les he dicho que la dejaran dormir.

Sintió un nudo en el estómago. Había vuelto a quedarse dormida. En público, otra vez. Bajó la mirada. El neceser seguía entre sus piernas. Había saliva en la mesa. La limpió con una servilleta y se secó la boca con la mano. Todo parecía vibrar a su alrededor. Tenía la sensación de que le estaban triturando el cerebro en una licuadora.

—Cariño —dijo la mujer—, creo que debería irse ya a su habitación. Aquí empieza a haber jaleo.

El restaurante estaba vacío cuando entró. Ahora, en cambio, se estaba llenando.

—Lo siento —dijo.

—No pasa nada. —Le dio unas palmaditas en el hombro—. Le he dicho a Darla que le prepare algo de comer. ¿Quiere tomárselo aquí o prefiere llevárselo a la habitación?

Andy la miró con estupor.

—Lléveselo a su habitación —la instó la recepcionista—. Así podrá volver a dormirse en cuanto acabe.

Andy asintió en silencio, agradecida porque alguien le dijera lo que tenía que hacer.

Entonces se acordó del dinero.

Estiró el cuello para mirar el coche. El Reliant azul seguía aparcado delante de la entrada del motel. ¿Habría abierto alguien el maletero? ¿Seguía en su sitio la maleta?

—Su coche está perfectamente. —La mujer le pasó una caja de poliestireno—. Coja su comida. Su habitación es la última del piso de arriba. No me gusta poner a las chicas jóvenes en la planta baja. A las viejas como yo puede gustarnos que un desconocido llame a nuestra puerta, pero a vosotras... —Dejó escapar una risa gutural—. Quédese tranquila, que estará perfectamente.

Andy cogió la caja, que pesaba como un bloque de cemento, y puso el neceser encima. Le temblaban las piernas cuando se levantó. Seguían sonándole las tripas. Hizo caso omiso de la gente que la miraba con curiosidad y salió al aparcamiento. Le costó meter la llave para abrir el maletero. Fue incapaz de decidir qué llevarse a la habitación, de modo que se colgó la bolsa del hombro, se puso el saco de dormir bajo el brazo, agarró el asa de la maleta y, cargada como una mula, sostuvo en equilibrio la precaria torre que formaban la caja de comida y el neceser.

Consiguió llegar al descansillo de la escalera sin tener que recolocar su carga. Notaba los hombros flácidos. O seguía estando agotada o había perdido toda su masa muscular por pasarse casi diez horas sentada en el coche.

Fue mirando los números de las habitaciones mientras recorría la larga galería del piso de arriba. Delante de algunas puertas había parrillas japonesas ennegrecidas, latas de cerveza vacías y cajas de *pizza* grasientas. Olía fuertemente a tabaco. Aquello le recordó a su madre pidiéndole un cigarro al celador en la puerta del hospital.

De pronto añoró esa época, en la que su mayor preocupación era que su madre sostuviera un cigarrillo entre el índice y el pulgar como una yonqui.

Detrás de ella se abrió una puerta. Una mano dejó caer una caja de *pizza* vacía sobre el suelo de cemento de la galería. La puerta se cerró con estrépito.

Andy trató de aquietar su corazón, que se le había subido de un salto a la garganta al abrirse la puerta. Respiró hondo y soltó el aire. Recolocó el saco de dormir que llevaba bajo el brazo. Evocando el espíritu de su padre, trató de hacer una lista de cosas que no podía seguir haciendo. Uno, dejar de sobresaltarse cada vez que oía un ruido. Dos, dejar de quedarse dormida en lugares públicos (estaba visto que era mucho más fácil decirlo que hacerlo). Tres, decidir qué hacer con el dinero. Cuatro, localizar otra biblioteca para leer el periódico de Belle Isle. Cinco, dejar de comportarse de manera extraña porque, si por casualidad le estaba siguiendo la pista la policía, cualquier posible testigo pensaría de inmediato en ella.

Y entonces conseguirían el nombre de Daniela Cooper y los datos del coche, y todo se habría acabado.

Echó un vistazo a la carretera. Había un bar al otro lado de la calle, con letreros de neón en las ventanas. El aparcamiento estaba repleto de camionetas. Oyó el tenue tintineo de la música *honky tonk*. En ese momento tenía tantos deseos de tomar una copa que su cuerpo se inclinó hacia el bar como una planta que buscara el sol.

Dejó la maleta en el suelo y abrió la puerta de su habitación. Era el tipo de motel cutre que Laura solía reservar para las vacaciones cuando ella era pequeña. La ventaba daba al aparcamiento. El aire acondicionado emitía un suave traqueteo. Había dos camas medianas cubiertas con colchas de aspecto pegajoso y una mesa de plástico con dos sillas. Sintió alivio al dejar la pesada caja de comida sobre la mesa. En la cómoda había sitio para la maleta. La colocó encima. Soltó la bolsa, el neceser y el saco de dormir sobre la cama. Bajó la persiana y corrió del todo la fina cortina opaca. O por lo menos lo intentó. La barra de la cortina acababa un par de centímetros antes que la ventana, y la luz se colaba por la rendija.

Adosado a la pared había un televisor de pantalla plana. Los cables colgaban como zarcillos. Por pura costumbre, buscó el mando a distancia y encendió la tele.

La CNN. El hombre del tiempo estaba delante de un mapa. Andy nunca se había alegrado tanto de ver una alerta de huracanes.

Quitó el volumen. Se sentó a la mesa. Abrió la caja de poliestireno.

Pollo frito, puré de patatas, judías verdes y una magdalena de harina de maíz. Debería haber sentido asco, pero su estómago entonó un aleluya.

No había cubiertos, pero ese era un dilema que no le resultaba ajeno. Usó el muslo de pollo para comerse el puré de patatas, luego se comió el pollo y a continuación se comió las judías verdes con los dedos y usó la magdalena a modo de esponja para rebañar los trocitos de piel de pollo y salsa de judías verdes que aún quedaban. Solo al cerrar la caja vacía se dio cuenta de lo sucias que tenía las manos. Se las había lavado por última vez en la ducha de su apartamento, y lo más limpio que había tocado desde entonces era probablemente el escritorio del trastero secreto de Laura.

Miró la televisión y vio que, como a propósito, el pronóstico del tiempo había dado paso a una noticia sobre su madre. Una imagen fija del vídeo del restaurante mostraba a Laura levantando las manos para contar las balas delante de Jonah Helsinger.

Qué forma tan rara de hacerlo: cuatro dedos con la mano izquierda y uno con la derecha. ¿Por qué no le había enseñado una sola mano: cinco dedos por cinco balas?

De pronto, en pantalla apareció una fotografía. Le dio un vuelco el corazón al ver a Laura. Su madre llevaba puesto el atuendo que llevaba siempre a las fiestas: un vestido negro sencillo y un fular de seda de colores. Andy se arrodilló delante de la tele para observar los detalles. Laura tenía plano un lado del pecho y el cabello corto. Detrás de ella se veía una estrella encendida, el remate de un árbol de Navidad. La mano posada sobre su cintura debía de ser la de Gordon, aunque él no aparecía en pantalla. Seguramente era una foto de la fiesta de Navidad de la oficina del año anterior. Laura nunca se perdía aquellas fiestas, ni siquiera cuando Gordon y ella se llevaban a matar. Sonreía a la cámara con esa expresión ligeramente reticente que Andy denominaba su Modo Esposa de Gordon.

Volvió a subir el volumen.

—… en el caso improbable de que eso suceda. ¿Ashleigh?

Se había perdido la noticia. La cámara dio paso a Ashleigh Banfield, que dijo:

—Gracias, Chandra. Tenemos noticias sobre un tiroteo acaecido en el condado de Green, Oregón.

Quitó de nuevo el volumen. Se sentó en el borde de la cama. Vio que la cara de Ashleigh Banfield ocupaba un lado de la pantalla, al lado de una imagen de una casa destartalada rodeada por un equipo de fuerzas especiales de la policía. El letrero de abajo decía: *Un hombre mata a su madre y a sus dos hijos, retiene como rehén a su esposa herida y exige* pizza *y cerveza*.

Otro tiroteo.

Andy fue cambiando de canales. Quería volver a ver la foto de Laura, o un atisbo de la mano de Gordon. MSNBC. Fox. Cadenas de noticias locales. Todas ellas mostraban el cerco en directo a aquel tipo que quería *pizza* después de asesinar a casi toda su familia.

¿Eso era bueno o malo? No el asesinato, claro, sino el hecho de que las cadenas de televisión cubrieran la noticia en vivo. ¿Significaba que se habían olvidado de Laura? ¿Que habían encontrado otra «máquina de matar» a la que prestar atención?

Comenzó a sacudir la cabeza incluso antes de formularse la pregunta obvia: ¿por qué ninguna de aquellas cadenas informaba sobre el hallazgo del cadáver de Samuel Godfrey Beckett en el bungaló de la playa de Laura Oliver? Era una noticia bomba. La víctima había muerto como consecuencia de un sartenazo, presumiblemente asestado por una mujer que apenas unas horas antes había matado al hijo de un policía.

Y sin embargo en los teletipos que desfilaban por la parte de abajo de la pantalla solo aparecían los titulares de costumbre: otro senador que dimitía —probablemente debido a un escándalo de abusos sexuales—, otro pistolero abatido por la policía, otra subida de los tipos de interés y los costes sanitarios, otra caída de la bolsa.

Pero nada acerca del encapuchado.

Frunció el ceño. Todo aquello era ilógico. ¿Se las habría ingeniado Laura de alguna manera para impedir que la policía entrara en la casa? Pero ¿podía haberlo hecho? El mensaje que ella había enviado al número de emergencias era justificación suficiente, a ojos de la ley, para que la policía echara la puerta abajo. Así que ¿cómo es que los titulares no proclamaban «La Máquina de Matar ataca de nuevo»? Incluso teniendo en cuenta el cerco policial al asesino de Oregón, la última imagen de Laura que debería aparecer en las noticias sería su fotografía policial o, peor aún, la grabación de su ingreso en prisión esposada, no una foto de una fiesta navideña.

Tantos interrogantes la abrumaban.

Se dejó caer de espaldas en la cama. Cerró los ojos. Cuando volvió a abrirlos, no entraba luz por la rendija de la cortina corrida. Miró el reloj: eran las nueve y media de la noche.

Tendría que haber vuelto a dormirse, pero sus ojos se negaban a cerrarse. Fijó la mirada en las manchas marrones del techo de gotelé. ¿Qué estaría haciendo su madre? ¿Estaba en casa? ¿O hablando con Gordon en la cárcel, separados por una gruesa mampara de cristal? Volvió la cabeza para mirar la televisión. A pesar de las horas que habían transcurrido, seguían informando sobre el cerco policial en Oregón. Olfateó. La colcha olía como si se hubiera acostado un oso en ella. Se olió las axilas.

Puaj.

El oso era ella.

Comprobó la cerradura de la puerta. Corrió el pestillo y encajó una silla bajo el pomo. Aun así, alguien podía entrar por la ventana, que era de buen tamaño, pero si alguien se tomaba la molestia de entrar por ese medio, estaría perdida de todos modos. Se quitó los vaqueros, la camiseta y las bragas. El sujetador daba asco, y los aros le habían desollado la piel debajo de las axilas. Lo echó al lavabo y abrió el grifo de agua fría.

El jabón del motel era del tamaño de una piedrecilla y olía como los últimos despojos de un ramo de flores marchitas. Se metió en la ducha y, entre el jabón y el champú, el pequeño cuarto de baño adquirió el olor de un bar de alterne. Por lo menos, así creía Andy que debía de oler un bar de alterne.

Cerró la ducha. Se secó con la toalla del motel, que tenía el grosor y la textura de una hoja de papel. Se le deshizo el jabón entre las manos al restregar el sujetador. Al volver a la habitación, se aplicó la maloliente crema corporal del motel. Se limpió las manos con la toalla para quitarse la crema y después volvió a lavárselas para quitarse la pelusilla de la toalla.

Desplegó el saco de dormir sobre la cama. Abrió la cremallera lateral. Era grueso, relleno con una especie de espuma sintética y recubierto por una capa de nailon impermeable. El forro interior era de franela. En Belle Isle no haría falta un saco como aquel, de modo que tal vez su madre no se había sacado lo de Idaho de la manga, a fin de cuentas.

Abrió la maleta y sacó la fila de arriba de fajos de billetes de veinte dólares. Diez de largo y tres de ancho por dos mil dólares cada fajo daban… una barbaridad de dinero, demasiado para esconderlo dentro de un saco de dormir.

Colocó los fajos en fila sobre el fondo del saco. Alisó el nailon y subió la cremallera. Empezó a enrollar el saco desde los pies, pero el dinero se apelotonó. Respiró hondo. Volvió a desenrollar el saco. Metió la mano dentro y desplazó los fajos hacia el centro. Enrolló el saco con mucho cuidado desde arriba, lo sujetó con la tira de velcro y se retiró para contemplar su obra.

Parecía un saco de dormir.

Lo levantó para sopesarlo. Pesaba más que un saco normal, pero no tanto como para hacer sospechar a nadie que contenía una pequeña fortuna.

Se volvió hacia la maleta. Quedaba un tercio del dinero. Los malos de las películas siempre acababan escondiendo el dinero en la consigna de alguna estación de tren. Pero dudaba de que hubiera una estación de tren en Florence, Alabama.

Lo mejor sería dividirlo. Seguramente debería esconder una parte en el coche. Dentro de la rueda de repuesto, debajo del maletero, habría espacio suficiente. De ese modo, si por algún motivo tenía que separarse del saco de dormir, podría meterse en el coche en un abrir y cerrar de ojos sabiendo que disponía de efectivo. Por esa misma razón, tendría que guardar parte del dinero en el bolso. Solo que su bolso se había quedado en el apartamento.

Buscó el taco de papel del motel. Escribió *bolso* en la hojita de arriba, y a continuación *jabón, crema, sujetador*.

Vació de golpe la bolsa blanca de playa. Una linterna. Pilas. Tres novelas de bolsillo sin leer de hacía aproximadamente mil años. Había tiritas en el botiquín. Se puso una en la rozadura de la espinilla que —lo recordó de pronto— se había hecho con el pedal de la bici. Se limpió las ampollas con unas toallitas empapadas en alcohol. Pero necesitaría algo más que tiritas para poder volver a meter los pies en unos zapatos, como no fueran unos Crocs. Un corte que tenía a un lado del pie presentaba mal aspecto. Se puso otra tirita y confío en que no se le enconara.

Al ver un rollo de venda tuvo una idea. Podía ponerse parte del dinero alrededor de la cintura y sujetarlo con la venda. Sería incómodo para conducir, pero no era mala idea llevar encima algún dinero.

¿O sí? Se acordó de una noticia que había oído en la radio acerca de policías de zonas rurales que paraban a la gente y le confiscaban su dinero. Incautación indebida. Y la matrícula canadiense la convertía en un blanco perfecto.

Descorrió la cremallera del neceser. Abrió el teléfono. Ninguna llamada perdida.

Sacó de la bolsa de plástico negro el permiso de conducir de Daniela Cooper. Se había llevado consigo la documentación canadiense, la tarjeta sanitaria y los papeles del coche al salir del trastero. Observó la fotografía de su madre. Siempre habían parecido madre e hija. Hasta los desconocidos lo comentaban. Sus ojos las delataban, pero tenían además la cara acorazonada y el cabello del mismo tono castaño. Había olvidado que antes su madre solía llevar el pelo más oscuro. Después de la quimioterapia, le había crecido de un blanco suntuoso. Ahora lo llevaba corto, muy elegante, pero en la foto del carné de conducir la melena le llegaba hasta los hombros. Andy también lo tenía largo, pero siempre lo llevaba recogido en una coleta porque era demasiado perezosa para arreglárselo.

Se miró en el espejo que había frente a la cama. Estaba demacrada. Tenía profundas ojeras. La Andy del espejo aparentaba más de treinta y un años, de eso no había duda, pero ¿podría pasar por la mujer de la fotografía? Levantó el carné. Lo recorrió con la mirada. Se alisó el pelo mojado. Se bajó el flequillo. ¿De ese modo aparentaba tener veinticuatro años más de los que tenía o al contrario?

Solo había un modo de comprobarlo.

Aclaró el sujetador en el lavabo. El jabón del motel lo había impregnado de un olor rancio como el del ano de *miss* Havisham, el personaje de Dickens, pero aun así algo había mejorado. Al frotarlo con la toalla para secarlo, se le pegaron pelusillas blancas. Lo secó con el secador hasta que estuvo solo ligeramente húmedo. Luego se secó el pelo dándole más volumen que de costumbre, se lo echó hacia delante y se lo peinó imitando el estilo de Laura en la foto del permiso de conducir. Se puso otros vaqueros y otro polo blanco. Hizo una mueca de dolor al volver a ponerse los Crocs. Necesitaba calcetines y unos zapatos de verdad. Y hacer una lista para no olvidarse de nada.

Cogió un fajo de billetes de veinte, lo dividió en dos y se metió una mitad en cada bolsillo trasero. Los vaqueros eran antiguos, de una época en que los fabricantes incluían bolsillos funcionales en los modelos de mujer. Aun así, los billetes abultaban como grandes teléfonos móviles. Se metió uno de los fajos en el bolsillo delantero. Se miró al espejo. Así estaba mejor.

Cogió varios fajos más y los escondió entre el colchón y el somier. Envolvió otros tantos en la toalla húmeda y la colocó esmeradamente sobre el suelo del baño. Los demás los puso al fondo de la bolsa de playa y colocó encima los libros, el botiquín y el neceser.

Hecho esto, solo quedó una fila de billetes en el fondo de la maleta. Diez de largo y tres de ancho por dos mil eran... un montón de dinero para guardarlo en una maleta. No le quedó otro remedio que cerrarla y dejarla a la vista. Con un poco de suerte, si alguien entraba en la habitación, se pondría tan contento al descubrir el dinero en la Samsonite que no buscaría el resto.

Se colgó la bolsa al hombro y salió de la habitación. El aire de la noche le dio en la cara como la súbita vaharada de calor de un horno al abrirse. Recorrió el aparcamiento con la mirada mientras bajaba las escaleras. Había varias furgonetas, una camioneta roja con una pegatina de Trump a un lado y una bandera confederada al otro, y un Mustang de los años noventa con el parachoques delantero sujeto con cinta americana.

El restaurante estaba cerrado. Las luces de la oficina del motel seguían encendidas. Calculó que eran cerca de las diez de la noche. El hombre que atendía el mostrador estaba absorto en su teléfono móvil.

Se sentó al volante del Reliant y llevó el coche hasta el extremo del aparcamiento. El edificio tenía luces de emergencia, pero varias bombillas estaban fundidas. Se acercó al maletero del coche y lo abrió. Tras comprobar que no había nadie mirando, levantó el fondo del maletero.

«Santo cielo».

Más dinero, cientos de dólares distribuidos alrededor de la rueda de repuesto.

Volvió a colocar rápidamente el tapete del maletero. Cerró la puerta y apoyó la mano en la trasera del coche. El corazón le latía a mil por hora bajo las costillas.

¿Debía alegrarse de que su madre hubiera repartido el dinero igual que pensaba hacer ella, o asustarse por el hecho de que Laura, tomando infinitas precauciones, hubiera ocultado más de medio millón de dólares en el maletero de un coche ilocalizable?

Se preguntó entonces dónde encajaba ella en el plan de fuga de Laura, porque todo lo que había descubierto hasta el momento indicaba que sus preparativos estaban pensados para una sola persona.

Así pues no le quedó más remedio que preguntarse cuál de aquellas dos mujeres era de verdad su madre: la que le había dicho que la dejara en paz, o la que había afirmado que todo cuanto había hecho en su vida lo había hecho por ella.

—Muy bien —masculló en voz baja, consciente de que, pese a haberse hecho por fin esa pregunta, estaba dispuesta a no volver a pensar en ello.

La nueva Andy —la que hacía cálculos, planeaba rutas de viaje, sopesaba las consecuencias de sus actos y resolvía problemas de dinero— estaba desgastando a marchas forzadas a la antigua Andy, que necesitaba con urgencia una copa.

Con la bolsa de playa al hombro, cruzó la calle y se dirigió al bar que había frente al motel. En el aparcamiento había una docena de camionetas, todas ellas con letreros a los lados: *Fontanería Joe, Cerrajería Bubba, Desbrozados Knepper*. Echó un vistazo a esta última, que al parecer pertenecía a un jardinero. El logotipo —un saltamontes con bigote que sostenía unas tijeras de podar— proclamaba *Mantenemos su jardín en forma*.

Todos los ocupantes del local levantaron la vista cuando cruzó la puerta. Intentó aparentar tranquilidad, pero resultaba difícil teniendo en cuenta que no había más mujeres en la sala. En un rincón vociferaba una tele. Un programa de deportes. Los clientes estaban sentados a solas o en grupos de dos. Junto a la mesa de billar había dos hombres de pie. Dejaron de jugar, con los palos en el aire, para verla avanzar por el local.

Solo había un cliente sentado a la barra, con la mirada fija en la televisión. Andy se sentó lo más lejos posible de él, con el trasero rebosando del taburete y el bolso encajado entre el brazo y la pared.

El barman se le acercó, echándose un paño blanco sobre el hombro.

—¿Qué deseas, muñeca?

«Que no me llames "muñeca"».

—Un vodka con hielo —contestó porque, por primera vez desde sus tiempos en la universidad, podía olvidarse de sus deudas y pedir lo que le apeteciera.

—¿Me enseñas el carné?

Buscó el permiso de conducir de Laura en el neceser y lo sacó.

El barman le echó una rápida ojeada.

—Conque vodka con hielo, ¿eh?

Andy se quedó mirándole.

El camarero le sirvió la bebida poniendo mucho más hielo del que ella habría querido.

Le pagó con un billete de veinte dólares que se sacó del bolsillo trasero, esperó a que se alejara y luego procuró no abalanzarse sobre el vodka como un ñu sediento. «Chupitos de personalidad», llamaban sus compañeras de piso a las primeras copas de la noche. Coraje en estado líquido. Lo llamaras como lo llamaras, el caso era acallar a esa vocecilla interior que te recordaba todo lo que te iba mal en la vida.

Apuró el vodka de un trago. La quemazón del alcohol al deslizarse por su garganta hizo que se le relajaran los músculos de los hombros por primera vez desde hacía décadas, o eso al menos le parecía.

El barman volvió con el cambio. Andy lo dejó sobre la barra y señaló el vaso con una inclinación de cabeza. El barman le sirvió otro y se apoyó en la barra para ver la tele. Un tipo medio calvo y trajeado hablaba sobre la posibilidad de que despidieran a un entrenador de fútbol americano.

—Gilipolleces —masculló el hombre sentado al final de la barra. Se rascó la barbilla, áspera por la barba que empezaba a crecerle, y Andy se fijó en su mano casi sin darse cuenta. Sus dedos eran largos y finos, como el resto de su persona—. No me puedo creer lo que acaba de decir ese cretino.

—¿Quieres que lo cambie? —preguntó el barman.

—Pues sí. ¿Para qué voy a seguir escuchando esa basura?

El tipo se quitó la gorra de béisbol de color burdeos y la arrojó sobre la barra. Se pasó los dedos por la espesa mata de pelo. Luego se volvió hacia ella y Andy se quedó boquiabierta.

Alabama.

El del hospital.

Estaba segura.

—Yo te conozco —dijo él, señalándola con el dedo—. ¿Verdad? ¿A que te conozco?

El miedo le hizo cerrar la boca de golpe.

¿Qué estaba haciendo allí aquel tipo? ¿La había seguido?

—Estabas en el… —añadió él, y se levantó. Era más alto y más flaco de lo que Andy recordaba—. ¿Me estás siguiendo?

Recogió la gorra y avanzó hacia ella.

Andy lanzó una mirada a la puerta. Aquel tipo iba hacia allí. Se estaba acercando. Estaba justo delante de ella.

—Eres la misma, ¿verdad? —Esperó una respuesta que Andy no podía darle—. ¿La del hospital?

Andy pegó la espalda a la pared. Estaba arrinconada.

El semblante del hombre cambió de molesto a preocupado.

—¿Estás bien?

Ella no pudo responder.

—Oye, colega —le dijo Alabama al barman—, ¿qué le has dado?

El barman pareció ofendido.

—¿Qué narices estás…?

Alabama levantó la mano, pero no apartó los ojos de Andy.

—Perdona —dijo—. ¿Qué haces aquí?

Ella no podía hablar, ni siquiera podía tragar saliva.

—En serio, niña, ¿me has seguido?

El barman se había puesto a escuchar.

—Es canadiense —dijo como si eso ayudara a aclarar las cosas.

—¿Canadiense? —Alabama había cruzado los brazos. Parecía intranquilo—. Qué coincidencia más rara. Vi a esta misma chica ayer en Savannah —le dijo al barman—. Ya te he dicho que mi abuela estaba ingresada, que tuve que ir a verla. Y ahora aquí esta otra vez la misma chica a la que vi a la salida del hospital. Curioso, ¿no?

El barman asintió.

—Curioso, sí.

—¿Vas a decir algo o qué? —le preguntó Alabama a Andy.

—Sí —dijo el barman—. ¿Qué pasa, chavalita? ¿Estás siguiendo a este tío? Aunque podrían pasarte cosas peores —agregó dirigiéndose a Alabama.

—Esto no tiene gracia, hombre. Explícate, puercoespín —le dijo a Andy—. ¿O quieres que llame a la policía?

Andy no podía permitir que llamara a la policía.

—Yo… No sé —dijo, y enseguida comprendió que no bastaba con eso—. Estaba visitando a mi madre —añadió—. Y…

«Joder, joder, joder». ¿Qué podía decir? ¿Cómo iba a salir del paso?

El Gordon que llevaba dentro le ofreció la solución: podía darle la vuelta a la tortilla.

—¿Qué haces tú aquí? —preguntó tratando de infundir fuerza a su voz.

—¿Yo?

—Yo solo estoy de paso —afirmó, fingiéndose indignada—. ¿Por qué me sigues?

La pregunta pareció sorprenderle.

—¿Qué?

—Sí, tú —dijo. A fin de cuentas, la presencia de Alabama en aquel bar era tan inexplicable como la suya—. Yo he ido a visitar a mis padres y ahora estoy volviendo a casa. Por eso estoy aquí. —Cuadró los hombros—. ¿Y tú qué? ¿Qué haces aquí?

—¿Que qué hago aquí? —Él echó el brazo hacia atrás con ademán de coger algo.

Andy temió que fuera a sacar una placa policial o, peor aún, una pistola. Pero lo que sacó fue su cartera. No contenía una insignia policial, sino su permiso de conducir. Se lo puso delante de la cara.

—Yo vivo aquí.

Andy leyó el nombre.

Michael Benjamin Knepper.

—Mike Knepper —se presentó él—. La «k» es muda.

—¿La de Mike? —bromeó ella sin poder evitarlo.

Él soltó una carcajada sorprendido. Su cara se distendió en una sonrisa.

—Madre mía, no me puedo creer que tenga treinta y ocho años y que nadie me haya gastado esa broma hasta ahora.

El barman también se estaba riendo. Saltaba a la vista que se conocían, lo cual era lógico teniendo en cuenta que eran aproximadamente de la misma edad. Florence era un pueblo muy pequeño; seguramente habían ido juntos al colegio.

Andy sintió que parte de su tensión se disipaba. Así pues, se trataba de una coincidencia.

«¿Verdad?».

No se había fijado mucho en la foto de su permiso de conducir. No había leído de dónde era.

—Tienes gracia, ¿sabes? —Mike se guardó la cartera en el bolsillo—. ¿Qué estás tomando?

—Vodka —contestó el barman.

Mike le hizo un gesto levantando dos dedos y se sentó en el taburete contiguo al de Andy.

—¿Qué tal está tu madre?

—Mi… —De pronto, Andy se sintió achispada. Aquello le daba mala espina. Seguramente no debería beber nada más.

—¿Hola? —dijo Mike—. ¿Sigues aquí?

—Mi madre está bien —contestó—. Solo necesita descansar.

—Apuesto a que sí.

Volvió a rascarse la mandíbula. Ella trató de no mirarle los dedos. Tenía una pinta muy masculina, eso era lo que más le llamaba la atención. Ella nunca había salido con un hombre así. Su último ligue solo tenía que afeitarse una vez por semana y, cada vez que ella quería hablarle de las llamadas que recibía en el trabajo, tenía que advertírselo con antelación por si acaso sus palabras herían su sensibilidad.

—Aquí tenéis. —El barman puso una cerveza Sam Adams delante de Mike y otro vodka delante de ella, con menos hielo y más alcohol que el anterior. Dedicó a Mike un saludo militar y se alejó hacia el otro extremo de la barra.

Mike levantó su cerveza.

—Por las coincidencias —dijo.

Andy entrechocó su vaso con la botella sin apartar la mirada de sus manos. Bebió un trago antes de acordarse de que no debía hacerlo.

—Estás muy guapa cuando te arreglas —comentó Mike.

Andy notó que el rubor le subía por el cuello.

—Ahora en serio —añadió él—, ¿qué estás haciendo en Muscle Shoals?

Ella bebió un poco de vodka para darse tiempo para pensar.

—Creía que esto era Florence.

—Es lo mismo. —Él sonrió de soslayo.

Sus ojos marrones tenían motas de un ocre oscuro. ¿Estaba coqueteando con ella? No podía ser. Era demasiado guapo, y ella siempre había tenido pinta de hermanita pequeña.

—¿Vas a decirme qué haces aquí o tengo que adivinarlo? —insistió él.

Andy sintió tal alivio que casi se le saltaron las lágrimas.

—Adivínalo.

La miró entornando los ojos como si fuera una bola de cristal.

—La gente suele venir aquí por el almacén de libros o por la música, pero como tu pelo tiene ese aire rocanrolero yo diría que en tu caso es por la música.

A ella le gustó el cumplido, aunque no tenía ni idea de qué estaba hablando.

—Tienes razón.

—Hay que pedir cita para ver los estudios.

Él seguía mirándole la boca con descaro. O quizá no tanto. Tal vez se estuviera imaginando el brillo de interés de sus preciosos ojos. A fin de cuentas, nadie había coqueteado con ella de manera tan evidente en toda su vida.

—Nadie toca a estas horas, entre semana —explicó Mike—, pero hay un bar cerca del río que…

—En Tuscumbia —agregó el barman.

—Eso. El caso es que muchos músicos van a locales de por allí a ensayar nuevos temas. Se puede buscar en Internet, a ver quién toca y dónde. —Se sacó el teléfono del bolsillo de atrás.

Andy le vio marcar el código, compuesto solo de treses.

—Mi madre cuenta —añadió él— que cuando ella era pequeña vio a George Michael cantar en directo *Careless whisper* cuando todavía la estaba probando. ¿Conoces esa canción?

Andy negó con la cabeza. Él solo estaba siendo amable. No quería ligar con ella. Era la única mujer en el local y él era el tío más guapo, de lo que se deducía automáticamente que tenía que hablar con ella.

Pero ¿debía seguirle la corriente? Él había estado en el hospital. Y ahora estaba allí. Lo cual era muy sospechoso. Debía marcharse. Pero no quería hacerlo.

Cada vez que el péndulo de la duda la alejaba de él, Mike conseguía engatusarla para decantarlo de nuevo hacia él.

—Aquí está.

Él puso el teléfono sobre la barra para que viera la pantalla.

Había abierto una página web con un listado de nombres desconocidos para Andy, seguidos por nombres de locales a los que no quería ir.

Por simple educación, fingió leer la lista. Luego se preguntó si él estaba esperando que le propusiera que fueran juntos a uno de aquellos clubes, y pensó en lo humillante que sería proponérselo y que él contestara que no. Después apuró su copa de un trago y pidió otra.

—Bueno, ¿adónde irás cuando te vayas de aquí? —preguntó él.

Andy estuvo a punto de decírselo, pero aún le quedaba una pizca de sensatez por debajo del embeleso que le producían sus atenciones.

—¿Qué te ha pasado en la cabeza?

No se había fijado hasta entonces, pero él tenía un buen corte en la sien, cubierto por unas cuantas tiritas de esas estrechas y transparentes.

—El cortacésped hizo saltar una piedra y me dio en la cara. ¿Tiene un aspecto muy feo?

Nada podía afear a aquel tipo.

—¿Cómo sabías que era mi padre?

Él volvió a esbozar aquella sonrisa torcida.

—¿El cortacésped?

—El hombre que estaba con nosotras. El que conducía el coche. En el hospital, ayer... Digo anteayer, o cuando fuese. —Había perdido la noción del tiempo—. Le dijiste a mi padre que sentías que su familia estuviera pasando un mal trago. ¿Cómo sabías que era mi padre?

Mike volvió a rascarse la mandíbula.

—Soy bastante cotilla —dijo con una mezcla de vergüenza y orgullo—. Es por culpa de mis tres hermanas mayores. Siempre me estaban ocultando cosas, así que me volví muy cotilla, fue un mecanismo de supervivencia.

—No estoy tan borracha como para no darme cuenta de que no has contestado a mi pregunta. —Andy nunca articulaba así sus pensamientos, lo que debería haberle servido de advertencia, pero estaba harta de sentirse siempre atemorizada—. ¿Cómo sabías que era mi padre?

—Por tu móvil —reconoció él—. Te vi abrir los mensajes y arriba ponía *papá*, y le escribiste *date prisa*. —Se señaló a los ojos—. Estos siempre ven lo que les interesa —añadió y, como si quisiera dejar constancia de ello, volvió a mirarle la boca.

Andy hizo acopio del poco sentido común que le quedaba para volverse hacia la barra. Acunó el vaso entre las manos. Tenía que dejar de comportarse como una ilusa con aquel tipo. Mike estaba intentando ligar con ella, y nadie intentaba ligar con ella. Había estado en el hospital y ahora estaba a cientos de kilómetros de Savannah, en un pueblo cuyo nombre Andy desconocía por completo hasta que lo había visto en el indicador de la carretera. Dejando a un lado sus hazañas criminales, resultaba espeluznante que estuviera allí. Y no solo allí, en aquel bar, sino sonriéndole, mirándole la boca, haciéndola sentirse deseable e invitándola a beber.

Pero Mike vivía allí. El barman le conocía. Y sus explicaciones parecían lógicas, sobre todo en lo relativo a Gordon. Se acordaba de haberle visto rondando a su lado delante del hospital mientras escribía el mensaje. De hecho, era la mirada de fastidio que le había lanzado lo que le había hecho retirarse al banco, al otro lado de la puerta.

—¿Por qué te quedaste? —preguntó.

—¿Quedarme dónde?

—En la entrada del hospital. —Observó su cara; quería saber si mentía—. Te apartaste, pero no volviste a entrar. Te sentaste en el banco de fuera.

—¡Ah! —dijo él antes de beber un trago de cerveza—. Bueno, como te decía, mi abuela estaba ingresada. Y no es una persona muy simpática. Lo cual es duro porque, en fin, como ella misma solía decir, cuando alguien se muere los demás suelen olvidarse de que era un mal bicho. Pero en aquel momento, cuando me viste en la entrada del hospital, mi abuela no se había muerto aún. Seguía vivita y coleando, y criticándonos a mis hermanas y a mí, sobre todo a mis hermanas, así que necesitaba tomarme un respiro. —Bebió otro trago y la miró de soslayo——. Está bien, esa no es toda la verdad.

Andy se sintió como una idiota, porque se había tragado aquel cuento de principio a fin hasta que él le indicó lo contrario.

—Vi las noticias —agregó Mike— y… —Bajó la voz——. No sé, es muy raro, pero te vi en la sala de espera y te reconocí por el vídeo y me dieron ganas de hablar contigo.

Ella se había quedado sin palabras. Él se rio.

—No soy un chalado —le aseguró——. Sé que es lo que diría un chalado, pero cuando era pequeño me pasó una cosa y… —Se inclinó un poco más hacia ella y añadió en un murmullo——: Un tipo entró en nuestra casa y mi padre le pegó un tiro y le mató.

Andy se llevó la mano al cuello instintivamente.

—Sí, fue un desastre. Yo era un crío, joder, y no me daba cuenta de lo que suponía aquello. Además, resultó que el tipo al que mató estaba saliendo con una de mis hermanas pero ella le había dejado, y el tío llevaba encima un montón de cachivaches, esposas, una mordaza y un cuchillo. En fin… —añadió, quitándole hierro al asunto con un ademán——. Después de aquello, yo tenía todo el rato una sensación rara en las tripas. Porque, por un lado, aquel tipo seguramente tenía pensado secuestrar a mi hermana y hacerle daño pero, por otro, mi padre había matado a una persona. —Se encogió de hombros——. Así que, cuando te vi, pensé: «Mira, ahí hay alguien que sabe lo que es eso». Y creo que fue la primera vez en mi vida que me pasaba algo así.

Andy se llevó el vodka a los labios pero no bebió. Era una buena historia. Pero en algún lugar, en un rincón de su mente, oía tañer campanas de advertencia. Era demasiada coincidencia. Él había estado en el hospital. Estaba allí. Y había vivido una experiencia similar a la suya.

Pero le había enseñado el permiso de conducir. Y su camioneta estaba fuera. Y evidentemente era cliente habitual del bar, y a veces se daban esas casualidades. Si no, no existiría la palabra «casualidades».

Se quedó mirando el líquido transparente de su vaso. Tenía que salir de allí. El riesgo era demasiado grande.

—No tiene sentido —estaba diciendo Mike—. Si te fijas en la parte en la que…

—¿Qué?

—Espera, voy a enseñártelo. —Se levantó y giró el taburete de Andy para que quedara de frente a él—. Yo soy el tío con el cuchillo clavado en el cuello, ¿vale?

Andy asintió en silencio, comprendiendo por fin que se refería al vídeo del restaurante.

—Pon la mano izquierda aquí, en el lado izquierdo de mi cuello, como hizo tu madre. —Ya había cogido su mano izquierda y se la había apoyado en el cuello. Andy sintió el calor de su piel con el dorso de la mano—. Bueno, el caso es que ella tenía la mano izquierda atrapada contra el cuello de él, y entonces va y pasa el otro brazo por debajo y pone la mano derecha aquí. —Cogió la mano derecha de Andy y la puso justo debajo de su hombro derecho—. ¿Qué sentido tiene, pasar el brazo por debajo y cruzarlo de esa manera para poner la mano ahí?

Andy estudió la posición de sus manos. Era una postura incómoda. Un brazo quedaba retorcido por debajo del otro, y la parte inferior de la mano apenas alcanzaba la parte carnosa del hombro de él.

Empujar con una mano, tirar con la otra.

La expresión serena del rostro de Laura.

—Está bien —continuó Mike—. Mantén la mano izquierda donde está, pegada a mi cuello. Empuja con la derecha.

Ella empujó pero con poca fuerza porque tenía el brazo derecho estirado casi por completo. Apenas consiguió desplazar hacia atrás el hombro derecho de Mike. El resto de su cuerpo ni se movió. Su mano izquierda, la que tenía apoyada en su cuello, había permanecido firme en su sitio.

—Ahora, aquí. —Él le hizo cambiar la mano derecha al centro de su pecho—. Empuja.

Esta vez le costó mucho menos empujar. Mike dio un paso atrás. Si ella hubiera tenido un cuchillo atravesándole la mano izquierda, se le habría desclavado inmediatamente del cuello.

—¿Lo ves? —dijo él.

Andy repasó mentalmente la secuencia de movimientos, vio a Laura con el machete, empujando y tirando. O puede que no.

—No te ofendas —agregó Mike—, pero los dos sabemos que tu madre sabía lo que hacía. No manejas un cuchillo así y luego vas y le das al tío un pellizquito en el hombro. Si lo que quieres es matarle, le pegas un buen empujón en el centro de gravedad.

Ella asintió. Empezaba a comprender lo que quería decir. Laura no había intentado empujar a Jonah, apartarle de sí. Había echado mano de su hombro con la mano derecha. Lo que intentaba era agarrarlo.

—¿Te has fijado en sus pies, en el vídeo? —preguntó Mike.

—¿En sus pies?

—Lo normal sería dar un paso adelante, ¿no? Si quisieras sacar el cuchillo de un tirón, te equilibrarías poniendo un pie delante y otro detrás. Es física elemental. Pero eso no es lo que hace ella.

—¿Y qué hace?

—Retira el pie hacia un lado, así. —Separó los pies a la anchura de los hombros, como un boxeador. O como alguien que no quiere perder el equilibrio al intentar impedir que otra persona se mueva.

—Es Helsinger quien hace ademán de retirarse hacia atrás —continuó Mike—. Vuelve a ver el vídeo. Se ve claramente que levanta el pie.

Andy no se había fijado en ese detalle. Había dado por sentado que su madre era una especie de sanguinaria máquina de matar cuando, de hecho, había agarrado a Jonah Helsinger del hombro no con intención de rematarle, sino para impedir que se moviera.

—¿Estás seguro de que él iba a retroceder? —preguntó—. ¿De que no dio solamente un paso atrás para intentar conservar el equilibrio?

—Eso es lo que me parece a mí.

Ella revisó mentalmente la escena. ¿De veras había retrocedido Jonah? Había dejado una nota de suicidio. Estaba claro que tenía deseos de morir. Pero ¿de veras era un chaval de dieciocho años capaz de retroceder teniendo un machete clavado en el cuello, sabiendo lo espantosa que sería su muerte en caso de que lo hiciera?

—Tu madre dijo algo, ¿verdad? —preguntó Mike.

Andy estuvo a punto de contestar. Él se encogió de hombros.

—Los polis lo averiguarán. Pero lo que yo digo es que todo el mundo se fija en las caras del vídeo, y en lo que deberían fijarse es en los pies.

Ella sintió que le daba vueltas la cabeza al intentar revivir la escena. ¿Tenía razón Mike? ¿O era una especie de conspiranoico que trataba de difundir teorías rocambolescas, y ella le estaba prestando atención porque ansiaba con toda su alma que hubiera otra explicación para lo ocurrido?

—Oye, mira —añadió él—, tengo que ir a limpiar un poco las cañerías.

Andy asintió con un gesto. Quería tener tiempo para pensar en todo aquello. Necesitaba volver a ver el vídeo.

—Esta vez no me sigas —bromeó él.

Ella no se rio. Le vio alejarse hacia el fondo del local y desaparecer por el pasillo. La puerta del aseo de caballeros chirrió al abrirse y dio un golpe al cerrarse.

Se frotó la cara con las manos. Estaba algo más que achispada después de haber cometido la idiotez de beber tantos tragos de vodka. Tenía que pensar en lo que le había dicho Mike acerca del vídeo. Y pensar en sus propios remordimientos por haber asumido que su madre era una asesina. Nadie, ni ella ni su padre, había pensado que Laura intentaba hacer lo correcto.

Pero ¿por qué no se lo había dicho Laura a la policía? ¿Por qué se había comportado como si fuera culpable? ¿Y de dónde demonios había salido el encapuchado? ¿Qué había del trastero?

Cada vez que creía haber llegado a una conclusión lógica, todo volvía a ponerse patas arriba.

Hizo amago de coger de nuevo el vaso.

Mike había dejado su móvil sobre la barra.

Ella conocía su código de desbloqueo: seis veces tres.

El barman estaba mirando la tele. Los jugadores de billar discutían sobre una carambola. El largo pasillo seguía vacío. Oiría la puerta cuando Mike saliera del baño. La había oído al entrar él.

Cogió el teléfono. Marcó el código. El fondo de pantalla era una foto de un gato y Andy pensó absurdamente que un hombre que tenía una foto de su gato como fondo de pantalla no podía ser tan malo. Tocó el icono de Safari. Abrió la página de la *Belle Isle Review*. La foto de Laura que había visto en la CNN, la de la fiesta, ocupaba la portada, pero en esta no habían recortado a Gordon. Echó una ojeada al artículo, casi idéntico al que había leído la víspera.

Siguió página abajo en busca de otras noticias. Más que sobresaltarse, sintió alivio al ver el titular *Hallado un cadáver debajo del puente de Yamacraw*.

Leyó por encima los detalles del caso. Una herida en la cabeza. Sin documentación. Vaqueros y sudadera negra con capucha. Un delfín tatuado en la cadera. El cadáver lo habían hallado unos pescadores. No había indicios de delito. La policía había solicitado la colaboración ciudadana para esclarecer el suceso.

Oyó que se abría la puerta del aseo. Cerró la página del buscador. Volvió a la pantalla de inicio. Pulsó el botón lateral del teléfono para dejarlo en reposo y lo depositó de nuevo sobre la barra antes de que Mike apareciera en el pasillo.

Bebió un sorbido de vodka.

¿Un cadáver sin identificar?

¿Con una herida en la cabeza?

¿Y no había indicios de delito?

Mike profirió un gruñido al volver a sentarse en el taburete.

—Hoy he tenido que levantar como siete mil kilos de pedruscos.

Andy murmuró un comentario cortés a pesar de que seguía dándole vueltas a lo que había leído. El puente de Yamacraw cruzaba el río Tugaloo. ¿Cómo había llegado el cadáver del encapuchado hasta allí? Laura no podía haberlo llevado sola. Aunque la policía no la hubiera estado vigilando, solo tenía un brazo y una pierna en condiciones.

¿Qué demonios estaba pasando?

—¿Hola? —Mike tocó de nuevo con los nudillos sobre la mesa, ahora para llamar su atención—. Ya ha pasado mi hora de irme a la cama y mañana tengo mucho trabajo. ¿Quieres que te acompañe hasta tu coche?

No le pareció buena idea quedarse sola en el bar. Miró a su alrededor buscando al barman.

—Lo apuntará en mi cuenta. —Mike se guardó el teléfono en el bolsillo y le indicó que le precediera.

Mantuvo las distancias hasta que ella llegó a la puerta. Luego se adelantó para abrirla.

Fuera, el calor solo había amainado un poco. Andy pensó en darse otra ducha antes de meterse en la cama. Quizá pudiera subir a tope el aire acondicionado y meterse en el saco de dormir. O a lo mejor se montaba en el Reliant, porque, a fin de cuentas, ¿no era rarísimo que se hubiera encontrado con Mike allí, en aquel sitio? ¿Y que él le estuviera contando cosas que quería oír? ¿Y que la hubiera acompañado al salir del bar, quizá para enterarse de adónde iba?

Desbrozados Knepper. Había herramientas de jardinería en la trasera descubierta de la camioneta: una desbrozadora, un soplador de hojas, varios rastrillos y una pala. Las paredes estaban manchadas de tierra y hierba. Mike había llegado antes que ella al bar, y no al revés. Estaba claro que usaba la camioneta para trabajar como jardinero. Tenía un carné de conducir a su nombre. Y hasta cuenta en el bar. O era una psicópata con poderes de vidente o ella se estaba volviendo loca.

Mike dio unas palmadas en la camioneta.

—Esta es la mía.

—Me gusta el saltamontes.

—Eres preciosa.

Aquello descolocó a Andy. Él se echó a reír.

—Es raro, ¿verdad? Acabo de conocerte. De conocerte de verdad, quiero decir. Hemos estado tonteando en el bar y ha sido agradable, pero aun así sigue siendo muy raro que hayamos coincidido aquí, ¿no?

—Dices todo el rato cosas que estoy pensando, pero las dices como si fueran normales, no como si tuviera que preocuparme por ellas. —Le dieron ganas de taparse la boca con la mano. No había tenido intención de decir aquello en voz alta—. Debería irme.

—Muy bien.

Andy no se movió. ¿Por qué le había dicho que era preciosa?

—Tienes... —Él acercó la mano para quitarle algo del pelo. Una pelusilla de la toalla del motel.

Ella le agarró de la mano porque, al parecer, la nueva Andy —aquella Andy fetichista que miraba con deseo las manos de algunos hombres— era mucho más atrevida que la Andy de siempre.

—Eres preciosa, de verdad —dijo Mike con una especie de maravillado asombro. Como si lo dijera en serio.

Ella apoyó la cabeza en su mano. Su palma le raspó la mejilla. Las luces de neón del bar se reflejaban en sus ojos castaños. Sintió que se derretía, deseó fundirse con él. Era tan delicioso que alguien (alguien de carne y hueso, aquel hombre raro y atractivo) te mirara y te tocara...

Él la besó.

Indecisamente al principio. Luego, sin embargo, metió los dedos entre su pelo y la besó con pasión, y Andy sintió que sus nervios se volvían locos de golpe. Sus pies se levantaron del suelo. Él la empujó suavemente contra la camioneta y se apretó contra su cuerpo. Besó su cuello, sus pechos. Andy le deseaba con cada palmo de su ser. Nunca se había sentido tan presa del deseo. Bajó la mano para acariciar su pene y...

—Eso es el llavero —dijo él, y se echó a reír.

Andy también se rio. Lo que había tocado era el llavero que llevaba en el bolsillo de delante.

Volvió a plantar los pies en el suelo. Los dos respiraban agitadamente.

Se inclinó para volver a besarle, pero él se apartó.

—Perdona —dijo.

«Ay, Dios».

—Es que... —añadió él con voz ronca—. Yo...

A Andy le dieron ganas de que se la tragara la tierra.

—Debería...

Mike acercó los dedos a su boca para hacerla callar.

—Eres preciosa, de verdad. Ahí dentro, solo pensaba en besarte. —Pasó el pulgar por sus labios. Pareció que iba a besarla otra vez, pero dio un paso atrás y se metió la mano en el bolsillo—. Me atraes un montón, como es obvio, pero...

—No, por favor.

—Necesito decirte esto —insistió él, porque en ese momento sus sentimientos tenían prioridad—. Yo no soy de esos. Ya sabes, de los que conocen a una mujer en un bar y se la llevan a un aparcamiento y...

—Eso no iba a pasar —repuso ella, a pesar de que no era cierto: estaba más que dispuesta a que pasase—. Yo no...

—¿Podrías...?

Andy esperó, pero él no acabó la frase. Se limitó a encogerse de hombros y añadió:

—Debería irme.

Ella seguía esperando algo más porque era una idiota.

—En fin. —Mike se sacó las llaves del bolsillo y se enganchó el llavero en los dedos. Luego se rio.

«Por favor, no hagas una broma, no digas que he estado a punto de hacerle una paja a tu llavero».

—Podría… —dijo él—. Quiero decir que debería acompañarte a…

Andy se marchó. Tenía la cara ardiendo cuando cruzó la calle. Él la observó alejarse, igual que la había observado cuando se marchó del hospital.

—Idiota, idiota, idiota —masculló ella—. ¿Qué cojones es esto? ¿Qué cojones es?

Sentía asco de sí misma cuando subió las escaleras del motel. La camioneta de Mike estaba saliendo a la carretera. Él la miró mientras cruzaba la galería. Andy lamentó no tener a mano un lanzagranadas para hacerle saltar por los aires. O una pistola para pegarse un tiro. Nunca se había enrollado con un desconocido. Ni siquiera cuando estaba en la universidad. ¿Qué demonios le pasaba? ¿Por qué actuaba sin ton ni son? Era una prófuga de la justicia. No podía confiar en nadie. De modo que ¿qué importaba que Mike llevara encima un carné de conducir de Alabama? Laura tenía uno de Ontario, por el amor de Dios. Había falsificado la documentación del coche. Lo mismo podía haber hecho Mike. El cartel del saltamontes estaba imantado, no era un adhesivo permanente. Y el camarero del bar podía haberse mostrado tan simpático con él porque los camareros siempre eran simpáticos con los clientes.

Metió la llave en la cerradura y abrió la puerta con brusquedad. Estaba tan enfadada que apenas se fijó en que la maleta y el saco de dormir seguían en su sitio.

Se sentó en la cama, apoyó la cabeza entre las manos y procuró no romper a llorar.

¿La había engatusado Mike? ¿Con qué propósito? ¿Era una especie de tarado que se había interesado por ella porque la había visto en la tele? Desde luego, parecía haber dedicado mucho tiempo a dilucidar qué había pasado entre Laura y Jonah Helsinger. Por lo menos, lo que él creía que había pasado. Seguramente tenía un blog en el que hablaba de sus teorías conspiranoicas y escuchaba esos programas de chalados que ponían por la radio.

Pero había dicho que era preciosa. Y era verdad que estaba

excitado. A no ser, claro, que hubiera conseguido meterse a escondidas una lata de Coca Cola dentro de los pantalones después de abrirle la puerta del bar y antes de llegar a la camioneta.

—¡Dios!

Aquel estúpido llavero…

Andy se levantó. Necesitaba moverse. Tenía que repasar cada puta estupidez que había hecho. ¿Le había besado con demasiada ansia? ¿Con demasiada saliva? ¿Con muy poca lengua? Quizá sus pechos eran demasiado pequeños. O… Dios santo, no…

Se olisqueó el sujetador, impregnado todavía del olor repulsivo del jabón.

¿Los tíos daban importancia a esas cosas?

Se tapó los ojos con las manos. Se dejó caer en la cama.

Al pensar en cómo había acariciado el dichoso llavero, le ardieron las mejillas. Seguramente Mike se había ofendido. O quizá no había querido aprovecharse de una persona tan inepta que daba pena verla. ¿Qué clase de imbécil confundía un llavero de patita de conejo con un pene?

Pero ¿qué clase de adulto llevaba una enorme zarpa de conejo en el bolsillo?

«Ese tío».

¿Qué coño quería con «ese tío»?

Apartó las manos de la cara. Sintió que se quedaba boquiabierta.

La camioneta.

No la camioneta del saltamontes de Mike, ni la del muerto, sino la Chevy destartalada que había visto aparcada en casa de los Hazelton a primera hora de esa mañana.

Esa mañana…

Después de que matara a un hombre. Después de recorrer la playa frenéticamente en busca del Ford del muerto porque así se lo había ordenado su madre.

Había dos camionetas aparcadas en el camino que daba entrada a la casa de los Hazelton, no una.

Las ventanas estaban bajadas. Andy había echado un vistazo a la cabina. Había pensado fugazmente en robar la vieja Chevy en lugar de llevarse la Ford. Habría sido muy fácil porque la llave estaba en el contacto. La había visto claramente a la luz del alba.

Estaba sujeta a un llavero de pata de conejo idéntico al que Mike Knepper se había sacado del bolsillo y se había colgado de los dedos.

31 DE JULIO DE 1986

CINCO DÍAS DESPUÉS DEL SUCESO DE OSLO

9

Jane Queller despertó bañada en sudor frío. Había vuelto a llorar en sueños. Tenía la nariz en carne viva. Le dolía todo el cuerpo. Empezó a temblar incontrolablemente. El pánico hacía que se le estremeciera el corazón dentro del pecho. En medio de aquella penumbra, pensó que estaba otra vez en Berlín, y luego en la habitación del hotel de Oslo, hasta que por fin se dio cuenta de que estaba en su cuarto de siempre, en la casa de Presidio Heights. Papel rosa en las paredes. Edredón y cojines de satén rosa. Rosa en la moqueta, en el sofá, en la silla de escritorio. Pósteres, peluches y muñecas.

La habitación la había decorado su madre porque ella no tenía tiempo. Desde los seis años había pasado casi cada segundo de vigilia delante del piano. Primero, jugueteando. Luego, ensayando. Tocando. Y aprendiendo. Después, actuando. Yendo de gira. Juzgándose a sí misma. Fracasando y recobrándose del fracaso. Dándose ánimos. Triunfando y dominando por fin el instrumento.

Al principio, Martin se colocaba tras ella cuando tocaba, siguiendo las notas con los ojos. Posaba las manos sobre sus hombros y se los apretaba suavemente cuando se equivocaba. Pechenikov le había pedido que abandonara su puesto de vigilancia como condición para aceptar a Jane como alumna, pero aun así la presencia agobiante de su padre había ensombrecido toda su carrera. Su vida. Sus triunfos. Sus fracasos. Estuviera en Tokio, en Sídney o en

237

Nueva York, o incluso durante los tres meses de aislamiento que había pasado en Berlín, sentía constantemente la presencia invisible de Martin cerniéndose sobre ella.

Se estremeció otra vez. Miró hacia atrás, como si Martin pudiera estar allí. Se incorporó y apoyó la espalda en el cabecero de la cama. Se tapó con la sábana.

¿Qué habían hecho?

Nick respondería que ellos no habían hecho nada. La que había apretado el gatillo era Laura Juneau. Y parecía haber asumido esa decisión con perfecta serenidad. Podría haberlo dejado en cualquier momento. Haber matado a Martin, y a sí misma, era un acto de valentía. Un acto que, además, había cometido ella sola.

Pero por primera vez en seis años, desde que conocía a Nicholas Harp, Jane se sentía incapaz de creerle.

Todos ellos (ella, Andrew, Nick y las otras células distribuidas por diversas ciudades) habían puesto a Laura en aquel escenario, con Martin. Cada uno de ellos era, conforme a los designios de Nick, un engranaje de una maquinaria descentralizada. Un individuo misterioso había ayudado desde dentro a Chicago a infiltrarse en la empresa que fabricaba los paquetes de tinta roja que supuestamente debía contener la bolsa de papel marrón. Nueva York se había ocupado de tratar con el falsificador de Toronto. San Francisco había pagado los billetes de avión, los hoteles, los viajes en taxi y las comidas. Al igual que la sombra de Martin irguiéndose a su espalda, todos ellos se hallaban detrás de Laura Juneau, sin dejarse ver, cuando sacó el revólver del bolso y apretó el gatillo por partida doble.

¿Era una locura?

¿Habían perdido todos la cabeza?

Cada mañana desde hacía un año y medio, Jane se despertaba con esa duda metida en la cabeza. Sus emociones oscilaban violentamente, como el badajo de una campana. Primero se convencía de que aquello era demencial: hacer simulacros, ensayar rutas de escape, aprender a usar armas... ¿No era ridículo, acaso? ¿Por qué tenía ella que aprender a combatir cuerpo a cuerpo? ¿Para qué tenía que memorizar direcciones de pisos francos y planos de falsos tabiques y compartimentos secretos? Solo eran un puñado de gente de menos de treinta años que creía tener los recursos y el poder necesarios para llevar a cabo actos de desobediencia extraordinarios.

Pero ¿no era esa la definición misma de la enajenación mental?

Luego, Nick se ponía a hablar y ella se convencía sin sombra de duda de que todo lo que estaban haciendo tenía perfecto sentido.

Se llevó las manos a la cabeza.

Había ayudado a una mujer a matar a su propio padre. Había planeado su muerte. Sabía lo que iba a pasar y no había dicho nada.

Lo ocurrido en Oslo había eliminado de un plumazo la ridiculez del asunto. El escepticismo. Ahora todo era real. Había sucedido.

Y ella estaba perdiendo la razón.

—Ah, estás ahí. —Nick entró en la habitación con una taza en una mano y un periódico en la otra. Solo llevaba puestos los calzoncillos—. Bébete esto, todo.

Jane cogió la taza. Té caliente con *bourbon*. La última vez que había tomado una copa había sido con Laura Juneau, en el bar. El corazón le martilleaba en el pecho entonces como ahora. Laura le había dicho que era un camaleón. Y era cierto. Laura ignoraba que ella formara parte del grupo. Habían hablado primero como dos desconocidas y luego como dos amigas íntimas. Y después Laura se había marchado.

«Eres una persona maravillosa», le dijo antes de irse. «Eres maravillosa porque eres única, porque no hay nadie como tú».

—Acaba de llegar la pasma. —Nick estaba junto a la ventana, mirando hacia la glorieta de entrada—. Imagino que del FBI, a juzgar por el coche de mierda que llevan. —Le dedicó una media sonrisa, como si la llegada de más agentes federales, además de los funcionarios de la CIA, la NSA, la Interpol, el Servicio Secreto y los inspectores de Hacienda con los que ya habían hablado, fuera una nimiedad—. Tú haces de Bonny y yo de Clyde.

Jane bebió atropelladamente un trago de té. Apenas notó el

sabor del líquido caliente, que le abrasó el estómago. Habían pasado cinco días desde el asesinato de Martin. El entierro era al día siguiente. Nick parecía crecerse con el estrés, se mostraba casi eufórico en las entrevistas, que cada vez se parecían más a interrogatorios. A Jane le daban ganas de gritarle que aquello era real, que habían matado a una persona y que lo que habían planeado podía llevarlos a prisión para el resto de sus vidas o algo peor.

Pero susurró:

—Estoy asustada, Nicky.

Él se acercó a la cama y la abrazó sin necesidad de que ella se lo pidiera.

—Cariño —dijo con los labios pegados a su oído—, todo va a salir bien. Confía en mí. He pasado por cosas mucho peores que esta. Y te hacen más fuerte. Te recuerdan por qué hacemos esto.

Ella cerró los ojos y trató de asimilar lo que le decía. Ya no sabía por qué hacían aquello. ¿Por qué le pesaba tanto la muerte de su padre? Durante años había creído sinceramente que el cariño que le tenía a Martin se había extinguido a fuerza de golpes. De modo que ¿por qué la atormentaban tanto los remordimientos? ¿Por qué sufría cada vez que se acordaba de que no volvería a ver a su padre?

Nick siempre se daba cuenta cuando estaba angustiada.

—Basta —le dijo—. Piensa en otra cosa. En algo bueno.

Ella meneó la cabeza. No tenía la capacidad de Nick para compartimentar su mente. Ni siquiera podía cerrar los ojos sin ver estallar la cabeza de Martin. Su padre había recibido un disparo en la sien. La masa encefálica, el tejido y el hueso salpicaron a Friedrich Richter como barro levantado por la rueda de un coche. Después, Laura apretó otra vez el gatillo y sus sesos se esparcieron por el techo.

«Lo siento», le dijo a Jane articulando las palabras sin emitir sonido segundos antes de que se suicidara.

¿Había sabido Laura por qué se disculpaba?

—Vamos. —Nick le apretó el hombro para devolverla al presente—. ¿Recuerdas la primera vez que te vi?

240

Jane volvió a sacudir la cabeza, con el único propósito de alejar de su mente aquellas imágenes violentas. La pistola. Las detonaciones. El chorro y la salpicaduras.

—Venga, Jinx —insistió él—. ¿De verdad no te acuerdas de cómo nos conocimos? En diciembre hará seis años. ¿Lo sabías?

Ella se limpió la nariz. Claro que lo sabía. Tenía grabado aquel recuerdo en cada fibra de su ser: Andrew y Nick acababan de llegar de la universidad y estaban en el vestíbulo, dándose empujones el uno al otro como colegiales. Ella salió del salón hecha una furia para quejarse del ruido. Nick le sonrió y ella sintió que su corazón se hinchaba como un globo aerostático y amenazaba con salírsele del pecho.

—¿Jinx?

Sabía que él no cejaría hasta que le siguiera la corriente. Y eso hizo.

—Casi no te fijaste en mí —dijo.

—Casi eras una cría.

—Tenía diecisiete años. —Odiaba que la tratara como a una niña. Nick solo le llevaba tres años, igual que Andrew—. Y tú me ignoraste todo el fin de semana porque te fuiste con Andy a ligar con esas cutres de North Beach.

Él se rio.

—No habría tenido ninguna oportunidad contigo si hubiera caído rendido a tus pies a la primera de cambio como hacían todos esos idiotas.

No había ningún otro idiota. Nadie se había enamorado nunca de Jane. Los hombres la miraban bien con asombro, bien con aburrimiento, como si fuera una muñequita dentro de una vitrina de cristal. Nick fue el primer amigo de Andrew que se fijó en ella como mujer.

Él le acarició el pelo. Acercó la boca a su oído. Las cosas importantes siempre se las decía susurrando.

—No te ignoré *todo* el fin de semana.

Jane no pudo evitar que se le hinchiera de nuevo el corazón.

241

Incluso en aquella situación pavorosa, aún se acordaba de la emoción que había sentido al sorprenderla Nick en la cocina. Estaba leyendo una revista cuando entró él. Se puso borde para que se marchara y Nick, sin decir nada, la besó antes de salir caminando hacia atrás y cerrar la puerta.

—Cuando te conocí era prácticamente un huérfano —dijo él—. No tenía a nadie. Estaba completamente solo. Y entonces te encontré a ti. —Apoyó la mano en su nuca. De pronto se había puesto muy serio—. Dime que sigues conmigo. Tengo que saberlo.

—Claro que sí.

En Oslo había hecho lo mismo, y también después, en el avión de vuelta a casa, y en su primera noche en San Francisco. Parecía darle terror que los tres meses que habían pasado separados hubieran minado su determinación.

—Estoy contigo, Nick. Siempre.

Él escrutó sus ojos en busca de alguna señal, de algún indicio de que le estaba mintiendo, como le habían mentido siempre a lo largo de su vida.

—Soy tuya —afirmó ella rotundamente—. Cada parte de mí es tuya.

—Buena chica.

Nick esbozó una sonrisa vacilante. Le habían hecho tanto daño, tantas personas...

Jane sintió el impulso de abrazarle, pero él odiaba que se pusiera pesada. Levantó la cara para que le diera un beso. Él accedió y, por primera vez desde hacía días, Jane pudo volver a respirar.

—Amor mío —le susurró él al oído.

Deslizó las manos bajo su camiseta. Besó sus pechos. Jane pudo abrazarle por fin. No quería sexo, pero sabía que heriría sus sentimientos si volvía a decirle que no. Lo que más ansiaba era lo de después. Que él la abrazara. Que le dijera que la quería. Que la hiciera sentir que todo iba a arreglarse.

Ese sería el momento para darle la noticia.

Cuando la tumbó en la cama, Jane sintió que todas las palabras que había ensayado para sus adentros durante el último mes se le agolpaban en los labios: lo siento, estoy aterrada, eufórica, contentísima, nerviosa, angustiada, entusiasmada, me da tanto miedo que me dejes por…

Por estar embarazada.

—¿Hola?

Se incorporaron ambos. Jane se tapó con la sábana hasta el cuello.

—¿Estáis despiertos? —Andrew tocó a la puerta antes de asomarse—. ¿Y presentables?

—Eso nunca —respondió Nick.

Todavía tenía la mano posada sobre los pechos de Jane, bajo la sábana. Ella trató de apartarse, pero Nick la sujetó enlazándola por la cintura. Le acarició la espalda como un gato, los ojos fijos en Andrew.

—Han venido dos agentes más —dijo.

—Ya lo he visto. —Andrew se limpió la nariz con la manga. Todavía arrastraba el resfriado que había pillado en Noruega—. No te pongas agresivo con ellos, Nicky —le recomendó, atreviéndose a decir lo que Jane prefería callarse—. Por favor.

Se miraron los tres. Nick deslizó la mano más abajo, acariciándole la espalda. Ella sintió que un sofoco le subía por el cuello e inundaba su cara. Odiaba que hiciera esas cosas delante de Andrew.

—Creo que deberíamos empezar a tocarnos la nariz como hacían en *El golpe* —comentó Nick.

—Esto es la vida real —repuso Andrew en tono estridente.

A todos les aterraba que pudiera haber micrófonos en la casa. Desde hacía días se sentían como si caminaran de puntillas por el borde punzante de una aguja.

—Nuestro padre ha sido asesinado. Y una mujer secuestrada. Tienes que tomarte esto en serio.

—Por lo menos lo afrontaré limpiamente —dijo, y mordió el hombro de Jane antes de entrar en el cuarto de baño.

Ella fijó los ojos en la puerta cerrada del baño. Quería ir tras él, suplicarle que hiciera caso a Andrew, pero siempre había sido incapaz de decirle a Nick que se equivocaba.

—Jane —dijo Andrew.

Ella le indicó que se diera la vuelta para que pudiera vestirse.

Su hermano obedeció y dijo:

—Mamá estaba preguntando por ti.

Jane se puso unas medias. Cuando se incorporó, notó que le apretaban en la cintura.

—¿Con quién hablabas por teléfono esta mañana? ¿Con Ellis-Anne?

Andrew no respondió. El tema de su exnovia se había convertido en tabú. Aun así, ella volvió a intentarlo.

—Estuvisteis juntos dos años. Solo está…

—Jane —repitió su hermano en voz baja.

Había tratado de hablarle de Martin desde su llegada, pero Jane temía que hablar de su padre abriera dentro de ella algo que ya no podría cerrarse.

—Deberías ir al médico —le dijo mientras cerraba desmañadamente los botoncitos de perla de su blusa. Descolgó unos pantalones de vestir de la percha.

—Me siento… —Su hermano movió lentamente la cabeza de un lado a otro—. Me siento como si me faltara algo dentro. Como si me hubieran extirpado un órgano. ¿Verdad que es raro?

Ella trató de subirse la cremallera de los pantalones. Tenía los dedos entumecidos. Tuvo que secarse el sudor de las manos. Los pantalones le apretaban. Todo le apretaba, porque estaba encinta y habían matado a su padre y seguramente matarían a más gente antes de que todo aquello acabara.

—Andy, no puedo… —Se interrumpió con un sollozo.

«No puedo hablar contigo. No puedo escucharte. No puedo estar contigo porque vas a decir lo que pienso y acabaremos los dos hechos trizas».

¿Cómo lo había hecho Laura Juneau?

No el acto físico (Jane había estado presente, había visto con todo detalle el asesinato y el suicidio). Pero ¿cómo había logrado pulsar dentro de sí ese interruptor que la convirtió en una asesina a sangre fría? ¿Cómo era posible que aquella mujer amable e interesante con la que Jane se había fumado un cigarrillo en el bar del centro de convenciones fuera la misma que había sacado una pistola del bolso y había matado a un hombre y luego a sí misma?

La obsesionaba la expresión de absoluta serenidad que había visto en el semblante de Laura Juneau. Era su leve sonrisa lo que la delataba. Saltaba a la vista que no sentía escrúpulo alguno. No vaciló. No hubo ni un solo instante de duda o de indecisión. Cuando metió la mano en el bolso para sacar el revólver, podría haber estado buscando un paquete de chicles.

—¿Jinx?

Andrew se había dado la vuelta. Tenía lágrimas en los ojos, y Jane lloró aún más fuerte.

—Deja que te ayude.

Le vio subirle la cremallera lateral de los pantalones. Le olía ligeramente el aliento a enfermedad. Tenía los ojos legañosos.

—Has perdido peso —dijo.

—Ya está. —Su hermano le dio un pellizco juguetón en los michelines que ahora rodeaban su cintura—. Nick dice que saldremos de esta, ¿verdad? Y Nick siempre tiene razón, ¿no?

Sonrieron, pero ninguno de los dos se rio, porque no sabían si Nick los estaría escuchando al otro lado de la puerta.

—Deberíamos intentar tranquilizarnos. —Jane buscó unos pañuelos de papel. Le dio uno a Andrew y cogió otro para sí.

Se sonaron la nariz. Andrew tosió. Le sonó el pecho como si tuviera dentro canicas entrechocando.

Jane le tocó la frente.

—Tienes que ir al médico.

Él se encogió de hombros.

—¿Cuándo? —preguntó.

Se abrió la puerta del baño. Nick salió desnudo, secándose el pelo con una toalla.

—¿Qué me he perdido?

—Voy a bajar antes de que venga Jasper a buscarnos —repuso Andrew.

—Ve tú también —le dijo Nick a Jane—. Y ponte unas botas. Son más imponentes.

Ella sacó unos calcetines negros del cajón. Se los puso encima de las medias. Le enseñó varios pares de botas a Nick, hasta que él asintió por fin, dándoles el visto bueno. Se había inclinado para abrocharse las hebillas cuando sintió que Nick se le acercaba por detrás. Habló con su hermano mientras le acariciaba los riñones.

—Jane tiene razón —dijo—. Deberías sacar tiempo para ir al médico. No queremos que te... que te vayas de vareta en el entierro.

Ella sintió que se le llenaba de hiel la garganta mientras acababa de abrocharse las botas de montar. No supo si achacarlo al miedo o a los horribles mareos matutinos. Nick se había entregado desde el principio a aquellos juegos verbales gratuitos. Ella sabía que le encantaba imaginarse a un agente del FBI sentado en una furgoneta de vigilancia, calle abajo, pendiente de cada una de sus palabras.

Él acercó de nuevo la boca a su oído.

—Déjalos boquiabiertos, amor mío —susurró.

Ella asintió.

—Lista —le dijo a su hermano.

Nick le dio una palmada en el trasero cuando salió de la habitación. Jane volvió a sentir aquella oleada de vergüenza. Era absurdo pedirle que parara; suplicándole, solo conseguiría empeorar las cosas.

Andrew dejó que ella se adelantara al bajar las escaleras. Jane hizo un esfuerzo por disipar su sofoco. Sabía que Nick se había criado sin amor, que era importante para él que la gente supiera que no estaba solo, pero detestaba que la tratara como si fuera un trofeo de caza.

—¿Estás bien? —preguntó Andrew.

Se dio cuenta de que se había llevado la mano al estómago. No le había contado a Andrew lo del bebé; ni a él, ni a nadie. Al principio se había persuadido a sí misma de que era porque quería que Nick fuera el primero en saberlo, pero con el transcurso de las semanas había llegado a la conclusión de que la aterraba que no quisiera al bebé y verse obligada a explicarle a todo el mundo por qué había abortado.

«El próximo», le había dicho él la última vez. «El próximo sí lo tendremos».

—¿Señorita Queller? —Un hombre los esperaba en el vestíbulo. Abrió su cartera para mostrarles una insignia dorada—. Soy el agente Barlow, del FBI. Este es el agente Danberry.

Danberry estaba en el salón, con las manos detrás de la espalda. Parecía una versión deteriorada de Barlow: menos pelo, menos seguridad en sí mismo, incluso menos dientes, ya que parecía faltarle un canino superior. Había estado conversando con Jasper, que llevaba puesto su uniforme de la reserva de la Fuerza Aérea. Medallas y distintivos multicolores adornaban el pecho de su hermano. Jasper, doce años mayor que ella, era el hermano sobreprotector, su asidero constante, desde siempre. El que asistía a sus conciertos y le preguntaba por los deberes, el que la acompañó al baile de promoción cuando nadie más quiso invitarla. Para Jane siempre había sido un adulto en miniatura, una figura heroica que jugaba con sus soldaditos y leía libros de historia militar, pero que al mismo tiempo estaba dispuesto a poner en su sitio a cualquier chico que se atreviera a herir sus sentimientos, o a darle dinero para que se comprara un lápiz de labios.

—¿Señorita Queller? —repitió el agente Barlow.

—Disculpe —dijo ella, y sacó un pañuelo de la caja que había sobre la mesa baja.

Barlow pareció azorado.

—Permítame darle el pésame.

Jane se enjugó los ojos mirándose al espejo de detrás del sofá.

Tenía la piel irritada. Los ojos hinchados. La nariz de un rojo brillante. Llevaba casi cinco días llorando sin parar.

—No hay prisa —agregó Barlow a pesar de que parecía ansioso por empezar.

Ella se sonó la nariz tan discretamente como pudo.

Nick les había hecho ensayar durante horas lo que dirían, pero aun así Jane no estaba preparada para el estrés de los interrogatorios. La primera vez sollozó incontrolablemente por temor a equivocarse. Durante las entrevistas subsiguientes, se dio cuenta de que el llanto la favorecía: era lo que se esperaba de ella. Andrew también parecía haber depurado una estrategia. Cuando le formulaban una pregunta difícil, sorbía por la nariz, se enjugaba los ojos y volvía la cabeza mientras meditaba la respuesta.

Era Nick quien los ponía nerviosos, y no solo a ellos dos, sino a cualquiera que estuviera presente. Parecía complacerse perversamente en provocar a los policías, en llevar las cosas al límite para luego, en el último instante, inventar una explicación inocente que los salvaba del abismo.

La víspera, al verle hablar con los agentes del Servicio Secreto, Jane se había preguntado si no tendría tendencias suicidas.

—¿Jinx? —dijo Jasper.

Estaban esperando a que tomase asiento. Se sentó en el borde del sofá. Andrew se acomodó a su lado. Barlow ocupó el sillón de enfrente, con las manos apoyadas en las rodillas. Solo Jasper y Danberry permanecieron de pie, el uno para pasearse por la habitación y el otro, al parecer, para inspeccionarla con detenimiento. En lugar de formular una pregunta, Danberry abrió una caja de ónice que había en una de las estanterías y miró dentro.

Barlow, sentado frente a Jane, se sacó una libreta del bolsillo de la pechera y la hojeó lentamente. Sus ojos se movían a un lado y a otro según iba leyendo sus notas en silencio.

Jane miró a Andrew y luego a Jasper, que se encogió de hombros.

Aquello era una novedad. Los otros agentes habían empezado el interrogatorio haciendo comentarios banales, preguntándoles por la casa o por la decoración. Solía ser Andrew quien les ponía al corriente. El salón, al igual que el resto de la casa, era un pastiche gótico-neoclásico, con muebles delicados y papel de terciopelo en las paredes, entre los paneles de caoba oscura. Las dos arañas eran herencia de una antepasada suya que había colaborado con el señor Tiffany en su diseño. La mesa baja, heredada de su familia materna, era de madera de secuoya. Dentro de la chimenea cabía desahogadamente un hombre puesto en pie. Se rumoreaba que la alfombra había pertenecido a una familia japonesa enviada a un campo de internamiento durante la guerra.

Andrew se removió en el sofá, incómodo. Jasper siguió paseándose.

Barlow pasó una hoja de la libreta. En medio del silencio, sonó como papel de lija. Danberry ladeó la cabeza para leer los títulos de los lomos de los libros.

Jane sintió la necesidad de hacer algo con las manos. Vio un paquete de tabaco sobre la mesa. Andrew le dio fuego con una cerilla. Pese a estar sentado a su lado, no podía estarse quieto. Movía el pie con nerviosismo, dando golpecitos desacompasados. Jane se preguntó qué pensarían los agentes si la veían acercar la mano para pararle la pierna. O si le pedía a Barlow que por favor empezara de una vez. O si se ponía a gritar a voz en cuello, hasta que se marcharan todos y pudiera volver arriba, con Nick.

Se trataba, evidentemente, de una táctica de manipulación. Barlow y Danberry pretendían crisparles los nervios para que cometieran errores absurdos.

Jane repasó mentalmente las preguntas que le habían formulado los demás agentes.

«¿Ha coincidido usted en alguna ocasión con la auténtica Alexandra Maplecroft? ¿Qué le dijo Laura Juneau en la sala de conferencias? ¿Cómo es que no sabía usted que era una impostora? ¿Dónde cree que está la verdadera doctora Maplecroft?».

Secuestrada.

La respuesta a este último interrogante era de dominio público.

El *San Francisco Chronicle* había publicado la nota de rescate en primera plana el día anterior.

Tenemos a la doctora Alexandra Maplecroft, títere del régimen fascista...

—¿Señorita Queller? —Barlow despegó por fin los ojos de su libreta—. Voy a limitarme a resumir lo que sabemos hasta ahora, según sus declaraciones.

Jane apenas acertó a asentir con la cabeza. Se había puesto rígida de tensión. Había algo distinto en aquellos dos hombres. Con sus trajes arrugados, sus corbatas manchadas, sus dientes mellados y sus cortes de pelo baratos, parecían personajes de parodias televisivas, pero no estarían allí si fueran funcionarios de tercera o cuarta fila.

—Empecemos —dijo Barlow—. Conoció usted a Laura Juneau en la conferencia. No habían coincidido nunca anteriormente. Cabe la posibilidad de que le sonara su nombre de cuando su marido mató a los niños, puesto que la noticia salió en todos los periódicos. Estaba usted en Berlín, sustituyendo a un amigo en un estudio de grabación para una estancia de dos meses y...

—Tres —puntualizó Jasper.

—Exacto, tres meses. Gracias, comandante Queller —repuso Barlow, y siguió clavando la vista en Jane al añadir—: No conocía usted con anterioridad a la doctora Alexandra Maplecroft y solo había oído mencionar su nombre en relación con su padre debido a que eran rivales y...

—No —le interrumpió de nuevo Jasper—. Para ser rivales, hay que estar al mismo nivel. Maplecroft solo era un fastidio de poca importancia.

—Gracias otra vez, comandante. —Saltaba a la vista que Barlow quería que se callara, pero no se lo dijo—. Señorita Queller —añadió—, en primer lugar me gustaría que me hablara de su conversación con la señorita Juneau en el bar.

Jane pestañeó, y vio de pronto la expresión alborozada de Laura al reconocer la melodía de *Love me two times* que ella tamborileaba con los dedos sobre la barra del bar.

—¿Se acercó usted a la señora Juneau o fue al revés? —preguntó Barlow.

Jane tenía la garganta tan cerrada que se vio obligada a toser antes de poder hablar.

—Fui yo. Estaba sentada al piano, tocando algo, cuando entró ella. Deduje que era americana por…

—Por su forma de vestir —concluyó Barlow—. Le apetecía hablar con algún americano después de haber pasado tanto tiempo en Berlín.

Jane sintió una especie de mareo. ¿Por qué había acabado Barlow la frase en su lugar? ¿Trataba de demostrar que había intercambiado información con los demás agentes, que comentaban el caso entre sí, o solo intentaba meterle prisa?

O, lo que resultaba mucho más aterrador, ¿habían ensayado demasiado sus respuestas a instancias de Nick? Sus palabras, sus gestos, sus comentarios ¿sonaban tan poco espontáneos que habían hecho saltar las alarmas?

Entreabrió los labios. Trató de respirar.

—¿De qué habló con la señora Juneau? —preguntó Barlow.

Sintió una opresión en el pecho. De pronto, la habitación le parecía sofocante. Dejó el cigarrillo en el cenicero, esforzándose por apoyarlo en la ranura. Otra vez le temblaban las manos. No sabía qué hacer, de modo que les dijo la verdad:

—Me había visto tocar unos años antes. Hablamos de ese concierto. Y de música en general.

—¿De Bach, Beethoven, Mozart…? —dijo Barlow, manejando aquellos nombres con escasa soltura—. ¿Chopin? ¿Chacopski?

«Chaikovski», estuvo a punto de corregirle Jane, pero se contuvo en el último momento pensando que tal vez fuera un truco. ¿Le había dicho otra cosa a otro agente?

Andrew volvió a toser. Cogió el cigarrillo que Jane había dejado consumiéndose en el cenicero.

—¿Señorita Queller? —insistió Barlow.

Jane buscó un pañuelo y se sonó la nariz. Consiguió dominar el pánico.

«Ceñíos a la verdad», les había dicho Nick una y otra vez. «Pero procurad que no sea toda la verdad».

—Pues… —dijo, intentando no precipitarse—. Hablamos de Edvard Grieg porque era noruego. Y de A-ha, el grupo de música pop, que también es noruego. Y de Martha Argerich, que es argentina. No sé muy bien por qué salió a relucir, pero hablamos de ella.

—¿Vio a la señora Juneau entrar en el aseo? —Barlow la observó atentamente mientras ella negaba con la cabeza—. ¿Estuvo usted en el aseo en algún momento antes del tiroteo?

—El congreso era muy largo. Estoy segura de que sí, en algún momento estuve en el aseo.

Jane era consciente de que le temblaba la voz. ¿Eso era bueno? ¿Prestaba verosimilitud a su relato? Miró a Danberry. El policía daba vueltas por la sala como un tiburón. ¿Por qué no le hacía ninguna pregunta?

—Había restos de cinta adhesiva detrás de una de las cisternas —le informó Barlow—. Creemos que escondieron la pistola allí.

—Fantástico —comentó Jasper—. Entonces tendrán huellas dactilares. Caso cerrado.

—Usaron guantes —repuso Barlow, y añadió dirigiéndose a Jane—: Entonces, según tenemos entendido, había oído usted hablar de Laura y Robert Juneau antes del asesinato. ¿Qué me dice de Maplecroft?

—¡Juneau y Maplecroft en el salón! —vociferó de pronto Nick, que había escogido ese instante para hacer su aparición—. Santo cielo, parecen dos personajes de la versión canadiense del *Cluedo*. ¿Cuál de ellos portaba el candelabro?

Se volvieron todos hacia la puerta, donde se había detenido. De algún modo se las había ingeniado para extraer todo el aire de la habitación. Jane le había visto hacer lo mismo en un sinfín de ocasiones. Podía subir y bajar de tono como un DJ girando el mando de un tocadiscos.

—Señor Harp —dijo Barlow—, me alegro de que se nos haya unido.

—Es un placer.

Entró en el salón luciendo una sonrisa ufana. Jane mantuvo los ojos fijos en Barlow, que estaba observando las elegantes facciones de Nick. El semblante del policía no se alteró, pero aun así Jane percibió su desagrado. El físico y el encanto de Nick podían jugar a favor o en contra suya, una de dos. Nunca había término medio.

—Bien, caballeros. —Nick pasó el brazo por la espalda de Jane con gesto posesivo al sentarse en el sofá, entre ella y Andrew—. Supongo que ya los habrán informado de que ninguno de nosotros conocía a Maplecroft ni a Juneau antes de que Martin fuera asesinado, ¿no es así? —Pasó los dedos por el cabello de Jane—. La pobre está rota de dolor. No me explico cómo una persona puede tener tantas lágrimas dentro.

Barlow le sostuvo la mirada un instante. Luego se volvió a Andrew.

—¿Por qué no tomaron usted y el señor Harp el mismo vuelo desde San Francisco?

—Nick se fue un día antes. —Andrew sacó su pañuelo y se limpió la nariz—. Tenía que hacer gestiones en Nueva York, creo.

—¿Qué clase de gestiones?

Andrew pareció perplejo porque se lo preguntara a él y no a Nick. Barlow giró la cabeza ostensiblemente para mirar a Jasper.

—Comandante Queller —dijo—, ¿de qué conoce su familia al señor Harp?

—Nick lleva años con nosotros —contestó Jasper con ecuanimidad sorprendente teniendo en cuenta que nunca le había gustado Nick—. Veranea con nosotros, pasamos las fiestas juntos… Esas cosas.

—Su familia vive en la costa Este —agregó Andrew—. Nick no tenía a nadie aquí. Mis padres le acogieron como si fuera de la familia.

—Le enviaron aquí a la edad de quince años, ¿no es así? —preguntó Barlow, y esperó, pero nadie dijo nada—. ¿Tuvo algún problema con la policía en casa y su madre le mandó al otro lado del país, a casa de su abuela?

—Nick nos lo contó todo. —Andrew miró con nerviosismo a su amigo—. Le costó mucho esfuerzo, pero aun así consiguió entrar en Stanford.

—Ya. —Barlow ojeó de nuevo sus notas. De nuevo aquella táctica de silencio.

Nick afectó indiferencia. Se quitó un hilillo inexistente de los pantalones. Le hizo un guiño fugaz a Jane. Solo ella advertía la tensión de su cuerpo. El brazo que apoyaba sobre sus hombros se había puesto rígido. Notó que sus dedos se le clavaban en la piel.

¿Estaba enfadado con ella? ¿Debía salir en su defensa? ¿Decirles a los agentes que era un buen hombre, que había logrado salir del arroyo a base de esfuerzo, que no tenían derecho a tratarle así porque estuviera...?

Vencido.

Nick no lo sabía aún, pero había perdido la partida nada más entrar en la habitación. Llevaba días mofándose de los funcionarios del gobierno, despotricando contra su estupidez, jactándose de su propia sagacidad. No se había dado cuenta de que eran tan capaces como él de representar un papel.

Jane respiró entrecortadamente. Había empezado a llorar otra vez. Nada resultaba más aterrador que verle tratar de salir a golpes del atolladero.

Barlow miró a Andrew.

—Señor Queller —dijo—, ¿le ha dicho el señor Harp alguna vez que asistió a un seminario de la doctora Maplecroft?

Andrew lanzó a su hermana una mirada de temor que reflejaba como un espejo la angustia de Jane. ¿Qué debían contestar? ¿Qué quería Nick?

—A eso puedo contestar yo —dijo Nick—. Si quiere, claro.

—¿Por qué no? —Barlow se recostó en el sillón.

Detrás de él, Danberry abrió y cerró otra caja.

Nick les hizo esperar.

Cogió el cigarrillo del cenicero. Aspiró sonoramente y expulsó un chorro de humo. Sacudió la pavesa. Volvió a dejar el cigarrillo en la ranura del cenicero de mármol y se echó hacia atrás en el sofá. Pasó el brazo por detrás de Jane.

Por fin levantó la vista y se fingió sorprendido porque estuvieran todos aguardando su respuesta.

—Ah, ¿quiere que le conteste ya?

Danberry cruzó los brazos.

Jane se tragó la oleada de bilis que inundó su garganta.

—¿Tienen ustedes constancia de que asistiera a ese seminario? —le preguntó Nick a Barlow.

—Según nos ha explicado su ayudante, a la doctora Maplecroft no le gusta pasar lista.

—Es una lástima.

—Vamos a hablar con otros alumnos esta semana.

—Debe de ser una tarea ardua —comentó Nick—. ¿Cuántos alumnos tiene Berkeley ahora mismo? ¿Treinta mil? ¿Cuarenta mil?

Barlow exhaló un profundo suspiro. Abrió de nuevo su libreta.

—En la conferencia —le dijo a Andrew retomando el juego—, cuando el señor Harp se acercó a Laura Juneau, que en ese momento se hacía pasar por la doctora Maplecroft, mencionó que había asistido a uno de sus seminarios. El agente de policía y la chica que atendía la mesa de registro le oyeron decirlo.

—Yo no estaba presente en ese momento de la conversación —repuso Andrew—, pero seguro que Nick puede...

—¿Sabía usted que el señor Harp fue condenado por posesión de drogas?

—¿Sabía usted que el señor Queller también? —saltó Nick.

—Santo Dios —masculló Jasper.

—Solo quiero dejar constancia de los hechos —repuso Nick—. Mentirle a un agente del FBI es un delito. ¿No es así, señor Danberry?

El agente no contestó, pero Jane notó que reparaba en el hecho de que Nick no estaba presente cuando se habían presentado. Ella podría haberle dicho que probablemente estaba escuchando la conversación en el descansillo de la escalera. Sabía por amarga experiencia que Nick era un merodeador sumamente sigiloso.

—Hace dos años —dijo Andrew—, me detuvieron por posesión de cocaína. Presté servicios a la comunidad a cambio de que se borraran mis antecedentes.

—Pero ese tipo de cosas es imposible guardarlas en secreto en los tiempos que corren, ¿no es cierto? —añadió Nick.

—En efecto —repuso Barlow.

Jane intentó no estremecerse cuando Nick le pasó bruscamente los dedos por el pelo.

—Conocí a Laura Juneau en la sala de espera de KLM en el aeropuerto de Schiphol. Íbamos los dos hacia Oslo. Fue ella quien se me acercó. Me preguntó si el asiento contiguo al mío estaba ocupado. Le dije que no. Se presentó como la doctora Alexandra Maplecroft. Me dijo que se acordaba de mí, de uno de sus seminarios, y podía ser cierto porque, francamente, caballeros, me pasaba la mayor parte del tiempo colocado cuando iba a clase, así que difícilmente se me puede considerar un testigo fiable.

—Difícilmente, en efecto —comentó Barlow.

Danberry seguía sin decir nada. Se había aproximado al piano de cola que había al otro lado del salón, un Bösendorfer Imperial. Jane intentó no dar un respingo al ver que pasaba los dedos por las teclas extra del piano.

—Entonces, señor Harp —prosiguió Barlow—, que usted recuerde coincidió por primera vez con la doctora Maplecroft en el aeropuerto de Ámsterdam y luego por segunda vez en Oslo.

—Eso es —contestó Nick. Jane sintió ganas de llorar de alivio cuando volvió a ceñirse al guion—. Por simple cortesía, fingí reconocer a la mujer que yo creía que era la doctora Maplecroft. Cuando volvimos a encontrarnos en el congreso, fingí de nuevo por pura educación. —Se encogió de hombros—. Creo que la palabra clave es «fingí», caballeros. Ella fingió conocerme. Yo fingí conocerla. Pero solo uno de los dos tenía intenciones perversas.

Barlow hizo una marca en su libreta.

—En el congreso —terció Andrew, retomando su papel—, Nick me presentó a la tal Juneau como la doctora Maplecroft. Yo conocía ese nombre, aunque no su cara. No hay muchas fotografías de Maplecroft en circulación, como sin duda se habrán dado cuenta ahora que están buscándola. Creo que le dije algo a esa mujer acerca de la mesa redonda que presidía mi padre. No llevaba tarjeta de identificación, así que le pregunté si había algún problema con el registro de participantes. —Se encogió de hombros con gesto idéntico al de Nick—. A eso se limitó mi trato con ella. La siguiente vez que la vi, estaba asesinando a mi padre.

Jane dio un respingo. No pudo evitarlo.

—Una explicación muy pulcra y sencilla —comentó Barlow.

—La mayoría de la explicaciones lo son —repuso Nick—. Es de las complicadas de las que yo sospecharía. —Se alisó la pernera del pantalón—. Pero, ¿saben, señores?, me parece que ya les he contado todo esto a sus colegas. Todos lo hemos hecho, repetidamente. Así que creo que me marcho.

Ninguno de los dos agentes intentó detenerle.

Nick vaciló ligeramente antes de besar a Jane en la boca. Luego, cruzó la sala a grandes zancadas. Jane sintió que se le encogía el corazón al ver que no torcía a la derecha, sino a la izquierda. No iba a subir a la planta de arriba a esperarla.

Se marchaba.

La puerta de la casa se abrió y se cerró. El ruido que hizo se le clavó en el corazón como un cuchillo. Tuvo que entreabrir los labios de nuevo para poder respirar. Sentía alivio porque se hubiera marchado, y al mismo tiempo temía no volver a verle nunca más.

—Lamento que Nick sea tan cretino —le dijo Jasper a Barlow—. Pero tiene razón. No podemos seguir así. Las respuestas no van a cambiar por más que nos interroguen.

—El caso no está cerrado —replicó Barlow—. La doctora Maplecroft sigue en poder de las personas que organizaron el asesinato de Oslo.

—Lo cual es una tragedia —dijo Jasper—. Pero mi familia no puede hacer nada al respecto.

—La nota de rescate exigía una admisión de culpabilidad por parte de la empresa de su padre —explicó Barlow—. Le consideran responsable de la matanza perpetrada por Robert Juneau.

—La empresa es de la familia —repuso Jasper, que se tomaba muy a pecho ese matiz desde que se había hecho cargo de la compañía el año anterior—. Los secuestradores también han pedido un millón de dólares, lo cual es ridículo. No podemos responsabilizarnos de los actos de un loco. ¿Sabe cuántas casas tuteladas gestiona Servicios Sanitarios Queller? ¿Solo en la zona de la bahía?

—Quince —agregó Andrew, pero solo le oyó Jane.

—Los secuestradores se hacen llamar Ejército por el Cambio Mundial —les informó Barlow—. ¿Han oído hablar de ellos?

Jane y Andrew negaron con la cabeza.

Al otro lado del salón, Danberry cerró la tapa del piano.

A Jane le dio un vuelco el corazón. El marfil amarilleaba si no le daba el sol.

Jasper advirtió su desasosiego.

—¿No debería estar subida esa tapa? —preguntó.

Ella negó en silencio. Nick le diría que dejara que las teclas amarillearan. Que se saltara las prácticas. Que dejara de exigirse tanto. Martin no podía castigarla desde la tumba.

—Comandante Queller —dijo Barlow—, ¿ha oído usted hablar del Ejército por...?

—Por supuesto que no —Jasper pareció a punto de perder su aplomo, pero se sobrepuso de inmediato—. No hace falta que le diga lo perjudiciales que son esas falacias para la empresa. Estaba previsto que saliéramos a bolsa esta semana. Tenemos inversores muy poderosos a los que todo este embrollo está poniendo extremadamente nerviosos. Las acusaciones de los secuestradores son sencillamente ridículas. Nosotros no torturamos a personas enfermas, por el amor de Dios. Esto no es la Rusia soviética.

—Comandante Queller... —intervino Danberry.

—Mi padre era un buen hombre —insistió Jasper—. Hizo algunas declaraciones controvertidas, lo reconozco, pero siempre tenía muy presentes los intereses de su familia y de su país. Era un patriota. Su misión en la vida era servir a los demás, y por eso le mataron.

—Nadie aquí está diciendo lo contrario.

Jasper moderó su tono.

—Miren —dijo—, está claro que a Laura Juneau le faltaba un tornillo. Puede que nunca sepamos por qué...

—El porqué está bastante claro —dijo Andrew en voz baja, pero todos le oyeron—. Robert Juneau fue expulsado de seis casas tuteladas gestionadas por nuestra empresa. Debería haber sido hospitalizado, pero no había ningún hospital al que pudiera ir. Podría decirse que el sistema le falló, pero el sistema somos nosotros, Jasper. Queller es el sistema. Así pues...

—Así pues cállate la puñetera boca, Andrew. —Lanzó a su hermano una mirada fulminante—. La empresa podría quebrar por culpa de este embrollo absurdo. Los inversores podrían echarse atrás. ¿Te das cuenta?

—Necesito tomar el aire. —Jane se levantó.

Andrew y Barlow la imitaron. Estaba mareada. Tenía el estómago revuelto. Tuvo que fijar la vista en el suelo mientras se alejaba. Tenía la impresión de caminar sobre una noria en movimiento. Quería ir al baño a vomitar, o a llorar, o simplemente a sentarse a solas y a intentar deducir qué estaba pasando.

¿Adónde había ido Nick?

¿Estaba enfadado con ella? ¿Había cometido algún error? ¿Se había quedado callada cuando él quería que le defendiera? ¿Se pondría furioso? ¿Volvería a darla de lado?

No podría soportarlo otra vez. No podría. Ahora no.

No, ahora que iba a tener un hijo suyo.

En vez de entrar en el cuarto de baño o pasarse por la cocina para dejar un mensaje desesperado en el contestador de Nick, cruzó la casa y salió.

Se detuvo en la explanada embaldosada, cerró los ojos y trató de respirar. El aire fresco pareció aflojar la presión que atenazaba su pecho. Miró el cielo nublado. Distinguió una tenue franja de sol detrás del Golden Gate. La bruma matinal festoneaba aún las lomas de Marin Headlands. Hacía fresco, pero Jane no quería volver a entrar para coger su jersey.

Vio en la mesa de hierro forjado indicios de que su madre había estado allí: la taza de té manchada con el carmín de Anette, un cenicero lleno, el periódico sujeto con un pisapapeles de cristal tallado.

Leyó por encima la portada del *Chronicle* a pesar de que se sabía de memoria la carta de rescate. Nick se había jactado de su astucia, pero a ella le preocupaba que les hiciera parecer una pandilla de supervillanos de cómic.

Esto es un comunicado directo del Ejército por el Cambio Mundial. Hemos secuestrado a la doctora Alexandra Maplecroft, títere del régimen fascista y peón en el peligroso juego que se traían entre manos Martin Queller y su empresa de presuntos servicios asistenciales. Exigimos una disculpa pública por el papel que desempeñó Martin Queller en la matanza de la familia Juneau y de otras familias a lo largo y ancho del estado de California. Hay que parar a Servicios Sanitarios Queller, una empresa que explota, tortura y maltrata sistemáticamente a los pacientes internados en sus instituciones. Habrá más muertes en caso de que no...

—Bonita choza.

Jane se sobresaltó.

—Disculpe. —El agente Danberry estaba en la puerta. Tenía en la boca un cigarrillo sin encender. Contemplaba las vistas con admiración indisimulada—. Desde mi apartamento, veo el callejón que comparto con mi vecino. Si abro la ventana, puedo oler el vómito de los yonquis que duermen la mona en él.

Jane no supo qué decir. El corazón le latía tan fuerte que estaba segura de que Danberry lo veía moverse bajo la blusa.

—Lo cerraron hace un par de años —continuó él—. El puente. Rachas de viento. —Se quitó el cigarrillo de los labios—. Ese piano de ahí dentro… seguramente cuesta más que mi coche, ¿verdad?

Probablemente con lo que costaba el Bösendorfer podían comprarse cincuenta coches como el suyo, pero Danberry no estaba allí para hablar de pianos.

—¿Para qué son las teclas que tiene de más?

El policía esperó su respuesta.

Y siguió esperando.

Jane se limpió los ojos. No podía quedarse allí parada, llorando. Tenía que decir algo, lo que fuese, sobre el puente, sobre la niebla o las vistas. Pero su mente estaba tan atenazada por el miedo que ni siquiera lograba articular un comentario anodino.

Danberry asintió con un gesto, como si se lo esperara. Encendió el cigarrillo. Miró el puente, más allá de los árboles. El rebuzno lejano de las sirenas de niebla se elevaba por entre las rocas.

Jane también contempló el puente. Pensó en la primera vez que había estado allí, en el jardín de atrás, con Nick, viendo cómo bajaba la niebla. Hasta ese momento, no se había dado cuenta de que siempre había dado aquel paisaje por descontado. Nick, en cambio, era consciente de la suerte que tenían.

—Una vez la vi tocar —comentó Danberry.

Ella intuyó lo que se proponía: quería dirigir la conversación hacia un tema con el que estaba familiarizada, para hacer que se sintiese cómoda.

—Mi mujer me llevó a rastras a un club de Vallejo. El Keystone Korner. Fue hace mucho tiempo. Tengo entendido que se trasladaron al otro lado de la bahía. —Apartó una silla para Jane. Ella no tuvo más remedio que sentarse—. Sé que esto es duro para usted —añadió él.

Jane se enjugó los ojos con los dedos. Había llorado tanto que tenía la piel irritada.

Danberry tomó asiento sin que le invitara a hacerlo.

—¿Qué hacía en Alemania?

Ella conocía la respuesta a esa pregunta. Al menos, la que debía dar.

—¿Señorita Queller?

—Trabajar —respondió con esfuerzo, susurrando apenas.

Tenía que dominarse. Habían ensayado todo aquello. Era como una actuación. Tenía todas las notas en la cabeza. Solo debía exteriorizarlas, obligarlas a salir sirviéndose de sus dedos.

Se frotó la garganta para relajar los músculos.

—Era algo temporal —dijo—. Estaba en Berlín, sustituyendo a un amigo que es pianista de estudio.

—En Berlín Occidental, espero.

Danberry sonrió, y ella hizo lo propio.

—Sé lo que está pensando —añadió él—. Que ya sabemos qué hacía en Berlín. Sabemos dónde vivía. Sabemos dónde trabajaba, dónde comía, y que a veces iba al Este. También sabemos que su vuelo hacia Oslo salió de Berlín Este, lo cual no es raro allí, ¿verdad? Las tarifas son más baratas. —Miró hacia la casa—. No es que necesite usted ahorrar, pero ¿quién le hace feos a una ganga?

Jane sintió que la angustia volvía a embargarla. ¿De verdad lo sabía todo, o era otro truco?

—¿Cómo es Alemania del Este? —preguntó él.

Ella trató de adivinar sus intenciones. ¿Creían acaso que era comunista? ¿Una espía?

—Tengo entendido que todo el mundo te vigila —prosiguió Danberry—. Lo que haces, con quién hablas, lo que dices… —Sacudió la ceniza de su cigarrillo en el rebosante cenicero—. Igual que yo ahora, ¿eh?

Sonrió de nuevo, y Jane le imitó.

—¿Allí les dejan escuchar música? —preguntó el policía.

Ella se mordió el labio. Oyó la voz de Nick dentro de su cabeza: «Si intentan hacer que te sientas a gusto, hazles creer que te sientes a gusto».

—¿Un poco de Springsteen? —insistió Danberry—. ¿O de Michael Jackson, quizá?

—La música pop no está bien vista —respondió ella, articulando con esfuerzo las palabras aprendidas de memoria—. Pero no está del todo *verboten*.

—La música es libertad, ¿no?

Jane sacudió la cabeza. Para aquello no había guion.

—Es como si… —Danberry extendió las manos—. Conmueve a la gente. Le inspira. Le da ganas de bailar o de coger a una chica y pasar un buen rato. Tiene energía.

Jane se descubrió asintiendo porque era eso justamente lo que había sentido al ver los conciertos improvisados que celebraban los estudiantes en el parque de Treptow. Tenía unas ganas inmensas de contarle aquello a Nick, pero debía andarse con pies de plomo cuando le hablaba de sus experiencias en Alemania. No quería que se sintiera excluido.

—¿Le interesa la política? —preguntó Danberry.

Negó en silencio. Tenía que ceñirse al guion.

«Sabrán que no has votado nunca».

—No he votado en toda mi vida —le dijo al agente.

—Pero en cambio ha hecho mucho voluntariado. Comedores sociales. Albergues para indigentes. Hasta ese pabellón para enfermos de sida que montaron en la Universidad de San Francisco. ¿No le da miedo pillarlo?

Jane le observó fumar su cigarrillo.

—A mí lo de Rock Hudson me dejó de piedra —prosiguió Danberry—. No me imaginaba que fuera uno de ellos. —Contempló el Golden Gate—. ¿Su padre le estaba haciendo de casamentero? —preguntó de pronto.

«No respondas si no entiendes la pregunta».

—Se fue a Alemania para tres meses —explicó Danberry—. Su novio se quedó aquí y salía por ahí con su hermano, a ligar. —La miró y volvió a mirar el puente—. Ellis-Anne MacMillan dice que la ruptura con Andrew fue muy inesperada. Claro que las rupturas casi siempre lo son.

«No reacciones, por más que intenten sorprenderte».

—Entonces —prosiguió él—, ¿para qué mandó su padre al señor Harp a Noruega? ¿Para que se reconciliaran ustedes dos?

«Limítate a darles datos, sin adornos ni explicaciones innecesarias».

—Nick y yo no rompimos —dijo—. Me fui a Berlín por ese empleo. Él tuvo que quedarse aquí, por trabajo. —Sabía que debía callarse, pero no pudo—. Mi padre le había dado trabajo en la empresa. Seguramente le mandó a Oslo porque quería tenerle cerca. El debate con Maplecroft era importante. Nick es muy simpático, muy campechano. Siempre ha caído bien. La gente se siente atraída por él. Y mi padre no era una excepción. Quería ayudarle a ascender.

—Los tipos como él siempre caen de pie.

Jane se mordió la punta de la lengua. Tuvo que desviar la mirada para que Danberry no viera su expresión de rabia. No soportaba que la gente menospreciara a Nick. Había sufrido tanto de niño… Las personas como Danberry jamás lo entenderían.

—Tiene carisma, ¿no? —El agente apagó el cigarrillo en la suela del zapato y tiró la colilla al cenicero—. Cara bonita, ingenio, buena ropa… Pero no se trata solo de eso, ¿verdad que no? Tiene eso que solo tienen algunos. Eso que te da ganas de escucharlos. De seguirlos.

Se levantó el viento y agitó las hojas del *Chronicle*. Jane vio el llamativo titular al doblar el periódico: *¡Un millón de dólares de rescate o matarán a la profesora!*

Un titular ridículo para un manifiesto ridículo. Nick había hecho que parecieran unos tarados.

—«Muerte a la alimaña fascista que se ceba en la vida de la gente».

Jane no reconoció la cita de la nota de rescate. Fingió echar un vistazo al periódico.

—No está ahí —aclaró Danberry—. Estaba pensando en el secuestro de Patty Hearst. Así es como firmaba todos sus comunicados el LSA, el Ejército Simbionés de Liberación: «Muerte a la alimaña fascista que se ceba en la vida de la gente». —Observó el rostro de Jane—. Su familia tiene otra casa cerca de la de los Hearst, ¿No? ¿En Hillsborough?

—Yo era una cría cuando pasó todo eso.

Jane dedujo de su carcajada que a él todavía le parecía una cría.

—Carter no pudo liberar a los rehenes, pero se las arregló para sacar a Patty Hearst de la trena.

—Ya le he dicho que no me interesa la política.

—¿Ni siquiera cuando estaba en la universidad? —preguntó él—. Mi viejo solía decirme que todo el mundo es socialista hasta que empieza a pagar impuestos.

Jane volvió a componer una sonrisa.

—¿Sabe de dónde procede la palabra «simbionés»?

Ella aguardó.

—El líder del SLA, Donald DeFreeze… El muy bestia no conocía el término «simbiótico», así que se inventó ese palabro, «simbionés». —Danberry se recostó en la silla y cruzó las piernas apoyando el tobillo sobre la rodilla—. La prensa los llamaba terroristas, y es cierto que cometían actos de terrorismo, pero todas las células terroristas son sectas, fundamentalmente, y por lo general en todas las sectas hay un individuo que es el que maneja el timón. Manson, o Jim Jones, o el reverendo Moon.

«Cuando más se acerquen a lo que de verdad les interesa, más despreocupados se mostrarán».

—DeFreeze era un negro, un estafador huido de la justicia, condenado a prisión por robarle a una puta. Como muchos estafadores, derrochaba carisma y los chavales que le seguían (todos ellos blancos de clase media, universitarios en su mayoría) no eran tontos. Eran algo peor. Eran verdaderos creyentes. Le compadecían porque era un pobre negro condenado a la cárcel y ellos eran niños mimados blancos que lo tenían todo. Se creían toda la bazofia que salía de su boca sobre las alimañas fascistas y el País de Jauja en el que iban a vivir todos juntos. Como le decía, tenía eso: carisma.

«Prestad atención a las palabras que repiten porque ese es el quid de la cuestión».

—Convenció a su círculo cercano de que era más listo de lo que era en realidad —continuó Danberry—. Más astuto de lo que era. La verdad es que solo era un timador de tres al cuarto que había montado una secta para poder acostarse con chicas guapas y jugar a ser Dios con sus amiguitos. Cuando alguien intentaba distanciarse, se daba cuenta. Y sabía cómo convencerlos para que volvieran al redil. —Contempló el puente. Sus hombros parecían relajados—. Eran como yoyós que él podía manejar con un golpe de muñeca.

«Míralos a los ojos. No parezcas nerviosa».

—Total… —Danberry juntó las manos y se las apoyó sobre el estómago—. Al final, la mayoría de los chavales que le seguían acabaron con un tiro en la cabeza o carbonizados. Y la verdad es que es lo que suele pasar en esos casos. Esos grupos anarquistas se creen que están haciendo lo correcto hasta que acaban todos en prisión o panza arriba en el depósito de cadáveres.

Jane se enjugó las lágrimas. Se daba cuenta de lo que intentaba Danberry, pero se sentía incapaz de impedirlo.

¿Qué haría Nick? ¿Cómo se las arreglaría él para cambiar las tornas, para dejar a Danberry con dos palmos de narices?

—Señorita Queller —dijo el agente—. Jinx —añadió, y se inclinó hacia delante hasta casi tocar la pierna de Jane con la rodilla.

«Invadirán tu espacio personal para tratar de intimidarte».

—Mire —prosiguió Danberry—, yo estoy de su parte. Pero su novio…

—¿Ha visto morir a alguien de un disparo en la cabeza? —Jane comprendió por su cara de perplejidad que había dado en el clavo. Como habría hecho Nick, extrajo fuerzas del error de

Danberry—. Ha dicho que esos chavales acabaron con un tiro en la cabeza y se ha quedado tan tranquilo. Me gustaría saber si lo ha visto alguna vez.

—Yo no… —Danberry retrocedió visiblemente—. Lo que quería decir…

—Se ve un agujero, un agujero negro no más grande que un centavo, justo aquí. —Se señaló la sien, el punto exacto donde Martin Queller había recibido el disparo—. Y al otro lado, por donde sale la bala, se ve una masa sanguinolenta, y entonces se da uno cuenta de que todo lo que constituía esa persona, todo lo que le hacía ser quien era, está esparcido por el suelo. Convertido en algo que el conserje fregará y tirará por el desagüe. Adiós. Para siempre.

—Yo… —Él abrió la boca y volvió a cerrarla—. Lo lamento, señorita Queller. No pretendía…

Jane se levantó. Entró en la casa y cerró de un portazo. Mientras recorría el pasillo, se limpió la nariz con la mano. No podía seguir fingiendo mucho más tiempo. Tenía que salir de allí. Encontrar a Nick. Decirle lo que estaba ocurriendo.

Su bolso estaba sobre el aparador. Buscó las llaves dentro y descubrió que se las había llevado Nick.

¿Adónde había ido?

—¿Jinx?

Jasper seguía en el salón. Estaba sentado en el sofá, junto a Andrew. Tenían sendas copas en la mano. Hasta el agente Barlow, que estaba de pie junto a la chimenea, tenía un vaso de *whisky*.

—¿Qué ocurre? —preguntó Jasper, levantándose al entrar ella.

—¿Estás bien? —Andrew también se había levantado.

Parecían alarmados, casi al borde de la furia. Nunca habían soportado verla sufrir.

—No pasa nada. —Jane hizo un ademán tranquilizador—. Por favor, ¿alguno puede dejarme su coche?

—Llévate el mío. —Jasper le dio sus llaves a Andrew—. Andy, llévala tú. No está en condiciones de conducir.

—No… —balbució Jane.

—¿Dónde quieres ir? —Andrew se acercó al armario, dispuesto a sacar sus chaquetas.

Jasper se metió la mano en el bolsillo.

—¿Necesitas dinero?

Jane no tenía fuerzas para resistirse a sus dos hermanos simultáneamente.

—No —dijo—. Tengo que encontrar… —Se dio cuenta de que Barlow los estaba escuchando—. El aire. Necesito tomar el aire.

—¿No había suficiente en el jardín? —preguntó Barlow.

Jane le dio la espalda sin esperar a Andrew. Cogió su bolso de la mesa, salió por la puerta principal y bajó los escalones. El Porsche de Jasper estaba aparcado junto al garaje.

—Ya está. —Andrew apretó el paso para alcanzarla y le abrió la puerta del coche.

Ella le agarró del brazo.

—Andy… —dijo, sintiendo que le flaqueaban las piernas. Apenas podía sostenerse en pie.

—No pasa nada —le aseguró él mientras la ayudaba a subir al coche—. Intenta calmarte.

—No —dijo ella—. Tú no lo entiendes. Lo saben.

10

Estaban demasiado asustados para hablar en el coche abiertamente. Jasper no estaba implicado, pero eso solo lo sabían ellos. El FBI, la CIA, la NSA o cualquier otro organismo policial podía haber puesto micrófonos dentro del Porsche, en alguno de sus muchos intersticios. Hasta el teléfono del coche podía estar intervenido.

Antes de lo de Oslo, antes de que todos los cuerpos policiales se abatieran sobre la casa de Presidio Heights, antes de que el agente Danberry acorralase a Jane en el jardín de atrás, creían que Nick evidenciaba una paranoia ridícula cuando insistía en que cualquier lugar, por íntimo que fuese, podía estar vigilado, en que siempre podía haber alguien escuchando. Para hablar sin tapujos, debían buscar un parque o un café elegido al azar. Tenían que escabullirse por callejones, atravesar edificios, decir el santo y seña, conocer las técnicas de interrogatorio, aprender a defenderse y ensayar una y otra vez, hasta aprenderse sus coartadas de memoria, con toda exactitud.

Pero se las habían aprendido demasiado bien, eran demasiado perfectas.

Jane se daba cuenta de ello ahora. Al recordar sus conversaciones con los agentes a lo largo de esos últimos cinco días, comprendió que sus interrogadores habían consignado en sus libretas ciertas expresiones, ciertos ademanes, para compararlos después.

«Fingí reconocer a la que yo creía que era la doctora Maplecroft».

«Solo uno de los dos tenía intenciones perversas».

«Me apetecía hablar con algún americano después de haber pasado tanto tiempo en Alemania».

—Para —le dijo a Andrew.

El miedo le había hecho un nudo en el estómago. Abrió la puerta antes de que el coche se detuviera por completo. Sus botas resbalaron sobre el pavimento. Estaban en las calles de la ciudad. No había hierba, solo cemento. No tuvo más remedio que vomitar en la acera.

«Conocí a Laura Juneau en la sala de espera de KLM en Schiphol».

«Me di cuenta de que era norteamericana por su forma de vestir».

Vomitó tan violentamente que cayó de rodillas. Su estómago encogido arrojaba una bilis negra. Desde el asesinato, solo había podido comer huevos con tostadas. El té que le había dado Nick esa mañana le supo a corcho al subirle, quemando, por la garganta.

Nick. Tenía que encontrar a Nick para que le explicara cómo iban a salir del atolladero.

—Jinx. —Andrew posó la mano en su hombro. Estaba arrodillado a su lado.

Jane se echó hacia atrás apoyándose en los talones. Se limpió la boca. Tenía un temblor en los dedos que no lograba quitarse. Era como si los huesos le vibraran bajo la piel.

«Losabenlosabenlosaben...».

—¿Estás bien? —preguntó Andrew.

Su risa tenía un punto de histerismo.

—Jane...

—Ninguno de nosotros está bien —contestó, y le pareció que al decirlo en voz alta ponía una nota de cordura en aquella sinrazón—. Están estrechando el cerco. Han hablado con Ellis-Ann.

—La he mantenido al margen de todo esto. No sabe nada.

—Pero *ellos* lo saben todo. —¿Cómo era posible que no se diera cuenta?—. Dios mío, Andy. Creen que formamos parte de una secta.

Su hermano se rio.

—¿Como el Templo del Pueblo o la Familia Manson?

Jane no se reía.

—¿Qué vamos a hacer?

—Ceñirnos al plan —contestó Andrew en voz baja—. Para eso está. Cuando dudes, déjate guiar por el plan.

—El plan —repitió ella sin el fervor de su hermano.

El estúpido, el puto plan. Ideado con toda minuciosidad, trazado una y otra vez, debatido infatigablemente.

Equivocado de principio a fin.

—Vamos —dijo Andrew—, busquemos un café y…

—No.

Tenía que encontrar a Nick. Él daría con una solución. O quizá ya la tuviera. La sola idea de que se hiciera cargo de todo alivió de inmediato su crispación nerviosa. Tal vez lo sucedido con Danberry y Barlow formara parte de un plan secreto más amplio. Nick hacía esas cosas a veces: los engañaba, les hacía creer que estaba a punto de arrollarles un tren en marcha y luego, cuando ya creían que no tenían escapatoria, les revelaba que el maquinista era él y que iba a frenar en el último instante, salvándolos a todos. Los ponía constantemente a prueba. Incluso en Berlín le había pedido que hiciera cosas, que se pusiera en peligro con el único fin de asegurarse de que le obedecería.

Le costaba tanto confiar en los demás… En su familia, todos le habían dado la espalda. Se había visto obligado a vivir en la calle. Había logrado salir adelante él solo. Había confiado una y otra vez en personas que le habían hecho daño. No era de extrañar que ella tuviera que demostrarle continuamente que estaba de su lado.

«Eran como yoyós que él podía manejar con un golpe de muñeca».

—Jane —dijo Andrew.

Oyó resonar dentro de su cabeza las palabras de Danberry. ¿Era ella como un yoyó? ¿Era Nick un embaucador? ¿El líder de una secta? ¿En qué se distinguía de Jim Jones? El Templo del Pueblo

271

había empezado haciendo cosas estupendas. Dar de comer a los indigentes. Cuidar de los ancianos. Trabajar para erradicar el racismo. Y luego, una década después, más de novecientas personas, entre ellas numerosos niños, murieron tras beber refresco aderezado con cianuro.

¿Por qué?

—Vamos, Jane —insistió Andrew—. Esos cerdos no saben nada. No tienen ninguna certeza.

Ella sacudió la cabeza tratando de ahuyentar sus oscuros pensamientos. Nick había dicho que la policía trataría de separarlos, que hurgaría en sus mentes y los acosaría con la esperanza de que, finalmente, se volvieran unos contra otros.

«Si nadie habla, nadie lo sabrá».

¿De verdad se creía Nick los disparates que salían de su boca o era así como la había embaucado? Había pasado seis años de su vida siguiéndole a todas partes, esforzándose por complacerle, queriéndole, peleándose con él, rompiendo con él. Y al final siempre volvía. Pasara lo que pasase, siempre encontraba la manera de volver.

Ahí lo tienes.

—Venga, vámonos de aquí.

Jane dejó que la ayudara a levantarse.

—Llévame al apartamento de Nick.

—No estará allí.

—Le esperaremos.

Subió al coche y buscó unos pañuelos de papel en el bolso. Notaba la boca como si se le estuviera pudriendo por dentro. Y tal vez fuera así. Tal vez todo se estuviera pudriendo, hasta la criatura que habían engendrado.

Previó la respuesta sardónica que le daría Nick: «Problema resuelto».

—Todo va a salir bien —dijo Andrew al girar la llave de contacto. El Porsche derrapó cuando se apartó del bordillo de la acera—. Solo nos hace falta dar una vuelta. A lo mejor podríamos pasarnos por casa de Nick.

A Jane le extrañó su tono paternalista, hasta que se dio cuenta de que estaba hablando para el micro que podía haber en el coche.

—Danberry ha comparado a Nick con Donald DeFreeze —dijo.

—¿El mariscal de campo Cinque? —Su hermano le lanzó una mirada cautelosa y pareció comprender al instante lo que implicaba el comentario de Danberry—. ¿Eso te convierte en Patricia Hearst?

—Creen que formamos parte de una secta —repitió ella.

—¿Los *hare krishna* van en Porsche? —Andrew no se daba cuenta de que quería que le contestara de verdad. Seguía hablando para su oyente fantasma—. Venga, Jinx. Esto es una locura. A la poli no le gusta Nick, y es normal. Les toca las narices porque sí. En cuanto se den cuenta de que para él es un juego, se pondrán a investigar a los verdaderos responsables de este asunto.

Ella se preguntó si su hermano no habría dado en el clavo accidentalmente. ¿Por qué Nick siempre se entregaba a aquellos juegos? Se suponía que debían tomarse aquello en serio y, desde lo ocurrido en Oslo, todo había adquirido una seriedad mortal. Lo que estaban a punto de hacer en San Francisco, en Chicago y Nueva York haría recaer sobre ellos todo el peso del gobierno federal. Nick no podía seguir volando tan cerca del sol o acabarían dando todos con sus huesos en prisión.

—Eso tiene importancia —prosiguió Andrew—. No somos una secta, Jinx. Nick es mi mejor amigo desde hace siete años. Y tu novio desde hace seis. Esos agentes se han centrado en él porque tienen que centrarse en alguien. Esa gente siempre necesita un hombre del saco. Hasta David Berkowitz culpaba al perro del vecino.

Su despreocupada respuesta no tranquilizó a Jane.

—¿Y si no cambian de idea?

—Tendrán que hacerlo. Mataron a nuestro padre delante de nuestros ojos.

Jane dio un respingo.

—El FBI no va a fallarnos. Jasper no lo permitirá. Cogerán al que lo ha hecho.

Ella negó con la cabeza. Le corrían lágrimas por las mejillas.

Eso era precisamente lo que la preocupaba.

El coche se inclinó al tomar una curva cerrada.

Jane se llevó la mano a la garganta. Sentía volver el mareo. Miró por la ventanilla y vio pasar las casas indistintamente. Pensó en Nick porque era lo único que le impedía derrumbarse. Tenía que dejar de cuestionarle, aunque solo fuera para sus adentros. Si algo no soportaba Nick era la deslealtad. Por eso la había puesto tantas veces a prueba en Berlín; por eso la había mandado a un bar de moteros cerca del *checkpoint* de Bornholmer; por eso le había hecho llevar una bolsa de cocaína para vendérsela a un universitario; por eso la había enviado a la comisaría para denunciar la desaparición de una moto inexistente.

En su momento le había dicho que hacía todas esas cosas para ayudarla a practicar, para que afinara su capacidad de adaptación a las situaciones peligrosas. Ni siquiera se le ocurría pensar que podían violarla en el bar, detenerla por vender cocaína o encausarla por hacer una denuncia falsa.

O quizá sí.

Respiró hondo cuando Andrew tomó otra curva. Se agarró al reposabrazos de la puerta. Le vio zigzaguear entre el tráfico sin apenas molestarse en mirar hacia atrás.

Maniobras evasivas.

Habían hecho repetidas veces el trayecto de ida y vuelta hasta San Luis Obispo, tres o cuatro coches a la vez, para perfeccionar su destreza al volante. Nick, como cabía esperar, era el que pilotaba mejor, pero Andrew le seguía de cerca. Los dos eran competitivos por naturaleza. Tenían en común un peligroso desapego por la vida que les permitía pisar el acelerador y dar volantazos con total impunidad moral.

Andrew tosió acercándose el codo a la boca para no tener que soltar el volante. Se estaban internando en la ciudad. Mantenía los ojos fijos en la carretera. A la luz del sol, Jane distinguió el trazo tenue de la cicatriz que le había dejado en el cuello su intento de ahorcarse. Había sido tres años antes, después de atiborrarse de pastillas y antes de meterse un chute de heroína capaz de pararle el corazón. Jasper le había encontrado colgando en el sótano. La soga era muy delgada —una cuerda de tender, en realidad—, con un alambre que le había levantado una franja de piel.

Una mezcla de tristeza y mala conciencia embargaba a Jane cada vez que veía la cicatriz. Lo cierto era que, en la época en que su hermano había intentado ahorcarse, ella le odiaba. No porque Andrew fuera mayor o porque se mofara de sus rodillas nudosas y de su torpeza en las relaciones sociales, sino porque era drogadicto desde hacía muchos años y no había nada que no estuviera dispuesto a hacer para satisfacer su adicción. Robar a Annette. Pelearse con Jasper. Sisar a Martin. Y ningunearla a ella sistemáticamente.

Cocaína, benzodiacepina, heroína, *speed...*

Ella tenía doce años cuando quedó claro que Andrew era un adicto y, como la mayoría de los chavales de esa edad, solo alcanzó a ver la desgracia de su hermano a través de la lente de sus propias carencias. Al hacerse mayor, se vio obligada a aceptar que la forma que adoptara su vida estaría siempre moldeada por la de su hermano. Comprendió que la familia entera sería por siempre rehén de lo que Martin denominaba «la debilidad de Andrew». Las detenciones, los centros de rehabilitación, las comparecencias en los juzgados, los favores que había que pedir, el dinero que cambiaba de manos bajo cuerda, los donativos políticos, todo ello absorbía constantemente y por completo la atención de sus padres. Ella nunca había tenido una vida normal, pero Andrew le había robado cualquier esperanza de llevar una existencia apacible, incluso ordinaria a ratos.

Cuando cumplió los dieciséis años ya había perdido la cuenta de las reuniones familiares convocadas para tratar el problema de Andrew, de los gritos, los reproches, las acusaciones, las palizas, los sermones y las esperanzas. Eso era lo peor de todo: las esperanzas. Tal vez esta vez sí consiguiera dejarlo. Tal vez apareciera sobrio en su cumpleaños, o en Acción de Gracias, o por Navidad.

Y tal vez ese concierto o esa actuación que era tan importante para ella (el primero en el que le habían permitido elegir el repertorio, ese al que había dedicado tantas horas de ensayo) no se viera empañado por una sobredosis, por otro intento de suicidio, por otra hospitalización, por otra reunión familiar en la que Martin montaría en cólera, Jasper fruncería el ceño y ella sollozaría mientras Andrew les suplicaba otra oportunidad y Annette bebería hasta caer en un estupor insensible.

Y entonces, de repente, Nick consiguió que Andrew se desintoxicara.

La detención por posesión de cocaína dos años antes les había abierto los ojos a ambos, pero no como era de esperar, no como ella hubiera querido. Los detuvo un ayudante del *sheriff* del condado de Alameda. De no haber sido así, Martin habría conseguido que retiraran la denuncia. Pero el policía de Alameda, que había tratado con muchos niños ricos y mimados, estaba decidido a que el caso se viera en los tribunales. Amenazó con acudir a la prensa si no se los procesaba.

Así fue como Andrew y Nick acabaron viviendo en el Hogar Queller de Bayside, la última casa tutelada de la que fue expulsado Robert Juneau.

Fue allí donde Laura conoció a Nick. Nick se la presentó a Andrew, luego ideó un plan, y ese plan dio finalmente a Andrew un propósito que exigía con urgencia una sobriedad absoluta.

El Porsche se detuvo con un chirrido de neumáticos. Estaban frente al bloque de apartamentos de Nick, un edificio bajo y achaparrado, con una galería en la planta de arriba rodeada por una precaria barandilla metálica. No era el mejor barrio de la ciudad, pero tampoco el peor. El sitio estaba limpio y los indigentes eran mantenidos a raya. Aun así, Jane detestaba que Nick no pudiera vivir en la casa de Presidio Heights, con los demás.

Ahora, sin embargo, sí podría.

«¿Verdad?».

—Voy a ver si está —dijo Andrew—. Tú quédate aquí.

Abrió la puerta del coche antes de que su hermano pudiera detenerla. Se sentía presa de la urgencia. Todas las dudas que había tenido durante esa última media hora se aclararían en brazos de Nick, quedarían resueltas. Cuanto antes estuviera con él, antes se sentiría mejor.

—¡Jinx! —la llamó Andrew a su espalda—. ¡Jinx, espera!

Echó a correr, se tropezó con el bordillo y enfiló las escaleras oxidadas. Las rígidas botas que llevaba puestas le hacían daño, pero no le importó. Intuía que Nick estaba en su apartamento. Que la estaba esperando. Que quizá se estaría preguntando por qué habían tardado tanto, si es que ya no les importaba, si habían perdido su fe en él.

Ella había perdido la fe. Había dudado de él.

No era tonta. Era un monstruo.

Corrió más aprisa, pero tenía la sensación de que cada paso que daba la alejaba de él. Andrew corría tras ella, la llamaba a gritos, le decía que fuera más despacio, que parase, pero Jane no podía hacerlo.

Se había dejado manipular por el agente Danberry. Nick no era un estafador, ni el líder de una secta. Era un superviviente. Su primer recuerdo era ver a su madre tirándose a un policía, todavía con el uniforme puesto, que la pagaba con heroína. A su padre no le había conocido. Una serie de chulos le habían maltratado y abusado de él. Había pasado por decenas de colegios cuando finalmente cruzó el país haciendo autostop para buscar a su abuela. Ella le había aborrecido al primer vistazo, le despertaba en plena noche dándole patadas y gritando. Se había visto forzado a echarse a la calle, y luego a vivir en un albergue para indigentes mientras acababa los estudios. El hecho de que hubiera logrado entrar en Stanford a pesar de todas las penurias que había vivido demostraba que era más inteligente, mucho más listo de lo que pensaba la gente.

Sobre todo, el agente Danberry, con sus dientes mellados y su traje barato.

—¡Jinx! —gritó Andrew desde el otro lado de la galería.

Iba andando porque ya no podía correr. Jane oía su tos a diez metros de distancia.

Buscó la llave dentro de su bolso, no la que llevaba en el llavero, sino la de las emergencias, la que guardaba en el bolsillo con cremallera. Le temblaban tanto las manos que se le cayó al suelo. Se agachó para recogerla. Tenía las palmas cubiertas de sudor.

—¡Jinx!

Andrew se había inclinado apoyando las manos en las rodillas y jadeaba exhalando una especie de silbido.

Ella abrió la puerta.

Sintió que el mundo se tambaleaba bajo sus pies.

Nick no estaba allí.

Y lo que era peor aún, tampoco estaban sus cosas. El piso estaba casi vacío. Las cosas que tanto apreciaba: el sofá de cuero por el que tanto le había costado decidirse, las elegantes mesas de cristal laterales, la lámpara del techo, la gruesa alfombra marrón… Todo había desaparecido. Había un sillón grande y mullido vuelto hacia la pared del fondo. Pero faltaba la hermosa mesa de cristal y bronce de la cocina. El enorme televisor. El equipo de música, con sus gigantescos altavoces. Su colección de discos. Las paredes estaban desnudas. Sus queridos cuadros ya no estaban, ni siquiera los que le había pintado Andrew.

Faltó poco para que cayera de rodillas. Se llevó la mano al pecho al sentir que se le partía el corazón.

¿Nick los había abandonado?

¿La había abandonado a ella?

Se tapó la boca con la mano para no ponerse a gritar. Entró en la habitación con paso tembloroso y se detuvo en el centro. No estaban sus revistas, ni sus libros, ni los zapatos que dejaba junto a la puerta de la galería. Cada cosa que faltaba era como una flecha que le atravesaba el corazón. Estaba tan aterrorizada que casi se sentía entumecida. Se le pasaban por la cabeza las ideas más espantosas.

Nick la había abandonado. Sabía que dudaba de él. Que había dejado de creerle, aunque hubiera sido solo un momento. Había desaparecido. Había tomado una sobredosis. Había conocido a otra mujer.

Había intentado matarse.

Le flaquearon las piernas cuando trató de avanzar por el pasillo. Nick había amenazado con matarse más de una vez y la idea de perderle le resultaba tan desgarradora que cada vez que le oía decirlo lloraba como una niña y le suplicaba que por favor se quedara con ella.

«No puedo vivir sin ti. Te necesito. Eres lo que da aliento a mi cuerpo. Por favor, no me dejes nunca».

—¿Jane? —Andrew había llegado a la puerta—. Jane, ¿dónde estás?

La puerta de la habitación de Nick estaba cerrada. Tuvo que apoyarse contra la pared mientras avanzaba. Pasó frente al cuarto de baño: cepillo y pasta de dientes, pero no colonia, ni útiles de afeitado, ni cepillo, ni peine.

Nuevas flechas le atravesaron el corazón.

Se detuvo frente a la puerta del dormitorio. A duras penas consiguió agarrar el picaporte. No había aire suficiente para llenarse los pulmones. Su corazón había dejado de latir rítmicamente.

Empujó la puerta.

No estaba la cama, con su grueso edredón. Ni las mesillas de noche con las lámparas a juego. Ni la cómoda antigua que Nick había restaurado amorosamente. Solo había un saco de dormir extendido en el suelo desnudo.

La puerta del armario estaba abierta.

Comenzó a llorar otra vez, casi sollozando de alivio, al ver que su ropa seguía colgada en las perchas. A Nick le encantaba su ropa. No se marcharía sin ella.

—¿Jinx?

Andrew apareció a su lado, la sujetó.

—Creía… —Finalmente le fallaron las piernas. Volvía a sentirse mareada—. Creía que…

—Ven, vamos. —Andrew la levantó y prácticamente la sacó en volandas de la habitación.

Se apoyó en él mientras recorrían el pasillo, arrastrando los pies por el suelo sin alfombra. Su hermano la llevó al cuarto de estar. Encendió la luz. Jane entornó los ojos, deslumbrada por su resplandor. Las lámparas habían desaparecido. De los casquillos colgaban únicamente las bombillas. Con excepción de aquel enorme sillón que parecía rescatado de la calle, todo aquello por lo que Nick sentía apego había desaparecido.

Su ropa, no obstante, seguía en el armario. Y él no se iría sin su ropa.

«¿Verdad?».

—¿Está…? —No consiguió acabar la frase—. Andrew, ¿dónde…?

Su hermano se llevó un dedo a los labios para indicarle que podía haber alguien escuchando.

Ella sacudió la cabeza. No se sentía capaz de seguir jugando a aquello. Necesitaba palabras, seguridades.

—Tranquila. —Andrew volvió a lanzarle aquella mirada enfática, como si ella estuviera pasando por alto algo importante.

Jane miró a su alrededor, ansiosa por entender lo que sucedía. ¿Qué podía estar pasando por alto en aquel espacio desnudo?

Eso: la desnudez del espacio.

Nick se había deshecho de sus cosas. Las había vendido o regalado. ¿Intentaba obstaculizar la labor de la policía, dejarles sin un solo sitio donde colocar sus dispositivos de escucha?

No pudo soportarlo más. Se sentó en el suelo con los ojos arrasados en lágrimas de alegría. Tenía que ser eso. Nick no los había abandonado. Estaba tomándole el pelo a la pasma. El piso casi vacío era otro de sus juegos.

—¿Jinx? —Andrew parecía preocupado.

—No pasa nada —le aseguró ella mientras se secaba las lágrimas. Se sentía como una idiota por montar aquella escena—. Por favor, no le digas a Nick que me he puesto así. Por favor.

Su hermano abrió la boca para contestar, pero empezó a toser. Jane hizo una mueca al oír sus roncos y húmedos estertores. Tosió otra vez, y otra, y por fin entró en la cocina, donde encontró un vaso secándose junto al fregadero.

Jane se limpió la nariz con el dorso de la mano. Al mirar de nuevo a su alrededor, se fijó en una cajita de cartón que había junto a aquel espantoso sillón. Le aleteó el corazón al ver la foto enmarcada que descansaba sobre la caja.

Nick se había deshecho de casi todo, y había conservado aquello.

Era una foto de ellos dos en la casa de Hillsborough, la Navidad anterior. Sonreían a la cámara pero no se miraban pese a que Nick la tenía enlazada por los hombros. Jane había pasado tres semanas de gira y, al volver, le había encontrado nervioso y distraído. Él insistía en que no pasaba nada y ella le había suplicado una y otra vez que se lo contara. Habían pasado horas así, del anochecer a la salida del sol, hasta que por fin él le contó su encuentro con Laura Juneau.

Estaba fumando un cigarrillo junto a la verja de la casa tutelada de Bayside. Fue después de que le detuvieran en el condado de Alameda por posesión de cocaína, cuando Andrew y él estaban cumpliendo la condena que les impuso el juez. Su encuentro fue pura casualidad. Laura llevaba meses buscando una forma de introducirse en la compañía. Había hablado con un sinfín de pacientes y empleados con la esperanza de que alguien la ayudara a encontrar pruebas de que el sistema había cometido un fraude con su marido.

En Nick encontró a un oyente verdaderamente capaz de entenderla. Durante la mayor parte de su vida, todas las personas investidas de cierta autoridad le habían dicho una y otra vez que carecía de importancia, que su inteligencia dejaba mucho que desear, que no era de buena familia, que no tenía dónde caerse muerto. Atraer a Andrew debió de ser aún más fácil. Su hermano se había pasado la vida entera enfrascado en sus propios deseos y necesidades. Dirigir esa atención hacia la tragedia vivida por otras personas fue para él un medio de salir de las tinieblas.

«Me sentí tan egoísta cuando escuché su historia», le dijo Andrew a Jane. «Yo creía que estaba sufriendo, pero no tenía ni idea de lo que era sufrir de verdad».

Jane sabía con certeza en qué momento comenzó Nick a reclutar a otras personas. Era lo que mejor se le daba: recoger inadaptados, personas marginadas que, al igual que él, sentían que nadie escuchaba su voz. Aquella noche de Navidad en la casa de Hillsborough, cuando Nick le habló por fin del plan, ya había decenas de personas en otras ciudades dispuestas a cambiar el mundo.

¿Fue Laura quien primero tuvo la idea, no solo de lo de Oslo, sino también de lo de San Francisco, Chicago y Nueva York?

Servicios Sanitarios Queller era una sola empresa que actuaba —y maltrataba a buenas personas— en un solo estado, pero con su salida a bolsa obtendría el capital necesario para exportar su programa de abusos a todo el país. Era evidente que la competencia había adoptado su mismo plan de negocio. Nick le habló a Jane de instituciones asistenciales de Georgia y Alabama que echaban a sus pacientes a la calle. Un centro de Maryland había sido sorprendido abandonando a discapacitados psíquicos en paradas de autobús en lo más crudo del invierno. Y en Illinois la lista de espera era tan larga que los pacientes tardaban literalmente años en recibir asistencia.

Tal y como se lo explicó Nick, Martin sería el primer objetivo, pero para que el cambio fuera significativo era necesario llevar a cabo actos de resistencia eficaces. Tenían que mostrar al resto del país, y del mundo, lo que le estaba sucediendo a esa pobre gente abandonada. Debían tomar ejemplo de ACT UP, de Weather Underground, de United Freedom Front, y sacudir hasta sus cimientos esas instituciones corruptas.

Lo cual era fantástico.

¿Verdad que sí?

Lo cierto era que Nick siempre estaba indignado o entusiasmado por algo. Escribía a los políticos exigiéndoles que actuaran. Enviaba misivas coléricas a los editores del *San Francisco Gate*. Trabajaba como voluntario junto a Jane en albergues para indigentes y clínicas para enfermos de sida. Estaba siempre dibujando bocetos de inventos increíbles o garabateando notas sobre posibles proyectos empresariales. Ella siempre le animaba porque sabía que era muy poco probable que pusiera en práctica sus ideas: eso era harina de otro costal. O bien pensaba que la gente que podía ayudarle era demasiado imbécil o demasiado intransigente, o bien se aburría y pasaba a otra cosa.

Jane dio por sentado que lo de Laura Juneau también se le pasaría. Cuando comprendió que aquello era distinto, que Andrew también estaba involucrado y que se tomaban los dos muy a pecho sus planes quiméricos, no pudo retroceder. Temía que Nick siguiera adelante sin ella. Que la dejara atrás. Una vocecilla le recordaba siempre, insidiosamente, que necesitaba a Nick mucho más de lo que él la necesitaba a ella.

—Jinx.

Andrew estaba esperando que le prestara atención. Tenía en la mano la fotografía navideña. Abrió la parte de atrás del marco. Había una llavecita sujeta con celofán al cartón.

Jane sintió el impulso de preguntarle qué hacía, pero consiguió refrenarse. Miró con nerviosismo a su alrededor. Nick les había dicho que las cámaras podían esconderse en las lámparas, dentro de las macetas o detrás de las rejillas del aire acondicionado.

Advirtió entonces que Nick había quitado todas las rejillas. Solo quedaban las bocas de los conductos abiertas en las paredes.

«Solo es paranoia si no estás en lo cierto».

Andrew le dio la llave. Se la guardó en el bolsillo de atrás. Su hermano volvió a colocar la foto sobre la caja de cartón. Con el mayor sigilo posible, volcó el pesado sillón hasta ponerlo de lado.

—¿Qué…? —preguntó ella antes de darse cuenta de lo que hacía. Miró con curiosidad a su hermano.

«¿Qué demonios está pasando?».

Andrew respondió llevándose de nuevo el dedo a los labios.

Dejó escapar un gruñido al ponerse de rodillas. Arrancó de un tirón la tela que cubría la parte de abajo del sillón. Jane hizo un esfuerzo por no formular las preguntas que tenía en la punta de la lengua. Observó cómo su hermano desguazaba el sillón. Andrew retiró los muelles de un lado, doblándolos. Metió la mano dentro de la espuma y sacó una caja metálica rectangular de unos diez centímetros de profundidad y el largo y ancho de un folio.

Jane sintió que se le tensaban los músculos al pensar en todo lo que podía contener aquella caja: armas, explosivos, más fotografías, toda clase de cosas que no quería ver porque Nick no escondía nada a no ser que quisiera que nadie lo encontrara.

Andrew puso la caja en el suelo. Se agachó. Estaba fatigado, le costaba respirar a pesar de que solo había volcado un sillón. La luz áspera no le favorecía en absoluto. Parecía aún más enfermo que antes. Sus oscuras ojeras estaban bordeadas por minúsculos puntitos de capilares rotos. El pitido de su pecho no había amainado.

—Andy…

Él se puso la caja debajo del brazo.

—Vámonos.

—¿Y si Nick…?

—Ahora mismo.

Volvió a colocar el sillón sobre sus patas. Esperó a que Jane se adelantara y luego aguardó a que cerrara la puerta con llave.

Ella mantuvo la boca cerrada mientras cruzaba la galería. Oía los pasos pesados de ambos sobre el cemento, el agudo tamborileo de sus botas, el martilleo sordo de los mocasines de Andrew. El pitido de su pecho no dejaba de crecer. Jane trató de aflojar el paso. Estaban en el primer descansillo de la escalera cuando su hermano la detuvo con un gesto.

Jane le miró. El viento agitaba el cabello de Andrew. El sol dibujaba una fina línea sobre su frente. Se preguntó cómo conseguía mantenerse en pie. Su cara tenía la palidez de un muerto.

Creyó que podía preguntar:

—¿Qué estamos haciendo, Andrew? No entiendo por qué tenemos que irnos. ¿No deberíamos esperar a Nick?

—En casa —repuso él—, ¿oíste a Jasper decirles a esos federales lo buena persona que era papá?

Jane no podía bromear sobre Jasper en esos momentos. La

aterraba que su hermano mayor se viera inmerso en aquel embrollo que ninguno de ellos era capaz de controlar.

—Andrew, por favor, ¿vas a decirme qué está pasando?

—Jasper defendió a papá porque es igual que él.

Jane sintió el impulso de poner los ojos en blanco. No podía creer que su hermano reaccionara así en un momento como aquel.

—No seas tan cruel. Jasper te quiere. Siempre te ha querido.

—Es a ti a quien quiere. Y eso está muy bien. Me alegro de que vele por ti.

—No soy una niña, no necesito una niñera —replicó ella con más acritud de la que pretendía.

Se habían peleado por Jasper desde que eran pequeños. Andrew siempre veía lo peor de él. Para Jane, en cambio, era su salvador.

—¿Sabes cuántas veces me llevó a cenar cuando a papá le daba uno de sus arrebatos, o me ayudó a escoger lo que tenía que ponerme cuando mamá estaba demasiado borracha, o trató de hablarme de música, o me escuchó llorar por un chico o por…?

—Sí, ya lo sé, es un santo. Y tú eres su perfecta hermanita. —Andrew se sentó en la escalera—. Siéntate.

Jane se sentó de mala gana un escalón por debajo de él. Tenía muchas cosas que decir acerca de Jasper pero sabía que solo conseguirían lastimar a Andrew; como que, cada vez que Andrew sufría una sobredosis o desaparecía, o acababa en el hospital, era su hermano mayor quien se aseguraba de que ella estuviera bien.

—Dame la llave —dijo Andrew.

Jane la sacó y se la dio. Observó la cara de su hermano mientras Andrew metía la llave en la cerradura. Aún le costaba respirar. Sudaba copiosamente a pesar de que corría una brisa fresca.

Por fin consiguió abrir la tapa de la caja metálica.

—Ya está.

Jane vio que estaba llena de carpetillas. Reconoció el emblema de Servicios Sanitarios Queller impreso en la parte de abajo.

—Fíjate en esto. —Andrew le pasó varias carpetas—. Ya sabes que nuestro padre le consiguió trabajo a Nick en la empresa.

Jane se mordió la lengua para no soltarle que, naturalmente, sabía que su novio trabajaba en la empresa de su padre. Ojeó los impresos que contenían las carpetas tratando de entender qué importancia tenían, por qué se había molestado Nick en esconderlos. Supo enseguida lo que eran: historiales de pacientes, acompañados por sus respectivos códigos de facturación e impresos de admisión. Martin solía llevárselos a casa en el maletín, y Jasper había empezado a hacer lo mismo al ingresar en la empresa.

—Nick ha estado fisgoneando —comentó Andrew.

Aquello tampoco era una sorpresa. Nick era su «topo», como le gustaba decir. Jane hojeó los documentos. Nombres de pacientes, números de la Seguridad Social, direcciones postales, códigos de facturación, comunicaciones con la administración estatal, con profesionales médicos, con el departamento de contabilidad… La casa Queller de Bayside. La de Hilltop. El Centro de Internamiento Juvenil Queller.

—Ya habíamos visto todo esto —dijo Jane—. Formaba parte del plan. Nick va a mandarlo a la prensa.

Andrew hojeó las carpetas hasta que encontró la que estaba buscando.

—Lee esta.

Ella abrió la carpeta. Al instante reconoció el nombre que figuraba en el impreso de admisión.

ROBERT DAVID JUNEAU.

Se encogió de hombros. Sabían que Robert Juneau había estado internado en Bayside. Era de dominio público. Allí había empezado todo aquello.

—Fíjate en las fechas de ingreso —le indicó su hermano.

Jane leyó en voz alta:

—Uno de abril, veintidós de abril de 1984. Seis de mayo, veintiocho de mayo de 1984. Veintiuno de junio, catorce de julio de 1984.

Miró a Andrew desconcertada. Todo aquello ya lo sabían. La empresa había estado defraudando a la Administración. Las personas que permanecían ingresadas más de veintitrés días eran consideradas pacientes de larga duración, lo que significaba que el estado pagaba una tarifa diaria inferior por su manutención. Martin sorteaba ese inconveniente echándolos de sus centros antes de que se cumplieran los veintitrés días y volviéndolos a admitir unos días después.

—Esto se va a publicar después de lo de Chicago y Nueva York —dijo—. Nick tiene listos los sobres para mandarlo a los periódicos y a las oficinas del FBI.

Andrew se rio.

—¿De verdad te imaginas a Nick sentado delante de una mesa rellenando casi un centenar de sobres? ¿Lamiendo los sellos y escribiendo las direcciones? —Señaló el expediente que ella tenía en las manos—. Echa un vistazo a la página siguiente.

Estaba demasiado estresada y agotada para seguirle el juego, pero aun así dio la vuelta a la hoja. Vio más fechas.

—Veintidós días en agosto —dijo, resumiéndolas para Andrew—. Otra vez en septiembre y luego en… ¡Ah!

Se quedó mirando las fechas. El aborrecimiento que le inspiraba su padre aumentó de golpe.

Robert Juneau había matado a sus hijos y se había suicidado el 9 de septiembre de 1984. Según los datos que figuraban en su expediente, después de su muerte había seguido siendo admitido y readmitido en diversos centros durante seis meses.

Centros de Empresas Queller.

Su padre no solo se había aprovechado de las dolencias de Robert Juneau para obtener beneficios, sino que había prolongado esa situación después de que el paciente cometiera una matanza y se quitara la vida.

Jane tuvo que tragar saliva antes de preguntar:

—¿Laura sabía esto? Quiero decir antes de lo de Oslo. —Miró a Andrew—. ¿Vio estos papeles?

Él hizo un gesto afirmativo.

A ella le temblaban las manos cuando bajó la vista.

—Me siento como una idiota —dijo—. Esta mañana tenía remordimientos, me sentía culpable. Y ayer también. No conseguía quitarme de la cabeza esos ratos en los que nuestro padre no era un monstruo, sino…

—Era un monstruo —repuso Andrew—. Se aprovechó de la desgracia de miles de personas y se habría aprovechado de cientos de miles más cuando la empresa saliera a bolsa, y todo con el único fin de obtener beneficios. Teníamos que detenerle.

Nada de cuanto le había dicho Nick esos últimos cinco días había aliviado tanto su conciencia.

Hojeó el historial de Robert Juneau hasta el final. Queller había ganado cientos de miles de dólares tras la muerte de Robert Juneau. Encontró facturas pagadas, códigos de facturación y pruebas de que la Administración había seguido pagando por la atención a un paciente que ya nunca necesitaría una cama limpia, ni medicinas, ni alimento.

—Pasa a… —dijo Andrew.

Pero Jane ya estaba leyendo el Informe de Intervención. Las readmisiones múltiples debían llevar la firma de un ejecutivo de la empresa a fin de que se reuniera la junta asesora encargada de debatir qué medidas eran necesarias para que el paciente recibiera la asistencia que precisaba. Al menos, así debía suceder, dado que Servicios Sanitarios Queller se dedicaba presuntamente a labores asistenciales.

Al mirar el nombre del directivo firmante, Jane sintió que se le encogía el corazón. Conocía aquella firma tan bien como la suya propia. Figuraba en los impresos del colegio y en los cheques en blanco que llevaba al centro comercial para comprarse ropa o cuando iba a la peluquería o a echar gasolina.

Jasper Queller.

Se le saltaron las lágrimas. Levantó el impreso para verlo al trasluz.

—Debe de estar falsificada o…

—Tú sabes que no. Es su firma, Jinx. Seguramente hecha con la pluma Montblanc que le regaló papá cuando dejó la Fuerza Aérea.

Ella sintió que empezaba a sacudir la cabeza. Intuía adónde conducía todo aquello.

—Por favor, Andrew. Es nuestro hermano.

—Tienes que aceptar los hechos. Ya sé que crees que Jasper es tu ángel de la guarda, pero ha estado metido en esto desde el principio. Todo lo que hacía nuestro padre, lo hacía él también.

Jane siguió moviendo la cabeza a pesar de tener las pruebas delante. Jasper sabía que Robert Juneau estaba muerto. Habían comentado la noticia. Se había mostrado igual de horrorizado que ella porque la empresa hubiera fallado de manera tan espectacular a un paciente.

Y acto seguido había ayudado a la empresa a lucrarse a su costa.

Cogió las otras carpetas y echó un vistazo a las firmas, convencida de que tenía que haber un error. Cuanto más miraba, mayor era su desesperación.

La firma de Jasper figuraba en todos los expedientes.

Tuvo que hacer un esfuerzo por dominar su desolación.

—¿Todos estos pacientes están muertos?

—La mayoría. Algunos se fueron a vivir a otro estado. Sus datos se utilizan aún para pasar facturas a la Administración —explicó Andrew—. Jasper y papá necesitaban inflar las cifras. A los inversores les preocupaba que la oferta pública de acciones no fuera precisamente un éxito.

Los inversores… Martin había recurrido a ellos un par de años antes, a fin de comprar las empresas de sus competidores. Jasper estaba obsesionado con el grupo, como si fuera una especie de monolito omnisciente capaz de destruirles por puro capricho.

—Hay que parar a Jasper —afirmó Andrew—. Si la empresa sale a bolsa, tendrá acceso a millones de dólares, dinero manchado de sangre. No podemos permitirlo.

Jane sintió un escalofrío de horror. Así era justamente como había empezado lo de Martin. Una revelación escandalosa había seguido a otra hasta que, inopinadamente, Laura Juneau le había pegado un tiro en la cabeza.

—Sé que quieres excusarle —dijo Andrew—, pero esto no tiene excusa.

—No podemos… —Tuvo que hacer una pausa. Aquello era demasiado—. No voy a hacerle daño, Andy. Como a papá, no. Me da igual lo que digas.

—Jasper no se merece ni lo que cuesta una bala. Pero tiene que pagar por esto.

—¿Pretendes que juguemos a ser…? —Se detuvo otra vez, porque todos ellos habían jugado a ser dioses en Oslo y ninguno había pestañeado hasta el instante en que todo acabó—. ¿Qué vais a hacer?

—Mandar esto a los periódicos.

Ella le agarró del brazo.

—Andy, por favor, te lo suplico. Sé que Jasper no ha sido el mejor hermano del mundo para ti, pero te quiere. Nos quiere a los dos.

—Nuestro padre habría dicho lo mismo.

Sus palabras fueron como una bofetada.

—Tú sabes que eso es distinto.

Andrew apretó visiblemente los dientes.

—El sistema dispone de una cantidad finita de dinero para hacerse cargo de esas personas, Jinx. Jasper se ha apropiado de esos recursos para tener contentos a los inversores. ¿Cuántos Robert Juneau hay por ahí por culpa de lo que ha hecho nuestro hermano?

Ella sabía que tenía razón, pero estaban hablando de Jasper.

—No podemos…

—Es absurdo discutir, Jinx. Nick ya lo ha puesto en marcha. Por eso me dijo que antes de nada viniera aquí.

—¿Antes de nada? —repitió ella, alarmada—. ¿Antes de qué?

En lugar de responder, él se frotó la cara con las manos, el único indicio de que aquello le inquietaba.

—Por favor —suplicó ella.

No podía parar de repetir esas dos palabras. Las lágrimas afluían constantemente a sus ojos.

«Piensa en lo que sería de mí si destrozarais la vida de Jasper», quería decirle. «No puedo hacer daño a nadie más. No puedo dejar de sentirme culpable como si pulsara un interruptor».

—Jinx —dijo Andrew—, quiero que sepas que esta decisión no depende de nosotros.

Ella comprendió lo que su hermano trataba de decirle. Nick quería vengarse, no solo por el mal que había hecho Jasper, sino por lanzarle pullas durante las cenas familiares, por tratarle con desdén, por hacerle preguntas malintencionadas sobre su pasado, por poner de manifiesto que no era «uno de los nuestros».

Andrew volvió a hurgar en la caja metálica. Jane dio un respingo cuando sacó un fajo de *polaroids*. Andrew retiró la goma y se la puso en la muñeca.

—No —susurró ella.

Sin prestarle atención, su hermano observó atentamente las fotografías: un catálogo de la paliza recibida por Jane.

—Nunca perdonaré a nuestro padre por hacerte esto.

Le mostró el primer plano de su tripa cubierta de hematomas.

La primera vez, aunque no la última, que se quedó embarazada.

—¿Dónde estaba Jasper cuando pasó esto, Jane? —La ira de Andrew se inflamó de pronto. No había forma de hacerle callar—. Yo reconozco mi parte de culpa. Estaba colocado. Me importaba una mierda mi propia vida, no digamos ya la de los demás. Pero ¿y Jasper?

Ella miró el aparcamiento. Las lágrimas seguían afluyendo.

—Jasper estaba en casa cuando pasó esto, ¿verdad? ¿Encerrado en su cuarto? ¿Fingiendo que no oía los gritos?

Todos se habían hecho los sordos alguna vez cuando era a otro al que le estaba pasando.

—Dios mío. —Andrew contempló la siguiente fotografía, la del profundo corte de su muslo—. Estos últimos meses, cada vez que notaba que me fallaban los ánimos, Nick sacaba estas fotos para que los dos tuviéramos presente lo que te hizo nuestro padre. —Le enseñó el primer plano de su ojo hinchado—. ¿Cuántas veces te golpeó? ¿Cuántas veces hicimos como que no nos dábamos cuenta de que tenías el ojo morado en la mesa del desayuno? ¿Cuántas veces se rio mamá, o Jasper, de tu falta de coordinación?

Ella intentó quitar hierro al asunto recordando su apodo familiar:

—Jinx la patosa.

—No permitiré que vuelvan a hacerte daño —dijo Andrew—. Jamás.

Jane estaba harta de llorar, pero parecía incapaz de detenerse. Había llorado por la familia destrozada de Laura Juneau. Había llorado por Nick. Había llorado, inexplicablemente, por Martin, y ahora lloraba de vergüenza.

Andrew sorbió por la nariz ruidosamente. Volvió a poner la goma a las *polaroids* y las dejó en la caja.

—No voy a preguntarte si sabías lo de la pistola.

Ella apretó los labios. Mantuvo los ojos fijos en el aparcamiento.

—Yo tampoco voy a preguntártelo a ti.

Su hermano respiró hondo con esfuerzo, casi jadeando.

—Así que Nick…

—Por favor, no lo digas. —Jane volvió a llevarse la mano a la tripa. Ansiaba la serenidad de Laura Juneau, la justificación que respaldaba sus actos.

—Laura pudo elegir —añadió Andrew—. Podía haberse marchado cuando encontró la pistola en la bolsa.

Eso mismo le había dicho Nick, y sus palabras no habían supuesto ningún consuelo para Jane. Sabía que Laura no se habría echado atrás. Estaba resuelta a seguir adelante, absolutamente en paz con su decisión. Tal vez incluso se alegraba. Controlar tu propio destino (o, como decía Nick, llevarte por delante a un cabrón) tenía sus ventajas.

—Parecía muy amable —dijo.

Andrew se atareó cerrando la caja y comprobando el cierre.

—Parecía muy, muy amable —repitió ella.

Él carraspeó varias veces.

—Era una persona maravillosa —dijo en un tono que delataba su angustia.

Nick le había encargado tratar con Laura. Andrew había sido su único punto de contacto con el grupo. Se había ocupado de explicarle los pormenores del plan, de facilitarle el dinero y la información de los vuelos, de decirle dónde encontrarse con el falsificador de Toronto, cómo presentarse, qué contraseña le franquearía tal o cual puerta.

—¿Por qué hablaste con ella en Oslo? —preguntó.

Jane negó con la cabeza. No tenía respuesta para esa pregunta. Nick les había advertido que el anonimato era su única defensa si las cosas se torcían. Ella, deseosa como siempre de seguir sus órdenes, había buscado refugio en el bar cuando entró Laura Juneau. Faltaba menos de una hora para que empezara la mesa redonda. Era muy temprano para beber y Jane sabía que, de todos modos, no debía hacerlo. Tocar el piano siempre le calmaba los nervios, pero por alguna razón inexplicable se había sentido irremisiblemente atraída hacia Laura, que estaba sentada en la barra, a solas.

—Deberíamos irnos —dijo Andrew.

Ella no respondió. Se limitó a seguirle en silencio escalera abajo, hasta el coche.

Sostuvo la caja metálica sobre el regazo cuando él arrancó y volvió a internarse en las calles de la ciudad. Jane se esforzó por no pensar en Jasper. Tampoco podía preguntarle a su hermano adónde se dirigían. No era únicamente la posibilidad de que hubiera dispositivos de escucha escondidos en el coche lo que impedía hablar a Andrew. Jane intuía que había algo más. Su estancia en Berlín la había separado del grupo en cierto modo. Lo había percibido ya en Oslo, y era especialmente ostensible ahora que estaban de vuelta en casa. Nick y Andrew salían a dar largos paseos, acechaban en las esquina, bajaban rápidamente la voz cuando ella se acercaba.

Al principio pensó que era una forma de ayudarla a superar su sentimiento de culpa, pero ahora se preguntaba si no estarían pasando otras cosas que no querían que supiera.

¿Había más cajas ocultas?

¿A quién más planeaba hacer daño Nick?

El coche coronó una colina. Jane cerró los ojos, deslumbrada por el súbito resplandor del sol. Dejó que sus pensamientos vagaran de nuevo hacia Laura Juneau. Quería descubrir qué la había impulsado a acercarse a ella en el bar. Era justamente lo que no debía hacer. Nick le había advertido una y otra vez que no debía acercarse a ella, que interactuando con Laura solo conseguiría atraer la atención de la pasma sobre ella.

Y tenía razón.

Ella había sabido que Nick tenía razón ya en aquel momento, mientras hablaba con Laura. Tal vez la movía el impulso de rebelarse contra él. O tal vez se había sentido atraída por la lucidez y la determinación de Laura. Las cartas cifradas de Andrew estaban llenas de referencias a aquella mujer. Su hermano aseguraba que, de todos ellos, Laura era la única que nunca parecía dudar.

¿Por qué?

—Busca un sitio —le dijo Andrew.

Habían llegado al distrito de Mission. Jane conocía bien la zona. Cuando era estudiante, solía ir allí a escondidas a escuchar a grupos punk en el antiguo parque de bomberos. Doblando la esquina había un albergue para indigentes y un comedor social donde había trabajado a menudo como voluntaria. El barrio era un foco de actividades marginales desde los tiempos en que los franciscanos construyeron la primera misión a finales del siglo XVIII. Las peleas de osos, los duelos y las carreras de caballos habían dado paso a los estudiantes empobrecidos, a los sin techo y a los drogadictos. Una energía violenta emanaba de los almacenes abandonados y las ruinosas casas de vecinos en las que se hacinaban los inmigrantes. Había pintadas anarquistas por todas partes. La calle estaba repleta de basuras. Las prostitutas montaban guardia en las esquinas. A pesar de que era media mañana, todo tenía el tinte lúgubre y sucio del atardecer.

—No puedes dejar el Porsche de Jasper aquí —dijo ella—. Alguien se lo llevará.

—Nunca antes lo han tocado.

«Antes», pensó Jane. «¿Te refieres a todas las veces en que nuestro hermano, ese al que dices odiar, ha venido hasta aquí en plena noche para rescatarte?».

Andrew aparcó entre una moto y un coche calcinado. Se disponía a salir del coche cuando Jane le agarró de la mano. Su piel era áspera al tacto. Tenía la muñeca seca y descamada justo debajo del reloj. Jane estuvo a punto de decir algo al respecto, pero no quería que las palabras enturbiaran aquel momento.

Hacía mucho tiempo que no pasaban un rato a solas. Desde que Laura Juneau se metió aquella última bala en el cráneo. Desde que los *politi* los sacaron a Nick y a ella del auditorio a toda prisa.

Los agentes noruegos confundieron a Nick con Andrew y, cuando por fin comprendieron por qué Jane llamaba a gritos a su hermano, Andrew ya estaba aporreando la puerta.

Parecía casi enloquecido. La sangre le manchaba la pechera de la camisa, le goteaba de las manos, le empapaba los pantalones. La sangre de Martin. Mientras todo el mundo se alejaba del escenario, Andrew se había precipitado hacia él. Había apartado a empellones a los guardias. Había caído de rodillas. Al día siguiente, Jane vería la fotografía de ese instante en un periódico: Andrew sosteniendo sobre el regazo lo poco que quedaba de la cabeza de su padre, los ojos levantados hacia el techo, la boca abierta en un grito.

—Tiene gracia —dijo ahora—. No me acordé de que le quería hasta que la vi apuntándole a la cabeza con la pistola.

Jane asintió en silencio. Ella había sentido lo mismo: un encogimiento del corazón, una duda que le produjo un sudor frío.

Cuando era niña, solía sentarse en las rodillas de Martin mientras él le leía. Era su padre quien la había sentado por primera vez delante de un piano. Quien contrató a Pechenikov para que perfeccionara sus estudios. Quien asistía a sus recitales, conciertos y actuaciones. Quien llevaba en el bolsillo de la pechera del traje una libreta en la que anotaba sus errores. Quien la golpeaba en la espalda cuando se equivocaba de tecla. Quien la azotaba en las piernas con una regla metálica cuando no practicaba lo suficiente. Quien le impedía conciliar el sueño por las noches, gritándole, diciéndole que era una inútil, que estaba despilfarrando su talento, que lo hacía todo mal.

—Había muchas cosas que quería decirle —añadió Andrew.

Jane fue de nuevo incapaz de contener las lágrimas.

—Quería que estuviera orgulloso de mí. No ahora, ahora sé que no podría ser, pero sí algún día. —Su hermano se volvió para mirarla. Siempre había sido flaco, pero, con el dolor, sus mejillas se habían consumido hasta el punto de que se adivinaba la forma de los huesos bajo la piel—. ¿Crees que habría sucedido alguna vez? ¿Que papá se habría sentido orgulloso de mí en algún momento?

Jane sabía la verdad, pero contestó:

—Sí.

Él volvió a mirar hacia la calle.

—Ahí está Paula —dijo.

Ella sintió que se le erizaba el vello de los brazos y la nuca.

Paula Evans, vestida como siempre con botas de combate, vestido suelto y mitones, se camuflaba a la perfección en aquel entorno. Llevaba el pelo rizado muy alborotado. Sus labios eran de un rojo brillante. Por motivos desconocidos, se había pintado un gruesa franja negra bajo los ojos. Al ver el Porsche, les hizo un gesto obsceno con las dos manos. En lugar de acercarse, se dirigió al almacén con paso decidido.

—Me asusta —le dijo Jane a Andrew—. No está bien de la cabeza.

—Nick confía en ella. Haría lo que él le pidiese.

—Eso es lo que me asusta.

Se estremeció al ver desaparecer a Paula en el almacén. Si Nick estaba jugando a la ruleta rusa con el futuro de todos ellos, Paula era la única bala de la pistola.

Bajó del coche. El aire estaba impregnado de un tufo grasiento que le recordó a Berlín Este. Dejó la caja metálica en el asiento para poder ponerse la chaqueta. Sacó del bolso sus guantes de piel y su bufanda.

Andrew se metió la caja bajo el brazo al cerrar el coche.

—No te separes de mí —le dijo a Jane.

Entraron en el almacén y se dirigieron a la parte de atrás. Hacía tres meses que Jane no pisaba por allí, pero se sabía el camino de memoria. Todos se lo sabían porque Nick les había hecho estudiarse los planos, subir y bajar por callejones, colarse en patios traseros y hasta meterse por las alcantarillas.

Cosa que le había parecido un disparate, hasta ese momento.

La paranoia hizo presa en ella mientras recorría el camino de costumbre. Cruzando un callejón, llegaron a la calle siguiente. Allí, a pesar de su ropa cara, llamaban menos la atención. Las tiendas de artículos de segunda mano y los desvencijados bloques de pisos estaban repletos de estudiantes de la cercana Universidad de San Francisco. Los huecos de las ventanas rotas estaban tapados con papel de periódico. Los cubos de basura rebosaban desperdicios. Jane percibió el olor desagradablemente dulzón de un millar de porros encendidos para dar la bienvenida al nuevo día.

El piso franco estaba en la esquina entre la Diecisiete y Valencia, a una manzana de Mission. En algún momento había sido una casona victoriana, dividida ahora en cinco apartamentos de una sola habitación que parecían habitados por un camello, un grupo de *strippers* y dos jóvenes enfermos de sida que lo habían perdido todo excepto a su pareja. Como muchos inmuebles de la zona, el edificio había sido condenado. Y, como era común en el barrio, a sus habitantes les traía sin cuidado.

Subieron ambos los ruinosos escalones del portal. Por enésima vez, Andrew miró hacia atrás antes de seguir. La entrada del piso era tan estrecha que tuvo que ponerse de lado para entrar y llegar a la puerta abierta de la cocina. En el patio de atrás había una caseta, un viejo cobertizo de dos plantas reconvertido en vivienda. Un alargador naranja suministraba energía eléctrica a la caseta. No había agua corriente. La planta de arriba se sostenía en precario equilibrio sobre lo que originalmente había sido un trastero. La música retumbaba en las ventanas cerradas: el sonido chirriante de *Bring the boys back home* de Pink Floyd.

Andrew levantó la vista hacia la planta de arriba y luego volvió a mirar hacia atrás. Llamó dos veces a la puerta. Esperó. Llamó otra vez y la puerta se abrió de golpe.

—¡Idiotas! —Paula le agarró por la camisa y tiró de él—. ¿En qué coño estabais pensando? Quedamos en que serían paquetes de tinta explosiva. ¿Quién metió esa puta pistola en la bolsa?

Andrew se enderezó la camisa. La caja metálica había caído al suelo.

—Paula —balbució—, nosotros…

El aire se enfrió de pronto.

—¿Cómo me has llamado? —preguntó Paula.

Andrew tardó un momento en responder. En medio del silencio, Jane solo oía el disco que sonaba arriba. Dejó el bolso en el suelo por si tenía que ayudar a su hermano. Paula había cerrado los puños con fuerza. Nick les había dicho que usaran solo sus nombres en clave y, al igual que todo lo que salía de su boca, Paula se había tomado aquella orden como si fuera palabra de Dios.

—Perdona —dijo Andrew—. Quería decir Penny[1]. Penny, ¿podemos dejar eso para después?

Paula no se aplacó.

—¿Es que ahora mandas tú?

—Penny —terció Jane—, para de una vez.

La joven se encaró con ella.

—Tú no…

Quarter carraspeó.

Jane se sobresaltó al oírlo. No le había visto al entrar. Estaba sentado a la mesa con una manzana roja en la mano. Saludó a Jane y luego a Andrew levantando un poco la barbilla.

—Lo hecho, hecho está —le dijo a Paula.

Ella puso los brazos en jarras.

---

[1] Los sobrenombres: Penny, Nickel, Dime, Quarter y Dollar Bill hacen referencia al sistema monetario estadounidense: centavo, 5 centavos, 10 centavos, 25 centavos y dólar (N. de la T.).

—¿Me tomas el pelo o qué, joder? Esto es asesinato, malditos idiotas. ¿No lo sabíais? Somos todos cómplices de asesinato.

—Un asesinato cometido en Noruega —puntualizó Quarter—. Aunque consiguieran extraditarnos, cumpliríamos siete años de prisión, como máximo.

Paula soltó un bufido desdeñoso.

—¿Crees que el gobierno americano va a dejar que nos juzguen en un país extranjero? Fuiste tú, ¿verdad? —Paula señaló a Jane con el dedo—. Tú metiste la pistola en la bolsa, zorra descerebrada.

Jane no estaba dispuesta a dejarse vapulear por aquella imbécil cargada de resentimiento.

—¿Estás cabreada conmigo porque Nick no te dijo lo de la pistola o porque es a mí a quien se folla y no a ti?

Quarter soltó una risita.

Andrew suspiró al agacharse para recoger la caja metálica. Luego se quedó de piedra.

Todos se quedaron de piedra.

Había alguien fuera. Jane oyó ruido de pasos. Contuvo la respiración mientras aguardaba la contraseña: dos toques a la puerta, una pausa y otro toque.

¿Nick?

Sintió que le daba un vuelco el corazón al pensarlo, pero la angustia siguió atenazándola hasta que abrió la puerta y vio su sonrisa.

—Hola, tropa. —Nick le dio un beso en la mejilla. Acercó la boca a su oído y susurró—: Suiza.

Una oleada de amor embargó a Jane.

Suiza.

Su pisito soñado en Basilea, rodeado de estudiantes, en un país sin tratado de extradición con Estados Unidos. Nick le había hablado de Suiza la misma noche de Navidad en que le reveló los planes. A ella le había maravillado que pudiera enfrascarse tan intensamente no solo en el caos que iban a sembrar, sino en cómo se librarían de sus posibles consecuencias.

«Amor mío», le había susurrado al oído, «¿es que no sabes que yo pienso en todo?».

—Bien. —Nick juntó las manos dando una palmada y añadió dirigiéndose a todos ellos—: ¿Estáis bien, chicos? ¿Qué tal vamos?

Quarter señaló a Paula.

—Esta estaba acojonada.

—¡No es verdad! —replicó ella—. Nick, lo que pasó en Noruega fue…

—¡Magnífico! —La agarró por los brazos y su entusiasmo inundó la habitación como un rayo de luz—. ¡Fue colosal! ¡Lo más importante que le ha pasado a un americano en este siglo, sin duda alguna!

Paula parpadeó y Jane pudo ver cómo hacía suya al instante la opinión de Nick.

Nick también notó el cambio.

—Ay, Penny —dijo—, ojalá hubieras estado allí para presenciarlo. El público se quedó anonadado. Laura sacó el revólver justo cuando Martin se estaba explayando sobre los costes del limpiasuelos. Y entonces —añadió imitando la forma de una pistola con la mano—, *bang*. Un disparo que pudo oírse en todo el mundo. Y todo gracias a nosotros. —Guiñó un ojo a Jane y abrió los brazos para abarcarlos a todos—. Dios mío, chicos. Lo que hemos hecho, lo que estamos a punto de hacer, es heroico.

—Es verdad. —Andrew, como de costumbre, se apresuró a darle la razón—. Laura pudo elegir. Todos pudimos elegir. Y ella decidió hacer lo que hizo. Todos decidimos hacer lo que estamos haciendo. ¿Verdad?

—Verdad —contestó Paula, ansiosa por ser la primera en asentir—. Todos sabíamos en qué nos estábamos metiendo.

Nick miró a Jane y esperó a que hiciera un gesto de asentimiento. Quarter refunfuñó, pero su lealtad nunca se cuestionaba.

—¿Qué está pasando con la pasma? —le preguntó a Nick.

—El agente Danberry… —comenzó Jane.

—No es solo la pasma —la interrumpió Nick—. Son todas las agencias federales del país. Y la Interpol. —Esto último parecía entusiasmarle—. Es lo que queríamos, chicos. El mundo entero está pendiente de nosotros. Lo que vamos a hacer ahora, en Nueva York, en Chicago, en Stanford, lo que ya ha pasado en Oslo… ¡Vamos a cambiar el mundo!

—Eso es —concluyó Paula como una feligresa respondiendo al pastor.

—¿Os dais cuenta de lo raro que es poder cambiar algo? —Los ojos de Nick brillaban aún, llenos de determinación.

Su entusiasmo era contagioso. Se inclinaron todos hacia él, evidenciando físicamente que estaban pendientes de cada palabra suya.

—¿Os dais cuenta de lo absolutamente extraordinario que es que personas de a pie como nosotros puedan cambiar la vida de… en fin, de millones de personas? Millones de personas que están enfermas, o que no tienen ni idea de que sus impuestos se usan para llenar las arcas de empresas desalmadas mientras las personas concretas, la gente de la calle que necesita ayuda, se queda en la cuneta?

Nick paseó la mirada por la habitación, fijándola en cada uno de ellos. Aquello era lo que le daba la vida: saber que les estaba sirviendo de inspiración para alcanzar la grandeza.

—Penny —dijo—, tu trabajo en Chicago va a dejar al mundo entero boquiabierto. En las escuelas se enseñará a los niños el papel fundamental que desempeñaste en esto. Sabrán que te levantaste en pie de guerra para conseguir algo. Y tú, Quarter, tu ayuda logística… Sin ti no estaríamos aquí, sería impensable. Tus planes para Stanford son el eje central de toda la operación. Y Andrew, nuestro querido Dime. Dios mío, cómo le allanaste el camino a Laura, cómo encajaste todas las piezas… Jane…

Paula soltó otro bufido.

—Jane. —Nick apoyó las manos sobre sus hombros. La besó en la frente y ella sintió una nueva oleada de cariño—. Tú, amor mío. Tú me das fuerzas. Tú haces posible que guíe a nuestras gloriosas tropas hacia la victoria.

—Nos van a pillar —dijo Paula, pero esa posibilidad ya no parecía llenarla de rabia—. Lo sabéis, ¿verdad?

301

—¿Y qué? —Quarter había sacado su navaja y estaba pelando la manzana—. ¿Ahora tienes miedo? Tanto hablar y ahora…

—Yo no tengo miedo —replicó ella—. Estoy metida en esto hasta el fondo. Dije que lo estaría y lo estoy. Conmigo puedes contar siempre, Nick.

—Buena chica.

Nick frotó la espalda de Jane. Ella estuvo a punto de acurrucarse junto a su costado como un gatito. Para él era tan sencillo… Solo tenía que poner la mano en el sitio preciso, decir la palabra justa, y ella volvía a ponerse firmemente de su lado.

¿Era Jane un yoyó?

¿O era una verdadera creyente? Porque a fin de cuentas lo que decía Nick era cierto. Tenían que despertar al pueblo. No podían quedarse de brazos cruzados mientras tanta gente sufría. La inacción era inadmisible.

—Está bien, tropa —prosiguió Nick—. Sé que lo de la pistola de Oslo fue una sorpresa, pero ¿no os dais cuenta de lo estupendamente que ha salido todo? Laura nos hizo un favor tremendo al apretar el gatillo y sacrificar su vida. Sus palabras llegan ahora mucho más lejos que si las hubiera gritado desde detrás de los barrotes de una prisión. Es una mártir, una mártir santificada. Y lo que hagamos a partir de ahora, los pasos que demos, harán que la gente tome conciencia de que no puede seguir dejándose llevar como un rebaño de ovejas. Las cosas tendrán que cambiar. La gente tendrá que cambiar. Los gobiernos tendrán que cambiar. Las empresas tendrán que cambiar. Y solo nosotros podemos hacer que eso ocurra. Somos nosotros quienes tenemos que despertar al mundo entero.

Le sonreían todos, sus fieles acólitos. Hasta Andrew parecía resplandecer, halagado por sus cumplidos. Tal vez su devoción ciega era lo que permitía que la angustia de Jane volviera a hacer presa en ella una y otra vez.

Las cosas habían cambiado mientras estaba en Berlín. La energía que dominaba la habitación era más cinética.

Casi fatalista.

¿También Paula había vaciado su apartamento?

¿Se había deshecho Quarter de sus más preciadas posesiones?

Andrew había roto con Ellis-Ann. Saltaba a la vista que estaba enfermo, y sin embargo se negaba a ir al médico.

¿Era su devoción ciega una enfermedad de otro tipo?

Todos ellos, menos Jane, habían pasado por alguna institución psiquiátrica. Nick había hurtado sus historiales en Queller o, en el caso de los otros miembros de las células, había encontrado a alguien que se los facilitó. Sabía de sus esperanzas y sus miedos, de sus crisis y sus intentos de suicidio, de sus trastornos alimenticios y sus antecedentes delictivos, y —lo que era más importante—, sabía cómo sacar partido de toda esa información.

«Yoyós cuya cuerda enrollaba y desenrollaba a su antojo».

—Hagámoslo de una vez. —Quarter se metió la mano en el bolsillo y puso una moneda de cuarto de dólar sobre la mesa, junto a la manzana pelada—. El Equipo Stanford está listo.

«Depresión psicótica. Tendencias esquizoides. Recaídas violentas».

Paula se dejó caer en una silla al poner una moneda de un centavo sobre la mesa.

—Chicago lleva listo un mes.

«Conducta antisocial. Cleptomanía. Anorexia nerviosa. Labilidad emocional».

Nick lanzó una moneda de cinco centavos al aire. La cogió al vuelo y la dejó sobre la mesa.

—Nueva York está ansioso por empezar.

«Sociopatía. Trastorno del control de impulsos. Adicción a la cocaína».

Andrew miró a su hermana antes de meterse la mano en el bolsillo. Puso una moneda de diez centavos junto a las otras y se sentó.

—Oslo ya está terminado.

«Trastorno de ansiedad. Depresión. Tendencias suicidas. Psicosis inducida por el abuso de drogas».

Se volvieron todos hacia ella. Metió la mano en el bolsillo de su chaqueta, pero Nick la detuvo.

—Llévate esto arriba, ¿quieres, cariño? —le pasó a Jane la manzana que había pelado Quarter.

—Puedo hacerlo yo —se ofreció Paula.

—¿Te puedes callar?

Nick no le estaba haciendo una pregunta. Le estaba diciendo que se callara.

Paula volvió a sentarse.

Jane cogió la manzana. La fruta le dejó una mancha húmeda en el guante de piel. Palpó el panel secreto hasta que encontró el botón y empujó. Una de las ideas ingeniosas de Nick. Querían que fuera difícil encontrar las escaleras. Tiró del panel para colocarlo en su sitio y lo cerró con firmeza, asegurándolo con el gancho.

Se oyó un fuerte chasquido cuando el mecanismo de cierre volvió a encajar.

Subió las escaleras sin apresurarse, tratando de distinguir lo que decían. Pero la canción de Pink Floyd que atronaba desde un minúsculo altavoz cumplía su cometido a la perfección. Solo se oía la voz estridente de Paula por encima del enérgico solo instrumental de *Comfortably Numb*.

—¡Cabrones! —gritaba una y otra vez, tratando evidentemente de impresionar a Nick con su fervor furibundo—. ¡Vamos a darles una lección a esos imbéciles hijos de puta!

Jane sintió que una emoción casi animal subía por entre los tablones del suelo cuando llegó a lo alto de la escalera. Había incienso encendido en la habitación cerrada con llave. Olía a lavanda. Seguramente Paula había llevado uno de sus talismanes de vudú para aplacar a los espíritus.

Laura Juneau también tenía lavanda en su casa. Era uno de los muchos detalles aislados que Andrew había logrado incluir en sus cartas cifradas. Como que le encantaba la cerámica. Que, al igual que él, pintaba bastante bien. O que acababa de entrar del jardín y estaba de rodillas en el cuarto de estar, buscando un jarrón en el aparador, cuando Robert Juneau abrió la puerta usando su propia llave.

Un único disparo en la cabeza a un niño de cinco años.

Dos tiros en el pecho a un chico de dieciséis.

Dos balas a una jovencita de catorce.

Una de ellas acabó alojada en la columna vertebral de Laura Juneau.

La última bala, la bala final, penetró en el cráneo de Robert Juneau por debajo del mentón.

«Clorpromazina. Valium. Xanax. Atención veinticuatro horas. Médicos. Enfermeras. Contables. Conserjes. Productos de limpieza».

«¿Sabes cuánto cuesta atender a una persona veinticuatro horas al día?», le había preguntado Martin a Jane.

Estaban sentados a la mesa, desayunando. El periódico estaba desplegado ante ellos, sus llamativos titulares reflejaban el horror de la masacre: «Asesina a sus hijos y luego se suicida». Jane le estaba preguntando a su padre cómo era posible que aquello hubiera ocurrido. Por qué habían expulsado a Robert Juneau de tantas casas tuteladas gestionadas por Empresas Queller.

—Casi cien mil dólares al año. —Martin removía su café con una antigua cucharilla de plata Liberty & Company, herencia de algún antepasado—. ¿Sabes a cuántos viajes a Europa equivale ese dinero? —le preguntó—. ¿Cuánto dinero en efectivo para tus hermanos? ¿Cuántos viajes, cuántas giras, cuántas clases de tu adorado Pechenikov?

«¿Por qué dejaste de actuar?».

«Porque ya no soportaba tocar con las manos manchadas de sangre».

Encontró la llave colgada de una alcayata y la metió en la cerradura. Al otro lado de la puerta, el disco había llegado a la parte en la que la voz de David Gilmour se adueñaba del estribillo.

There is no pain, you are receding…

Entró en la habitación. El olor a lavanda la envolvió. Un jarrón de cristal contenía flores recién cortadas. El incienso ardía sobre una bandeja metálica. Jane comprendió que su fin no era ahuyentar a los malos espíritus, sino disimular el hedor a mierda y a pis del cubo que había junto a la ventana.

When I was a child, I had a fever...

Solo había dos ventanas en aquel cuchitril: una daba a la casona de delante; la otra, al edificio de la calle de atrás. Jane abrió las dos, confiando en que la corriente disipara en parte el olor.

Se detuvo en medio de la habitación con la manzana pelada en la mano. Dejó que acabara el solo de guitarra. Siguió las notas de cabeza. Visualizó sus dedos sobre las teclas. Había tocado la guitarra una temporada y luego el violín, y el chelo, la mandolina y, por puro placer, un violín con las cuerdas de acero.

Después, Martin le dijo que tenía que elegir entre hacer bien muchas cosas o alcanzar la perfección en una sola.

Levantó la aguja del tocadiscos.

Los oyó abajo. Primero, la tos de Andrew con sus angustiosos estertores. Luego, unos comentarios sucintos de Nick. Quarter les dijo que hablaran más bajo y Paula empezó de nuevo con su diatriba («Esos putos cerdos nos las van a pagar»), ahogando las voces de todos los demás.

—Vamos, vamos —dijo Nick en tono burlón—. Estamos muy cerca. ¿Sabéis lo importantes que vamos a ser cuando acabe todo esto?

«Cuando acabe todo esto...».

Jane se llevó la mano a la tripa mientras cruzaba la habitación.

¿Acabaría todo aquello?

¿Podrían seguir adelante después? ¿Podrían traer un hijo a ese mundo que intentaban crear? ¿De veras había un pisito esperándolos en Suiza?

Jane se acordó de nuevo de que Nick había vendido sus muebles. Había quitado las lámparas de su apartamento. Estaba durmiendo en el suelo. ¿Era eso propio de un hombre que creía que había un futuro esperándole?

¿Era ese hombre capaz de ser un buen padre para su hijo?

Se arrodilló junto a la cama.

Bajó la voz unas octavas y dijo en tono de advertencia:

—No digas una palabra.

Le bajó la mordaza a la mujer.

Alexandra Maplecroft empezó a gritar.

23 DE AGOSTO DE 2018

11

Andy sacó una pesada caja de zapatos de la parte de atrás del Reliant. Gruesas gotas de lluvia se estrellaron contra el cartón. Subía vapor del asfalto. Había roto a llover después de varios días de un calor agobiante y ahora, además de tener que sufrir el calor, acabaría calada hasta los huesos. Corrió varias veces entre el coche y la puerta abierta del trastero, agachando la cabeza cada vez que un relámpago se abría paso entre las nubes de la tarde.

Había seguido el ejemplo de su madre y alquilado dos trasteros en dos empresas de dos estados para ocultar el dinero que llevaba en el coche. De hecho, había perfeccionado el método de Laura: en lugar de amontonar los fajos de billetes en el suelo del trastero como si fuera Skylar en *Breaking Bad*, había hecho una incursión en una tienda del Ejército de Salvación de Little Rock y escondido el dinero debajo de un montón de ropa vieja, útiles de acampada y un batiburrillo de juguetes rotos.

De ese modo, cualquiera que la viera pensaría que estaba haciendo lo que hacía la mayoría de los estadounidenses: pagar por un montón de cachivaches que en realidad no quería, en lugar de donarlos a la gente que de verdad los necesitaba.

Corrió de nuevo al Reliant y cogió otra caja. La lluvia se colaba dentro de sus zapatillas recién estrenadas. Sus calcetines nuevos adquirieron la consistencia del légamo. Había parado en un Walmart al salir del otro trastero, en la localidad de Texarkana, en

Arkansas. Ya no vestía ropa de los ochenta. Había comprado un portátil de trescientos cincuenta dólares y un bolso grande para llevarlo. Tenía gafas de sol, ropa interior que no se le abolsaba por la parte del culo y un curioso sentimiento de determinación.

«Quiero que vivas tu vida», le había dicho Laura en el restaurante. «Me encantaría poder facilitarte las cosas, pero sé que no serviría de nada. Tienes que hacerlo tú sola».

Ahora estaba sola, de eso no había duda. Pero ¿qué había cambiado? Ni siquiera era capaz de explicarse con coherencia por qué se sentía tan distinta. Solo sabía que estaba harta de flotar entre puntos catastróficos como una ameba dentro de una placa de Petri. ¿Se debía al hecho de haber descubierto que su madre era una mentirosa espectacular? ¿O al sentimiento de vergüenza que le producía ser tan crédula? ¿O tal vez a que un sicario la había seguido hasta Alabama y, en lugar de hacer caso a su instinto y largarse, había intentado enrollarse con él?

Le ardía la cara de vergüenza cuando sacó otra caja del maletero del Reliant.

Se había quedado en Muscle Shoals el tiempo suficiente para ver la camioneta de Mike Knepper pasar dos veces por delante del motel en otras tantas horas. Había esperado una hora más, y otra, para asegurarse de que no regresaba. Y luego había metido las cosas en el Reliant y se había echado de nuevo a la carretera.

Había estado trémula desde el principio, atiborrada de cafés de McDonald's con toda su cafeína porque seguía temiendo parar en un área de servicio: en ese momento, aún llevaba el dinero dentro del coche. Había tardado cinco horas en llegar a Little Rock, Arkansas, y cada una de ellas había aumentado el peso que sentía en el alma.

¿Por qué le había mentido Laura? ¿De quién tenía miedo? ¿Por qué le había dicho que fuera a Idaho?

Y lo que era más importante, ¿por qué ella continuaba siguiendo a ciegas las órdenes de su madre?

Su incapacidad para responder a esas preguntas se había visto agravada por la falta de sueño. Había parado en Little Rock porque el nombre del pueblo le sonaba, y había elegido el primer hotel con aparcamiento subterráneo que encontró, pensando que sería conveniente esconder el Reliant, por si Mike aún la estaba siguiendo.

Había aparcado el coche marcha atrás para que, si alguien intentaba robarlo, tuviera dificultades para acceder al maletero. Luego se había montado en el coche y lo había desplazado un poco hacia delante para poder sacar el saco de dormir y la bolsa de playa del maletero. Acto seguido, había vuelto a dar marcha atrás. A continuación había entrado en el hotel y había dormido casi quince horas seguidas.

La última vez que había dormido tanto de un tirón, Gordon la había llevado al médico temiendo que tuviera narcolepsia. Para ella, el sueño de Arkansas fue una terapia. Ya no agarraba con fuerza el volante. No gritaba ni sollozaba en el coche vacío. No miraba el móvil de Laura cada cinco minutos. No temía por aquel montón de dinero que la ataba al Reliant. No le preocupaba que Mike la hubiera seguido porque se había metido debajo del coche y había comprobado que no llevaba adosado ningún dispositivo de seguimiento por GPS.

Mike, con su ridículo apellido con «k» muda, su ridículo saltamontes en la camioneta y aquel beso ridículo que le había dado en el aparcamiento, como un psicópata, puesto que evidentemente estaba allí para seguirla, o para torturarla, o para hacerle algo espantoso, y en vez de eso la había seducido.

Y lo que era peor aún: ella se había dejado.

Sacó la última caja del maletero y, abochornada todavía, entró en el trastero. Dejó la caja en el suelo. Se sentó en un precario taburete de madera con tres patas. Se frotó la cara. Le ardían las mejillas.

«Idiota», se reprendió para sus adentros, «te caló enseguida».

La penosa verdad era que su vida sexual había sido muy pobre. Solía sacar a relucir su aventura con su profesor de la universidad para hacerse la sofisticada, pero no mencionaba, en cambio, que solo se habían acostado tres veces y media, que él era un porrero casi impotente y que normalmente acababan sentados en el sofá, él fumando porros y ella viendo episodios de *Las chicas de oro*.

Con todo, aquel tipo era preferible a su novio del instituto. Se conocieron en el club de teatro, lo que ya debería haberle dado una pista. Pero se hicieron grandes amigos y llegaron a la conclusión de que debían perder la virginidad el uno con el otro.

Con posterioridad al hecho, ella se había sentido decepcionada pero le había mentido para no hacerle sentirse mal. Y él, igual de chasqueado, no había tenido la cortesía de hacer lo mismo por ella. «Estás demasiado mojada», le dijo con un estremecimiento teatral, y aunque acto seguido reconoció que seguramente era gay, Andy cargó con ese complejo durante los quince años siguientes.

Demasiado mojada. Estuvo rumiando esa frase mientras miraba fijamente el paredón de lluvia que se alzaba frente al trastero. Le diría tantas cosas a aquel capullo si se dignara a aceptar su solicitud de amistad en Facebook…

Lo que la llevó a pensar en su novio de Nueva York. Le había parecido tan amable, tan bueno y considerado… Luego, estando en el cuarto de baño del piso de una amiga, le había oído hablar con sus amigos por casualidad. «Es como la bailarina de uno de esos joyeros», dijo. «En cuanto la tumbas, se para la música».

Sacudió la cabeza como un perro. Volvió corriendo al coche, cogió la maleta Samsonite azul claro y la llevó a rastras hasta el trastero. Con la puerta cerrada, se puso ropa seca. Las zapatillas no podía cambiárselas, pero al menos tenía calcetines limpios que no se le deshacían pegándosele a los maltrechos pies. Cuando volvió a subir el cierre de la entrada, la lluvia había amainado: el primer golpe de buena suerte en varios días.

Aseguró el cierre con uno de los candados que había comprado en Walmart. No era de los de llave, sino de combinación, con letras en lugar de números. El código que había escogido para el trastero de Texarcana era JODER, porque se sentía especialmente hostil en el momento de programarlo. Para el de las afueras de

Austin, Texas, había optado por una contraseña más evidente: KUNDE, por…

«Podría hablar con Paula Kunde».

«Tengo entendido que está en Seattle».

«En Austin. Pero buen intento».

Estando en Little Rock, había decidido que no iba a seguir comportándose como una ameba y a viajar hasta Idaho siguiendo las instrucciones de Laura. Si su madre no quería darle respuestas, tal vez pudiera obtenerlas de la profesora Paula Kunde.

Extendió el brazo para cerrar el portón del maletero. El saco de dormir y la bolsa de playa seguían cargados de dinero, pero decidió dejarlos en el coche. Seguramente debería dejar la neverita y el paquete de longanizas secas en el trastero, pero estaba ansiosa por volver a ponerse en marcha.

El motor del Reliant emitió un chirrido a lo Chitty Chitty Bang Bang cuando arrancó. En lugar de enfilar hacia la carretera interestatal, torció en la primera calle a la izquierda, en la entrada del McDonald's. Sin bajarse del coche, pidió un café grande y la contraseña del wifi.

Aparcó cerca del edificio. Tiró el café por la ventanilla, convencida de que le estallaría el corazón si tomaba más cafeína. Sacó su portátil nuevo de la bolsa y se conectó a Internet.

Se quedó mirando el cursor parpadeante de la barra de búsqueda.

Como de costumbre, dudó un momento si crear o no una cuenta falsa de Gmail para enviarle noticias a Gordon. Redactó mentalmente toda clase de borradores, haciéndose pasar por coordinadora de una ONG o miembro de una asociación estudiantil, y añadiendo un mensaje cifrado para que su padre comprendiera que era ella y que estaba bien.

Solo quería saber si has visto ese fantástico cupón de Subway, el de la oferta de dos por uno.

He leído un artículo sobre el bourbon *Knob Creek que creo que te encantaría.*

Como de costumbre, descartó la idea. En esos momentos se fiaba muy poco de todo cuanto tuviera que ver con su madre, pero no quería arriesgarse a poner en peligro a Gordon, ni siquiera mínimamente.

Abrió la página de *Belle Isle Review*.

La foto de sus padres en la fiesta de Navidad seguía ocupando la portada.

Estudió el rostro de su madre preguntándose cómo era posible que aquella mujer a la que tan bien creía conocer, esa que sonreía a la cámara, fuera la misma que había engañado a su hija durante tantos años. Reparó entonces en el bulto de su nariz, al que nunca había prestado particular atención, y decidió agrandar la imagen. ¿Se había roto Laura la nariz en algún momento y al curar le había quedado así, un poco torcida?

A juzgar por las *polaroids* que había encontrado en el trastero de su madre, era muy posible.

¿Sabría la verdad alguna vez?

Siguió recorriendo la página. El artículo acerca del cadáver hallado bajo el puente de Yamacraw tampoco había cambiado. La identidad del hombre de la sudadera seguía siendo una incógnita. No se mencionaba ningún vehículo robado, de lo que cabía deducir que Laura no solo había conseguido impedir que un pelotón de policías entrara en su casa, sino que se las había arreglado de algún modo para arrastrar a un hombre de unos noventa kilos de peso hasta su Honda y arrojarlo al río a treinta kilómetros de distancia.

Con un brazo en cabestrillo y sin apenas poder valerse de las piernas.

Su madre era una delincuente.

Era la única explicación posible. Andy siempre la había considerado una mujer pasiva y conservadora, cuando todo indicaba que era extremadamente metódica, taimada y calculadora. No podía haber reunido todo ese dinero —cerca de un millón de dólares en efectivo— ayudando a pacientes afectados por un ictus a mejorar su dicción. La documentación falsa era de por sí preocupante pero, yendo un paso más atrás, Andy había comprendido que Laura tenía, además, un contacto: un falsificador al que recurrir. Cada vez que cruzaba la frontera canadiense para renovar la documentación del coche, su madre había infringido las leyes federales. Andy dudaba de que el fisco estuviera al corriente de la existencia de aquel dinero, lo que suponía un quebrantamiento de la normativa federal. A Laura no le daba miedo la policía. Sabía que podía negarse a declarar y mostraba una frialdad insólita en sus tratos con la ley. Dado que ese conocimiento no procedía de Gordon, solo cabía deducir que lo había adquirido por sí sola.

O sea, que Laura Oliver era una «mala tipa».

Cerró el portátil y volvió a meterlo en el bolso que había comprado. La lista de las cosas que su madre tenía que explicarle era tan larga que no cabría en la memoria del ordenador. En ese momento, la cuestión de cómo se había deshecho Laura del cadáver del encapuchado ni siquiera figuraba en los tres primeros puestos de esa lista.

La lluvia tamborileaba en el parabrisas. El cielo se había cubierto de nubarrones. Salió marcha atrás del aparcamiento y siguió las indicaciones hacia el campus de la Universidad de Texas en Austin. El vasto recinto abarcaba más de dieciséis hectáreas de terreno privilegiado. Contenía una facultad de Medicina y un hospital, una facultad de Derecho y diversas escuelas de humanidades, y pese a no tener su propio equipo de fútbol americano, abundaban los banderines y las pegatinas de los Longhorn de Texas.

Según el horario que figuraba en la página web de la facultad, la doctora Kunde había impartido esa mañana una asignatura titulada: «Perspectivas feministas sobre la violencia de género y la agresión sexual», después de lo cual había tenido una hora de tutoría. Andy consultó la hora en la radio. Incluso suponiendo que hubiera alargado las clases o hecho una pausa para almorzar, o incluso que hubiera tenido alguna reunión de departamento, seguramente ya estaría en su casa.

Había intentado averiguar algo más acerca de aquella mujer,

pero en Internet apenas había información sobre ella. En su perfil de la página de la Universidad de Texas-Austin se mencionaban multitud de artículos y conferencias, pero nada acerca de su vida personal. En una página dedicada a evaluar a profesores universitarios solo se le concedía media estrella, pero al leer los comentarios de los estudiantes Andy vio que la mayoría se quejaba de las malas notas que la profesora Kunde se negaba a cambiar o se lanzaban a largas peroratas, rebosantes de adverbios, acerca de lo dura e inflexible que era: en resumen, el sello distintivo de la contribución de su generación a la enseñanza universitaria norteamericana.

Encontrar la dirección de su casa resultó, en cambio, muy sencillo. Los registros tributarios de Austin eran de acceso público a través de Internet. Solo tuvo que introducir el nombre completo de Paula Kunde para consultar los impuestos de contribución urbana que había pagado puntualmente durante los últimos diez años. A continuación, pinchando en Google Street View, pudo ver con sus propios ojos la casa de una sola planta en la que vivía, en una zona de la ciudad llamada Travis Heights.

Consultó de nuevo el plano al aproximarse a la dirección de Paula. Había estudiado atentamente la calle en el portátil, como un ladrón preparando un golpe, pero las imágenes habían sido tomadas en pleno invierno, cuando los arbustos y los árboles se hallaban en estado de letargo. Ahora, en cambio, los jardines ante los que pasaba estaban en plena floración, rebosantes de follaje. El barrio tenía cierto aire de modernidad muy a la última: había coches híbridos en las entradas de las casas y ornamentos artísticos en los jardines. A pesar de la lluvia, se veía a gente corriendo por las aceras. Las casas estaban pintadas de colores diversos, sin uniformidad alguna. Árboles añosos. Calles anchas. Paneles solares y un extrañísimo molino de viento en miniatura delante de un bungaló destartalado.

Estaba tan absorta mirando las casas que pasó de largo frente a la de Paula. Tuvo que bajar hasta South Congress para dar la vuelta. Esta vez, fue fijándose en los números de los buzones.

316

La casa de Paula Kunde, pese a ser de estilo Craftsman, tenía un toque moderno y desenfadado que no desentonaba en absoluto con el resto del vecindario. Delante de la puerta cerrada del garaje había aparcado un Prius blanco, ya viejo. Al ver varias ventanas abuhardilladas en el techo del garaje, Andy se preguntó si Paula tendría también una hija de la que no conseguía librarse. Ese sería un buen tema de conversación para romper el hielo, o al menos para mantener viva la conversación, porque, evidentemente, era de ella de quien dependía convencer a Paula de que no le diera con la puerta en las narices.

Aquel podía ser un momento decisivo.

Tal vez, cuando volviera a montar en el Reliant, habría logrado despejar todas las incógnitas acerca de su madre.

Le flaquearon las piernas al pensarlo, cuando salió del coche. Hablar nunca había sido su fuerte. Las amebas no tenían boca. Se colgó del hombro el bolso nuevo y echó un vistazo a su contenido para distraerse mientras avanzaba hacia la casa. Llevaba algún dinero, el portátil, el neceser de Laura con el teléfono móvil, crema de manos, gotas hidratantes para los ojos y brillo de labios: lo imprescindible para volver a sentirse un ser humano.

Observó las ventanas de la casa. Hasta donde podía ver, todas las luces estaban apagadas. Tal vez Laura no estuviera en casa. Sus cálculos podían ser erróneos; a fin de cuentas, se basaban en un horario encontrado en Internet. El Prius podía ser de un inquilino. O tal vez Mike hubiera cambiado la camioneta por un utilitario.

Esa idea le produjo un escalofrío mientras recorría el caminito que llevaba hasta la puerta. Lacias petunias adornaban los maceteros de madera. Trozos de terreno desnudo dispersos entre el césped pulcramente recortado mostraban los lugares en los que el sol de Texas había abrasado la tierra hasta dejarla baldía. Andy miró hacia atrás al subir los escalones del porche. Sentía que actuaba furtivamente, aunque ignoraba si esa sensación estaba justificada o no.

«No voy a hacerte daño. Solo voy a hacer que te cagues de miedo».

Tal vez por eso la había besado Mike. Porque, sabiendo que las amenazas no habían servido de nada con Laura, había decidido hacerle algo horrible a su hija, utilizarla como una herramienta para doblegarla.

—¿Quién coño eres tú?

Andy estaba tan enfrascada en sus pensamientos que no se había dado cuenta de que la puerta de la casa se había abierto.

Paula Kunde sostenía en alto un bate de béisbol de aluminio. Llevaba gafas de sol oscuras y un pañuelo atado alrededor del cuello.

—¿Hola? —Aguardó una respuesta, amagando todavía con el bate—. ¿Qué quieres? Habla.

Andy había ensayado en el coche, pero al ver el bate de béisbol se le quedó la mente en blanco.

—Yo... yo... yo... —fue lo único que alcanzó a balbucir.

—Santo Dios. —Paula bajó por fin el bate y lo apoyó en el marco, por el lado de dentro. Se parecía a su foto de la facultad, solo que más vieja y mucho más hostil—. ¿Eres alumna mía? ¿Es por alguna nota? —Su voz raspaba como un cactus—. Te lo advierto, tonta del culo, no voy a cambiarte la nota, así que puedes ahorrarte tus lágrimas de cocodrilo y volverte por donde has venido.

Andy lo intentó otra vez.

—Yo... Yo no...

—¿Se puede saber qué te pasa? —Paula se tiró del pañuelo, que era de seda, demasiado tupido para el tiempo que hacía, y no combinaba con sus pantalones cortos y su camisa sin mangas. Miró a Andy con desdén—. Si no vas a decir nada, vete a...

—¡No! —Andy se asustó al ver que hacía amago de cerrar la puerta—. Necesito hablar con usted.

—¿De qué?

Andy la miró fijamente. Sintió que su boca se movía tratando de articular las palabras. El pañuelo. Las gafas. La voz rasposa. El bate junto a la puerta.

—Sobre quién ha intentado asfixiarla. Con una bolsa. Una bolsa de plástico.

318

Los labios de Paula se apretaron hasta formar una línea delgada.

—Su cuello —dijo Andy llevándose la mano a la garganta—. Lleva ese pañuelo para ocultar las señales y seguramente tiene los ojos…

Paula se quitó las gafas de sol.

—¿Qué pasa con mis ojos?

Andy intentó no mirarla con horror. Uno de sus ojos era de un blanco lechoso. El otro estaba surcado de venillas rojas, como si hubiera estado llorando, o hubieran intentado estrangularla, o ambas cosas.

—¿Qué haces tú aquí? —preguntó Paula—. ¿Qué quieres?

—Hablar. De mi madre. Quiero decir… ¿Usted la conoce? ¿A mi madre?

—¿Quién es tu madre?

«Buena pregunta».

Paula observó cómo pasaba un coche por delante de su casa.

—¿Vas a decir algo o piensas quedarte ahí con la boca abierta como un pececito?

Andy sintió que su resolución empezaba a flaquear. Tenía que pensar en algo. No podía darse por vencida ahora. De pronto se acordó de un juego al que solían jugar en clase de teatro, un ejercicio de improvisación llamado «Sí, y…». Había que asentir a un enunciado de otro jugador y basarse en él para mantener vivo el diálogo.

—Sí —dijo—, y estoy muy confusa porque hace poco he descubierto ciertas cosas sobre mi madre que no llego a entender.

—Pues yo no pienso formar parte de tu *Bildungsroman*. Así que lárgate o llamo a la policía.

—Sí —repuso Andy casi gritando—. Quiero decir que sí, que llame a la policía. Así vendrá.

—Para eso se la llama, para que venga.

—Sí —repitió Andy, comprendiendo de pronto que aquel juego requería dos jugadores para funcionar—. Y harán muchas preguntas. Preguntas a las que usted no quiere responder. Como por qué tiene ese derrame en el ojo.

Paula volvió a mirar más allá de Andy.

—¿Ese coche es tuyo, el que parece una caja de compresas extra grandes?

—Sí, y es un Reliant.

—Quítate los zapatos si vas a entrar. Y deja ya ese rollo del «sí, y», cabeza de chorlito. No estás en clase de teatro.

Paula la dejó plantada en la puerta.

Andy experimentó una extraña mezcla de terror y euforia por haber llegado tan lejos.

Por fin iba a averiguar algo sobre su madre.

Dejó el bolso del ordenador en el suelo y apoyó la mano en la mesita de la entrada. Un cuenco de cristal lleno de monedas tintineó al rozar la superficie de mármol. Se quitó las deportivas y las dejó delante del bate de béisbol de aluminio. Metió los calcetines húmedos dentro de los zapatos. Estaba tan nerviosa que sudaba copiosamente. Se tiró de la camisa al bajar el escalón que llevaba al cuarto de estar de Paula, situado en un nivel más bajo.

Paula Kunde tenía un sentido de la decoración muy depurado. Dentro de la casa no había nada que recordara al estilo Craftsman, salvo algunos paneles de madera en las paredes. Todo estaba pintado de blanco. Los muebles eran blancos. Las alfombras eran blancas. Las puertas eran blancas. Los azulejos eran blancos.

Andy avanzó por el pasillo, guiada por el ruido de un cuchillo de cocina. Empujó la puerta batiente lo justo para asomar la cabeza. Se descubrió contemplando la cocina, inmersa también en blanco: las encimeras, los armarios, los azulejos, incluso las lámparas eran blancas. Las únicas notas de color procedían de la propia Paula y de la televisión que, encendida pero con el volumen silenciado, colgaba de la pared.

—Pasa de una vez —ordenó Paula haciéndole una seña con un largo cuchillo de chef—. Tengo que echar las verduras antes de que hierva el agua.

Andy abrió del todo la puerta. Entró en la habitación. Olía a caldo caliente. Una cacerola grande puesta al fuego despedía vapor.

Paula cortó unos cogollos de brócoli.

—¿Sabes quién lo hizo?

—¿Quién hizo…?

Andy comprendió que se refería al encapuchado. Negó con la cabeza, mintiendo solo a medias. Al encapuchado lo había mandado otra persona. Una persona a la que, evidentemente, su madre conocía. Y quizá también Paula Kunde.

—Tenía unos ojos muy raros, como si… —Paula se interrumpió—. Es lo único que pude decirle a la pasma. Querían que fuera a ver a un dibujante para hacer un retrato robot, pero ¿para qué?

—Yo podría… —Andy se interrumpió, azorada. Había estado a punto de ofrecerse a dibujar al encapuchado, pero no había dibujado nada, ni siquiera un garabato, desde su primer año en Nueva York.

Paula soltó un bufido.

—Santo Dios, niña. Si me dieran un dólar cada vez que dejas una frase a medias, te aseguro que no estaría viviendo en Texas.

—Solo iba a…

Intentó improvisar una mentira, pero de repente se preguntó si de verdad el encapuchado habría pasado por allí primero. Tal vez hubiera entendido mal la conversación que había oído en el despacho de Laura. Quizá a Mike lo habían mandado a Austin y al encapuchado a Belle Isle.

—Si tiene un papel, quizá yo pueda hacer un boceto.

—Ahí lo tienes. —Paula le señaló con el codo una pequeña zona de escritorio que había en un extremo de la encimera.

Andy abrió el cajón. Esperaba encontrar el revoltijo habitual —llaves sueltas, una linterna, monedas y bolígrafos variados—, pero solo había dos cosas: un lápiz bien afilado y un bloc de notas.

—Entonces ¿lo tuyo es el arte? —preguntó Paula—. ¿Te viene de familia?

—Yo…

No le hizo falta la cara que puso Paula para saber que había vuelto a dejar una frase inconclusa.

Abrió el bloc, que estaba en blanco, y sin darse tiempo a pensar lo que estaba a punto de hacer, a dudar de su propia capacidad o a convencerse de que era una presunción excesiva por su parte creer que todavía tenía algún talento para el dibujo, le quitó al lápiz el extremo de la punta y bosquejó la cara del encapuchado tal y como la recordaba.

Paula empezó a asentir antes de que terminara.

—Sí —dijo—. Se parece a ese cabrón. En los ojos, sobre todo. Puede saberse mucho de una persona por sus ojos.

Andy se descubrió mirando su ojo ciego, el izquierdo.

—¿Cómo sabes qué aspecto tiene? —preguntó Paula.

Andy no contestó. Pasó la hoja y, en una página en blanco, dibujó a otro hombre, con la mandíbula cuadrada y una gorra de béisbol de Alabama.

—¿Y este? —preguntó—. ¿Le ha visto por aquí?

Paula observó atentamente el dibujo.

—No. ¿Iba con el otro?

—Puede ser. No estoy segura. —Notó que meneaba la cabeza—. No lo sé. La verdad es que no sé nada.

—Eso ya lo veo.

Andy necesitaba tiempo para pensar. Volvió a guardar el bloc y el lápiz en el cajón. La conversación se estaba torciendo. No era tan tonta como para no darse cuenta de que Paula la estaba manipulando. Había ido allí en busca de respuestas, no para acumular más interrogantes.

—Te pareces a ella —afirmó Paula.

Se sintió sacudida por un rayo de los pies a la cabeza.

«Te-pareces-a–ella-te-pareces-a–ella-te-pareces-a–tu-madre».

Se volvió lentamente.

—En los ojos, sobre todo —añadió Paula, indicando sus ojos con la punta del enorme cuchillo de cocina—. Y en la forma de la cara, como un corazón.

Andy se quedó paralizada. Siguió repitiéndose las palabras de Paula porque el corazón le latía tan violentamente que apenas podía entender lo que decía.

«Los ojos… La forma de la cara…».

—Pero ella no era tan tímida —agregó Paula—. ¿En eso has salido a tu padre?

Andy no lo sabía. No sabía nada, excepto que tenía que apoyarse en la encimera y tensar las piernas para no caerse.

Paula siguió cortando verduras.

—¿Qué sabes de ella?

—Que… —Otra vez le costaba hablar. Tenía el estómago lleno de abejas—. Que ha sido mi madre durante treinta y un años.

Paula asintió.

—Un cálculo interesante.

—¿Por qué?

—Eso, por qué.

El ruido del cuchillo al chocar con la tabla resonaba dentro de su cabeza. Tenía que dejar de estar a la defensiva. Debía formular las preguntas para las que necesitaba respuestas. Las había ido ordenando mentalmente durante las siete horas de trayecto en coche hasta formar una lista completa y ahora, de pronto…

—¿Puede…?

—Un dólar, niña. ¿Que si puedo qué?

Se sentía mareada. Experimentaba de nuevo el extraño embotamiento físico de días anteriores. Era como si sus brazos y sus piernas quisieran elevarse hacia el techo, como si su cerebro se hubiera desconectado de su boca. Pero no podía volver a caer en viejos hábitos. Ahora no. No, estando tan cerca.

Lo intentó por tercera vez.

—¿Puede…? ¿La conoce? ¿A mi madre?

—Yo no soy una soplona.

«¿Una soplona?».

Paula había levantado la vista de la tabla de cortar con expresión impenetrable.

—No es que quiera ponerme borde, aunque reconozco que lo soy, es lo mío. —Juntó un montoncillo de zanahoria y apio cortados en dados. Los trozos eran de tamaño idéntico. El cuchillo se movía tan deprisa que parecía inmóvil—. Aprendí a cocinar en la cárcel. Teníamos que ser rápidas.

«¿En la cárcel?».

—Siempre quise aprender. —Paula cogió las verduras, se acercó al fogón y las echó en la cacerola—. Me costó casi una década ganarme ese privilegio. Solo permitían manejar los cuchillos a las más veteranas.

«¿Más de una década?».

—Imagino que eso no lo habrás visto al buscarme en Internet —añadió.

Andy se dio cuenta de que tenía la lengua pegada al paladar. El asombro que sentía le impedía asimilar tantas revelaciones hechas de golpe.

Soplona. Cárcel. Más de una década.

Llevaba días diciéndose que Laura era una delincuente. Pero ver confirmada esa teoría fue como recibir un puñetazo en el estómago.

—Pago para que esa información no aparezca en las primeras páginas de búsqueda, pero… —Se encogió de hombros, los ojos fijos de nuevo en Andy—. Porque me has buscado en Internet, ¿verdad? ¿Has encontrado mi dirección en los registros fiscales? ¿Has visto mi horario de clases y los comentarios de mierda de mis alumnos? —Sonreía. Parecía gustarle el efecto que estaba causando—. Y luego has buscado mi currículum y te has dicho «Universidad de Berkeley, Stanford, West Connecticut, ¿cuál de ellas no encaja?». ¿Verdad?

Andy solo acertó a asentir con la cabeza.

Paula se puso a trocear una patata.

—Hay una cárcel federal cerca de West Connecticut. Danbury. Seguramente te sonará por esa serie de televisión. Antes te dejaban estudiar una carrera universitaria. Ya no. Martha Stewart estuvo presa allí, pero fue después de que yo cumpliera mis veinte años.

«¿Veinte años?».

Paula volvió a mirarla.

—En la facultad la gente lo sabe. No es ningún secreto, pero tampoco me gusta hablar de ello. Mis tiempos de revolucionaria ya pasaron. Qué diablos, a mi edad casi se me ha pasado la vida entera.

Andy se miró las manos. Tenía la sensación de que sus dedos eran como los bigotes de un gato. ¿Qué atrocidad había cometido Paula Kunde para que la sentenciaran a veinte años de prisión? ¿Debería haber cumplido Laura la misma condena y, en lugar de cumplirla, había robado un montón de dinero, huido y empezado una nueva vida mientras Paula iba contando el paso de los días hasta ser lo bastante mayor para que le permitieran trabajar en la cocina de la cárcel?

—Debería… —Tenía la garganta tan cerrada que apenas podía tragar aire. Necesitaba reflexionar sobre todo aquello, pero no podía hacerlo en aquella cocina agobiante, bajo la mirada atenta de aquella mujer—. Irme, digo. Debería…

—Tranquila, Bambi. No conocí a tu madre en la cárcel, si es eso lo que te asusta. —Empezó a picar otra patata—. Aunque, claro, quién sabe lo que estás pensando. No haces ninguna pregunta…

Andy se tragó la bola de algodón que notaba en la garganta. Intentó acordarse de su lista de preguntas.

—¿Cómo… cómo la conoció?

—¿Cómo dices que se llama?

Andy no entendía las reglas de aquel juego cruel.

—Laura Oliver. Mitchell, quiero decir. Se casó y ahora…

—Sé lo que implica el matrimonio —replicó Paula mientras abría un pimiento morrón y retiraba las semillas con la punta del cuchillo—. ¿Has oído hablar de QuellCorp?

Andy consiguió al fin negar con la cabeza y respondió:

—¿La empresa farmacéutica?

—¿Cómo es tu vida?

—Mi vi…

—¿Buenos colegios? ¿Coche elegante? ¿Un trabajo estupendo? ¿Un novio muy mono que hará un vídeo de YouTube cuando te proponga matrimonio?

Andy percibió al fin su tono agrio. Paula ya no hablaba con despreocupación. Su sonrisa era un rictus de desdén.

Andy comenzó a retroceder hacia la puerta.

—Eh… La verdad es que debería…

—¿Es buena madre?

—Sí. —La respuesta acudió automáticamente a su boca sin necesidad de que se parara a pensarlo.

—¿Te acompañaba a las fiestas del colegio, formaba parte de la Asociación de Padres, te hizo fotos en el baile de promoción?

Andy asintió repetidas veces, porque era cierto.

—La vi matar a ese chaval, en las noticias. —Paula le dio la espalda mientras se lavaba las manos en el fregadero—. Aunque ahora dicen que no van a imputarla. Por lo visto intentaba salvarlo. Por favor, no te muevas.

Andy se quedó muy quieta.

—No iba a…

—No te lo digo a ti, niña. La expresión «por favor» es un constructo patriarcal ideado para que las mujeres se disculpen por tener vagina. —Se secó las manos con un paño de cocina—. Me refería a lo que le dijo tu madre antes de matar a ese chico. No paran de decirlo en las noticias.

Andy miró la televisión de la pared. Volvían a emitir el vídeo del restaurante. Laura levantaba las manos de aquella manera tan extraña, enseñando cuatro dedos de la mano izquierda y uno de la derecha para indicarle a Jonah Helsinger cuántas balas le quedaban. El teletipo cruzó la pantalla, pero Andy fue incapaz de entender lo que decía.

—Lo han analizado los expertos —dijo Paula—. Dicen saber lo que le dijo tu madre a Helsinger. «Por favor, no te muevas», como si le dijera: «Por favor, no te muevas o tu tráquea acabará desparramada por el suelo».

Andy se llevó la mano a la garganta. Sintió el golpeteo furioso de su pulso en la yema de los dedos. Debía alegrarse de que su madre hubiera quedado fuera de toda sospecha, pero notaba en los huesos que debía salir urgentemente de aquella casa. Nadie sabía que estaba allí. Paula podía abrirla en canal como a un cerdo y nadie lo sabría.

—Tiene gracia, ¿verdad? —Paula apoyó los codos en la encimera y fijó en Andy su ojo bueno—. Tu encantadora madre mata a un crío a sangre fría, pero se va de rositas porque tuvo la precaución de decirle «Por favor, no te muevas» en vez de «Hasta la vista». Qué afortunada es Laura Oliver —añadió con visible delectación—. ¿Viste su expresión cuando lo hizo? A mí no me pareció muy angustiada. Parecía más bien que sabía perfectamente lo que se hacía, ¿no crees? Y que además le traía sin cuidado. Igual que siempre.

Andy se quedó petrificada otra vez, pero no de miedo. Quería escuchar lo que Paula tenía que decir.

—Fría como el hielo. Jamás llora por lo que no tiene remedio. Los problemas le resbalan, como el agua por las plumas de un pato. Es lo que solíamos decir de ella, los que decíamos algo, claro: que conoces a Laura Oliver, pero no la *conoces*. Porque solo hay superficie. Las aguas tranquilas suelen ser muy poco profundas, ¿te has fijado alguna vez?

Andy quiso negar con la cabeza, pero estaba paralizada.

—Odio tener que decírtelo, niña, pero tu madre es un saco de mierda de la peor especie. Esa arpía siempre ha sido una actriz haciendo el papel de su vida. ¿No te habías dado cuenta?

Hizo un gesto negativo, pero se dijo «El Modo Mamá, el Modo Doctora Oliver, el Modo Esposa de Gordon».

—Quédate aquí —ordenó Paula, y salió de la cocina.

Andy no habría podido seguirla aunque hubiera querido. Sentía los pies pegados al suelo. Nada de lo que le había dicho aquella mujer temible era nuevo, pero el matiz que daba Paula Kunde a sus palabras le había hecho comprender que las distintas facetas de su madre no eran fragmentos de un todo: eran simple camuflaje.

«No tienes ni idea de quién soy. Nunca la has tenido y nunca la tendrás».

—¿Sigues ahí? —preguntó Paula desde el otro lado de la casa.

Andy se frotó la cara. Tenía que olvidarse de lo que le había dicho Paula y salir de allí a toda prisa. Aquella mujer era peligrosa. Saltaba a la vista que tenía sus propias intenciones. No debería haber ido a verla.

Abrió el cajón, arrancó del bloc los dibujos del encapuchado y de Mike, se los metió en el bolsillo de atrás y abrió la puerta de la cocina.

Se dio de bruces con Paula Kunde, que la apuntaba al pecho con una escopeta. Retrocediendo de un salto, chocó con la puerta batiente.

—¡Dios! —exclamó.

—Las manos arriba, imbécil.

Andy levantó los brazos.

—¿Llevas micro?

—¿Qué?

—Que si llevas encima algún micro. —Paula le cacheó primero la parte delantera de la camisa y luego los bolsillos y las piernas—. ¿Te ha mandado ella para tenderme una trampa?

—¿Qué?

—¡Vamos! —Paula le clavó el cañón de la escopeta en el esternón—. ¡Habla, cabeza de chorlito! ¿Quién te manda?

—Na-nadie.

—Nadie —bufó Paula—. Dile a tu madre que casi me la das, con tu carita de cervatillo asustado. Pero si te vuelvo a ver por aquí, apretaré el gatillo hasta vaciar el cargador. Y luego volveré a cargar e iré a por ella.

Andy estuvo a punto de perder el control de su vejiga. Temblaba de los pies a la cabeza. Con las manos en alto y los ojos fijos en Paula, retrocedió por el pasillo. Tropezó al llegar al escalón del cuarto de estar. Paula se apoyó la escopeta en el hombro y siguió observándola unos segundos. Luego volvió a entrar en la cocina.

Andy sintió una bocanada de bilis al darse la vuelta para echar a correr. Pasó atropelladamente junto al sofá, salió al vestíbulo y volvió a tropezar. Notó una punzada de dolor en la rodilla, pero se agarró a la mesa de la entrada. Algunas monedas se salieron del cuenco de cristal y cayeron al suelo. Tenía la sensación de que los dientes de un cepo atenazaban todos los nervios de su cuerpo. A duras penas consiguió meter el pie en el zapato. Entonces se dio cuenta de que los putos calcetines estaban metidos dentro. Miró hacia atrás mientras los guardaba a toda prisa en el bolso y se calzaba las zapatillas. Tenía las manos tan sudorosas que le costó girar el pomo para abrir la puerta.

«Joder».

Mike estaba en el porche delantero. Le sonreía con aquella misma expresión con que le había sonreído frente al bar de Muscle Shoals.

—Qué extraña coinci…

Andy agarró el bate de béisbol.

—¡Vaya, vaya, vaya! —Él levantó las manos al verla blandir el bate—. Venga, preciosa. Vamos a hablar de esta…

—Cállate la puta boca, psicópata de mierda. —Andy agarraba el bate con tanta fuerza que tenía los dedos entumecidos—. ¿Cómo me has encontrado?

—Bueno, esa es una historia curiosa.

Andy levantó más aún el bate.

—¡Espera! —gritó él—. Si me das aquí —dijo señalándose el costado—, puedes romperme fácilmente una costilla y caeré como un saco de estiércol. Claro que también puedes golpearme en el centro del pecho. No hay nada como el plexo solar, pero…

Andy amagó con el bate pero sin fuerza. En realidad, no pretendía golpearle.

Él dio un paso atrás y agarró el extremo del bate sin ningún esfuerzo. Tenía las piernas separadas más o menos a la misma anchura que los hombros. Unos treinta centímetros, descubrió Andy al asestarle una patada en los huevos con todas sus fuerzas.

Cayó al suelo como un saco de estiércol.

—¡Joder! —tosió, y volvió a toser con la mano entre las piernas, rodando por el porche.

Le salía espuma por la boca igual que al encapuchado, solo que esta vez era distinto porque él no iba a morirse, solo se retorcía de dolor.

—Bien hecho.

Andy dio un respingo.

Paula Kunde estaba detrás de ella, con la escopeta apoyada en el hombro.

—Es el tipo del otro dibujo, ¿no?

La ira que sentía Andy contra Mike se impuso a su miedo a Paula. Estaba harta de que la gente la tratara como si fuera imbécil. Le cacheó los bolsillos. Encontró su cartera, el ridículo llavero de la pata de conejo. Él no se resistió. Estaba demasiado distraído agarrándose las pelotas.

—Espera —dijo Paula—. No te ha mandado tu madre, ¿verdad?

Andy se guardó la cartera y las llaves en el bolso. Pasó por encima de Mike, que seguía retorciéndose en el suelo.

—¡He dicho que esperes!

Se detuvo. Dio media vuelta y le lanzó a Paula la mirada más airada de que fue capaz.

—Vas a necesitar esto. —Paula hurgó en el fondo del cuenco de la calderilla y sacó un billete de dólar doblado. Se lo dio a Andy—. Clara Bellamy. Illinois.

—¿Qué?

Paula cerró la puerta de golpe, con tanta fuerza que la casa tembló.

¿Quién demonios era Clara Bellamy?

¿Y por qué le hacía caso a aquella puta chiflada?

Se metió el billete en el bolsillo al bajar los escalones. Mike seguía resoplando como un tubo de escape roto. Andy no quería sentirse culpable por haberle hecho daño, pero no podía evitarlo. Se sentía culpable cuando montó en el Reliant. Se sentía culpable cuando se alejó de la casa. Se sentía culpable al tomar la calle siguiente. Y siguió sintiéndose culpable hasta que vio la camioneta blanca de Mike al otro lado de la esquina.

«Hijo de puta»

Había cambiado la pegatina magnética de la puerta.

MANTENIMIENTO DE JARDINES GEORGE.

Paró delante de la camioneta. Abrió el maletero del Reliant, sacó la caja de longanizas y la abrió, pero solo contenía longanizas. Luego abrió la neverita, cosa que no había hecho desde que la encontró en el trastero de Laura, y pensó: «Idiota».

Había un dispositivo de seguimiento pegado con cinta adhesiva a la parte de debajo de la tapa. Era pequeño, negro, del tamaño aproximado de un iPod. La lucecita roja parpadeaba, mandando las coordenadas de su posición a un satélite que orbitaba en algún lugar del espacio. Mike debía de haberlo puesto allí mientras ella dormía en el motel, en Muscle Shoals.

Lanzó la tapa de la nevera al otro lado de la calle como un *frisbi*. Rebuscó en el maletero y sacó el saco de dormir y la bolsa de playa. Arrojó ambas cosas dentro de la cabina de la camioneta. Luego sacó de la trasera dos recortadoras y un par de tijeras de podar y las tiró a la acera. No le fue difícil arrancar las pegatinas imantadas de las puertas. Las pegó en el capó del Reliant. Pensó en dejarle la llave pero se dijo «a la mierda». Había dejado todo el dinero guardado en los trasteros. Aquel tipo podía pasarse una temporadita dando vueltas en el paquete de compresas gigante.

Montó en la camioneta y dejó el bolso del ordenador a su lado, en el asiento. El volante tenía puesta una extraña funda de piel sintética. Un par de dados colgaban del retrovisor. Metió la llave en el contacto. El motor se encendió con un rugido. La voz de Dave Matthews resonó con estruendo en los altavoces.

Andy arrancó. Mientras se dirigía a la universidad, visualizó un mapa. Calculó que le quedaban unos mil seiscientos kilómetros por recorrer, o sea, unas veinte horas de viaje si hacía el trayecto de un tirón, o dos días completos si paraba a dormir. Primero, Dallas; luego, en línea recta, Oklahoma; después Misuri y por último Illinois, donde esperaba encontrar una persona o una cosa llamada Clara Bellamy.

31 DE JULIO DE 1986

12

Los gritos de Alexandra Maplecroft eran como el pitido de una sirena, cada vez más alto. La sirena de un coche patrulla. Del FBI. De un furgón policial.

Jane sabía que debía hacer algo para atajar aquel gemido, pero solo pudo quedarse allí, en suspenso, escuchando las súplicas desesperadas de la mujer.

—¡Jane! —la llamó Andrew desde abajo.

La voz de su hermano la sacó de su trance. Luchó por volver a ponerle la mordaza. Maplecroft empezó a sacudirse en la cama, a tirar de las cuerdas que le sujetaban las muñecas y los tobillos. Movía la cabeza adelante y atrás. Se le bajó la venda de los ojos. Uno de sus ojos giró enloquecido hasta encontrarse con Jane. De pronto, una mano estaba suelta; luego, un pie. Jane se inclinó para sujetarla, pero no se dio suficiente prisa.

Maplecroft le propinó un puñetazo tan fuerte en la cara que cayó hacia atrás. Vio literalmente bailar estrellas ante sus ojos.

—¡Jane! —gritó Andrew.

Oyó pasos subiendo por la escalera.

Maplecroft también los oyó. Forcejeó tan violentamente con las cuerdas que la cama metálica se volcó. Se esforzó, frenética, por desatarse la otra mano mientras pataleaba para liberar sus pies de las ataduras.

Jane intentó levantarse, pero las piernas no le respondían. Sus pies no encontraban apoyo. La sangre le corría por la cara, taponaba su garganta. Por fin reunió fuerzas para impulsarse hacia arriba. Solo pensaba en arrojarse sobre Maplecroft con todo su peso y confiar en poder sujetarla hasta que llegaran refuerzos.

Y llegaron, segundos después.

—¡Jane!

La puerta se abrió de golpe. Andrew se acercó primero a ella. Rodeándola con el brazo, la ayudó a levantarse.

Maplecroft también estaba en pie, en medio de la habitación, con los puños en alto como un púgil y un tobillo todavía atado a la cama. Tenía la ropa desgarrada, los ojos enloquecidos, el cabello pegado al cráneo por el sudor y la mugre. Gritó algo ininteligible al tiempo que se movía adelante y atrás, basculando entre sus pies.

Paula soltó un bufido de risa. Tapaba con su cuerpo el vano de la puerta.

—Déjalo ya, zorra.

—¡Soltadme! —gritó Maplecroft—. No se lo diré a nadie. No...

—Hazla parar —ordenó Nick.

Jane no supo a qué se refería hasta que vio que Quarter levantaba el cuchillo.

—¡No! —gritó.

Pero todo sucedió muy deprisa.

Quarter descargó el golpe. La hoja brilló a la luz del sol.

Jane vio, impotente, cómo descendía el cuchillo.

Pero de pronto se detuvo.

Maplecroft lo detuvo con su mano.

La hoja le atravesó la palma por el centro.

Aquella imagen produjo en ellos el efecto de una granada de aturdimiento. Nadie dijo nada. Estaban demasiado anonadados.

Todos, salvo Maplecroft.

Ella sabía perfectamente, desde el principio, lo que iba a hacer. Mientras estaban allí, paralizados por el asombro, cruzó el brazo delante de sí y se dispuso a lanzar una cuchillada de revés contra Jane.

Nick soltó el puño, golpeándola en plena cara.

Un chorro de sangre brotó de su nariz. La mujer giró describiendo un semicírculo al tiempo que accionaba frenéticamente, blandiendo la hoja que atravesaba su mano.

Nick la golpeó de nuevo.

Jane oyó el crujido de su nariz al romperse.

Maplecroft se tambaleó. Al echar el pie hacia atrás, arrastró el bastidor de la cama.

—¡Nick! —gritó de nuevo Jane.

Él descargó un nuevo golpe.

La cabeza de Maplecroft se desplazó bruscamente hacia atrás. Empezó a caer, pero la pierna que todavía tenía sujeta la hizo oscilar hacia un lado. Antes de caer al suelo, se golpeó la sien contra el filo metálico de la cama. Se oyó un chasquido pavoroso, un charco de sangre apareció bajo su cuerpo y se extendió por la madera, metiéndose por las rendijas del entarimado.

Tenía los ojos abiertos de par en par. La boca abierta. El cuerpo inmóvil.

La miraron todos, estupefactos. Nadie dijo nada hasta que Andrew musitó:

—Santo cielo.

—¿Está muerta? —preguntó Paula.

Quarter se agachó a comprobarlo, pero dio un salto hacia atrás cuando los ojos de Alexandra Maplecroft parpadearon.

Jane soltó un grito antes de poder taparse la boca con las manos.

—Dios mío —murmuró Paula.

Entre las piernas de la mujer se formó un charco de orina. Casi alcanzaron a oír cómo abandonaba el alma su cuerpo.

—Nick —jadeó Jane—, ¿qué has hecho? ¿Qué has hecho?

—Iba a… —Parecía asustado. Y él nunca parecía asustado—. Yo no quería hacerlo —le dijo a Jane.

—¡La has matado! —chilló ella—. ¡La has golpeado y ha caído y se ha…!

337

—He sido yo —dijo Quarter—. Soy yo quien le ha clavado el cuchillo.

—¡Porque te lo ha dicho Nick!

—Yo no… —balbució Nick—. Te he dicho que la hicieras parar, no que…

—¿Qué habéis hecho? —Jane sacudió furiosamente la cabeza—. ¿Qué hemos hecho? ¿Qué hemos hecho? —repetía sin cesar.

Aquello había traspasado el límite de la locura. Eran todos unos psicópatas. Todos y cada uno de ellos.

—¿Cómo has podido? —le preguntó a Nick—. ¿Cómo has…?

—Intentaba protegerte, pedazo de mema —replicó Paula en un tono burlón que no pudo o no quiso evitar—. Es culpa tuya.

—Penny… —dijo Andrew.

—Jinx, tienes que creerme —terció Nick.

—Le has pegado… La has matado… —respondió ella con voz estrangulada.

Todos lo habían visto, no hacía falta que se lo repitiera. Maplecroft había quedado a su merced al primer puñetazo. Nick podía haberla agarrado del brazo, y sin embargo había seguido golpeándola, y ahora su sangre se deslizaba entre las rendijas del suelo.

—Tú eres quien ha dejado que se desatara —la acusó Paula—. Ya podemos despedirnos del rescate. Ahí tenéis a nuestra rehén, meándose sobre su propia tumba.

Jane se acercó a la ventana abierta de atrás. Trató de aspirar aire. No podía seguir presenciando aquello, no podía estar allí. Nick se había pasado de la raya. Paula le excusaba, Andrew no decía nada y Quarter había estado dispuesto a matar por él. Se habían vuelto todos completamente locos.

—Cariño —dijo Nick.

Ella apoyó las manos en el alféizar de la ventana. Miró al otro lado del callejón, hacia la parte de atrás de la casa, porque no soportaba mirar a Nick. Un par de visillos rosas se agitaban melancólicamente, empujados por la brisa matutina. Deseaba estar de vuelta en casa, en su cama. Quería retroceder en el tiempo, volver a Oslo, rebobinar los dos años anteriores de su vida y abandonar a Nick antes de que los arrastrara a todos al abismo.

—Jane —dijo Andrew en el tono de voz que adoptaba cuando quería mostrarse paciente.

Ella se volvió, pero no para mirar a su hermano. Sus ojos se dirigieron automáticamente a la mujer tendida en el suelo.

—No —le suplicó a Andrew—. Por favor, no me digas que me tranquilice...

Maplecroft volvió a pestañear.

Jane no gritó como la primera vez porque, cuanto más sucedía, más normal parecía. Así era como los había convencido Nick. Los simulacros, los ensayos, el estado de paranoia permanente los había inducido a creer que estaban haciendo algo no solo perfectamente razonable, sino también necesario.

Esta vez fue Paula quien rompió el silencio.

—Hay que acabar esto.

Jane solo pudo mirarla.

—Ponle la almohada encima de la cabeza —dijo Paula—, o tápale la boca y la nariz con la mano para que no pueda respirar. A no ser que quieras probar a apuñarla en el corazón. O a ahogarla en ese cubo de pis.

Jane sintió que la bilis inundaba su garganta. Se volvió, pero no lo bastante deprisa. El vómito se esparció por el suelo. Apoyó la mano en la pared. Abrió la boca e intentó no gemir.

¿Cómo podía traer un niño a este mundo terrible y violento?

—¡Dios! —exclamó Paula—. Ves cómo le vuelan la cabeza a tu padre y te quedas tan tranquila, y una tía se da un golpe en la cabeza y...

—Penny —le advirtió Andrew.

—Jinx —dijo Nick tratando de ponerle la mano en la espalda, pero ella se apartó bruscamente—. No quería hacerlo. Es que... No sé en qué estaba pensando. Te ha hecho daño. Intentaba hacerte daño.

—Ya da igual. —Quarter acercó dos dedos al cuello de Maplecroft—. No tiene pulso.

—Joder, menuda sorpresa —masculló Paula.

—Qué más da —dijo Andrew—. Lo hecho, hecho está. —Él también miraba a Jane—. No pasa nada. Bueno, sí pasa, claro que pasa, pero ha sido un accidente y tenemos que sobreponernos porque hay cosas más importantes en juego.

—Tiene razón —añadió Quarter—. Todavía quedan Stanford, Chicago y Nueva York.

—Ya sabéis que conmigo podéis contar —dijo Paula—. Yo no soy como aquí la dulce princesita. Deberías haber seguido haciendo obras de caridad con las otras ricachonas. Sabía que te rajarías en cuanto se complicaran las cosas.

Jane se sintió al fin capaz de mirar a Nick. Él respiraba agitadamente. Seguía teniendo los puños cerrados, y la piel desgarrada allí donde sus nudillos habían impactado con la cara de Alexandra Maplecroft.

¿Quién era aquel hombre?

—No puedo... —empezó a decir, pero no fue capaz de continuar.

—¿No puedes qué? —Nick se limpió el dorso de la mano en los pantalones, dejando en la tela la huella de sus dedos manchados de sangre. También tenía sangre en la manga de la camisa.

Jane se miró sus pantalones. Tenía manchas rojas en las perneras. Y salpicaduras en la blusa.

—No puedo... —balbució otra vez.

—¿No puedes qué? —insistió Nick—. Jinx, háblame. ¿Qué es lo que no puedes hacer?

«Esto, formar parte de esto, hacer daño a más gente, convivir con la culpa, con los secretos, dar a luz a un hijo tuyo, porque sé que nunca, nunca, podré explicarle que eres su padre».

—¿Jinx? —Nick parecía haberse repuesto de la impresión y la miraba con una media sonrisa. La agarró de los brazos, posó los labios en su frente.

Ella quiso resistirse. Se dijo que debía resistirse. Pero su cuerpo se inclinó hacia él, y él la abrazó, y ella dejó que el calor de su abrazo la reconfortara.

La cuerda del yoyó, que volvía a enrollarse.

—Vamos abajo a… —dijo Andrew.

De pronto, Quarter profirió un sonido gutural. Su cuerpo se convulsionó, sus brazos se agitaron en el aire. Un chorro de sangre brotó de su pecho.

Una décima de segundo después, Jane oyó la detonación de un rifle, el estrépito del cristal de la ventana al romperse.

Ya estaba tumbada en el suelo cuando comprendió lo que sucedía.

Les estaban disparando.

Vio moverse, desquiciados, los puntos rojos de las miras telescópicas por las paredes como en una película de acción. La policía los había encontrado. Habían localizado el coche de Jasper, o alguien del vecindario los había denunciado, o los habían seguido a Andrew y a ella. Qué más daba, en todo caso. Quarter estaba muerto. Maplecroft estaba muerta. Iban a morir todos en aquel cuchitril, con el cubo lleno de mierda y orines y su vómito por el suelo.

Otra bala acabó de romper el cristal. Luego, otra cruzó silbando la habitación, seguida por una tercera. Un instante después, el sonido rítmico de los disparos los envolvió por completo.

—¡Moveos! —gritó Nick al tiempo que volcaba el colchón para tapar la ventana—. ¡Vamos, tropa! ¡Vamos!

Para eso habían entrenado. En su momento les había parecido ridículo, pero los simulacros a los que les había obligado Nick tenían como fondo una situación idéntica a aquella.

Andrew corrió agazapado hacia la puerta abierta de la escalera. Paula avanzó a gatas hacia la ventana de atrás. Jane hizo intento de seguirla, pero al sentir que una bala pasaba rozándole la cabeza, volvió a pegarse al suelo. El jarrón de flores estalló en pedazos. Las delgadas paredes se llenaron de agujeros por los que entraba el sol, creando un efecto parecido al de la luz de una discoteca.

—¡Por aquí! —gritó Paula junto a la ventana.

Jane hizo de nuevo intento de avanzar a gatas, pero se detuvo y chilló al ver convulsionarse el cuerpo de Quarter. Le estaban disparando otra vez. Oyó el ruido repulsivo de las balas al hundir-se en su carne muerta. La cabeza de Maplecroft se abrió, salpican-do sangre por todas partes. Hueso. Materia gris. Tejidos.

Otra explosión en el piso de abajo. La puerta, reventando.

—¡FBI! ¡FBI! —gritaron los agentes en un *crescendo* de voces superpuestas.

Jane oyó el estruendo de sus botas atravesando el piso de aba-jo, el ruido de los puños al golpear las paredes buscando la escalera.

—¡No me esperéis! —Andrew ya había cerrado la puerta.

Jane le vio subir el grueso travesaño que encajaba en sendos so-portes, a ambos lados de la puerta.

—¡Deprisa, Jane! —gritó Nick mientras ayudaba a Paula a sa-car la escalera extensible por la ventana de atrás.

Pesaba demasiado para que la manejara una sola persona. Lo sabían por los ejercicios de entrenamiento. Dos personas mane-jando la escalera. Otra atrancando la puerta. El colchón contra la ventana.

«Agachaos y corred, moveos deprisa, no os paréis por ningún motivo».

Paula fue la primera en salir por la ventana. La endeble escale-ra hizo un ruido metálico cuando empezó a avanzar por ella a ga-tas hacia la casa del otro lado del callejón. Entre las dos ventanas había una distancia de cuatro metros y medio. Debajo había un montón de basura putrefacta, lleno de pinchos y cristales rotos. Na-die se metería por propia voluntad en aquel foso. Pero cabía la po-sibilidad de que la escalera se rompiera y se precipitaran al vacío, seis metros más abajo.

—¡Vamos, vamos, vamos! —gritó Nick.

Abajo, el estruendo era cada vez mayor. Los agentes seguían buscando la escalera. Empezaron a usar las culatas de sus armas para romper las paredes y se oyó el estruendo de la madera al astillarse.

—¡Joder! —gritó uno de ellos—. ¡Traed el puto mazo!

Jane fue la siguiente en salir por la escalera. Tenía las manos su-dorosas. Los fríos peldaños de metal se le clavaban en las rodillas.

Sintió vibrar la escalera cuando, abajo, el mazo comenzó a estrellarse contra las paredes.

—¡Deprisa! —Paula miraba continuamente hacia abajo, hacia el montón de desperdicios.

Jane se arriesgó a echar una ojeada y vio que había tres agentes del FBI merodeando alrededor del estercolero, tratando de encontrar un modo de entrar.

Se oyó un disparo, pero no procedía de los agentes, sino de Nick que, asomado a la ventana, intentaba cubrir a Andrew para que pudiera cruzar la escalera. El avance de su hermano fue más lento. Llevaba la caja metálica bajo el brazo. Solo podía servirse de una mano. Jane ni siquiera recordaba que hubiera subido la caja al piso de arriba.

—¡Cabrones! —chilló Paula a los agentes de abajo, agitando el puño, enfervorecida por la matanza—. ¡Putos cerdos fascistas!

Andrew resbaló en la escalera. Jane ahogó un grito. Le oyó maldecir. Había estado a punto de soltar la caja.

—Por favor —le suplicó ella gimiendo.

«Olvídate de la caja. Olvídate del plan. Vámonos de aquí. Dejemos esta locura».

—¡Nickel! —chilló Paula—. ¡Lánzamela!

Se refería a la pistola. Nick se la lanzó desde cuatro metros y medio de distancia. Paula la cogió con las dos manos en el instante en que Andrew llegaba al extremo de la escalera. Jane le abrazó antes de que sus pies tocaran el suelo.

—¡Cabrones! —Paula empezó a disparar a los agentes del FBI.

Tenía los ojos cerrados. La boca abierta. Gritaba como una loca porque eso era a fin de cuentas: una loca. Eran todos unos tarados y, si morían ese día, se lo tendrían merecido.

—¡Dame la mano! —Andrew le tendió el brazo a Nick y, tirando de él, le ayudó a salvar el último tramo de escalera. Cayeron ambos al suelo de la habitación.

De pie junto a la ventana, Jane miró hacia el cobertizo. Los agentes habían encontrado la escalera. Los francotiradores habían dejado de disparar. Justo enfrente de ella había un agente, un tipo mayor, cortado por el mismo patrón que Danberry y Barlow. Levantó el arma y le apuntó al pecho.

—¡Idiota! —Paula tiró de ella y consiguió que se agachara en el instante en que sonó el disparo. Luego levantó los brazos y arrojó la escalera abajo.

Oyeron su estrépito al chocar con la pared de la casa y, un momento después, contra el estercolero de abajo.

—Por aquí —ordenó Andrew, y cruzó la habitación agachado.

Habían bajado las escaleras y estaban ya en la primera planta cuando oyeron parar varios coches fuera, en la calle. Pero poco importaba: nunca habían tenido intención de salir por la puerta principal.

Andrew palpó la pared con los dedos. Encontró otro botón oculto, accedió a otro panel secreto y dejó al descubierto los escalones que llevaban al sótano.

Por eso había elegido Nick el cobertizo de dos plantas tras varios meses de búsqueda. Les había dicho que necesitaban un lugar seguro para mantener a Alexandra Maplecroft, pero también una vía de escape segura. Había muy pocos sótanos en el distrito de Mission, al menos que figuraran en los registros municipales. La capa freática llegaba hasta muy arriba, la tierra era demasiado pantanosa. El angosto sótano que había debajo de la casa victoriana era uno de los muchos vestigios que quedaban en la ciudad de la antigua Armería. Cuando la misión era sometida a asedio, los soldados se escondían en las mazmorras. Nick conocía aquellos pasadizos desde sus tiempos de indigente. Había un túnel que comunicaba la casa con un almacén situado una calle más allá.

Nick cerró el panel cuando hubieron pasado todos. La brusca bajada de temperatura hizo estremecerse a Jane. Al pie de la escalera, Andrew trataba de apartar la librería que ocultaba la entrada al túnel.

Nick tuvo que ayudarle. La estantería se deslizó sobre el cemento. Jane vio los arañazos que dejaba en el suelo y rezó para que el FBI no los viera hasta que fuera ya demasiado tarde.

Paula le puso una linterna en la mano y la empujó hacia el interior del pasadizo. Nick ayudó a Andrew a tirar de la cuerda que ponía la librería en su sitio. De esa tarea tenía que encargarse Quarter, el carpintero del grupo, el que convertía los bocetos de Nick en mecanismos funcionales.

Pero Quarter estaba muerto.

Jane encendió la linterna antes de que se quedaran completamente a oscuras. Su tarea consistía en guiarlos a través del túnel. Nick la había obligado a recorrerlo decenas de veces, con y sin linterna. Hacía tres meses que Jane no bajaba al pasadizo, pero aún se acordaba de cada roca y cada piedra que podía causar un tropiezo o una caída fatal.

Como la que había sufrido Alexandra Maplecroft.

—Deja de perder el tiempo y muévete —siseó Paula dándole un empujón.

Jane tropezó con una piedra, a pesar de que sabía que estaba allí. Los simulacros no habían servido de nada. La adrenalina no podía simularse. Cuanto más descendían, mayor era su sensación de claustrofobia. La bóveda de luz era demasiado estrecha. La oscuridad, sobrecogedora. Sintió que un grito le borboteaba en la garganta. El agua del arroyo Mission se filtraba por cada resquicio de las paredes, salpicaba y chapoteaba bajo sus zapatos. El túnel tenía casi quince metros de largo. Jane apoyó la mano en la pared para sostenerse. El corazón se le salía por la garganta. Otra vez tenía ganas de vomitar, pero no se atrevió a pararse. Ahora que había escapado del abrazo de Nick, de su influencia tranquilizadora, dentro de su cabeza se sucedía el mismo interrogante, una vez tras otra.

¿Qué rayos estaban haciendo?

—Muévete. —Paula volvió a empujarla—. Deprisa.

Jane apretó el paso y estiró el brazo hacia delante, sabedora de que tenían que estar cerca. Por fin, la linterna alumbró el panel de madera de otra librería. Jane no pidió ayuda. Empujando, abrió un hueco lo bastante ancho para que pasaran todos.

La súbita luz les hizo parpadear. Había varias ventanas en lo alto de las paredes del sótano. Jane vio los pies de la gente que pasaba por la calle. Subió corriendo las escaleras, movida por una especie de piloto automático. Torció automáticamente a la derecha, como le habían enseñado. Treinta metros más allá, torció a la izquierda. Abrió una puerta, pasó por una abertura practicada en la pared y encontró la furgoneta aparcada en el interior de una nave enorme que olía a pimienta negra porque el edificio había servido en tiempos como almacén de especias.

Paula la adelantó corriendo: el primero que llegara a la furgoneta, se encargaría de conducir. Jane, la segunda en llegar, se encargó de abrir el portón lateral de la furgoneta. Nick ya se dirigía hacia la puerta de la nave. Hacía falta un código para abrirla.

8 – 4 – 19.

Todos conocían la combinación.

Andrew arrojó la caja metálica a la furgoneta. Intentó subir, pero perdió el equilibrio y se tambaleó hacia atrás. Jane le agarró del brazo, ansiosa porque subiera. Nick levantó el cierre de la puerta. Volvió corriendo a la furgoneta. Cuando hubo subido, Jane cerró el portón.

Paula arrancó y salió del almacén. Se había atado el pelo y llevaba puesto un sombrero marrón. Una chaqueta marrón a juego cubría la parte de arriba de su vestido suelto. El sol acuchilló el parabrisas. Jane cerró los ojos con fuerza. Las lágrimas se deslizaron por un lado de su cara. Iba tumbada de espaldas entre Nick y Andrew, sobre un colchón, pero sentía reverberar en los huesos cada bache de la carretera. Estiró el cuello tratando de mirar por la ventanilla. A los pocos segundos estaban en Mission, y habían empezado a adentrarse en la ciudad cuando oyeron pasar sirenas.

—Tranquilos —susurró Nick.

Agarraba a Jane de la mano, y ella agarraba la de Andrew. No recordaba cuándo se habían cogido de las manos, pero se sentía tan inmensamente aliviada por estar allí, a salvo, entre ellos, que no podía parar de llorar.

346

Se quedaron allí tendidos, aferrados unos a otros, hasta que Paula les dijo que habían llegado a la 101.

—Chicago está a treinta horas de distancia —gritó para hacerse oír entre el ruido de la carretera, que retumbaba como el torno de un dentista dentro de la furgoneta—. Pararemos en Idaho Falls para avisarlos de que vamos hacia el piso franco.

«El piso franco».

Una granja a las afueras de Chicago con un granero rojo, vacas y caballos. Pero, ¿de qué serviría ya? ¿Acaso volverían a sentirse seguros alguna vez?

—Cambiaremos de conductor en Sacramento después de dejar a Nick en el aeropuerto —prosiguió Paula—. Hay que respetar el límite de velocidad y todas las normas de tráfico. No podemos llamar la atención.

Estaba repitiendo como un loro las instrucciones de Nick, imitándole como hacían todos ellos, porque, según afirmaba él mismo, siempre sabía lo que hacía, incluso cuando todo parecía fuera de control.

Aquello era una locura. Una locura absoluta.

—¡Dios, ha faltado un pelo! —Nick se incorporó y estiró los brazos. Dedicó a Jane una de sus sonrisas traviesas. Él también tenía ese interruptor interno, el que había pulsado Laura Juneau al asesinar a Martin y pegarse un tiro. Jane lo veía ahora con toda claridad. Para Nick, lo sucedido en el cobertizo era ya agua pasada.

No podía mirarle. Observó a Andrew, todavía tendido a su lado. Estaba demacrado y tenía rayajos de sangre en las mejillas. No quería ni imaginar de quién era aquella sangre. Cuando pensaba en el cobertizo, solo veía muerte, sangre y balas zumbando alrededor como mosquitos.

Andrew tosió tapándose la boca con el brazo. Jane tocó su cara. Su piel tenía la textura del algodón de azúcar.

—¿A que ahora os alegráis de haber practicado, tropa? —preguntó Nick. Su cara, al igual que la de Andrew, estaba salpicada de sangre. El flequillo le caía sobre el ojo izquierdo. Tenía una expresión de euforia característica en él, como si todo fuera perfecto—. Imaginaos subir a la escalera sin haber practicado antes…

Jane se incorporó. Sabía que debía acercarse a Nick, pero se recostó contra la joroba del hueco del neumático. ¿Podría llamar a Jasper? ¿Encontraría un teléfono para suplicarle que la ayudara, confiando en que su hermano mayor interviniera y los salvara a todos? ¿Cómo iba a decirle que estaba implicada en el asesinato de su padre? ¿Cómo iba a mirarle a los ojos y a decirle que todo lo que habían hecho hasta el momento era producto de una especie de enajenación colectiva?

«Una secta».

—¿Jinx? —dijo Nick.

Ella negó con la cabeza, pero no para contestar a Nick. Ya ni siquiera Jasper podía salvarla. ¿Y cómo le recompensaría ella si lo intentaba? ¿Destapando su implicación en un fraude sanitario que podía mandarlo a la cárcel?

Nick se acercó a gatas a la caja de seguridad que Quarter había atornillado al suelo. Marcó la combinación.

6–12–32.

Todos la conocían.

Jane le vio subir la tapa. Él sacó una manta y un termo lleno de agua. Todo formaba parte del plan de huida. Había longanizas secas, una neverita, varias provisiones de emergencia y, ocultos bajo el falso fondo de la caja, doscientos cincuenta mil dólares en metálico.

Nick sirvió agua en la taza del termo. Se sacó el pañuelo de tela del bolsillo de atrás y se limpió la cara; luego se inclinó y frotó las mejillas de Andrew hasta dejarlas enrojecidas.

Jane contempló cómo su amante limpiaba la sangre de la cara de su hermano.

¿Sangre de Maplecroft? ¿O de Quarter?

—Ni siquiera sabemos su verdadero nombre —dijo.

La miraron ambos.

—Quarter —dijo—. No sabemos su nombre, dónde vive,

quiénes son sus padres, y está muerto. Le hemos visto morir, y ni siquiera sabemos a quién avisar.

—Se llamaba Leonard Brandt —dijo Nick—. No tenía hijos ni estaba casado. Vivía solo en el 1239 de la calle Van Duff. Trabajaba como carpintero en Marin. Claro que sé quién es, Jinx. Conozco a todos los implicados en esto porque soy responsable de sus vidas. Porque haré lo que haga falta para intentar protegeros a todos.

Jane no supo si mentía o no. Veía sus rasgos emborronados por las lágrimas que manaban sin cesar de sus ojos.

Nick volvió a colocar la taza en el termo y le dijo a Andrew:

—Tienes mala cara, chaval.

Andrew trató de sofocar un acceso de tos.

—No me encuentro muy bien.

Nick le agarró de los hombros. Andrew hizo lo propio con él, como dos jugadores de fútbol americano en una melé.

—Escucha —dijo Nick—, las hemos pasado moradas, pero ya está todo en orden. En cuanto lleguemos al piso franco podrás descansar, tú y también Jane. Yo volveré de Nueva York lo antes posible y veremos todos juntos cómo se derrumba el mundo. ¿De acuerdo?

Andrew asintió con la cabeza.

—Sí.

«Dios mío».

Nick le palmeó la mejilla. Luego se deslizó hasta ella: era su turno de recibir un cumplido, una arenga que volviera a ponerla de su lado.

—Cariño —dijo al tiempo que la enlazaba por la cintura. Le rozó el oído con los labios—. No pasa nada, mi amor. Todo va a salir bien.

El llanto de Jane arreció.

—Podríamos haber muerto. Todos, podríamos haber…

Nick besó su coronilla.

—Pobre corderita. ¿No me crees si te digo que todo va a salir bien?

Ella abrió la boca. Intentó llenar de aire sus pulmones temblorosos. Ansiaba creerle, lo deseaba con toda su alma. Se dijo que lo único que importaba en ese momento era que Nick y Andrew, y el bebé estaban a salvo. La escalera los había salvado. El túnel los había salvado. La furgoneta los había salvado.

Nick los había salvado.

La había obligado a seguir entrenándose mientras estaba en Berlín. Estando tan lejos de todo, había pensado que era un tontería seguir practicando cada mañana, lanzando puñetazos al aire como si se preparara para ir a la guerra. En San Francisco la impulsaba el placer de dar una paliza a Paula cada vez que se enfrentaban. Pero en ausencia de Paula —y, a decir verdad, también de Nick—, su ímpetu, sus ganas de seguir adelante con el plan se habían disipado al tiempo que se distanciaba de Nick.

«¿Qué has estado haciendo, amor mío?», le preguntaba él entre el ruido rasposo de la conexión telefónica.

«Nada», contestaba ella falazmente. «Te echo tanto de menos que lo único que hago es enfurruñarme y tachar los días en el calendario».

Era cierto que le echaba de menos, pero lo que añoraba era solo cierta parte de su ser. La parte encantadora, amable, la que se mostraba complacida con ella. La que no lo llevaba todo al extremo tenazmente, con afán casi hedonista.

De lo que no se había percatado hasta estar sola y a salvo en Berlín era de que, desde que era consciente de su propia existencia, siempre había tenido una bola de miedo alojada en las tripas. Durante años se había dicho a sí misma que el estado de neurosis era la cruz que debía sobrellevar un artista a cambio de su éxito, pero a decir verdad lo que la hacía moverse con pies de plomo, autocensurarse y domeñar sus emociones, era la presencia abrumadora de dos hombres que formaban parte de su vida. A veces era Martin quien despertaba sus miedos. A veces era Nick. Las palabras de ambos. Sus amenazas. Sus manos. Y a veces, también, de cuando en cuando, sus puños.

En Berlín, por primera vez desde que tenía uso de razón, había experimentado lo que era vivir sin miedo.

Iba a discotecas. Bailaba con alemanes larguiruchos, drogados, con tatuajes en las manos. Asistía a conciertos, a exposiciones, a reuniones políticas clandestinas. Frecuentaba tertulias de café en las que se hablaba sobre Camus, fumaba Gauloises y debatía acerca de la tragedia de la condición humana. A veces le parecía vislumbrar a lo lejos una imagen de cómo debía ser, supuestamente, su vida. Era una intérprete de primera fila. Había trabajado durante décadas para llegar a ese punto, a esas alturas, y sin embargo...

Nunca había sido una niña. Ni una adolescente. Ni una joven de veintitantos años. Nunca había estado sola, en realidad. Primero había pertenecido a su padre, luego a Pechenikov y finalmente a Nick.

En Berlín, era dueña de sí misma.

—Eh —dijo Nick chasqueando los dedos ante su cara—. Vuelve con nosotros, amor mío.

Se dio cuenta de que habían estado conversando sin ella.

—Estábamos hablando de cuándo publicar los papeles de Jasper —dijo Nick—. ¿Después de lo de Chicago? ¿O de lo de Nueva York?

Negó con la cabeza.

—No podemos —dijo—. Por favor. Ya hemos hecho suficiente daño.

—Jane —repuso Andrew—, no hacemos esto por capricho. Hay gente que ha resultado herida, que ha muerto por esto. No podemos achantarnos ahora y dar marcha atrás, sabiendo que esa gente se ha sacrificado por nosotros.

—Literalmente —añadió Nick, como si ella necesitara que se lo recordasen—. Dos personas. Dos vidas sacrificadas. Laura y Quarter creían de verdad en lo que estamos haciendo. ¿Cómo vamos a defraudarlos ahora?

—Yo no puedo —les dijo.

No había nada más que añadir. No podía decir nada más.

—Estás agotada, mi amor.

Nick abrazó su cintura, pero no le dijo lo que ella quería oír: que iban a dejarlo inmediatamente, que destruirían los papeles de Jasper, se marcharían a Suiza y tratarían de reparar el daño que habían hecho.

—Deberíamos turnarnos para dormir —dijo, y levantó la voz para que Paula pudiera oírle—. Volaré a Nueva York desde Chicago. Es demasiado arriesgado que salga desde Sacramento. Paula, tú quédate con tu equipo y asegúrate de que estén listos para lo de Chicago. Coordinaremos tiempos cuando lleguemos al piso franco.

Jane esperó a que Paula dijera algo, pero se quedó extrañamente callada.

—¿Jinx? —dijo Andrew—. ¿Estás bien?

Asintió en silencio. Su hermano, sin embargo, notó que estaba mintiendo.

—Estoy bien —afirmó ella, pero no pudo evitar que le temblara la voz.

—Ve a sentarte con Penny —le ordenó Nick a Andrew—. Procura que se mantenga despierta. Jane y yo vamos a dormir un rato. Luego haremos el siguiente turno.

Jane quiso decirle que no, que Andrew debía ser el primero en descansar, pero no tuvo fuerzas y además su hermano ya se estaba poniendo de rodillas trabajosamente.

Le vio pasar al asiento delantero de la furgoneta. Se sentó junto a Paula. Jane le oyó proferir un gemido al alargar la mano hacia la radio. La cadena de noticias empezó a sonar a un volumen muy bajo, como un murmullo. Deberían haberle prestado atención, pero Andrew giró la rueda hasta encontrar una cadena de viejos éxitos musicales.

Jane se volvió hacia Nick.

—Necesita un médico.

—Tenemos problemas más urgentes.

Ella comprendió de inmediato que no lo decía porque las

cosas se hubieran torcido, sino porque sabía que empezaba a dudar de él.

—Ya te he dicho que lo de Maplecroft ha sido un accidente —dijo Nick en voz tan baja que solo ella podía oírle—. Me volví loco cuando vi lo que le había hecho a la cara tan bonita que tienes.

Jane se tocó la nariz y sintió un dolor instantáneo. Habían ocurrido tantas cosas desde aquel momento atroz que había olvidado por completo que Maplecroft la había golpeado.

—Sé que debería haberme limitado a sujetarla —prosiguió él— o… o cualquier otra cosa. No sé qué me ha pasado, cariño. Estaba tan furioso… Pero no perdí el control. Del todo no. Te prometí que no permitiría que te ocurriera otra vez algo así.

«Otra vez».

Jane intentó no pensar en el bebé que crecía dentro de ella.

—Cariño —dijo Nick—, dime que no pasa nada. Que estamos bien. Dímelo, por favor.

Jane asintió de mala gana. Le faltaban fuerzas para oponerse a él.

—Amor mío…

La besó en la boca con sorprendente pasión. Jane, sin embargo, no sintió deseo alguno cuando sus lenguas se tocaron. Aun así, le rodeó con los brazos porque necesitaba desesperadamente sentir que todo era normal. No habían hecho el amor en Oslo, aun después de tres meses de separación. Los dos estaban nerviosos y, más tarde, después de lo de Oslo, les aterraba decir o hacer algo equivocado. Luego, ya de vuelta en San Francisco, Nick había mantenido las distancias hasta esa mañana. Ella no le había deseado tampoco entonces, pero recordaba haber ansiado el después. Que la estrechara entre sus brazos. Apoyar el oído en su pecho y sentir el latido firme y satisfecho de su corazón. Decirle lo del bebé. Ver la felicidad reflejada en su rostro.

Pero Nick no se había alegrado la primera vez.

—Vamos, amor. —Le dio un casto beso en la frente—. Vamos a dormir un rato.

Jane dejó que la tumbara en el colchón. Él volvió a acercar la boca a su oído, pero solo para rozarle la piel con los labios. La acurrucó con su cuerpo, entrelazó sus piernas con las de ella y la abrazó con firmeza. Le ofreció el hueco de su brazo como almohada. Pero en lugar de experimentar la sensación de paz que solía embargarla, Jane se sintió apresada por un pulpo.

Se quedó mirando el techo de la furgoneta. Tenía la mente en blanco. Estaba demasiado agotada. Notaba el cuerpo entumecido, pero no como antes. No le estaban disparando, ni temía el interrogatorio de Danberry, ni lloraba por Martin, ni le preocupaba que los atrapasen. Contemplaba su futuro y se daba cuenta de que nunca saldría de aquello. Aunque el plan de Nick funcionara en todos los aspectos, aunque consiguieran escapar a Suiza, siempre viviría inmersa en un carrusel.

La respiración de Nick comenzó a hacerse más lenta. Le sintió relajarse. Pensó en desasirse de su abrazo, pero no tenía fuerzas. Empezaron a cerrársele los párpados. Casi podía sentir en la boca cómo le latía el corazón. Cedió al sueño y le pareció que se quedaba dormida solo un instante, pero cuando despertaron acababan de cruzar el límite de Nevada y Paula había parado en una gasolinera. Eran los únicos clientes. El empleado que atendía el mostrador apenas apartó la vista de la tele cuando se bajaron de la furgoneta.

—¿Queréis algo de comer? —les preguntó.

Como nadie respondió, entró tranquilamente en la tienda con las manos metidas en los bolsillos de la chaqueta marrón.

Andrew se ocupó de echar gasolina. Mientras el depósito empezaba a llenarse, cerró los ojos y se apoyó contra la furgoneta.

Nick no habló con ninguno de ellos. No dio palmadas ni trató de arengar a sus tropas. Se alejó unos metros con las manos metidas en los bolsillos de atrás y se quedó mirando la carretera. Jane vio que contemplaba el cielo y luego el vasto paisaje marrón.

Estaban desanimados. Jane no sabía si se debía a la impresión de lo sucedido o al cansancio. Había entre ellos una sensación casi palpable de haber alcanzado un punto sin retorno. La realidad se había encargado de arrancarles de raíz esa euforia vertiginosa que habían experimentado, absurdamente, al hablar de huir de la ley como si fueran mafiosos de una película de James Cagney.

Nick era quien se encargaba siempre de sacarlos de aquel pozo. Jane lo había visto muchas veces. Cuando Nick entraba en una habitación, todo parecía mejorar al instante. Lo había presenciado esa misma mañana, en el cobertizo. Andrew y ella estaban discutiendo con Paula, que parecía a punto de matarlos, y entonces Nick se las había arreglado para volver a unirlos, para convertirlos de nuevo en una piña. Todos admiraban su fortaleza, su resolución.

Su carisma.

Se apartó de la carretera y, mientras se dirigía a los aseos, situados a un lado del edificio, sus ojos pasaron sobre Jane sin llegar a verla. Llevaba los hombros encorvados. Arrastraba los pies por el asfalto. A ella se le rompió el corazón. Solo le había visto así un par de veces antes, tan sumido en un acceso de depresión que apenas conseguía mantener la cabeza erguida.

Era culpa suya.

Había dudado de él, la única deslealtad que Nick no podía soportar. Era un hombre, no un dios omnisciente. Sí, lo que había sucedido en el cobertizo era atroz, pero todavía estaban vivos. Y gracias a Nick. Él había ideado los ejercicios de entrenamiento y dibujado los planos que habían hecho posible su huida. Había insistido en que practicaran hasta que empezaban a faltarles las fuerzas en piernas y brazos. Para mantenerlos a salvo. Para que no perdieran el norte. Para que conservaran su ímpetu, la mente centrada, el ánimo siempre en alto. Nadie más poseía esa capacidad.

Y nadie, y menos aún ella, se había parado a pensar hasta qué punto estaba haciendo mella en él esa carga.

Siguió a Nick al aseo de caballeros. No se detuvo a considerar qué iba a encontrarse cuando abriera la puerta, pero sintió asco de sí misma al ver a Nick.

Tenía las manos apoyadas en el lavabo y la cabeza agachada.

Cuando levantó la vista para mirarla, tenía los ojos arrasados en lágrimas.

—Enseguida salgo. —Se volvió y cogió un puñado de toallas de papel—. A lo mejor puedes ayudar a Penny con...

Jane le abrazó. Apoyó la cara en su espalda.

Él se rio para sí.

—Parece que me estoy derrumbando.

Jane le apretó tan fuerte como se atrevió a hacerlo.

Notó cómo se hinchaba su pecho cuando respiró hondo, trémulamente. Él posó los brazos sobre los suyos, se apoyó contra ella y Jane le sostuvo con fuerza porque era lo que hacía mejor.

—Te quiero —le dijo besándole en la nuca.

Nick malinterpretó sus intenciones.

—Me temo que no estoy de ánimo para travesuras, Jinx mía, pero significa mucho para mí que tú estés dispuesta.

Le quiso aún más por tratar de fingir su aplomo de siempre. Le hizo darse la vuelta. Le puso las manos sobre los hombros, como hacía él con todo el mundo. Acercó la boca a su oído como solo hacía con ella. Y pronunció las dos palabras que más le importaban. No «Te quiero», sino:

—Estoy contigo.

Él pestañeó y luego se echó a reír, avergonzado por haberse dejado embargar por la emoción de manera tan visible.

—¿De verdad?

—De verdad.

Le besó en la boca y de pronto, inexplicablemente, le pareció que todo estaba bien. Los brazos de Nick rodeándola. Su corazón palpitando junto al suyo. Incluso el hecho de estar allí, en medio del mugriento aseo de caballeros, la tranquilizaba.

—Mi amor —dijo una y otra vez—. Mi único amor.

Cuando volvieron a la furgoneta, Andrew dormía profundamente en el asiento del copiloto. Paula, demasiado tensa para descansar, había vuelto a sentarse al volante. Nick ayudó a Jane a subir a la parte de atrás. Cuando se tumbaron en el colchón hizo lo mismo que antes: la rodeó con brazos y piernas. Esta vez, Jane se apretó contra él, hecha un ovillo. Pero en lugar de cerrar los ojos para dormir, empezó a hablar. Al principio, de cosas poco importantes, como la alegría que sintió la primera vez que dio un recital sin equivocarse en una sola nota, o el júbilo de una ovación con el público puesto en pie. No pretendía jactarse ante él, sino darle contexto. Porque nada podía compararse con la felicidad absoluta que sintió la primera vez que él la besó, la primera vez que hicieron el amor, la primera vez que comprendió que era suyo.

Porque Nick le pertenecía, igual que ella a él.

Le habló de cómo se le había hinchado el corazón como un globo aerostático la primera vez que le vio peleando en broma con Andrew en el vestíbulo de su casa. De la euforia que sintió cuando entró en la cocina, la besó y salió caminando hacia atrás como un ladrón. Le dijo cuánto le había añorado en Berlín, cuánto había echado de menos el sabor de su boca. Y que nada podía disipar la añoranza que sentía de sus caricias.

Llegaron a Wyoming, luego a Nebraska, después a Utah y por último a Illinois.

A lo largo de las veintiocho horas que tardaron en llegar a las afueras de Chicago, pasó casi cada segundo de vigilia diciéndole a Nick cuánto le quería.

Era un yoyó. Era Patricia Hearst. Había apurado hasta las heces el refresco aderezado con cianuro. Recibía órdenes del perro de su vecino.

Ya no le importaba si estaba en una secta o si Nick era Donald DeFreeze. De hecho, ya no le importaba el plan. De todos modos, su intervención había terminado. Los otros miembros de la célula ocupaban ahora la primera línea del frente. Las atrocidades cometidas por su padre y su hermano mayor seguían indignándola, naturalmente. Lamentaba las muertes de Laura y Robert Juneau y se sentía mal por lo que les había ocurrido en el cobertizo a Quarter y a Alexandra Maplecroft. Pero en realidad no tenía que creer en lo que estaban haciendo, ni en su porqué.

Lo único que tenía que hacer era creer en Nick.

—Gira aquí a la izquierda —ordenó Paula, arrodillada junto a su asiento, y le puso la mano en el hombro, lo que era alarmante porque Paula nunca tocaba a nadie como no fuera para hacerle daño—. Busca una entrada a la derecha. Está un poco escondida entre los árboles.

Jane vio la entrada unos metros más allá. Puso el intermitente a pesar de que no se veía ningún otro vehículo en la carretera.

Paula le dio un puñetazo en el brazo.

—Idiota.

Jane la oyó meterse en la parte de atrás de la furgoneta. Paula estaba más animada porque Nick estaba más animado. Y lo mismo podía decirse de Andrew. Era un efecto mágico. Nada más ver la sonrisa relajada de Nick, su sentimiento de preocupación, sus dudas, se habían disipado.

Y todo gracias a ella.

—¿Jinx? —Andrew se removió en el asiento del copiloto cuando la furgoneta enfiló, zarandeándose, el camino de grava.

—Ya hemos llegado.

Jane exhaló un suspiro de alivio al salir de la arboleda. La granja era tal y como se la había imaginado por las cartas cifradas de Andrew. Había vacas pastando en el prado. Un gigantesco granero rojo se erguía por encima de una pintoresca casa de una sola planta, pintada de un color a tono con el granero. En la explanada había margaritas plantadas, un pequeño recuadro de césped y una valla de madera blanca. El lugar ideal para criar a un niño.

Posó la mano sobre su tripa.

—¿Estás bien? —preguntó a su hermano.

Le miró. Dormir no parecía haberle servido de nada. Al contrario, tenía aún peor cara que antes.

—¿Debería preocuparme?

—Por supuesto que no. —Andrew esbozó una sonrisa poco convincente—. Aquí podremos descansar —añadió—. Estar tranquilos.

—Lo sé —dijo, pero no estaría tranquila hasta que Nick volviera de Nueva York.

La rueda delantera pisó un bache del camino de grava. Jane hizo una mueca al sentir que las ramas de los árboles arañaban el costado de la furgoneta. Casi dio gracias a Dios cuando por fin aparcó junto a otros dos coches, delante del granero.

—¡Hola, Chicago! —exclamó Nick al abrir la puerta lateral. Se bajó de un salto, estiró los brazos y arqueó la espalda, con la cara levantada hacia el cielo—. Dios mío, qué bien sienta salir de esa caja de hojalata.

—No me digas —refunfuñó Paula mientras trataba de estirarse. Solo era un par de años mayor que Nick, pero la rabia había retorcido su cuerpo hasta dejarlo contrahecho.

Jane suspiró de nuevo cuando sus pies tocaron tierra firme. El aire era punzante, la temperatura mucho más baja que al salir de California. Se frotó los brazos para entrar en calor mientras contemplaba el horizonte. El sol colgaba pesadamente sobre las copas de los árboles. Calculó que eran en torno a las cuatro de la tarde. No sabía qué día era, dónde estaban exactamente ni qué iba a pasar a continuación, pero se alegraba tanto de haber salido de la furgoneta que sentía ganas de llorar.

—Quedaos aquí —ordenó Paula, y se dirigió con paso enérgico hacia la casa.

Sus botas levantaron una polvareda. Se había quitado los mitones y la sombra negra de debajo de los ojos. La parte de atrás de su cabello se retorcía formando un copete. El bajo de su vestido estaba mugriento. Tenía, como todos ellos, salpicaduras de sangre en la ropa.

Jane miró más allá de ella, hacia la casa. No quería volver a pensar en la sangre. O estaba con Nick o no estaba con él.

Todo o nada. Al estilo Queller.

Se abrió la puerta de la casa y apareció una mujer bajita, con un chal echado sobre los hombros enjutos. A su lado, un hombre alto, de larga melena y esmerado bigote con las puntas retorcidas, sostenía una escopeta. El hombre vio a Paula, pero no bajó el arma hasta que ella puso un centavo sobre la mano abierta de la mujer.

Aquello también era idea de Nick. Cuatro monedas: una de un centavo, otra de cinco, otra de diez y otra de veinticinco. Cada una representaba a una célula y servía de salvoconducto entre ellas. A Nick le entusiasmaba aquel símbolo: monedas de cambio para el Ejército por el Cambio Mundial. Los había hecho vestirse completamente de negro, hasta la ropa interior, y ponerse en fila como soldados para depositar en la mano de cada uno la moneda que simbolizaba su nombre en clave.

«El muy bestia no conocía el término "simbiótico", así que se inventó ese palabro, "simbionés"».

Jane rechinó los dientes al desterrar de su mente las palabras de Danberry.

Había elegido un bando.

—No sé vosotros, tropa, pero yo me muero de hambre. —Nick pasó el brazo por los hombros de Andrew—. ¿Y tú, Andy? ¿Cómo es ese dicho? ¿Al catarro cébalo y a la fiebre mátala de hambre? ¿O es al revés?

—Creo que en realidad es «Dame *whisky* y déjame dormir en una buena cama». —Andrew avanzó trabajosamente hacia la casa con Nick a su lado.

Saltaba a la vista que estaban rendidos de cansancio, pero la energía de Nick los empujaba a seguir adelante, como siempre.

Jane no los siguió. Quería estirar las piernas y ver la granja. Le apetecía pasar un rato a solas, en silencio. Se había criado en la ciudad. La casa de Hillsborough estaba tan cerca del aeropuerto que no podía considerarse que estuviera en el campo. Y mientras otras chicas de su edad aprendían a montar a caballo o iban a los campamentos de las *scouts*, ella pasaba cinco o seis horas al día sentada delante del piano, tratando de perfeccionar su digitación.

Se llevó la mano a la tripa, como de costumbre.

¿Tocaría su hija el piano?

Ignoraba por qué estaba tan segura de que iba a ser una niña.

Quería ponerle un nombre bonito, bonito de verdad, no anodino como Jane, ni ridículo como Jinx, ni tan infantil como Janey, como la llamaba a veces Nick. Quería transmitirle toda su fortaleza y ninguna de sus debilidades. Asegurarse de que su preciosa niña no heredaba esa bola de miedo latente.

Se paró junto a la valla de madera. Dos caballos blancos pastaban en el campo. Sonrió al ver que rozaban los hocicos.

Andrew y ella iban a pasar allí una semana, como mínimo. Cuando Nick volviera de Nueva York, seguirían escondidos otra semana más. Después cruzarían a Canadá. Suiza era su sueño, pero ¿cómo sería criar a su niña en una granja como aquella? Acompañarla de la mano hasta el final del camino para esperar el autobús escolar. Esconder huevos de Pascua en las balas de heno. Sacar a los caballos al prado y hacer un pícnic. Ella, su niña y Nick.

«La próxima vez», le había dicho Nick la última vez. «La próxima vez lo tendremos».

—¡Hola! —la llamó la mujer del chal viniendo desde el granero—. Siento molestarte pero preguntan por ti. Tucker puede meter la furgoneta en el granero. Spinner y Wyman ya están dentro.

Jane asintió con expresión solemne. Los nombres en clave de los lugartenientes de las células se correspondían con los de antiguos secretarios del Tesoro de Estados Unidos. La primera vez que Nick se lo dijo, a ella le costó no echarse a reír. Ahora se daba cuenta de que todo aquel teatro tenía su razón de ser. Quarter se había llevado consigo a la tumba las identidades de los miembros de la célula de Stanford.

—Vaya. —La mujer se detuvo, boquiabierta por la sorpresa.

Jane también se quedó de piedra al reconocerla. Nunca se habían visto en persona, pero conocía a Clara Bellamy por la prensa y por los carteles de la fachada del teatro del Lincoln Center. Había sido una *prima ballerina*, una de las últimas estrellas de Balanchine, hasta que una lesión de rodilla la obligó a retirarse.

—Caramba. —Clara siguió andando hacia ella con una sonrisa en la cara—. Tú debes de ser Dollar Bill.

Otro alias necesario.

—Al final decidimos llamarme «DB». Es más fácil de recordar que Dollar Bill. Penny cree que significa «Descerebrada».

—No me sorprende lo más mínimo viniendo de ella. —Evidentemente, a Clara no le había pasado desapercibido el mal talante de Paula—. Me alegro de conocerte, DB. A mí me llaman Selden.

Jane le estrechó la mano y luego, con una risa, le hizo comprender que era consciente de que todo aquello (el hecho de que se hubieran conocido allí, en una granja aislada a las afueras de Chicago) tenía un punto de rocambolesco.

—Qué curiosa es la vida, ¿verdad? —Clara la cogió del brazo mientras se dirigían sin prisa hacia la casa. Caminaba con una leve cojera—. Te vi actuar en el Carnegie hace tres años. Me hiciste llorar. El *Concierto número veinticuatro en do menor* de Mozart, creo.

Jane sintió que esbozaba una sonrisa. Le encantaba que la gente amara la música.

—Aquel vestido verde era una preciosidad —añadió Clara.

—Los zapatos me estaban matando.

Clara sonrió, comprensiva.

—Recuerdo que fue justo después del concierto de Horowitz en Japón. Ver a un hombre que había conseguido pifiarla tan estrepitosamente… Debías de estar nerviosísima cuando subiste a ese escenario.

—No, qué va —repuso Jane, y le sorprendió su propia sinceridad, pero alguien como Clara Bellamy sin duda la entendería—. Cada nota que toqué esa noche fue como una repetición de algo vivido anteriormente, como si ya la hubiera tocado antes a la perfección.

Clara volvió a asentir.

—Un hecho consumado. Yo también he vivido momentos así. Y siempre me parecían pocos. Una entiende entonces a los drogadictos, ¿verdad? —Se detuvo otra vez—. Ese fue tu último recital de música clásica, ¿verdad? ¿Por qué lo dejaste?

La vergüenza le impidió responder. Clara Bellamy había dejado de bailar porque no le había quedado otro remedio. No entendería que ella lo hubiera dejado por propia elección.

—Pechenikov dio a entender que te faltaba ambición. Era lo que decía siempre de las mujeres, pero no puede ser verdad. Vi tu cara cuando actuabas. No estabas solo tocando. *Eras* la música.

Jane miró más allá del hombro de Clara, hacia la casa. Deseaba mantenerse animada por Nick, pero el recuerdo de su vida en los escenarios la puso al borde de las lágrimas. Le encantaba tocar música clásica, y le había apasionado la energía del *jazz*. Después, sin embargo, había tenido que buscar la manera de disfrutar tocando a solas dentro de un estudio de grabación, sin más público que el fumador empedernido del otro lado de la pecera.

—¿Jane?

Sacudió la cabeza, desdeñando su pena como un lujo absurdo. Como de costumbre, refirió una versión de lo ocurrido con la que su interlocutor pudiera identificarse.

—Antes pensaba que mi padre se sentía orgulloso de mí cuando tocaba. Luego, un día, me di cuenta de que todo lo que hacía yo, cada premio y cada actuación y cada artículo de prensa, tenían su reflejo en él. Eso es lo que mi padre sacaba de ello. No admiración para mí, sino para sí mismo.

Clara asintió.

—Mi madre también era así. Pero no lo dejarás mucho tiempo. —Sin previo aviso, puso la mano sobre el vientre redondeado de Jane—. Tendrás que tocar para ella.

Jane sintió una opresión en la garganta.

—¿Cómo lo has…?

—Por tu cara. —Acarició su mejilla—. La tienes mucho más rellenita que en las fotos. Y por tu tripa, claro. La tienes alta, por eso he dado por sentado que es una niña. Nick estará…

—No le digas nada. —Jane se llevó la mano a la boca como si de ese modo pudiera borrar el tono de desesperación que había dado a sus palabras—. No lo sabe todavía. Tengo que encontrar el momento adecuado para decírselo.

Clara pareció sorprendida, pero hizo un gesto afirmativo.

—Lo entiendo. No tiene que ser nada fácil, teniendo en cuenta por lo que estáis pasando. Imagino que necesitas un poco de tiempo antes de decírselo.

Jane cambió de tema bruscamente.

—¿Cómo te metiste en esto?

—Edwin… —Clara se rio, y luego puntualizó—: Tucker, quiero decir. Conoció a Paula cuando estaban en Stanford. Él estudiaba Derecho. Ella, Ciencias Políticas. Creo que estuvieron enrollados un tiempo. Pero ahora es mío.

Jane trató de disimular su sorpresa. No se imaginaba a Paula estudiando en la universidad, y menos aún teniendo una aventura amorosa.

—¿Él es quien se encarga de los asuntos legales?

—Exacto. Nick tiene suerte de contar con él. Tucker se ocupó de los problemas que tuve con el contrato cuando me lesioné la rodilla. Congeniamos enseguida. Siempre me han chiflado los hombres con un bigote interesante. El caso es que Paula le presentó a Nick, digo a Nickel. Tucker me le presentó a mí y, en fin, ya sabes lo que pasa cuando conoces a Nick. Que te crees cada palabra que sale de su boca. Menos mal que no intentó venderme un coche de segunda mano.

Jane se rio porque Clara se había reído.

—No soy una conversa —añadió Clara—. Bueno, sí, entiendo lo que estáis haciendo y sé que es importante, claro, pero soy un poco cobarde cuando se trata de correr riesgos. Lo mío es más bien extender cheques y ofrecer un puerto seguro.

—No menosprecies lo que haces. Tu aportación es importante. —Jane se sintió como si Nick hablara por su boca, pero a fin de cuentas todos tenían que cumplir su papel—. Muy importante, de hecho, porque gracias a ti estamos a salvo.

—Dios mío, hablas igual que él.

—¿Sí? —Jane sabía que era cierto. Era el precio que tenía que pagar por haberse entregado a Nick. Empezaba a convertirse en él.

—Yo quiero tener un montón de hijos —afirmó Clara—. Cuando bailaba no podía, pero ahora... —Señaló la granja—. Compré esta casa para poder criar a mis hijos aquí. Para que crezcan felices y a salvo. Edwin está aprendiendo a cuidar de las vacas. Yo estoy aprendiendo a cocinar. Por eso estoy ayudando a Nick. Quiero contribuir a que el mundo sea un lugar mejor para mis hijos. Para nuestros hijos.

Jane estudió su semblante en busca de una sonrisa que la delatara.

—Lo creo de verdad, Jane. No es que quiera hacerte la pelota. Es emocionante formar parte de esto, aunque sea marginalmente. Y no me estoy arriesgando mucho, aunque haya cierto riesgo. Alguno de vosotros, o todos, podríais acabar en una comisaría. Imagínate la publicidad que tendríais si me señalarais con el dedo. —Soltó una risa intempestiva—. ¿Sabes?, estoy un poquitín celosa porque creo que eres más famosa que yo, así que ya te odio por acaparar los titulares.

Jane no se rio. Había convivido con la fama el tiempo suficiente para saber que, en realidad, Clara no estaba bromeando.

—Edwin cree que no pasará nada. Y yo confío mucho en su criterio.

—¿Sabes...? —Jane se interrumpió, consciente de que había estado a punto de cometer un error.

«¿Sabes que han matado a Quarter? ¿Que Maplecroft está muerta? ¿Y si los edificios no están vacíos? ¿Y si matamos a un guardia de seguridad o a un policía? ¿Y si lo que estamos haciendo está mal?».

—¿Si sé qué? —preguntó Clara.

Jane contestó lo primero que se le vino a la cabeza.

—Si tenéis algún jarabe para la tos. Mi hermano...

—¡Pobre Andy! Ha dado un bajón tremendo, ¿no? —Clara frunció el ceño preocupada—. La verdad es que me he quedado de piedra al enterarme. Pero para nosotras no es nada nuevo, ¿verdad?, lo hemos visto muchas veces. No se puede estar en el mundillo del arte sin conocer a un montón de hombres extraordinarios que han acabado contagiados.

«¿Contagiados?».

—¿Jinx? —Nick estaba en la puerta abierta de la casa—. ¿Vienes? Tienes que ver esto. Las dos tenéis que verlo.

Clara apretó el paso.

Jane apenas encontró fuerzas para mover las piernas.

Se le había quedado la boca seca. El corazón le martilleaba dentro del pecho. Luchó por mantener el impulso, por seguir adelante. El camino de entrada. Los escalones del porche. La puerta. El interior de la casa.

«Contagiado».

Al entrar, tuvo que apoyarse en la pared y tensar las rodillas para no caerse. El embotamiento había vuelto a apoderarse de ella. Sus músculos parecían haberse licuado.

«Para nosotras no es nada nuevo, lo hemos visto muchas veces».

Jane había conocido a muchos jóvenes vigorosos que tosían como tosía Andrew. Que tenían su mismo aspecto enfermizo. Su misma palidez. Aquella caída de párpados. Un saxofonista de *jazz*, un primer violonchelista, un tenor, un cantante de ópera, un bailarín, otro bailarín, y otro más…

Todos muertos.

—Vamos, cariño. —Nick le hizo señas de que entrara en la habitación.

Estaban todos reunidos alrededor del televisor. Paula ocupaba el sofá, junto a un hombre que debía de ser Tucker. Los otros dos, Spinner y Wyman, una mujer y un hombre respectivamente, estaban sentados en sillas plegables. Clara se sentó en el suelo porque era lo que hacían siempre los bailarines.

—Andrew está durmiendo. —Nick estaba de rodillas, ajustando el volumen del televisor—. Es alucinante, Jinx. Por lo visto, llevan dos días emitiendo programas especiales.

Jane vio moverse su boca, pero fue como si el sonido se desplazara a través del agua.

Nick se echó hacia atrás apoyándose en los talones, entusiasmado por su notoriedad.

Jane miró porque todos los demás estaban mirando.

Dan Rather estaba informando acerca de lo sucedido en San Francisco. Un instante después, apareció en pantalla un reportero apostado frente a la casa victoriana que había enfrente del cobertizo.

—Según fuentes del FBI —decía el reportero—, los dispositivos de escucha les permitieron comprobar con antelación que Alexandra Maplecroft ya había muerto a manos de los conspiradores. Es probable que el autor material de su muerte sea el cabecilla de la banda, Nicholas Harp. Andrew Queller iba en compañía de una segunda mujer que los ayudó a escapar atravesando un edificio colindante.

Jane se sobresaltó al ver en pantalla primero la cara de Nick y luego la de su hermano. Paula aparecía representada como una silueta sombreada con un signo de interrogación en el centro. Cerró los ojos. Evocó la foto de Andrew que acababa de ver. Era de un año antes, como mínimo. Su hermano tenía las mejillas sonrosadas y un fular de colores atado al cuello. ¿Una fiesta de cumpleaños, una celebración de algún tipo? Parecía feliz, exultante, lleno de vida.

Abrió los ojos.

—Ahora la cuestión es —estaba diciendo el reportero de televisión— si Jinx Queller es otra rehén o una colaboradora de la banda. Devolvemos la conexión a Nueva York, Dan.

Dan Rather juntó sus papeles encima de la mesa del estudio.

—William Argenis Johnson, otro de los miembros de la banda, fue abatido por la policía cuando intentaba escapar. Casado y padre de dos hijos, era estudiante de posgrado de la Universidad de Stanf…

Nick apagó el volumen. No miró a Jane.

—William Johnson —murmuró ella desconcertada.

«Se llamaba Leonard Brandt. No tenía hijos ni estaba casado. Vivía solo en el 1239 de la calle Van Duff. Trabajaba como carpintero en Marin».

—¿Un signo de interrogación, joder? —preguntó Paula—. ¿Eso soy? ¿Un puto signo de interrogación? —Se levantó y empezó a pasearse por la habitación—. Y mientras tanto la pobre Jinx Queller se va de rositas, claro. ¿Qué tal si les escribo una carta y les cuento que sí, que estás metida en esto hasta las trancas, joder? ¿Qué te parecería, pedazo de idiota?

—Penny —dijo Nick—, no tenemos tiempo para esto. Tropa, escuchadme. Hay que darse prisa. Esto ha tenido más repercusión de la que esperaba. ¿Qué tal va lo de Chicago?

—Las bombas están listas —contestó Spinner como si los informara de que la cena estaba servida—. Solo tenemos que colocarlas en el aparcamiento subterráneo y estar a unos quince metros del edificio cuando apretemos el botón del detonador.

—¡Fantástico! —Nick dio unas palmadas y comenzó a balancearse de puntillas, contagiándolos de nuevo a todos con su energía—. Lo mismo debería pasar con los explosivos de Nueva York. Voy a descansar aquí unas horas y luego me iré en coche. Aunque no hubiera salido mi foto en las noticias, seguro que el FBI habrá aumentado las medidas de seguridad en los aeropuertos. Y no sé si mi documentación pasaría esa prueba.

—El falsificador de Toronto… —dijo Wyman.

—Es muy caro. Y las credenciales de Maplecroft ya no nos sirven, pero da igual, porque nada de esto habría importado si Laura no hubiera conseguir colarse en ese congreso.

Nick se frotó las manos. A Jane casi le pareció ver cómo se movían los engranajes de su cerebro. Era lo que siempre le había entusiasmado, no la planificación, sino el hecho de tenerlos a todos absortos, embelesados.

—Nebecker y Huston me esperan en el piso franco de Brooklyn. Llevaremos la furgoneta al centro cuando pase la hora punta, colocaremos las bombas y volveremos a la mañana siguiente para hacerlas estallar.

—¿Cuándo quieres que las coloque mi equipo? —preguntó Paula.

—Mañana por la mañana. —Nick observó sus caras, atento a su reacción—. Pero no quiero que las coloquéis, quiero que las hagáis estallar. Colocad los explosivos a primera hora de la mañana, antes de que empiece a llegar la gente a trabajar, alejaos todo lo que podáis y volad por los aires el puto edificio.

—¡Sí, joder! —Paula levantó el puño.

Los demás la imitaron.

—¡Vamos a hacerlo, tropa! —gritó Nick para sobreponerse al tumulto—. ¡Vamos a obligarlos a prestarnos atención! ¡Tenemos que derribar el sistema para hacerlo mejor!

—¡Así se habla! —gritó Wyman.

—¡Sí! —Paula seguía paseándose de un lado a otro como un animal ansioso por salir de su jaula—. ¡Les vamos a dar una lección a esos cabrones de mierda!

Jane miró a su alrededor. Estaban todos eufóricos, daban palmas y pisotones, vitoreaban como si estuvieran viendo un partido de fútbol.

—¡Eh, escuchad! —dijo Tucker—. ¡Escuchad!

Se había levantado y alzaba las manos pidiendo atención. Era Edwin, el novio de Clara. Con su bigote de puntas ensortijadas y su cabello ondulado, parecía más un doble de Friedrich Nietzsche que un abogado, pero, dado que Nick confiaba en él, todos confiaban en él.

—Recordad —dijo— que tenéis derecho legal a negaros a contestar a cualquier pregunta que os haga la policía. Preguntadle a la pasma si estáis detenidos. Si os dicen que no, marchaos. Si os dicen que sí, cerrad la boca. Y no solo con los polis, con todo el mundo, sobre todo por teléfono. Aseguraos de que os sabéis mi teléfono de memoria. Tenéis derecho a llamar a un abogado. Clara y yo estaremos de guardia en la ciudad por si tengo que pasarme por la cárcel.

—¡Hombre, Tuck, eso no va a pasar! Además, paso de descansar. ¡Me voy ahora mismo!

Se oyó otra ronda de vítores y hurras.

Nick sonreía como un necio.

—Ve a despertar a Dime —le dijo a Jane—. Tenemos que turnarnos para conducir. Son solo doce horas, pero creo que...

—No —dijo Jane. Pero no lo dijo. Lo gritó.

El silencio que siguió fue como el arañar de una aguja sobre un disco de vinilo. Jane les había aguado la fiesta. Ya nadie sonreía.

—¡Dios! —dijo Paula—. ¿Otra vez vas a ponerte a lloriquear? Jane no le hizo caso.

El único que importaba era Nick, que parecía desconcertado, seguramente porque nunca la había oído decir que no.

—No —repitió ella—. Andrew no puede ir. No puedes pedirle nada más. Ya ha hecho su parte. Lo nuestro era Oslo, y ya ha pasado, así que...

Había empezado a llorar otra vez, pero era un llanto distinto al de la semana anterior. Ya no lloraba por algo que había ocurrido. Lloraba por algo que sucedería muy pronto.

Ahora lo veía con toda claridad, todos esos síntomas que había pasado por alto durante los días y los meses anteriores. Los súbitos escalofríos de Andrew. Su cansancio. Su debilidad. Las llagas en la boca que había mencionado de pasada. Los dolores de estómago. El extraño sarpullido de su muñeca.

Contagio.

—¿Jinx? —Nick estaba esperando. Todos esperaban.

Jane avanzó por el pasillo. Era la primera vez que visitaba aquella casa y tuvo que abrir y cerrar varias puertas hasta que por fin dio con la habitación en la que dormía Andrew.

Estaba tumbado boca abajo, completamente vestido. No se había molestado en desvestirse, ni en meterse bajo las mantas, ni en quitarse los zapatos. Jane le puso la mano en la espalda. Contuvo el aliento hasta que sintió el vaivén de su respiración.

Le quitó los zapatos con delicadeza. Le tumbó boca arriba con mucho cuidado.

Andrew gruñó, pero no se despertó. Tenía los labios cuarteados y la respiración rasposa. Su piel era del color del papel. Jane vio el azul y el rojo de sus venas y sus arterias con la misma claridad que si estuviera mirando un diagrama. Le desabrochó la camisa hasta la mitad y vio las lesiones violáceas de su piel. Sarcoma de Kaposi. Seguramente tenía otras tumefacciones en los pulmones, en la garganta, quizá incluso en el cerebro.

Se sentó en la cama.

Solo había aguantado seis meses trabajando como voluntaria en la unidad de atención a enfermos de sida de la Universidad de California en San Francisco. Ver a tantos hombres cruzar aquellas puertas sabiendo que no volverían a salir de allí era demasiado abrumador. Entonces pensaba que los estertores que emitían al dar sus últimas boqueadas eran el ruido más espantoso que oiría jamás.

Lo había pensado hasta ahora, hasta que oyó aquel mismo sonido salir del pecho de su hermano.

Volvió a abrocharle la camisa con todo cuidado.

Había una manta de punto azul en el respaldo de una mecedora. Le arropó con ella. Le besó en la frente. Estaba muy frío. Sus manos, sus pies. Le envolvió bien en la manta. Acarició su cara descolorida.

Tenía diecisiete años cuando encontró la vieja caja de puros en la guantera del coche de Andrew. Pensó que le había pillado robándole puros a Martin, pero entonces abrió la caja y dejó escapar un gemido de horror. Un mechero de plástico. Una cucharilla de plata doblada, procedente de una de las cuberterías que su madre guardaba como oro en paño. Bolas de algodón manchadas. El culo de una lata de Coca Cola. Un puñado de bastoncillos sucios. Un tubo de crema corporal estrujado por el medio. Un trozo de goma para hacer un torniquete. Jeringuillas hipodérmicas con motas de sangre negra en el extremo de las agujas. Minúsculos guijarros que reconoció enseguida: heroína, alquitrán negro.

Andrew lo había dejado hacía un año y medio, después de conocer a Laura. Después de que Nick urdiera el plan.

Pero ya era demasiado tarde.

—¿Jinx?

Nick estaba en la puerta. Le indicó con un gesto que saliera al pasillo.

Jane pasó a su lado y entró en el cuarto de baño. Se rodeó la cintura con los brazos, temblando. La habitación era grande y fría. Debajo de la ventana, por la que se colaba el aire, había una bañera de hierro forjado. El váter era de los de antes, con la cisterna colocada muy por encima de la taza.

Igual que en Oslo.

—Está bien —dijo Nick al cerrar la puerta—. ¿Por qué está usted tan agobiada, señorita Queller?

Jane se miró en el espejo. Vio su cara, solo que no era su cara. Tenía el puente de la nariz casi negro. Las ventanas de la nariz cubiertas de sangre seca. ¿Cómo se sentía? Ya no lo sabía.

«Incómodamente entumecida»[2].

—¿Jinx?

Se apartó del espejo. Miró a Nick. Miró su cara, pero ya no era su cara. Su antiguo vínculo ya no existía. Él le había mentido acerca del nombre de Quarter. Le había mentido sobre su futuro. Le había mentido una y otra vez al fingir que su hermano no se estaba muriendo.

Y ahora tuvo la audacia de mirar el reloj.

—¿Qué ocurre, Jinx? No tenemos mucho tiempo.

—¿Tiempo? —repitió ella, tratando de asimilar la crueldad de sus palabras—. ¿Te preocupa el tiempo?

—Jane…

—Me has robado. —Tenía la garganta tan cerrada que a duras penas conseguía hablar—. Me has robado.

—Amor mío, ¿qué estás…?

—Podría haberme quedado aquí, con mi hermano, y tú me mandaste lejos. A miles de kilómetros de distancia. —Cerró los puños. Ahora sí sabía lo que sentía: sentía rabia—. Eres un mentiroso. Todo lo que sale de tu boca es mentira.

—Andy estaba…

---

[2] Referencia a la canción de Pink Floyd *Comfortably Numb*, «Cómodamente entumecido» (N. de la T.).

372

Le dio una bofetada.

—¡Está enfermo! —gritó tan fuerte que le dolió la garganta—. ¡Mi hermano tiene sida y tú me mandaste a la puta Alemania!

Nick se tocó la mejilla con los dedos. Se miró la mano abierta.

No era la primera vez que le abofeteaban. A lo largo de los años, le había hablado a Jane de los malos tratos y los abusos que había sufrido de niño. La madre prostituta. El padre ausente. La abuela maltratadora. El año que pasó viviendo en la calle. Las cosas repugnantes que la gente le pedía que hiciera. El asco que sentía de sí mismo, el odio y el miedo a que las cosas se repitieran por más que intentara escapar.

Jane conocía muy bien esas emociones. Había sentido en carne propia, desde los ocho años, el anhelo desesperado de escapar. Escapar de la mano de Martin cuando le tapaba la boca de madrugada. Cuando le sujetaba la cabeza y le aplastaba la cara contra la almohada.

Nick lo sabía, conocía todo aquello.

Por eso las historias que contaban eran tan efectivas. Jane lo había visto suceder una y otra vez, con cada persona con la que Nick trababa relación. Sus historias reflejaban como un espejo tus miedos más recónditos.

Así era como te embaucaba: implantándose en el terreno que teníais en común.

—¿Qué quieres que diga, Jinx? —preguntó ahora con sencillez—. Sí, Andy tiene sida. Y sí, yo lo sabía cuando te fuiste a Berlín.

—¿Ellis-Anne…? —Su voz se apagó. La novia de Andrew durante dos años. Tan dulce y entregada. Llamaba todos los días desde lo de Oslo—. ¿También ella está infectada?

—No, ella está bien. Se hizo los análisis el mes pasado —contestó Nick en un tono cargado de autoridad y razón, igual que cuando le había mentido acerca de la verdadera identidad de Quarter—. Mira, tienes razón en esto —añadió—. Y es horrible. Sé que Andrew está en las últimas y sé que haberle traído aquí seguramente va a hacer que empeore muy deprisa. Estaba muy angustiado por

él, pero todo el grupo dependía de mí, esperaban que los guiase y…
No puedo permitirme pensar en eso. Tengo que mirar hacia delante. Si no, la tristeza me paralizaría, me convertiría en un inútil, y eso no puedo hacerlo, ni tú tampoco, porque te necesito, amor mío. Todo el mundo piensa que soy muy fuerte, pero solo soy fuerte cuando tú estás a mi lado.

Jane no podía creer que le estuviera soltando una de sus arengas.

—Tú sabes cómo mueren, Nick. Has oído contar cosas. Ben Mitchell… ¿te acuerdas de él? —Bajó la voz como si estuviera oficiando un sacramento—. Cuidé de él en la clínica. Después, sus padres aceptaron por fin que volviera a casa a morir. Cuando le llevaron al hospital, ninguna enfermera quería tocarle por miedo a contagiarse. ¿Recuerdas que te lo conté? No quisieron darle morfina. ¿Te acuerdas?

El semblante de Nick permaneció imperturbable.

—Sí, me acuerdo.

—Se le encharcaron los pulmones y se ahogó. Tardó casi ocho minutos en morir, y durante ese tiempo estuvo lúcido, cada segundo. —Esperó, pero Nick no dijo nada—. Estaba aterrado. Intentaba gritar, se arañaba el cuello, suplicaba socorro. Pero nadie quería ayudarle. Su madre tuvo que salir de la habitación. ¿Te acuerdas de esa historia, Nick? ¿Te acuerdas?

—Sí, me acuerdo —repuso él.

—¿Eso es lo que quieres para Andrew? —Esperó, pero él siguió sin decir nada—. Tose como tosía Ben. Como tosía Charlie Bray. A él le pasó lo mismo. Se fue a casa, a Florida, y…

—No hace falta que me lo cuentes con pelos y señales, Jinx. Ya te he dicho que me acuerdo. Sí, sus muertes fueron horribles. Todo fue horrible. Pero nosotros no tenemos elección.

A ella le dieron ganas de zarandearle.

—Claro que tenemos elección.

—Fue idea de Andy mandarte a Berlín.

Jane comprendió que estaba diciendo la verdad, pero sabía

también que Nick poseía la habilidad de un cirujano cuando se trataba de poner sus ideas en boca de otros.

—Creía que si te enterabas de que estaba enfermo… No sé, Jinx. Que harías alguna estupidez. Frenarnos, obligarnos a parar todo esto. Andy cree de verdad en lo que estamos haciendo. Quiero que lleguemos hasta el final. Por eso voy a llevarle a Brooklyn. Tú también puedes venir. Cuidar de él. Mantenerle con vida el tiempo suficiente para que…

—Cállate. —No podía seguir escuchando aquella bazofia—. No voy a permitir que mi hermano muera asfixiado en la trasera de esa furgoneta mugrienta.

—Ya no se trata de su vida —insistió Nick—. Se trata de su legado. Así es como quiere morir. Según sus propios términos, como un hombre. Es lo que siempre ha querido. Las sobredosis, el haber intentado ahorcarse, las pastillas y los chutes, presentarse en sitios a los que no debía ir, codearse con gente poco recomendable… Tú sabes el infierno que ha sido su vida. Dejó todo eso atrás por lo que estamos haciendo, por lo que estamos haciendo todos nosotros. Eso fue lo que le dio fuerzas para dejar la heroína, Jane. No le quites eso.

Ella cerró los puños, llena de frustración.

—Lo está haciendo por ti, Nick. Solo haría falta una palabra tuya para que fuera al hospital a morir en paz.

—¿Tú le conoces mejor que yo?

—Te conozco mejor a ti. Andy quiere tu aprobación. Igual que la quieren todos. Pero esto es distinto. Es cruel. Se asfixiará como…

—Sí, Jane, ya lo sé. Se le encharcarán los pulmones y se asfixiará. Pasará ocho minutos de puro terror mientras agoniza y eso… en fin, es espantoso, pero tienes que escucharme con mucha atención, cariño, porque esto es muy importante —añadió él—. Tienes que elegir entre él o yo.

«¿Qué?».

—Si Andy no puede venir conmigo, tendrás que venir tú en su lugar.

«¿Qué?».

—Ya no puedo confiar en ti —prosiguió él encogiéndose de hombros—. Sé cómo funciona tu cabeza. En cuanto me vaya, llevarás a Andy al hospital. Te quedarás con él, porque es lo que haces siempre, Jinx. Quedarte con la gente. Siempre has sido leal. Hacías compañía a los indigentes en el albergue, ayudabas a servir la sopa en la misión y limpiabas la saliva de la boca a los moribundos en la clínica para enfermos de sida. No voy a decir que seas un buen perro, porque sería una crueldad. Pero tu lealtad hacia Andrew nos llevará a todos a prisión, porque en cuanto entres en el hospital la policía te detendrá y sabrán que estamos en Chicago, y yo no puedo permitir que eso suceda.

Ella sintió que abría la boca de par en par.

—Solo te voy a dar una oportunidad de elegir. Tienes que decidirte aquí y ahora: él o yo.

Jane sintió que la cabeza le daba vueltas. Aquello no podía estar pasando.

Nick la miraba con frialdad, como si fuera un espécimen bajo la lente del microscopio.

—Tenías que saber que este momento llegaría, Jane. Eres ingenua, pero no idiota. —Esperó un momento—. Elige.

Tuvo que apoyar la mano en el lavabo para no caerse.

—Es tu mejor amigo —dijo con un susurro—. Es mi hermano.

—Necesito que te decidas.

Jane oyó un pitido agudo, como si un diapasón golpeara sus tímpanos. No sabía qué estaba pasando. Sus palabras brotaron cargadas de pánico.

—¿Vas a dejarme? ¿A romper conmigo?

—He dicho que él o yo. Eres tú quien decide, no yo.

—Nick, no puedo… —No sabía cómo acabar la frase. ¿Qué era aquello? ¿Una prueba? ¿Estaba haciendo lo que hacía siempre, evaluar su lealtad?—. Te quiero.

—Entonces elígeme a mí.

—Yo… Sabes que lo eres todo para mí. He dejado… —Extendió

los brazos abarcando en aquel gesto el mundo entero, porque no quedaba nada a lo que no hubiera renunciado por él. Su padre. Jasper. Su vida. Su música—. Por favor, no me hagas elegir. Se está muriendo.

Nick la miró con gélida frialdad.

Ella sintió que un gemido escapaba de su boca. Conocía la expresión de Nick cuando rompía con una persona. Seis años de su vida, su corazón, su amor, se estaban disolviendo ante sus ojos. ¿Cómo podía tirarlo todo por la borda con tanta facilidad?

—Nicky, por favor…

—El hecho de que la muerte de Andrew sea inminente debería hacer más fácil tu elección. Unas cuantas horas más con un hombre moribundo, o el resto de tu vida conmigo. —Esperó—. Tú eliges.

—Nick… —se interrumpió con un sollozo. Tenía la sensación de estar muriéndose. Nick no podía dejarla. Ahora no—. No son solo unas cuantas horas más. Son horas de terror o… —Ni siquiera podía imaginar lo que sería de Andrew si le abandonaba a su suerte—. No puedes decirlo en serio. Sé que solo me estás poniendo a prueba. Te quiero. Claro que te quiero. Ya te he dicho que estoy contigo.

Nick acercó la mano al picaporte.

—¡Por favor! —Jane le agarró de la pechera de la camisa, pero él volvió la cara cuando intentó besarle.

Pegó la cara a su pecho. Lloraba tan fuerte que apenas podía hablar.

—Por favor, Nicky. Por favor, no me hagas elegir. Tú sabes que no puedo vivir sin ti. Sin ti no soy nada. ¡Por favor!

—Entonces ¿vendrás conmigo?

Le miró. Había llorado tanto y durante tanto tiempo que notaba los párpados como alambre de espino.

—Necesito que lo digas, Jane. Necesito oír lo que has decidido.

—Yo n-no puedo… —tartamudeó—. Nick, no puedo…

—¿No puedes elegir?

—No. —Casi se le paró el corazón al darse cuenta de ello—. No puedo dejar a Andy.

A Nick no se le alteró el semblante.

—Yo… —Ella apenas podía tragar saliva. Tenía la boca seca. Estaba aterrorizada, pero sabía que estaba haciendo lo correcto—. No voy a permitir que mi hermano muera solo.

—Muy bien.

Él volvió a acercar la mano al picaporte, pero de pronto pareció cambiar de idea.

Por un momento, Jane pensó que iba a decirle que no pasaba nada, que todo iba bien.

Pero no lo hizo.

Adelantó los brazos bruscamente y la empujó hacia atrás. Su cabeza golpeó contra la ventana, rompiendo el cristal. Aturdida, ella se palpó la parte de atrás de la cabeza, convencida de que vería sangre.

—¿Por qué has…?

Nick le asestó un puñetazo en la tripa.

Jane cayó de rodillas. Un chorro de bilis le brotó de la boca. Notó el sabor de la sangre. El estómago se le contrajo tan violentamente que tuvo que doblarse por la cintura hasta tocar el suelo con la frente.

Nick la agarró del pelo, tiró de su cabeza hacia atrás. Estaba arrodillado delante de ella.

—¿Qué creías que iba a pasar después de esto, Janey? ¿Creías que huiríamos a nuestro pisito en Suiza para criar allí a nuestro bebé?

«El bebé…».

—Mírame. —La agarró del cuello y la zarandeó como a una muñeca de trapo—. ¿Tan tonta eres que pensabas que iba a dejar que te lo quedaras? ¿Que iba a convertirme en un viejo gordinflón y a leer el dominical mientras tú cuidabas de las margaritas y hablábamos de los deberes de nuestro retoño?

Jane no podía respirar. Clavó las uñas en sus muñecas. La estaba estrangulando.

—¿No te das cuenta de que lo sé todo de ti, Jinx? Nunca hemos sido personas completas, tú y yo. Solo juntos tenemos sentido. —La apretó con más fuerza, usando las dos manos—. Nada puede interponerse entre nosotros—. Ni un bebé llorón. Ni tu hermano moribundo. Nada. ¿Me oyes?

Ella le arañó, ansiosa por respirar. Él volvió a golpearle la cabeza contra la pared.

—Antes que dejar que me abandones, te mato. —La miró a los ojos y Jane comprendió que esta vez estaba diciendo la verdad—. Me perteneces, Jinx Queller. Si alguna vez intentas dejarme, no dejaré piedra sobre piedra hasta recuperarte. ¿Entendido? —La zarandeó de nuevo—. ¿Entendido?

Apretaba su cuello con tanta fuerza que Jane comenzó a ver un cerco de oscuridad alrededor de su campo de visión. Sus pulmones se contraían. La lengua se le salía de la boca.

—Mírame. —La cara de Nick brillaba, llena de sudor. Sus ojos parecían arder. Tenía en los labios su sonrisa de siempre, aquella mueca de satisfacción—. ¿Qué se siente al asfixiarse, amor mío? ¿Es como imaginabas?

Comenzaron a cerrársele los párpados. Por primera vez desde hacía días, veía con claridad. Ya no le quedaban lágrimas.

Nick se las había quitado todas, igual que le había quitado todo lo demás.

26 DE AGOSTO DE 2018

13

Andy se había sentado a una mesa, al fondo de un McDonald's de las afueras de Big Rock, Illinois. Estaba tan contenta por haber salido de la camioneta de Mike después de dos días y medio de monótona conducción, que se había permitido el lujo de pedir un batido. Preocuparse por el colesterol y la falta de ejercicio era un problema con el que tendría que lidiar la Andy Futura.

La Andy Actual ya tenía suficientes quebraderos de cabeza. Había dejado de ser una ameba, pero mostraba ciertas tendencias obsesivas que, al parecer, llevaba inscritas en su ADN. Había pasado el primer día de viaje angustiándose por los errores que había cometido y que probablemente seguía cometiendo: no haber echado un vistazo a la nevera del Reliant por si contenía un localizador GPS; haber dejado el revólver sin registrar en la guantera, donde Mike podía encontrarlo; haberle destrozado los testículos y robado la cartera, y haber cometido un delito al cruzar el límite territorial de varios estados conduciendo un vehículo robado.

Lo verdaderamente importante, sin embargo, era saber si Mike había oído a Paula decirle que buscara a Clara Bellamy en Illinois, o si estaba demasiado preocupado por la implosión de sus testículos como para reparar en ese detalle.

La Andy Futura lo averiguaría tarde o temprano.

Mordisqueó la pajita de su batido mientras veía desplazarse el salvapantallas por el monitor del portátil. Haría bien en guardarse sus neurosis respecto a Mike para cuando estuviera intentando conciliar el sueño y necesitara algo con lo que atormentarse. Ahora, lo urgente era averiguar por qué diablos había pasado veinte años en la cárcel Paula Kunde y por qué le guardaba a Laura un rencor tan evidente.

Hasta el momento sus búsquedas en Internet habían sido infructuosas. Las tres noches que había pasado en tres moteles, con el portátil abierto sobre la tripa, habían dado como único resultado un rectángulo de piel enrojecida a la altura aproximada del estómago.

El modo más sencillo de desenterrar los trapos sucios de la gente era siempre Facebook. La noche que había pasado en Austin, la dedicó a crear una cuenta ficticia a nombre de Stefan Salvatore utilizando el emblema de los Texas Longhorns como foto de perfil. Como era de esperar, Paula Kunde no formaba parte de esa red social, pero Andy se sirvió de su perfil en Facebook para registrarse como usuario en ProfRatings.com. Entró en la página que valoraba la labor de Paula, con su sucesión de estrellitas rellenas a medias, y envió docenas de mensajes privados a sus principales detractores. Todos los mensajes decían lo mismo: *OSTRAS!!! Kunde estuvo 20 años en la cárcel?!?!?! QUIERO DETALLES!!! La muy zorra se niega a cambiarme la nota!!!*

Apenas había tenido noticias desde entonces aparte del ocasional *Que le den por culo a esa hija de puta, por mí como si se muere*, pero sabía que en algún momento alguien, impulsado por el aburrimiento, se tomaría la molestia de escarbar y hacer averiguaciones, como las haría para averiguar el número de tarjeta de crédito de sus padres.

Al otro lado del McDonald's, un niño pequeño empezó a llorar a gritos.

Andy observó cómo la madre lo conducía al cuarto de baño y se preguntó si alguna vez habría estado en aquel McDonald's con su madre. Porque lo de que Jerry Randall había nacido y muerto en Chicago, Illinois, no era una pura invención de Laura, no se lo había sacado de la manga sin más.

«¿Verdad?».

Sorbió el resto de su batido. Aquel no era momento para cuestionarse la absurda retahíla de mentiras que le había contado su madre. Observó el trozo de papel que tenía junto al codo. En cuanto se había hallado lo bastante lejos de Austin, había parado en la cuneta de la carretera para anotar todo lo que recordaba de su conversación con Paula Kunde.

¿Veinte años en Danbury?
¿QuellCorp?
¿Conocía al encapuchado pero no a Mike?
¿31 años, un cálculo interesante?
Laura, un saco de mierda de la peor especie.
¿La escopeta? ¿Qué le hizo cambiar de idea? ¿Clara Bellamy?

Había empezado por las búsquedas más sencillas. Los archivos de la Penitenciaría Federal de Danbury eran de acceso público a través del buscador de BOP.com, el portal de la Agencia Federal de Prisiones, pero el nombre de Paula Kunde no figuraba en ellos. Tampoco aparecía en las páginas de antiguos alumnos de la Universidad de Berkeley, de la de Stanford ni de la de West Connecticut. La explicación más lógica era que había contraído matrimonio en algún momento de su vida y, constructos patriarcales aparte, había cambiado de apellido.

«Sé lo que implica el matrimonio».

Había buscado en los registros matrimoniales de Austin y de los condados circundantes, y a continuación en los de Western Connecticut, Berkeley y Palo Alto, hasta que llegó a la conclusión de que aquello era una pérdida de tiempo. A fin de cuentas, Paula podía haber ido a casarse a Las Vegas y, además, ¿por qué daba por sentado que aquella chiflada que la había amenazado con una escopeta le había dicho la verdad acerca de su paso por la cárcel?

Las cosas que le había contado acerca de la prisión podía haberlas sacado de cualquier serie televisiva. Lo único que hacía falta era decirlas con chulería, y de eso Paula Kunde andaba sobrada.

En todo caso, su búsqueda en los registros de la Agencia Federal de Prisiones no había dado resultado.

Tamborileó con los dedos sobre la mesa mientras releía la lista. Trató de rememorar con detalle la conversación que había mantenido con Paula en la cocina de su casa. Había habido claramente un antes y un después: el antes era el rato que había pasado hablando con ella; el después, el momento en que había ido a buscar la escopeta y le había dicho que se largara.

No recordaba qué había dicho exactamente, dónde había metido la pata. Estaban hablando de Laura, de que era un saco de mierda, de mierda de la peor especie...

Y entonces Paula le dijo que esperara y acto seguido amenazó con dispararle.

Meneó la cabeza: seguía sin verle sentido a aquella escena.

Pero lo más sorprendente de todo había sido el después del después, porque Paula no se había dignado a darle el nombre de Clara Bellamy hasta que ella había dejado a Mike fuera de combate de una patada. Podía optar por el camino fácil y dar por sentado que le había impresionado su despliegue de violencia, pero algo le decía que no se debía a eso. Paula era más lista que el hambre. Una no iba a Stanford si era una descerebrada. Había jugado con ella como con un pelele desde el instante mismo de abrirle la puerta. Era muy probable que todavía estuviera jugando con ella, pero sus capacidades deductivas no alcanzaban para intentar desentrañar las motivaciones de una chiflada como Paula Kunde.

Echó otro vistazo a sus notas, concentrándose en el punto que más la intrigaba:

¿31 años, un cálculo interesante?

¿Había ido Paula a la cárcel treinta y un años antes mientras Laura, embarazada de ella, se esfumaba pertrechada con casi un millón de dólares y documentación falsa para instalarse en la playa, donde había llevado una vida de fábula durante más de tres décadas, hasta que, inopinadamente, el vídeo del restaurante había aparecido en los noticiarios de todo el país, poniendo a sus enemigos sobre su pista?

El encapuchado había torturado tanto a una como a otra recurriendo a la estrangulación, de modo que, evidentemente, ambas tenían en su poder información de interés para un tercero o terceros. ¿Se trataba de esas mismas personas misteriosas capaces de rastrear sus correos electrónicos y sus llamadas telefónicas?

Volvió a fijar la mirada en el portátil y abrió QuellCorp.com de nuevo. Era lo único que le quedaba por hacer: comprobar si había pasado algo por alto las últimas veinte veces que había consultado la página.

En la página de presentación aparecía una fotografía de Ken Burns que se difuminaba poco a poco para dar paso a una imagen en la que un grupo de jóvenes científicos de distintas procedencias, vestidos con bata blanca, miraban fijamente un matraz lleno de un líquido fosforescente. De fondo se oía una música de violines, como si Leonardo da Vinci acabara de descubrir la cura del herpes.

Andy quitó el sonido.

Conocía el nombre de aquella compañía farmacéutica igual que todo el mundo conocía la aspirina. QuellCorp fabricaba de todo, desde toallitas para bebés a pastillas para la disfunción eréctil. La única información que encontró en el apartado de *HISTORIA* fue que un tal Douglas Paul Queller había fundado la empresa en la década de 1920, que sus descendientes la habían vendido en los años ochenta y que a principios del siglo xxi QuellCorp se había zampado el mundo entero, como era propio de las corporaciones dedicadas a hacer el mal.

Porque, ciertamente, podían dedicarse a hacer el mal. Ese era el argumento de casi todas las películas de ciencia ficción que había visto, desde *Avatar* a la saga de *Terminator*.

Cerró la página de QuellCorp y abrió la Wikipedia para buscar a Clara Bellamy.

Si el hecho de que Laura conociera a Paula Kunde resultaba chocante, el que Paula Kunde tuviera alguna relación con Clara

Bellamy rayaba en lo inverosímil. Bellamy había sido primera bailarina, lo que, según otra página de la Wikipedia, era un honor que solo se concedía a unas pocas elegidas. Había bailado a las órdenes de George Balanchine, un coreógrafo tan famoso que hasta ella conocía su nombre. Había viajado por todo el mundo y actuado en los escenarios más célebres. Había sido una de las grandes. Hasta que una horrible lesión de rodilla la obligó a retirarse.

Como no tenía nada mejor que hacer después de pasarse todo el día conduciendo, Andy vio todos los vídeos de Clara Bellamy que había en YouTube. Había un sinfín de actuaciones y entrevistas con toda clase de personajes famosos, pero la que más le gustó fue la del primer Festival Chaikovski que celebró el New York City Ballet.

Lo que más le llamó la atención del vídeo —a ella, que era una apasionada del teatro— fue el impresionante decorado, con sus extraños tubos traslúcidos de fondo, que hacían que todo pareciera encerrado en hielo. Pensó que sería aburrido ver a un montón de mujeres delgaduchas evolucionando de puntillas al son de una música trasnochada, pero lo cierto era que Clara Bellamy tenía un algo de colibrí que le hacía imposible apartar la vista. Aunque a ella su nombre no le dijera nada, Clara Bellamy había sido enormemente famosa. *Newsweek* y *Time* le habían dedicado sus portadas, y había aparecido con frecuencia en el dominical del *New York Times* y en la sección de espectáculos del *New Yorker*.

Fue entonces cuando su búsqueda se topó con un callejón sin salida. O, para ser exactos, con una barrera de peaje. En muchas páginas web solo podía acceder a ciertos artículos previo pago, de modo que debía tener mucho cuidado con dónde clicaba. A fin de cuentas, no podía sacar sin más su tarjeta de crédito y pagar para acceder a todos los contenidos.

Hasta donde pudo ver, Clara había desaparecido de la vida pública en torno a 1983. Su última fotografía en el *Times* mostraba a una mujer cabizbaja que se llevaba un pañuelito de papel a la nariz tras asistir al funeral de George Balanchine.

Como en el caso de Paula, dedujo que Clara Bellamy se había

casado en algún momento y abandonado su apellido de soltera, aunque le costara entender por qué alguien se esforzaba tanto por hacerse famoso y luego se cambiaba el nombre. Tampoco ella tenía página en Facebook, pero había, en cambio, un grupo de fans de acceso restringido y otro público en el que se hablaba obsesiva y enfermizamente de su peso.

Andy no había encontrado ningún documento que hiciera referencia a su matrimonio o su divorcio en los registros civiles de Nueva York, el condado de Cook o las zonas limítrofes, pero sí un artículo interesante del *Chicago Sun Times* acerca de un proceso judicial relacionado con su lesión de rodilla.

La *prima ballerina* había demandado a una empresa llamada EliteDream BodyWear por el incumplimiento de un contrato publicitario. No se citaba el nombre de su abogado, pero en la foto que acompañaba el artículo aparecía Clara saliendo del juzgado junto a un hombre alto y desgarbado, con un llamativo bigote, que le dio la impresión de ser la personificación misma del abogado *hippie*, o un *milennial hipster* que intentaba parecerlo. Y lo que era más importante: en el momento en que el fotógrafo pulsó el botón para hacer la foto, el abogado *hippie* estaba mirando directamente a la cámara.

Andy había hecho varios cursos de fotografía en la Escuela de Arte y Diseño de Savannah. Sabía que pocas veces conseguía uno tomar una instantánea en la que alguien no estuviera pestañeando o moviendo los labios de una manera extraña. El abogado *hippie* era la excepción que confirmaba la regla. Tenía los dos ojos abiertos. Los labios entreabiertos. Y el ridículo bigote de puntas acaracoladas perfectamente colocado. La sedosa melena le caía sobre los hombros. La imagen era tan nítida que hasta se le veían las puntas de las orejas asomando entre el pelo, como pistachitos.

Andy estaba segura de que el abogado *hippie* no había cambiado mucho con el paso de los años. Un individuo que con más de treinta años tomaba a Wyatt Earp como ejemplo de estética capilar no se despertaba de repente a los sesenta y se daba cuenta de su error.

Hizo una nueva búsqueda: *Chicago+abogado+bigote+melena*.

Unos segundos después tenía ante sí la foto de un grupo llamado Funkadelic Fiduciaries. Una «banda peluda», según su propia descripción. Tocaban los miércoles por la noche en un local llamado EZ Inn. Todos sus miembros lucían adornos capilares característicos, ya fueran perillas de aspecto diabólico o patillas a lo Elvis, y entre todos sumaban moños suficientes para fundar una colonia gótica. Andy fue ampliando las caras de los ocho miembros del grupo hasta que, al llegar al batería, reconoció su mostacho de guías ensortijadas.

Miró su nombre.

Edwin Van Wees.

Se frotó los ojos. Estaba cansada; había pasado todo el día conduciendo y llevaba horas mirando la pantalla del ordenador. No podía ser tan sencillo.

Buscó la foto antigua del periódico para compararlas. El batería estaba un poco más fondón, tenía mucho menos pelo y no estaba tan guapo, pero era él, no había duda.

Miró por la ventana, tomándose un instante para felicitarse por aquel golpe de suerte. ¿De verdad podía ser tan fácil localizar a Edwin, que tal vez supiera dónde encontrar a Clara Bellamy?

Abrió otra pestaña del buscador.

Edwin Van Wees, al igual que Clara, no tenía página de Facebook. Andy encontró, sin embargo, una página web de aspecto casero en la que, pese a que afirmaba estar semiretirado, se ofrecía como conferenciante y baterista. Abrió la pestaña titulada *Sobre mí*. Edwin había estudiado en Stanford y, tras integrarse en la Unión Americana de Libertades Civiles, había tenido una larga y fructífera carrera como abogado, defendiendo a artistas, anarquistas, agitadores y revolucionarios, muchos de los cuales se habían prestado a posar sonrientes junto al letrado que los había librado de la cárcel. Incluso algunos que habían acabado ingresando en prisión contaban maravillas de él. Era perfectamente lógico que un tipo como Edwin conociera a una chiflada como Paula Kunde.

«Mis tiempos de revolucionaria ya pasaron».

Andy estaba convencida de que Edwin Van Wees aún sabía cómo ponerse en contacto con Clara Bellamy. Lo sabía por la familiaridad con que ella le tocaba el brazo en la foto del juzgado. Y por la mirada de desprecio que Edwin dedicaba al fotógrafo. Tal vez estuviera haciendo una montaña de un grano de arena, pero si la profesora que le había dado clase de «Luz y emociones en la fotografía en blanco y negro» le hubiera pedido que buscara una instantánea de una mujer frágil colgada del brazo de su paladín y protector, Andy habría elegido aquella.

El niño empezó a berrear otra vez. Su madre le cogió en brazos y volvió a llevarle al aseo.

Andy cerró el portátil y lo metió en la bolsa. Tiró los desperdicios de su bandeja y volvió a subir a la camioneta de Mike. Seguía sonando *Interstate love song* de los Stone Temple Pilots. Andy hizo amago de apagarla, pero se detuvo. Detestaba que le gustara la música de Mike. Todos sus CD grabados con una mezcla de canciones eran fantásticos. Había de todo, desde Dashboard Confessional a Blink 182, además de una cantidad sorprendente de temas de Jennifer Lopez.

Miró la hora en el cartel de McDonald's al incorporarse a la carretera. Las dos y doce minutos de la tarde. Una hora razonable para hacer una visita por sorpresa. En la página web de Edwin Van Wees figuraba la dirección de su oficina, en una granja situada a una hora y media de trayecto en coche desde Chicago. Dedujo que trabajaba desde casa, por lo que era muy probable que estuviera en la granja cuando llegara. Había buscado la ruta en Google Earth, agrandando y disminuyendo las ricas tierras de cultivo hasta dar con el enorme granero rojo y la casa de Edwin, con su tejado metálico pintado de un vivo color encarnado.

Desde el McDonald's tardó diez minutos en encontrar la granja. El desvío estaba tan escondido entre una densa arboleda que estuvo a punto de pasar de largo. Detuvo la camioneta a la entrada. El camino estaba desierto. El suelo del coche vibraba, sacudido con el ronroneo del motor.

No experimentaba el mismo nerviosismo que había sentido al acercarse a la casa de Paula. Ahora sabía que el hecho de encontrar a una persona no significaba automáticamente que esa persona fuera a decirte la verdad. O incluso que no fuera a ponerte una escopeta en el pecho. Cabía la posibilidad de que Edwin Van Wees hiciera eso mismo. No le extrañaría que Paula Kunde la hubiera enviado a ver a alguien que no se tomaría a bien su visita. Y el trayecto desde Austin le había dado tiempo suficiente para advertir a Clara Bellamy de que la hija de Laura Oliver podía estar buscándola. Si Clara seguía teniendo relación con Edwin Van Wees, era posible que le hubiera llamado y en ese caso...

Andy se frotó la cara con las manos. Podía pasarse el resto del día haciendo cábalas o podía ir a averiguarlo por sí misma. Giró el volante y enfiló el camino. Los árboles no empezaron a ralear hasta pasado un kilómetro y medio, o eso le pareció, pero al poco rato vio la cubierta del granero rojo y, más allá, un gran prado con vacas y la pequeña casa precedida por un porche espacioso y un jardincillo con girasoles.

Aparcó delante del granero. No había otros coches a la vista, lo que era mala señal. La puerta de la casa no se abrió. Los visillos no se movieron. Nadie se asomó furtivamente a una ventana. Aun así, no podía marcharse sin tocar a la puerta; no era tan imbécil.

Se disponía a salir de la camioneta cuando se acordó del teléfono al que supuestamente la llamaría Laura cuando las cosas se calmasen. A decir verdad, más o menos a la altura de Tulsa había perdido la esperanza de que fuera a sonar. La *Belle Isle Review* la había puesto al corriente de las últimas novedades sobre el caso: el cadáver del encapuchado seguía sin identificar; tras analizar el vídeo del restaurante, la policía había llegado a la misma conclusión que Mike: Laura había intentado impedir que Jonah Helsinger se matara. No sería, por tanto, acusada de asesinato. La familia del chico seguía armando jaleo, pero, pese a su elevada posición en el estamento policial, la opinión pública le había dado la espalda y el fiscal encargado del caso era un chaquetero de la peor especie. En resumen, una de dos: o bien el peligro que le impedía regresar a casa no estaba relacionado con el caso, o bien era un fragmento más del colosal entramado de mentiras tejido por Laura.

Abrió la cremallera del neceser y echó un vistazo al teléfono para asegurarse de que la batería estaba cargada. Después se lo guardó en el bolsillo de atrás. Vio el permiso de conducir y la tarjeta sanitaria canadiense de su madre. Observó la foto de Laura, tratando de ignorar una punzada de añoranza que no quería sentir. Tal vez fuera por la mala alimentación, o por la falta de sueño, o porque había empezado a llevar el pelo suelto, pero lo cierto era que cada día que pasaba se parecía más a su madre. Los recepcionistas de los tres últimos hoteles apenas habían levantado la vista cuando les había puesto delante el carné de conducir, al registrarse.

Volvió a guardarlo en la bolsa del ordenador, junto a la cartera de cuero negro.

La cartera de Mike.

Durante los dos últimas días y medio había evitado cuidadosamente abrir la cartera para no ver la guapa cara de Mike. Sobre todo cuando estaba tendida en la cama por las noches y se esforzaba por no pensar en él porque era un psicópata y ella era patética.

Levantó la mirada hacia la casa, echó un vistazo al camino y por último abrió la cartera.

—Joder —masculló.

Dentro había cuatro permisos de conducir, todos ellos excelentes falsificaciones: Michael Knepper, de Alabama; Michael Davey, de Arkansas; Michael George, de Texas; y Michael Falcone, de Georgia. Una gruesa solapa de piel dividía la cartera. Andy la levantó.

«Madre mía».

Tenía una insignia falsa de los *marshals*. Ella había visto la insignia auténtica, una estrella dorada dentro de un círculo. Era una buena réplica, tan convincente como el resto de la documentación falsa. El falsificador, fuera quien fuese, había hecho un trabajo de primera.

De pronto, alguien tocó en la ventanilla.

—¡Joder! —Sobresaltada, Andy dejó caer la cartera y se quedó boquiabierta.

La persona que había tocado en el cristal se parecía una barbaridad a Clara Bellamy.

—Pero ¿se puede saber qué haces aquí, sentada en esta camioneta mugrienta? —preguntó la mujer con una sonrisa radiante en los labios.

Andy se preguntó si sus ojos la estaban engañando y si había visto tantos vídeos en YouTube que ahora veía a Clara Bellamy por todas partes. Estaba mayor y tenía la cara arrugada y el largo cabello entreverado de gris, pero no había duda de que era ella, en carne y hueso.

—Venga, tontorrona —dijo Clara—. Aquí hace un frío que pela. Vamos dentro.

«¿Por qué le hablaba como si la conociera?».

Clara abrió la puerta y le ofreció la mano para ayudarla a bajar.

—Dios mío —dijo—, qué cara de cansancio tienes. ¿Es que Andrea no te deja dormir otra vez? ¿La has dejado en el hotel?

Andy abrió la boca, pero no supo qué contestar. Miró a los ojos a Clara, preguntándose a quién veía cuando la miraba.

—¿Qué ocurre? —preguntó la mujer—. ¿Necesitas algo de Edwin?

—Eh… —dijo Andy, haciendo un esfuerzo por responder—. ¿Está aquí?

Clara echó un vistazo a la explanada de delante del granero.

—Su coche no está.

Andy esperó.

—Acabo de acostar a Andrea para que se eche una siestecita —continuó Clara como si no acabara de preguntarle si había dejado a Andrea en el hotel.

¿A quién se refería cuando hablaba de Andrea? ¿A ella o a otra persona?

—¿Quieres que nos tomemos una infusión? —Sin esperar

respuesta, la enlazó del brazo y la condujo hacia la casa—. No sé por qué, pero esta mañana he estado pensando en Andrew. En lo que le pasó. —Se llevó la mano a la garganta y empezó a llorar—. Cuánto lo siento, Jane.

—Eh... —Andy ignoraba de qué estaba hablando, pero ella también sintió un extraño deseo de llorar.

¿Andrew? ¿Andrea?

—Pero hoy no quiero que hablemos de cosas deprimentes —dijo Clara—. Bastante tienes ya con lo que tienes. —Abrió la puerta empujándola con el pie—. Bueno, cuéntame qué tal van las cosas. ¿Estás bien? ¿Sigue costándote dormir?

—Eh —balbució Andy. Al parecer, era incapaz de decir otra cosa—. Estoy... —Trató de pensar en algo que impulsara a Clara a seguir hablando—. ¿Y tú? ¿Qué has estado haciendo?

—Uf, muchísimas cosas. He estado recortando fotos de revistas con ideas para el cuarto de los niños y ordenando los álbumes de recortes de mis tiempos de gloria. Puro autobombo, ya lo sé, pero es una cosa muy extraña, ¿sabes? No recuerdo la mayoría de mis actuaciones. ¿Y tú?

—Eh... —Andy seguía sin saber de qué diablos estaba hablando.

Clara se rio.

—Seguro que tú las recuerdas todas. Has sido siempre tan lista... —Empujó con el pie una puerta batiente—. Siéntate. Voy a preparar una infusión.

Andy cayó en la cuenta de que estaba en otra cocina con otra desconocida que tal vez lo supiera todo sobre su madre o tal vez no.

—Me parece que tengo unas galletas. —Clara se puso a abrir armarios.

Andy se fijó en la cocina. Era pequeña, separada del resto de la casa, y seguramente no había cambiado mucho desde su construcción. Los armarios de metal estaban pintados de color verde azulado. La encimera era de madera maciza y los electrodomésticos eran propios del decorado de una serie televisiva de los años setenta.

En la pared, junto a la nevera, había una pizarra blanca de buen tamaño. Alguien había escrito en ella:

Clara, es sábado. Edwin va a estar en la ciudad de una a cuatro de la tarde. La comida está en la nevera. No enciendas la cocina de gas.

Clara encendió la cocina. El botón de encendido chasqueó varias veces antes de que prendiera el gas.

—¿Manzanilla?

—Eh… Sí, claro.

Andy estaba más desconcertada que nunca. Se sentó a la mesa. Trató de pensar en alguna pregunta que pudiera hacerle a Clara, como en qué año estaban o quién era el presidente, pero no era necesario: a fin de cuentas, nadie escribía notas como aquella en una pizarra si no iban dirigidas a una persona con problemas de memoria.

Sintió una tristeza casi abrumadora a la que siguió de inmediato una saludable dosis de mala conciencia, porque si Clara padecía Alzheimer precoz habría olvidado todo lo que le hubiera ocurrido la semana anterior, pero posiblemente lo sucedido treinta y un años antes afloraría con facilidad.

—¿Qué colores tienes pensados para el cuarto de los niños? —preguntó.

—Nada de rosas —contestó Clara con rotundidad—. Puede que algunos tonos de verde y de amarillo.

—Qué bonito. Como los girasoles de fuera —dijo Andy tratando de que siguieran hablando.

Clara pareció complacida.

—Sí, exacto. Edwin dice que empezaremos a intentarlo en cuanto pase todo esto, pero yo no estoy segura. Creo que deberíamos empezar ya. Me estoy haciendo mayor. —Se echó a reír llevándose la mano a la tripa.

Su risa tenía un sonido tan hermoso que Andy sintió que se le encogía el corazón.

Clara Bellamy irradiaba bondad. Intentar engañarla la hacía sentirse sucia.

—Pero ¿tú cómo estás? —preguntó Clara—. ¿Sigues estando agotada?

—Estoy mejor. —Andy vio que servía agua fría en dos tazas. No había puesto a calentar el hervidor. La llama bailaba, alta, en el fogón. Andy se levantó para apagarla—. ¿Te acuerdas de cómo nos conocimos? —preguntó—. El otro día estuve intentando acordarme con detalle.

—Uy, fue horroroso. —Clara se llevó de nuevo la mano a la garganta—. ¡Pobre Andrew!

Andrew otra vez.

Andy estaba más confusa que nunca. Volvió a sentarse a la mesa. No estaba preparada para salir airosa de aquella farsa. Una persona más lista que ella habría sabido cómo sonsacarle información a aquella mujer a todas luces trastornada. Seguramente Paula Kunde la haría cantar como un pajarillo.

Lo cual le dio una idea.

—Vi a Paula hace un par de días —dijo.

Clara puso los ojos en blanco.

—Espero que no la llamaras así.

—¿Y cómo iba a llamarla si no? —aventuró Andy—. ¿Zorra?

Clara se rio al sentarse a la mesa. Había sumergido las bolsitas de infusión en el agua fría.

—Yo que tú no se lo llamaría a la cara. Ahora mismo, seguro que Penny querría vernos a todos muertos.

«¿Penny?».

Andy rumió aquel nombre unos segundos. Luego se acordó del billete de dólar que Paula Kunde le había puesto en la mano. Llevaba puestos los mismos vaqueros que aquel día. Se metió la mano en el bolsillo y encontró el billete hecho una bola. Después de alisarlo sobre la mesa, lo deslizó hacia Clara.

—Ah. —Clara esbozó una sonrisa traviesa—. Dollar Bill se presenta al servicio.

«Otro éxito espectacular».

Tenía que prescindir de sutilezas.

—¿Te acuerdas del apellido de Paula? —preguntó.

Clara levantó las cejas.

—¿Qué es esto? ¿Un examen? ¿Es que crees que me falla la memoria?

Andy trató de descifrar la repentina aspereza de su tono. ¿Estaba enfadada? ¿Lo había echado todo a perder?

Clara rompió la tensión echándose a reír.

—Claro que me acuerdo. ¿Se puede saber qué mosca te ha picado, Jane? Te comportas de una forma muy rara.

«¿Jane?».

—¿Jane? —repitió Clara.

Andy se puso a juguetear con el hilo de su bolsita de infusión. El agua se había teñido de naranja.

—El problema es que se me ha olvidado —dijo—. Ahora usa otro nombre.

—¿Penny?

«¿Penny?».

—Yo... —No podía seguir jugando a aquel juego—. Dímelo, Clara. ¿Cómo se apellida?

Sorprendida por su tono seco y autoritario, Clara se echó un poco hacia atrás. Un instante después se le saltaron las lágrimas.

Andy se sintió fatal.

—Lo siento. No debería haberte hablado así.

Clara se levantó. Se acercó a la nevera y la abrió. Pero se quedó allí parada, sin sacar nada.

—Clara, yo lo...

—Evans. Paula Louise Evans.

La euforia que sintió Andy se vio considerablemente empañada por la vergüenza.

—No estoy del todo gagá —añadió Clara con la espalda muy tiesa—. Me acuerdo de las cosas importantes. Siempre me he acordado.

—Lo sé. Perdóname.

Clara guardó silencio, con la vista fija en el interior de la nevera.

Andy sintió el impulso de arrojarse al suelo y suplicarle que la perdonara. También ansiaba ir corriendo a buscar su portátil, pero necesitaba acceso a Internet para buscar el nombre de Paula Louise Evans. Dudó, pero solo un segundo, antes de preguntar:

—¿Sabes la…? —Se interrumpió. Seguramente Clara no sabía lo que era el wifi, y menos aún su contraseña—. ¿Tenéis despacho en casa? —preguntó por fin.

—Por supuesto. —Clara cerró la nevera y se volvió, luciendo de nuevo su sonrisa acogedora—. ¿Tienes que hacer una llamada?

—Sí —contestó, porque era lo más rápido—. ¿Te importa?

—¿Es de larga distancia?

—No.

—Menos mal. Edwin se enfada mucho conmigo últimamente por la factura del teléfono. —Su sonrisa comenzó a disolverse. De nuevo había perdido el hilo de la conversación.

—Cuando acabe de llamar por teléfono en el despacho —dijo Andy—, podemos seguir hablando sobre Andrew.

—De acuerdo. —Su sonrisa se iluminó—. Es por aquí, aunque no estoy segura de dónde está Edwin. Últimamente trabaja muchísimo. Y está muy preocupado por las noticias, claro.

Andy no preguntó qué noticias eran esas. No quería que Clara volviera a alterarse.

La siguió a través de la casa. A pesar de su rodilla maltrecha, Clara caminaba con asombrosa elegancia. Sus pies apenas tocaban el suelo. Pero a Andy se le agolpaban tantos interrogantes en la cabeza que no pudo detenerse del todo a admirar sus movimientos. ¿Quién era Jane? ¿Quién era Andrew? ¿Y por qué lloraba Clara cada vez que decía su nombre?

¿Y por qué sentía ella el impulso de proteger a aquella mujer frágil y delicada a la que acababa de conocer?

—Aquí es.

Clara se paró al final del pasillo. Abrió la puerta de un cuarto que parecía haber servido de dormitorio en algún momento y que era ahora un pulcro despacho con una pared llena de cajoneras cerradas, un escritorio de tapa plegable y un MacBook Pro apoyado sobre el brazo de un sofá de cuero.

Clara le sonrió.

—¿Qué necesitas?

Andy volvió a dudar. Debería volver al McDonald's y usar su wifi. No había razón para ponerse a buscar allí. Pero estaba ansiosa por obtener respuestas. ¿Y si no encontraba a Paula Louise Evans en Internet? ¿Y si tenía que volver a la granja y se encontraba con Edwin Van Wees y él le impedía volver a hablar con Clara?

—¿Te puedo ayudar con algo? —preguntó Clara.

—¿El ordenador?

—Eso es fácil. No son tan temibles como puede parecer.

Clara se sentó en el suelo. Abrió el MacBook. Apareció el recuadro de la contraseña. Andy temió que le costara recordar los dígitos, pero Clara acercó un dedo al identificador táctil y se abrió el escritorio.

—Tendrás que sentarte aquí —dijo—. Si no, la luz de la ventana no te deja ver la pantalla.

Se refería al enorme ventanal que había detrás del sofá. Andy vio la camioneta de Mike aparcada delante del granero rojo. Aún podía marcharse. Faltaba menos de una hora para que volviera Edwin. Era el momento de irse.

—Vamos, Jane —la instó Clara—. Puedo enseñarte cómo se usa. No es tan complicado.

Andy se sentó en el suelo, a su lado.

Clara apoyó el portátil abierto sobre el asiento del sofá para que las dos pudieran verlo.

—He estado viendo vídeos de mis actuaciones. ¿Crees que soy muy vanidosa?

Andy miró a aquella desconocida sentada en el suelo, junto a ella, que le hablaba como si fueran amigas desde hacía años, y dijo:

—Yo también he visto tus vídeos. Casi todos. Eras… eres una

bailarina maravillosa, Clara. Antes creía que no me gustaba el *ballet,* pero al verte bailar me he dado cuenta de que es precioso.

Clara le tocó la pierna con la punta de los dedos.

—Querida, qué amable eres. Ya sabes que yo pienso lo mismo de ti.

Andy no supo qué decir. Acercó la mano al portátil. Abrió el buscador. Sus dedos se movieron con torpeza sobre el teclado. Los tenía sudorosos y trémulos sin saber por qué. Cerró los puños con fuerza, tratando de controlar su temblor. Apoyó los dedos sobre las teclas. Escribió despacio *PAULA LOUISE EVANS*.

Posó el dedo meñique en la tecla de *ENTER*, pero no la pulsó. Era el momento decisivo. Estaba a punto de averiguar algo —una cosa, al menos— acerca de aquella mujer odiosa que había tenido trato con su madre treinta y un años antes.

Pulsó la tecla.

«Hija de puta».

Paula Louise Evans tenía su propia página en la Wikipedia.

Andy pulsó el enlace.

La advertencia de la parte de arriba de la página avisaba de que la información contenida en el artículo estaba sujeta a controversia. Lo cual era lógico: no cabía duda de que a Paula le encantaba el conflicto.

Sintió que una especie de energía nerviosa hacía presa en ella mientras leía por encima el artículo, pasando rápidamente por una extensa y detallada biografía en la que se mencionaba desde el hospital donde había nacido hasta su número de reclusa en la Prisión Federal para Mujeres de Danberry.

Pasó sus primeros años en Corte Madera (California)… Berkeley… Stanford… asesinato.

e dio un vuelco el estómago.

Paula Evans había matado a una mujer.

Miró el techo un momento. Pensó en Paula apuntándole al pecho con la escopeta.

—Hay mucha información sobre ella —comentó Clara—. ¿No es horrible que esté un poquitín celosa?

Andy pasó al siguiente apartado, *MILITANCIA EN EL EJÉRCITO POR EL CAMBIO MUNDIAL*.

Había una foto borrosa de Paula. Debajo se leía *Julio de 1986*. Treinta y dos años antes.

Recordaba haber hecho la cuenta en Carrollton, en el ordenador de la biblioteca. Buscaba acontecimientos que hubieran tenido lugar en torno al momento de su concepción.

Atentados terroristas, secuestros de aviones y tiroteos en bancos.

Observó la fotografía de Paula Evans.

Llevaba puesto un extraño vestido semejante a un camisón de algodón y se había pintado bajo los ojos unas gruesas líneas de maquillaje negro. Se cubría las manos con mitones y calzaba botas de combate. Llevaba calada una boina. Un cigarrillo le colgaba de la boca. Tenía un revólver en una mano y un machete en la otra. Su aspecto habría resultado ridículo de no ser porque había matado a alguien.

Y porque al parecer había tomado parte en una conspiración para derribar el sistema.

—¿Jane? —Clara se había echado sobre los hombros una manta azul de angora—. ¿Tomamos una infusión?

—Enseguida —contestó mientras buscaba *JANE* en el artículo de Wikipedia.

Nada

ANDREW.

Nada.

Clicó en un enlace que la llevó al artículo dedicado al Ejército por el Cambio Mundial.

Empezando por el asesinato de Martin Queller en Oslo…

—QuellCorp —dijo.

Clara dejó escapar un siseo.

—¿Verdad que son odiosos?

Andy recorrió rápidamente la página. Vio una foto de su líder. Se parecía a Zac Efron, pero con los ojos de Charles Manson. El artículo incluía un listado de los delitos cometidos por el Ejército, incluyendo el asesinato de Martin Queller. Secuestraron y asesinaron a una profesora de Berkeley, provocaron un tiroteo y fueron perseguidos por todo el territorio nacional. Su cabecilla, aquel chalado, escribió un manifiesto, una nota de rescate que apareció en la primera página del *San Francisco Chronicle*.

Andy abrió el enlace de la nota.

Leyó la primera parte, acerca del régimen fascista. Después, empezaron a empañársele los ojos. Parecía algo ideado por Calvin y Hobbes en una reunión del club A.S.C.O. para vengarse de Susie Derkins.

Volvió al artículo sobre el Ejército y buscó la sección titulada *Miembros*. La mayoría de los nombres aparecían subrayados en hipervínculos azules en medio de un océano de texto negro. Se contaban por decenas. ¿Cómo es que nunca había visto una película acerca de aquella secta demencial?

William Johnson. Muerto.

Franklin Powell. Muerto.

Metta Larsen. Muerta.

Andrew Queller…

Le dio un vuelco el corazón, pero el nombre de Andrew aparecía en negro, lo que significaba que no tenía página propia. Claro que tampoco hacía falta ser Scooby Doo para asociarle con QuellCorp y su tocayo asesinado.

Buscó en el texto la referencia a Martin Queller y pulsó su nombre. Al parecer, había muchos más Queller famosos de los que ella no sabía nada. La esposa de Martin, Annette Queller, nacida Logan, tenía una árbol genealógico tan extenso que tardaría horas en recorrerlo. El hijo mayor de la pareja, Jasper Queller, aparecía subrayado en hipervínculo, pero Andy conocía ya a aquel capullo forrado de millones empeñado en presentarse a presidente sin conseguirlo.

El cursor se deslizó sobre el nombre siguiente: *Hija, Jane «Jinx» Queller.*

—¿Jane? —dijo Clara, porque tenía Alzheimer y su mente estaba atrapada en un tiempo acaecido más de tres décadas atrás, cuando conocía a una mujer llamada Jane que era el vivo retrato de Andy.

Igual que Andy era el vivo retrato de aquella Daniela B. Cooper cuya fotografía aparecía en el falso permiso de conducir canadiense.

Su madre.

Se le saltaron las lágrimas. Rompió a llorar, sollozando. Un gemido escapó de su boca. Lágrimas y mocos le corrieron por la cara. Se inclinó y apoyó la frente en el asiento del sofá.

—Ay, cielo. —Clara se puso de rodillas y le rodeó los hombros con los brazos.

Andy se sacudía, transida de dolor. ¿Laura se llamaba en realidad Jane Queller? ¿Y por qué aquella mentira en concreto le importaba mucho más que las otras?

—Espera, déjame a mí. —Clara se acercó el portátil y comenzó a teclear—. No pasa nada, tesoro. Yo a veces también lloro cuando veo las mías, pero fíjate en esta. Es perfecta.

Volvió a desplazar el ordenador hacia el centro.

Andy trató de enjugarse los ojos. Clara le puso un pañuelo en la mano, y se sonó la nariz mientras intentaba contener el llanto. Miró la pantalla.

Clara había abierto un vídeo de YouTube.

¡¡¡EXTRAORDINARIO!!! ¡¡¡EL CONCIERTO DE JINX QUELLER EN EL CARNEGIE HALL EN 1983!!!

«¿Qué?».

—¡Ese vestido verde! —A Clara le brillaban los ojos de emoción. Pulsó el botón de pantalla completa—. Un hecho consumado.

Andy solo acertó a mirar la pantalla fijamente. La grabación era borrosa y de colores discordantes, como todas las de los años ochenta. Una orquesta ocupaba ya el escenario. En el centro, en primer plano, se alzaba un enorme piano de cola negro.

—¡Ay! —Clara activó el sonido.

Andy oyó el suave murmullo de la muchedumbre.

—Esta era mi parte favorita. Siempre echaba un vistacito para ver el ambiente.

Sin saber por qué, Andy contuvo la respiración.

El público había enmudecido.

Una mujer muy delgada, ataviada con un vestido de noche verde oscuro, salía al escenario.

—Qué elegante —murmuró Clara, pero Andy apenas la escuchó.

La mujer que cruzaba el escenario parecía muy joven. Rondaba los dieciocho años, y saltaba a la vista que no estaba acostumbrada a caminar con tacones. Llevaba el pelo permanentado y teñido de un rubio casi blanco. La cámara enfocaba el patio de butacas. El público se ponía en pie para aplaudirla antes incluso de que la joven le dirigiera una mirada.

La cámara enfocaba su rostro.

Andy sintió que se le encogía el estómago.

«Laura».

En el vídeo, su madre esbozaba una reverencia. Parecía inmensamente serena mientras contemplaba las caras de miles de personas. Andy había visto aquella mirada otras veces en el rostro de otros intérpretes. Una expresión de certeza absoluta. Siempre le había fascinado ver desde bastidores la transformación de un actor en el escenario. No dejaba de maravillarla que pudieran exponerse a la mirada crítica de una muchedumbre de desconocidos y fingir convincentemente que eran otras personas.

Igual que su madre había fingido ser otra persona desde que ella tenía uso de razón.

«Un saco de mierda de la peor especie».

Los aplausos comenzaron a extinguirse cuando Jinx Queller se sentó al piano.

Hizo una seña al director inclinando suavemente la cabeza.

El director levantó las manos.

El público enmudeció bruscamente.

Clara subió el volumen al máximo.

Sonaron los violines. Su vibración le produjo un cosquilleo en los tímpanos. El tempo se aceleró, se calmó, volvió a avivarse.

Andy no sabía nada de música; sobre todo, de música clásica. Laura nunca la escuchaba en casa. Red Hot Chili Peppers. Heart. Nirvana. Eran los grupos que su madre ponía en el coche, cuando iba por el pueblo, o cuando hacía las tareas domésticas o trabajaba en los informes de sus pacientes. Se aprendió la letra de *Mr. Brightside* antes que nadie. Descargó *Lemonade* la misma noche de su estreno. Sus gustos eclécticos la convertían en la mamá ideal, en la madre con la que todo el mundo podía hablar porque nunca te juzgaba.

Porque había tocado en el Carnegie Hall y sabía muy bien de qué coño estaba hablando.

En el vídeo, Jinx Queller seguía esperando ante el piano, con las manos posadas sobre el regazo y los ojos fijos al frente. Otros instrumentos se habían sumado a los violines. Andy ignoraba cuáles porque su madre nunca le había enseñado música. Le había quitado la idea de unirse a la banda, daba un respingo cada vez que empuñaba los platillos.

Flautas. Andy vio fruncir los labios a los músicos de la primera fila.

Arcos que se movían. Oboe. Chelo. Trompas.

Sentada al piano de cola, Jinx Queller seguía esperando pacientemente su turno.

Andy se llevó la mano al estómago como si de ese modo pudiera calmarlo. Sufría, agarrotada de tensión por la mujer de la pantalla.

Su madre.

«Esta desconocida».

¿En qué pensaba Jinx Queller mientras aguardaba? ¿Se preguntaba cómo sería su vida? ¿Sabía que algún día tendría una hija? ¿Que solo faltaban cuatro años para que ella naciera y la apartara de aquella vida asombrosa?

En el minuto 2:22, su madre por fin levantó las manos.

Su tensión se hizo visible un instante antes de que sus dedos se posaran levemente sobre las teclas.

Suavemente al principio, apenas unas notas, una progresión lenta y pausada.

Volvieron a intervenir los violines y sus manos se movieron más aprisa, volando sobre el teclado para extraerle el sonido más bello que Andy había oído nunca.

Un sonido fluido. Exuberante. Fecundo. Torrencial.

No había en el mundo adjetivos suficiente para describir lo que Jinx Queller conseguía extraer de aquel piano.

Sintió que el corazón se le henchía de orgullo. De alegría. De asombro y euforia.

Sus emociones coincidían con la expresión de su madre a medida que la música pasaba de solemne a dramática para hacerse después escalofriante, y viceversa. Cada nota parecía tener su reflejo en el semblante de Jane, en su forma de enarcar las cejas, de cerrar los ojos, de fruncir los labios en una mueca de placer. Estaba absolutamente extasiada. Pese a la imagen borrosa del vídeo, irradiaba confianza en sí misma del mismo modo que el sol irradiaba luz. Tenía una sonrisa en los labios, pero era una sonrisa íntima y furtiva, una sonrisa que Andy no había visto nunca hasta entonces. Jinx Queller, tan increíblemente joven todavía, tenía la expresión de una mujer que se hallaba ni más ni menos que donde quería estar.

No en Belle Isle. No en una reunión escolar, ni en el sofá de su despacho atendiendo a un paciente, sino sobre un escenario, sosteniendo el mundo en la palma de la mano.

Andy se secó los ojos. No podía parar de llorar. Y no entendía cómo era posible que su madre no llorara cada día, el resto de su vida.

¿Cómo podía alguien renunciar a algo tan mágico?

Permaneció embelesada hasta que el vídeo terminó. No podía apartar los ojos de la pantalla. A veces las manos de su madre se deslizaban velozmente de un lado a otro del teclado; otras parecían solaparse, o sus dedos se movían cada uno por su lado sobre las teclas blancas y negras. Su movimiento le recordó a la forma en que Laura amasaba en la cocina.

Siguió sonriendo hasta que concluyeron las últimas y pletóricas notas del concierto.

Luego, cesó la música.

Laura volvió a posar las manos sobre el regazo.

El público enloqueció, puesto en pie. Los aplausos formaron un macizo muro de sonido, semejante al murmullo constante de un aguacero estival.

Jinx Queller permaneció sentada al piano, las manos en el regazo, la vista fija en las teclas. Tenía la respiración agitada por el esfuerzo físico y los hombros un poco encorvados. Inclinó varias veces la cabeza como si se tomara unos instantes para estar a solas con el piano y consigo misma mientras asimilaba aquel sentimiento de perfección absoluta.

Asintió una última vez. Se levantó. Estrechó la mano del director. Saludó a los músicos de la orquesta, que ya estaban en pie aplaudiéndola fervientemente, unos con sus arcos y otros con las manos.

Se volvió de cara al público y arreciaron los vítores. Se inclinó hacia la derecha, hacia la izquierda y hacia el centro. Sonrió (una sonrisa distinta, no tan firme ni tan gozosa) y salió del escenario.

Eso fue todo.

Andy cerró el portátil antes de que empezara el vídeo siguiente.

Levantó la vista hacia el ventanal de detrás del sofá. El sol brillaba, recortándose contra el cielo azul. Las lágrimas habían mojado el cuello de su camiseta. Trató de dar con una palabra que describiera lo que sentía en ese instante.

¿Asombro? ¿Perplejidad? ¿Congoja? ¿Estupefacción?

Su madre había sido aquello a lo que ella siempre había querido estar próxima: una estrella.

Se miró las manos. Tenía unos dedos corrientes, ni demasiado largos ni demasiado finos. Cuando Laura estaba enferma y no podía asearse sola, ella le había lavado las manos, le había puesto crema, se las había masajeado y sostenido. Pero ¿cómo eran de verdad aquellas manos? Tenían que ser elegantes, cautivadoras, imbuidas de una especie de gracia sobrenatural. Debería haber sentido un chisporroteo, o un hechizo, o *algo*, al tocarlas.

Eran, sin embargo, las mismas manos corrientes que le hacían señas para que se diera prisa porque llegaba tarde al colegio. Las que escarbaban en el jardín cuando llegaba el momento de plantar flores en primavera. Las que rodeaban el cuello de Gordon cuando bailaban. Las que la señalaban con furia cuando hacía algo mal.

«¿Por qué?».

Parpadeó intentando despejarse los ojos de lágrimas. Clara ya no estaba a su lado. Tal vez no había podido soportar ser testigo de su dolor, o del dolor de la mujer a la que ella creía Jane Queller. Estaba claro que su madre y ella habían hablado otras veces de aquella actuación.

«¡Ese vestido verde!».

Se palpó el bolsillo de atrás en busca del teléfono móvil.

Marcó el número de su madre.

Escuchó sonar la línea.

Cerró los ojos para protegerlos del sol y se imaginó a Laura en la cocina. Se acercaba al teléfono, que estaría cargándose sobre la encimera. Vería el número desconocido en la pantalla. Dudaría si contestar o no. ¿Sería una llamada comercial? ¿Un cliente nuevo?

—¿Diga? —dijo Laura.

Al oír su voz, Andy se derrumbó. Llevaba casi una semana ansiando que su madre la llamara, oírla decir que podía volver a casa, que no pasaba nada, y ahora que por fin la tenía al teléfono se sentía incapaz de hacer nada, salvo llorar.

—¿Diga? —repitió Laura. Y luego, recordando otras llamadas parecidas, preguntó—: ¿Andrea?

Andy perdió la poca entereza que le quedaba. Se inclinó hacia delante, de rodillas, y apoyando la cabeza en la mano intentó no echarse a llorar otra vez.

—Andrea, ¿por qué me llamas? —preguntó su madre en tono crispado—. ¿Qué ocurre? ¿Qué ha pasado?

Abrió la boca, pero solo para respirar.

—Andrea, por favor —insistió Laura—. Necesito que me hagas saber que me estás oyendo. —Esperó—. Andy…

—¿Quién eres?

Laura guardó silencio. Pasaron unos segundos, se habría dicho que un minuto entero.

Andy miró la pantalla del teléfono, creyendo que había colgado. Volvió a acercarse el móvil al oído. Por fin oyó el suave chapaleo del oleaje a lo lejos. Laura había salido. Estaba en el porche de atrás.

—Me has mentido —dijo Andy.

Nada.

—Mi cumpleaños. Dónde nací. Dónde vivíamos. Esa fotografía trucada de mis abuelos falsos. ¿Sabes siquiera quién era mi padre?

Laura siguió sin decir nada.

—Eras alguien, mamá. Lo he visto en Internet. Te he visto en un concierto en… en el Carnegie Hall. La gente te idolatraba. Para tocar así de bien hacen falta muchos años de práctica. Toda la vida. Eras alguien y le diste la espalda a todo eso.

—Te equivocas —dijo su madre por fin en un tono desprovisto de emoción, firme pero desapasionado—. No soy nadie, y así quiero que siga siendo.

Andy se apretó los ojos con los dedos. Estaba harta de adivinanzas. Iba a estallarle la cabeza.

—¿Dónde estás? —preguntó Laura.

—En ninguna parte.

Quiso cortar la llamada, dedicarle a su madre, en silencio, el mayor «que te jodan» de que era capaz, pero la situación era demasiado desesperada para perder el tiempo en gestos sin sentido.

—Dime por lo menos si de verdad eres mi madre.

—Claro que sí. Estuve dieciséis horas de parto. Los médicos pensaron que íbamos a morir las dos. Pero no fue así. No morimos. Sobrevivimos las dos.

Andy oyó llegar un coche por el camino de entrada a la granja. «¡Joder!».

—An-Andrea —dijo Laura con evidente esfuerzo—, ¿dónde estás? Necesito saber que estás bien.

Andy se arrodilló en el sofá y miró por el ventanal. Edwin Van Wees y su ridículo bigote. Al ver la camioneta de Mike, prácticamente se tiró del coche y corrió hacia la puerta.

—¡Clara! —gritó—. ¡Clara! ¿Dónde…?

Clara contestó, pero Andy no entendió lo que decía.

Laura pareció oír algo.

—¿Dónde estás? —insistió.

Andy oyó el estruendo de unas botas en el pasillo.

—Andrea —dijo Laura con nerviosismo—, esto es muy serio. Tienes que decirme…

—¿Quién cojones eres tú? —preguntó Edwin.

Andy se volvió.

—Mierda —masculló Edwin—. Andrea.

—¿Ese es…? —dijo Laura, pero Andy se apretó el teléfono contra el pecho.

—¿Cómo es que me conoce? —preguntó al hombre.

—Apártate de la ventana. —Edwin le hizo señas de que saliera del despacho—. No puedes quedarte aquí. Tienes que irte. Enseguida.

Andy no se movió.

—Dígame cómo es que me conoce.

Edwin vio el teléfono que tenía en la mano.

—¿Con quién estás hablando?

Como no contestó, Edwin le arrancó el teléfono de las manos y se lo acercó al oído.

—¿Quién coño…? —preguntó. Luego, dándole la espalda a Andy, añadió—: No, no tengo ni idea de qué le ha contado Clara. Ya sabes que no está bien. —Empezó a asentir con la cabeza mientras escuchaba—. No se lo he dicho. No. Eso Clara no lo sabe. Es información confidencial. Yo nunca… —Se interrumpió otra vez—. Laura, tienes que calmarte. Nadie sabe dónde está, excepto yo.

Se conocían. Estaban discutiendo como viejos amigos. Edwin la había conocido a ella, a Andy, al primer vistazo. Clara la había confundido con Jane, que en realidad era Laura...

Empezaron a castañetearle los dientes. Los oía chasquear dentro de su cabeza. Se frotó los brazos. Tenía frío, estaba casi helada.

—Laura, yo... —dijo Edwin agachando la cabeza para mirar por la ventana—. Oye, tienes que confiar en mí. Tú sabes que nunca... —Se volvió para mirar a Andy.

Ella vio que su enfado se diluía, transformándose en otra cosa. Le sonrió igual que le sonreía Gordon cuando deseaba hacerle saber que la quería aunque la hubiera cagado.

¿Por qué la miraba como un padre un hombre al que no conocía?

—De acuerdo, Laura —dijo él—. Te prometo que...

Se oyó un fuerte estampido.

Y luego otro.

Y otro.

Andy se tiró al suelo igual que había hecho la vez anterior, al oír el súbito estruendo de los disparos.

Fue todo exactamente igual.

Se rompió el cristal. Empezaron a volar papeles. El aire se llenó de detritos.

Edwin recibió el grueso de los disparos. Sus brazos se convulsionaron, su cráneo casi se pulverizó, trozos de hueso y pelo salpicaron el sofá, las paredes, el techo.

Andy estaba tumbada boca abajo, tapándose la cabeza con las manos, cuando oyó caer su cadáver al suelo con un *¡bum!* espeluznante.

Miró su cara. No quedaba nada de ella, solo un agujero oscuro por el que asomaban blancos fragmentos de cráneo. Las guías de su bigote seguían curvadas hacia arriba, sostenidas por una gruesa capa de ungüento.

Andy notó un sabor a sangre. Oía su corazón como si le latiera dentro de los tímpanos. Pensó que se había quedado sorda, pero en realidad no había nada que oír.

Los disparos habían cesado.

Recorrió frenéticamente la habitación con la mirada buscando el teléfono móvil. Lo vio a unos cuatro metros de distancia, en el pasillo. No sabía si todavía funcionaba, pero oyó la voz de su madre con tanta claridad como si estuviera a su lado.

«Necesito que corras, cariño. No le dará tiempo a volver a cargar, no podrá hacerte daño».

Intentó incorporarse. Pero al ponerse de rodillas vomitó de dolor. El batido de McDonald's salió teñido de rosa por la sangre. Cada vez que le daba una arcada, tenía la sensación de que una llamarada le atravesaba el costado izquierdo.

Pasos. Fuera. Acercándose.

Se obligó a incorporarse. A gatas, deslizando las rodillas por el suelo y clavándose cristales rotos en las manos, consiguió llegar hasta la puerta. Ya había salido al pasillo cuando el dolor la obligó a detenerse. Cayó de costado, apoyada en la cadera. Consiguió incorporarse un poco, hasta sentarse con la espalda apoyada en la pared. Oía dentro del cráneo una especie de lamento agudo. Fragmentos de cristal emergían como púas de sus brazos desnudos.

Aguzó el oído.

Oyó un sonido extraño procedente del otro lado de la casa.

Clic, clic, clic, clic.

¿El cilindro de un revólver girando?

Miró el teléfono. La pantalla estaba hecha añicos.

No había dónde ir. Nada que hacer, salvo esperar.

Se llevó la mano al costado. Tenía la camiseta empapada de sangre. Palpó con los dedos hasta encontrar un pequeño agujero abierto en la tela.

Luego, con la yema de un dedo, descubrió otro agujero en su piel.

Estaba herida.

2 DE AGOSTO DE 1986

14

Jane sintió que las teclas de marfil del Steinway se suavizaban bajo las yemas de sus dedos. Las luces del escenario calentaban la parte derecha de su cuerpo. Se permitió lanzar una mirada furtiva al patio de butacas y alcanzó a distinguir unas pocas caras a la luz de los focos.

Embelesadas.

Las entradas del Carnegie Hall se habían agotado a las veinticuatro horas de salir a la venta. Más de dos mil butacas. Jane era la mujer más joven que había actuado como solista en aquel escenario. La acústica de la sala era excelente. El sonido reverberaba vertiéndose como miel en sus oídos, cimbreando y alargando cada nota. El Steinway le daba más de lo que se había atrevido a soñar. La suavidad de sus teclas otorgaba a su música una delicadeza llena de matices que bañaba la sala con una oleada de sonido casi etéreo. Se sentía como una maga ejecutando un truco maravilloso. Cada nota era perfecta. La orquesta era perfecta. El público era perfecto.

Miró más allá de los focos, hacia la primera fila.

Jasper, Annette, Andrew, Martin…

Nick.

Nick daba palmas, sonriendo con orgullo.

Entonces ella equivocó una nota, y luego otra. Un momento después, estaba tocando al compás que marcaban las manos de Nick, como no lo había hecho desde la primera vez que Martin la sentó ante el piano y le dijo que tocara. El sonido fue haciéndose más agudo a medida que las palmas de Nick se amplificaban abarcando toda la sala. Tuvo que taparse los oídos. Dejó de sonar la música. Nick torció la boca en una mueca ufana y siguió dando palmas y palmas. Empezó a salirle sangre de las manos, a correrle por los brazos y la entrepierna. Batió palmas aún más fuerte. Con mayor estruendo. La sangre le salpicó la camisa blanca, salpicó a Andrew, a su padre, el escenario.

Jane abrió los ojos.

La habitación estaba a oscuras. El miedo y la confusión se aliaron para estrujarle el corazón. Poco a poco fue orientándose. Estaba tumbada en la cama. Apartó la manta que cubría su cuerpo. Reconoció su color azul.

La granja.

Se incorporó tan bruscamente que un mareo estuvo a punto de tumbarla otra vez. Buscó a tientas el interruptor de la lámpara.

Sobre la mesa había una jeringuilla y una ampolla de cristal.

Morfina.

La jeringuilla tenía la tapa puesta, pero la ampolla estaba casi vacía.

Aterrorizada, se miró los brazos, las piernas y los pies en busca de marcas de pinchazos.

Nada. Pero ¿de qué tenía miedo? ¿De que Nick la hubiera drogado? ¿De que la hubiera contagiado valiéndose de la sangre infestada de Andrew?

Se llevó la mano al cuello. Nick había intentado estrangularla. Recordaba aún esos últimos instantes en el cuarto de baño, mientras boqueaba febrilmente intentando respirar. Notó el pulso de sus venas bajo los dedos. La piel estaba tumefacta. Bajó la mano, posando la palma sobre el redondo montículo de su vientre. La bajó más aún, muy despacio, y se tocó entre las piernas para ver si tenía manchas de sangre. Cuando apartó la mano, la tenía limpia. Sintió un alivio tan intenso que se quedó sin respiración.

Nick no había conseguido arrancarle otro hijo a golpes.

Esta vez, al menos de momento, estaban a salvo.

Encontró sus calcetines en el suelo, se puso las botas. Se acercó al ventanal que había frente a la cama y abrió las cortinas. Era de noche. Distinguió la silueta del furgón aparcado frente al establo. Los otros dos coches, en cambio, habían desaparecido.

Prestó atención por si oía algún ruido.

Se escuchaban murmullos, dos personas hablando, como mínimo, al otro lado de la casa. Golpes entrecortados. Un estrépito de cazuelas y sartenes.

Se inclinó para abrocharse las botas. Recordó entonces que había hecho aquel mismo gesto días atrás, antes de bajar a hablar con los agentes Barlow y Danberry. Antes de que se marcharan en el Porsche de Jasper sin saber que no volverían. Antes de que Nick la obligara a elegir entre su hermano y él.

«Esos grupos anarquistas se creen que están haciendo lo correcto hasta que acaban todos en prisión o panza arriba en el depósito de cadáveres».

Se abrió la puerta.

Jane no sabía a quién esperaba ver. Desde luego no a Paula, que le ordenó brutalmente:

—Espera en el cuarto de estar.

—¿Dónde está Andrew?

—Ha salido a correr un rato. ¿Dónde cojones crees tú que está?

Cuando se alejó, sus pasos resonaron en el suelo como el golpeteo de dos martillos.

Jane sabía que debía ir en busca de Andrew, pero necesitaba serenarse antes de hablar con su hermano. No debía empañar con reproches sus últimos días u horas de vida.

Cruzó el pasillo y entró en el cuarto de baño. Al sentarse en el váter, rezó por no sentir de nuevo aquel dolor agudo, por no ver manchas de sangre.

Miró la taza.

Nada.

Se fijó en la bañera. Hacía casi cuatro días que no se aseaba como es debido. Notaba la piel como recubierta por una capa de cera, pero no se sentía con fuerzas para buscar el jabón y las toallas. Tiró de la cadena. Evitó mirarse al espejo mientras se lavaba primero las manos y luego la cara con agua templada. Buscó un paño y se lo pasó por las axilas y entre las piernas. Sintió otra oleada de alivio al ver que seguía sin manchar.

«¿Tan tonta eres que pensabas que iba a dejar que te lo quedaras?».

Entró en el cuarto de estar. Buscó el teléfono con la mirada, pero no parecía haber ninguno. De todos modos, llamar a Jasper era absurdo. Todas las líneas de su familia estarían pinchadas. Y, aunque quisiera ayudarla, Jasper tenía las manos atadas. Estaba totalmente sola.

Y había tomado una decisión.

Dedujo por el sonido que habían llevado la tele a la cocina. Pestañeó y el tiempo pareció retroceder. Nick estaba de rodillas delante del televisor, ajustando el volumen, empeñado en que vieran cómo se cataba sus crímenes en beneficio de la nación. Los demás se habían dispuesto a su alrededor como las aspas de un ventilador. Clara estaba sentada en el suelo, observando su energía frenética. Edwin tenía una expresión adusta y vigilante. Paula sonreía de oreja a oreja, mirando a Nick como si fuera Cristo resucitado. Y ella, Jane, permanecía allí de pie, noqueada por la noticia que acababa de darle Clara.

Aun así, se había quedado allí, en la habitación, en lugar de ir en busca de Andrew, porque no quería decepcionar a Nick. Ninguno de ellos quería decepcionarle. Era su mayor temor: no que los detuvieran o los mataran, o los enviaran a prisión para el resto de sus vidas, sino decepcionar a Nick.

Sabía ya que su desafío tendría consecuencias. A fin de cuentas, si Nick la había dejado allí, con Paula, sería por algún motivo.

Apoyó la mano en la puerta batiente de la cocina y escuchó.

Oyó la hoja de un cuchillo golpeando una tabla de cortar. El murmullo de un programa de televisión. Su propia respiración.

Empujó la puerta. La cocina era pequeña y agobiante, con la mesa encajada contra el extremo de la encimera laminada. Aun así, tenía su atractivo. Los armarios metálicos estaban pintados de un alegre tono amarillo y los electrodomésticos eran nuevos.

Andrew estaba sentado a la mesa.

Jane sintió que se le estremecía el corazón al verle. Estaba allí. Aún estaba vivo, aunque la sonrisa que le dedicó dejaba entrever su debilidad.

Le indicó con una seña que bajara el volumen del televisor. Ella giró la rueda sin apartar la vista de él.

¿Sabía lo que le había hecho Nick en el cuarto de baño?

—Te dije que esperaras ahí —dijo Paula mientras aliñaba el guiso puesto al fuego—. Eh, tú, descerebrada, he dicho que…

Jane le hizo un gesto obsceno con el dedo y se sentó de espaldas a ella.

Andrew se rio por lo bajo. Tenía la caja metálica abierta delante de él. Desplegadas sobre la mesa había varias carpetas. La llavecita de la caja descansaba junto a su codo. Un sobre de tamaño grande llevaba la dirección de *Los Angeles Times*. Estaba cumpliendo con su labor, por Nick, a pesar de hallarse a las puertas de la muerte. Seguía siendo un soldado leal.

Jane se esforzó por disimular su pena. Su hermano estaba aún más pálido, si eso era posible. Sus ojos parecían delineados con cera roja. Los labios empezaban a ponérsele azules. Su respiración sonaba como una sierra aserrando un trozo de madera mojada. Debería estar descansando cómodamente en un hospital, no luchando por mantenerse erguido en una dura silla de madera.

—Te estás muriendo —dijo.

—Pero tú no —contestó él—. Nick se hizo las pruebas el mes pasado. Está limpio. Ya sabes que le aterran las agujas. Y en cuanto a lo otro… nunca le ha interesado.

Jane sintió un sudor frío. Ni siquiera se le había ocurrido pero, ahora que la idea se había abierto paso en su cabeza, se estremeció al pensar que si Nick hubiera estado infectado, seguramente no le habría dicho nada. Habrían seguido haciendo el amor, el embarazo habría seguido su curso y ella no habría descubierto la verdad hasta que se la revelara un médico.

O un patólogo forense.

—No va a pasarte nada —le aseguró Andrew—. Te lo prometo.

Aquel no era momento de llamar a su hermano embustero.

—¿Y Ellis-Anne?

—Está bien —dijo Andrew—. Le dije que se hiciera las pruebas en cuanto… —Se interrumpió—. Quería quedarse conmigo. ¿Te lo puedes creer? Pero no podía consentirlo. No habría sido justo. Y además ya estaba todo esto en marcha, así que… —Se interrumpió de nuevo con un largo suspiro—. Barlow, el agente del FBI, me dijo que habían hablado con ella. Sé que estará asustada. Me arrepiento… En fin, me arrepiento de muchas cosas.

Jane no quería que pensara en cosas tristes. Cogió sus manos. Las tenía pesadas, como lastradas por lo que estaba a punto de suceder. El cuello abierto de su camisa dejaba ver las lesiones amoratadas que tenía en el pecho.

No podía quedarse allí, en aquella casa agobiante, con menos de la mitad de una ampolla de morfina. Ella no lo permitiría.

—¿Qué ocurre? —preguntó Andrew.

—Que te quiero.

Andrew nunca había sido muy dado a las efusiones de cariño, pero le apretó las manos y sonrió otra vez para que supiera que él sentía lo mismo.

—Santo Dios —masculló Paula.

Jane se volvió y la miró con desprecio. Estaba cortando un tomate. El cuchillo estaba poco afilado. La piel se rasgaba como el papel.

—¿Ahora os va el incesto o qué? —preguntó Paula.

Jane volvió a darle la espalda.

—Voy a descansar un rato —le dijo Andrew—. ¿De acuerdo?

Ella asintió en silencio. Tendrían más posibilidades de marcharse si Andrew no participaba en la negociación.

—Ponte una bufanda —dijo Paula—. Que no se te enfríe el cuello. Así mejora la tos.

Andrew miró a su hermana levantado una ceja con expresión escéptica mientras trataba de levantarse. No quiso que ella le ayudara.

—No estoy tan mal.

Jane le vio avanzar a trompicones hacia la puerta batiente. Tenía la camisa empapada de sudor y el pelo húmedo por la parte de atrás. Jane solo se dio la vuelta cuando la puerta dejó de oscilar.

Ocupó el sitio de Andrew, en paralelo a Paula, porque no quería estar de espaldas a ella. Contempló las carpetas desplegadas sobre la mesa. Allí estaban las dos cosas que Nick valoraba por encima de todo: la firma de Jasper, que demostraba que su hermano mayor había tomado parte en el fraude, y las *polaroids* sujetas con una goma roja.

—Sé lo que estás pensando —dijo Paula—, y no vais a ir a ninguna parte.

Jane, que no se creía capaz de experimentar ninguna otra emoción, sintió que la embargaba una oleada de odio.

—Solo quiero llevarle al hospital.

—¿Y que la pasma se entere de dónde estamos? —Paula se rio soltando un bufido—. Ya te puedes ir quitando esas botas tan elegantes, porque de aquí no vas a moverte.

Jane volvió la cara, juntó las manos sobre la mesa.

—Tú, descerebrada —Paula se levantó la camiseta para enseñarle la pistola que llevaba metida en la cinturilla de los vaqueros—. No te hagas líos. Porque nada me gustaría más que hacerte seis agujeros en esa cara de pringada que tienes.

Jane miró el reloj de la pared. Eran las diez de la noche. El equipo de Chicago ya estaría en la ciudad. Nick iba camino de Nueva York. Tenía que encontrar la manera de salir de allí.

—¿Dónde están Clara y Edwin? —preguntó.

—Selden y Tucker están en sus puestos.

En el piso de Edwin en la ciudad. Esperando una llamada, en caso de que alguien resultara detenido.

—El Northwestern no puede estar muy lejos de aquí. Es un hospital universitario. Sabrán atender un…

—Está yendo por la I-88, a unos tres cuartos de hora de aquí, pero lo mismo daría que estuviera en la puta luna, porque no vas a ir a ninguna parte, ni él tampoco. —Paula apoyó la mano en la cadera—. Mira, zorra, no pueden hacer nada por él. Tú, que eres tan pijita, estuviste haciendo obras de caridad en una clínica para enfermos de sida. Ya sabes cómo acaba el cuento. El príncipe no vuelve a montar sobre su corcel. Tu hermano se va a morir. Esta misma noche. No va a llegar a mañana.

Al oír sus miedos confirmados, Jane sintió un nudo en la garganta.

—Estará más cómodo en un hospital.

—Para eso ha dejado Nick una ampolla de morfina.

—Está casi vacía.

—Es lo único que encontramos, y podemos darnos por satisfechos. Seguramente bastará y si no… —Se encogió de hombros—. No podemos hacer nada más.

Jane se acordó otra vez de Ben Mitchell, el chico al que había conocido en la clínica. Ansiaba volver a Wyoming para ver a sus padres antes de morir. Sus padres aceptaron por fin que volviera, y Ben pasó sus últimos ocho minutos de vida presa del terror, asfixiándose con sus propios fluidos porque en el hospital rural no quisieron intubarle; tenían demasiado miedo al contagio.

Jane sabía lo horrible que era no poder respirar. No era la primera vez que Nick le apretaba el cuello hasta casi estrangularla. Lo había hecho una vez mientras practicaban el sexo. Y otra la vez anterior que estuvo embarazada. Y de nuevo unas horas antes, cuando había amenazado con matarla. Daba igual cuántas veces sucediera: no había forma de acostumbrarse a la sensación aterradora que producía el no poder llenarse de aire los pulmones. La sangre que inundaba el corazón. El dolor abrasador de los músculos acalambrados. La quemazón de los pulmones. El entumecimiento de manos y pies a medida que el organismo se concentraba en mantenerse con vida, abandonando todas las demás funciones.

—Los médicos pueden sedarle para que no esté consciente cuando llegue lo peor —le dijo a Paula.

—A lo mejor él quiere estar consciente —replicó ella—. A lo mejor quiere enterarse de todo.

—Hablas igual que Nick.

—Voy a tomármelo como un cumplido.

—Pues no lo es. Quiero que te des cuenta de lo que estás haciendo, porque está mal. Todo esto está mal.

—El bien y el mal, como conceptos, son constructos patriarcales ideados para someter al populacho.

Jane volvió la cabeza para mirarla.

—No lo dirás en serio.

—Estás tan ciega que no lo ves. Por lo menos, ahora. —Paula volvió a empuñar el cuchillo y troceó brutalmente un montoncillo de zanahorias—. Te oí hablar con él en la furgoneta. Todas esas mamarrachadas sobre el amor, que si era maravilloso, que cuánto le quieres, que crees de verdad en lo que estamos haciendo… Y luego llegas aquí y le abandonas sin más.

—¿También le oíste en el cuarto de baño, cuando me estaba estrangulando?

—Eso me encantaría oírlo cada día de mi vida.

Un trozo de zanahoria cayó al suelo, junto a Jane.

Si se levantaba, si daba un solo pasito, podía acercarse a ella. Podía arrancarle el cuchillo de la mano, apoderarse de la pistola.

«¿Y luego qué?».

¿Podría matarla? Había una gran diferencia entre despreciar a alguien y acabar con su vida.

—Fue antes de lo de Berlín, ¿verdad? —preguntó Paula de repente, y se señaló la tripa con el cuchillo—. Pensé que te estabas poniendo gorda, pero no caerá esa breva —añadió con un resoplido.

Jane se miró la barriga. ¡Cuánto le había angustiado cómo

decirle a la gente que estaba embarazada! Y todo el mundo parecía haberlo descubierto por sus propios medios.

—No mereces tener un hijo suyo —afirmó Paula.

Jane observó cómo subía y bajaba el cuchillo. Paula no le prestaba atención.

«Levántate, da un paso, coge el cuchillo...».

—Si por mí fuera, te lo sacaría de las entrañas. —Paula la apuntó con la hoja—. ¿Quieres que lo haga?

Trató de fingir que su amenaza no era como una flecha que se le clavaba en el corazón. Tenía que pensar en su bebé. No se trataba solo de Andrew. Si atacaba a Paula y fallaba, podía perder a su niña antes incluso de poder sostenerla en sus brazos.

—No, ya me parecía. —Paula volvió a concentrarse en las zanahorias con una sonrisa.

Jane pegó la barbilla al pecho. Nunca se le había dado bien el conflicto. Prefería quedarse callada y esperar a que escampara la tormenta. Era lo que había hecho siempre con su padre. Lo que hacía con Nick.

Miró el montón de *polaroids* que había encima de la mesa. La de arriba mostraba un desgarrón profundo en su pierna. Se tocó la pierna, aquel mismo lugar, y notó la protuberancia de la cicatriz rosada.

Marca de mordisco.

Recordaba claramente el momento en que fueron tomadas aquellas fotografías. Ella y Nick se quedaron en Palm Springs mientras se curaban sus heridas y contusiones. Nick salió a comer y regresó con la cámara y papel fotográfico.

«Lo siento, amor mío, sé que te duele, pero acabo de tener una idea fantástica».

Andrew tenía por entonces sus dudas acerca del plan. Y era lógico. No quería que Laura Juneau fuera a prisión por agredir a Martin con los paquetes de tinta roja. Le preocupaba especialmente herir su orgullo. A pesar de las palizas, de las decepciones y hasta de las cosas horribles que Nick había destapado mientras trabajaba en Servicios Sanitarios Queller, aún le tenía cierto cariño a su padre.

Después, cuando regresaron de Palm Springs, Nick le enseñó las *polaroids*.

«Mira lo que le ha hecho tu padre a tu hermana. Tenemos que hacerle pagar por esto. Martin Queller tiene que pagar por todos sus pecados».

Nick había dado por sentado que ella le seguiría la corriente, ¿y por qué no iba a hacerlo? ¿Por qué iba a revelarle a su hermano que era él, Nick, quien le había destrozado la cara a golpes, quien le había arrancado la piel con los dientes, quien la había golpeado en el estómago hasta que le manó sangre entre las piernas y perdió el bebé que esperaba?

«Sí, ¿por qué?».

Dejó las *polaroids* dentro de la caja metálica. Se limpió las manos sudorosas en la pernera de los pantalones. Se acordó de su conversación con el agente Danberry en el jardín. En menos de una semana, la policía había calado a Nick.

«Convenció a su círculo cercano de que era más listo de lo que era en realidad. Más astuto de lo que era».

—Antes tenía celos de ti —prosiguió Paula—. ¿Lo sabías?

Jane agrupó las carpetas y las metió en la caja.

—No me digas.

—Sí, bueno. —Paula se puso a picar un tomate usando un cuchillo de carne—. Cuando te conocí, lo primero que pensé fue: «¿Qué pinta aquí esa zorra engreída? ¿Por qué quiere cambiar toda esta mierda cuando esta mierda la beneficia?».

Jane ya no tenía respuesta a esa pregunta. Había odiado a su padre. Ese había sido el principio. Martin la había violado siendo niña, le había dado palizas en la adolescencia, la había aterrorizado cuando tenía veinte años, y Nick le había ofrecido el modo de pararle los pies. No por sí misma, sino por otros. Por Robert Juneau. Por Andrew. Por los demás pacientes a los que había hecho sufrir. Ella por sí sola no tenía fuerzas para apartarse de Martin. Por eso Nick había ideado un plan para arrancarle de su lado.

Se llevó la mano a la boca. Le dieron ganas de reír al darse cuenta de que Nick había hecho exactamente lo mismo con Andrew: se había servido de las *polaroids* para blandir como un arma la ira que sintió su hermano al verlas.

Eran como yoyós que él podía manejar con un golpe de muñeca.

—Andy también lo tiene todo —añadió Paula—, pero él por lo menos tiene mala conciencia, ¿sabes? Le cuesta aceptarlo. —Arrancó con los dientes el envoltorio de plástico de un manojo de apio—. Tú, en cambio, no tienes ningún problema con eso, pero imagino que así sois las chicas como tú, ¿no? Con vuestros colegios caros, vuestra ropa de lujo y vuestro pelo ideal. Os educan desde pequeñitas para que no tengáis que enfrentaros nunca a nada. Sabéis qué tenedores usar, quién pintó la Monalisa y blablablá. Pero en el fondo os pudrís de pura rabia —concluyó cerrando los puños con fuerza.

Jane nunca se había considerado una persona rabiosa, pero ahora se daba cuenta de que la rabia había alentado siempre dentro de su ser, por debajo del miedo.

—La rabia es un lujo.

Paula se rio y comenzó a picar el apio.

—La rabia es un puto narcótico. Por eso me mola tanto Nick. Porque me ayudó a convertir mi rabia en poder.

Jane levantó las cejas.

—Estás cuidando de su novia mientras él anda por ahí poniendo bombas.

—Cállate la puta boca. —Arrojó el cuchillo sobre la encimera—. Te crees muy lista, ¿eh? ¿Te crees mejor que yo? —Al ver que Jane no respondía añadió—: Mírame, descerebrada. Dímelo a la cara. Di que eres mejor que yo. A ver si te atreves.

Jane se puso de lado en la silla para mirarla de frente.

—¿Alguna vez te has follado a Nick?

Paula se quedó boquiabierta. Evidentemente, le había sorprendido la pregunta.

Jane ignoraba a qué venía aquello, pero aun así decidió seguir adelante:

—No pasa nada si te lo has tirado. Estoy casi segura de que a

Clara se la ha tirado. —Jane se rio, porque ahora lo veía con toda claridad—. Siempre le han atraído las mujeres frágiles y famosas. Y las mujeres frágiles y famosas siempre se sienten atraídas por él.

—Eso es una gilipollez.

A Jane la asombró descubrir que no sentía ni un ápice de celos al pensar en Nick y en Clara juntos. ¿Por qué no le molestaba? ¿Y por qué, en cambio, envidiaba a Clara por haber conseguido obtener de Nick lo que quería sin perderse a sí misma en el empeño?

—Apuesto a que contigo no ha follado —le dijo a Paula, y adivinó por su expresión dolida que estaba en lo cierto—. No es que no pudiera hacerlo si fuera necesario, pero tus necesidades afectivas son tan evidentes, tan descaradas, que en tu caso era mucho más eficaz no ofrecerte ninguna muestra de cariño. ¿Verdad que sí? Además, así tienes una archienemiga para el melodrama que te has montado, es decir, yo, porque soy lo único que te impide estar con él.

A Paula empezó a temblarle la barbilla.

—Cállate.

—Uno de los agentes del FBI dio en el clavo hace días. Dijo que Nick no era más que un embaucador que había montado una secta para poder tirarse a chicas guapas y jugar a ser Dios con sus amiguitos.

—He dicho que cierres la puta boca —le espetó Paula, pero su tono ya no sonaba tan bravucón. Apoyó las manos en el borde de la encimera. Le corrían lágrimas por las mejillas. Meneaba la cabeza—. Qué sabrás tú. No sabes nada de nosotros.

Jane cerró la tapa de la caja metálica. Tenía un asa pequeña a un lado, demasiado estrecha para la mano de Andrew. La suya, en cambio, pasó sin ninguna dificultad por el hueco.

Se levantó de la mesa.

Paula echó mano del cuchillo en el instante en que empezaba a volverse.

Jane dio un paso adelante. Le golpeó con la caja en la cabeza. *¡Pum!*

Como el disparo de una pistola de juguete.

Paula abrió la boca.

Soltó el cuchillo.

Cayó al suelo desplomada.

Jane se inclinó sobre ella y le palpó el cuello. El pulso era firme. Le abrió los párpados. El ojo izquierdo estaba blanco como la leche, pero la pupila del derecho reaccionó dilatándose al captar la luz desabrida del techo.

Empujó la puerta batiente, con la caja bajo el brazo. Cruzó el cuarto de estar y recorrió el pasillo. Andrew dormía en la habitación. La ampolla de morfina estaba vacía. Le zarandeó diciendo:

—Andy. Andy, despierta.

Su voz le hizo volverse, con mirada vidriosa.

—¿Qué pasa?

A Jane solo se le ocurrió una mentira que pudiera hacerle reaccionar.

—¿No has oído el teléfono? Ha llamado Nick. Tenemos que irnos enseguida.

—¿Dónde está…? —Andrew luchó por incorporarse—. ¿Dónde está Paula?

—Se ha largado. Había otro coche aparcado en la carretera —contestó ella mientras trataba de levantarle—. Tengo la caja. Nos tenemos que marchar, Andrew. Enseguida. Nick ha dicho que nos vayamos cuanto antes.

Él trató de levantarse. Jane tuvo que ayudarle a ponerse en pie. Estaba tan delgado que apenas le costó esfuerzo.

—¿Adónde vamos? —preguntó.

—Tenemos que darnos prisa. —Casi se le cayó la caja mientras le acompañaba por el pasillo.

Salieron por la puerta delantera. El camino hasta la furgoneta se le hizo eterno. Debería haber amordazado a Paula. Haberla atado. ¿Cuánto tiempo tardaría en volver en sí y ponerse a gritar? ¿Querría marcharse Andrew si pensaba que estaban traicionando a Nick y sus planes?

No podía correr ese riesgo.

—Vamos —le suplicó—. Sigue adelante. Puedes dormir en la furgoneta, ¿de acuerdo?

—Sí —alcanzó a contestar él entre roncos estertores.

Jane tuvo que llevarle a rastras los últimos metros. Le apoyó contra la furgoneta, sosteniéndole con la rodilla para que no se le doblaran las piernas, y abrió la puerta. Estaba abrochándole el cinturón de seguridad cuando se acordó.

Las llaves.

—Quédate aquí.

Volvió corriendo a la casa. Empujó la puerta de la cocina. Paula estaba a gatas, sacudiendo la cabeza como un perro.

Sin pararse a pensar, Jane le dio una patada en la cara.

Paula dejó escapar un soplido y se desplomó.

Le palpó los bolsillos hasta encontrar las llaves. Estaba a medio camino de la furgoneta cuando se acordó de la pistola que Paula llevaba en la cinturilla. Podía volver a buscarla, pero ¿para qué? Era mejor marcharse que arriesgarse y darle a Paula otra oportunidad de detenerlos.

—Jane... —dijo Andrew cuando se sentó al volante—. ¿Cómo... cómo nos han...?

—Selden —contestó ella—. Clara. Se ha rajado. Ha cambiado de idea. Nick ha dicho que tenemos que darnos prisa.

Arrancó marcha atrás y pisó a fondo el acelerador al enfilar el camino de entrada. Miró por el retrovisor. Solo vio polvo. Mientras conducía por los sinuosos caminos de más allá de la granja, sentía aún cómo le latía el corazón en la garganta. Solo cuando llegaron a la carretera interestatal volvió a respirar con normalidad. Echó un vistazo a Andrew. Tenía la cabeza caída hacia un lado. Fue contando su respiración anhelosa, el penoso vaivén de su pecho al inhalar el aire.

Por primera vez desde hacía casi dos años, se sintió en paz. Una extraña serenidad la embargaba. Estaba haciendo lo correcto. Después de llevar tanto tiempo entregada a la locura de Nick, por fin había recuperado la lucidez.

Solo había estado una vez en el Northwestern Hospital. Estaba en medio de una gira y sufrió una otitis. Pechenikov la llevó a urgencias. Revoloteaba a su alrededor, agobiado, y les decía a las enfermeras que era la paciente más importante que tendrían jamás. Ella puso cara de fastidio al oír aquel cumplido, pero en su fuero interno se sintió feliz porque la trataran con tanto cuidado. Había querido mucho a Pechenikov, no solo como maestro, sino porque era un hombre honrado y cariñoso.

Posiblemente por eso Nick la había obligado a deshacerse de él.

«¿Por qué lo dejaste?».

«Porque mi novio estaba celoso de un setentón homosexual».

Una ambulancia la adelantó a toda velocidad por la derecha. La siguió hasta el desvío. Vio el letrero del Northwestern Memorial Hospital brillar a lo lejos.

—¿Jane? —La sirena de la ambulancia había despertado a Andrew—. ¿Qué estás haciendo?

—Nick me ha dicho que te lleve al hospital.

Puso el intermitente, esperó a que cambiara el semáforo.

—Jane… —Su hermano empezó a toser. Se tapó la boca con las dos manos.

—Estoy haciendo lo que me ha dicho Nick —mintió ella. Le temblaba la voz. Tenía que mantenerse fuerte. Ya casi habían llegado—. Me ha hecho prometérselo, Andrew. ¿Quieres que incumpla la promesa que le he hecho a Nick?

—Tú no… —Andrew se interrumpió para tomar aliento—. Sé lo que estás… Que Nick no ha…

Jane le miró. Su hermano alargó la mano hacia ella, le tocó el cuello suavemente.

Ella se miró en el retrovisor, vio los hematomas que Nick le había hecho en el cuello. Andrew sabía lo que había pasado en el baño. Que había elegido quedarse con él.

Comprendió de pronto que Nick debía de haberle dado el mismo ultimátum a él. Andrew no se había ido a Nueva York. Se había quedado en la granja, con ella.

—Valiente pareja hacemos, ¿eh? —le dijo a su hermano.

Él cerró los ojos.

—No podemos —dijo—. Nuestras caras… en las noticias… la policía…

—No importa.

Masculló una maldición dirigida contra el semáforo en rojo y se maldijo luego a sí misma. La furgoneta era el único vehículo a la vista, era de madrugada y ella estaba respetando las normas de tráfico.

Pisó el acelerador y se saltó el semáforo.

—Jane… —dijo Andrew, y un nuevo acceso de tos le obligó a interrumpirse—. N-no puedes hacer esto. Te cogerán.

Ella torció a la derecha y siguió otra señal azul con una «H» blanca en el centro.

—Por favor. —Su hermano se frotó la cara con las manos como hacía cuando era niño y las cosas se volvían tan frustrantes que se sentía incapaz de afrontarlas.

Jane se saltó otro semáforo en rojo. Iba en piloto automático. Volvía a sentirse embotada por dentro. Era una máquina, igual que la furgoneta, un vehículo que llevaba a su hermano al hospital para que pudiera morir en paz mientras dormía.

Andrew volvió a intentarlo.

—Por favor, escucha lo que… —Otro ataque de tos, sin ronquera, solo un ruido sibilante, como si tratara de absorber aire por un junco.

—Intenta no esforzarte —dijo ella.

—Jane —susurró él—. Tienes que dejarme y marcharte. No puedes permitir que te cojan. Tienes que… —Volvió a toser. Se miró la mano. Estaba manchada de sangre.

Jane se tragó su pena. Iba a llevarle al hospital. Le intubarían para ayudarle a respirar. Le darían fármacos que le harían dormir. Aquella era probablemente la última conversación que tendrían.

—Lo siento, Andy —le dijo—. Te quiero.

Tenía los ojos acuosos. Le corrían lágrimas por la cara.

—Sé que me quieres. Incluso cuando me odiabas, sé que me querías.

—Yo nunca te he odiado.

—Te perdono, pero... —Tosió—. Perdóname tú también. ¿De acuerdo?

Jane intentó que la furgoneta fuera más deprisa.

—No tengo nada que perdonarte.

—Yo lo sabía, Janey. Sabía quién era. Lo que era. Es... —añadió con un hilo de voz—. Culpa mía. Culpa mía. Estoy tan...

Jane le miró, pero su hermano tenía los ojos cerrados. Su cabeza se mecía adelante y atrás con el traqueteo de la furgoneta.

—¿Andrew?

—Yo lo sabía —farfulló él—. Lo sabía.

Jane dio un volantazo hacia la izquierda. Le dio un vuelco el corazón al ver el luminoso del hospital en la entrada de urgencias.

—¿Andy? —preguntó, angustiada. Ya no le oía respirar. Le tocó la mano. Su carne estaba fría como el hielo—. Ya casi hemos llegado, cariño. Aguanta un poco.

Andrew pestañeó un instante, abrió los ojos.

—Véndele —dijo, y otro acceso de tos ahogó su voz—. Véndele.

—Andy, no hables. —El letrero del hospital estaba cada vez más cerca—. Ya casi hemos llegado. Aguanta, cariño mío. Aguanta solo un momento más.

—Véndelos a todos.

Pestañeó de nuevo. Clavó la barbilla en el pecho. Solo el sonido sibilante que hacía al respirar entre dientes convenció a Jane de que aún seguía vivo.

El hospital.

Estuvo a punto de perder el control del volante cuando las ruedas chocaron contra el bordillo. La furgoneta derrapó. A duras penas consiguió detenerse delante de la entrada de urgencias. Dos celadores fumaban en un banco cercano.

—¡Ayuda! —gritó al salir de la furgoneta—. ¡Ayuden a mi hermano, por favor!

Los hombres ya se habían levantado. Uno de ellos entró corriendo en el hospital. El otro abrió la puerta de la furgoneta.

—Tiene… —Jane se interrumpió—. Está contagiado de…

—Ya te tengo. —El hombre rodeó los hombros de Andrew con el brazo y le ayudó a bajar—. Venga, chaval. Aquí vamos a cuidarte bien.

Las lágrimas de Jane, secas desde hacía tiempo, fluyeron de nuevo.

—Ya está, muy bien —le dijo el celador a Andrew. Parecía tan amable que a Jane le dieron ganas de caer de rodillas y besarle los pies—. ¿Puedes andar? Vamos a ese banco y…

Andrew buscó a su hermana con la mirada.

—¿Dónde…?

—Estoy aquí, cariño mío.

Acarició su cara, besó su frente. Él alargó la mano. Tocó la suave redondez de su vientre.

—Véndele —susurró—. Véndelos a todos.

El otro celador cruzó a toda prisa la puerta llevando una camilla. Entre los dos levantaron a Andrew. Era tan ligero que apenas les costó tumbarle en la camilla. Andrew mantuvo los ojos fijos en Jane.

—Te quiero —dijo.

Los celadores comenzaron a llevarse la camilla. Andrew mantuvo los ojos fijos en ella todo el tiempo que pudo.

Las puertas del hospital se cerraron.

Jane vio a través del cristal cómo le introducían al fondo de la sala de urgencias. Las puertas dobles se abrieron. Acudió un enjambre de enfermeras y doctores. Las puertas volvieron a cerrarse y Andrew desapareció.

«Te cogerán».

Aspiró el aire fresco de la noche. Nadie salió del hospital empuñando una pistola, nadie le dijo que se tirara al suelo. Ninguna de las enfermeras hablaba por teléfono detrás del mostrador.

Estaba a salvo. Andrew estaba siendo atendido. Podía marcharse ya. Nadie sabía dónde estaba. Nadie podía encontrarla, a menos que ella quisiera.

Regresó sin prisa a la furgoneta. Cerró la puerta del lado del copiloto. Volvió a sentarse al volante. El motor seguía en marcha. Trató de recordar todo lo que había dicho Andrew. Instantes antes estaba hablando con su hermano. Ahora sabía que nunca más volvería a oír su voz.

Arrancó.

Condujo sin rumbo fijo. Dejó atrás el aparcamiento de urgencias, la entrada al aparcamiento del hospital, la de la universidad, la del centro comercial que había al final de la calle.

«Canadá. El falsificador».

Podía crearse una nueva vida para sí misma y para su niña. Probablemente los doscientos cincuenta mil dólares en metálico seguían en la parte de atrás de la furgoneta. La neverita. El termo con agua. El paquete de longanizas secas. La manta. El colchón. Toronto estaba a poco más de ocho horas de camino. Bordear Indiana por el norte, atravesar Michigan y luego a Canadá. Ese era el plan, después de que Nick volviera triunfante de Nueva York. Pasarían unas semanas en la granja, mientras amainaba la tormenta que desencadenarían los atentados, y luego se marcharían a Canadá, pagarían al falsificador de East Kelly Street para que les facilitara nueva documentación y volarían a Suiza.

Nick lo tenía todo previsto.

Sonó un claxon detrás de ella. Se sobresaltó al oírlo. Se había parado en medio de la carretera. Miró por el retrovisor. El conductor agitó el puño, indignado. Jane se disculpó con una seña y pisó el acelerador.

El conductor airado la adelantó sin más propósito que el de demostrar que podía hacerlo. Jane avanzó unos metros más, luego redujo la marcha y siguió la señal que indicaba un aparcamiento de larga estancia. La temperatura dentro de la furgoneta descendió mientras bajaba la espiral que formaba la rampa. Encontró un sitio entre dos turismos, en el nivel inferior. Aparcó reculando. Echó un vistazo para asegurarse de que nadie la observaba. No había cámaras en las paredes, ni espejos polarizados.

La preciada caja metálica de Nick estaba en el suelo, entre los asientos. Jane se la puso bajo el brazo como hacía siempre su hermano y, agachándose, pasó a la parte de atrás de la camioneta. El candado colgaba del arcón atornillado al suelo.

6–12–32.

Todos conocían la combinación.

El dinero seguía allí. El termo. La nevera. El paquete de longanizas.

Jane guardó la caja de Nick junto a las otras cosas. Cogió trescientos dólares y cerró la tapa del arcón. Giró el bombín de la cerradura. Salió de la furgoneta. Se acercó a la parte de atrás.

El parachoques trasero estaba hueco por dentro. Jane dejó apoyada la llave sobre su borde. Luego, subió andando por la rampa sinuosa. A esas horas no había nadie atendiendo la caseta de control, solo un montón de sobres y un buzón. Anotó el número de la plaza que ocupaba la furgoneta y metió los trescientos dólares en un sobre, suficiente para tenerla aparcada un mes.

Al salir al exterior, siguió la brisa fría hasta el lago Michigan. Su fina blusa ondeaba al viento. Se acordó de la primera vez que visitó Milwaukee, para dar un concierto en el Centro de Artes Escénicas. Pensó que el avión había pasado de largo y había llegado al Atlántico; incluso a veinte mil pies de altitud se veía la ribera del inmenso lago. Pechenikov le contó entonces que toda la isla de Gran Bretaña cabría dentro del lago sin que sus bordes llegaran a tocar las orillas.

De pronto se sintió embargada por una profunda y amarga oleada de tristeza. Una parte de su ser siempre había creído, o esperado, que algún día volvería a actuar. Que regresaría con Pechenikov. Ya no lo creía. Sus tiempos como concertista habían terminado. Seguramente nunca volvería a coger un avión. Ya nunca saldría de gira, ni volvería a actuar.

Se rio al cobrar súbitamente conciencia de una cosa: las últimas notas que había tocado al piano eran los primeros, entrecortados compases de *Take on me* de A-ha.

La sala de espera del hospital estaba abarrotada. Reparó entonces en el aspecto que debía presentar. Hacía días que no se lavaba el pelo. Llevaba la ropa manchada de sangre y parecía tener la nariz rota. Su cuello estaba rodeado de negros hematomas. Posiblemente tenía el blanco de los ojos salpicado de puntos rojizos, por los capilares rotos. Advirtió la mirada interrogadora de las enfermeras.

¿Una mujer maltratada? ¿Una yonqui? ¿Una prostituta?

El de hermana era el único título que le quedaba. Encontró a Andrew detrás de una cortina, al fondo de la sala de urgencias. Por fin le habían intubado. Se alegró de que pudiera respirar, pero comprendió que nunca más volvería a oír su voz. Su hermano no volvería a tomarle el pelo, ni a gastar una broma sobre su peso, ni conocería al bebé que crecía en su vientre.

Lo único que podía hacer ya por él era sostener su mano y escuchar cómo el monitor iba marcando el latido cada vez más lento de su corazón. No soltó su mano mientras le conducían al ascensor, ni cuando le llevaron a una habitación de la UCI. Se negó a apartarse de su lado incluso cuando las enfermeras le dijeron que las visitas solo podían quedarse veinte minutos.

No había ventanas en la habitación. Los únicos cristales eran el de la ventana y el de la puerta corredera que comunicaba con el puesto de enfermeras. Como nunca había tenido noción del tiempo, no supo cuánto había transcurrido cuando alguien (una enfermera, un médico, un celador) reconoció por fin sus caras. El tono de las voces cambió. Luego, un policía apareció al otro lado de la puerta de cristal cerrada. No entró. Nadie entró en la pequeña habitación de Andrew, salvo una enfermera de cuidados intensivos que no se mostró, ni mucho menos, tan parlanchina como antes. Jane esperó una hora, y luego otra, y después perdió la cuenta. No aparecieron agentes de la CIA, de la NSA, el Servicio Secreto, el FBI o la Interpol. Nadie la detuvo cuando apoyó la cabeza junto a la de Andrew, sobre la cama.

Acercó los labios a su oído. ¿Cuántas veces había hecho aquello mismo Nick con ella, acercar la boca a su oído, susurrarle algo que la hizo creer que ellos dos eran las únicas personas que importaban en el mundo?

—Estoy embarazada —le dijo a su hermano, pronunciando por primera vez aquellas palabras en voz alta—. Y soy feliz. Soy muy feliz, Andy, porque voy a tener un bebé.

Los ojos de Andrew se movieron bajo los párpados, pero la enfermera le había advertido que no se lo tomara como una buena señal. Su hermano estaba en coma. No volvería a despertar. Era imposible saber si sentía su presencia. Pero Jane sabía que estaba allí, y eso era lo único que importaba.

«No permitiré que nadie vuelva a hacerte daño».

—¿Jinx?

Su hermano mayor estaba de pie en la puerta. Debería haber adivinado que Jasper llegaría en algún momento. Siempre había acudido en su rescate. Le dieron ganas de levantarse y abrazarle, pero no tuvo fuerzas. Jasper parecía igual de agarrotado y rígido cuando cerró la puerta corredera. El policía inclinó ligeramente la cabeza antes de cruzar el pasillo y dirigirse al puesto de enfermeras. El uniforme de la Fuerza Aérea imponía, pese a estar arrugado. Jasper, evidentemente, no se había cambiado de ropa desde la última vez que se habían visto, en el salón de la casa de Palisades.

Se volvió hacia ella, la boca crispada en una línea recta. Jane se sintió enferma de remordimientos. Jasper tenía la tez ceniciienta. El pelo apelmazado por la parte de atrás. La corbata torcida. Debía de haber venido directamente desde el aeropuerto después del vuelo de cuatro horas desde San Francisco.

Cuatro horas en avión. Treinta horas en la furgoneta. Doce horas hasta Nueva York.

Nick ya tenía que estar en Brooklyn.

—¿Estás bien? —preguntó Jasper.

Si le hubieran quedado lágrimas, Jane se habría echado a llorar. Se aferró a la mano de Andrew y le tendió la otra a Jasper.

—Me alegro de que estés aquí.

Él apretó sus dedos un momento. Luego los soltó. Retrocedió unos pasos. Se apoyó contra la pared. Ella esperaba que le preguntara si había tomado parte en el asesinato de Martin, pero su hermano dijo:

—Ha estallado una bomba en la bolsa de Chicago.

La información sonó rara viniendo de su boca. Llevaban mucho tiempo planeándolo y al fin había sucedido.

—Hay al menos una persona muerta —prosiguió Jasper—. Y otra en estado crítico. La policía cree que estaban intentando colocar el detonador cuando estalló la bomba.

«Spinner y Wyman».

—Por eso no hay un enjambre de policías rondando por aquí —le explicó él—. Están todos allí, revolviendo cascotes por si acaso hay más víctimas.

Jane apretó con fuerza la mano de Andrew. Su hermano tenía la cara laxa, la piel del mismo color que las sábanas.

—Jasper —dijo—, Andy se…

—Sé lo de Andrew —contestó su hermano en un tono monocorde, indescifrable. No había mirado a Andrew ni una sola vez desde su llegada—. Tenemos que hablar. Tú y yo.

Jane sabía que iba a preguntarle por Martin. Miró a Andrew porque no quería la esperanza, y acto seguido la decepción y el asco reflejados en el rostro de su hermano mayor.

—Nick es un farsante —dijo él—. Ni siquiera se llama Nick.

Jane volvió la cabeza bruscamente.

—Ese agente del FBI, Danberry, me ha dicho que su verdadero nombre es Clayton Morrow. Le han identificado por las huellas dactilares que había en tu habitación.

Jane se quedó sin habla.

—El verdadero Nicholas Harp murió de una sobredosis hace seis años, en su primer día en Stanford. He visto el certificado de fallecimiento. Fue heroína.

«¿El verdadero Nicholas Harp?».

—Su camello, Clayton Morrow, suplantó su identidad. ¿Entiendes lo que te estoy diciendo, Jinx? Nick no es Nick en realidad. Se llama Clayton Morrow. Se apropió de la identidad de un muerto. Puede incluso que fuera él quien suministró a Harp la dosis que le mató. ¿Quién sabe de lo que es capaz?

«¿Apropiarse de la identidad de un muerto?».

—Clayton Morrow se crio en Maryland. Su padre era piloto de Eastern Airlines. Su madre era la presidenta de la Asociación de Padres y Profesores. Tiene cuatro hermanos más pequeños y una hermana. La policía del estado cree que asesinó a su novia. Tenía el cuello roto. Le dieron una paliza tan brutal que tuvieron que utilizar registros dentales para identificar su cadáver.

«Tenía el cuello roto».

—Jinx, necesito que me digas que entiendes lo que te estoy diciendo. —Jasper se deslizó pared abajo para ponerse a su altura y apoyó los codos en las rodillas—. El hombre al que conoces como Nick nos ha mentido. Nos ha engañado a todos.

—Pero... —Jane se esforzó por entender lo que le estaba diciendo—. El agente Barlow nos dijo en el salón que su madre le había mandado a California para que viviera con su abuela. Es lo mismo que nos dijo Nick.

Jasper hizo un esfuerzo por controlar su exasperación.

—La madre del verdadero Nick le mandó al oeste. Dejó embarazada a una chica donde vivía. No quería que cargara con eso. Le mandaron a California para que viviera con su abuela. Eso es cierto, lo del traslado, pero lo demás es mentira, un embuste para que nos compadeciéramos de él.

Jane no formuló más preguntas porque todo aquello le parecía una ficción. La madre prostituta. La abuela maltratadora. El año viviendo como un indigente. Su admisión triunfal en Stanford.

—¿No comprendes —dijo Jasper— que Clayton Morrow utilizó parte de la historia del verdadero Nick para dar verosimilitud a las mentiras que nos contó? —Esperó, pero Jane siguió guardando silencio—. ¿Me estás oyendo, Jinx? Nick, o Clayton Morrow, o quien sea, era un fraude. Nos ha mentido a todos. No era más que un camello y un estafador.

«Era un timador de tres al cuarto que había montado una secta para poder acostarse con chicas guapas y jugar a ser Dios con sus amiguitos».

Jane sintió que un ruido se abría paso por su garganta. No era un gemido de dolor, sino una carcajada. La oyó rebotar por la pequeña habitación, incongruente en medio de las máquinas y las bombonas. Se tapó la boca. Le corrían lágrimas por las mejillas. Reía tan fuerte que se le encogieron los músculos del estómago.

—Dios. —Jasper volvió a levantarse. La miraba como si estuviera loca—. Jinx, esto es muy serio. Vas a ir a prisión si no llegas a un acuerdo con las autoridades.

Ella se enjugó los ojos. Miró a Andrew, tan próximo a la muerte que su carne era casi traslúcida. Aquello era lo que había intentado decirle en la furgoneta. El verdadero Nick había sido compañero suyo de habitación en Stanford. No le costó imaginarse a Nick persuadiendo a su hermano de que le siguiera el juego, como no le costaba imaginarse a Andrew haciendo todo lo posible por ganarse la amistad del camello de su compañero muerto.

Volvió a limpiarse los ojos. Apretó con fuerza la mano de Andrew. Ahora ya nada de eso importaba. Se lo perdonaba todo, igual que él la había perdonado a ella.

—¿Se puede saber qué te pasa? —preguntó Jasper—. Te estás riendo del cabrón que mató a nuestro padre.

Por fin, el meollo de la cuestión.

—A nuestro padre lo mató Laura Juneau.

—¿Y crees que hay alguien en esa puta secta suya que mueva un dedo sin que él lo ordene? —replicó Jasper apretando los dientes—. Esto es muy serio, Jinx. Espabila. Si quieres tener alguna oportunidad de llevar una vida normal, vas a tener que darle la espalda a la tropa.

«¿A la tropa?».

—Ya han detenido a esa imbécil de San Francisco. Robó un coche y disparó a un agente de policía. —Jasper se aflojó la corbata mientras se paseaba por el cuartito—. Tienes que confesar antes de que lo haga ella. Harán un trato con la primera persona que se muestre dispuesta. Si queremos salvar tu vida, tenemos que actuar deprisa.

Jane observó el deambular nervioso de su hermano. Jasper sudaba a chorros. Parecía trastornado, lo que sería lógico en cualquier otra persona. Pero la mayor virtud de Jasper era su capacidad para conservar siempre la calma. Jane podía contar con los dedos de una mano las veces que su hermano mayor había perdido los nervios.

Por primera vez desde hacía horas, soltó la mano de Andrew. Se levantó para arroparle bien con la manta. Besó su frente fría. Deseó por un instante poder ver el interior de su mente. Estaba claro que su hermano sabía mucho más que ella.

—Los has llamado «tropa» —dijo.

Jasper dejó de pasearse.

—¿Qué?

—Estuviste quince años en la Fuerza Aérea. Sigues en la Reserva. No degradarías ese término empleándolo para designar a los miembros de una secta. —Se imaginó a Nick dando palmadas, preparándose para lanzar una de sus arengas—. Así nos llamaba Nick. Su tropa.

Jasper podría haber reaccionado fingiéndose escandalizado, pero, sin poder evitarlo, lanzó una mirada nerviosa al policía del otro lado del pasillo.

—Tú lo sabías —afirmó ella—. Lo de Oslo, al menos.

Él negó con la cabeza, pero era lógico que Nick hubiera encontrado la forma de hacerle partícipe de aquella locura. Jasper había dejado la Fuerza Aérea para dirigir la compañía. Martin le prometía constantemente que iba a retirarse pero, a la hora de la verdad, siempre encontraba una excusa para seguir al frente de la empresa.

—Dime la verdad, Jasper —dijo ella—. Necesito oírtelo decir.

—Calla —susurró, y se acercó a ella hasta casi pegar su cara a la suya—. Estoy intentando ayudarte a salir de esta.

—¿Diste dinero? —preguntó Jane.

Mucha gente había donado dinero para la causa. Y, de todos ellos, Jasper era el único que podía obtener un beneficio personal de la humillación pública de Martin.

—¿Por qué iba a darle dinero a ese capullo? —replicó él.

Su petulancia le delató. Jane le había visto utilizarla como un arma toda su vida, aunque nunca antes la hubiera dirigido contra ella.

—Sacar la empresa a bolsa habría sido mucho más lucrativo si papá se veía obligado a dimitir —le dijo—. Con todos esos artículos y esos discursos sobre la Corrección Queller, era demasiado polémico.

Jasper tensó la mandíbula. Jane comprendió por su expresión que estaba en lo cierto.

—Nick te estaba chantajeando —aventuró.

La ridícula caja metálica con los trofeos de Nick... ¡Cuánto debía haber gozado al decirle a Jasper que había robado aquellos informes delante de sus narices!

—Dime la verdad, Jasper.

Su hermano volvió a mirar al policía, que seguía al otro lado del pasillo hablando con una enfermera.

—Estoy de tu parte —añadió ella—, me creas o no. Nunca te he deseado ningún mal. Me enteré de lo de los papeles justo antes de que todo se fuera al infierno.

Jasper carraspeó.

—¿Qué papeles?

Ella sintió el impulso de levantar los ojos al cielo. Aquel juego era absurdo.

—Nick robó informes que llevaban tu firma. Facturas verificadas de pacientes que estaban muertos, como Robert Juneau, o los que ya habían abandonado el programa. Eso es un fraude. Nick te tenía atrapado y sé que lo utilizó para...

La expresión de pasmo de Jasper resultó casi cómica. Levantó las cejas. Dejó ver por completo el blanco de sus ojos. Su boca formó un círculo perfecto.

—¿No lo sabías?

Mientras formulaba la pregunta, Jane adivinó cuál era la respuesta. Nick había manipulado a su hermano por partida doble. No se había contentado con aceptar su dinero. Tenía que hacer pagar a Jasper por humillarle en la mesa de la cena, por mirarle por encima del hombro, por hacer preguntas malintencionadas acerca de su pasado, por poner en evidencia que no era «uno de los nuestros».

—Santo Dios. —Jasper apoyó las manos en la pared. Se había puesto completamente blanco—. Creo que voy a vomitar.

—Lo siento, Jasper, pero no te preocupes, no pasa nada.

—Iré a la cárcel, me…

—No vas a ir a ninguna parte. —Jane le frotó la espalda, intentando tranquilizarle—. Jasper, tengo los…

—Por favor. —Su hermano la agarró de los brazos, desesperado—. Tienes que apoyarme. Diga lo que diga Nick, tienes que…

—Jasper, tengo…

—Cállate, Jinx. Escúchame. Podemos decir… podemos decir que fue Andrew, ¿de acuerdo? —Por fin miró a su hermano, que agonizaba a unos pasos de distancia—. Les diremos que fue todo cosa de Andrew.

Jane se concentró en el dolor que le causaban sus dedos clavándosele en la piel.

—Que falsificó mi firma en esos informes —prosiguió Jasper en tono decidido—. No sería la primera vez. Falsificaba la firma de papá en las notas del colegio, en los cheques, en los recibos de la tarjeta de crédito… Tiene un largo historial, tenemos pruebas. Sé que papá lo guardaba todo en la caja fuerte. Estoy seguro de que…

—No —le atajó ella con firmeza para hacerse oír—. No voy a permitir que le hagas eso a Andrew.

—Se está muriendo, Jinx. ¿Qué importa?

—Importa su recuerdo. Su reputación.

—¿Tú estás loca o qué, joder? —Jasper la zarandeó tan fuerte que le entrechocaron los dientes—. El recuerdo de Andrew es como el de todos esos. Era un maricón, y va a morirse como un maricón.

Jane intentó desasirse, pero Jasper la sujetó con fuerza.

—¿Sabes cuántas veces tuve que rescatarle de algún maricón de Tenderloin? ¿Cuánto dinero tuve que darle para que pagara a los chulos que amenazaban con decírselo a papá?

—Ellis-Anne…

—No tiene sida porque Andy nunca se la tiró. —Jasper la soltó por fin. Se llevó la mano a la frente—. Dios mío, Jinx, ¿nunca te has preguntado por qué Nick te metía la lengua hasta la garganta o te agarraba del culo cada vez que Andrew andaba cerca? Estaba provocándole. Todos nos dábamos cuenta, hasta mamá.

Ahora se daba cuenta, veía todos aquellos indicios que había pasado por alto. Volvió a entrelazar sus dedos con los de Andy. Miró su cara demacrada. Antes nunca se había fijado, pero tenía la frente prematuramente arrugada por la preocupación constante.

¿Por qué no se lo había dicho nunca?

Eso no le habría impedido quererle. Tal vez le habría querido más aún, porque de pronto su tormento, el rechazo que parecía sentir hacia sí mismo, habrían cobrado sentido.

—Eso da igual —le dijo a Jasper—. No pienso deshonrar su muerte.

—Ha sido el propio Andy quien la ha deshonrado —replicó Jasper—. ¿Es que no ves que tiene exactamente lo que se merece? Con un poco de suerte, todos tendrán su merecido.

Jane sintió que se le helaba la sangre en las venas.

—¿Cómo puedes decir eso? Sigue siendo nuestro hermano.

—Piénsalo un momento. —Jasper había conseguido dominarse. De nuevo intentaba controlarlo todo—. Andy puede por fin sernos útil a los dos. Puedes decirle a la policía que Nick y él te secuestraron. Mírate. Es muy posible que tengas la nariz rota. Alguien intentó estrangularte. Andy lo consintió. Ayudó a asesinar a nuestro padre. No le importaba que fuera a morir gente. No intentó impedirlo.

—No podemos…

—Lo que le está pasando es una corrección —añadió Jasper,

446

invocando la teoría de Martin Queller como si de pronto fuera el evangelio—. Tenemos que aceptar que nuestro hermano era una abominación. Que se rebeló contra el orden natural de las cosas. Se enamoró de Nick. Le trajo a nuestra casa. Deberías haber dejado que se pudriera en la calle. Y yo debería haberle dejado colgando de aquella soga en el sótano. Todo esto es culpa de su asquerosa perversión.

Jane apenas podía mirar a aquel hombre al que había admirado toda su vida. Le había defendido a muerte. Se había peleado con Andrew para que no sufriera ningún daño.

—Sálvate, Jinx —dijo Jasper—. Sálvame. Todavía podemos evitar que el nombre de nuestra familia acabe arrastrado por el fango. Dentro de seis meses o un año sacaremos la empresa a bolsa. No será fácil, pero funcionará si nos mantenemos unidos. Andrew no es más que un absceso de pus que tenemos que extirpar del linaje de los Queller.

Jane se sentó pesadamente en la cama y apoyó la mano en la pierna de Andrew. Repitió en silencio las palabras de Jasper, porque en el futuro, si alguna vez sentía la tentación de volver a dirigirle la palabra, quería recordar con detalle todo lo que había dicho.

—Tengo los papeles, Jasper —le dijo—. Todos. Declararé delante de cualquier tribunal que es tu firma. Les diré que sabías lo de Oslo y que querías echarle la culpa de todo a Andrew.

Su hermano la miró fijamente.

—¿Cómo puedes elegirle a él antes que a mí?

Estaba harta de que los hombres se creyeran con derecho a darle ultimátums.

—Llevo un rato escuchando cómo intentas justificar tus actos, oyéndote hablar de Andrew como si fuera un monstruo. Pero es de ti de quien me avergüenzo.

Él soltó una risotada desdeñosa.

—¿Me estás juzgando a mí?

—Accediste a lo de Oslo porque querías poder, dinero, aviones privados y otro Porsche, y el único modo de hacerte con el control era quitar a papá de en medio. Eres peor que todos nosotros juntos. Al menos nosotros lo hicimos porque creíamos en ello. Tú lo hiciste por avaricia.

Jasper se acercó a la puerta. Jane pensó que iba a marcharse, pero él corrió la cortina, tapando el cristal. El policía estiró el cuello para asegurarse de que todo iba bien. Jasper le indicó con una seña que no se acercara.

Se volvió hacia ella. Se alisó la corbata.

—Tú no entiendes cómo funciona esto —dijo.

—Entonces, dímelo.

—Todo lo que has dicho es cierto. Las gilipolleces de papá, sus veleidades académicas, estaban poniendo en peligro nuestra valoración en el mercado de valores. Íbamos a perder millones. Nuestros inversores le querían fuera, pero él se negaba a retirarse.

—Y pensaste que las bolsas de tinta serían un buen truco para conseguirlo.

—Esto no es ningún truco, Jinx. Hay de por medio hombres muy muy ricos que se pondrán furiosos si pierden su dinero por culpa de una niñita mimada que no sabe tener la boca cerrada.

—Voy a ir a la cárcel, Jasper. —Oír aquellas palabras en voz alta no la asustó tanto como pensaba—. Voy a contarle al FBI todo lo que hemos hecho. No me interesan los daños colaterales. El único modo de redimirnos hasta cierto punto por las atrocidades que hemos cometido es dar la cara y decir la verdad.

—¿De verdad eres tan ilusa que crees que no pueden matarnos en prisión?

—¿Quiénes?

—Los inversores. —La miró como si fuera una niña empecinada en llevarle la contraria—. Yo sé demasiado. Y no solo del fraude. No tienes ni idea de los tejemanejes que se traía papá entre manos para inflar las cifras. No llegaré a prisión, Jinx. No se arriesgarán a que haga un trato con las autoridades para salvar el pellejo. Me matarán, y luego te matarán a ti.

—Son ricos, no matones.

—*Somos* ricos, Jinx. Mira lo que le hizo papá a Robert Juneau. Y mira lo que le hemos hecho a él nosotros tres. —Bajando la voz, añadió—: ¿De verdad crees que somos la única familia del mundo capaz de conspirar para asesinar a sus enemigos a sangre fría?

Se cernía sobre ella, amenazador. Jane se levantó para obligarle a retroceder.

—Si dices una sola palabra en contra de esas personas, estarás firmando tu sentencia de muerte —añadió su hermano clavándole el dedo en el pecho—. Irán a por ti y te meterán una bala en la cabeza.

Jane se llevó la mano a la tripa.

«Véndele».

—No estoy de coña —insistió Jasper.

—¿Y crees que yo sí? No solo tengo que pensar en mí.

Jasper le miró la tripa. Él también lo había adivinado.

—Por eso tienes que pensar detenidamente lo que vas a hacer. En prisión no hay guardería.

«Véndelos a todos».

—Esos hombres tienen una memoria de puta madre —añadió su hermano—, no olvidan fácilmente. Si vas contra ellos...

—¿Qué hora es?

—¿Qué?

Jane le agarró de la mano para mirar su reloj: eran las tres y nueve minutos de la madrugada.

—¿Hora de Chicago?

—Ya sabes que siempre cambio la hora al aterrizar.

Ella le soltó la mano.

—Tienes que irte a casa, Jasper. No quiero volver a verte nunca.

Él pareció anonadado.

—Sigue llevando esa vida corrupta. Fóllate a quien quieras. Ten contentos a estos tipos tan peligrosos, pero recuerda que yo tengo esos papeles y que puedo hacer saltar tu vida por los aires, y las suyas también, en cuanto se me antoje.

—No hagas esto.

—Lo que yo haga ya no es asunto tuyo. No necesito que me salves. Para eso me basto sola.

Él se rio. Luego pareció comprender que hablaba en serio.

—Espero que tengas razón, Jinx, porque si algo de lo que hagas me perjudica, no dudaré en decirles cómo encontrarte. Tú ya has elegido bando.

—En efecto, tienes mucha razón —replicó Jane—. Y si alguien viene a buscarme, usaré esos papeles para asegurarme de que caigas conmigo.

Apartó la cortina y corrió la puerta de cristal.

—Dile al FBI que tienen menos de tres horas para ofrecerme un trato o habrá una masacre en Nueva York —añadió.

26 DE AGOSTO DE 2018

15

Andy sintió cómo pasaba la yema de su dedo por el orificio que tenía en la piel.

Le habían disparado.

Apoyó la cabeza contra la pared. Aspiró aire entre dientes y trató de no desmayarse.

El cadáver de Edwin Van Wees estaba tendido en el suelo del despacho. A su alrededor había cristales rotos. Hojas de papel. Sangre. El MacBook que había usado ella para informarse sobre su madre.

Laura…

Extendió el brazo y rozó con los dedos el borde del teléfono móvil. Tenía la pantalla resquebrajada. Cerró los ojos y se concentró en escuchar. ¿La que oía era la voz de su madre? ¿Seguía al teléfono?

Se oyó un grito de mujer procedente del otro lado de la casa.

Se le paró el corazón.

Sonó otro grito, más fuerte, interrumpido bruscamente por un golpe sordo.

Andy apretó los dientes para no ponerse a gritar.

Clara…

Esta vez no podía quedarse paralizada. Tenía que hacer algo. Le temblaron las piernas cuando intentó incorporarse, apoyada en la pared. El dolor casi la abrió en canal. Tuvo que encogerse para aliviarlo. Manaba sangre del orificio de su costado. Volvieron a temblarle las piernas cuando trató de avanzar. Aquello era culpa suya. Todo aquello. Laura le había advertido que tuviera cuidado, y aun así ella los había conducido hasta allí.

A *ellos*.

Para matar a Edwin. Para matar a Clara.

Su hombro resbaló por la pared cuando intentó encontrar a Clara para entregarse, para poner fin a aquel lío espantoso que ella misma había creado. Se tropezó con la alfombra. Sintió una punzada de dolor. Se golpeó la cabeza con las fotografías de la pared del pasillo. Tuvo que detenerse a tomar aliento. Sus ojos se enfocaban y desenfocaban. Miró fijamente las fotografías. Marcos distintos, poses distintas, algunas en color, otras en blanco y negro. Clara y Edwin con dos mujeres más o menos de la edad de ella. Unas cuantas instantáneas de las mismas mujeres cuando eran jóvenes, en el instituto, en el colegio, y después...

Ella de pequeña en la nieve.

Contempló aturdida su propia imagen.

¿Era la mano de Edwin la que sostenía la suya? En la foto de al lado aparecía ella de bebé, sentada sobre el regazo de Clara y Edwin. Laura los había hecho desaparecer de la vida de ambas y había pegado su retrato sobre la fotografía de los Randall, sus abuelos ficticios.

—Bonito, ¿verdad?

Andy volvió la cabeza. Esperaba encontrar a Mike, pero aquella voz era de mujer. De una mujer a la que conocía demasiado bien.

Paula Kunde se hallaba de pie al fondo del pasillo.

La apuntaba con un revólver que Andy reconoció enseguida.

—Gracias por dejarme esto en tu coche. ¿El número de serie lo borraste tú o fue tu mamá?

Andy no respondió. No podía respirar.

—Estás hiperventilando —dijo Paula—. Coge el teléfono.

Andy miró hacia un lado. El teléfono móvil estaba en el suelo, detrás de ella. En medio del silencio, oyó los gemidos de su madre.

—Dios. —Paula avanzó por el pasillo con paso firme, cogió el teléfono y se lo acercó al oído—. Cállate, descerebrada.

Pero Laura no se calló. Su vocecilla vibró, llena de rabia.

Paula activó el altavoz.

—Como le toques un puto pelo…

—Se está muriendo. —Paula sonrió cuando Laura se calló de repente. Puso el teléfono bajo la barbilla de Andy—. Díselo, corazón.

Andy se apretó el costado con la mano. Notaba cómo manaba la sangre.

—¿Andrea? —preguntó Laura—. Por favor, háblame…

—Mamá…

—¡Cariño! —sollozó su madre—. ¿Estás bien?

Andy se derrumbó. Un grito estrangulado surgió de su interior.

—Mamá…

—¿Qué ha pasado? Por favor… ¡Dios mío, por favor, dime que estás bien!

Andy no sabía si podría seguir hablando.

—Yo… Estoy herida. Me ha disparado en el…

—Ya basta. —Paula levantó el arma y Andy dejó de hablar—. Tú, descerebrada, ya sabes lo que quiero —le dijo a Laura.

—Edwin…

—Está muerto. —Paula miró a Andy levantando las cejas como si aquello fuera un juego.

—¡Maldita zorra estúpida! —siseó Laura—. Es el único que sabe…

—No me vengas con gilipolleces —replicó Paula—. Tú sabes dónde está. ¿Cuánto tiempo necesitas?

—Puedo… —Laura se detuvo—. Dos días.

—Laura, no hay problema. —Paula sonrió a Andy—. Aunque puede que tu niña entre en *shock* antes de desangrarse por completo.

—Hija de puta.

Aquellas palabras cargadas de odio desconcertaron a Andy. Nunca había oído a su madre hablar así.

—Si le haces daño a mi hija, te rajo el cuello, zorra, ¿me has entendido? —dijo Laura.

—Eres una descerebrada —repuso Paula—. Ya le estoy haciendo daño.

Andy vio un destello.

Después, todo se volvió negro.

Comprendió que algo marchaba mal antes de abrir los ojos. No lo recordó todo de repente, porque no había olvidado ni por un instante lo ocurrido.

Le habían disparado. Estaba dentro del maletero de un coche. Tenía las manos y los pies sujetos por unas esposas o algo parecido, y una toalla enrollada alrededor de la cintura y sujeta con cinta aislante para detener la hemorragia. Paula la había dejado inconsciente de un culatazo, tenía la nariz taponada de sangre y la mordaza de su boca era una pelota de goma que le dificultaba la respiración.

Recordaba los golpes que Paula le había propinado con el revólver, igual que todo lo demás. En realidad, no había perdido del todo la consciencia. Se había sentido más bien en un duermevela, en un filo entre el sueño y la vigilia. Cuando estaba en la escuela de arte, ansiaba aquel estado de equilibrio. Era en esos momentos (cuando, con la mente aparentemente en blanco pero alerta combinaba los diversos tonos de blanco y negro que luego extraería de su lápiz) cuando se le ocurrían las mejores ideas.

¿Tenía una conmoción cerebral?

Debería haberse sentido aterrorizada, pero el pánico había ido remitiendo como el agua que escapaba en remolino por un desagüe. ¿Había pasado una hora? ¿Dos? Ahora, el sentimiento que predominaba en ella era un intenso malestar. Tenía el labio partido. La mejilla magullada. Un ojo hinchado. Las manos entumecidas. Se le habían dormido las muñecas y, si se mantenía en determinada postura, con la columna combada, y procuraba no respirar hondo, la quemazón de su costado se hacía más o menos soportable.

Los remordimientos eran otra cuestión.

Rememoraba continuamente lo sucedido en la granja intentando identificar el momento exacto en que todo se había torcido. Edwin le había dicho que se marchase. ¿Podría haberse ido antes de que las balas atravesaran la espalda de Edwin y le desgarraran la camisa por delante?

Cerró los ojos con fuerza.

Clic, clic, clic, clic.

El tambor del revólver girando.

Trató de analizar los dos gritos de Clara: el tono de sobresalto del primero, el golpe seco que había atajado el segundo. No había sido una bofetada, ni un puñetazo. A ella, Paula la había golpeado con el revólver. ¿Habría corrido Clara la misma suerte? ¿Había vuelto en sí en su cocina, desorientada, y al recorrer el pasillo había encontrado a Edwin muerto?

¿O no había vuelto a abrir los ojos?

Soltó un grito cuando el coche pasó por un bache de la carretera.

Paula aminoró la velocidad para tomar una curva. Andy advirtió el cambio de ritmo, la atracción de la gravedad. El resplandor de las luces de frenado invadió la oscuridad. Andy vio el mando de emergencia del maletero. Estaba roto. Paula lo había arrancado para que no pudiera escapar.

Iban en un coche alquilado con matrícula de Texas. Lo había visto cuando Paula la había metido en el maletero. Paula no había podido coger un avión llevando el revólver encima. Tenía que haber ido por carretera desde Austin, igual que ella. Pero ella había tomado la precaución de comprobar de tanto en tanto que Mike no la seguía. Lo que significaba que Paula sabía desde el principio adónde iría. Había caído de lleno en las garras de aquella zorra.

Notó un sabor a hiel en la garganta.

¿Por qué no había hecho caso a su madre?

El coche frenó de nuevo, hasta detenerse por completo.

Paula había parado solo una vez durante el trayecto. ¿Hacía

veinte minutos? ¿Media hora? No estaba segura. Había intentado llevar la cuenta del tiempo, pero se le cerraban los ojos, se despertaba sobresaltada y tenía que empezar otra vez.

¿Se estaba muriendo?

Su cerebro, curiosamente, parecía ajeno a todo lo que estaba ocurriendo. Estaba aterrada, pero no tenía el corazón acelerado ni las manos sudorosas. Estaba dolorida, pero no hiperventilaba, ni lloraba, ni suplicaba que aquello acabara de una vez.

¿Se hallaba en estado de *shock*?

Oyó el tictac de un intermitente.

Las ruedas del coche vibraron al pisar un camino de grava.

Intentó no acordarse de todas las películas de terror que empezaban con un coche que avanzaba por un camino de grava hacia un campamento desierto o un cobertizo abandonado.

—No —intentó farfullar en la oscuridad del maletero.

No se dejaría dominar de nuevo por el pánico, porque la cegaría y le impediría aprovechar cualquier oportunidad de escapar. Paula la había tomado como rehén. Laura tenía algo que ella quería. No la mataría hasta que lo consiguiera.

«¿No?».

Los frenos chirriaron cuando el coche volvió a detenerse. Esta vez se apagó el motor. La puerta del conductor se abrió y se cerró.

Esperó a que se abriera el maletero. Había pensado una y mil veces lo que haría cuando volviera a ver a Paula, había barajado toda clase de escenarios, pero sobre todo deseaba levantar los pies y propinarle una patada en la cara a aquella arpía. El problema era que para levantar los pies eran necesarios los músculos del abdomen y ella apenas podía respirar sin sentir que una antorcha le atravesaba el costado.

Apoyó la cabeza en el suelo del maletero. Aguzó el oído, pero solo alcanzó a distinguir los chasquidos del motor al enfriarse.

Clic, clic, clic, clic.

Como el tambor del revólver al girar, solo que más despacio.

Se puso a contar para distraerse. Después de pasar tantas horas encerrada primero en el Reliant y luego en la camioneta de Mike, se había convertido en una de esas personas que hablan solas con el único objeto de romper la monotonía.

—Uno —masculló—. Dos. Tres.

Había llegado a novecientos ochenta y cinco cuando el maletero se abrió por fin.

Pestañeó. Fuera estaba oscuro, no había luna. La única luz procedía de la escalera que había enfrente del maletero abierto. No sabía qué sitio era aquel, pero no había duda de que estaban en otro motel de mala muerte, en otro pueblucho dejado de la mano de Dios.

Paula le puso el revólver bajo la barbilla.

—Mírame —dijo—. No te pases ni un pelo o vuelvo a pegarte un tiro. ¿Entendido?

Andy asintió en silencio.

Paula se metió el arma en la cinturilla de los vaqueros. Abrió las esposas. Andy gimió de alivio al sentir libres los brazos y las piernas. Al sacarse atropelladamente la mordaza de la boca, las tiras de cuero rosa chasquearon como un látigo. Parecía sacada de un catálogo de *Cincuenta sombras de Grey*.

Paula volvió a sacar el revólver. Echó un vistazo al aparcamiento.

—Sal y mantén la boca cerrada.

Andy intentó moverse, pero la herida y el largo encierro se lo impidieron.

—Dios —siseó Paula, y agarrándola del brazo tiró de ella.

Andy se dejó rodar, golpeó contra el parachoques y cayó al suelo. Tenía el cuerpo tan dolorido que no conseguía localizar el origen de aquel dolor. Le goteaba sangre de la boca. Se había mordido la lengua. Notó una serie de pinchazos en los pies a medida que se restablecía su circulación.

—Arriba. —Paula la agarró del brazo y la obligó a levantarse.

Andy soltó un alarido y se dobló por la cintura, tratando de aliviar los calambres.

—Deja de gimotear —le espetó Paula—. Ponte esto.

Andy reconoció la camisa blanca. Era la de la maleta Samsonite azul. La del equipaje de emergencia que Laura guardaba en el trastero de Carrollton.

—Deprisa. —Paula volvió a recorrer al aparcamiento con la mirada mientras la ayudaba a ponerse la camisa—. Ni se te ocurra ponerte a gritar. A ti no puedo matarte, pero puedo matar a cualquiera que intente ayudarte.

Andy comenzó a abrocharse los botones.

—¿Qué le has hecho a Clara?

—¿A tu segunda mamaíta? —Se rio al ver la expresión de Andy—. Se ocupó de ti casi dos años. Te criaron ellos, Clara y Edwin. ¿No lo sabías?

Andy tuvo que hacer un inmenso esfuerzo para no reaccionar. Mantuvo la cabeza agachada y los ojos fijos en los botones que iba abrochando.

¿La había mirado Edwin como un padre porque era su padre?

—Querían quedarse contigo —prosiguió Paula—, pero Jane te separó de ellos porque ella es así, una zorra egoísta. —La observó atentamente—. No parece que te sorprenda saber que el verdadero nombre de tu madre es Jane.

—¿Por qué has matado a Edwin?

—Dios mío, niña. —Sacó unas esposas del maletero—. ¿Es que has estado toda la vida en Babia?

—Evidentemente sí —farfulló Andy.

Paula cerró de golpe el maletero. Cogió con una mano dos bolsas de plástico. Se metió la pistola en la cinturilla de los pantalones, pero no soltó la empuñadura.

—Muévete.

—¿Edwin era...? —Trató de idear alguna estratagema para sonsacarle la verdad, pero su cerebro no estaba para acrobacias—. ¿Era mi padre?

—Si Edwin fuera tu padre, ya te habría pegado un tiro en el pecho y me habría cagado en tu tumba. —Le hizo señas de que se moviera—. Sube por la escalera.

Caminar le resultó relativamente sencillo. Subir los escalones, en cambio, casi la partió por la mitad. Aunque llevaba la mano apoyada en el costado, sentía que un cuchillo se retorcía dentro de su carne. Cada vez que levantaba un pie le daban ganas de gritar. Si gritaba saldría gente de las habitaciones y Paula se liaría a tiros, y ella tendría que llevar sobre su conciencia otras muertes, además de las de Edwin Van Wees y Clara Bellamy.

—Izquierda —ordenó Paula.

Andy avanzó por un pasillo largo y oscuro. Delante de sus ojos bailaban sombras. Las náuseas habían vuelto. El dolor sordo era de nuevo agudo. Tuvo que apoyar la mano en la pared para no tropezar y caer de bruces. ¿Por qué obedecía a todo con la docilidad de un lemming? ¿Por qué no se ponía a gritar? La gente ya no salía corriendo a prestar ayuda. Se limitarían a llamar a la policía, y la policía…

—Espera. —Paula pasó la tarjeta que abría la puerta.

Andy entró delante de ella. Las luces ya estaban encendidas. Dos camas medianas, una televisión, un escritorio, una mesita de comedor con dos sillas a juego. El cuarto de baño estaba junto a la puerta. La ventana tenía las cortinas corridas, pero seguramente daba al aparcamiento.

Paula dejó las bolsas de la compra sobre la mesa. Botellas de agua. Fruta. Patatas fritas.

Andy sorbió por la nariz. Notó que tragaba sangre. Tenía la sensación de que todo el lado izquierdo de su cara estaba lleno de agua caliente.

—Vale —dijo Paula con la mano aún apoyada en la culata de la pistola—. Ya puedes gritar si quieres. Toda esta ala está vacía y además en un hotel como este nadie va a preocuparse si oye pedir auxilio a una tía.

Andy concentró en su mirada todo el odio que sentía hacia aquella mujer.

Paula sonrió, regodeándose en su rabia.

—Si tienes que hacer pis, hazlo ahora. No volveré a ofrecértelo.

Andy trató de cerrar la puerta del baño, pero Paula se lo impidió. No le quitó ojo mientras se sentaba trabajosamente en la taza del váter intentando no tensar los músculos del abdomen. Andy dejó escapar un gemido de dolor cuando su trasero tocó el asiento. Tuvo que inclinarse hacia delante para mantener el dolor a raya. Normalmente su vejiga era más bien tímida, pero después de pasar tanto tiempo en el coche no tuvo problemas para orinar.

Levantarse era otra cuestión. Empezó a estirar las rodillas y tuvo que volver a sentarse en el váter con un gruñido de dolor.

—¡Joder! —Paula la agarró de la axila y la levantó de un tirón. Le subió la cremallera y le abrochó los vaqueros como si tuviera tres años. Luego la empujó hacia la habitación—. Ve a sentarte a la mesa.

Andy avanzó encorvada hacia la endeble silla. Al sentarse, un rayo le atravesó el costado.

Paula empujó la silla bajo la mesa.

—Tienes que hacer lo que te diga y cuando te lo diga.

—Que te den —replicó Andy sin poder refrenarse.

—Lo mismo digo. —Paula la agarró del brazo izquierdo, le esposó la muñeca y de un tirón le metió la mano bajo la mesa y sujetó la esposa a la base metálica.

Andy echó el brazo hacia atrás. La mesa traqueteó. Ella apoyó la frente sobre el tablero.

¿Por qué no se había ido a Idaho?

—Si tu madre ha cogido el primer vuelo —dijo Paula—, tardará por lo menos dos horas más en llegar aquí. —Sacó de una bolsa un frasco de ibuprofeno y arrancó con los dientes el sello de seguridad—. ¿Te duele mucho?

—Como si me hubieran pegado un tiro, puta psicópata.

—Normal. —En lugar de enfadarse, a Paula pareció gustarle su arranque de furia. Puso cuatro comprimidos sobre la mesa. Abrió una de las botellas de agua—. ¿Barbacoa o normales? —preguntó.

Andy la miró desconcertada.

Paula levantó dos bolsas de patatas fritas.

—Tienes que comer algo o las pastillas te darán dolor de barriga.

Andy solo alcanzó a contestar:

—Barbacoa.

Paula abrió la bolsa ayudándose con los dientes. Desempaquetó dos sándwiches.

—¿Mostaza y mayonesa?

Andy asintió en silencio mientras la chiflada que le había disparado y secuestrado usaba un cuchillo de plástico para untar con mostaza y mayonesa el pan de un sándwich de pavo.

¿Por qué sucedía todo aquello?

—Cómete por lo menos la mitad. —Paula le pasó el sándwich y empezó a ponerse mostaza en el suyo—. Lo digo en serio, niña. La mitad. Luego puedes tomarte las pastillas.

Andy cogió el sándwich, pero de pronto se lo imaginó saliéndole por el agujero del costado. Y entonces se acordó.

—No se debe comer antes de una operación —dijo.

Paula la miró extrañada.

—La bala. Quiero decir que... cuando llegue mi madre y me...

—No te operarán. Es más sencillo dejar la bala dentro. Lo que debería preocuparte es la infección. Eso sí que puede matarte. —Paula puso la televisión y fue cambiando de canal hasta que encontró *Animal Planet*. Luego quitó el sonido.

Pitbulls y reclusos.

—Este episodio es bueno. —Paula se volvió y siguió untándose el sándwich con mayonesa—. Ojalá hubiera existido este programa cuando yo estaba en Danbury.

Andy observó cómo utilizaba el cuchillo de plástico para untar cuidadosamente la mayonesa en el pan.

Todo aquello debería haberle parecido muy extraño, pero no se lo parecía. ¿Por qué iba a parecérselo? Había empezado la semana viendo a su madre matar a un chaval; luego, ella misma había matado a un sicario, había huido, había dado una patada en los huevos a un matón y había provocado la muerte de una o quizá dos personas más. Así que ¿por qué iba a parecerle chocante estar esposada a una mesa viendo cómo unos cuantos presos trataban de rehabilitar a animales maltratados teniendo a un psicópata exconvicto por profesor?

Paula juntó las dos mitades del sándwich y se ciñó el pañuelo que llevaba al cuello, el mismo pañuelo que llevaba dos días y medio antes, en Austin.

—Creía que habían intentado estrangularte —comentó Andy.

Paula dio un buen mordisco.

—Estoy incubando un catarro —dijo con la boca llena—. Hay que mantener el cuello caliente para atajar la tos.

Andy hizo caso omiso de aquel ridículo consejo de salud. Aunque el catarro podía explicar la ronquera de Paula, dijo:

—El ojo…

—La cabrona de tu madre. —Se le salió la comida de la boca, pero siguió hablando—. Me arreó en la cabeza. En la cárcel no hicieron nada por mí. El izquierdo se me quedó blanco y en el derecho tuve una infección. Todavía lo tengo sensible a la luz, por eso llevo gafas de sol. Gracias a tu madre, ese es mi *look* desde hace treinta y dos años.

«Un cálculo interesante».

—¿Qué más quieres saber? —preguntó Paula.

Andy pensó que no tenía nada que perder.

—Fuiste tú quien mandó a ese tipo a casa de mi madre, ¿verdad? ¿Para torturarla?

—Samuel Godfrey Beckett. —Paula soltó un bufido y empezó a toser cuando el sándwich se le fue por otro lado—. Valía la pena contratarle aunque solo fuera por el nombre. Estaba segura de que Jane se achantaría. Nunca se le ha dado bien el conflicto. Claro que mató a ese chaval en el restaurante. Casi me cago encima cuando la reconocí en las noticias. La puta Laura Oliver, viviendo como una reina en la playa mientras los demás nos pudríamos en prisión.

Andy pegó la lengua al paladar. Paula seguía llevando la pistola en la cinturilla, pero tenía las manos ocupadas con el sándwich.

¿Podría empujar la mesa, darle en la tripa, estirar la mano libre y apoderarse de la pistola?

—¿Qué más, niña?

Andy repasó mentalmente los movimientos necesarios. Ninguno de ellos le parecía posible. Tenía el brazo esposado demasiado estirado bajo la mesa. Acabaría incrustándose contra su filo si intentaba echar mano de la pistola con la mano libre.

—Vamos. —Paula mordió otro pedazo de sándwich—. Hazme todas esas preguntas que no puedes hacerle a tu madre.

Andy desvió la mirada. Miró la fea colcha de flores. La puerta, a unos cinco metros de distancia. Paula se lo estaba ofreciendo todo, pero después de buscar durante tanto tiempo no quería solo respuestas. Quería una explicación y eso era algo que solo su madre podía darle.

Paula buscó una servilleta en la bolsa.

—¿Ahora te ha entrado la timidez?

A pesar de que no quería hacerlo, preguntó:

—¿Cómo sabré que me estás diciendo la verdad?

—Soy más sincera que esa puta que tienes por madre.

Andy se mordió la punta de la lengua, ya dolorida, para no replicar.

—¿A quién mataste?

—A una tía que intentó apuñalarme en prisión. No pudieron procesarme por lo de Noruega. Lo de Maplecroft no fue culpa mía. Fue Quarter quien la liquidó. Y lo demás no podían endosármelo. —Se detuvo a masticar—. Me declaré culpable de huir del lugar de un delito. Me condenaron a seis años. Lo de esa zorra a la que maté fue en defensa propia, pero aun así me cayeron veinte años. Siguiente pregunta.

—¿Cómo conseguiste el trabajo en la universidad?

—Querían contratar a alguien para cubrir la cuota de diversidad y aparecí yo con mi triste historia de delincuente reinsertada. ¿Qué más?

—¿Clara está bien?

—Ja, buen intento. ¿Qué te parece esta? ¿Por qué odio tanto a la descerebrada de tu madre?

Andy esperó, pero Paula también estaba esperando.

—¿Por qué odias a mi madre? —preguntó en el tono más desinteresado y aburrido del que fue capaz.

—Porque nos delató. A todos, menos a Edwin y a Clara, pero solo porque quería controlarlos. —Esperó su reacción, pero Andy permaneció impasible—. A Jane la metieron en el programa de protección de testigos a cambio de que testificara. Consiguió un trato de puta madre porque iban literalmente contrarreloj. Teníamos otra bomba preparada, pero gracias a su puta bocaza no llegó a estallar. —Andy escudriñó su cara buscando algún indicio de arrepentimiento, pero no encontró ninguno.

«Protección de testigos».

Intentó asimilar aquella información, descubrir qué sentía. Laura le había mentido, pero ella ya se había acostumbrado a las mentiras de su madre. Tal vez lo que sentía era un ligero alivio. Todos esos días había dado por sentado que Laura era una delincuente. Y lo era, pero al final había hecho algo bueno al entregarlos a todos.

«¿Verdad?».

—Aun así —prosiguió Paula—, esos cerdos la metieron dos años en prisión. Pueden hacerlo, ¿sabes? Hasta en el programa de protección de testigos. Y Jane hizo algunas cosas muy chungas. Como todos, pero nosotros por lo menos lo hicimos por la causa. Jane lo hizo porque era una puta niña mimada que estaba aburrida de gastarse el dinero de papá.

—QuellCorp —dijo Andy.

—Miles de millones —añadió Paula—. Todos ellos fruto del sufrimiento y la explotación de personas enfermas.

—Entonces, ¿me has secuestrado por dinero?

—No, joder. No quiero su dinero de mierda. Esto no tiene nada que ver con QuellCorp. Además, la familia salió de la empresa hace años. Ya no pinta nada en ella. Se limitan a recoger la pasta que generan sus acciones.

Andy se preguntó si era de ahí de donde procedía el dinero del Reliant. Los beneficios obtenidos en bolsa estaban sujetos a impuestos, pero si Laura era una testigo protegida todo tenía que ser legal. «¿No?».

—¿Jane nunca te ha contado nada de esto? —preguntó Paula.

Andy no se molestó en confirmarle lo que ya sabía.

—¿Te dijo quién es tu padre?

Mantuvo la boca cerrada. Sabía quién era su padre.

—¿No quieres saberlo?

Su padre era Gordon. Él la había criado, había cuidado de ella, había soportado sus silencios enloquecedores y su indecisión.

Paula soltó un profundo suspiro, decepcionada.

—Nicholas Harp. ¿Nunca te lo ha dicho?

Andy sintió una punzada de curiosidad, pero no por los motivos obvios. Conocía aquel nombre por la Wikipedia. Harp había muerto de una sobredosis años antes de que ella naciera.

—Eso es mentira —dijo.

—No, no lo es. Nick era el líder del Ejército por el Cambio Mundial. Todo el mundo debería conocer su nombre. Sobre todo tú.

—En la Wikipedia dice que Clayton Morrow...

—Nicholas Harp. Fue el nombre que escogió tu padre. La mitad de lo que pone en la Wikipedia son sandeces, mentiras. Y la otra mitad son especulaciones. —Paula se inclinó sobre la mesa, excitada—. El Ejército por el Cambio Mundial tenía un ideario. Íbamos a cambiar el mundo de verdad. Y entonces tu madre perdió los nervios y se fue todo a la mierda.

Andy meneó la cabeza. Lo único que habían hecho era matar gente y sembrar el terror en el país.

—Murió una profesora en San Francisco. La mayoría de los miembros del grupo están muertos. Martin Queller fue asesinado.

—¿Tu abuelo, quieres decir?

Andy se quedó de piedra. No le había dado tiempo a asimilar ese dato.

Martin Queller era su abuelo.

Estaba casado con Annette Queller, su abuela.

Lo que significaba que Jasper Queller, aquel cretino multimillonario, era su tío carnal.

¿También Laura era multimillonaria?

—Por fin vas encajando las piezas, ¿eh? —Paula se metió en la boca un trozo suelto de fiambre—. Tu padre lleva treinta años en prisión por culpa de Jane. Te ha mantenido apartada de él. Podrías haber tenido relación con él, podrías haberle conocido si ella no te hubiera negado ese honor.

Andy sabía muy bien quién era Clayton Morrow y no quería saber nada de él. No era su padre, igual que no lo era Jerry Randall. Tenía que agarrarse a esa creencia. Si no, se tumbaría en el suelo y se haría un ovillo.

—Venga —dijo Paula al tiempo que se limpiaba la boca con el dorso de la mano—, hazme más preguntas.

Andy pensó en los días anteriores, en la lista de interrogantes que había anotado tras conocerla.

—¿Por qué cambiaste de idea en Austin? Me mandaste que me largara y luego, de pronto, me dijiste que buscara a Clara Bellamy.

Paula asintió como si le agradara la pregunta.

—Ese poli al que reventaste las pelotas. Deduje que no lo habrías hecho si estuvieras compinchada con tu madre.

—¿Qué?

—El polo. El *marshal*.

Andy sintió que una oleada de rubor le subía por el cuello.

—Le hiciste polvo. El muy cabrón estuvo una hora tendido en mi porche.

Andy apoyó la cabeza en la mesa para que no pudiera verle la cara.

Mike...

Los *marshals* eran los encargados de gestionar el programa de protección de testigos. Podían falsificar todos los permisos de conducir que quisieran. A fin de cuentas, crear documentos nuevos formaba parte de su trabajo: partidas de nacimiento falsas, falsas devoluciones de impuestos, incluso falsas necrológicas como la de un personaje inventado llamado Jerry Randall.

Andy sintió que se le revolvían las entrañas.

Mike era el agente encargado del caso de Laura. Por eso estaba en el hospital al salir su madre. ¿Por eso la había seguido? ¿Intentaba ayudarla porque, sin saberlo, ella también formaba parte del programa?

¿Se había deshecho de la única persona que podía ayudarlas a escapar de aquel monstruo?

—Eh, tú. —Paula dio unos golpes en la mesa con los nudillos—. Más preguntas. Venga, suéltalas. No tenemos nada mejor que hacer.

Andy sacudió la cabeza. Intentó comprender desde el principio el papel que había jugado Mike en todo aquello. Su camioneta en casa de los Hazelton, con el llavero de la pata de conejo. Los carteles imantados que cambiaba en cada nueva ciudad.

El localizador GPS en la nevera.

Debía de haberlo colocado allí mientras ella dormía en el motel de Muscle Shoals. Luego había cruzado la calle para tomarse una cerveza y, al verla entrar por la puerta, había improvisado.

Ella había dado por sentado que era amigo del barman, pero los tipos como Mike hacían amigos allá donde iban.

—Eh —repitió Paula—. Concéntrate, niña. Si no vas a entretenerme, te ato otra vez y me pongo a ver la tele.

Andy tuvo que sacudir la cabeza para despejarse. Levantó la barbilla y la apoyó en la mano libre. No sabía qué hacer, como no fuera volver a su lista.

—¿Por qué me mandaste a buscar a Clara?

—Esa zorra se negaba a hablar conmigo cuando todavía no estaba senil, y Edwin amenazaba con denunciarme a mi agente de la condicional. Yo confiaba en que el hecho de verte estimularía su memoria. Luego te atraparía, tú me darías la información que necesito y todos contentos. Si no fuera porque Edwin se puso en medio. Pero ¿sabes qué? Que se joda. Fue él quien le consiguió el trato a Jane, por eso lleva treinta años en la calle y no en prisión. —Se metió un puñado de patatas en la boca—. Tu madre formaba parte de una conspiración para matar a tu abuelo. Vio morir a Alexandra Maplecroft. Estaba presente cuando Quarter le pegó un tiro en el corazón. Ayudó a llevar la furgoneta hasta la granja. Estuvo con nosotros todo el tiempo, cada paso del camino.

—Hasta que lo dejó —replicó Andy, porque a eso quería aferrarse.

—Bueno, sí. Pero primero conseguimos volar el Mercado de Valores de Chicago. —Se dio cuenta de que Andy había puesto cara de perplejidad—. El sitio donde se comercia con materias primas y derivados. ¿No sabes lo que es? Y Nick estaba entrando en Manhattan cuando le detuvieron. Iba a volar la bolsa de Nueva York. Eso habría sido glorioso.

Andy había visto, como todo el mundo, imágenes de aviones estrellándose contra rascacielos, de camiones llevándose por delante a simples viandantes, y todos los horrores consiguientes. Sabía que los atentados de ese tipo distaban mucho de ser gloriosos, igual que sabía que todo aquello que intentaban destruir los terroristas, fuera lo que fuese, siempre volvía a reconstruirse: más alto, más fuerte y mejor.

—¿Por qué estoy aquí, entonces? —preguntó—. ¿Qué quieres de mi madre?

—Te ha costado mucho llegar a esa cuestión —replicó Paula—. Jane tiene unos papeles firmados por tu tío Jasper.

«Mi tío Jasper...».

No se acostumbraba a la idea de tener una familia, y de todos modos no estaba segura de que los Queller fueran la familia que quería tener.

—Nick ha pedido la condicional seis veces estos últimos doce años —continuó Paula mientras hacía una bola con la bolsa de patatas fritas y la tiraba hacia la papelera—. Y cada vez, ese cabrón de Jasper Queller se planta en el estrado llevando su ridícula insignia de la Fuerza Aérea y su chapita con la bandera estadounidense y empieza a lamentarse de que Nick mató a su padre, contagió a su hermano, le hizo perder a su hermana y blablablá.

—¿Cómo que contagió a su hermano?

—Nick no tuvo nada que ver con eso. Tu tío era maricón. Murió de sida.

Andy retrocedió físicamente, horrorizada por su invectiva.

Paula soltó un bufido.

—Tu generación y su puta corrección política. —Volvió a bufar—. Dios, de haber sabido que necesitabas que te pegaran un tiro para espabilar, te habría hecho ese favor en Austin.

Andy cerró los ojos un momento. Odiaba aquel brutal toma y daca.

—¿Qué hay en esos papeles? ¿Por qué son tan importantes?

—Fraude. —Paula levantó las cejas y esperó a que reaccionara—. Servicios Sanitarios Queller echaba pacientes a la calle y seguía facturando a la administración por atenderlos.

Andy siguió esperando, pero por lo visto eso era todo.

—¿Y…? —preguntó.

—¿Cómo que «y»?

—Podría meterme en Internet ahora mismo y encontrar montones de vídeos de gente sin recursos a la que echan a patadas de los hospitales. —Se encogió de hombros—. Los hospitales se disculpan, pagan la multa y ya está. Y a veces ni siquiera eso. Nadie pierde su trabajo, como no sea, quizá, el guardia de seguridad, que es un mandado.

Su indiferencia dejó pasmada a Paula.

—Aun así es un delito.

—Muy bien.

—¿Alguna vez ves las noticias o lees el periódico? Jasper Queller quiere ser presidente.

Andy no estaba tan segura de que una acusación de fraude pudiera pararle los pies. Paula seguía luchando conforme a las normas de los años ochenta, antes de que los asesores de imagen y los equipos de gestión de crisis se volvieran moneda corriente. Lo único que tendría que hacer Jasper sería comparecer en distintos medios pidiendo disculpas, soltar alguna lagrimita y su popularidad subiría como la espuma.

Paula cruzó los brazos con expresión ufana.

—Jasper no resistirá el escándalo, te lo aseguro, se derrumbará a la primera de cambio. Lo que más le importa en el mundo es la reputación de la familia Queller. Le manejaremos como a una marioneta.

Había algo que Andy no acababa de entender. Intento encajar las piezas del rompecabezas.

—Viste a mi madre en la tele. Pagaste a un tipo para que la torturara, para enterarte de dónde están esos documentos, ¿y ahora me tienes secuestrada para conseguirlos porque quieres chantajear a Jasper para que no hable en contra de Clayton, digo de Nick, y le concedan la libertad condicional?

—No hace falta saber construir cohetes espaciales para entenderlo, niña.

Ni siquiera cohetes de juguete.

¿Cómo había caído su madre en manos de aquellos idiotas?

—Lo tengo todo listo para cuando Nick salga —continuó Paula—. Compraremos algunos cuadros para las paredes, buscaremos los muebles que hagan falta. Nick tiene mucho ojo para esas cosas. No se me ocurriría elegir nada sin consultarle primero.

Andy se acordó de la asepsia institucional de la casa de Paula. Veinte años en prisión y al menos una década en libertad, y seguía esperando a que Clayton Morrow le dijera lo que tenía que hacer.

—¿Fue Nick quien te metió en esto? —preguntó, y de pronto se acordó de algo que había dicho Paula—. Por eso no me has matado, ¿verdad? Porque soy su hija.

Ella sonrió.

—Supongo que no eres tan tonta como pareces.

Andy oyó vibrar un teléfono.

Paula rebuscó en las bolsas y encontró el móvil roto. Le hizo un guiño antes de contestar.

—¿Qué hay, descerebrada? —Levantó las cejas—. Motel Porter. Ya sé que lo conoces bien. Habitación 310.

Andy la vio cerrar el teléfono.

—¿Viene para acá?

—Ya está aquí. Imagino que habrá usado la pasta de los Queller para alquilar un avión privado. —Paula se levantó y se ajustó la pistola que llevaba en la cinturilla—. Estamos en Valparaíso, Indiana. He pensado que querrías conocer el sitio donde naciste.

Andy ya se había mordido la lengua hasta dejarla en carne viva. Ahora, comenzó a mordisquearse el interior de la mejilla.

—La imbécil de tu madre se daba demasiados aires como para que la consideraran una presa común. Edwin se las arregló para que la metieran en la cárcel del condado de Porter. Estuvo en aislamiento todo el tiempo, pero ¿qué más da? Mejor eso a que una arpía te dé una puñalada por la espalda porque has dicho que tiene el culo gordo.

El cerebro de Andy no podía asimilar tanta información al mismo tiempo.

—¿Qué hay de…?

Paula se quitó el pañuelo y se lo metió bruscamente en la boca.

—Lo siento, niña, pero no quiero distraerme con tus gilipolleces. —Se puso de rodillas y abrió la esposa de debajo de la mesa—. Mete el brazo derecho debajo.

Andy extendió los dos brazos hacia la base de la mesa y Paula cerró las esposas.

—Mmmm —murmuró Andy intentando hablar. El pañuelo le oprimió la garganta. Trató de expulsarlo con la lengua.

—Si tu madre hace lo que tiene que hacer, no te pasará nada. —Paula sacó de la bolsa un rollo de cuerda de tender. Amarró sus tobillos a la pata de la silla—. Esto es por si acaso se te ocurre escapar.

Andy empezó a toser. Cuanto más luchaba por expulsar la mordaza, más adentro se le metía.

—¿Sabías que tu tío, el que murió, una vez intentó ahorcarse con esto? —Volvió a hurgar en la bolsa de plástico. Sacó unas tijeras nuevas y abrió el envoltorio con los dientes—. No, supongo que no lo sabías. Le quedó una cicatriz en el cuello, aquí. —Se señaló el cuello con la punta de las tijeras, justo debajo de un grupo de lunares oscuros.

Andy le deseó un cáncer de piel.

—Esa vez le salvó Jasper. —Paula cortó el extremo de la cuerda de tender—. A Andy siempre había que estar salvándole. Qué curioso que tu madre te pusiera su nombre.

A Laura no le gustaba llamarla Andy, como llamaban a su hermano muerto. Hacía una mueca contrariada cada vez que tenía que llamarla así y no Andrea.

Paula volvió a comprobar las esposas y luego los nudos, para asegurarse de que estaban bien sujetos.

—Bueno… Voy a mear. —Se metió las tijeras en el bolsillo de atrás—. No hagas ninguna tontería.

Andy esperó a que se cerrara la puerta del cuarto de baño. Luego, buscó alguna tontería que pudiera hacer. El teléfono móvil seguía sobre la mesa. No podía usar las manos, pero sí la cabeza. Intentó echar la silla hacia delante, pero sintió una quemazón tan intensa que una oleada de vómito le subió por la garganta.

La mordaza la hizo refluir.

«Joder».

Recorrió la habitación con la mirada, del suelo al techo. Un cubo para hielo y varios vasos de plástico encima del escritorio, debajo del televisor. Varias botellas de agua. Una papelera. Rodeó con las manos el pie de la mesa e intentó levantarla. Pesaba demasiado. Y además ella tenía una bala metida dentro del cuerpo. Aunque consiguiera soportar el dolor y levantar la mesa, caería de bruces porque tenía los tobillos atados a la silla.

Sonó la cisterna. Se oyó correr el agua del grifo. Paula salió con una toalla entre las manos. La tiró sobre la mesa del televisor. En lugar de dirigirse a Andy, se sentó en el borde de la cama y se puso a ver la tele.

Andy apoyó la frente en la mesa. Cerró los ojos. Sintió que un gemido le vibraba en la garganta. Todo aquello era demasiado para ella. La abrumaba como un peso insoportable.

Mike era policía.

Su madre era una testigo protegida.

Su padre biológico era el líder de una secta asesina.

Edwin Van Wees estaba muerto.

Clara Bellamy...

Todavía le resonaba en los oídos el golpe sordo que había puesto fin al grito de Clara.

El *clic, clic, clic, clic* del tambor del revólver.

La bailarina y el abogado habían cuidado de ella durante sus dos primeros años de vida, y no guardaba ni un solo recuerdo de ellos.

Oyó un ruido en el pasillo.

Le dio un vuelco el corazón. Levantó la cabeza.

Tocaron dos veces a la puerta, se hizo un silencio y volvieron a tocar.

Paula soltó un bufido.

—Tu madre se cree muy lista, llega antes de lo previsto.

Apagó la tele y se llevó un dedo a los labios como si Andy pudiera hacer otra cosa que guardar silencio.

Paula tenía el revólver en la mano cuando abrió la puerta.

«Mamá».

Sin poder evitarlo, Andy empezó a llorar. El alivio que sintió fue tan grande que creyó que iba a estallarle el corazón.

Se miraron a los ojos.

Laura negó con la cabeza una sola vez, pero Andy no entendió qué quería decir.

«¿No hagas nada?».

¿O «Esto es el fin»?

Paula le apuntó a la cara con el arma.

—Entra. Deprisa.

Laura se apoyó pesadamente en el bastón de aluminio al entrar

475

en la habitación. Llevaba el abrigo echado sobre los hombros y estaba demacrada. Parecía frágil, como una mujer con el doble de edad que ella.

—¿Estás bien? —le preguntó a Andy.

Ella asintió en silencio, alarmada por el aspecto de fragilidad de su madre. Había tenido casi una semana para recuperarse de sus heridas. ¿Estaba otra vez enferma? ¿Se le había infectado la herida de la pierna, el corte de la mano?

—¿Dónde están? —Paula le puso el cañón de la pistola en la nuca—. Los archivos. ¿Dónde están?

Laura siguió con la mirada clavada en Andy. Era como un rayo láser que las unía. Andy recordaba aquella misma mirada de cuando estaban en el hospital y las enfermeras se la llevaban en silla de ruedas al quirófano, a la sala de rayos o a quimioterapia.

Aquella era su madre. Aquella mujer, aquella desconocida, siempre había sido su madre.

—Venga —dijo Paula—, ¿dónde…?

Laura encogió el hombro derecho y dejó que su abrigo cayera al suelo. Llevaba el brazo izquierdo en un cabestrillo suelto, no sujeto a la cintura. Debajo del brazo llevaba un montón de carpetillas. La férula del hospital había desaparecido y una abultada venda elástica envolvía su mano. Sus dedos hinchados asomaban por la abertura, curvados como la lengua de un gato.

Paula le quitó las carpetas y las abrió sobre el escritorio, debajo de la tele. Siguió apuntando a Laura mientras hojeaba los documentos, moviendo constantemente la cabeza para mirarla como si temiera que fuera a abalanzarse sobre ella.

—¿Están aquí todos?

—Están los suficientes —respondió Laura sin apartar la mirada de Andy.

¿Qué intentaba decirle?

—Separa las piernas. —Paula la cacheó burdamente con la mano, palpándole el cuerpo de arriba abajo—. Quítate el cabestrillo.

Laura no se movió.

—Ahora mismo —ordenó Paula en un tono de nerviosismo que Andy le oía por primera vez.

¿Estaba asustada? ¿Era posible que aquella arpía temeraria le tuviera miedo a Laura?

—Quítatelo —repitió, agarrotada, mientras cambiaba de postura apoyando el peso del cuerpo en uno y otro pie—. Ya, descerebrada.

Soltando un suspiro, Laura apoyó el bastón en la cama. Se llevó la mano al cuello. Encontró el cierre de velcro y se quitó el cabestrillo con mucho cuidado. Mantuvo la mano vendada alejada del cuerpo.

—No llevo ningún micrófono.

Paula le levantó la blusa y le pasó un dedo por la cinturilla.

Laura miró a su hija a los ojos. Volvió a negar con la cabeza una sola vez.

«¿Por qué?».

—Siéntate en la cama —ordenó Paula.

—Ya tienes lo que has pedido —replicó Laura en tono sereno, casi con frialdad—. Deja que nos marchemos y nadie más saldrá herido.

Paula le puso el cañón de la pistola en la cara.

—Aquí la única que va a salir herida eres tú.

Laura asintió mirando a Andy, como si aquello fuera lo que había estado esperando. Por fin fijó la mirada en Paula.

—Yo me quedo. Déjala marchar a ella.

«¡No!», quiso gritar, pero la voz se le atascó en la garganta. Luchó furiosamente por librarse de la mordaza. «¡No!».

—Siéntate.

Paula empujó a Laura hacia atrás. Su madre no pudo equilibrarse con un solo brazo y cayó de lado. Andy vio cómo se crispaba su rostro lleno de dolor.

La ira se apoderó de ella como una fiebre. Empezó a gruñir, a resoplar, a hacer todo el ruido que podía.

Paula apartó el bastón de aluminio de una patada.

—Tu hija va a verte morir.

Laura no dijo nada.

—Coge esto. —Paula le tiró el rollo de cuerda.

Laura lo cogió con una mano. Miró a Andy. Luego volvió a mirar a Paula.

«¿Qué?», quiso gritarle Andy. «¿Qué debo hacer?».

Laura levantó el rollo de cuerda.

—¿Para qué es esto? ¿Para asustarme?

—Es para atarte como a un cerdo y abrirte en canal.

¿Abrirla en canal?

Andy encajó el pecho en el filo de la mesa y empezó a tirar de las esposas. El dolor era casi insoportable, pero tenía que hacer algo.

—Déjalo, Penny. —Laura se deslizó hacia el borde de la cama—. Nick no querría que…

—¿Qué cojones sabrás tú de lo que quiere Nick? —Paula temblaba de furia sujetando el arma con las dos manos—. Tú, con esa sangre fría que tienes, hija de puta.

—Fui su amante seis años. Tuve una hija suya. —Laura apoyó los pies en el suelo—. ¿De verdad crees que él querría que su hija presenciara el asesinato de su madre?

—Debería pegarte un tiro y ya está —replicó Paula—. ¿Ves mi ojo? ¿Ves lo que me hiciste?

—La verdad es que estoy bastante orgullosa de ello.

Paula la golpeó en la cara con la pistola. Se oyó un ruido sordo. Andy sintió un calambre en el estómago al ver que Laura luchaba por mantenerse erguida.

Paula levantó de nuevo el arma.

Andy cerró los ojos con fuerza, pero oyó el horrible crujido del metal al golpear el hueso. Estaba otra vez en la granja. Edwin había muerto. Clara gritaba y luego…

Clic, clic, clic, clic.

El tambor del revólver girando.

Abrió los ojos.

—Hija de puta. —Paula volvió a golpear a Laura en la cara. La piel se había rajado. Le sangraba la boca.

«¡Mamá!». Su grito se oyó como un gruñido. «¡Mamá!».

—Esto va a ir a peor —le dijo Paula—. Tómatelo con calma.

«¡Mamá!», chilló Andy. Miró a Laura y luego la pistola. Luego, otra vez a Laura.

«¡Piensa!».

¿Por qué amenazaba Paula con «abrirla en canal»? ¿Por qué no había disparado a Clara en la granja? ¿Por qué no les disparaba a ellas?

Aquel *clic, clic* que había oído en la granja era el ruido que había hecho Paula al comprobar si quedaban cartuchos en el revólver.

No le quedaban balas.

«¡Mamá!». Sacudió la silla tan violentamente que de nuevo comenzó a sangrarle el costado. La mesa se le clavó en el pecho. Giró las muñecas tratando de levantar las manos para que su madre las viera.

«¡Mírame!», intentó decirle forzando las cuerdas vocales mientras trataba de llamar su atención.

Laura encajó otro golpe. Ladeó la cabeza, aturdida por la paliza.

«¡Mamá!». Sacudió la mesa aún más fuerte. Tenía las muñecas desolladas. Movió las manos frenéticamente, intentando atraer la mirada de Laura.

—Venga ya, niña —dijo Paula—. Lo único que vas a conseguir es caerte de la silla.

Andy gruñó y sacudió las manos con tanta fuerza que se le clavaron las esposas en la piel.

«¡Mírame!».

Con penosa lentitud, Laura fijó por fin los ojos en las manos de su hija.

Cuatro dedos levantados en la izquierda. Uno solo en la derecha.

El mismo número de dedos que Laura le había mostrado a Jonah Helsinger en el restaurante.

«Por eso no has apretado el gatillo aún. Porque solo te queda una bala».

Mientras Laura la miraba, Andy levantó el pulgar de la mano izquierda.

479

Seis dedos.

Seis balas.

El revólver estaba descargado.

Laura se incorporó en la cama.

Su recuperación repentina pilló desprevenida a Paula. Justo lo que necesitaba Laura.

Agarró la pistola con la mano derecha, giró la izquierda en el aire y le asestó un golpe en plena tráquea.

Todo se detuvo.

Ninguna de las dos se movió.

El puño de Laura seguía pegado al cuello de Paula.

Paula agarraba con fuerza el brazo de Laura.

Un reloj hacía tictac en algún punto de la habitación.

Andy oyó una especie de gorgoteo.

Laura retiró la mano herida.

Una cinta roja se desplegó sobre el cuello de la camisa de Paula. Tenía la garganta abierta, la carne seccionada en una herida en forma de media luna.

Goteaba sangre de la hoja de afeitar que Laura sostenía entre los dedos.

«Si le haces daño a mi hija, te rajo el cuello».

Por eso su madre no llevaba puesta la férula. Necesitaba tener los dedos libres para sostener la cuchilla y clavársela a Paula en la garganta.

Paula tosió, arrojando un chorro de sangre por la boca. Estaba temblando, no de miedo esta vez, sino de pura ira.

Laura se inclinó hacia ella. Le susurró algo al oído.

La rabia centelleó en sus ojos como una vela. Paula volvió a toser. Le temblaron los labios. Los dedos. Los párpados.

Andy apoyó la frente sobre la mesa, ajena a la carnicería que estaba teniendo lugar ante sus ojos. La violencia súbita ya no la impresionaba. Por fin entendía la expresión serena del rostro de su madre al matar a Jonah Helsinger.

Todo aquello ya lo había visto antes.

UN MES DESPUÉS

Sentí un desgarro en mi Mente –
Como si mi Cerebro se rajara –
Traté de zurcirlo –Punto a Punto–
Mas no hubo forma de que encajara.

Luché por unir la idea de atrás
con la idea de delante –
Pero rodó en silencio la Secuencia
como un Ovillo por el Suelo.

Emily Dickinson

EPÍLOGO

Laura Oliver estaba sentada en un banco de madera frente al Correccional Federal de Maryland. El complejo se asemejaba a un instituto de secundaria de gran tamaño. El recinto contiguo, en cambio, se parecía más a un campamento de verano para niños. Seguridad mínima y delincuentes de guante blanco en su mayoría, sentenciados por esquilmar fondos de cobertura u olvidarse de pagar impuestos durante décadas. Había canchas de tenis y baloncesto y dos pistas de atletismo. La valla exterior no parecía insalvable. Escaseaban las torres de vigilancia. Muchos de los reclusos tenían permitido salir durante el día para ir a trabajar a las fábricas de los alrededores.

Dada la gravedad de sus delitos, Nick no tendría que estar allí. Pero siempre se le había dado bien colarse en sitios cuyo acceso le estaba vedado. Pese a haber sido condenado por homicidio en primer grado por la muerte de Alexandra Maplecroft y por conspiración con el fin de utilizar un arma de destrucción masiva por su intento de volar la Bolsa de Nueva York, el jurado no solo había decidido no condenarle a muerte, sino que le había ofrecido la posibilidad de salir en libertad condicional. Probablemente gracias a ello había conseguido el traslado a aquella especie de club de campo. El aburrimiento era la principal preocupación de los reclusos que habitaban los módulos de tejado azulado que descollaban como vainas del edificio principal.

483

Laura conocía de primera mano el hastío de la vida en prisión, aunque no lo hubiera experimentado en un ambiente tan relajado. En virtud de su trato con el Estado, había cumplido su sentencia a dos años de prisión en una celda de aislamiento. Al principio, había pensado que iba a volverse loca. Se había lamentado amargamente, había llorado y hasta se había hecho un teclado en el bastidor de la cama en el que tocaba notas que solo ella alcanzaba a oír. Luego, a medida que avanzaba el embarazo, la fue venciendo el agotamiento. Cuando no dormía se dedicaba a leer. Y cuando no estaba leyendo esperaba pacientemente la hora de la comida o, con la vista fija en el techo, mantenía con Andrew largas conversaciones que ya nunca tendrían en persona.

«Puedo ser fuerte. Puedo cambiar esto. Puedo salir de aquí».

Lloraba la pérdida de sus hermanos: Andrew, a manos de la muerte; Jasper, a las de su propia avaricia. Lloraba la pérdida de Nick, porque le había querido durante seis años y sentía la ausencia de ese amor como la de un miembro amputado. Luego, cuando nació Andrea, lloró también la ausencia de su hija.

Le permitieron tenerla en brazos solo una vez antes de que Edwin y Clara se la llevaran. Le habían arrebatado muchas cosas, pero perderse el primer año y medio de la vida de Andy era la única herida que nunca restañaría.

Se sacó un pañuelo de papel del bolsillo. Se enjugó los ojos. Volvió la cara y allí estaba Andy, caminando hacia el banco. Su preciosa hija llevaba los hombros muy erguidos, la cabeza bien alta. Aquella huida por carretera la había cambiado en muchos sentidos, y Laura no acababa de acostumbrarse. Durante mucho tiempo la había angustiado que su hija hubiera heredado todas sus flaquezas. Ahora, en cambio, se daba cuenta de que también le había transmitido su resistencia.

—Tenías razón —dijo Andy al sentarse a su lado—. Los aseos estaban asquerosos.

Laura le pasó el brazo por los hombros y la besó a un lado de la cabeza antes de que se apartara.

—Mamá…

Su tono de fastidio, tan normal, llenó de placer a Laura. Andy se quejaba de que la protegía demasiado desde que le habían dado el alta en el hospital. Ignoraba cuánto se refrenaba Laura. De haber podido, la habría sentado en su regazo para leerle un cuento.

Ahora que sabía la verdad (o al menos parte de la verdad, la parte que ella quería revelarle), Andy le pedía constantemente que le contara historias.

—Ayer hablé con las hijas de Clara —dijo—. Han encontrado un centro especializado en personas con Alzheimer. Un buen sitio. No es una residencia, sino más bien una especie de comunidad. Dicen que ya no pregunta tanto por Edwin.

Laura le frotó el hombro e intentó tragarse sus celos.

—Qué bien. Me alegro.

—Estoy nerviosa —dijo—. ¿Y tú? ¿Estás nerviosa?

Laura negó con la cabeza, aunque no estaba segura.

—Es un alivio no llevar ya la férula —dijo flexionando la mano—. Mi hija está sana y salva. Mi exmarido vuelve a hablarme. Creo que, en resumidas cuentas, tengo muchas cosas por las que alegrarme.

—Vaya, a eso lo llamo yo un buen regate.

Laura se rio, sorprendida y un poco sobresaltada porque las cosas que Andy antes solo se decía para sus adentros estuvieran aflorando por fin.

—Puede que esté un poco nerviosa. Fue mi primer amor.

—Estuvo a punto de matarte a golpes. Eso no es amor.

Las *polaroids*.

Andy era la primera persona a la que le había dicho la verdad acerca de aquella paliza.

—Tienes razón, cariño. No era amor. Al final, no lo era.

Andy apretó los labios y pareció vacilar. No sabía si quería saberlo todo acerca de su padre biológico o si prefería no saber nada en absoluto.

—¿Cómo fue la última vez que le viste?

Laura no tuvo que esforzarse mucho por recordar su comparecencia en el estrado de los testigos.

—Estaba aterrorizada. Él se defendió a sí mismo en el juicio, de modo que tenía derecho a interrogarme en el estrado de los testigos. —Nick siempre se había creído más listo que nadie—. Fueron seis días seguidos de interrogatorio. El juez me pedía constantemente que hablara más alto porque casi no me salía la voz. Me sentía tan impotente… Y luego miraba al jurado y me daba cuenta de que se estaba tragando su actuación. Es lo que tiene ser un buen estafador: que requiere tiempo. Te observan y te estudian hasta descubrir qué es lo que te falta, y entonces te convencen de que son ellos los únicos capaces de rellenar ese hueco.

—¿Qué es lo que te faltaba a ti? —preguntó Andy.

Laura frunció los labios. Había decidido ahorrarle a su hija los pormenores de los abusos sexuales a los que la había sometido Martin. Los días buenos, incluso conseguía convencerse a sí misma de que guardaba silencio por el bien de Andy y no por el suyo propio.

—Yo acababa de cumplir diecisiete años cuando Andrew trajo a Nick a casa. Me había pasado casi la vida entera sentada delante del piano, sola. Solo iba un par de horas al colegio, luego estudié con un tutor y después… —Su voz se apagó—. Tenía tantas ganas de que alguien me hiciera caso… —Se encogió de hombros—. Echando la vista atrás parece una ridiculez, pero fue lo único que tuvo que hacer para que picara el anzuelo. Fijarse en mí.

—¿Era allí donde ibas cuando desaparecías los fines de semana? —preguntó Andy olvidándose momentáneamente de Nick—. ¿Como aquella vez que fuiste al Museo Tubman y me trajiste el globo de nieve?

—Tenía que reunirme con el agente del WitSec, el programa de seguridad para testigos protegidos.

—Sé lo que es el WitSec. —Andy puso cara de fastidio.

Desde su larga huida por carretera, se consideraba una experta en el sistema de justicia penal.

Laura sonrió mientras le acariciaba el pelo.

—Estuve quince años en libertad condicional. Mi primer agente se tomaba las cosas mucho más relajadamente que Mike, pero aun así tenía que presentarme de vez en cuando.

—Me parece que no te gusta mucho Mike.

—Él no se fía de mí porque soy una delincuente y yo no me fío de él porque es policía.

Andy dio una patada al suelo con la puntera del zapato. Saltaba a la vista que aún intentaba reconciliar el sórdido pasado de Laura con la imagen que siempre había tenido de su madre. O tal vez estuviera intentando hacer las paces con su propia conciencia.

—No puedes decirle a Mike lo que pasó —le recordó Laura—. Hemos tenido mucha suerte de que no lo haya descubierto.

Andy asintió, pero siguió sin decir nada. Ya no parecía sentirse culpable por haber matado al hombre al que conocían como el encapuchado, pero, al igual que Laura, no se había perdonado por haber puesto en peligro la vida de Gordon.

La noche que huyó de la casa, Laura se había quedado sentada en el suelo de su despacho junto al cadáver del encapuchado y había esperado a que la policía echara la puerta abajo y la detuviera.

Sin embargo, había oído a varios hombres gritando en el jardín delantero.

Al abrir la puerta, se encontró a Mike tumbado de boca en el suelo. Media docena de policías le apuntaban con sus armas. Alguien, probablemente el encapuchado, le había dejado inconsciente. Le estaba bien empleado por andar merodeando por su jardín. Porque, si Laura hubiera querido que los *marshals* intervinieran en el caso de Jonah Helsinger, ella misma le habría llamado.

Claro que no debía ser muy dura con Mike teniendo en cuenta que, si no la habían detenido esa noche, se debía únicamente a él.

El mensaje de texto que envió Andy era bastante ambiguo:

419 Seaborn Ave hombre armado peligro inminente pf dense prisa.

Si algo se le daba bien a Laura era fingir. Les dijo a los policías que se había asustado al ver a un hombre rondando por sus ventanas, que no tenía ni idea de que ese hombre era Mike, que no sabía quién le había golpeado y que ignoraba por qué querían entrar en su casa, pero que sabía, en cambio, que tenía derecho legal a impedirles la entrada.

Si estuvieron dispuestos a creerla fue únicamente porque Mike estaba demasiado aturdido para llevarle la contraria. La ambulancia le llevó al hospital y Laura esperó a que amaneciera para llamar a Gordon. Luego esperaron juntos a que anocheciera para sacar el cadáver de la casa y echarlo al río.

Esa era la única falta que Andy no podía perdonarse. Había matado al encapuchado en defensa propia. Pero que Gordon hubiera tenido que intervenir para ocultar su crimen era más difícil de asumir.

Laura intentó aliviar su mala conciencia.

—Cariño, tu padre no se arrepiente de nada. Te lo ha dicho una y otra vez. Lo que hizo estuvo mal, pero lo hizo por una razón justa.

—Podría tener problemas.

—No los tendrá si todos mantenemos la boca cerrada. Tienes que recordar que Mike no te estaba siguiendo porque quisiera protegerte de algún peligro. Quería ver qué te traías entre manos porque pensaba que yo estaba infringiendo la ley. —Laura le apretó la mano—. No pasará nada si nos mantenemos unidos. Créeme. Yo sé escaquearme de un delito.

Andy la miró un instante y desvió la mirada. Ahora sus silencios tenían significado. Ya no eran un síntoma de su indecisión. Normalmente preludiaban una pregunta de difícil respuesta.

Laura contuvo la respiración y esperó.

Finalmente, su hija iba a preguntarle por Paula. Por qué la había matado en lugar de quitarle la pistola descargada. Qué le había susurrado al oído mientras daba sus últimas boqueadas. Por qué le había pedido a ella que le dijera a la policía que estaba inconsciente en el momento de morir Paula.

—En el trastero solo había una maleta —dijo Andy.

Laura dejó escapar el aliento. Su cerebro tardó un momento en poner coto a la ansiedad y encontrar la respuesta adecuada.

—¿Crees que era el único trastero?

Su hija levantó las cejas.

—¿El dinero es de tu familia?

—Es de los pisos francos, de las furgonetas. Yo no aceptaría el dinero de los Queller.

—Lo mismo dijo Paula.

Laura volvió a contener la respiración.

—¿No es también dinero sucio, dinero manchado de sangre? —insistió Andy.

—Sí.

Había intentado convencerse de que aquel dinero era distinto. Se justificaba a sí misma argumentando que tenía derecho a quedárselo porque le aterrorizaba que Jasper fuera tras ella. El neceser escondido dentro del sofá. Los trasteros. La documentación falsa por la que pagó al mismo falsificador de Toronto que fabricó las credenciales de Alexandra Maplecroft. Todos sus manejos obedecían al temor de que Jasper descubriera dónde se ocultaba.

Y todos sus temores estaban injustificados, porque Andy tenía razón: estaba claro que a Jasper le traían sin cuidado aquellos papeles. El fraude había prescrito hacía años según la legislación de Illinois, y su gira pública para pedir disculpas le había hecho repuntar en las encuestas de cara a las elecciones presidenciales.

Andy seguía clavando la puntera del zapato en la tierra.

—¿Por qué lo dejaste?

Laura casi se echó a reír. Hacía tanto tiempo que no le formulaban esa pregunta que lo primero que pensó fue: «¿Por qué dejé qué?».

—Resumiendo, la respuesta es que lo dejé por Nick —dijo—. Pero no es tan sencillo.

—Tenemos tiempo, puedes explicármelo largo y tendido.

Laura no creía que le quedaran horas de vida suficientes para una explicación tan larga, pero aun así lo intentó:

—Cuando tocas música clásica, tienes que tocar las notas tal y como están escritas. Tienes que practicar constantemente porque pierdes tu dinámica, o sea, tu forma de expresar las notas. Aunque lo dejes solo unos días, sientes que tus dedos pierden destreza. Mantener esa destreza requiere mucho tiempo. Tiempo que te aparta de otras cosas.

—De Nick, por ejemplo.

—De Nick, por ejemplo —respondió Laura—. Nunca me pidió expresamente que lo dejara, pero solía hacer comentarios sobre otras cosas que podríamos estar haciendo juntos. Así que, cuando dejé la música clásica pensé que era algo que había decidido yo, cuando en realidad fue él quien me metió esa idea en la cabeza.

—¿Y después tocaste *jazz*?

Laura sintió que sonreía. Adoraba el *jazz*. Y a pesar del tiempo transcurrido seguía sin poder escucharlo: le resultaba demasiado doloroso.

—En el *jazz* las notas tienen menos importancia, lo importante es la expresión melódica. A menos ensayos, mayor emoción. En la música clásica hay un muro entre el público y tú. El *jazz* es un viaje compartido. No estás deseando dejar el escenario en cuanto acaba el concierto. Y desde un punto de vista técnico, el toque es completamente distinto.

—¿El toque?

—La forma de pulsar las teclas. La velocidad, la profundidad. Es algo difícil de expresar con palabras, pero en realidad es lo que define tu manera de interpretar. A mí me encantaba formar parte de algo tan rebosante de energía. Si hubiera sabido lo que era tocar *jazz*, no me habría decantado por la clásica. Y Nick eso también lo vio, incluso antes que yo.

—Entonces ¿también te convenció de que dejaras el *jazz*?

—Fue decisión mía —contestó Laura, porque era la verdad. Todo había sido decisión suya—. Luego empecé a trabajar en estudio y encontré la manera de que también me encantara, y Nick empezó a enfurruñarse otra vez y... —Se encogió de hombros—.

Limitarte la vida, eso es lo que hacen los hombres como Nick. Te apartan de todo lo que amas para que te concentres solo en ellos —dijo, y sintió la necesidad de añadir—: Si los dejas.

Andy se había despistado. Mike Falcone se estaba bajando del coche. Vestía traje y corbata. En su guapo rostro se dibujó una sonrisa mientras se acercaba. Laura trató de ignorar la súbita animación que advirtió en su hija. Mike era simpático, sabía reírse de sí mismo, y había algo en él que la sacaba de quicio.

Tenía carisma.

—Qué coincidencia —dijo Andy cuando el policía se hubo acercado lo suficiente.

Él se señaló la oreja.

—Lo siento, no te oigo. Todavía tengo un testículo alojado en el canal auditivo.

Andy se rio y Laura sintió que se le encogía el estómago.

—Un día precioso para visitar a un tarado —comentó él.

—No seas tan duro contigo mismo —bromeó Andy con una sonrisa espontánea y relajada que Laura no conocía—. ¿Qué tal están tus tres hermanas mayores?

—Esa parte era cierta.

—¿Y lo de tu padre? —Eso también —contestó él—. ¿Te importaría explicarme cómo acabaste en casa de Paula Kunde? Era la enemiga número uno de tu madre.

Laura sintió que Andy se envaraba. A ella también se le crispaban los nervios cada vez que recordaba que Andy había oído su conversación con el encapuchado. Jamás se perdonaría por haber enviado a su hija a la guarida del lobo.

Aun así, Andy conservó el aplomo y se limitó a encogerse de hombros.

—¿Y qué me dices de esos fajos de billetes que llevabas en los bolsillos? —insistió él—. Nos han dado muchos quebraderos de cabeza.

Andy sonrió encogiéndose de hombros otra vez.

Laura se mantuvo a la expectativa, pero solo advirtió una intensa atracción sexual entre los dos.

—¿Nerviosa? —le preguntó Mike.

—¿Por qué iba a estarlo?

Él se encogió de hombros.

—No todos los días se reencuentra una con un tipo al que mandó a prisión de por vida.

—Se mandó a prisión él solito. Sois vosotros, capullos, quienes dejáis que vuelva a comparecer ante la junta para pedir la condicional.

—Eso no es cosa mía. —Mike se señaló la cicatriz rosada que tenía en la sien, donde le habían golpeado—. ¿Sigues sin saber quién me dejó KO en tu jardín?

—¿Cómo sabes que no fui yo?

Laura sonrió porque él también sonreía.

Mike esbozó una reverencia, dándose por vencido, y señaló la prisión.

—Las damas primero.

Caminaron delante de él hacia la entrada de visitas. Laura contempló el alto edificio, con sus ventanas de cristal reforzado protegidas con barrotes. Nick estaba allí dentro y la estaba esperando. Sintió una especie de temblor, después de días de incertidumbre. ¿Estaba preparada para aquello?

¿Tenía acaso elección?

Tensó los hombros cuando les franquearon la puerta de entrada. El guardia que salió a su encuentro era un tipo enorme. Más alto que Mike, la barriga le rebosaba por encima del cinturón de cuero negro. Sus zapatos chirriaron cuando los condujo a través del control de seguridad. Guardaron sus bolsos y sus teléfonos en las taquillas metálicas y acto seguido el guardia los llevó por un largo pasillo.

Laura intentó refrenar un escalofrío. Tenía la sensación de que las paredes iban estrechándose a su alrededor. Cada vez que una puerta o una reja se cerraba con estruendo, se le encogía el estómago. Solo había pasado dos años en la cárcel, pero la sola idea de volver a hallarse encerrada en una celda, sola, le producía un sudor frío.

¿O acaso estaba pensando en Nick?

Andy le dio la mano cuando llegaron al final del corredor. Siguieron al guardia a una salita mal ventilada. Los monitores mostraban imágenes de un sinfín de cámaras. Seis guardias pertrechados con auriculares escuchaban las conversaciones que mantenían los reclusos en la sala de visitas.

—Agente. —Había un hombre de pie, de espaldas a la pared. A diferencia de los demás, vestía traje y corbata. Mike y él se dieron la mano—. Soy el agente Rosenfeld.

—Agente Falcone —repuso Mike—. Esta es mi testigo. Y su hija.

Rosenfeld las saludó con una inclinación de cabeza al tiempo que se sacaba del bolsillo un estuchito de plástico.

—Tiene que ponerse esto en los oídos. Están conectados con ese receptor de ahí, con el que grabaremos todo lo que digan tanto usted como el recluso.

Laura miró, ceñuda, los auriculares de plástico del estuche.

—Parecen audífonos.

—Están diseñados así a propósito. —Rosenfeld sacó los auriculares y los depositó sobre la palma de Laura—. Recogen sus palabras a través de la vibración del hueso mandibular. Para que podamos grabar también lo que diga Clayton Morrow, tiene que estar cerca. En la sala de visitas hay mucho ruido ambiental. Y todos los reclusos saben aprovechar las zonas muertas. Para que la conversación quede registrada, tiene que situarse a menos de noventa centímetros de él.

—Eso no será problema.

A Laura le preocupaba más su vanidad. No quería que Nick pensara que era una anciana que necesitaba audífono.

—Si se siente amenazada —prosiguió Rosenfeld— o no tiene ánimos para seguir adelante, solo tiene que decir la frase: «Me apetece una Coca Cola». Hay una máquina ahí dentro. Él no notará nada raro. Le diremos al guardia más cercano que intervenga, pero en caso de que Morrow tenga una navaja o un arma...

—Eso no me preocupa. En todo caso, usaría las manos.

Andy tragó saliva audiblemente.

—No va a pasarme nada, cariño. Es solo una conversación. —Laura se puso los auriculares. Parecían piedrecillas—. ¿Qué tiene que decir exactamente? —le preguntó a Rosenfeld—. ¿Qué podría incriminarle?

—Cualquier cosa que le señale como instigador de los actos cometidos por Paula Evans-Kunde. Bastará con que diga que fue él quien la mandó a la granja. No hace falta que diga que la mandó matar a alguien o secuestrar a su hija. Eso es lo mejor de todo. Lo único que tiene que hacer es conseguir que le grabemos atribuyéndose el mérito de sus actos.

El Nick de antaño se atribuiría de buena gana el mérito de todo, pero Laura ignoraba si el actual habría escarmentado.

—Lo único que puedo hacer es intentarlo.

—Preparados —dijo uno de los guardias levantando el pulgar—. El sonido llega perfecto.

Rosenfeld le respondió levantando a su vez el pulgar.

—¿Lista? —le preguntó a Laura.

Ella sintió un nudo en la garganta. Sonrió a Andy.

—Sí, lista.

—La verdad —dijo Mike— es que estamos todos un poquitín nerviosos sabiendo que vas a estar en la misma habitación que ese tipo.

Laura sabía que pretendía quitarle hierro al asunto.

—Intentaremos no volar nada.

Andy soltó una carcajada.

—Te acompaño hasta la puerta —dijo Mike—. ¿De verdad no te importa que Andy escuche la conversación?

—Claro que no.

Laura apretó la mano de su hija a pesar de que sentía una vaga incertidumbre. La preocupaba que Nick consiguiera atraer a Andy de algún modo. Y la angustiaba su propia cordura. A fin de cuentas Nick había conseguido atraparla en sus redes en multitud de ocasiones, y ella solo había logrado escapar una vez.

—Vas a hacerlo genial, mamá. —Andy le sonrió, y su sonrisa le recordó tanto a la de Nick que Laura se quedó sin respiración—. Estaré aquí cuando acabes. ¿De acuerdo?

Solo pudo asentir en silencio.

Mike dejó que el guardia y ella le precedieran por otro largo corredor. Se mantuvo a cierta distancia, pero Laura oía sus pasos firmes tras ella. Tocó la pared con los dedos para dejar de retorcerse las manos. Notaba un hormigueo en el estómago.

Le había costado un mes prepararse para aquel momento y ahora que estaba allí se sentía aterradoramente indefensa.

—¿Qué tal va? —preguntó Mike haciendo un esfuerzo evidente por distraerla—. Andy, digo. ¿Qué tal está?

—Perfectamente —contestó ella sin apenas exagerar—. El cirujano consiguió extraer la bala casi por completo. No van a quedarle secuelas duraderas.

Mike no le estaba preguntando por su salud física, pero Laura no quería hablar de cosas personales con un hombre que acababa de coquetear descaradamente con su hija.

—Ha encontrado apartamento en el pueblo. Quizá vuelva a la universidad.

—Debería hacerse policía. Cuando andaba por ahí, en la carretera, demostró ser una detective estupenda.

Laura le lanzó una mirada venenosa.

—Antes la encierro en el sótano que permitir que se haga de la pasma.

Mike se rio.

—Es adorable.

Laura se había olvidado de los auriculares. Mike estaba hablando para que le oyera Andy. Abrió la boca dispuesta a bajarle los humos, pero se interrumpió al oír un zumbido de conversaciones lejanas.

Notó una opresión en la garganta. Aún se acordaba del ruido ambiental de una sala de visitas.

El guardia metió su llave en la cerradura.

—Señora. —Mike se despidió de ella con un saludo militar y regresó a la sala de monitores.

Laura apretó los dientes cuando el guardia abrió la puerta. Entró. El guardia cerró la puerta y buscó la llave de la siguiente.

Sin poder evitarlo, Laura empezó a retorcerse las manos otra vez. Aquello era lo que más recordaba de su época en prisión: una serie de puertas y rejas cerradas con llave, ninguna de la cuales podía abrir por sí misma.

Miró al techo. Rechinó los dientes con más fuerza. Se hallaba de nuevo en la sala del juzgado, con Nick. Estaba en el estrado, retorciéndose las manos y tratando de no mirarle a los ojos porque sabía que, si se permitía esa debilidad, se derrumbaría y todo habría acabado.

«Véndele».

El guardia abrió la puerta. El ruido de las conversaciones aumentó. Oyó risas infantiles. Palas golpeando pelotas de pimpón. Se tocó los auriculares de plástico para asegurarse de que no se le habían caído. ¿Por qué estaba tan nerviosa? Se secó las manos en los vaqueros mientras aguardaba de pie junto a la reja cerrada, la última barrera que la separaba de Nick.

Todo le parecía un error.

Sintió deseos de rebobinar el día y empezar de nuevo. Se había negado a arreglarse para la ocasión, y ahora se arrepentía de haber elegido unos vaqueros azules y un sencillo jersey negro. Debería haberse puesto tacones. Debería haberse teñido las canas. Debería haberse maquillado con más esmero. Debería haberse marchado de allí, pero entonces se abrió la reja y, al doblar una esquina, le vio.

Estaba sentado a una mesa, al fondo de la sala.

Levantó la barbilla a modo de saludo.

Laura fingió no advertirlo, fingió que no le temblaba el corazón, que no le vibraban los huesos dentro del cuerpo.

Estaba allí por Andrew, cuya muerte debía tener algún significado.

Y por Andrea, que por fin había conseguido dar un rumbo a su vida.

Y por sí misma, porque quería que Nick supiera que había conseguido escapar de sus garras, al fin.

Entrevió movimientos, fugaces como destellos, mientras atravesaba sin prisa la amplia sala diáfana. Padres con uniforme caqui levantando a sus hijos por el aire. Parejas que hablaban en voz baja con las manos unidas. Un par de abogados hablando en susurros. Niños que jugaban en un rincón acordonado. Dos mesas de pimpón ocupadas por adolescentes de aspecto risueño. Cámaras cada tres metros, micrófonos que sobresalían del techo, guardias apostados junto a las puertas, la máquina de Coca Cola, la salida de emergencia.

Nick estaba sentado solo a unos metros de distancia. Laura miró más allá de él, incapaz todavía de encontrarse de frente con su mirada. Le dio un vuelco el corazón al ver el piano vertical que había en la pared del fondo. Un Baldwin Hamilton modelo escolar en nogal satinado. Le faltaba la tapa del teclado. Las teclas estaban desgastadas. Dedujo que rara vez se tocaba. Estaba tan abstraída contemplando el piano que casi pasó de largo junto a Nick.

—¿Jinx?

Tenía las manos unidas sobre la mesa. Estaba, cosa rara, exactamente igual que como le recordaba. No en el juzgado, ni cuando intentó estrangularla en el cuarto de baño de la granja, sino en el piso bajo el cobertizo. Cuando aún vivía Alexandra Maplecroft. Cuando aún no habían estallado las bombas. Cuando se desabrochó la trenca azul marino y la besó en la mejilla.

«Suiza».

—¿Debería llamarte Clayton? —preguntó ella, incapaz aún de mirarle de frente.

Él le indicó que se sentara al otro lado de la mesa.

—Amor mío, tú puedes llamarme lo que quieras.

Laura estuvo a punto de dejar escapar un gemido, avergonzada porque el suave sonido de su voz aún pudiera conmoverla. Tomó asiento. Midió con la mirada el espacio que los separaba. Menos de noventa centímetros, sin duda. Juntó las manos sobre la mesa y por un momento se permitió el placer de mirarle a la cara.

Seguía siendo una cara muy hermosa.

Un poco arrugada, sí, pero no demasiado. Conservaba toda su energía, como si tuviera dentro un muelle en constante tensión.

Carisma.

—¿Ahora te llamas Laura? —preguntó con una sonrisa satisfecha. Siempre le había gustado que le miraran de cerca—. ¿Por nuestra heroína de Oslo?

—Lo eligieron al azar —mintió ella, fijando la mirada más allá de él, en la pared y luego en el piano—. El sistema de protección de testigos no te permite imponer condiciones. O lo tomas o lo dejas.

Él meneó la cabeza como si no le interesaran los detalles.

—No has cambiado nada.

Laura se tocó nerviosamente el cabello gris.

—No te avergüences, amor mío. Te favorece. Pero es lógico: tú siempre lo hacías todo con elegancia.

Por fin le miró a los ojos.

Las motas doradas de sus iris formaban un dibujo tan reconocible para ella como las estrellas. Sus largas pestañas. El destello de su mirada, entre curioso y asombrado, como si ella fuera la persona más interesante que había conocido nunca.

—Esa es mi chica —dijo.

Laura luchó por sobreponerse a la emoción que se apoderó de ella, a aquel inexplicable arrebato de deseo. Le sería tan fácil caer de nuevo en su torbellino como si tuviera otra vez diecisiete años y el corazón se le escapara volando del pecho como un globo lleno de aire caliente.

Fue ella la primera en apartar la mirada, fijándola tras él, en el piano.

Se recordó a sí misma que al otro lado del pasillo, en aquel oscuro cuartucho, Andy escuchaba todo lo que decían. Y también Mike. Y el agente Rosenfeld. Y los seis guardias con sus auriculares y monitores.

Ella ya no era una adolescente solitaria. Tenía cincuenta y cinco años. Era madre y empresaria, había sobrevivido al cáncer.

Esa era su vida.

No Nick.

Se aclaró la garganta.

—Tú también estás igual.

—Por aquí no hay mucho estrés. Todo lo planifican por mí. Yo solo tengo que aparecer. Pero aun así… —Ladeó la cabeza y miró su oreja—. La edad es el castigo cruel de la juventud.

Laura se tocó el auricular y dijo, mintiendo sin esfuerzo:

—Los años de conciertos me pasaron factura por fin.

Él estudió atentamente su rostro.

—Sí, he oído hablar de eso. Algo relacionado con las células nerviosas.

Laura comprendió que la estaba poniendo a prueba.

—Las células pilosas del oído medio. Convierten los sonidos en señales eléctricas que se encargan de activar los nervios. Si no acaban destruidas por el estruendo de la música, claro.

Nick pareció aceptar la explicación.

—Dime, mi amor, ¿qué tal estás?

—Bien. ¿Y tú?

—Bueno, estoy en prisión. ¿No te enteraste de lo que ocurrió?

—Creo que algo vi en las noticias.

Él se inclinó sobre la mesa.

Laura retrocedió como asustada por una serpiente.

Nick sonrió. El brillo de sus ojos se convirtió en llamarada.

—Solo quería ver si te había quedado alguna marca.

Ella levantó la mano izquierda para mostrarle la cicatriz que le había dejado el cuchillo de Jonah Helsinger.

—Te marcaste un Maplecroft, ¿eh? —preguntó él—. Con un poco más de suerte que la de esa pobre vieja.

—Preferiría que no bromearas sobre la mujer a la que asesinaste.

Su risa sonó casi triunfante.

—Fue homicidio, no asesinato. Pero sí, te entiendo perfectamente.

Laura juntó las manos bajo la mesa, obligándose físicamente a recuperar el aplomo.

—Imagino que habrás visto el vídeo del restaurante.

—Sí. Y a nuestra hija. Es preciosa, Jinx. Me recuerda a ti.

A Laura se le aceleró violentamente el corazón. Andy estaba escuchándolos. ¿Qué pensaría de aquel cumplido? ¿Se daría cuenta de que Nick era, pese a todo, un monstruo? ¿O su labia le convertiría en un ser hasta cierto punto normal a ojos de su hija?

—¿Te enteraste de lo de Paula? —preguntó.

—¿Paula? —Él negó con la cabeza—. No me suena de nada.

Laura volvió a retorcerse las manos y de nuevo se obligó a parar.

—Penny —dijo.

—Ah, sí. La querida Penny. Qué soldado tan leal. Aunque a ti siempre te tuvo manía, ¿verdad? Supongo que da igual lo deslumbrante que sea la personalidad de uno. Siempre hay detractores.

—Me odiaba.

—Sí, en efecto. —Se encogió de hombros—. Estaba un poco celosa, creo. Pero ¿para qué hablar de los viejos tiempos cuando nos lo estábamos pasando tan bien?

Laura vaciló, intentando encontrar algo que decir. No podía seguir así. Había ido allí con un solo propósito y se le estaba escapando entre los dedos.

—Soy logopeda.

—Lo sé.

—Trabajo con pacientes que… —Tuvo que pararse a tragar saliva—. Quería ayudar a la gente. Después de lo que hicimos. Y cuando estaba en la cárcel, el único libro que tenía era un manual sobre el habla…

Nick la interrumpió con un gruñido.

—¿Sabes?, es una pena, Jinx. Antes lo pasábamos en grande hablando, pero has cambiado. Eres tan… —Pareció buscar el término adecuado—. De clase media.

Laura se echó a reír porque saltaba a la vista que Nick pretendía que hiciera lo contrario.

—Soy de clase media. Quería que mi hija tuviera una vida normal.

Quería que la corrigiera, que le dijera que Andy también era hija suya, pero él contestó:

—Suena fascinante.

—Lo es, de hecho.

—Además, te casaste con un negro. Muy cosmopolita por tu parte.

«Un negro».

Un millón de años atrás, el agente Danberry había utilizado esas mismas palabras para describir a Donald DeFreeze.

—Te divorciaste —prosiguió Nick—. ¿Qué pasó, Jinx? ¿Te puso los cuernos? ¿Se los pusiste tú? Siempre fuiste caprichosa.

—No sé cómo era, la verdad —repuso ella, consciente de que los escuchaban en una habitación lejana—. Creía que estar enamorada significaba estar siempre en vilo. Pasión, furia, pelearse y hacer las paces.

—¿Y no es eso?

Ella negó con la cabeza. Eso, al menos, lo había aprendido con Gordon.

—Es sacar la basura y ahorrar para las vacaciones. Firmar las notas del colegio y acordarse de comprar leche antes de volver a casa.

—¿De verdad crees eso, Jinx Queller? ¿No echas de menos la emoción? ¿La pasión? ¿Follar como locos?

Laura intentó no sonrojarse.

—El amor no te mantiene en estado de agitación constante. Te da paz.

Él apoyó la frente en la mesa y fingió roncar.

Ella se rio sin querer.

Nick abrió un ojo y le sonrió.

—Echaba de menos ese sonido.

Laura miró el piano, detrás de él.

—Me he enterado de que tuviste cáncer de mama.

Ella negó con la cabeza. No iba a hablar de eso con él.

—Recuerdo la sensación de meterme tus pechos en la boca —añadió—. Cómo gemías y te retorcías cuando te chupaba el coño. ¿Alguna vez piensas en eso, Jinx? ¿En lo bien que lo pasábamos juntos?

Laura le miró fijamente. Ya no le preocupaba Andy. El defecto fatal de Nick había asomado a su fea cara. Siempre se pasaba de la raya.

—¿Cómo puedes soportarlo? —preguntó.

Él levantó una ceja. Había vuelto a captar su interés.

—La culpa, quiero decir —prosiguió ella—. Por matar gente. Por poner todo eso en marcha.

—¿Gente? —preguntó él, porque el jurado se había mostrado dividido respecto a su implicación en el atentado de Chicago—. Dímelo tú, amor. Jonah Helsinger. Se llamaba así, ¿no? —Esperó a que Laura asintiera en silencio—. Le rajaste el cuello, aunque en la tele pixelan esa parte.

Ella se mordisqueó el interior de la mejilla.

—¿Cómo puedes soportarlo? ¿Cómo te sientes por haber matado a un chico?

Laura permitió que una parte minúscula de su cerebro pensara en lo que había hecho. Era duro. Durante mucho tiempo, había logrado afrontar cada día borrando de su mente el día anterior.

—¿Te acuerdas de la cara de Laura Juneau? ¿En Oslo?

Nick hizo un gesto afirmativo con la cabeza y a ella le asombró de pronto que fuera la única persona viva con la que podía hablar de uno de los acontecimientos fundamentales de su existencia.

—Parecía casi en paz cuando apretó el gatillo —dijo—. Las dos veces. Recuerdo que me pregunté cómo lo había hecho. Cómo había conseguido desconectar su humanidad. Pero creo que lo que sucedió en realidad fue que la conectó y no al contrario. ¿Crees que tiene sentido? Lo que iba a hacer le parecía bien, no le causaba ningún desasosiego. Por eso parecía tan serena.

Él volvió a levantar las cejas, y esta vez Laura comprendió que estaba esperando que fuera al grano.

—Durante un tiempo me negué a ver el vídeo del restaurante. Luego, por fin, me di por vencida y lo vi, y mi cara tenía exactamente la misma expresión que la de Laura. ¿No crees?

—Sí —contestó él—. Yo también me fijé.

—Haría cualquier cosa por proteger a mi hija. Cualquier cosa.

—La pobre Penny lo descubrió por las malas —repuso Nick y, levantando las cejas, esperó su reacción.

Laura no picó el anzuelo a pesar de que, si se detenía a pensar en ello, todavía le parecía sentir la sangre caliente de Paula chorreándole por la mano.

—¿Has visto a Jasper en las noticias? —preguntó.

Nick se rio.

—Sí, le he visto pidiendo disculpas de acá para allá. ¿Sabes?, puede que sea una crueldad, pero me encanta que se haya puesto tan gordo.

Laura no se inmutó.

—Imagino que habrá habido una especie de reencuentro familiar, ¿no? ¿Se han llenado tus cuentas bancarias con dinero procedente de las arcas de los Queller?

Ella no respondió.

—Si te digo la verdad, es un verdadero placer ver al comandante Jasper en persona cada vez que pido la condicional. Explica con tanta elocuencia cómo perdió a toda su familia por mi culpa…

—Siempre se le ha dado bien hablar en público.

—Eso lo sacó de Martin, supongo —dijo Nick—. Me sorprendió mucho que Jasper se volviera liberal. Casi no soportaba que Andrew fuera drogadicto, pero cuando se enteró de que era una loca… —Se pasó la mano por el cuello como si se lo cortara—. Uy, perdona, ¿te he recordado a Penny?

Laura sintió que se le secaba la boca. Había bajado la guardia lo justo para que Nick le lanzara una estocada.

—Pobre Andrew, siempre tan desesperado —prosiguió él—. ¿Le diste una buena muerte? ¿Mereció la pena elegirlo a él, Jinx?

—Nos reímos de ti —repuso ella porque sabía que era la

manera más fácil de herirle—. Por los sobres. ¿Te acuerdas de los sobres? ¿Los que decías que había que mandar a todas las delegaciones del FBI y a los principales periódicos?

Nick tensó la mandíbula.

—Andrew se rio cuando se los mencioné. Y no me extraña. Nunca se te dio muy bien acabar lo que empezabas, y es una pena, porque si hubieras cumplido tu palabra Jasper habría pasado una larga temporada en prisión y tú estarías en libertad condicional, eligiendo muebles con Penny.

—¿Muebles? —preguntó él.

—Vi las cartas que os escribíais.

Nick levantó una ceja.

El director de la prisión y los agentes que revisaban su correo no se habían dado cuenta de nada porque ignoraban el código de cifrado.

Ella, en cambio, lo conocía.

Nick se lo había hecho memorizar a todos.

—Seguías dándole falsas esperanzas. Diciéndole que estaríais juntos si encontrabas la manera de salir de aquí.

Él se encogió de hombros.

—Tonterías que se dicen. No creía que fuera a hacer nada. Siempre estuvo un poco loca.

Mike había dicho que así lo vería un jurado. Nick siempre era precavido, incluso cuando escribía en clave.

«Solo es paranoia si no estás en lo cierto».

—Cuando empezó todo eso —dijo ella—, no se me ocurrió que tú estuvieras detrás. —Debía tener cuidado con lo que decía respecto al encapuchado, porque Mike le haría preguntas, pero aun así quería que Nick lo supiera—. Ni siquiera se me pasó por la cabeza.

Ahora fue él quien contempló la habitación por encima de su hombro.

—Pensé que era Jasper —prosiguió Laura—, que me había visto en el vídeo del restaurante y venía a por mí. —Hizo una pausa y eligió sus palabras con sumo cuidado—. Me quedé de piedra cuando oí la voz de Penny por teléfono, en la granja.

A él siempre se le había dado bien desentenderse de aquello que le desagradaba. Apoyó los codos en la mesa y la barbilla en las manos.

—Háblame de la pistola, Jinx.

Ella titubeó, desconcertada por el cambio de tema.

—¿Qué pistola?

—El revólver que Laura Juneau encontró pegado con cinta aislante a la parte de atrás del váter, el que usó para matar a tu padre. —Le guiñó un ojo—. ¿Cómo llegó a Oslo?

Laura recorrió la sala con la mirada. Miró las cámaras adosadas a la pared, los micrófonos que sobresalían del techo, los guardias apostados en las puertas. Sintió crisparse sus nervios.

—Solo estamos teniendo una conversación, amor mío —dijo Nick—. ¿Qué es lo que te preocupa? ¿Es que hay alguien escuchando?

Laura apretó los labios. La mesa contigua a la suya había quedado vacía. Solo se oía el golpeteo constante de la pelota de pimpón rebotando de un lado a otro de la mesa.

—Amor mío —insistió él—, ¿tan pronto va a acabar nuestra visita? —Le tendió las manos—. Aquí podemos tocarnos.

Laura miró fijamente sus manos. Al igual que su cara, parecían casi suspendidas en el tiempo.

—¿Jane?

Sin pensarlo, extendió las manos y entrelazó los dedos con los suyos. La conexión fue instantánea: un enchufe deslizándose en una toma de corriente. Se le inflamó el corazón y casi se echó a llorar al sentir que aquella energía magnética que tan bien conocía fluía de nuevo a través de su cuerpo.

Que Nick pudiera desmadejarla con tanta facilidad era desolador.

—Cuéntamelo —dijo él inclinándose sobre la mesa.

Pegó la cara a la de Laura y la sala de visitas pareció desvanecerse. Laura estaba de nuevo en la cocina, leyendo una revista. Él entraba, la besaba sin decir palabra y salía caminando hacia atrás.

—Si hablas en voz baja —dijo Nick—, no pueden oírte.

—¿Oír qué?

—¿De dónde sacaste la pistola, Jane? La que usó Laura Juneau para matar a tu padre. Yo no te la di. No supe nada de eso hasta que vi que la sacaba del bolso.

Laura fijó la mirada en el piano, detrás de él. Aún no había tocado para Andy. Se lo había impedido primero su mano herida, y luego su ansiedad.

—Cariño —susurró él—, háblame del revólver.

Laura apartó la mirada del piano. Miró sus manos entrelazadas. Las suyas parecían envejecidas, sus arrugas eran más pronunciadas. Tenía artritis en los dedos. La cicatriz del machete de Jonah Helsinger seguía estando roja e irritada. La piel de Nick, en cambio, era tan tersa como siempre. Laura recordó cómo acariciaban su cuerpo aquellas manos. La delicadeza con que la tocaban. Sus caricias íntimas, morosas, en la curva de la espalda. Era el primer hombre con el que había hecho el amor. Y la había tocado como nadie la había tocado antes, ni después.

—Cuéntamelo —dijo él.

No tenía más remedio que darle lo que quería. En voz muy baja, dijo:

—Compré la pistola en Berlín por ochenta marcos.

Nick sonrió.

—Cogí… —Se interrumpió, notando una opresión en la garganta. Casi le parecía sentir el olor a tabaco del bar clandestino al que la mandó Nick. Los moteros se relamían. La miraban con lascivia. La tocaban—. Cogí el avión en Berlín Este porque allí había menos medidas de seguridad. Llevé la pistola a Oslo. La metí en la bolsa de papel. La pegué a la parte de atrás de la cisterna para que Laura Juneau la encontrara.

Nick sonrió.

—Y la buena de Laura no vaciló, ¿eh? Fue magnífico.

—¿Mandaste a Penny a buscar los papeles de Jasper?

Él intentó apartarse, pero ella le sujetó las manos.

506

—Querías los papeles de la caja metálica. Pensabas que podías usarlos para conseguir la condicional. Mandaste a Penny a buscarlos.

Comprendió por su sonrisa que él se había hartado de aquel juego. Nick retiró las manos. Cruzó los brazos sobre el pecho.

Aun así, Laura siguió intentándolo:

—¿Sabías lo que iba a hacer Penny? ¿Sabías que iba a secuestrar a mi hija? ¿A intentar matarme? —Esperó, pero él no dijo nada—. Penny mató a Edwin. Y pegó a Clara tan fuerte que le rompió el pómulo. ¿Te parece bien que lo hiciera, Nick? ¿Es lo que querías?

Él volvió la cabeza. Se quitó un hilillo imaginario de los pantalones.

Laura sintió que se le encogía el estómago. Sabía la cara que ponía Nick cuando se cerraba en banda. Su plan no había funcionado. Los agentes de policía. Los auriculares. Andy esperando al otro lado del pasillo. Todo se había ido al traste porque ella no había sabido dosificar la presión.

¿Lo había hecho a propósito?

¿Lo había saboteado todo porque el poder que Nick seguía ejerciendo sobre ella era demasiado intenso?

Miró el piano anhelando encontrar el modo de que aquello funcionase.

—¿Todavía tocas? —preguntó Nick.

Le dio un vuelco el corazón, pero mantuvo la vista fija en el piano.

—No paras de mirar el piano. —Él también se volvió a mirarlo—. ¿Sigues tocando?

—No me lo permiten —respondió tratando de no delatarse, y un nervio le tembló en el párpado—. Alguien podría reconocer mi timbre y entonces…

—Tendrías que irte con la música a otra parte, literalmente —dijo, y se rio de su propio chiste—. ¿Sabías, amor mío, que he estado aprendiendo a tocar el piano?

—No me digas —repuso ella en tono sarcástico, a pesar de que apenas podía respirar.

—El piano llevaba años acumulando polvo en la sala de recreo —explicó él— y algún idiota pidió que lo trasladaran aquí para que lo usaran los niños y, cómo no, todo el mundo firmó la petición *por los niños*. —Puso cara de fastidio—. ¿Sabes lo exasperante que es oír a críos de tres años tocar *Chopsticks*?

Ella tomó aire rápidamente.

—Toca algo para mí —dijo.

—No, Jinxie. Nada de eso. —Se levantó, llamó al guardia con una seña e indicó el piano—. Mi amiga quiere tocar el piano, si es posible.

El guardia se encogió de hombros, pero Laura meneó la cabeza.

—No, no quiero. No voy a tocar.

—Vamos, cariño mío. Ya sabes que odio que me digas que no —dijo Nick en un tono de broma solo aparente.

Laura sintió que el antiguo temor comenzaba a aflorar. Una parte de ella sería siempre esa muchacha asustada que se había desmayado en el cuarto de baño.

—Quiero oírte tocar otra vez, Jinx —insistió él—. Te hice dejarlo una vez. ¿No puedo convencerte de que vuelvas?

Le temblaron las manos en el regazo.

—No he tocado desde… desde lo de Oslo.

—Por favor —dijo Nick, pero sus palabras no sonaron a petición. Aún conservaba esa habilidad.

—No…

Él rodeó la mesa para situarse a su lado. Esta vez, Laura no se sobresaltó. La agarró suavemente del brazo y tiró con delicadeza.

—Es lo menos que puedes hacer por mí. Prometo no pedirte nada más.

Laura dejó que tirara de ella. Se levantó y, de mala gana, se acercó al piano. Tenía los nervios crispados por la adrenalina. De pronto estaba aterrorizada.

Su hija estaba escuchando.

—Vamos, no seas tímida. —Nick se había puesto delante del guardia para que no la viera. La empujó con tanta fuerza para que se sentara que Laura sintió una punzada de dolor en el coxis—. Toca para mí, Jinx.

Se le cerraron los ojos involuntariamente. Sintió que se le encogía el estómago. Aquella pelota de miedo que durante tanto tiempo había permanecido en estado latente comenzaba a agitarse.

—Jane —dijo Nick clavándole los dedos en los hombros—, he dicho que toques para mí.

Haciendo un esfuerzo, abrió los ojos. Miró las teclas. Nick estaba muy cerca, pero no la tocaba. Eran sus dedos, clavados en sus hombros, lo que había despertado su antiguo temor.

—Ahora mismo —ordenó él.

Laura levantó las manos. Apoyó suavemente los dedos en las teclas, pero no las pulsó. El recubrimiento de plástico estaba desgastado y roto. Asomaban franjas de madera, como espinas.

—Algo alegre —dijo Nick—. Rápido, antes de que me aburra.

No iba a ejercitar los dedos por él antes de ponerse a tocar. Ni siquiera sabía si valía la pena intentarlo. Pensó en tocar algo expresamente para Andy, algún tema de aquellos horribles grupos juveniles que tanto le gustaban. Su hija se pasaba horas viendo vídeos de Jinx Queller en YouTube y escuchando versiones piratas. Y a ella no le quedaba música clásica en los dedos. Se acordó entonces de aquel brumoso bar de Oslo, de su conversación con Laura Juneau, y de pronto comprendió que las cosas debían terminar donde habían empezado.

Respiró hondo.

Recorrió los bajos con la mano izquierda, tocando de memoria. Primero mi menor, luego la, otra vez mi menor, después bajar a re y tres dos seguidos antes de atacar el estribillo en la tonalidad mayor, de sol a re y luego do, si séptima y vuelta a mi menor.

Oyó dentro su cabeza cómo tomaba forma la canción: Ray Manzerek dominando el bajo esquizofrénico y las partes del piano; la guitarra de Robby Krieger; John Densmore interviniendo al fin con la batería, Jim Morrison cantando…

Love me two times, baby...

—¡Fantástico! —exclamó Nick levantando la voz para hacerse oír por encima de la música.

Love me two times, girl...

Laura dejó que de nuevo se le cerraran los párpados. Atacó los vigorosos tresillos de la melodía. El tempo era demasiado rápido, pero no le importó. Sentía cómo se le henchía el corazón. Aquel, y no Nick, había sido su primer amor. El solo hecho de tocar otra vez era un regalo. Daba igual que tuviera los dedos torpes y envejecidos, que se rezagara en los calderones. Estaba otra vez en Oslo. Tocaba aquella melodía en el bar. Laura Juneau se había percatado de su esencia camaleónica, había sido la primera persona en ver y apreciar esa parte de su ser que se adaptaba constantemente.

«Si no puedes tocar la música que valora la gente, tocas la música que les encanta».

—Amor mío.

Nick había acercado la boca a su oído.

Laura intentó no estremecerse. Sabía desde el principio que aquello iba a ocurrir. Le había sentido aproximarse a su oído multitud de veces, primero durante sus seis años juntos, después en sus sueños y, finalmente, en sus pesadillas. Y había rezado para que no pudiera resistirse, si ella conseguía atraerle hasta el piano.

—Jane. —Le acarició el cuello con el pulgar. Creía que el piano sofocaba su voz—. ¿Todavía te da miedo asfixiarte?

Cerró los ojos con fuerza. Comenzó a llevar el ritmo con el pie, aceleró el movimiento de los dedos. Era muy sencillo, en realidad. De ahí la belleza de aquella canción. Era casi como un partido de pimpón: las mismas notas lanzadas una y otra vez adelante y atrás.

—Me acuerdo de una cosa que dijiste hablando de Andrew. Que asfixiarse era como tener la cabeza metida en una bolsa bien apretada. Veinte segundos, ¿no es eso?

Estaba reconociendo que era él quien había mandado al encapuchado. Laura comenzó a tararear la canción, confiando en que la vibración de su mandíbula impidiera a Mike oír lo que decía.

Yeah, my knees got weak...

—¿Tuviste miedo? —preguntó Nick.

Ella negó con la cabeza y pisó el pedal para amortiguar la vibración de las cuerdas.

Last me all through the week...

—Todo esto es culpa tuya, amor mío —dijo Nick—. ¿Es que no lo ves?

Dejó de tararear. Conocía la cadencia de las amenazas de Nick tan bien como las notas de aquella canción.

—Es culpa tuya que tuviera que mandar a Penny a la granja.

Su boca le raspaba el oído como papel de lija, pero no se apartó.

—Si me hubieras dado lo que quería, Edwin estaría vivo, Clara no habría sufrido ningún daño y Andrea estaría a salvo. Es todo culpa tuya, mi amor, porque no quisiste escucharme.

«Conspiración».

Laura siguió tocando a pesar de que el globo que tenía en el corazón empezaba a perder aire. Nick acababa de confesar que era él quien había enviado a Paula. En aquel oscuro cuartucho habrían grabado sus palabras. Sus días de relax en el club de campo se habían terminado.

Pero él aún no había acabado.

Sus labios le rozaron la punta de la oreja.

—Voy a darte otra oportunidad, cariño mío. Necesito que nuestra hija hable a mi favor. Que le diga a la junta penitenciaria que quiere que su papá vuelva a casa. ¿Podrás conseguir que lo haga?

Apretó su arteria carótida con el pulgar, igual que había hecho al estrangularla hasta dejarla inconsciente.

—¿O tengo que obligarte otra vez a elegir? Y esta vez no se trataría de Andrew, sino de tu preciosa Andrea. Sería horrible para ti perderla después de todo esto. No quiero hacerle daño a nuestra niña, pero se lo haré.

«Amenazas. Intimidación. Extorsión».

Laura siguió tocando porque Nick nunca sabía cuándo parar.

—Te dije que no dejaría piedra sobre piedra hasta recuperarte, amor mío. No me importa a cuánta gente tenga que mandar, ni cuanta gente tenga que morir. Todavía me perteneces, Jinx Queller. Toda tú me perteneces.

Esperó su reacción sin dejar de presionar su vena, atento a cualquier señal reveladora de pánico.

Pero Laura no sentía pánico. Sentía euforia. Estaba tocando otra vez. Su hija la estaba escuchando. Podría haber parado en ese instante (Nick ya se había delatado), pero no iba a privarse del placer de acabar lo que había empezado. De vuelta al la, luego a si menor y a re, y los tresillos en do, y de pronto estaba otra vez en el Hollywood Bowl. En el Carnegie. En el Tivoli. En el Musikverein. En el Hansa Tonstudio. Sostenía en brazos a su bebé. Amaba a Gordon. Le rechazaba. Luchaba contra el cáncer. Mandaba a Andrea que se marchara. Veía a su hija madurar por fin hasta convertirse en una joven interesante y llena de vida. Y se aferraba a ella con todas sus fuerzas, porque no pensaba volver a renunciar a nada de cuanto amaba por aquel hombre despreciable.

One for tomorrow… one just for today…

Había canturreado muchas veces la letra de la canción cuando estaba en su celda. La había tocado en el teclado imaginario del bastidor de la cama, igual que la había tamborileado sobre la barra del bar para Laura Juneau. Incluso en ese momento, con Nick haciendo el papel del diablo junto a su hombro, se permitió el placer de tocar la melodía hasta que el brusco *staccato* del final la hizo pararse de golpe.

I'm goin' away.

Posó las manos en el regazo. Mantuvo la cabeza agachada.

Se hizo la pausa dramática de costumbre y luego…

Aplausos. Vítores. Zapatazos en el suelo.

—¡Fantástico! —gritó Nick, regodeándose en los aplausos como si fueran dirigidos a él—. Esta es mi chica, señoras y caballeros.

Laura se levantó, zafándose de su mano. Pasó a su lado, dejó atrás las mesas y la zona de juego de los niños, y entonces cayó en la cuenta de que aquella era la última vez que veía al hombre que se hacía llamar Nicholas Harp.

Se volvió. Le miró a los ojos. Dijo:

—Ya no estoy rota.

Se oyó un último aplauso antes de que la sala quedara en silencio.

—¿Amor? —La sonrisa de Nick ocultaba una advertencia feroz.

—No estoy rota —repitió ella—. Me he curado. Mi hija me curó. *Mi* hija. Mi marido me curó. Mi vida sin ti me curó.

Él se echó a reír.

—Muy bien, Jinx. Ahora vete. Tienes que tomar una decisión.

—No —dijo con la misma determinación que había demostrado tres décadas antes, en la granja—. Nunca te elegiré a ti. No me importa cuáles sean las opciones. No te elijo.

Nick apretó los dientes. Laura sintió cómo se inflamaba su ira.

—Soy maravillosa —le dijo.

Él se rio otra vez, pero en realidad no se reía.

—Soy maravillosa —repitió ella con los puños apretados—. Soy maravillosa porque soy única, porque no hay nadie como yo. —Se puso la mano en el corazón—. Tengo talento. Y soy preciosa. Y asombrosa. Y he encontrado mi camino, Nick. Y era el camino correcto porque es el que yo me marqué.

Nick cruzó los brazos. Laura le estaba avergonzando.

—Ya hablaremos de ese asunto más tarde.

—Hablaremos en el infierno.

Laura dio media vuelta. Dobló la esquina, se detuvo ante la reja cerrada. Le temblaban las manos mientras esperaba a que el guardia encontrara la llave. El temblor le subió por los brazos, se extendió por su tronco, se introdujo en su pecho. Cuando la reja se abrió por fin, le castañeteaban los dientes.

Cruzó la puerta. Más allá había otra, con otra llave.

Sus dientes tintineaban como canicas. Miró por la ventana. Mike esperaba de pie entre las dos puertas cerradas. Parecía preocupado.

Debía estarlo.

Sintió una náusea al darse cuenta de lo que acababa de ocurrir. Nick había amenazado a Andy. Le había pedido que eligiera. Y ella había elegido. La historia se repetía.

«No quiero hacerle daño a nuestra hija, pero se lo haré».

Se abrió la puerta.

—Ha amenazado a mi hija —le dijo a Mike—. Si viene a por nosotras...

—Nosotros nos encargaremos.

—No —le dijo Laura—. Me encargaré yo. ¿Entendido?

—¡Caray! —Mike levantó las manos—. Hazme un favor y llámame primero. Igual que podrías haberme llamado antes de ir a ese hotel. O cuando el tiroteo en el centro comercial. O...

—Tú mantenle alejado de mi familia.

Notó una comezón en la columna vertebral que le advertía que tuviera cuidado. Mike era policía. La habían exculpado de la muerte de Paula, pero ella sabía mejor que nadie que las autoridades siempre encontraban la forma de joderte la vida si se empeñaban.

—Le trasladarán a una cárcel de máxima seguridad —afirmó Mike—. No podrá escribir cartas ni recibir visitas. Podrá ducharse una vez por semana y salir al patio una hora al día, si tiene suerte.

Laura se quitó los auriculares y se los puso en la mano. El subidón de adrenalina empezaba a remitir. Habían dejado de temblarle los dedos. Su corazón ya no se estremecía como los bigotes de un gato. Había hecho lo que se había propuesto hacer al ir allí. Aquello se había acabado. Nunca más tendría que ver a Nick.

A no ser que ella así lo decidiera.

—Tengo que reconocer que pensé que te faltaba un tornillo cuando me dijiste que buscara la forma de que cambiaran de sitio ese piano —dijo Mike.

Laura sabía que tenía que congraciarse con él.

—Fue un truco ingenioso.

—Es lo primero que nos enseñan en la academia: un recluso hará cualquier cosa a cambio de patatas fritas. —Estaba alardeando, sacando pecho. Saltaba a la vista que disfrutaba con aquel juego—. ¡Cómo mirabas el piano, como una niña mirando una bolsa de caramelos! ¡Cómo has sabido camelártelo!

Laura vio a Andy a través de la ventana de la puerta. Su hija parecía mayor, más adulta. Tenía la frente fruncida. Estaba preocupada.

—Haré lo que haga falta para proteger a mi hija —le dijo a Mike.

—Se me ocurren un par de cadáveres que podrían dar fe de ello.

Ella se volvió para mirarle.

—Pues tenlo presente si alguna vez se te ocurre invitarla a salir.

Se abrió la puerta.

—¡Mamá! —Andy se lanzó en sus brazos.

—Estoy bien —afirmó, a pesar de que no estaba segura de que fuera cierto—. Solo un poco nerviosa.

—Ha estado genial. —Mike le guiñó un ojo a Laura como si fueran cómplices—. Se lo ha trabajado como Tyson. El boxeador, no el de la marca de congelados.

Andy sonrió.

Laura apartó la mirada. No soportaba descubrir rastros de Nick en su hija.

—Necesito salir de aquí —le dijo a Mike.

Él hizo una seña al guardia. Laura casi tropezó con los zapatos del funcionario de prisiones cuando volvieron a pasar por el control de seguridad. Esperó a que Andy sacara de la taquilla su bolso, su teléfono y sus llaves.

—He estado pensando en una cosa —dijo Mike, incapaz de permanecer callado—. El bueno de Nick no sabía que ya habías confesado que fuiste tú quien llevó la pistola a Oslo, ¿verdad? Por eso pasaste dos años en la trena. El juez mantuvo en secreto esa parte de tu acuerdo de inmunidad. No quería agravar tensiones internacionales. Si los alemanes averiguaban que una estadounidense había pasado una pistola de contrabando del Este al Oeste con intención de cometer un asesinato, se habría armado un lío muy gordo.

Laura cogió su bolso y comprobó que su cartera estaba dentro.

—Así que —prosiguió Mike—, cuando le has dicho lo de la pistola, ha pensado que te estabas incriminando. Pero no.

—Gracias, Mike, por resumirme lo que acaba de suceder —repuso ella, y le estrechó la mano—. Ahora ya nos las arreglamos solas. Sé que tienes muchas cosas que hacer.

—Claro. Había pensado darme un homenaje, abrir quizá una botella de pinot. —Le guiñó un ojo a Laura al tiempo que le tendía la mano a Andy—. Un placer, como siempre, preciosa.

Laura no pensaba quedarse allí viendo cómo su hija coqueteaba con un polizonte. Siguió al guardia hasta la última puerta. Y por fin, felizmente, se halló fuera, donde no había cerraduras ni rejas.

Respiró una profunda bocanada de aire fresco y lo retuvo hasta que sintió que le estallaban los pulmones. Le lloraban los ojos por el resplandor del sol. Deseó estar en la playa tomándose un té, leyendo un libro y viendo a su hija jugar entre las olas.

Andy se agarró a ella entrelazando sus brazos.

—¿Lista?

—¿Conduces tú?

—Odias que conduzca yo. Te pone nerviosa.

—Una se acostumbra a todo.

Subió al coche. Todavía tenía la pierna dolorida por las heridas del restaurante. Levantando la vista, contempló la cárcel. Aunque en aquel lado del edificio no había ventanas, no podía sustraerse a la impresión de que Nick estaba observándola.

En realidad, hacía más de treinta años que tenía esa impresión.

Andy salió de la plaza de aparcamiento marcha atrás. Cruzó la valla. Laura no consiguió relajarse hasta que por fin salieron a la autovía. Andy conducía mejor desde su largo viaje por carretera, y solo tuvo que contener un grito cada veinte minutos, en vez de cada diez.

—Eso que he dicho sobre querer a Gordon —dijo—, lo decía

en serio. Ha sido lo mejor que me ha pasado nunca. Aparte de ti. Y no me daba cuenta de lo que tenía.

Su hija asintió en silencio. Pero la niñita que rezaba para que sus padres volvieran a estar juntos ya no existía.

—¿Estás bien, cariño? —preguntó Laura—. ¿Te ha molestado oír su voz o…?

—Mamá… —Andy miró por el retrovisor antes de adelantar a una camioneta que circulaba despacio. Apoyó el codo en la puerta y la cabeza en la mano.

Laura vio pasar los árboles, emborronados por la velocidad. Se le venían constantemente a la cabeza fragmentos de su conversación con Nick, pero se resistía a detenerse a pensar en ellos. Si algo había aprendido, era que tenía que seguir siempre adelante. Si se paraba, él le daría alcance.

—Hablas como él —repuso Andy. Y al ver que su madre no respondía, añadió—: Te llama «cariño» y «amor mío», como tú a mí.

—No hablo como él. Él habla como mi madre. —Le apartó suavemente el cabello para poder verle la cara—. Ella siempre me llamaba así. Esas palabras hacían que me sintiera querida. Y no iba a permitir que Nick me impidiera dedicártelas a ti.

—«Siempre sabía dónde estaban las tapas de los táperes» —citó Andy, una de las pocas cosas que, según Laura, resumían a la perfección cómo era su madre.

—Más bien sabía qué juego de porcelana procedía de los Queller, dónde se había fabricado la cubertería de plata de los Logan y muchas más cosas sin importancia que le daban la sensación de que controlaba su vida —dijo, y añadió algo de lo que había tomado conciencia hacía poco tiempo—: Mi madre fue tan víctima de mi padre como los demás.

—Pero ella era adulta.

—No la educaron para que se comportara como tal. La educaron para ser la esposa de un hombre rico.

Andy pareció reflexionar sobre aquella distinción. Laura pensó que no iba a formular ninguna otra pregunta, hasta que dijo:

—¿Qué le dijiste a Paula cuando se estaba muriendo?

Llevaba tanto tiempo temiendo que le preguntara por Paula que necesitó un momento para sobreponerse.

—¿Por qué me lo preguntas ahora? Ha pasado más de un mes.

Su hija se encogió de hombros. Pero en lugar de sumirse en uno de sus largos silencios respondió:

—No estaba segura de que fueras a decirme la verdad.

Aparentando que no se daba por aludida, Laura dijo:

—Casi lo mismo que le he dicho a Nick. Que nos veríamos en el infierno.

—¿De veras?

—Sí.

Ignoraba por qué las últimas palabras que le había dirigido a Paula habían acabado formando parte de esa larga lista de fragmentos de sí misma que mantenía ocultos a ojos de su hija. Tal vez fuera porque no quería poner a prueba los límites de la nueva ambigüedad moral de Andy. Decirle a una chiflada que tenía una cuchilla alojada en la garganta: «Ahora ya nunca follarás con Nick» no solo era mezquino, sino que denotaba ciertos celos.

Seguramente por eso se lo había dicho.

—¿Te inquieta lo que le hice a Paula? —preguntó.

—Era una mala persona. Quiero decir que… En fin, supongo que racionalizando las cosas podría decirse que aun así era un ser humano y que tal vez habría habido otra forma de resolver la situación, pero es fácil decir eso cuando no es tu vida la que corre peligro.

«Tu vida, no la mía», quiso decirle Laura, porque al esconderse la cuchilla en el vendaje de la mano había sido consciente de que iba a matar a Paula Evans por hacer daño a su hija.

—Antes, en la cárcel, cuando ya te ibas —dijo Andy—, ¿por qué no le has dicho lo de los auriculares? ¿Que todo lo que había dicho estaba grabado? Como una especie de «jódete» final.

—He dicho lo que necesitaba decir —repuso Laura, aunque tratándose de Nick nunca estaba del todo segura.

Se había sentido tan bien al decirle esas cosas a la cara… Y sin embargo, ahora que estaba lejos de él, la asaltaban las dudas.

El yoyó, yendo y viniendo otra vez.

Andy pareció dispuesta a dejarlo así. Encendió la radio y pasó varias emisoras.

—¿Te ha gustado la canción que he tocado? —preguntó Laura.

—Supongo que sí. Es un poco antigua.

Laura se llevó la mano al corazón, dolida.

—Me aprenderé alguna otra. Dime una.

—¿Qué tal *Filthy*?

—¿Y qué tal algo que sea música de verdad?

Andy puso los ojos en blanco. Pulsó los botones del sintonizador, seguramente buscando algún sonido que tuviera la solidez del algodón de azúcar.

—Siento lo de tu hermano.

Laura tuvo que cerrar los párpados para contener las lágrimas que afluyeron de golpe a sus ojos.

—Hiciste bien —añadió Andy—. Le defendiste, te quedaste a su lado. Hacía falta mucho valor.

Laura buscó un pañuelo y se secó los ojos. A pesar del tiempo transcurrido, aún no lo había asimilado del todo.

—No me moví de su lado. Ni siquiera cuando estaba negociando el trato con el FBI.

Andy dejó de toquetear la radio.

—Murió unos diez minutos después de que firmara el acuerdo —agregó Laura—. Fue una muerte muy apacible. Pude sostenerle la mano. Despedirme de él.

Andy sorbió por la nariz intentando contener las lágrimas. Siempre había sido muy sensible a los cambios de humor de Laura.

—Siguió con vida hasta asegurarse de que estabas a salvo.

Laura volvió a retirarle el pelo con una caricia, poniéndoselo detrás de la oreja.

—Eso me gusta pensar.

Andy se enjugó las lágrimas. Dejó en paz la radio mientras seguía conduciendo por la carretera casi desierta. Saltaba a la vista que estaba pensando en algo, pero también que prefería guardarse para sí sus pensamientos.

Laura apoyó la cabeza en el respaldo del asiento y vio pasar los árboles, intentando disfrutar de aquel cómodo silencio. Desde que Andy había regresado, no pasaba una sola noche sin que se despertara envuelta en sudor frío. No sufría estrés postraumático ni le preocupaba que Andy corriera peligro. Era volver a ver a Nick lo que la aterrorizaba. Que la estratagema del piano y los auriculares no resultara. Que no cayera en la trampa. Y que ella se metiera a ciegas en la que sin duda le tendería él.

Le odiaba demasiado.

Ese era el problema.

No se odia tanto a alguien a no ser que en parte se le siga queriendo. Y esos dos extremos habían estado siempre imbricados en el ADN de ambos, desde el principio.

Durante seis años, a pesar de que le quería, una parte de su ser le había odiado con ese odio pueril con que se odia lo que no se puede controlar. Era terco, idiota, y guapo, y de eso se servía para escurrir el bulto cada vez que cometía un error, y los cometía constantemente, los mismos errores una y otra vez, porque ¿para qué probar otros nuevos si de los viejos siempre sacaba partido?

Además, era un encanto. Ese era el problema. Que la hechizaba. Que la ponía furiosa y volvía a hechizarla otra vez, de modo que ella nunca sabía si él era la serpiente o si la serpiente era ella y él el encantador.

El yoyó, volviendo dócilmente a la palma de su mano.

Así pues, Nick sacaba partido de su encanto, y de su rabia, y hacía daño a la gente, y descubría cosas nuevas que le interesaban más, y dejaba las viejas rotas a su paso.

Jane era una de esas cosas rotas y desechadas. Nick la mandó a Berlín porque estaba harto de ella. Al principio, ella disfrutó de su libertad, pero al poco tiempo le dio pánico que él no quisiera volver a aceptarla. Le suplicó, le rogó, hizo todo lo que pudo por llamar su atención.

Entonces sucedió lo de Oslo.

Murieron su padre y Laura Juneau, y de pronto, como por arte de magia, su encanto dejó de surtir efecto. Un tranvía descarrilado. Un tren sin maquinista. Sus errores ya no podían perdonarse y, al final, cuando cometió la misma equivocación dos veces, ella ya no pudo pasarlo por alto. A la tercera las consecuencias fueron fatales: el asesinato de Alexandra Maplecroft, la muerte inevitable de Andrew y otra vida —la suya— casi truncada en el cuarto de baño de la granja.

Inexplicablemente, había seguido queriéndole. Tal vez le había querido más aún, incluso.

Nick le había permitido vivir; era lo que se decía mientras enloquecía dentro de su celda. Había dejado a Paula en la granja para que la custodiaran. Pensaba volver a por ella. Llevarla a su soñado pisito en Suiza, un país sin tratado de extradición con Estados Unidos.

Y ella había extraído esperanza de aquel delirio.

Andrew estaba muerto, Jasper había desaparecido de su vida y ella miraba fijamente el techo de la celda mientras le corrían lágrimas por la cara, con el cuello dolorido todavía y los hematomas aún frescos. Su vientre iba hinchándose, y ella le amaba con desesperación.

Clayton Morrow. Nicholas Harp. En su dolor, poco le importaba que fuera uno u otro.

¿Por qué era tan idiota?

¿Cómo podía seguir queriendo a una persona que había intentado destruirla?

Cuando estuvo con Nick (y permaneció resueltamente a su lado durante su larga caída en desgracia), se enfurecían contra aquel sistema que, con saña inexorable, se había aprovechado de Andrew, de Robert Juneau, de Paula Evans, William Johnson y Clara Bellamy, de todos aquellos que acabaron por formar su pequeño ejército. Los pisos tutelados. Los servicios de emergencias. El loquero. El hospital psiquiátrico. La sordidez. El personal que desatendía a los pacientes. Los celadores que apretaban con saña las camisas de fuerza. Las enfermeras que hacían la vista gorda. Los doctores que repartían las pastillas. El suelo manchado de orina. Las paredes pringadas de heces. Los reclusos, los otros presos, que se burlaban, que deseaban con avidez, que golpeaban, que lanzaban dentelladas.

Lo que más excitaba a Nick no era la injusticia, sino la primera chispa de rabia. La novedad de una causa recién asumida. La posibilidad de aniquilar. El juego peligroso. La amenaza de violencia. La promesa de la fama. Sus nombres en luces de neón. Sus hazañas justicieras en boca de escolares que aprenderían sus nombres como una retahíla: «un centavo, cinco centavos, diez centavos, un cuarto de dólar, un dólar…».

Al final, sus actos se hicieron de dominio público, pero no como les había prometido Nick. El testimonio de Jane Queller ante el tribunal desveló el plan de principio a fin. El entrenamiento. Las prácticas. Los simulacros. Jane había olvidado de quién surgió la idea pero, como sucedía siempre, fue Nick quien se encargó de diseminarla entre todos ellos, como un incendio incontrolable que acabó por devorar sus vidas.

Lo que Jane había mantenido oculto, el único pecado que nunca podría confesar, era que fue ella quien encendió aquella primera chispa.

Paquetes de tinta explosiva.

Eso convinieron que habría en la bolsa de papel. Era el plan de Oslo: que Martin Queller quedara manchado por la sangre metafórica de sus víctimas a ojos del mundo entero. La célula de Paula se infiltró en la fábrica de los paquetes de tinta, a las afueras de Chicago. Nick le entregó los paquetes a Jane cuando ella llegó a Oslo.

Pero en cuanto Nick se marchó, ella los tiró a la basura.

Empezó todo en son de broma. Una broma que no partió de ella, sino de Laura Juneau. Andrew se lo contó en una de aquellas cartas cifradas que le mandaba a Berlín:

La pobre Laura me ha dicho que lo mismo le daría encontrar una pistola en la bolsa que un paquete de tinta. Por lo visto tiene una fantasía recurrente: matar a papá con un revólver como el que usó su marido para matar a sus hijos, y luego matarse ella.

Nadie, ni siquiera Andrew, sabía que había decidido tomarse la broma en serio. Compró el revólver a un motero alemán en aquel garito, el mismo garito al que la mandó Nick al poco de llegar a Berlín. Aquel en el que temió sufrir una violación en grupo. En el que permaneció exactamente una hora porque Nick le dijo que si se marchaba un solo minuto antes, él se enteraría.

Tuvo la pistola una semana entera sobre la encimera de su apartamento, a la vista, confiando en que se la robaran. Decidió no llevarla a Oslo y finalmente la llevó. Resolvió dejarla en el hotel y salió con ella de la habitación. La llevó al aseo de señoras metida en una bolsa de papel marrón. La pegó con cinta adhesiva detrás de la cisterna como en una escena de *El padrino*. Y fue a sentarse en la primera fila para ver pontificar a su padre sobre el escenario mientras le pedía a Dios que Laura Juneau no hiciera realidad su fantasía.

Y también lo contrario.

Nick siempre se había sentido atraído por las cosas nuevas y excitantes. Nada le aburría más que lo predecible. Ella odiaba a su padre, pero no había actuado únicamente por venganza. Ansiaba que Nick le prestara atención, demostrarle que su sitio estaba junto a él. Confiaba frenéticamente en que la violenta impresión de su complicidad en el asesinato de Laura Juneau le devolvería su amor.

Y funcionó. Y luego dejó de funcionar.

Ella se sintió abrumada por la culpa. Nick la convenció de que estaba en un error, y ella se persuadió a sí misma de que todo habría sucedido igual sin la intervención de la pistola.

Pero dudaba, dudaba...

Y así, con esa misma pauta, habían transcurrido sus seis años juntos. El tira y afloja constante. El torbellino. El yoyó. La montaña rusa. Ella le idolatraba y le despreciaba. Nick era su debilidad. Era su perdición. Su todo o nada. Había tantas formas de describir ese minúsculo fragmento de sí misma que Nick siempre podía hacer virar hacia la locura…

Solo por otras personas había sido capaz ella de sustraerse a su poder.

Primero por Andrew, después por Andrea.

Por eso había ido a la cárcel ese día: no para castigarle, sino para mantenerle alejado de sí misma. Para que siguiera encerrado y ella pudiera ser libre.

A fin de cuentas siempre había creído, fervientemente y con convicción inmensa, que el único modo de cambiar el mundo era destruirlo.

AGRADECIMIENTOS

Muchas gracias a mi editora, Kate Elton, y a mi equipo en Victoria Sanders and Associates, que incluye, entre otros, a Victoria Sanders, Diane Dickenshied, Bernadette Baker-Baughman y Jessica Spivey. Son muchas las personas en HarperCollins International y Morrow a las que debo dar las gracias: Liate Stehlik, Heidi Richter-Ginger, Kaitlin Harri, Chantal Restivo-Alessi, Samantha Hagerbaumer y Julianna Wojcik. Vaya también mi agradecimiento para todas esas filiales maravillosas que visité el año pasado y a los amigos con los que compartí unos días en Miami. Incluyo también a Eric Rayman en la alineación del equipo: gracias por todo lo que haces.

La labor de documentación de este libro me condujo por derroteros muy diversos, algunos de los cuales no incorporé finalmente en la novela. Hay, no obstante, numerosas personas que fueron cruciales a la hora de ayudarme a entender y plasmar ciertos estados de ánimo y sentimientos. Mi buena amiga y colega Sara Blaedel me puso en contacto con Anne Mette Goddokken y Elisabeth Alminde, que me facilitaron información sobre Noruega. Otra escritora y amiga estupenda, Regula Venske, me habló de Alemania; lamento mucho que solo un uno por ciento de la conversación fascinante que tuvimos en Düsseldorf haya acabado formando parte del relato. Elise Diffie me prestó ayuda con ciertos hitos culturales. Les estoy muy agradecida tanto a Brandon Bush como a Martin Kearns por permitirme entrever cómo es la vida de un pianista profesional. Mi más sincero agradecimiento a Sal Towse y Burt Kendall, mis queridos amigos y expertos en San Francisco.

Sarah Ives y Lisa Palazzolo ganaron respectivos concursos cuyo premio consistía en que su nombre apareciera en mi próximo libro. Adam Humphrey, espero que estés disfrutando de tu galardón.

A mi padre: muchísimas gracias por cuidar de mí cuando me debato en las angustias de escribir y tratar de lidiar con la vida. Y, por último, gracias a DA, mi amor, por ser nadie también.